無錫文庫

第四輯

秦方伯集
蒼峴山人集
泉南山人存稿
虹橋老屋遺稿
十峰詩選
宛溪先生詩文殘存
寶嚴堂詩集
迂松閣詩鈔

鳳凰出版傳媒集團
鳳凰出版社

ISBN 978-7-5506-1443-7

9 787550 614437 >

圖書在版編目（ＣＩＰ）數據

秦方伯集等 / （明）秦梁等撰. -- 南京 : 鳳凰出版社，2012.6
（無錫文庫. 第4輯）
ISBN 978-7-5506-1443-7

Ⅰ. ①秦… Ⅱ. ①秦… Ⅲ. ①中國文學－古典文學－作品綜合集－明清時代 Ⅳ. ①I214.82

中國版本圖書館CIP數據核字(2012)第151427號

責任編輯 樊 昕
裝幀設計 姜 嵩
出版發行 鳳凰出版傳媒集團
鳳凰出版社(原江蘇古籍出版社)
南京市中央路165號 郵編 210009
發行部電話 025－83223462
集團網址 鳳凰出版傳媒網 http://www.ppm.cn
印　　刷 無錫市證券印刷有限公司
無錫市揚名高新技術産業園B區75號 郵編 214024
開　　本 889×1194毫米 1/16
印　　張 41.25
版　　次 2012年6月第1版 2012年6月第1次印刷
標準書號 ISBN 978-7-5506-1443-7
定　　價 540.00圓

無錫文庫工作委員會

顧　問

黃莉新　朱克江　周和平　譚　躍　陳海燕

主　任

王國中　王立人

副主任

華博雅　曹佳中　吴小平　佘江濤

委　員

方標軍　尤文科　何承志　蔡文煜
金　政　須　儉　陳堯明　葉建興
施　展　嚴克勤　劉　川　雷群虎
李祖坤　瞿　敬　華瑞興　周興安
姜小青

無錫文庫編輯委員會

主　編

王立人

副主編

須　儉　姜小青

編　委（按姓氏筆畫排列）

王進雄　王賡唐　卞惠興　全　勤　吴　迪　沙無垢
金其楨　夏剛草　倪培翔　徐志鈞　浦學坤　陳文源
過旭明　過耀華　許墨林　張志清　程勉中　湯可可
蔡家彬　劉桂秋　錢建中　錢菲菲　顧文璧

執行編委

王華寶　王　劍　薛　飛　陳紅彦　林世田　謝冬榮
徐憶農　陳　立

編務人員

顧志堅　李躍光

無錫文庫學術顧問

（按姓氏筆畫排列）

朱玉麒　朱維錚　江慶柏　李文海

沈衛榮　武秀成　金良年　胡福明

莫礪鋒　徐中玉　陳熙中　許倬雲

張仲禮　張廷銀　彭　林　程章燦

馮　遠　馮其庸　楊天石　趙生群

劉玉才　錢　遜　錢中文　錢文忠

總序

七千年文明史，三千年建城史，江南名城無錫，襟長江依太湖，自古以來就是魚米之鄉，禮儀之邦。無錫文化自泰伯南奔以來，騰蛟起鳳，尚德崇文，在數千年的傳承發展中，教化常持，經世務實，人杰輩出，大家林立，文藻絢麗，錯彩鏤金。舍南舍北皆春水，欲與湖山作主人，數千年的人文傳統，賦予了風光秀美的無錫以獨特的文化魅力，鑄就了城市剛柔相濟、秀逸清麗的的文化品格。

無錫是中國吴文化的發源地。早在商代晚期，周太王古公亶父的長子泰伯三讓王位，携其弟仲雍奔吴，定居無錫梅里，建『勾吴國』，『端委以治周禮』，施以禮儀教化；興修水利，授以農桑，不數年而『民人殷富』。泰伯帶來的中原文化與無錫本地土著文明相結合，吴文化以及作爲其重要組成部分的無錫文化就此發端。晋室南渡，北方人群大量南遷，帶來了中原的文化技術，促進了無錫農業、水利、手工業和商業的發展，中原文明再度與吴文化進行融合互滲。在本土文化與异地文化的碰撞和交融中，不斷推動着無錫這座城市的文明進步。

無錫歷史文化『追歷七千餘載歲月滌蕩，遂經四大轉折而成其廣大深厚：泰伯西來，吴文化成焉；永嘉南渡，江左文脉振焉；宋室波遷，江南文風始焉；歐風東漸，錫邑占風氣之先，民族工商文化始焉。數百代鄉彦賢達智慧與創造累積，文獻足徵，無慮百千』（《錫山先哲叢刊》重版弁言）。無錫文化以兼容并蓄多樣化的形態不斷發展。

崇文尚教，以教促文。北宋嘉祐三年（一〇五八），無錫始設縣學；北宋政和元年（一一一一），理學傳人楊時在無錫創建東林書院，此後無錫出現了喻樗、尤袤、李祥、蔣重珍等一批知名的教育家。至明代，顧憲成、高攀龍等在東林書院講學，此後又有許多書院相繼而起。古代無錫對教育的重視，促進了『崇文』和『尚教』的風氣，也造就了大量的人才。自隋朝開創科舉取士到清末廢除科舉，無錫共出了五名狀元、三名榜眼、六名探花和三名傳臚，并有五百四十名進士，一千二百多名舉人；『一榜九進士』、『六科三解元』，自古傳爲佳話。近代以來，經濟的繁榮進一步帶動了教育的興盛。無錫籍國學大師錢穆曾説：『晚清以下，群呼教育救國，無錫一縣最先起。』此後無錫的實業家紛紛出資興辦文化教育事業。教育的繁興，在極大程度上促進了無錫的文化發展，出現了空前的文化人才崛起的高峰。

文脉綿延，後出轉强。歷來『文化』的概念有廣義和狹義之分，這裏的『文脉』之『文』，用的是狹義的概念，即指經史、文學、藝術等人類所創造的精神財富的總和。在無錫的歷史文化傳統中，自古及今，悠悠文脉，如瓜瓞之綿綿。必須指出的是，從文化發生學的角度來看，早期中華文化的中心是在黄河流域的中原地區，無錫在宋元以前，雖有像顧愷之、李紳、尤袤、蔣捷、倪瓚等一批人文英才，但在整體上，無錫的文氣是自明清以迄近現代達到巔峰。在整個江南地區文教昌明和無錫經濟繁盛、教育勃興的大背景下，無錫地區在經史、文學、繪畫、音樂等諸多領域中，建樹卓越，俊才雲蒸，真正呈現出『人文之盛，冠於南國；碩彦輩出，著述繁富』的局面。

求實務本、重工崇商。無錫自古爲江南富庶之地、魚米之鄉。明代東林講學者將士商并列爲『本行』，講求經世致用；近代早期維新的思想家、實踐家薛福成提出『黜浮靡，崇實學』，大力倡揚『工商爲先，耕戰植其基，工商擴其用』的觀念，這些都成了近代以來無錫人求實務本、重工崇商的重要的思想根源；兼以明清時期，封建自然經濟解體，資本主義開始萌芽，無錫經濟日趨繁盛。鴉片戰爭以後，上海開埠，由於商品經濟的發展和商業資本積累的增加，逐步形成了一個以上海爲中心的，北接江陰、靖江，西連蘇州、無錫、常州的經濟區域。有布、米、絲、錢『四大碼頭』的無錫，被譽爲『小上海』。到了十九世紀末、二十世紀初，無錫許多有識之士積極引進西方生産技術，大力興辦工廠，形成了近代六大資本系統，無錫成了近代中國民族工商業的發祥地和蘇南經濟中心。經濟的繁盛，不僅爲無錫文化的不斷發展提供了堅實的物質基礎，而且也形成了無錫文化的主流形態之一的，具有鮮明特色和豐富内涵的『工商文化』。

文化源長，文獻宏大。在歷史上，無錫有過兩次較大規模的文化整理。一八九九年，《常州先哲遺書》是包涵無錫在内的第一次區域性文化整理集成。一九二三年，《錫山先哲叢刊》是無錫真正意義上從城市角度進行的一次文化整理。當時，國家積貧積弱，社會動蕩離亂，身處亂世的有識之士高擎文化的旗幟，以縱覽千古的魄力和毅力致力於城市文化傳統的繼承與弘揚，爲無錫地方人文教育提供了文化楷模，對增强無錫崇文興教氛圍發揮了重要的作用，爲無錫躋身江南名城提供了文化動力，其意義至今爲後人感念。

滄桑巨變，天上人間。經過近一個世紀的奮鬥探索，特别是改革開放三十多年來的迅猛發展，中華民族强勢崛起。國運昌隆，盛世修典。中共無錫市委、市政府高度重視地方傳統文化的整理弘揚工作。自二〇〇七年提出『建設文明無錫，打造文化名城』以來，無錫全面深入開展歷史文化遺産的挖掘、清理、保護和修復工作，傳承弘揚優秀傳統文化，彰顯城市人文歷史底藴，掀起歷史文化名城建設新高潮。此後，市委、市政府在《無錫市文化大發展大繁榮行動綱要》中明確要求全面整理出版地方歷史文獻，市委、市政府在《關於深化文化體制改革加快文化强市建設的决定》中再次明確要求編纂《無錫文庫》，正式啓動迄今爲止無錫地區規模最大、綜合性鄉邦文獻集成的修編工作。爲確保《無錫文庫》的編纂工作順利進行，市委、市政府專門成立了『無錫文庫工作委員會』，由市委宣傳部牽頭，設立了『無錫文庫編輯委員會』，計劃用三年時間完成編纂出版工作。《無錫文庫》的編纂，將以嶄新的學術角度和現代學科框架對城市歷史文化進行全面梳理和弘揚，站在時代的高度，充分展示城市深厚的歷史底藴，彰顯先賢哲人的智慧創造，解讀無錫文化的獨特個性，提煉升華無錫的人文精神，光前裕後，古爲今用，以文化人，由人化文，以史爲鑒，開啓未來。

《無錫文庫》的編纂出版必將發揮重要的文化功能：首先是搶救文獻。無錫自古即有豐富的地方文獻，無論經史子集，都有重要著作流傳於世。然而無錫近代歷經戰亂，一些重要典籍已毁佚，僅有書名存留；還有一些珍貴的明清地方史籍，也以孤本存世，處於若存若亡之間。由於各種原因，一些代表無錫文化的典籍保存於國内外各大圖書館中，在無錫不易見到。從清末到民國期間，在文化上有不少重要成果，而這部分書籍因長期被忽視而處於毁佚的邊緣。《無錫文庫》的編纂就是爲了搶救文獻，保存文脉。其次是古籍整理。無錫先賢留下的載籍很多，但現存書籍，版本雜亂，良莠不齊，整體而言没有經過系統編排梳理，使用不便。《無錫文庫》的編纂，就是從版本目録學的角度加以梳理，每書皆撰提要，鉤玄指要，便於閱讀使用。第三是服務大衆。《無錫文庫》所收皆爲地方古史遺文，是研究無錫歷史沿革和文化傳承的必讀書目。《無錫文庫》的編纂出版，使這些書籍的使用更加便捷和廣泛，對無錫的文化建設、城市規劃、古迹保護、名勝開發都具有很高的學術價值和實用價值。

歷史唯物主義觀是《無錫文庫》編纂出版工作的重要指導思想。《無錫文庫》是一部具有社會主義新時代特點的典籍集成，編纂理念和選編觀念更加科學，注重學術性、實用性和經典性相結合，并且儘量收入古籍版本研究的新成果，廣泛收集流散在國内外的珍貴典籍。編纂工作中，始終堅持『尊重歷史、尊重科學、尊重規律、尊重專家』的原則，堅持『雙百』方針，對傳統文化中重要的不同學派、不同觀點的資料兼收并蓄，力求客觀、完整和全面。當然，《無錫文庫》不可能包羅萬象，而以文史哲爲主要内容，兼顧其他類别著述，整體呈現出無錫歷史文化的發展脉絡。强化編纂工作的學術規範，提倡實事求是的良好學風，對文庫的整體規模、體例框架、所收書目、版式裝幀等進行反復論證，反復比較，多方聽取意見，慎之又慎，力争使《無錫文庫》成爲一部真正代表無錫文化的綜合性鄉邦文獻集成。

編纂出版《無錫文庫》的盛舉，得到了海内外衆多著名的文史專家、學者教授的熱烈響應。許倬雲、馮其庸、楊天石、李文海、徐中玉、馮遠、胡福明等無錫籍文化名人和劉玉才、程章燦、江慶柏、張廷銀、金良年等專家學者應邀擔任《無錫文庫》的學術顧問，他們扎實的學術功底、嚴謹的治學風範、卓越的學術見識，爲《無錫文庫》提供了有力的支撑。

千年吴地文明，百年工商繁華，賦予無錫人聰慧和靈秀，創造了具有獨特品質的城市文化和城市精神。當我們手捧先哲留下的珍貴文化遺産，不僅滿懷感恩、敬畏之心，更涌動着不負前賢、勵志圖新的激情，去努力創造城市文化嶄新的輝煌，讓無錫文化大發展大繁榮的春天更加姹紫嫣紅、繽紛燦爛！

無錫文庫編輯委員會

二〇一一年一月

凡例

一、《文庫》所收爲無錫籍作家的著述和與無錫相關的歷代文獻，分爲《官修舊志》、《地方史料專著》、《年譜家乘》、《無錫文存》和《近現代名家名著存目》五輯。

二、無錫地域範圍以現行政轄區爲準。《文庫》立足無錫市區，兼顧江陰、宜興，適當選收江陰、宜興具有代表性的著作。

三、《文庫》所收著作，以史料價值高、使用價值大爲原則，適當兼顧其版本價值。

四、《文庫》主要采用影印方式出版，《近現代名家名著存目》收入作家小傳和主要著述目録。

五、《文庫》所收著作，其編纂年代下限爲一九四九年；《近現代名家名著存目》則不受此限。

六、《文庫》所收著作，原書如有蠹損、殘缺、漫漶不清處，原則上以相同版本予以换頁、補頁，使全書清晰、整齊。

七、《文庫》對所收每種圖書，均撰寫提要，置於每種書扉頁之背面；每册均新編頁碼，自爲起訖。

八、《文庫》編制書名索引和著者索引，以方便讀者使用。

第四輯編輯説明

本輯爲《無錫文庫》之第四輯《無錫文存》，主要收録歷代無錫籍作家具有代表性的詩、詞、曲、文集或珍稀史料。

無錫歷來被譽爲人才輩出、人文薈萃之地，所謂『蒼聖造端，文教聿起，泰伯入吳，肇基梅里，由是人文之盛，冠於南國。碩彦輩出，著述繁富』（高鑅泉《錫金歷朝著述書目考》序）。明代以前，無錫地區就已出現顧愷之、李紳、尤袤、蔣捷、倪瓚等一代名家；到了明清時期，這種『碩彦輩出，著述繁富』的特點得以充分地體現。據《江蘇藝文志·無錫卷》一書的統計，古代無錫地區（包括江陰市和宜興市）有著述存世或見於載籍的作者，從東漢到元代有一百四十餘家，而明清時期則多達四千四百餘家。其中，尤以詩、詞、曲、文別集爲多，并且湧現了如吳炳、陳維崧、萬樹、顧貞觀、嵇永仁、楊潮觀、周濟、蔣春霖等一大批在全國範圍内廣有影響、知名度很高的作家文人。

許久以來，無錫地區的許多文獻學家，致力於無錫歷史文化遺産的保護和流布。除了刊刻大量的別集外，還編撰和纂輯了許多無錫地區的地方文獻書目、地方文獻叢書和地方文學總集。地方文獻書目，如高鑅泉《錫金歷朝著述書目考》、無錫縣立圖書館《無錫縣立圖書館鄉賢部書目》、無錫市圖書館《無錫市圖書館館藏地方文獻目録》及續編，辛幹《無錫藝文志長編》，宣愛東主編《江蘇藝文志·無錫卷》等；地方文獻叢書，有侯鴻鑒、劉書勛輯《錫山先哲叢刊》，金武祥編《江陰叢書》，謝鼎鎔輯《江陰先哲遺書》等；地方文獻總集，有莫息、潘繼芳輯《錫山遺響》，顧光旭輯《梁溪詩鈔》，侯學愈輯《續梁溪詩鈔》，周有壬輯《梁溪文鈔》，侯學愈輯《梁溪文續鈔》，王直、王鑒輯《錫山文集》，侯晰輯《梁溪詞選》，楊敦原編《江陰詩存》，顧季慈編《江上詩鈔》，謝鼎鎔編《江上詩鈔補》等。而《無錫文庫》的編選，正是建築在前賢們這些努力的基礎之上。

本編收録歷代無錫籍作家的作品集一百多種。所收作家作品的時間下限爲民國。民國以後的作家作品，則進入第五輯《近現代名家名著存目》中，作爲存目處理。

按照經、史、子、集四部的傳統圖書分類，本編主要收録集部的作品；間亦酌情收録少量其他部類的作品，如顧憲成《顧端文公大學通考一卷大學質言一卷大學重定一卷》及《大學意一卷中庸意二卷大學説一卷中庸説一卷語孟説略二卷》屬經部四書類，徐弘祖《徐霞客遊記》屬史部地理類，李浚《松窗雜録》、費衮《梁溪漫志》和李詡《戒庵老人漫筆》等筆記體作品屬子部雜學類或子部小説類。這些著述或因版本珍稀，或因影響廣遠，故而收録。

本編之前數册，收録《梁溪文鈔》、《梁溪文續鈔》、《錫山文集》、《錫山遺響》、《梁溪詩鈔》、《續梁溪詩鈔》、《梁溪詞選》等無錫地區詩、詞、文總集；其餘各册，所收皆爲單集作品。

各總集内的作品，雖然與各單集内的作品會有少量的重復，但其中還收録有大量未選入本編單集中的作家作品，再加上這些作家的小傳，便使得這些總集具有了很高的文獻資料價值。

各册之間的順序，以歷史年代先後編排。所收録的單集作品，如卷帙較大者，則一種編爲一册或數册，如薛福成《薛叔耘遺著十六種》等；篇幅較小者，則或按年代先後，或按文體類别，或按家族關係，由數種編爲一册。

目録

秦方伯集……〇〇一
蒼峴山人集……〇〇七
泉南山人存稿……〇八九
虹橋老屋遺稿……一四一
十峰詩選……二七三
宛溪先生詩文殘存……四三一
寶嚴堂詩集……四四一
迂松閣詩鈔……四八七

秦方伯集

（明）秦梁 撰

《秦方伯集》一卷，（明）秦梁撰，録自《盛明百家詩》，明嘉靖隆慶間刻本。

秦梁（一五一五—一五七八），字子成，號虹洲，無錫人。明嘉靖二十六年（一五四七）進士，初除南昌推官，有治績。任吏科給事中，京師築外城被命主持其工程。歷官通政使參議南太僕少卿，鴻臚寺卿右通政。因不附嚴世蕃，出爲浙江參議，山東副使，不久任學政，主鄉試，選拔人才甚多。遷江西右布政使。有《紹修堂集》。秦梁致政十三年，巖居不入公府，時携朋侣賦詩，有香山吟社之風。其詩沖澹粹然，本乎性情物理，如《賞白蓮》：『意淡人俱静，容閑俗避妍。』《遊寶界》：『竹暗泉飛度，松高雲自留。』《題青蓮庵》：『機忘已覺超三乘，心静將看絶萬緣。』其胸次解脱超曠，從可想見。

本書據明嘉靖隆慶刻《盛明百家詩》本影印

（徐志鈞）

盛明百家詩　秦方伯集

方伯玒洲公諱梁字子成從川翁子丞有才譽登丁未進士在諫垣以直言被杖督學兩浙有鑒衡歷官江西右布政公美丰儀挹之如玉人爲詩清婉倩麗亦如之衛玠膚清王衰才俊余以况公不虛耳隆慶巳巳是堂山人俞憲識

和唐人惠山詩三首

青山無今古心賞有伊人浮雲斂既往佳景與方新松風聲謖謖石泉光磷磷巳謝天路交何必彈冠塵浩歌振空谷長嘯流高旻知音去我久太虛聊可憐

烟光被層巒芳氣寒清樾松門僧未歸石徑泉不絕禪心覺無生塵機坐來滅長天澹澄湖微雲逗涼月林虛夕吹爽磬幽靈籟發稅駕從茲游千秋同一轍

招提遠塵境松檜何青蒼緬想人世外流憩茲空堂濯纓孤雲起振衣高鳥翔至今山水間毫翰餘幽光我來慕同調心淨發泉香題詩醉蘿月俛仰世巳忘

雨後南園獨坐

一徑綠陰生微雲帶疎雨兀坐久無人幽禽競流語吾生嘅有涯殷憂苦靡巳何如謝喧雜閒尋采山侶物我兩俱忘此心淡若水以之葆黃寧庶或契玄理

題晴川逸興册贈閩鄭舉人

百川水東注悠悠無停機智者性所契寤寐恒於斯偶然往川上晨光尚熹微少焉日杲杲凉飈歘輕漪恬目一騁望萬里流晴輝徘徊寂不語援此枯桐枝試鼓湘靈操逸興如湍飛能使魚鳥聽又令龍象窺終當協清廟莫謂知音稀

芹塘

幽人志芳潔侯鯖匪所思緬焉方塘水微風歛輕漪中有水之英春陽藹紛披燕至吐紫芽靈種自青泥采采不盈筐聊足以爲菹臨流葺蔀屋素壁邑江離截竹筧

樽櫨胡纏繞周埋葯房僅踰跬蕙帳懸纖絲迷迭萎蘇几兀坐藉柔荑閒繙草木疏散步睎晴曦朋來具盤飧命酒烹楚葵臧沸瀹檻泉熟芼備晨炊誰云螫余口吾將獻彤墀一笑出門去菁莪編天涯

山中看梅次葉茂長韻

氷結山中侶言尋澗畔梅踈枝春近發早樹臘初開細細香浮閣離離影上臺月臨渾不見風舞却飛迴冷艷氷爲骨玲瓏玉是才瘦因經雪凍孤不倚雲栽竹外愁聞笛松間笑索杯飄來疑落絮積處雜蒼苔興劇扶藜至吟成泛馬迴不知三徑裏頭白幾回來

次周念庭山中九日之作

枉夫自嘆高陽徒廿年魏闕今江湖秋風三徑若任無青山無恙猶故吾浮雲身外事若無流光不駐飛金烏周侯撫景樂且娛鳴琴之暇携玉壺興來不過黄公壚招邀九日採菊黄登高行樂真良圖放余孤鶴從雙鳬石門古道迫且迂足躡浮雲窺具區葉令王喬何以殊手握金光拾明珠揮毫賦就皆璠璵風流文采誰並驅捷如龍馬行天衢褰予駑鈍才守株鄙吟和就慚吳歈酣歌不知清夜徂再爲秦晋育烏烏浮生余自白頭顱看君高步青雲途他日登臨安可俱雙魚莫惜傳三吳

秦方伯集　卷全　三

送朱郡侯擢隴西兵憲

秦中郊畿漢三輔金城千里稱天府執憲還須吉甫才牙旗高建嚴戎伍吾侯篤生蕲之陽滿抱經綸濟文武早氣非英重節氣衣繡乘驄復持斧矢言奉職在肅清不問羣狐殪豺虎久矣修名紀御屏天子臨軒軫南土南土先時阸烏夷向隅凋瘵艱於撫熊轓出守涖吾常德澤涵濡民按堵熙熙幽谷散春陽五邑甘棠歌召父恭逢北闕璽書下秉鉞秦中靖邊虜威聲遠慴左賢遯况熟韜鈐能禦侮嘗聞百年胡運絶聖人御極寧寰宇龍荒朔漠盡來庭自有仁義爲干櫓即看柱石任吾侯嘯詣于今無吉甫

登瑯琊山

亦是淮南地空餘桂樹幽東窺滄海色西抱楚江流洞古雲長暗林深雨忽秋登臨堪獨醉何必挾浮丘

過俞廉訪山園漫興

爲憶名園勝來尋逸興多曲流環露篠怪石亂烟蘿徑轉迷幽步花深度雅歌習池頻可醉莫厭接䍦過

山中送李遇齋太僕

細雨濕衣裾寒流落澗初茶烟深竹起松翠隔雲疎湖引南游棹山停北去車愛君風雅興醉别重躊躇

秦方伯集　卷全　四

同潛坤丈過王履約賞白蓮

端居成白社結伴過君家詩吐瑶華色蓮開玉井花庭宜延素月盃覺淡流霞助爾臨池興留懽正未涯

送王崑崙入楚兼訊陳雲浦

天際岳陽樓烟波爾勝遊手持鸚鵡賦身看鶺鴒裘醉月迷湘竹褰芳向綠洲若逢勾漏令靈藥爲余求

甲戌初度答王崑崙

垂老懸弧日風塵已倦遊白頭隨野鶴青眼對沙鷗玉石從人辨金丹任世求崑崙如可到與爾覓仙流

秋日飲黄公澗次葉茂長韻一首

考槃青澗曲幽賞與君同泉落翠微裏雲生秋樹中玄
言慕莊叟往跡嘆黄公託意無如酒酣歌萬慮空

雨後同葉茂長顧世叔過黄公澗新亭看泉次王承
甫韻

邀客過春澗清芬共結蘭新亭無舊感曲水有餘歡花
雨連朝潤松風二月寒酒酣容解帶頭白和歌難

送汪懋菴

遊湖方自罷歸楚不能留黄菊故園晚丹楓它縣秋故
人空戀戀獨客任悠悠後夜看明月思君在庾樓

醉翁亭

不到孤亭久朝來喜重過花深春鳥亂山遠夕陽多樂
事今仍在流風竟若何醉醒人去遠明月照岩阿

同趙延陵僉憲登松臺

結侶來松下登臺竟日幽疎枝桂殘月清響動高秋燭
燼談碁落杯香把臂浮未須言別去沉醉始消憂

春日懷柳汀兄

汀邊五柳斜知是隱君家山寂惟聞鳥林幽不待花機
心塵外息詩興望中賒出處從來幻棲遲莫自嗟

黄九峯山園

冠龍擅隹秀十築九迴深山色全侵戸泉聲半遶林舞

迷花底蝶歌應竹間禽勝賞何曾厭渾忘去住心

次顧九華霞賞亭燕集之作

亭出斷霞外泉飛落照中松陰寒白石桂馥散遥空老
去行吟懶閑來杖屨同不知岩壑隱高調孰如公

日夕同少岳登長嘯臺

爲圃僅三畝築臺將數尋石梁迴絶磴花竹蜜秋陰未
效蘇門嘯空懸阮籍心因君時一眺涼月滿前林

臘盡日口占

積雪消殘臘陽春應候來聲和風外鳥香發水邊梅生
菜添新味清歡罄舊醅出門頻北望萬里淨煙埃

八月十三夜月懷華水部

離弦纔五夕桂魄漸微圓露白花枝潤烟消霽景鮮伊
人秋水外倚枕暮鍾前幽意誰能會空令憶往年

十四夜月即事

此夕月幾望清輝徹玉壺驚禽棲不定澄籟寂如無朓
滿吾人意修輪往事誣若能凌倒景常是照迷塗

醉翁亭送胡見平出守南康

白鹿曾同把臂惟青山今別悵春殘花明千里褰帷去
瀑挂諸峯露冕看爲郡共憐雙鬢絲報君獨有寸心丹
遥知公暇題詩處極目匡廬一倚欄

孫環山園亭次章陽華韻

有興乘興此看山山外晴雲自往還地似漆園容吏隱人同彭澤乞身閑亭邊竹色深開徑池上花陰密掩關見說玄經方草就不妨詞客日追攀

送袁裕春學憲擢湖廣大參

灤源祖帳對秋天方岳旌旗拂曙烟已罷傳經洙泗闕即看挂席洞庭船樓登黃鶴盃如海賦就青雲筆似椽別後思君何處切魯城明月寸心懸

送萬淺原長藩中州花間燕集得方字

花深啼鳥送飛觴爲惜君行天各方梁苑到時傳賦草

漢江行日頌甘棠懷中和璧元高價握裏隋珠自吐光暫借長才籌國策聖朝應召入明光

戊辰元日次是堂韻

開曆喜逢新正朔流光驚嘆二毛初玉墀尚想晨鳴珮芸閣今容老著書江海風雲從變幻乾坤物理信盈虛一區丘壑堪投足敢向明時怨索居

張周田周幻海諸公山莊燕集次韻

蔣家三徑入雲開更有高松蔭石臺蘿薜自容山客隱桃花翻引使君來到門澗水常環屋捲幔林香忽薦杯借得鳥歌留此醉仙舟須待月中回

雨中訪葉茂長不遇

有興出郭雨霏微爲訪幽人一叩扉去住自同猿鶴侶棲遲空憶芰荷衣曾傳白雪歌難和向老朱絃調轉稀我欲尋君蓮社隱江湖端可息塵機

送童子鳴游泰山

向平願畢已稀年五岳空懷思惘然君去御風躋日觀我猶漱石枕山泉嘗因海岱多靈跡幾欲方壺訪列仙若到大夫松下憩倚雲長嘯寄新篇

除夕聞雷

陰雲漠漠隱輕雷想是春聲應候來階下濕痕萌凍草

窗前清馥發緗梅滂沱一雨游塵盡頃刻千秋曙色開獻歲迎祥歌白雪衰遲端愧郢中才

黃光祿有懷閣看雪

幾楹傑閣切空寒一望微茫盡遠巒百雉恍然飛白勢九龍俱作點蒼形幽登始怯衣猶薄長嘯方知酒易醒稍待陽春花月夜洞簫一曲倚雲聽

書石南扇次仲山韻

江漢歸來久息機扁舟湖上弄朝暉生涯惟有漁竿在鷗鳥從今盡不飛

題匡廬瀑布圖

千尺飛流灑碧空銀河虛映水簾風真源似羿青蓮意
幻出匡廬黯淡中

柳塘

二月橫塘風氣和千絲弱柳拂晴波扁舟蕩漾前溪去
較與桃源春色多

蒲陽丞柳汀見閑居次端敏公舊韻

東魯歸來晝掩關迹名應共白鷗閑徑邊松菊門前柳
何處風光不解顏

詠水仙花

雪消庭館數花幽更有寒香月下浮恍惚湘娥顛作珮

凌波還似洛神遊
數朵蛾英浮軟碧一枝蟬影染嬌黃[illegible]頃人國
故向西湖學淡粧

蒼峴山人集

（清）秦松齡　撰

《蒼峴山人集》五卷，附録一卷，（清）秦松齡撰。清康熙年間刻本。前五卷爲《碧山集》、《寄阮集》、《然竹集》、《得樹軒集》、《碧山後集》，收古今體詩六百一十七首；所附《微雲集》收其詞作二十八首。

秦松齡（一六三七—一七一四），字留仙，號鼐，晚號蒼峴山人，無錫人。順治十二年（一六五五）進士，選庶吉士，授國史館檢討，因逋糧案削籍。康熙十八年（一六七九）舉博學鴻詞，授檢討，與修《明史》，又充日講起居注官，典江西鄉試，歷官左贊善、左諭德，充甲子順天鄉試考官。以有情弊罷官歸里。居家二十餘年，於寄暢園閑居讀書。著有《毛詩日箋》等書，與嚴繩孫等共編《康熙無錫縣誌》。秦氏所交皆當時名流，『本朝初以詩著稱，猶及見吴梅村、曹秋雲諸前輩，處則與嚴秋水、家樂天先生唱和碧山之陲，出則與王阮亭諸公聯僑肦交』。他的詩鏗鏘雷硠，中律吕而振金石。秦松齡曾在荆襄軍中爲官，其時詩作淋漓鬱壯而性情沖夷，無榮辱得失之慮。温柔敦厚，溢乎情而形於辭。因失意官場，故其詩文不入四庫，流傳甚罕。本集前有王之樞序。

本書據南京圖書館藏康熙年間刻本影印。

（徐志鈞）

蒼峴山人詩稿梁溪秦夫子之所爲作也夫子才名播滿寓内士無問知不知咸鐘鼓而俎豆之葢其於四聲七音之學自就外傅時已皆通曉弱冠而舉甲科登

禁近

世祖召試詠鶴有高鳴常向月善舞不迎

人之句大加奬異館僚内至今傳誦嘗宋學士蘊文忠公仙才靈氣一時罕與爲匹嘗著詩數十萬言皆博而有則宋史稱其光芒渾涵不竭也獨秦淮海先生以東南才儁與之比肩頡頏嗚呼何其偉歟吾師實淮海先生後宜其於詩學浸淫饜飫醞釀深

厚故一出而

朝廷重之當世推之聲望赫然也今其與坡公馳騁上下庸詎不雁行目之乎哉

皇上學由天縱

御製詩篇超冠今古往者

翠華南幸歷錫山經品泉必

駐蹕吾師園亭

親賜扁額天章焕然輝映日月觀者莫不羨吾師之榮寵爲至渥而吾師至行則尤非人世所能幾者吾師乙丑以後優游林下偕昆季數輩奉太夫子日涉家園極庭闈聚順之樂愉愉油油壽二十秊和平樂易之致優柔

敦厚之旨溢乎其中而形於詞故珥筆承明則黃鐘大呂足以鼓吹休明羽儀盛世其感旹紀勝酬贈懷人諸什靡弗瓌麗其詞慨張其度鍾仲偉有言幹之以風力潤之以丹彩使味之者無極聞之者意移是詩之至矣非吾師其孰當之獨念子瞻居海南

序　三

所輯東坡集內外制及和陶諸骵不下四十餘卷吾師所際與子瞻殊而生平孜孜以著述為務至於髦年不倦名山之藏日以益富視子瞻又何讓焉近甫刊成毛詩日箋一書援据典核商丘宋冢宰叙之頗詳余故弗論惟是吾師少即以詩名遇知

當宁而根柢況深篤於至性發為沖夷大雅春風藹如之音使天下後世之學詩者溯流探原庶乎窺見吾師之性情而後可與讀吾師之詩也已是為序　旹

康熙戊戌秋日受業定州王之樞頓首拜書

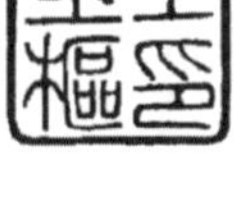

序　四

蒼峴山人集目錄

卷一
碧山集　古今詩一百四十七首
卷二
寄阮集　古今詩七十首
卷三
然竹集　古今詩一百六十八首
卷四
得樹軒集　古今詩八十六首
卷五
碧山後集　古今詩一百四十六首
附
微雲集　詩餘二十八首

蒼峴山人集目錄

蒼峴山人集卷一

勾吳秦松齡著

碧山集

雨過

昨夜雷塘路，春潮漲晚汀。雨餘花氣白，天淨市煙青。縱目鴻堪數，拋書酒半醒。江城飄泊久，晴色擬揚舲。

滁州婦

我來雲陽道，舟行聞哭聲。爲問哭者誰，一婦岸上行。自言滁州女，嫁賈客潤城。潤城住十載，事姑復抱嬰。去年金鼓震，云是海上兵。小官竊符走，大官出郭迎。賊來無一月，大將遣專征。來時固亦易，去時一何輕。兵火匝地起，夫死廬舍傾。負姑出城逋，姑老復失明。死者長已矣，生者難爲情。聽罷我心惻，涕淚徒縱橫。聖人方在御，何以拯窮氓。

登墖

高墖蕪城外，登臨及晚春。倚空淩百劫，分向列諸神。漸覺川原小，偏於燕雀親。青山何處岸，重作渡

江人

韓侯釣臺

淮陰春盡柳花飛爲訪韓侯舊石磯曾是假王雲夢入勝將垂釣月明歸

感興

憂思不可極倏忽及春明陽來固多感序改亦足驚園林發故枝城隅新草盈春風吹我袖春鳥相和鳴萬類各自適達人知物情何爲久行役戚戚達吾生

古人尚明義榮達非所好金玉守其朴誰復攖懷抱林泉信可樂圭組豈終保余本蓬蓽人六載長安道慈親忽見背滚悔策名早冰雪亦易涴歲月亦易老豈不戀清時藏身愛吾寶

我有素心人澹泊持其貞於世恒寡合於我如弟兄連袂涉淮泗連鑣指上京已識風塵色益信平生情浮雲寄遠思書卷貽孤清來者猶可作庶幾金石聲

清風蕩蘭囿明月入華屋撫景慰長[illegible]冥心托鴻

鵠端居絕紛營理勝神亦足徇物徒自窮求人更招辱遠俗無可爲修身澹其欲高揖向五湖天地不吾跼

專諸墖

刺客何憑竟祀吴漫將姓氏託浮圖千秋讓國爾爲改一死壯夫何代無棠鐵三重戕弱主紅牆尺地走淫巫炙魚學得五湖味報楚功歸伍大夫

新秋北上族祖憲副公從粤移杭晤於舟次

京江我逐秋光去海國君銜癉癘來暫聚更爲千里別相逢且喜一尊開青藜詞賦慚華省　紫詔經綸借外臺數載脫簪同所願故園何日得追陪

銅雀臺

高臺空日暮金井夜來冰君恩已終棄妾意若無憑不自傷羅綺誰能共漆燈墚堆七十二何處望西陵

賦得何事棲碧山

深山不可住棲隱竟如何百感自兹盡一身常苦

多風歸鳴碧澗雨去濕青莎自有幽尋客忘形示
暫過

冬日詩

天地果何始去來爲古今冰霜彫羣物其漸由爍
金剝盡苟不復造化將安任盛衰良自然君子與
浮沈不測動者理安得靜者心
貴賤無殊情吾身如旅寓寒風動四極何況庭前
樹夜靜葉落聲一一與心遇返觀合天倪衆感皆
苦趣禹稷遭時康伊呂幾成誤愧無濟物才何必

累貞素盛名安可求朱景固難駐曠然千載間達
人展明悟
溪上有漁人乗綸不知寒言得水中理歲莫衣裳
單雖非名利客日夜見波瀾相邀坐茅屋斗酒聊
爲歡世事難具陳躑躅起長歎燕雀飽未足所謀
稻粱餐鳳凰饑欲死何處生琅玕
天寒暮欲雪山禽相與歸一禽愛毛羽獨向林間
飛天意猶未知機弩安得違老子雌而守大易遯
而肥藏身恐不深莫言知者希吾道有進退物情
無是非

贈佟壽民方伯

使君才地邁時賢　新詔移藩衆所便建業江聲
通節鎭蘇臺秋色擁旌旃征輸易給中朝奉子母
還乎少府錢顧我五湖煙水客漫隨父老快周旋

送汪茗文入都時謫兵馬指揮

省郎聞　命返長安春色鄉關曉尚寒輦下故人
誰左掖東吳名士半南冠豈緣罪累廿三黜莫以
詩篇傲一官我亦如君不得意離筵落日酒杯寬

送族祖大參公之任雲中

憶昔昇平日同登侍從班　君恩非有待世事各
無關上苑聯鑣入承明載筆還閒時聞絮語款款
誠疎頑
建節君承命寧親我到家一時同里閈幾載各天
涯茅屋民編戶鶉衣吏散衙遠來珍重札兩見荔
枝花
越地家鄉近勞臣慰量移豈知臨劇郡亦是撫瘡
痍契闊愁寧失艱難鬢已絲驅馳固王事回首玉

堂時
新奉雲中調邊清遠未妨暫時還故里相對哭
先皇鐵騎榆溪月金貂朔漠霜　聖朝求舊學宣
室豈能忘

悟石軒翫月

高閣中夜坐攬此山上月目盡意未已移步向林
樾碧草色欲無朱華影俱白微火出上方清風吹
片石人語漸不聞吾心共幽閒靜理常在山浮生
喜爲客清光永若茲芳菲有消歇

夢巳内

分明來昨夢只認爾爲人稍辨含愁色終疑抱疾
身孤燈風寂歷小閣語逡巡覺後聞鐘響驚心淚
滿茵

過顧云美塔影園

名園傳太史改築爾賢甥近水絕塵累入門多古
情山光當户靜塔影到池平我亦林居者君還簡
送迎

恭紀

世祖皇帝遺事十首 存四

千騎傳呼簇玉鞍平明西苑朔風寒合圍親射雙
鵰落不許降王仰面看
離宫閱武及初冬清問還聞下九重閩粵軍輸憂
告匱親將節省命司農
封章夕奏早批朱清晝譚經到日晡講幄新移弘
德殿天人稱絕董江都
御筆鍾王歎逼眞不將戈法借儒臣親摹文敏書
千幅小璽朱鈐掌内人

飛來峰

此山本靈鷲來自天竺國不知幾千年尚含飛動
力崒嵂饒奇情鬱結抱靈質懸崖滴寒溜凝陰翳
白日巖扃一隙通稍見飛鳥疾步來遥巳笑坐久
迷所出深林植其前清泉遶其側俛聽泠泠音仰
睇蒼蒼色不覺氣力疲惟慮衣裳濕飛來恐復去
天地何所極

紫陽庵

春風吹人裾乃下吳山岑行行境滋異石立如繁

林拔地産青辟蔽天生綠陰透迤度石梁更見洞壑深紆杳紛殊狀嶔削如有心仙人此成道遺蛻乃至今未能悟微妙聊以滌煩襟日落出山徑窅然何所尋

放鶴亭

處士梅花在穿蘿一徑攀只看雲獨往不見鶴飛還孤嶼中分水荒亭兩面山清虚瞰無地終日我心閒

表忠觀

功德祠前下馬過錢王遺像繡山河莫言社稷與人易徒見東南自帝多三世惟傳唐玉冊八州不及宋干戈至今鐵弩空前烈南渡君臣亦逝波

伍相國祠

興亡終古恨難消伍相祠堂對寂寥烏鵲歌殘吳苑月鴟夷怨長浙江潮無心芳草年年合不定靈旗夜夜飄何處水犀曾轉戰湖山一半入漁樵

于忠肅墓

定策當年奠帝京墓門遥見半湖明傷殘松柏啼新鬼寂寞祠堂臥老兵宗廟有靈存國是英皇無意殺先生古來遺恨錢塘水又繞于墳氣不平

西湖竹枝詞

湖上輕陰且放船孤山前去六橋連銜將細雨絲絲亂長得新荷箇箇圓

司禮前朝樂事偏湖心亭子泊樓船朱桃碧柳三千樹玉帶金尊四十年

茜裙紅袖竹輿邊天竺燒香又一年知道城門盤詰甚自將纖手摘湘簾

昭慶門前便下車侍兒先導小姑徐且到斷橋看大佛再過廬舍餵金魚

席蓬小櫓兩頭船挽水烹茶比惠泉總是西湖隨處好任憑搖到阿誰邊

蕩槳々蓴鷗鷺飛似蘋青脆比芹肥摘得手中風細細載歸湖上雨霏霏

日莫軍營出健兒窄衫袒臂走離披横擔鳥銃雙環眼野鴨鸕鶿那得知

煙雨樓

晴郊初暖換春衣，亂後湖山一半非。細草自浮野水上，明妝還傍夕陽歸。只疑煙雨霏霏合，無復鴛鴦對對飛。此地嘉名傳宿昔，荒原殘碣意多違。

寓虎丘喜蔣路然自洞庭至

知我雲巖住，片帆湖上來。因言洞庭勝，頓使俗情開。山氣含殘雨，波光照落梅。結廬曾有意，他日共追陪。

溪上

溪水日夜生，屢來水際宿。溪光與人意，澹蕩自然足。流雲散積慮，跳魚耀羣目。微波動碧草，長風吹茅屋。把酒衆山平，移舟滿窗綠。手裂圓蘆吹，不知聲往復。豈羨乘釣人，得喪情轉屢。

集衣德堂限韻

林端釋寒思，春鳥自然鳴。物候閱人代，天懷見友生。深杯同所好，落日各爲情。一水遶殘徑，還忘隱者名。

錢礎日先生同吴門程彦明小飲齋中各以詩贈用韻奉答

輕風梅柳暗相催，客到荒除破石苔。此日一尊逢暮雨，頻年雙淚對花開。空堂木榻披書坐，春水蘭舟問字來。燈火嚴城知不禁，須教明月照深杯。

砍樹謡

江南六月天不雨，縣吏呼農去砍樹。京口將與下海師，造船近奉軍前羽。前郵百畝禾已焦，後塘有水誰能戽。農夫不忍坐死禾，手持斧柯屢回顧。昨朝砍及相公墳，今朝又伐中丞墓。相公中丞子孫貧，追索無錢縣吏怒。安得鯨鯢一埽清，長使農夫事耕作。

登靈巖

琳宫遥在館娃旁，躡磴扶登向夕陽。歲歲春風思國色，朝朝佛法懺吴王。水流猶辨采香徑，草綠全迷響屧廊。塵劫總歸清淨界，老僧不與話興亡。

維摩寺

已度千林上，維摩自古今。半山人語出，孤寺夕陽沈。寒鳥落還落，霜楓深復深。欲從求妙諦，老樹六朝心。

劒門

杖策登神境驚心一望間淺黄生海霧深赭落寒山絶壁從無地懸崖各不關何當共飛鳥日夕此中還

桃源澗

斜陽歸曲澗薜荔暗風吹古墓人行少深山葉落遲看雲心不動愛石坐常移去住成今古寒林應未知

喜雨酬邨中老友

梅雨郊原一望同暫時景物感衰翁秧田鳥下遲遲羽麥隴牛歸漠漠風深淺溜痕收卷帙滅明燈影亂梧桐到門獰吏追呼急稍喜天心未困窮

螢

何當爝火輔飛蟲腐草能生月令中也度疎簾捲明月却隨團扇落秋風一尋殘徑微窺跡細數流輝訝許同自有末光依未得爲余留影照牆東

喜得震坤先生入關之信 時以助修端門赦歸

秋風皁帽拜恩初六載投荒萬死餘 寛詔秪今

傳絶塞破家何計壯 宸居懸知故國無相識却望他鄉是舊廬老我五湖驚歲晚可憐同較石渠書

每從提命見情親翦燭何當話苦辛明月待君如暫客青山憐我亦長貧可知聖世投閒日猶是先皇不殺身路遶鄣門 陵寢在荒原慟哭一孤臣

秋夜同蓀友步月虎丘

秋雲卷微月復此山中行濁酒不自醉古人無異情澗流松露滴僧語佛燈清他日期何所高歌心欲平

横山夜歸

暮出横山路身從過嶺輕秋墳楓葉亂邨舍稻香生衆響一爲寂千林今獨行殘燈能辨徑隱隱梵鐘聲

紅橋

王郎佐郡絶風華百首詩成未散衙今日使君遺愛在紅橋齊唱浣溪沙 阮亭有紅橋唱和詞

送王石谷游白下

自識王郎愛遠游白門秋色望中收三山煙雨三山暮六代風流六代愁

輞川遺法足師承黜染非關拙匠能試上雨花臺上望莫將金粉涴金陵

有懷顧華封在歷城堵伊令署

嗚呼顧生遭時窮秋高匹馬驅向東丈夫失意每如此含恥自拔塵埃中濟南茂宰亦名士十年一官乖白翁訟庭無事日吟咏高懷落落與爾同張

筵待客意良厚各悲晼晚當秋風題罷新詩歷亭上青山睥睨千林紅七歌寄我再三讀抑塞塊壘何時終人生榮辱亦消歇風流文釆難遭逢嗚呼顧生寧復嗟時窮

王文恪公所藏吴仲圭漁父圖歌

滄洲一卷置我前其中浩渺多漁船小詞標題二十二龍蛇宛轉空濛天畫船悠悠烟波際画人草草都不類設色形摹屬畫工此圖一氣參天地來往漁船任自然小漁操槳老漁眠其中漁父二十一變化筆墨生雲煙迴惑心神決睚眦再三因識前人意意入寒江萬頃間思成筆落神工至我欲從之天一方手持短櫂泝流光日夕漁歌相應荅百年生事付滄浪仲圭画法天下絕文恪收藏太平日主人坐我南軒前如在瀟湘洞庭側

茸城訪吴梅邨先生

來尋吴祭酒十月到茸城曉日昏昏上寒潮細細生旌旗山郭路蝦菜水鄉情示我登樓作高吟徹骨清

爲問扁舟意天寒那別家江邨三月雨落盡木棉花凉月過殘角荒城入暮笳昔年曾此地賓從盛才華

相別吴關暮相逢泖水寒琴書齋閣靜夢魂安脫略還前輩棲遲各罷官應知倦爲客何處酒杯寬

掛劒篇

古來尚義吴公子有劒千金不足擬一時奉使過東齊佩此寧徒壯行李徐君見之歎羨公子欲

贈還復止先將君命遂私交及至歸時故人死平生義分同金石豈以存亡變終始當時相顧各未言撫此分明寸心是嗚呼公子非求名感我中情不能理共説干邪敵萬人何如此劒空山裏

泊青浦

過眼青山失停橈落葉聞漁燈明夕浦野鷺劃寒雲水氣孤城合人煙斷岸分不成尊酒興歸思竟紛紛

贈何霜崖明府

春申浦上百花明泥飲齊傳茂宰名西晉家聲標石柱東吳文教屬江城映簾秔稻侵應滿繞郭魚龍臥不驚愧我未成循吏傳扁舟蝦菜幾含情

冬夕大風不寐

搖落殘冬氣蕭條百慮幷夜風吹獨客寒淚湧深更進退吾何據詩書世所輕來朝青鏡裏應有鬢絲生

題翁季霖小像

近得袁生訊知君最好文更從圖畫見爾貌迥殊

羣碧樹重重合清泉細細分此中還獨坐來往洞庭雲

過中峰追憶蒼公

遠過中峰寺譚經願已違浮生兩度至高唱十年稀壁蘚惟殘碣山椒尚落暉皈依竟何地惆悵不能歸

放鶴洲

兩度名園過人傳舊相家步來多得水坐久只看花小閣凭湖直荒亭礙石斜青郊春事足誰復惜韶華

將至西湖有懷蓀友

已是經旬別新詩孰與陳無端成遠客失計作詞人山寺燒紅燭南湖耆碧尊舊遊眞不忘憶汝轉傷神

曠望

曼從偪仄行忽得曠然致推蓬一舒望心目兩俱棄綠樹亂若薺清流細如織沙淺遊魚稀灘平文石積落日明前川殘煙渺焉寄神移象欲冥復見

一山翠矯首屬歸雲寄我澹澹意

亦仙買畫肴畜舟中索詠

春山藏不穩迢遞伴余行側目似微憾依人復有情得名因冶飾制勝在先聲辛苦張京兆朝朝畫却成

客有言錢塘似五湖者因賦此

渺渺錢塘欲去程因君更動五湖情波閒白鳥飛無定簾外青山數不成君子何年裒甲渡美人他日泛舟行興亡兩地誰堪問剩有清流徹底清

七里灘

長年辛苦浪花高舴艋猶嫌進退勞絕嶺淨雲牽百丈危灘新水足三篙野猨渡澗窺人影幽鳥過林護羽毛信宿清江愁易盡須教終日醉香醪

抵嚴州

睦州風物未彫零城郭煙巒問已經割漆人稀蠶正熟焙茶香透酒初醒花溜水氣千重白雨洗山根一帶青此地不曾樵牧入夢魂翻自憶西泠

穀溪

細浪真如穀清川舊得名斜陽過水碓雜樹間春耕草綠偃王廟雲陰姑蔑城前途灘正急濁酒暫時傾

蘭溪道中

蘭溪溪水碧無根白日澹蕩過殘春雙槳擊流石齒齒一聲撇旋波鱗鱗且將杯酒洗塵慮自愧形骸非逸民學書不成未學劍采蘭何處還采蓴

將抵三衢

水闊三衢近舟人靜不喧帆移孤塔白雨過半溪渾樹暗當清晝山明非故園仙踪如可即吾意亦飛翻（爛柯山在城南）

浙中諸郡安插海上投誠人

制閫新收島外兵越江還築受降城澄清海國輿圖合赫濯皇靈廟算成解甲千營齊拜爵流民萬里望歸耕扁舟游子青山屽把酒聽潮及太平

自常山抵玉山輿中作

山郭散朝霞荒城剩幾家斷橋行客路亂竹長官

衙地瘠無香稻人稀半野花江南今夜夢誰復記
繁華

一雨初晴後千山獨去時人聲棲鳥畏虎跡僕夫
疑絕澗紅泉落荒岡白日遲無端向江介感歎復
臨岐

設險重關在當年亦戰場青衫過古道黃犢傍斜
陽邊塞今停戍　朝廷正省荒還期司牧者加意
集流亡

指點前山路前山是玉山殷勤茅店酒辛苦路人
顏地勢趨仍下方言辨更艱愁看雙白鷺飛去幾
時還

泛彭蠡望匡廬

仲夏理舟楫凌晨泛洪濤揚帆不能正坐聽長風
號翕匌翳朝日飉颷旋鴻毛星渚去瞬息霧映匡
廬高秀削破青漢亘互入平皐飛瀑香鑪顛意度
目亦勞僞漢昔分據艨艟建旌旄寂寥幾百年九
派今滔滔遊子豈利涉險阻身所遭還測造化理
悚怵喧爾曹

族祖按察公署中泠然亭小飲

暫作南州客招攜在綠池鄉心鐘度晚官閣雨來
遲靜理風塵得孤懷骨肉知濃陰終日語却似在
家時

肥遯懷徐孺卑栖憶子眞可知同醉客半是倦遊
人乍拂簾旌燕將歸江渚身持尊向長者辛苦涉
通津

上熊雪堂先生

正繫蒼生望先生未合閒　累朝看赤舄兩疏乞
青山直道安危後深心去就間盈盈章貢水翛翛
老臣顏

投周伯衡前輩

南州久已推屛翰前輩今還見典型京國春風陪
禁苑潞河寒雨話郵亭一官歲月頭空白數載湖
山眼倍青地望如君猶薄宦不才何敢歎飄零

鐵柱宮

碧殿城南氣象開豐碑自昔長莓苔雲沈古井蛟
龍臥日動雕甍劒履來地脈千年還鐵柱江聲終

夜在樓臺五陵遺識傳聞異浪把浮生姓氏猜

登滕王閣不能成詩感而記之

詞賦流傳句有神樓臺終古景常新不關舊日非今日遮莫前人壓後人

寫韻軒 相傳吳綵鸞寫唐韻於此

江天長日拜神仙風格依然寫韻年好事流傳眞本在朱絲妙楷硬黃箋

孺子亭

聘君亭下燒痕新爲弔南州古逸民道合故應留木榻時危肯復上蒲輪盤飧鄭重譚農事絮酒間關哭故人高節至今還寂寞荒祠野老薦溪蘋

再登滕王閣望西山

每對西山思不羣却登高閣正斜曛窗中白雨兼紅雨嶺上朝雲復暮雲玉洞何年藏祕檢翠華當日駐新軍淹留未探匡廬勝獨有清江兩地分

亭上望湖

彭蠡將歸客高亭極望情亂雲全浦暗落日半檣明壁冷碑重讀山殘鳥獨鳴分風聞故老清酬答神靈 彭蠡能分風上下見地志

小孤山

水面千尋出半稜或刺天橫當彭澤浪斜度洞庭船古殿靈風合空江夕鳥旋漸知鄉國近回首亂雲邊

過采石牛渚諸山

諸峰遥對晚嶙峋前輩詞章故輦塵乘月欲尋宮錦客燃犀愁見絳衣人潭雲樹影空江夕檣燕山花去日春家在五湖煙水裏扁舟將下復逡巡

寄吳明府 時編役建樓

舉墜無煩問委輸横琴今日盛規模颷回鼓角飄楣棟繡錯郊原換版圖紅篆輕塵封永日綠蓑新雨漲明湖江帆歸憶追陪處青箬疎簾對玉壺

登燕子磯

自昔稱奇險殘陽試一登江聲翻鐵甕山勢束金陵去住隨明月興亡問老僧空亭憑絕巘吟眺我猶能

和嚴蓀友山居

多病愛山居惟君同靜理落梅衣上飄積雪窗中
起掩帙且持杯看雲復臨水日夕花信風枝頭見
新蕊

壽從父以巽翁

宗老彫零甚如公不數賢先疇猶可服大雅更誰
傳妙詠同昌谷精書逼醴泉鳥絲繭紙上常寫養
生篇

花朝

出門遇田父喜説今朝晴人自何年老花從此日

生半春寒疾在隔歲草堂成歸去溪前月相看夙
昔情

先妻歿已七載尚厝山園春來多病棲息
其旁風雨之辰泫然而作

春花兼莫雨觸眼即思君猶是一堂聚俄驚七載
分老夫今善病稚子漸知文便欲營幽宅青山何
處雲
憶汝黄河夜從余學詠詩余今詩哭汝汝意復何
爲久矣塵纓脱惟將卷帙隨空山茅屋裏猶不負
前期

和嚴蓀友山居

長晝喜閑關取適在昏曉朝見秋山高莫見秋山
杳山杳林薄清秋光在前沼烹葵邀鄰叟舉網得
魚小藉草聊爲歡人生放懷少嗟彼華屋人中心
獨悄悄

贈蘗公

曾聞祖席屬名賢秖樹重開講法筵白簡霜威歸
舊事玄關水月見真詮鴈堂峰削芙蓉色鹿苑香

移翡翠煙試問真源同異意了知心懺兩忘筌

臥病山中聞歸元恭偕同學諸子集影園

不見歸生久今聞在影園何當文酒會夜雨臥山
邨嘯詠正遥憶孤栖欲斷魂平生舊相識風雅幾
人存

舟燈

黯澹空雲水微輝破混茫静知人影在去覺榜歌
長峙樹藏還見江風滅復光衡門轉無意倚杖坐
相將

難林影依山折溪聲挾雨雰那知流遠近還作二泉看

黃家嘴觀治河

國計年年瓠子宮水聲秋湧海門通青絲夜挽河流闊白壁朝沈野草空茅屋霜嚴開府節荒祠旗滿大王風淮徐民力經　宸慮新詔猶聞遣上公

淮南被水傍湖郵聚皆爲巨浸

倚棹秋風裏荒殘舊路非客心增索莫水色轉霏微只覺魚蝦賤誰憐井邑稀淮南薄莫望落葉背人飛

祖觀察枉過草堂却贈

周家尹姞今時祖重則屛翰親肺腑叅錯九牧如雲煙天生多才奉吾　主淮海東南寄最深　帝簡賢臣作郇雨三銓夙已重持衡雙節今方倚開府勳名帶礪壯山河簪紱風流邁今古象移牛斗動昭回畫鷁薰風江上來珠履兩行承駐檝羅旗十隊引登臺高情河朔紛無已氍毹月墮梁塵起入破霓裳衆已驚從此聽歌皆下里草堂更爲陳

山燈

的爍揺虚磴迢遥映翠屛岳蓮開霽月幽澗落春星影逼烏驚曙光凝樹轉青探奇在深夜游屐幾曾停

花燈

蕊粉含猶見蜂鬚宿更香飄應隨急管移合傍雕闌紅霧烘成暈清陰冪未寒且知春幾十謄照酒杯寬

中秋同西銘蓀友從叔樂天先生賦

令節秋方半空山夜正中可憐明月照還與故人同佛火深林𥘉泉聲密坐通何當對西爽日夕桂花風

秋水閣

山閣坐知久愛看秋水清萍開孤鶴過蓮墜小魚爭迴合滃林碧微添落照明未窮莊叟理圓對愧吾生

支泉

不自藏深谷因人度鬱盤映空仍皎潔潤物恐艱

金石的皪珠輝潤，川澤纈眼頻挼注視難犀毗鏤紅花蔻白中有緹封赤篆開蟠螭伏獸驕欲齧沙跡終迷蒼頡文凝脂却點裛紅血空山日永草如茵青桂難淹報主身人生意氣何長在傾蓋曾喚白首新愧我山中編薜荔使君脫畧論兄弟繫攬殷勤訂後期秋風重鼓長淮柮

哭蔣路然

十年風雨共盤桓子脫青衫我罷官苦愛詩書增疾病具緣孝友得艱難支撐敗屋諸孤在收拾遺文老輩看含北黃生今亦死可於泉下語更端路然與黃心甫論詩不合

和吳弘人見贈之作

頻年蹤跡混樵漁舊友還過慰索居白首更逢多難後青山重憶定交初詩篇寂寞茅齋雨懷袖蒼涼絕塞書弘人出示令弟漢槎塞上書尊酒共君秋夜醉滿庭清露溼芙蕖

同沈青城曉發浦口

濁酒聊共醉落月猶照君恃人知所向失意樂爲

羣驛騎催春草江聲劃曉雲山中客相望風雨抱奇文

社集寄暢園喜雨限韻

千邨同慰望五月得甘霖雲灑皇天澤憂勞 聖主心時畿輔不雨飛花隨澗落垂竹到池深不辨雲歸處微鐘出暮岑

毘陵郭外

移舟當落日出郭已含青雉樹收殘雨孤邨帶遠星鳥飛深稍見泉瀉靜能聽歎息躬耕者柴門夜不扃

包山寺

山色四圍靜到來清客魂疎鐘時出寺殘照正當門竹裏登高閣雲邊見古邨惟懷陸處士風雅至今存

歸雲洞

林光雲影望中明更向歸雲洞裏行古石削成金粟相空巖敲作木魚聲啼殘野鳥還驚客開徧山花那識名欲卜五湖煙水宅空教婚宦誤浮生

石公山曉望

鳥啼無數湖上樹橘柚滿園山曉時微霜淨拭青玉案初日照耀珊瑚枝全收宿雨水搖曳半落奇石神扶持讀書飲酒此終老何用求仙採紫芝

洞庭詞

烏鵲歌殘霸業傾舊時花草不勝情嬋娟似解吳宮恨明月灣頭特地明

縹緲峯高未易攀扶筇早上白雲間低頭欲認鄉闔閭只豁夫椒一抹山

橘社傳書事可疑殘碑猶自記相思龍宮那識書生味不嫁西川濯錦兒東山有柳毅井實謬

綠樹平湖好卜居數間茅屋一牀書山家供客無兼味手摘黃柑換白魚

石壁庵

水際羣峯合林間一徑微湖光搖石壁花氣護松扉病怯新篘味寒侵老衲衣迎人惟白鳥坐對亦忘機

秋夜步月虎丘懷蓀友在都門家叔樂天

臥疾

佳人不我偕茫茫山月白對酒易成醉停舟向秋夕寺門鐘欲動徐步境轉寂我友披裘生久作京洛客叔氏少過從兼旬臥荒宅人生非少壯朋舊屢離析攬芳遥欲贈黃花不堪折俯觀泉石清仰負笈山屐孤吟傷懷抱爲歡念疇昔

初至石公山

近山流益清遵渚舟猶駛主人杖策迎結廬翠微裏到門忘揖讓開軒入行李馳情在雲煙一飯四

五起凌緬及山顛紆回復山趾橘柚垂黃金楓林照空紫石勢爭波濤西行益奇詭拔地疑無根穿雲失所履主人吾宗老頗得山水理日暮扁舟來爲問鴟夷子

林屋洞

昔者靈威翁按跡求神仙入洞七十日歸報吳宮前石函閟金簡銀房流玉泉耳中聞波濤足底生雲煙後來天全子列炬搜奇玄須臾至石壁但見鐘鼓懸莓苔隱綠字亦是人工鐫從來靈異境不

易信所傳我來方初冬陰崖水涓涓賓客勸我入傴僂非夙便寧爲衆人嗤莫使通人憐洞口曜靈景竹柏摩空天羣峯呈殊狀矯若神龍旋上眞御鸞鶴逍遥在其顛洞中三卷書歎息誰能詮

落葉

木榮不足欣木落不足哀榮落非其故物理當細推如何將落葉臨風更徘徊琵琶入孤舟客子且停杯人生寄宇内飄忽如飛埃吾聞不死人辛苦居蓬萊一念苟相續萬古同傷懷落葉復落葉西

風天際來

雨後泛舟梁溪同金陵俞廣霞楚黄杜茶邨從叔樂天先生分韻

湖山仍宿昔文采亦同時出郭對尊酒沿溪垂釣絲葭楊圍古縣煙雨散荒祠不盡扁舟興蒼茫任所之

贈剖石禪師

淨界臨千地宗風闡四禪辛勤拯苦毒卓絕冠人天六祖分遥裔三峯啟法筵一時推鄧尉大力長羣賢妙諦歸眞實微言絕後先勝旛開境日寶鐸振迷年龍象雲煙合金銀氣色鮮有來皆肆應無重不仔肩虎跡朝參褻蛟宮夜施便劫灰飛更盡丈室坐依然臘記皆前樹身同火際蓮不成生滅相豈有去來緣德水元無竭耆山更不騫自同鐘瑞地莫喻息言傳泥絮曾聽法梅花每放船冥心觀不住圓對果忘詮慧業三生在慈恩四葉偏但容添佛火終此覺迷川

懷蓀友

薊北春寒迥似秋知君未脫木棉裘穆生醴設終當去徐孺榻懸仍舊游漠漠平蕪連古塞毵毵碧樹暗芳洲九龍山下清和節薄有雲煙傲五侯

蔣虎臣修撰移疾不抵家游峩嵋伏虎寺留偈坐脫感而記之

掛冠神武慕煙霞獨向峩嵋萬里遐伏虎寺中新踞虎探花榜上舊空華歷嘗世故驚投網始信皇天遣出家一路涅槃明大事千山積雪照郫伽

將至玉峯有感

回思結客少年場羣玉峰頭醉百觴垂老心情餘
慘澹舊游蹤跡半蒼茫輕雲不礙秋山色落日偏
烘晚稻香獨喜飛揚諸子在未妨白髮臥江鄉

明日至青浦當與周五子俶相見

秋月秋風無限情故人薄宦滯江城袖中綠簡誰
能識世上丹砂竟不成味美蓴鱸發孤興齋寒苜
蓿進諸生輕帆明日應相見坐聽空庭落葉聲

夢與亡内竝影在鏡越二日鏡邊得其存
日手書

對此空中影應嗟朝露身先亡我後死同是鏡中
人
鏡巳非卿鏡書還是子書背人揮淚讀愁問意何
如

哭歸元恭

世人昧天眞乃目君爲狂君狂亦難辭哀樂過其
常對酒每悲歌矢口多雌黄動則觸時忌中心無
蓄藏託跡能詭激制行實剛方孝友性所植賢哲
相迴翔吟詩必百首飲酒動百觴碑版或傳記自
比韓歐陽擘窠作大字筆陣森開張余常好博簺
徼逐少年場君聞意不懌岸幘坐我堂責以當進
業胡爲日披猖嗟嗟古人義時輩豈能望無食君
不歎無子君不傷手抱太僕文必使流布長剞劂
事方半一旦自隕亡君鄉徐祭酒稱君行潔芳更
有葉編修頗愛古文章君志所未竟故人當不忘
江天哭君日寒雲正茫茫

初冬集吳伯成明府聽梧軒即席限韻

農隙多暇豫羣登君子堂尊罍羅几席翰墨流清

香籬邊數枝菊落日相與黄
容膝豈不安出門見狂瀾取舍雖異趣故人久相
看衣故莫棄捐日暮西風寒
高樹列前除攜手步廣榭凉風颯然至落葉無高
下清歡難爲永徘徊在中夜
今人誰與偕古人渺難接道奥非所窺文囿敢云
涉仰視百尺桐歲晚無枝葉

男道然編　外孫王繩曾　孫男芝田校

蒼峴山人集卷二

勾吳秦松齡著

寄阮集

水月庵

行役清淮南停驂日將暮散步林塘間忽與招提遇到門鐘磬微入室威儀具几榻何嚴淨琴書粲然布趺坐聞花香因知心所住

清江浦遇王儀部阮亭

與子十載別相遇黃河濱河流去不息故人寧久親怪余容貌衰無乃自苦辛朋舊漸彫喪文章易危身未免傷哀樂非關長賤貧持此一尊酒暫拂衣上塵去去勿復道愧彼山中人

送何曰鴻往濟寧

別子在何所細雨宿還城遠岍流澌急青山匹馬輕春時晴獨少客路感難平試縱南池目應多弔古情

金陵司馬行

宿遷旅次何子曰鴻述其先世遺事請作是詩兼送之別

汝祖金陵小司馬移家始傍梁溪居不事毛錐好說劒男兒塞上當捐軀襄陽法曹年少日貂璫盡屈諸司膝惟公倔强殺其奴脫走京師歸請室請室朝朝復暮暮手把除符自箋注百年興廢總瞭知九邊阨塞能指數温旨重寬直節臣芙蓉湖上幾垂綸援邊忽奉勤王檄應詔還留報主身萬金散盡酬死士死士曾無一人死偏師纔出復令旋西風淚落桑乾水破耗軍需罪不宥權奸在路天無晝鍛鍊誰當楊魏先罹車幾作熊王後信邸龍飛再赦還撫髀常憶玉門關壯心未展英雄死孫子飄零衣食艱送君東行在岐路努力功名莫返

顧濁酒今朝盡一觴宿遷城外蕭蕭雨

讀阮亭集題絕句

天馬行空軼代姿蘇門鸞嘯更誰知高華苦愛徐昌穀不數文章煙月詞

平山堂上草如煙文選樓中夜月圓刻燭吟成詩百首酒壚愁殺杜樊川

鯨魚碧海固雄奇翡翠蘭苕示我師如子頗稱兼
二妙還能不薄宋元詞
金陵諸記筆如神洗刮江山面目眞馬糞烏衣久
蕭瑟風流重見六朝人

曉渡沂水

凌晨渡沂水策足浮梁曲置身滄浪間朝光紛在
矚平沙散曉霜遠樹搖晴旭班馬中流嘶白鷺盤
渦浴此水清且長諸山宛相屬不敢照顏色撫跡
愧拘束感歎情難弭上有古人躅

沂州城下口號寄吳伯成明府

遶郭清流帶夕曛桑麻隨地散春雲誰傳車馬江
南客遮道兒童問使君（公前知沂州）

青駝寺

路出青駝寺輕寒試雪花千山圍驛騎獨樹走春
沙鴈影重雲沒溪聲亂石斜欲投烟際宿沽酒向
誰家

新泰道中有懷嵇漪園歷城

芳草懷人路中原靜鼓鼙山空春日澹野曠暮林
低浩蕩鳥投寺遲回馬過溪何時逢叔夜詩向歷
亭題

此去濟南城無多三日程記年誰道別數驛轉關
情白失蒙陰雪青來泰岱晴古人多吏隱莫笑一
官輕

野草

野艸忽已青他鄉易愁絕客愁日夜生芳草何時
歇

旅中自歎將寄孫友

余年三十餘生年在丁丑筋骨異疇昔形容漸老
醜半月鞍馬間瘡瘍滿兩肘未行先裹氈未臥先
塞牖胡風卷冰雪如蝟縮其首旅舍逢故人擊踞
不能久眼枯日落時骨折雞鳴後余豈戀榮達未
忍蒙浚谷聊冀一洗濯拂衣歸林藪春風滿田園
夜雨翦蔬韭寵辱亦何常況無金石壽微尚終不
忘貽書報我友

花朝

晴便可憐雨無柰弄晴作雨最愁人東風若遺春

光到誰道他鄉不當春

過岱下阻雪不得登

雪色凝空路百盤十年三過一登難鴛駘那復勝羈靮俊鶻何當借羽翰漢時秦碑思帝子金函玉檢記祠官誰知泰岱春晴望轉作峨嵋天半看

見雙樹忽憶寄暢園

道上逢雙樹高寒欲倚天喬柯思故里碧葉動新年水石能垂護風霜幸保全老親偏愛汝几榻對蕭然

趵突泉

伏流何厚力出地勢應奇今古心同寂高深聽者卑池塘春影薄樓閣夜聲危更訪驂鸞跡躊躇空爾爲

天心水面亭

亭爲元學士李洞別業天曆中洞與虞集柯九思同侍内廷徧述域内山水之勝九思奏曰濟南絕似江南洞所居在明湖上有亭曰天心水面取邵堯夫語也虞集奉勑爲亭記

李公亭子對明湖直比江南語不誣翠幛晚遮光滅沒珠簾朝卷色虚無高文風雨看殘碣清燕君臣說畫圖水面天心誰解得憑將幽意問堯夫

皇上東巡至德州回鑾恭記

講武臨雄郡回鑾及仲冬孝思勤問寢讓德緩登封草木先春色山川識　睿容清塵拜何日彷彿見飛龍

德州弔盧德水先生

讀杜虞山叟箋成號寄盧扶衰看老輩振雅屬吾徒古岸春流疾荒城落日孤驅車莫悵望詩卷付江湖

御河晚泊

幾作京華夢裏人御河復見柳條新孤舟漸入津門鼓細草猶披輦路塵估客帆檣愁落日漁家燈火照深春當關候吏休相問憔悴江潭舊侍臣

櫓聲

莫笑吳兒癖生來愛櫓聲紛紛乘月上約約逐潮

生花岸移偏緩青山去復輕此方蝦菜好轉動五
湖情

旅次偶題

中歲無長策慨然懷舊恩驅車出齊魯落魄任乾
坤白日照春色清川聞苦言當年鳳池客回首幾
人存

續和唐人惠山詩三首

出郭見山色日夕一青蒼清泉來玉洞更上漪瀾
堂綆汲無寒暑冠蓋紛游翔沾灑若春雪巖石生

幽光始知耳目異旋覺心脾香濟物固其性塵垢
能相忘

春風吹山麓迴塘集游人山容自終古物情時與
新草木何華滋水石亦粼粼羅綺照樓閣白日凝
香塵夕磬下林杪翠羽歸青旻此時幽居者蕭然
絕比鄰

白鶴來何方草堂多深樾清暝時一聞林巒自杳
絕水檻開素書坐看暮雲滅石磴落紅滿山頭吐
明月風籟一壑清道心中夜發莫使花盡埽高人

有車轍

潞河寒食

浮雲北望悵何依寒食餘寒未減衣柳色獨隨行
騎沒桃花不見釣人歸青煙禁燭誰家散紫燕春
泥到處飛自別帝城多歲月西山朝爽尚暉暉

古意

彈琴結幽思美人在高樓當窗弄明月手把珊瑚
鉤珊瑚鉤不可碎游子天涯易憔悴斗酒澆向昭
王臺碣石浮雲渺何在明月影照高樓流光散彩

燕山頭燕山草綠車馬跡春風不埽行人愁行人
愁絃上指七絃彈偏淚如水流落江湖白髮多有
身不令報天子絃上音美人心美人開簾橫玉琴
大絃小絃鸞鳳吟春雲不動花沈沈花沈沈情脈
脉不見尋聲識指人明月空閨長歎息

春詠

青郊處處翠華行問俗頻煩 聖主情馳道春融
芳騎色夾城雷殷屬車聲河清再見 真人出頭
白還看信史成（世祖實錄成）鳴珮趨朝多舊侶御溝東望

百花明

先朝進講殿西頭日昃臨軒未肯休賜坐氍毹經博士環聽劒履爵通侯金鏞次第親編定玉軸縱橫自校讐聞道　今皇善繩武弘文館下釋春秋鳳樓天際徹雲璈下直千官日未高別苑風微斛芍藥上林春暖欵櫻桃諸曹才子宜簪筆三唱書生已繡袍倦客愁聽燕市筑典衣不惜醉香醪十年不復賦長楊依舊都門柳萬行何處春風愁索米誰家夜月怨熏香三宮壯麗憑將作（方修三宮）一月清齋說太常（祈雨齋戒）落魄蹔來騎欵段幾經回首憶滄浪

醉歌行贈侯弟漢儀孝廉

長安騎馬多少年侯生何獨愁青氊驊騮伏櫪未及試關河一望空雲煙落拓都城恥干謁有文百軸誰當傳呼朋猶飲一石酒囊中那得青銅錢他鄉逢我況骨肉與子痛飲非徒然子雖失意尚少壯笑余潦倒今華顚敝裘昨踏薊門雪相看何必眞相憐君不見琅玕少實鳳凰餓鳶鷲下食人家田又不見上林三月花半落野草不死塵沙邊天生俊物易摧折人謀豈得居其先不須惆悵芳菲節來朝還向酒罏眠

次侯漢儀出都口號

愁結不可道醉歌聊自申與君一對酒欲飲忽沾巾斯世難爲客他鄉況復春儒冠非汝誤所念老親貧

盧溝橋

依舊桑乾水飛梁百尺通亂雲沈浦黑急浪齧沙紅匃牧資軍實旌旗壯　國容幸當無事日車馬夕陽中

督亢陂

燕丹得國士誓欲報秦醜圖成督亢形僞爲秦王壽中藏夫人鐵右函將軍首太子長跽請荊卿再拜受奔送數千人臨風一揮手

同沈青城編修旅次感懷

自分生涯老佃漁誰教京國更驅車燕疑故壘飛難到蘭忌當門長易除白髮蕭騷游子淚青山斷

絕故交書江南櫻筍今應好目極關河落日餘

早行

嚴裝不待曙四月曉猶寒人語溪重隔鐘聲樹暗攢遠愁搖落月殘夢續征鞍去去過東岱驚心十八盤

長清道中

忽覺林巒秀已如歸故鄉半邨葵子落一路棗花香騎影青峰轉樵歌白日長搴帷動千里所得思蒼茫

德州謠

德州城邊日欲晡德州城外行人呼百里驅來苦飢渴市上今朝無酒沽城南旅舍舊無算盡插弓刀作公館行人搖手戒勿前將軍南來卒精悍錦裝絡繹多朱輪坐擁高牙勢絕倫前驅壯士赤羽箭後隊美人羅繡巾銀盤玉椀照白日擗脯行觴遲便嗔此時歎息者誰子殘書襆被河之涘僕夫相向慘顏色瘦馬饑臥不肯起可知不是貴官騎宛轉塵沙亦徒爾去年　天子曾東巡翠蓋鑾輿德水濱父老親教陳疾苦金錢賜與路旁人人言　天子憐吾民令如風雨仁如春羽林不動市上塵嗟乎將軍何獨非王臣

山店

登頓途已長就舍日欲暮山雲自斂舒翠靄遠相赴樵牧下夕陽悠然畢所務柴荊對羣峯吾亦忘旅寓呼僮解囊書焚香辟殘蠹晛睆時一聲鶯啼何處樹

里兩翁

爲黃先輩漢臣馬博士大林作也兩翁之死宿草猶悲旅役泰安車中無事尋念師友愴然興懷爰賦長句寄示同里諸子

白楊蕭蕭起夕風高墳古碣千山空人生貴賤等爲死文采吾悲里兩翁兩翁生長梁溪城死同涕淚生齊名九原不作黃江夏四壁今無馬長卿長卿早入金閨籍家世才華照東辟白馬青絲白面郎二十登朝人嘖嘖一自黃巾破故都君家文肅

獨捐軀痛哭君親慘天地芒羈投隱在江湖湖邊花柳芳菲節花色殷紅杜鵑血只道先生愛看花月落空山心寸折文賦江南庾子山流傳筆墨在人間酒酣向我一揮灑半落秋燈風雨還自說前身老衲子心空妙解無生理每將止觀教黃翁他時共出青蓮裏黃翁多病苦著書柴門高柳城東居三更爇火因煨芋五月披裘非釣魚早謝青衫甘韋布圖書考索從無誤高文金石滿名山細字巾箱不知數精研梵夾幾春秋學餌丹砂悔白頭

摩詰中年修淨業樂天老去覓丹丘空有文章誇屈宋草堂萬卷無人誦執紼貧交范式看傳經弟子侯芭重兩翁吾里真典型一時彫謝愁晨星遞相祖述杜陵意後生誰者窺門庭我今哭兩翁襆被入東魯欲將西風淚灑作泰山雨一洗秦皇無字碑不隨文士歸黃土

宿蒙陰

兩度蒙陰宿偏增旅思窮破簷山送色高枕鳥呼風鮮剝春旗亂蒙山茶多雜苔蘚蠶枯夜織空孤城聞擊柝斷續客愁中

早起壘前韻

勞役畢生事誰當泣路窮夢回殘角月人散曉燈風卷霧林巒動垂雲象緯空荒雞與倦馬相背亂山中

再渡沂水

我昔褰裳過積雪含朝光今我驅車來斜日照林塘林塘夕復佳水與煙樹長萋迷際遠嶼澹蕩及平岡半渡且延佇淨綠生衣裳餘冬合開曠入夏

何清涼境絕耳目別趣真時序忌嗟哉行役子寒暑去不遑往慮已惻惻歸懷更茫茫清川苦照人如何滌中腸

望河

落日動黃河頻聽瓠子歌僅存肴井邑欲渡慎風波淮勢春流細湖光夜雨多經營憑使者擁節幾時過

驅犢詞

田疇藹朝綠仲夏雨初晴農家方力作驅犢出柴

荆茻荆漸漸已遠隱隱聞歌聲牧牛歌不歌牧牧歌牛不驚矢音無促節取適牛性情不願牛行疾但得牛長耕陰陰青槐樹坐聽心和平

雨中過平山堂飲

廣陵城外氣蕭森有客衝泥入遠林風獵夜荷山閣動雨寒新竹草堂深放歌天地多濃綠中酒江湖易薄陰無恙雷塘東下水盈盈猶照故人心

歸次蘭陵

蘭陵新雨歇江上輕雲回阜壤歡未畢暮禽有餘

哀十年臥蓬蓽半歲驅塵埃山中舊行徑何處生莓苔羣從知我歸置酒草堂開清風乍相識明月爲誰來

重陽後一日渡江

落日京口渡重陽雨後船疎星低照水獨樹遠黏天暝色神靈集江聲物命懸鯨鯢今偃息瓜步有寒煙

獨立

獨立欲何望曠然遺古今初寒紅葉墮向晚翠微滚忽聽寺門鼓頓回空外心蓬窗有尊酒興到一長吟

淨業寺水亭蓀友寓舍留宿二日

作客精藍住孤亭置水隈煙巒當牖見鐘鼓隔城來生意憐殘柳鄉心動早梅上林應有賦誰薦馬卿才

書卷攜能便江湖望不迷何期來　帝里與爾宿招提靜覺寒暄變閒知得喪齊休公時共語不厭日輪西

月夜舟行

春入潞河夜煙波成遠遊帆開孤月正岸轉衆星流駿骨金臺古鯨魚碧海收平沙渺萬里浩蕩不知愁

憶內子病

明月來前除霜鐘夜偏早不識閨中人臥疾何時好初恐益爾憂出門故草草亦知寒暑移貞脆誰能保幾日望來信雨隔桌馬道謬託曠士懷離愁暫云埽

贈廣泉自曉上人（時暫寓淨業）

朝聽淨業鐘暮踏西山雪形神自不繫獨見宗門傑吐論如涌泉觀心已拔楔頗亦笑時流門庭競分別繩牀脚不支布衲冷如鐵梵夾不去手吟詩動清絕謬許物外情聞風已相悅禪房坐未深玉河冰乍結

海子

海子紅門舊直廬苑西傳唱輦來徐只今天上嬋娟月曾照離宮夜讀書

玉河

朝會諸王戒早興霜寒子夜午門燈拜賜日高金殿出紫騮齊蹴玉河冰

和韻奉答王阮亭郎中送別

擊筑心更苦聽君彈玉琴君言久不御爲爾發清音高館夜將半他鄉春欲深忽思歸舊隱對酒一沈吟

昔年游歷處松菊問荒園野水能通棹青山獨閉門飛揚餘翰墨放逐老丘樊遲爾吳田夢月明聽

夜猿

燃燈佛塔（在通州城東）

琳宮層塔勢崔嵬　翠輦曾從此地迴落日高墉屯虎旅西風寒磧散龍媒平看雲物諸天外遠見軍儲萬里來尚說貞觀殘碣在　聖人親爲拂塵埃

歸舟和黃雲孫

扁舟斜趁海門風每對春光歎轉蓬翳翳綠陰寒食後遙遙清磬夕陽中鄉心已逐閒鷗去世事眞

看失馬同莫戀河橋楊柳色還家猶及落花紅

和沈青城

百感從知有此身相看失路莫沾巾長辭京洛塵中駕尚作湖山畫裏人小艇春持花港酒茅堂秋煑碧溪蓴與君期向煙波裏湖上相逢認釣綸

述感

軒冕匪獨貴韋布何獨輕顯晦自一致緬懷古人情早歲竊微祿中年事躬耕山林散幽躅誰驅出紫荆上書志不達悠悠笑無成疵賤身所招物論

原持平昨非今已覺負未安吾生

待闕清源久不得達書慰同行黃沈二子

渺渺三珠樹高棲無羽翰枋榆不尋尺奮飛力亦殫嗟余倦遊客所向同悲酸懷歸事則已瞻途復多端孤舟亦何爲日日清源湍顧余貪水涉累君行路難因依意良厚責讓情所安諒哉同心友斗酒能爲歡不慮道修阻但惜春光殘懷古一慷慨豁達披心肝忘形縱諧笑夜靜生波瀾波瀾亦易生春水自來寬明日掛帆去終當謝征鞍

魯仲連射書處

倜儻能排難高踪久未湮重過射書處轉憶下齊人粉蝶低殘照風花亂晚春不逢天下士此意向誰申

詠史

翁叔輸馬廄天子識其賢一日拜光祿公卿皆比肩賞賜累千金母死圖甘泉小心侍帷幄燭奸在幾先寶瑟聲未絕何羅投殿前有女不肯內輔政不肯專始終抱一節七世身名全嗟嗟霍子孟徒爲後人憐

梅生高世姿倜儻好論事朝綱日廢弛貴戚漸驕恣昌言觸忌諱斧鑕不敢避吾謀適不用權奸竊神器翩然隱會稽妻子能永棄

男實然編

外孫王繩曾
孫男 春田 校

蒼峴山人集卷三

勾吳秦松齡著

然竹集

京江與劉震脩嚴蓀友別時蓀友入都門

秋風與子失前期吳楚烽煙極望時天地何心猶帶甲江山無恙只旌旗青衫作客才名誤白首從軍歲月遲珍重故鄉分手日金焦殘照足相思

泊瓜洲望南岸結營

牙旗秋卷暮天高鐵騎臨江意氣豪百里青山開壁壘一鉤新月照弓刀 聖朝撻伐原無敵臣子馳驅未是勞慚愧書生無寸效將隨禁旅著征袍

憶蓀友

正近重陽風雨辰扁舟愁絕大江濱邨橋沽酒知何處轉憶黃河夜泊人

九日

西風吹角使人傷白酒黃花憶故鄉離別不知秋欲暮夕陽江上是重陽

江行即事

秋空望遠不勝情尊酒長途仗友生白鳥自隨輕浪去青山遙映峭帆行江雲江樹同爲色蘆葉蘆花共作聲誰有曠懷當此境風流惟憶謝宣城

秋陰

乍雨成寒色征途且醉醒雲橫半嶺白波動夾江青草木朝光溼魚龍夜氣腥秋聲兼客思零亂落沙汀

對月

客中初對月況是暮秋時葉落微吟得潮生獨立知江山終不改天地竟何悲尚有清光照艱危未敢辭

晚至彭澤

斜趁東風過小孤蕭條古縣長黃蘆修鱗出水還爭躍俊鶻翻煙試一呼落日山川增氣象暮潮舟楫近虛無高人已往餘衰柳空載船頭酒百壺

擬登廬山不果

適志惟登臨平生愛丘壑睠彼匡廬奇前賢屢棲託潯陽近山趾煙雲滿城郭豈無濟勝具振策躡

芑屩守郡有故人爲言治杯酌窮覽畢所願嘯咏
慰離索王程亦未急風日殊不惡境至意常遷情
馳理仍縛寇盗莽縱横蒼生在鼎鑊深抱國事憂
安能恣游樂莫探靈運跡若負慧遠約石梁與飛
泉想象入寥廓簪組方我攖中情愧猿鶴終當脱
塵鞅幽崖采靈藥

蘄春道中懷蓀友知其別來亦苦相念賦
此却寄

別君將一月南北各殊區思君計君程應過南陽

湖南陽煙水宅風土如三吳霜螯登饌美香稻炊
雕胡君凡五度過賤子兩度俱撫景念疇昔懷人
理寧無我去潯陽郡還出蘄春途黎庶半流散田
野多荒蕪軍興事日急民困何由蘇雖未膺官守
中心苦踟躕踟躕忽有憶吾友天一隅行行京國
近脈脈情緒紆顧我方遠適時世多艱虞君無損
眠食吾分當馳驅臨岐握手語豈敢忘須臾所諒
平生懷未肯慕華膴責誼勉陳力終難愛微軀矯
矯雲中鴈棲棲檣上烏愚智若異趣高下同所趨
庶幾保明義相望浮雲徂

讀史

上將成謀定若何殘編讀罷幾悲歌一言當意沈
痾失萬事經心痛哭多渺渺長江連楚蜀蒼蒼明
月滿關河只今銅柱風煙外終古人稱馬伏波

待風下山磯

溪邊成久泊病起愛行吟獵火高原外魚罾落日
陰兒童來問字野老看彈琴更說前郵好山山紅
葉深

蘄州僧舍

近水啟僧扉前山正落暉蕭然一叢菊乞得數枝
歸江上波濤闊林間煙火稀未銷塵劫慮容易傍
緇衣

郗參軍

郗參軍附桓温帳中臥聽朝士言祕計欲將江左
吞王謝日旰猶在門忍餓但得性命存散財結客
徒市恩垂絕思親雖愴惻生前不念公卿尊嘉賓
小子死恨晚支遁知人何足論

淝水捷

子弟胡爲欲使佳芝蘭玉樹生庭堦舉親破敵本神賞圍碁賭墅非遺懷萬隊金戈風雨散八公草木旌旗排幼度提兵入死地不然轉足無江淮嗟乎國家安危從此託淝水一戰晉不削名士何須置高閣

憶諸弟家中

鐵甕城邊日暮潮分攜各把木蘭橈東歸煙樹看鄉色西去風波入楚遥何處花明紅燭院暫時人醉綠楊橋山庄漁獵應如舊定憶秋江夜寂寥

段太尉

汾陽愛子紈絝流馭師寡律邊民愁里中無賴竄軍伍市上殺人連臂游邠寧節度不敢問段公旁睨懷奇謀上狀白府請計事願署虞候銷隱憂有軍市酒刃酒翁撞壞釀器酒流溝一日縛其十七卒斷頭注槊列道周尚書營中人盡甲節度震恐張兩眸虞候大笑掉首去解刀却從營門投諸軍氣猛豺虎儔入門夾道持長矛殺一老卒何用甲

吾今來自戴吾頭急請尚書聽我語而翁勳業垂千秋胡爲縱卒亂邊塞郭氏功名將不收我未餔食可設具我疾將作今當留直叱僕夫持馬去終夕晏眠環寇讐尚書謝過軍士服告成大府歸涇州

溫太真

太真才氣何縱橫撥除喪亂反掌輕過江名流誰第一當日品題殊未平絕裾別母本爲國舉朝屬目流英聲游戲偏爲處仲客疎狂逆探世儀情横流涕泗方辭闍一尹丹陽早設兵蘇峻無端效作賊義旗遥舉恢神京馳檄登壇壯士奮誓詞口誦聲錚錚終使皇輿奠如故堅請歸藩由至誠嗚呼丈夫作事貴終始陶公晚節相爲成塹時狡獪未可測要取忠孝通神明

詠史

田竇昔傾害其端始賓客賓客亦胡爲勢在乃接迹武安固驕恣魏其中亦迫處貴人所親失位胡惋惜仲孺本壯士好盡使族赤囁嚅兒女流瑣瑣

奚足責相知豈不讙無爲搆其隙兩貴正相軋他人受彈射不見知幾人文游避翁赫長孺本正性切諫古人稱雖常毀儒術乃毀公孫弘天子冠始見將軍揖而升無爲郡亦治法吏心所憎盡職在補過出守謝不能漢武雖容直淮陽竟不徵

病中對雨

抱疾已兼旬風雨猶未歇水積天傾敧岸頹雲突兀冬夜昨聞雷殷殷聲鼓發今朝雨更多翻動黿

鼉窟孤舟渺江上危檣勢欲揭飄忽驚心魂陰森慘肌骨漢陽百里道阻若燕與越沈憂誰能理搔首落白髮

武昌城下送潘吏部先赴江陵

與君久向山中臥何意重歌行路難被　詔且容稱散吏逢人莫道舊朝官沈沈落月江城閉去去扁舟楚澤寒早晚荊南同作客班荊便似故交看

湧月臺

一訪驂鸞跡重過湧月臺青山初欲暮黃葉爲誰哀石古臨江立亭空帶郭開時吟崔顥句心逐楚雲回

雨後見月

夢回聞雨歇明月更當樓失喜披衣立空思著屐遊影斜前嶺度光遠大江淨似欲來清嘯古人安可求

八世伯祖方伯中齋公前從部郎出爲武昌守七世叔祖少保端敏公先高祖舜峰公並以都御史開府武昌勳德並載

史乘松齡遊寓斯地緬懷先烈敬述三詩

緬我貞靖公篤生三孝子方伯久祿養璽書重褒美仲季隱事親綽楔表宅里武昌迎親往江魚足甘旨貞靖愛吟詩名勝供驅使歸作碧山社耆英差可擬文翰照泉石衣冠儼圖史王程時便省官廉得親喜踰艾遂乞身兄弟常相倚五峯有草堂遺文獨清綺貞靖九世祖修敬公私謚

端敏開府日世宗龍潛時深知在舊邸遇合風雲

奇盡歷六卿長晚總南曹司星辰尚書履風采青
宮師偉績兩京著侃議中朝持生平不傅會大禮
與青詞仕宦五十年海內仰羽儀展讀名臣傳終
始誰能疵休哉君子澤數世猶不移
我祖大中丞早歲登王畿讀書白玉堂焚草青瑣
闥掌禮正秩祀司憲揚國威初作虔州鎮逋寇盡
來歸再移荊楚地數歲民無饑每蒙天語賞忽中
宵人譏時議方持黨功高竟拂衣歸田每閒暇園
林對芳菲至今芙蓉湖猶存釣魚磯老成一彫喪

國事乃日非

聞湖口信

彭蠡從來路險艱亂離消息有無間經時楚澤魂
方定幾夜江南夢不還行處盡稱三峽水望中多
作九疑山須知百郡咽喉地莫道隣封事等閒

將抵漢川

蕭蕭涓口夕陽沈舴艋來浮漢水深雲雨那關神
女思桔槔眞愧丈人心江鄉草木無寒色楚國山
川正薄陰頗憶昨宵明月裏戍樓高處動孤吟

舟中

雨過川何淨風清棹獨遲亂流依板屋古木暗荒
祠老至艱難熟途長嬾病宜焚香對小几閒寫楚
騷辭

遣信先至江陵僦舍

南去王師戰伐初楚江何處卜吾廬莫誇盾鼻能
磨墨只覺蓬門好著書烽火愁中迷七澤煙波望
裏弔三閭無須辛苦求精舍依樹遮頭便有餘（意欲居僧舍）

枕上聞雷

何心窺造化十月再聞雷夢覺渾無定陰陽結不
開江荒人獨臥風急鴈飛回日夕寒流上蕭條起
暮哀

寒女歎

賣去結綠珠獨上流黃機織成雙鴛錦誰家作舞
衣
燈火半明滅停梭聞歎聲誰知蓬鬢影舊日亦傾
城

雨眺

未覺干戈逼空知魚鳥親川容成澹漠雨色見清真不動煙中艇將歸隴上人三湘行已近何處弔靈均

懷周伯衡前輩

江漢水未落扁舟日盤桓感懷託柔翰歎息知音難客竹帶殘雨遠帆生暮寒佳期隔千里持此念無端

寄沈青城編修吳門

半世交深各鬢斑悲歡何處不相關三秋怨別千郵雨一路愁看萬仞山襆被關河明月冷草堂風日落花閒與君共入金閶籍往事沈吟淚已潸

晚步

落日江山靜艤舟客思清疎楊垂岸古野水蕩沙明目倦帆檣影心空鳥雀聲每看墟落好一動故園情

鄉書

江干風雨動經時兩月鄉書寄未遲羣從欲知游子況青簾終日對鸕鷀

危途常恐信沈浮前度緘題黃鶴樓此去煙波通漢沔戰雲滚處是荊州

憶曹秋岳先生赴蜀

共承新詔賦從征遠道君過白帝城劍閣寒雲岐路夢金閶殘月別時情孤生敢作三秋怨老輩猶爲萬里行匹馬亂山無定處相逢誰識舊公卿

寄蘇崑生

家居多謝病於爾獨情親吳苑花閒調梁園雪裏

人青尊疎禮法白首倦風塵曾事征南幕閒關剩一身

過東湖

湖流環百里挂席到荊州南國千秋思西風兩岸愁雲隨傳檄騎楓落過灘舟豈有依劉願真同王粲遊

荊州承天寺寓舍作

閒棲蕭寺古城東煙火人家半已空何意輕裘看叔子還將一紙望劉公青山目斷旌旗外白髮心

皈梵夾中何事隔牆高詠客苦思黃鶴問仙翁同寓潘吏部欲訪道黃鶴樓

澤口射兔

澤口多平原草黃兔所窟射獵非吾長因人與飛越呼僮具弓矢結伍明賞罰潛行入深莽奔走出林樾一兔起我前持滿不及發分曹逐其類呼噪聲不歇水際幾得之復疑草中沒前途馳一兔其狀益飄忽鳥逝何翩翩人立乃兀兀倔強竟不終一矢洞乜胃持歸且相賀緩步林間月

泊黑流渡

薄日下高原荒邨半掩門投林寒鳥疾爭渡遠人喧燒竹江邊色斧冰沙上痕可憐征戍後猶得幾家存

冬夜柬周前輩伯衡紀太守子湘

一身垂欲老吾道竟如何江漢空彈鋏乾坤半枕戈酒醒寒夜早風入小樓多幸有同心客朝朝騎馬過

冬日感懷

庭樹葉盡落霜風夜凄其客子無重裘晨興持酒卮酒能溫旅顏亦能釋憂思憂思何用釋聊以答恩私冰雪方載途荊棘動盈逵愁嘆事無益歡宴恐非時年少別帝畿垂白來邊陲於世本疎闊甘為達者嗤

遊宦非眞吏閒居異隱淪時乘款段馬躑躅漢水濱漢水何清漪照我衣上塵學道苦紛慮為謀未周身富貴非所期丘壑志不伸喧寂兩無得默默傷心神用拙行吾意還師抱甕人

壯士志不伸茫然撫今昔獨將千載心持示萬里客曾連蹈東海相如碎和璧意氣抗雲霄偉詞出金石兩賢垂高名遭時乃奮迹踽促塵埃中焉能效咫尺

寒風動陰術白日照陽阿此時行役子有淚落江沱楚水何湯湯楚山亦峩峨自古鬻熊國戰伐何其多衡山橫殺氣洞庭日揚波未解 朝廷憂所望行陣和羣公方戮力書生請荷戈

趨府無職事日高騎馬還獨持一卷書清晝常閉

舊住名山老辨才飄然行脚楚江隈春濤濺雨袈
裟濕可向頭陀寺裏來

偶作

萬類竟何始中空安得象吾聞古至人大智無昏
朗照物忘内外尋源滅諸想迹埽情偶諧理會心
獨往無作庶實詣有得匪眞賞朝夕發清機山川
一虚敞中累苟不盡所累希外奬取舍兩不生何
須脫塵鞅

郊行感懷

春日徧原野胡爲心鬱紆行吟楚澤旁日夕懷東
吳東吳有田舍數載爲農夫種植頗自足琴書亦
多娛一旦被　朝命再涉仕宦途鼓枻凌洪濤策
馬歷崎嶇委身在疆埸所愧一效無本非好爵慕
何不返菰蘆逐臣蒙　國恩理與常人殊方當多
事日聊欲備馳驅夕照在前山迴光滿平蕪青郊
蹇余步進退兩踟躕羨彼耕鑿人嗟哉章句儒

眼暗寄孫友

少年不得致卿相垂老乞祿胡爲乎爾亦饑驅在
關東鄰画省客詩篇鮑謝間相邀坐南樓命酒聊
破顏斜景在林際了見江上山山容無冬春各笑
鬢已斑

悠悠念故里親朋盡貧賤歷歷平生言歎息不能
踐劉生足屢刖嚴子游且倦古道難喻人才名竟
空擅送我臨大江秋風淚如霰白首重分離青山
隔征戰嚴子去冀北劉生返鄉縣爲別夜不眠相
思歲方晏孤館燈燼落荒城雨雪徧春風何日來
故人何日見

軍中有折得梅花一枝者同事諸公驚喜
傳翫感而記之

一枝芳豔出江頭立馬營門看不休試問梅花開
幾日可憐春色到巴丘

再過漢川

行役胡爲者春帆復漢川微風揚柳色晴日杏花
煙稍喜邊聲靜還驚物候遷功名何日立從事已
經年

江上贈僧

京國釣絲冷落春風徂憶昨與子江上別爲言多
病目力枯風塵潦倒不稱意爾我自知非壯夫長
沙司馬拜表入附寄數行今到無從軍半歲眼亦
暗强作細字形糢糊開緘一笑更長歎何日同歸
舊酒罏

短歌

大風吹折堤畔柳荒江有客東西走手内常持一
卷書意中那享千金帚傷老憂時試一歌㲯㲯白
髮對江河問君有酒何不醉暮雨孤舟感慨多

寄舍弟燈巖

吾弟非世情冥心探道要牀頭置老易十年觀其
竅幽居常抱疾轉益神智妙方外一游衍室中或
長嘯余雖好文史頗不遺内照互攻有短長相師
無長少嗟哉事遠游誰爲余同調

題韋蘇州集

三守名邦再脫簪焚香埽地隱居心詩歌凄婉多
懷舊天寶年中侍羽林

偶晴

江上雨經時舟居正散絲病多止酒日愁少落花
詩忽見一川曉故令雙槳遲春山與春樹無日不
相思

寄弟邳仙四首

楚塞春光滿清宵愛弟思圖書須考索門戶好支
持飄泊行多感扶搖上未遲關山游子淚莫遣老
親知

臘月音書到山田竟不收病妻需藥餌稚子索衣
裘棄置不可道補苴難預謀昏昏終日醉恃爾百

無憂

舊忝金閨籍蹉跎鬢已彫折腰安俗吏揮涕念
先朝誰鼓王門瑟虛隨使者軺客心如斷梗日夜
泛江潮

明歲春風好高堂甲子周綵衣應並舞帶甲幾時
休山館張燈坐琳宮策杖游諸昆扶侍日一望楚
天愁

少日

少日狎江湖視險如康莊竊慕謝安石凌風泛蒼

茫放棹洪濤中意氣何飛揚去冬涉大江今春游湖湘食宿在水際艱難始一嘗天地忽改色蛟龍怒相望帆敧杯覆懷浪觸雨沾裳膽力竟何去心魂徒自傷牽率勢難已進退尤傍徨豈因更事久坐使壯氣亡回憶少年時胡不凜垂堂忠信難自保安危詎當忘矯情昔所誚君子履其常

燕

畫棟巢成竟不歸短檣落日肯相依須知春色無分別綺陌荒江一例飛

再至荊州即過李劬庵寓飲

夏口君先發荊南我再過旌旗横白晝風雨妒清和經亂文章賤依人涕淚多相看懷抱盡落日竝高歌

未暇謀棲息衝泥訪故知飲憐鄉味美吟覺楚天悲燕壘遷無所漁磯歸莫遲古來經世事豈在白頭時

登荊州城懷王仲宣和李劬庵

作賦樓非舊銷憂日正長古人何寂寞時事一蒼茫雲入三湘瞑風生五月涼秦川未歸客吟望復江鄉

送許竹隱太守還京

從軍暫客楚江濱却返皇都詔命新自識朝廷憐遠吏翻愁幕府失才人除書滇海交兵日歸棹湖湘報主身此去好陳經世策肯教烽火入三秦

把酒城隅話舊遊悲歌同上仲宣樓雲深鄉國稀來信笛起江關急暮愁放舸水從巴峽下懷人帆向廣陵收倘還故郡經吾邑一造柴門慰白頭

與許竹隱話別

今日飲君酒高樓細雨中他鄉愁送别垂老悔從戎柔櫓鳴江浦殘花落渚宮不須論去住身世總飄蓬

病中柬李劬庵

老游江漢已經年藥裹隨身秪自憐辛苦半生嘗蓼味孤危舉世飲狂泉他鄉伏枕愁同病雨夜攤書困不眠共有高堂闕晨夕驚心烽火倍潸然

移寓城東衛氏宅柬李雨商太守

僦屋招提舊炎蒸逼小樓使君還授館倦客且淹留盧牖開延爽層軒坐散愁琴書吾意適亦不減林丘

臥疾兵戈裏人言閉戶高晨風迴薜荔夜雨溜蒲萄南郡長屯戍西山易遁逃看君奮雄畧棲息愧吾曹

送李勿菴赴襄陽軍中

上游重被羽書飛才子從戎願豈違大將新移襄水鎮偏師已解穀城圍轉輸千里資軍實屏障中原仗國威寇盜西山猶負險同仇未肯賦無衣

少年京國訂交期垂老兵間怨別離絳帳臺邊人望遠銅鞮坊下馬行遲他時奇策應須爾弔古高吟欲和誰落日試尋羊祜蹟不堪重讀峴山碑

荊州感懷

荊州自昔分爭地列戍吹笳繞廢臺野岸綠楊驕馬度戰場紅燭舞腰迴烽傳隴蜀杯慵舉塵捲西南扇不開獨有江山餘故宅夜深涼月自徘徊

南游

南游此日一登臺暮雨蕭蕭萬壑哀湘水至今生楚竹夷陵曾復有秦灰旌旗雲暗飄難定鸛鶴天空去不回安得萬方鼙鼓息靜看江漢合流來

江漲

莫倚長堤固江光極望遥楚濤風更湧蜀雪暑初消古戍旗横壘營門竹縛橋奇師常用水破敵或今朝

送友人北還

風雨荊門五月寒看君匹馬向桑乾朝廷此日憂多事臣子何心樂罷官客路青尊沈醉易故人白首別離難得歸莫穩滄江臥痛哭應須策治安

遊太暉觀

散步郊原秋色新岧嶤仙觀出江濱高臺雲氣連城郭古殿丹青駐鬼神檜柏幸存戎馬日石壇無復羽衣人斜陽更上龍山望處處軍營起暮塵

江行雜詩

失意荊南客謀歸那易言江山愁伏枕風雨强持

尊黃菊寒孤棹丹楓亂晚虹悲歌撫長劒未報主人恩

別友大別下日暮籃輿還秋水尚平閣夕陽常在山未忘朋舊樂久識世途艱濩落今垂白扁舟去住間

江風猶未勁晴日過齊安帆映千山去窗留獨樹看浮生寄舟楫勝地集衣冠欲訪前賢蹟煙霞滿夕巒

又入蘄春路川原似舊時大江浮楚國落木冷吳祠竹裏聞寒磬雲邊出戍旗頻年經戰伐身在復何悲

飄泊兼多病秋來畏苦吟明燈消梵夜濁酒換鄉心岐路紛歌哭荒江自古今推蓬對寥廓松月影沈沈

潯陽彫敝久近郭見人煙稍喜流民集真知長吏賢時同郡楊陶雲爲守五峯寒到地九派碧黏天苦待休兵甲芑巘看瀑泉

匡廬散曉霧了見下湖船盜賊恐偷息　朝廷務

保全那當離亂後追憶太平年晝舫逢山住長歌夜不眠余於丙午泛彭蠡今十年矣

舊業半蕪沒浮名奈爾何家貧歸趣少世難客愁多寒雨早仍暮亂雲關復河空憐五湖畔冷落一漁蓑

阻風江岸泊日對小孤山僧出寒雲裏鴉栖夕照間暗楓隨澗落高浪觸磯還三度瞻靈蹟飄零只鬢斑

客路黃金盡空餘數卷詩未堪傳後日只擬棄明時月落知愁在江寒覺夢遲耳聽悲角慣此夜莫教吹

聞發金陵卒征南再建牙揚舲趨貢水間道入長沙民命寧憂盡兵威必慎加更煩諸將帥努力控三巴

夢回知放棹急起聽潺湲浪湧疑浮樹帆敧欲入郵曉霜全嶺白宿霧半江昏險阻吾曾習長年爾勿喧

吾友今太白乃在郎官湖著述千秋定從我萬卷

俱潑心論世事薄俗笑文儒共對空江月知君憶病夫

有懷李劭庵在漢陽

高節嚴夫子新從帝里歸遠愁緘尺素舊事問漁磯偕隱謀偏誤逢時意總非登臨日相望落葉萬山稀

懷蓀友也

有弟游京國秋風鍛羽翰還家知歲暮遣使語平安戎馬余多病冰霜汝正寒彫殘驚骨肉兩地淚汍瀾

采石東南勝扶筇最上頭翠微連古郡紅葉照高樓水作鄉園色山餘故國愁風流人不再宮錦夜深遊

江上暮潮平山圍建業城金銀何代寺鐘鼓六時聲楚塞憑飛輓秦淮重駐兵此邦猶樂土羽檄莫縱横

信宿南徐路輕帆便故鄉青山寒亦好紅稻晚能香覲省高堂慰過從舊友將挽鬚愁稚子烽火問三湘

喜晴

三湘不易得晴色端憂銷未曾春光高館靜日氣雜花蒸發興理殘帙餘情散野塍河橋沽酒處獨曳剡溪藤

送春

郊原風色尚清和芳草當筵一放歌詩酒平生追憶少鶯花故國别離多江山老眼看春去池館閒身向晚過有約東皇莫相負相逢不奈白頭何

新綠

每愁樹色催花盡待得成陰興頗宜煙結長條摇落日雨寒新翠入深卮當山高館風斜度壓水平橋影暗移獨有曲闌紅芍藥翻嫌却在綠濃時

能史閣觀沈石田碧山吟社圖

耆英舊事百年思尊酒披圖日正遲戎馬幸存前輩蹟風流真憶太平時彈琴高館帶泉響點筆青山各鬢絲今日草堂松石廢夕陽空自對殘碑

鄧孝威枉贈詩次韻奉荅

楚澤三年客蕪城七月來江山連鼓角風雨一尊罍徒辟馬卿病窮途阮籍哀故人俱白首落日屢

登臺
軍府容疎放閒門長薜蘿秋吟思把釣晚醉夢橫戈烽火愁雲密江聲戰壘多學書曾不就學劒復蹉跎
文選樓依舊堪君寄跡高春深隋苑樹秋急廣陵濤靜理親書卷幽居避節旄爲耽蕭寂甚獨上醉香醪
南郡棲遲日儒生强據鞍旗高春帳靜馬立暮天寒古宅人傳宋殘山蹟記桓登樓詞賦在感慨不能看
與予別多載生涯兩寂然笙歌人盡去觴詠意猶懸詩苦催華髮廬荒急賦錢客中勞慰藉未老病纏綿
投我詩盈軸清思迥絕倫艱難念朋友落莫向時人林屋無歸業雷塘空要津尚存湖海氣獨立出風塵

李岣瞻同年邀遊康山感舊
蕪城暑未闌何以散煩促夙聞康山勝盧堂蔭松竹李子攜我游肩輿破朝旭通衢屋鄰比宛轉得林麓遠見江南山近隔城市濁縱涉耳目清凝坐心氣肅沈吟問坐客山名古何屬李子再三歎名因對山得叶對山官翰林劉瑾擅威福奴隸視貂璫謀面豈其欲同時李夢陽直節權奸觸下吏死須臾呼救情已蹙瑾素慕康名無由通款曲苦心紓友難不顧身屈辱名士朝及門孤臣暮脫梏以此犯時議他日蒙讒逐浩歌歸武功白首野人服游覽入揚州絃山久託足樂府製新聲琵琶激哀玉酒酣歌復彈睥睨江山綠華亭董尚書風流後先續題榜曰康山用表前賢躅我聞涕橫襟友誼古人篤公心不求諒物論無乃酷畧迹常負累才高用爲戮後來清流禍亦被宦官毒君子非一人枕藉死詔獄令名固益彰其禍中邦國嗟哉今時士所計利害毀交遭久淪已掉臂向骨肉康公雖見棄義聲垂簡牘何取當世榮永懷通人目千載此山丘高風振林木

偶成

一笛江天夜泊舟岸邊蘆荻響深秋連宵不作還鄉夢苦愛西風倚柁樓

悠悠

悠悠道路長佳人隔煙霧川長霧更毒波濤不堪泝日遠益相思昨夜夢中遇攜手儼平生對景請君賦躊躇欲有言悽惻不得吐無復故時意疑君委朝露死既爲君悲生更爲君懼生死兩茫然淚灑江山暮

舟居

舟居仍兩月憂樂每相關浪急寒通枕帆迴晚映山黃花今歲負赤羽一秋閒頗憶游吳客囊空久不還 望李劬庵不至

即事

尚持吳地酒却對楚江萍心力疲行李悲歡閱使星寒林聞虎氣晚食厭魚腥從此孤舟內清齋寫道經

哭周伯衡先生

讀書飲酒興猶新潦倒湖湘未老身詩只窮人何至死名能折福已長貧青山弔古詞流失丹旐還鄉客夢親難過庾樓清嘯地筆牀碁局總傷神 與公同客武昌最久

吳門折柳送君行驅影追隨只數程一病江淮淹日夕三秋風雨斷將迎青蒲[illegible]聲名舊白髮變時淚橫盧負中朝推轂意不令安石救蒼生

無復論詩散客愁空憐書卷對孤舟頻年老輩文章盡何日他鄉戰伐休事去浮雲千里暮悲來落木一江秋附書急報秦公子清淚同隨楚水流

重題

東逝寒流疾西征故友悲干戈連伏枕風雪送歸旗寂寞江亭酒淒涼春墅棊還聞垂死淚遲見太平時

江月

江月寒逾靜江風吹尚微黃蘆隨岸闊白鳥背檣飛迴立悲人事觀空豁道機雙峰五祖寺心地早皈依

維舟

十月江猶滿維舟與岍平帙開林葉墮幔卷浪花生豺虎空消息禽魚自性情只愁眠不穩吹角永安城

擬古

刀頭百寶裝錦袠千金飾羽林精銳兒馬上好顏色父兄丹陛侍親戚中禁直射獵長楊間自小闘勇力出從大將軍列帳長江北誰言軍中苦軍中美酒食刁斗落日鳴醉臥牙旗側意氣向同輩殺身將報國長江多風浪恨不生羽翼

縱步

舟行日日多風雨意愜初晴試步新水蓼靜看紅勝錦蘆牙小摘白如銀空江抱日寒無影曠野連山晚見人家在五湖歸未得兵戈滿地忽傷神

憶嚴四兄蓀友

好友經秋別登臨共此心江山寒自遠煙樹晚相浸身老宜終隱家貧莫倦吟西湖舊游賞憶我對開襟

寄弟邳仙

浮生何敢厭波濤感爾馳驅意獨勞絃絕欲求鸞鳳觜劍塵難試鷓鴣膏芒鞵半世安丘壑手版三年傍節旄但使病身歸計遂白頭終擬臥蓬蒿

舟中

兀坐心偏苦攤書眼亦昏寒蘆燒半溼漲水汲餘渾雨氣旌旗雜江聲性命存道途從白首慘澹復何言

雜感

關隴車書此日同相公拜命領元戎屯邊世久推充國納土功寧比竇融詔出中朝心獨厚恩須西土慶何窮 聖人威德原兼用干羽虞廷舞未終

蜀道從來未易平行師緩急自分明早開褒谷雲邊路且置蓬婆雪外城漢水由來通楚地黃河終古抱咸京惟教坐扼關山險盜賊他方莫震驚

授鉞親賢廟算強旌旗萬里作嚴疆周家同姓盟爲長漢制非劉爵不王當日酬勳原異數至今除患屢分防堪嗟諸將功成後不肯歌鐘會未央

烽火童江警急多滕王樓閣轉嵯峨雕鞍曉日明
珠玉列帳秋風泣綺羅坐算幾閒黄石畧戰酣誰
奮魯陽戈司農日夜憂財匱擊鼓椎牛氣若何
南郡城南野草平黄巾自昔漫縱横荆榛我欲求
遺史韎韐人從笑老兵沙市風塵朝試馬龍山燈
火夜移營誰來王粲高樓上臥聽寒濤戰鼓聲
寒風襆被復西來軍府高筵舊屢陪精衛波濤心
未死爰居鐘鼓饗空哀書生自信無長策天下何
人解愛才垂老懷恩餘痛哭百年丘壑忍徘徊

罷酒

寒江直下三千里清角聽殘十二聲酒罷傷懷非
一事西風吹淚楚王城

軍中口號

曉色旗邊戰馬肥隅江消息近來稀不鳴鼓角轅
門啟擊出紅綾夜探歸
諸王授鉞稱兵主總制尚書立馬前諭帖飛傳從
内院印文柳葉暗龍箋
將軍號令本嚴明父老焚香夾路迎吹角一聲江
上晚千邨樵采盡歸營
大砲西洋鑄造新瑩如緑玉重千鈞内廷賜出非
凡器吉日臨江祭火神
椎牛饗士古人爲妙舞酣歌亦暫時新得佳人知
識字帳前昨夜進唐詩
蒙古新軍赴戰場腰纏紅錦鬬身强閒騎細馬當
街走笑奪黄柑帶子嘗
兵家利鈍事由天密咒防身箇箇傳寶篆須求雷
擊木二筲山裏問神仙
沿江帳殿亦崔嵬甲仗軍門候曉開白馬朱纓横
意氣雀翎雙眼大人來
鐵騎從來風雨馳西陵道路苦崎危潑壕掘作梅
花樣鹿角中間布蒺藜
渡江戰具久安排新調沙船泊水涯軍令未教輕
易入西風浪打虎頭牌
大漠從軍一丈身不堪騎馬走黄塵忍饑日食官
倉粟過市兒童看殺人
隘口譏防出汛船巡軍醉酒故高眠官鹽論載公

然渡市上爭看當十錢
橘柚江湘未足多荊州菱藕滿官河軍中只重京師味蘋果蒲萄馬上馱
北使南馳五日餘八旗親戚附家書繡囊密寄閨中字襯甲收藏莫負渠
中軍燈火夜深明白月橫空坐論兵策馬試從高處望帳房如雪不聞聲
米豆分營費馬騾有司支放苦難稽朝來酌酒爭相賀索得清書檔子齊

祭風臺上蕭蕭雨擂鼓基邊殷殷雷波撼岳陽聽不得君山一點送青來
都城常賽漢將軍簫鼓迎神自昔聞今日椒漿陳水上雲中遮莫下湘君
白頭從事愧虛名長晝惟將卷帙橫幕下健兒多竊笑兵間何用一書生

三年

三年流寓楚江濱風物殊方易愴神地盡水鄉魚飼犬俗尊淫祀鬼憑人濤通巫峽聲悲壯曲變銅鞮調苦辛屈宋文章今絕響鹿門還結孟家鄰

滿目

滿目紅旗載米船西南何日罷戈鋋輸軍和糴何策憂國空思卜式賢薄海徧供金華費羣公莫濫水衡錢焦勞尚體君王意救亂無如儉德先

七夕邀涇陽李岊瞻興化李鏡月若金承天寺寓齋小飲分韻

靈鵲已成駕暑殘秋未逢同心客楚郡精藍萃蓱蹤佳節況良會虛閣談從容涼風送芳杜清芬雜

芙蓉初月映東壁曜靈匿西峯淺澹望碧漢噌吰聞暮鐘爍此牛女星照彼江上烽豈伊戎馬地觴詠忽相從舊友愜三益新交許二龍對酒娛今夕託契惟青松還期聚黃鵠高秋豁塵胸客散寂寥夜露垂鳴暗蛩

荊州九日

江漢悲秋客行吟風雨中技甘同腐鼠身恐化沙蟲故國三年別名城百戰空何堪逢九日觴詠憶桓公

奉酬金沙于鳴陸表叔

客路逢親串同登古寺樓深談當永夕轉戰及高秋征稅家鄉急兵戈異地愁知君不得意襆被向南游

功名非我立白首更何言直用詩書誤空懷親舊恩無謀慚食肉居寵笑乘軒潦倒天涯慣因君憶故園

他鄉方慰藉幾日便離筵醉盡宜城酒愁連夏口煙圖書留亂後草木記兵前道路休回首華陽有洞天

荆南春日感懷

久向精藍寄客蹤高樓吟望漫從容江關舊友傳書到幕府羣賢載酒從雨色晚連軍堠火角聲朝應寺門鐘殘碑記是羅含宅織席誅茅興未慵

聖主崇文雅化新　天書初下訪儒臣漢廷有意尊經術宣室何如對鬼神喜說圖中求駿馬還看席上得奇珍上林春色應如舊憔悴當年獻賦人

把酒臨江感慨多西南天地正橫戈登樓有客依劉表使粵何人下趙佗浪接三巴聲激壯觀名一柱勢嵯峨偶逢春晝無烽火聽得琵琶幾曲歌

故園景色五湖邊老樹千章碧倚天載酒獨尋花外寺聽泉重繫柳根船東吳文物非今日南楚山川異昔年步屧郊原閒縱目章華臺畔草芊芊

楚殿梁宮竟若何江邊劫火向來多春風玉帳雕弓挂夜燭銀箏細馬馱宋玉牆頭餘粉黛馬融堂後散笙歌繁華自昔頻消歇湘水年年起綠波

二月輕寒正落梅鵜鴂消息自金臺從軍豈有揮戈力投筆方踈作賦才漢柳鞾時嘶乍囀江雲飛處雁俱回荆南芍藥應愁贈冀北棠花好待開

總戎張遠公朓楊子宣樓於難感而記其事

人生緩急將何倚莫倚故交與鄰里多少相逢患難時掉臂看人在泥滓當陽楊子今名士一官歸去遭讒毀更有官錢責代償不然盡室投荒死郡符數輩促上道妻子倉皇泣江氾平日親朋各閉門銀鐺落日無行李荆南幕府張將軍廣坐聞言

奮衣起不活此人非丈夫顧問俸錢尚餘幾盡取輸官得緩行飛書徧告及遠邇共感將軍意氣高誰人不願爲君子官錢輸足楊子脱長揖軍門報恩始將軍大笑子勿言酌酒張燈論文史

贈秀石上人

一龕佛火對繩牀宴坐荊南古道場百歲威儀同寶相諸孫法席繼天皇領邊白髮隨時長舌本青蓮徧界香老我偏宜心跡靜聽鐘常宿贊公房

題余展箴中舍各體詩後

征南書記最風流草檄方成筆未休數幅銀箋揮灑徧還疑身在鳳池頭

男 祖然 編

外孫 王纕曾
孫男 蕙田 校

蒼峴山人集卷四

勾吳秦松齡著

得樹軒集

應 詔北行途次和孫友

長途觸熱走踆踆老友扶攜各愴神軍府元猷羞筆札公車曼倩倦風塵愛時尚爲艱難日應 詔都非少壯身溪上釣磯安穩在可憐煙雨隔通津

長白山封祀禮成恭紀

帝德徵膺籙皇圖重發祥山川長定位雷雨舊開疆緜渚流虹遶珠樞繞電光降精由北極錫瑞自東方峻絕生靈嶽神奇啟 聖皇開天經草昧繼世歷融昌一統車書會千秋曆服長我 皇崇報本重地特尊揚玉節馳專使瑶峯問舊鄉百年開灌莽三月載餱糧履迹尋溪古鸞鳴引徑涼黃英紛徧野白樺儼成行靈蹟窮坤紀精誠格昊蒼奏聞 天意愜報祀禮官將秩陋珪璋錫神馨黍稷香明禋方翼翼降福自穰穰孝理通 羣帝鴻儀示後王五峯長作鎮萬祀頌時康

砧聲

離別滿天地秋砧傳遠聲孤城無近信雙杵自分明零亂林風入徘徊海月生客中聽不得塞上莫傷情

西域貢獅子紀事

絕域來王會奇毛獻鳳城上林生氣色薄海兆昇平扶拔原同類狻猊只異名含章資土德受性本金精隅目懸雙鏡修毫利五兵力堪摧猛兕心欲掣長鯨歕欲千山氣梯航萬里情藏鋒隨綵仗斂

吼望丹楹漢代聞修貢姬王紀遠行來從烏弋重養傍玉津榮表瑞遊東海乘風下太清形標林邑戰樂譜教坊聲舊史寧頻見興朝自遠呈　賜觀開禁苑圖畫滿神京跡比郊麟美名蓋越雉輕象犀方懾伏狐兔敢崢嶸　祕殿揮毫麗盈廷作賦成非珍難得物直鑒小邦誠　聖德真無外　皇威尚有征西鶼與東鰈指顧入蓬瀛

贈蒼林上人

秋風匹馬向僧扉宴坐繩牀老衲衣半室琅函藏法界一窗竹影澹禪機已空世相詩偏好若墮名言迴總非聞說天台山水勝腰包何事不思歸

九日同西銘茀南邳仙步黑窑廠

經秋白髮暗相催一徑黃花已半開欲避風塵聊命駕恐傷懷抱罷登臺閒從陶令籬邊去老自桓公幕下來眼底弟兄俱未達終朝惆悵且銜杯

戲東蓀友

秋風不肯賦長楊南國才人鬢已霜可許公車陳老病當關扶入拜爲郎

紛紛名士笑彈冠百尺珊瑚出海難不是少陵真落筆何人直得堵牆看

長安秋日雜詩

瓊樹秋光照綺疏懋勤深殿愛觀書研餘茁露留銅雀展近鑪煙少蠹魚晴晝漏移聲寂寀清風扇動影徐徐談經閣下傳呼急視草詞臣在直廬

曉發鑾輿紫陌長　君王九月幸溫湯仙人捧籙丹砂色神女調羹石髓香灑翰林巒通　御氣揚旌日月動秋光朝來闕下傳　回蹕禮重冬蒸詔

太常

輝煌御筆被恩榮銀榜高懸玉篆明每用清勤期國老還將忠孝勉儒生雙鉤不數碑陰勒飛白空傳榻上爭曾侍　先皇窺聖藻龍蟠鳳翥總天成

不奉宸遊二十年白頭重過苑牆邊雲横玉蝀連三島水噴銅龍落九天翠殿迴經隨輦入碧池寒憶退朝眠□□□□□□□□□□□□□□

枝獵郊原秋氣清通侯小隊出層城霜蹄入埒三花散雪爪翻空六翮輕行炙短衣新射虎傳觴纖

掐聽彈箏歸來競踏銀沙軟雙戟門前夜火明

辛苦征南擁節旌千帆直壓洞庭濤金戈夜埽攙搶落玉帳秋連太白高嶽麓雲開催草檄湘江波急待投醪頻年幕下曾無補慙負三公鮮佩刀

獻策紛紛集漢宮文章應繼古人風腐儒挾術知何等　聖主求才自不同賈誼治安憂曆火揚雄詞賦悔雕蟲可憐投筆從戎客謬入羣賢姓氏中

空愛煙霞憶故蹊西山只在帝城西紅泉百道明人眼黃葉千峰襯馬蹄每聽客談思鵠舉未爲官縛笑雞棲終須襆被銜寒去直上魔崖萬壑低

恩須薦舉人月廩恭紀

歲暮偏驚旅食心一時同被　主恩深上林未給尚書札客舍先分少府金入座暖風依散帙閉門晴雪照高吟須知每飯皆　君賜白首編摩恐不任

和韻答西濵

崎嶇客路欲何依回首江南故舊稀朔雪無情相向老秋風失意獨思歸山塘聽雨春移舫池館攤

書畫掩扉此樂十年君定記功名何物手重揮

懷吳留邨中丞

公才端合上雲霄閫海烽煙指顧消縻戟風清傳帥鼓艅艎秋漲失歸潮軍書別部皆傾聽墨綬前年尚挂腰幕府風流誰不羨鐃歌聲轉洛陽橋

二泉亭外舊煙霞觴咏追陪樂事賒畫舫邀遊蓮浦月肩輿來看草堂花談詩客到頻分俸聽訟人稀早放衙今日湖山相憶處數行青辟墨痕斜

每見封章達　禁闈知君辛苦爲兵機春前鴻鴈

何時到亂後人民幾處歸尊俎功名才獨擅田園耕鑿意多違旌麾終望來吳會小隊郊坰訪釣磯帶甲當年赴楚軍輕舟送我大江濆詩篇客路兼悲喜烽火兵間毅見聞油幕晴開烏石秀金門老向白衣羣遙知畫戟清香裏獨少狂夫坐論文

擬頌

太皇太后萬壽二十韻

南極珠輝粲 東朝寶算長天心開壽域聖節應春陽石紐原興夏虹流本祚唐艱難思創業辛苦

護垂裳國史披清禁瓊琳賜下方不因關國政秪覺念民傷夜織璇宮祕晨遊玉輅翔雲移三殿影露挹八風涼柳散金鋪色花凝翠殿香玳簪垂彩勝羽扇綴文璫帳擁神仙氣筵圍日月光九韶傳葆吹六膳獻瓊漿貽慶慈恩遠承歡孝理彰舞堦聯棣萼侍輦列珩璜親製千言頌恭稱萬歲觴暖煙迴鳳閣晴旭麗龍緗劒珮攙長樂賡歌起建章王師頻送喜太史早書祥純嘏從今備徽音自昔揚 一人承有道四海祝無疆

送翁武原之任黃州

永安城外柳煙和三月鸎啼皁蓋過驛路春光傳節少江樓雨色落帆多流亡漸集催耕種案牘常閒事咏歌莫把西湖較名勝此方風月屬東坡

經筵恭紀二十韻

五雲開祕殿二月啟經筵儒術興朝尚文思聖治先衣冠趨禁地禮樂會中天曉色鸞旂繞輕風葆吹傳上公隨翠輦內史薦瑤編師濟環鳴珮從容上細旃語無清瀚重簡拂 御袍鮮安世陳三篋

兒寬奏一篇篆煙金鼎裊花影玉堦遷徽義研窮久虛懷聽納專由來萬幾暇不使寸陰捐館闢鑾車入帷開寶軸連鳳圖披竹槧麟筆縱苔箋翰灑星辰動詞成日月懸滄波寧可益蘭芷更何搴異本千金購遺賢百輩宣帳寒書自校坐暖席常前大典春和舉論思晝接便 宸衷通道籥臣職寄言筌共荷鈞陶力分輝東辟躔

擬南苑大閱應制

帝德開三統 皇威協四征治戎臨上苑强幹重

神京農隙時依古車攻禮不輕宿調天廄駟妙簡
羽林兵曉色鑾輿動寒光輦路晴前麾馳將帥後
騎從公卿豹尾當風直犀衣映日明高臺方駐蹕
廣野已分營方絲千旗會中黃大纛擎五申王有
制萬隊士無聲彌望層岡繞周阹百獸盈巨鋋空
跳浪毚兔敢縱橫躍刃思犄猛彎弧待獻生結徒
吹畫角作氣擊金鉦海鶻騰韝上韓盧脫鏇迎雪
毛拖戟末丹臆挂弓檠震掉餘威鼓憑陵巧技呈
聳身超虎兕揮手接鼯鼪一面圍仍解三驅典告
成薦犧敦廟享盡物豈　天情帳殿華茵啟仙廚
寶鼎烹升觴看燧舉賜膳聽鐘鳴寶埒重閑纏和
門早樹旌人爭看　聖射氣欲達餘萌雲擁雙龍
馭星流五采正對堋銀鏃滿貫的綠絃平矢落衡
陽雁弧橫碧海鯨雷霆方震動山谷倍崢嶸肅穆
勾陳轉葳蕤翠葢行笙歌隨御道簪紱候嚴城問
寢趨　慈幄垂裳鏡太清侍臣將獻頌神武最難
名

席上同西溟蓀友漢儀送邵蒂南南還限

韻

流落頻燕楚年年送子歸知交客路少生計故鄉
微白髮詩書誤青春去住非不堪楊柳色偏自照
行衣

早春遊萬柳園呈相國益都馮公

久客無遊情天寒窘遠步昨夜春風生吹我城東
去遙遙越廣陌行行隔塵霧隱隱見閒門蕭蕭望
高樹遂及相公園卜築果幽處崇岡稍迴合清川
澹相注白日坐來移居然近鷗鷺

山水日夕清廟堂亦多暇結契在高深良辰此命
駕賓從皆勝流琴尊列幽榭開襟春色裏策杖濃
陰下暖日散禽魚微風藹桑柘墻影落招提疏籬
雜邨舍却懷民物憂逢人問耕稼

種樹取種柳森森滿陂陀俯仰有深趣爲受春風
多金穗蕩晴色碧影涵空波朱橋行人度落日聞
嘯歌灌植時未久長養得天和嗟彼大道旁攀折
能幾何

虛堂面林薄芳池帶城陰結構逈眞樸了然見公

心漁樵得并入曾何礙登臨雅與屬東山往往發
長吟勇退豈不懷無濟誰當任春山有佳色春泉
足清音還持灣泊意助鼓薰風琴

題柘溪草堂圖

柘溪艸堂侍御喬先生別業也令子中
舍石林君出圖索題因賦長句

白田何連延柘溪清且漣柱史昔筮仕歸臥柘溪
邊柘溪雖自好未合耽林泉三何遘璫禍衆正無
一全曾何補當時委此明膏煎黃巾投末隙國步

終迍邅新亭一灑淚豈復埋輪年龍蟠王氣盡初
服志彌堅始知明哲士豫之在幾先歸來只讀書
濂洛得其傳鳳毛何葳蕤繼志在遺編豈不繼故
丘逸翮終凌煙迴翔紅藥禁惆悵白華篇畫作柘
溪圖毫末無遺妍遠近帶墟落縱橫安術阡綠竹
翳檐隙修楊夾廣川白雲何溶溶落日溪上懸君
才方見用柘溪寧遽還我披柘溪圖悠悠懷昔賢

湖南大捷紀事三十六韻

粲旅三湘捷封章萬里傳　皇威清寧土春色麗
中天雲夢荊門接星沙越嶠連城高巖作嶂地闊
水無邊逋寇潛諸縣官軍駐累年屢經馳諭檄本
擬息戈鋋錫重山河誓恩深杕杜篇上京方甲第
江徼忽烽煙假息波濤壯憑陵柵壘堅鴞音終不
革兔穴且頻穿不料真辜德非關錯與權游魂寧
乂活朽骨竟誰憐遺孽鯨鯢在殘彊狐兔跧元戎
餘勇決猛士各騰騫燎火寒開帳霜風早控絃敢
辭探虎穴豈畏犯蛟涎幾日移軍壘平時習戰船
千帆過赤壁一鼓下湘川覆幛聞啼狖蒸雲有墜

鳶巒弧秋動月拔劒曉飛泉遂據湖山險橫臨翼
軫躔巴丘降上將岳麓絕歸鞭南詔虛屏障西陵
亦棄捐揚麾光照蜀破竹氣吞滇盡散公孫客空
誇吳濞錢物情知助順首禍笑徒然青草春旗映
桃花驛路鮮寬租　明詔重止殺　主恩先市列
千金肆人耕再熟田五兵還武庫六樂備宮懸玉
燭輝丹陛金尊獻　御筵昇平同作頌敷奏　聖
人前

春柳

春光强擬破愁顔　帝里柔條漸可攀玉管年年催客老金尊日日送人還寒輕煙雨城邊路晚襯樓臺苑外山獨有宮牆千萬縷東風不遣到塵間

千里清陰客夢諳三年辛苦逐征鞍長條有恨遮烽火碧樹無情倚劒鐔飲馬潭邊花爛熳破巢梁上燕呢喃春風已報湘江捷揺落何須歎漢南

潭柘道中懷王侍讀阮亭

夕照下靈湫殘花繞歸策良游偶然遂彌使中情積悵望松際煙徘徊澗底石幽意誰復同前時獨吟客

送張見陽令江華

始興家世擁旌麾暫綰銅章對九疑罷戰江山餘感慨新收圖版慰流移從軍我昔慚籌策爲政君今笑繭絲到及浯溪秋色好停驂一讀道州碑

一帶西山照眼青君家池館最清泠逢春載酒尋丹壑與客扶筇上翠屏鷲嶺雲煙塵外賞龍湫松柏夜潑聽憑將冰雪聯吟卷寫入秋帆過洞庭（春間同愚山錫邑諸子宿見陽山庄歷覽西山諸勝）

題王咸中石隖山房圖

向識堯峰好山人此著書（謂汪鈍翁）偏逢素心客肯與結隣居夜火譚經暇春風啜茗餘此中饒静理不但愛吾廬

京邑何妨入翩然歸舊林風塵辭物役櫻笋及春深石隖氣常古乳泉流至今披圖重惆悵一寄野人心

新春和孫友

幾日春風到鳳城城中車馬太縱横梅開暖室自

香色酒到華筵非性情放眼莫教存故態低頭還恐負平生同心早有歸田約聯步青郊當濯纓

元夕同史館諸公集李倚江檢討齋中看梅和倚江韻

佳時邀我飲落日興悠哉爲問東軒下江梅幾樹開官閒春色好酒滿故人來是物關鄉思知君用意栽

空山有佳種愛惜復爲誰笛罷休飄落簾深且護持但容頻索醉莫便苦催詩客舍愁無賴來朝乞

一枝暫作花間客仍看硯北身白衣還舊地青史倚才人謂諸公也談笑偏宜夜衰遲又及春寂寥前代事取適此芳辰

鄧尉花初放游情老未刪長歌對燕月薄醉夢吳山身倦兵戈後交殘杯酒間題詩報何遜官閣未應還

宛陵施愚山侍講餉綠雪茶

平生愛茶近陽羨又復愛水居二泉銅棺紫筍歲

必致浥封箬裹羅長筵淨埽茅堂召佳客山泉曉汲凌蒼煙是時風物正初夏輕衫雜坐長松前竹罏茗椀次第設烹點方法經窮研口誦甲乙手區畫活火應候松風旋落盞驚看乳花白下咽直似眞珠圓頗聞宛陵有名荈堪與陽羨爭芳妍地產無多苦難得興來欲放春江船一自從軍向荊楚椎牛高會憎腥羶六安味苦足解穢風俗愛用薑鹽煎近來驅馳在京國渴疾欲死誰相憐閔家新製逐時好味雜花藥非天然回憶江南鬬茶日此樂不意乖中年敬亭山人老好事攜來綠雪人驚傳知余素癖送滿器只恐損觸勞封麈四言題識得源委採從雨後旗槍全開緘再拜荷嘉惠把玩手足先輕便呼僮急買天壇水囊中尚有青銅錢嗟乎何時與君投老滄江邊名泉異茗各相餉疾若置遞兼詩篇不然扁舟竟相就謝公亭上龍山巔白頭保此意亦足不見玉川桑苧皆前賢

送劉震脩之金陵

一片高雲影徘徊殊未行秋風不相借吹度鳳凰

城遠道貧交夢平生國士情江山今落木日夜向君清

寄歸德守胡符仲

古郡山川接上游看君三十領諸侯文章車騎過梁苑尊酒賓朋憶庾樓千里音書雙闕莫萬家煙火大河流回思宿昔論交事京國秋風早白頭

庚申八月三十日

賜翰林詹事官太液池藕恭紀十韻

禁苑動秋光靈池雪藕香尚方初進御侍從許分

嘗　賜出披香殿頒來解玉坊筠籠連砌碧錦帕
覆筵黃採擷時寧晚延登軆自芳蘆刀將刻髓金
匕待承漿豈有汙泥辱眞同沆瀣凉捧持清露重
歸獻白雲長感只明心在恩惟素節償老慚趨鳳
沼未敢憶荷裳

廣泉寺哭自曉上人

風雪城西寺從公問大乘坐滚移砌月句遣墮簷
冰去住幾年別存亡百感增空留數行札珍重話
傳燈

誅茅來此地大力現琳宮樹下同三宿巖棲剩半
弓寒聲秋澗落暮色影堂空白首皈依處青山一
哭中

庚申九日曹峨嵋編修招同館中諸公烏
龍潭登高得九字

臥疾掩窮巷秋光已輕負及此登高會始悟今重
九啟戶感蕭晨舒懷籍良友招遊皆故人選地出
塵垢晴色散城隅清風動衰柳夙聞龍潭古黝黑
不盈畝颯如雷雨生疑有神靈守廣砌落木聲中
情自相取高臺涵夕陽其上設尊酒望野凭危闌
當山闢疎牖平生耽丘壑衰遲成白首編摩竟無
能謬與羣賢偶涉境一開曠便欲歸林藪逡巡復
何爲臨風戀攜手

上元詞

苴蘭奏凱樂時和令節　皇心悅豫多四海春城
同不夜燈詞翻譜白狼歌

九衢簫鼓殷晴雷共道侯家舞隊來已逐西凉獅
子去還逢調象夜深回

内廷燈火簇鼇山院本新呈坐部閒長信玉杯稱
萬壽　君王侍宴未應還

裁紈翦綵貼銀紗燈市爭傳出米家花似乍開鸎
似語十分春色到京華

暖窖烘花如錦開綠沈枝上紅玫瑰排燈鬪月窖
如此不要天家羯鼓催

五橋風細月初斜赤棒金吾坐晚衙行近禁城人
轉密路旁停著七香車

規模角觝逞魚龍匝地秧歌徹九重邸第傳柑人

未醉鳳樓潛動五更鐘
天魔行處最喧闐總遣行人避道邊自古戰爭輕
俠地椎埋遺俗尚年年
千金不惜鬭繁華列炬高低翠幙遮莫訝門闌渾
意氣擊鐘多半馬醫家
琉璃廠東閙踏歌琉璃廠西紛綺羅天涯遊子醉
復醉獨向春風喚奈何

辛酉二月引見
乾清門

命充日講起居注官
曈曨曉色啟天闗玉陛傳呼侍從班廿載重來趨
鳳詔三年今始識龍顔淵衷默契圖書表瓊翰
高懸日月間忝拜新恩忝講席纖埃何以益丘
山

與蓀友同拜
新命卽事奉柬
我昔投閒爾隱淪相看直取性情眞何期山館聮
吟客又作蠣坳對立人世事遭逢難自料身名符
合定前因知君只憶滄江臥莫負 天家席上
珍

清明日耿又樸編修韋齋聽雨
令節三春暮高齋尺五天桃花含密雨槐火濕新
煙窗靜飄疎籟簷虛滴細泉應知承鳳輦碧草乍
芊芊
蕭蕭晝雨歇況復落花殷北闕清陰散西軒夕照
閒尊罍淹客興圖畫識家山（時以此圖示客） 我憶江南好春
風方未還

金水橋
一泓新碧傍金鑾每日朝回向曉看春到御溝冰
早泮幾人閒凭玉闌干

河間城外左園
觸暑行已倦下馬問林麓云有舊池亭陰森對城
曲半里望可到發興罷盥沐入門秋氣清車馬不
在目結構無俗情蕭條散幽矚修徑夾長松虛堂
映深竹芙蕖盆中稀葡萄格間蔟繞砌牽牛花翠
色暮可掬坐此凝心神居然滌煩促主人吾舊識

昨日向京國良覿雖未諧林泉愜所欲留語灌園翁重來此中宿

轂城

夸吾采邑行人識指點青山與古原九合舊勳秋澗落三歸遺址夕陽昏瓜纏露井侵官道柳拂征鞍出寺門于役不勝憑弔意昨朝沈醉魯連邮

泥溝早發和朝暟

頗愛朝光好初凉七月天乍開全野色猶宿半溪烟樹暗垂新棗池荒冷白蓮晨餐隨意設歇馬豆棚前

行次臨淮去鳳陽二十里觀察孫使君遠餉酒饌暫飲郭外水亭亭俯清淮視聽甚適以拘於使事不得往見孫君賦此敘懷

客路誰當問使星嚴程敢爲故人停方思縢戟臨山郡忽送盤餐到水亭半月驅車聊宴息一時俯檻得清冷感君意厚傾君酒行過長淮未擬醒

遊平山堂和從叔樂天先生韻

六一高堂此地開雷塘花發重徘徊綺羅自逐隋皇盡觴咏惟傳太守來近郭溪光歸画艇過江山色在樓臺閒尋碑碣生餘慨幾度蕪城付刦灰

新泰道中

風光漸暖柳堤平車馬遲遲返帝京萬里雄師方奏凱中原曠土已深耕春歸雜樹三分綠日落前山一半明猶憶當年承 詔入白頭人說魯諸生

輿中

蓐食畏途遠肩輿奉使恩映簾持破卷伏軾愛青邨雲卷山頻換風多日易昏故人相望久行役尚中原

山店即事

行徧春山白日長山家繫馬正斜陽繩牀襆被匆匆設瓦缶邨醪細細嘗薄醉拂牆題姓氏高眠聽客話湖湘張子歸自楚南能言其勝平生謬負煙霞骨老逐風塵黯自傷

泰安山中曉行

四面林巒曙色分數行車馬自爲羣松鳴澗道收
殘雨日出山腰礙曉雲暫挹溪泉醒宿酒欲捫碑
蘚讀遺文行人莫説登封事玉檢空傳七十君

趵突泉和韻

何心知顯晦於世得沈浮暫作翻空色仍看伏地
流紛披珠出浦浩蕩月當樓更訪驂鸞跡眞同物
外遊

行次濟南訪孫怍庭少司馬留飲話舊

高館春花落留人坐晚晴飛揚渾似舊感激向誰

平正變窮詩格存亡念友生酒酣悲更喜老眼覩
時清

途次遇大風

尚是清和候風來北地高岸沙吹暮雪隴麥卷春
濤力薄憎邨酒寒多戀布袍敝車傾倒慣慰藉僕
夫勞

送汪舟次檢討冊封琉球

清秋銜　命出明光遠錫藩封按舊章冠珮曉沾
宮露重旌旗晴入海雲長炎方風物搜圖志行篋
詩篇接混茫暫遣儒臣持玉節青編猶待定雌黄
時修明史未竣
公卿多恨識君遲籍甚盈廷集議時器識本求爲
國重艱難何敢以親辭秋風車騎鄉閭近霄漢星
文海外知好慰高堂雙白髮門前潮汐話歸期
上使風儀望若神前迎鑾長拜清塵威靈　聖世
原無外禮樂中朝自有人高宴不陳堂下伎歸舟
應少異方珍可憐閩嶠兵初戢疾苦憑君達　紫
宸

闕下朝來一上書王程萬里肯躊躇空傳鳥嶼留
殘蘚自有風雷助埽除下瀨蛟龍開道路迴帆簫
鼓動清虛褰遲不少乘槎輿白日昏昏臥直廬

萬柳堂餞益都相國和席間留別原韻

相公別墅種垂楊點染秋容耐早霜休沐近依丹
鳳闕忘機久作白鷗鄉忽思田里歸心遂却望林
泉別意長祖餞仍當觴詠處辟間吟徧舊詩章
十載槐廳此日閒故園松菊未應刪安危有策方
投老進退如公無愧顔　優詔人扶游禁苑清時

天與臥家山他年杖履追陪地治水春風第幾灣

壽宫詹沈繹堂先生

共識雲間學士名　兩朝才望冠西清莫言黄閣遲宣拜端爲青宫借老成廣厦十年資啟沃盈廷一議屈公卿趨陪每接神仙氣菊酒芳辰好細傾

書法眞追晉永和更看詩律邁陰何墨花沾袖朝迴晚纖素堆牀客到多直取文章登冊府遠傳碑版照巖阿新來奉使留題處瀚海雲煙護璧窠

癸亥除夕和徐立齋先生

朝回暫拂滿衣塵久滯京華歎此身散帙燈前消臘夜開帷天上轉星辰行藏白首看新曆悲喜清尊共故人梅柳江鄉頻入夢來朝六見　帝城春

甲子元旦和徐立齋先生時先生初去位

雪後山窗潑眼明静觀物始悟無名去官却得新年暇占歲正逢元日晴合樂殿中傳柏酒吹簫市上賣膏餳春風肯向閒門度有客端居咏太平

花朝偶集喬石林編脩新齋遇雪和汪東川編脩韻

有約看花花信遲草堂初就客來時入門偏喜書連屋卷幔俄驚雪滿枝病起故人頻對酒語闌新木欲添池相過何必芳菲節亭館春寒好賦詩

齋宿詹事府同官夜坐時郭宫庶以疾不會

晝直金門隔宵歸玉珮逢翻因地清切不易語從容暮色聞隣梵齋心入禁鐘還思郭有道累日少過從

暑中臥疾徐健庵學士屢枉問訊

再入承明白髮新南州學士最情親苦遭毒熱欺孤枕失共編摩歎浹旬永日風塵堪閉戶衰年藥裹漫隨身隔牆每聽鳴騶至問疾懸知有故人

男明然編

外孫王繩曾
孫男𤥒瑶田　校

蒼峴山人集卷五

勾吴秦松齡著

碧山後集

趙北口逢南昌熊李二子上春官

數子南州英三年不相見何意塵埃中猶識故人面停車相勞苦愁余獲深譴寵過忘周防才踈昧時變幸蒙　浩蕩恩放逐返鄉縣家有白髮親今得視寢膳豈不戀明時過大不可繕白日照河冰和風滿郊甸行矣勿踟躕南宮集才彥朝爲草澤

人暮侍甘泉宴所望揚休名余甘守弛賤

途次遇雪

苦將風雪換春晴道上柴車只欲傾却喜郵家能好事埽除門徑放牛行

蒙陰旅舍讀壁間友人詩因和之

斜陽下馬入柴扉貰酒當軒對翠微好句忽從牆上得風流具覺世間稀簪裾華省才人集襆被寒山逐客歸各住江鄉成晚計扁舟蝦菜未全非

哭一等侍衛成容若

臥病空山暑未闌奉君書札勤加餐含情未報聞君死尺素重開雪涕看

家世由來並斗魁螭頭橐筆羨多才春風馬上詩成早知是甘泉侍宴回

烏絲闌紙薄如羅破體書成小令多南國近傳紅豆曲畫堂誰付雪兒歌

奉使龍沙路幾千歸來身在屬車邊平堤夜試桃花馬明日　君王幸玉泉

爭說　新恩寵賚頻八年宿衛一親臣朋游聚散

尋常事端爲　朝廷惜此人

淥水亭幽選地偏稻香荷氣襆尊前夜深怕犯金吾禁幾度同君對榻眠

容易秋笳絕塞回千金不惜爲憐才可憐季子前時死墓上今誰掛劒來謂吴漢槎也

去年扈從到吴門只愛扁舟泊水邨今日哭君何處是楓橋秋雨又黃昏

顧生老友客平原梁汾姜子相知比弟昆西溟自憐白髮江湖外不得同渠哭寢門

黄菊還開舊日叢花開難與故人同秋燈共下傷
心淚只有桐江一釣翁

丙寅除夕

草草椒盤未覺貧一庭雪色對清真已爲世上逃
名客況是尊前後飲人菜把晚供旋入餖花枝小
摘爲探春還將兒女團欒話深夜圍鑪慰老親

丁卯元旦

上堂家慶列諸昆身著萊衣又見孫四世惟看華
髮健百年何幸素風存梅開小砌宜扶杖雪滿春

城好閉門潑悔半生貪薄祿將衰方得侍晨昏

題受業師錢礎日先生七十小像

葛巾蕭灑晉人裝七十猶如四十强直以精心窺
鹿洞豈徒高節比柴桑

閱歷眞知世路難老來惟愛酒杯寬等身著述名
山業也作煙雲過眼看

扶風帳下滿生徒除却傳經一事無更得廿年登
九十生綃重寫伏生圖

逃名翻得世間名跂石眠雲是素情偶與淵明同
脚疾藍輿應侍老門生

過劉易臺廣文署中飯即事賦贈時新修學宮成

博士雖冗散其責未爲輕苟能舉厥職何必公與
卿劉子富經術司教毘陵城不忍禮樂壞況乃宮
牆傾五年棲寒氊百廢已具營汛埽必嚴淨將享
必恪誠體薦及籩實鐘鼓兼琴笙披圖得古制一
一求形聲煌煌大成殿鉅麗莫與京千秋宗儒位
次第陳兩楹層簷蔭檜柏靜晝鬪鶴鶊余時循覽
畢退坐空齋清薔薇既滿架芍藥亦敷英環餅出

中厨有酒旨且盈豈謂苜蓿盤不足享友生子才
實整暇復少卑官情誰當薦 天子令子大其行

龍興寺看牡丹聽僧言天台之勝

坐上聽談華頂雪指前如起赤城霞便同開士腰
包去踏徧名山歸看花

望金山風阻不得登

可憐頭白畏風湍一片蛟宮水面寒竟日凝眸看
不足 翠華停處玉闌干

自江口步至甘露寺

北固今知路未賒老年偏自愛煙霞過橋漸及南朝寺穿竹先開别院花山徑無人連野闊江流有意抱城斜廿年戎馬猶屯戍歸去愁聽日暮笳

雨泊江心霽後見新月

雷雨江上來停橈待明發忽焉天宇晶清光生一髮洲渚盡呈露漁火半明滅推篷意何限惜此將落月

金陵友人貽余一硯云是臺城故塼

六代江山跡已荒遺塼那復吐光芒故宮煙雨迷

銅雀新樣風流失玉堂（王介甫綠石硯詩玉堂新樣世爭傳）但取殘編爲伴侶休同折戟認興亡胭脂井畔飄零久誰與雕鐫寄墨莊

初夏陪楊筠潃中丞遊燕子磯觀燈船明日蒲庵禪師投詩紀事依韻奉柬

江山雄絕帶層城開府登臨及太平齊卷青簾驚宿鷺高張油幕聽流鶯酒闌燈火林間出客散笙歌水面生何事上方禪誦侶也憑闌檻到三更

朱孝廉大占以病起詩見示余亦一秋伏枕初親筆墨漫和韻如數

衰年藥裹久相親病起秋光一倍新白首莫論今日事黄花還識舊時人清言坐對無生客濁酒相招有比鄰近結西郊數間屋小橋流水寄閒身

勿藥初聞喜不禁却驚好句費搜尋秋山影裏傳書到落葉聲中擁被吟匹馬關河年少事（大占將上春官）孤燈梵夾老夫心雲霄看爾飛騰在倦鳥投林溪徑深

扁舟欲造又遲遲扶疾留賓恐未宜手把新詩如

對語懷投明月莫相疑遥知棐几焚香處正是丹楓覆閣時橘柚漸佳風日好東溪攜杖果前期

胡存人方伯築所止園與余寄暢園相近時陪燕賞賦二律索和

官資二品尚朱顔一曲明湖暫賜閒地有雲煙堪卜宅客非車騎始開關虚亭坐待三更月高閣平看四面山我亦林泉久耽味時來眺賞不知還

兩家亭榭正相望各與幽棲山水鄉清夜高吟遥可和佳時斗酒近能將柴門對掩琴書靜邨徑閒

尋草木香商畧畫橋添一尺便容小艇到溪堂

壬申三月十八夜胡存人方伯同陶季深

虎丘待月和陶季深韻

是日送春歸笙歌出林杪依然生公臺夜靜來者少有客度深樾高吟驚宿鳥誰知山水情能使衣裳倒春事雖已殘月色助幽討遥臨佛廬靜下映方池皎懷人杯不御清言石頻埽後期吾敢惜當前怯詩老

同胡存人方伯陶季深隱君由支硎過寒

山登華山絕頂歷天平白雲諸洞和季深韻

春風吹游情直入西山西支硎路方始歷歷聞鸎啼遂登小宛堂曲徑爭攀躋清泉瀉石罅下注何委遲高人此隱居疏鑿成迴溪遺書半在亡接論願已違漸見蓮花峯中有古招提山川自清曠視聽我何卑樓殿一俯仰怪石相撐持琳宮留 睿製綠字凾金泥宿聞天平好焉能避艱危輿人指前途有石如蹲獅又如建旌幢兀立中天奇戈矛森成列一一聽指麾磬折穿洞壑烹泉坐移時雜花半未落頗訝春光私夕陽在前嶺古塚亦纍纍人生不攬勝事往胡由追巖棲素所懷霞舉誠無梯悵然歸塵境回首煙路迷

鄧尉道中和季深韻

古寺雲深鎖萬峯萬峰老宿舊過從白頭重到皈依地一路清陰幾度鐘

下鄧尉山登七十二峯閣和季深韻

一帶仙山墮渺茫如聞笙鶴散天香更看數點漁

舟小半入晴湖半夕陽

石壁庵和季深韻

暫失明湖色時聞春草香孤花翻石砌列嶂護茅堂蔬筍閒知味珠瓔靜有光高僧舊棲隱隨意種蒼筤

雨後至堯峯由石湖而歸和季深韻

清飈吹雲豁晴晝川原綠淨紛如繡肩輿漸入青巒中竹柏陰濃滴寒溜吳中諸山徧游歷頗愛堯峯最深秀古澗能爲風雨聲長松欲作蛟龍走行

行石磴更險絕上有精廬似仙構琴臺峻拔天池
幽謬謂茲峯出其右退翁老人昔退居白衣問道
曾相就林泉無恙影堂空遺蛻多年在巖竇艤舟
石湖薄暮還石湖風雅今誰究勝地徒留我輩看
文章媿落前人後湖中煙景苦催詩明朝莫預愁
天漏

虞山劍門和季深韻

孤標元作障雙峙忽爲門飛鳥度巖隙游人息樹
根晦天雲半坼到海氣全吞歎絕莓苔古斑斑五

色痕

三峯和季深韻

禪宗今最盛祖席説三峯大力摧魑虎微言屈義
龍衣霑巖下雨心破午時鐘欲借僧寮宿飛泉已
百重

讌集胡存人方伯獨秀堂和韻

何必蘭亭會高齋有茂林遯名偏好客觀物欲無
心踈牖花光入潑杯月魄臨讀書倘閒暇攜杖便
相尋

君懷高士宅卜築近雲林客竹三湘雨珍禽萬里
心有愁仍嘯傲無病即登臨向説桃源好漁人未
易尋方伯武陵人

觀奕歌贈吳瑞徵

山中六月池館清高槐惟有新蟬聲長晝拋書宜
看奕恰逢國手延陵生延陵少日遇仙客指授須
臾長標格復游閩海閩波濤百變魚龍聽揮斥聲
名漸大思轉寘棋雖小伎亦有經世間高手競奇
巧不知勝著歸無形吾鄉近來無敵者有兩少年

出其下多方奬借見深情篋裏新圖任傳寫偶然
爭道一游嬉體無正變無端倪兀坐凝思子未落
林光簾影相高低我愛延陵非藝士談諧飲酒通
神理曾從幕府識兵機奮身欲作報恩子注官佐
郡亦不卑林閒豈得長棲遲知君弱政風流即闢
暇常如對局時

和從叔天乳先生七十自壽原韻三首

人生七十古來稀白首何妨晝掩扉登覽尚輸筋
力健幽棲眞識道心微少時文戰常穿札老至清

言亦解圍莫怪先生冠服古雲林居士水田衣

人生七十古來稀儒素相傳只舊扉獨抱遺經離訓詁旁通梵夾印幾微小車到處兒童喜輕策扶時山水圍碁酒興闌惟坐睡一絲不挂道人衣

人生七十古來稀閱歷朱扉與素扉猶子賢關方振起吾家舊業不中微架間書尚餘千卷堦下槐今大十圍文獻百年應有託與公同老芰荷衣

用前韻壽從叔紫廻先生

人生七十古來稀徧歷閒關老故扉長嘯步兵聊作達詼諧曼倩本知微夢殘彭澤三杯酒（先生曾罷縣事）淚盡昭潭一夜圍（尊大人僉事公死難平樂）容易青尊紅燭下子孫笑舞著萊衣

人生七十古來稀何事頻年只掩扉甫里先生偏好潔維摩居士苦研微聽歌綺閣紅牙按點筆春山翠袖圍猶記少時行樂否一龕燈火傍銖衣

甲戌上巳玉峯徐健庵司寇果亭中允盛誠齋侍御再𢊍耆年會同諸公讌集遂園各賦二章拈蘭亭爲韻

風光上巳共追歡況有名園傍翠巒花底移舟聞笑語雨中扶杖看檀欒半生朋舊知心少百里江鄉會面難何幸荷衣叅末坐一時投契比金蘭

相期尚齒更忘形此日羣賢會禊亭齊詠詩篇簾閣動一揮談塵管絃停歸田歲月頭俱白把酒林泉眼倍青日暮筍輿還別墅路旁爭看老人星

遂園讌集述懷三首奉酬健庵先生

抱疾臥茅舍南州使來迎云當上巳日玉山會者英再辭不獲命冒雨復宵征昏黑到公家堂上燈燭明張筵飲我酒絲管繁且清開懷論今古時或及平生余病未敢休堅坐到三更惟公愛朋友顧余如弟兄相知四十年彌見古人情疎拙竟何取久要存素誠

晨興天氣佳羣公紛履舃背城與吳門扁舟僅一驛高年盛名位況是文章伯雍容對尊俎款曲敘疇昔風流近所稀宛見洛下客余齒未及耆才德更懸隔若援涑水例懷慙但局蹐羣公尚朱顏余鬢蚤皓白或以容鬢衰無嫌預末席（先生見贈書有涑水亦造司徒第之句）

遂園富奇境結構臨芳池池外青芙蓉森然發天姿殘花委幽砌好鳥鳴深枝微風動踈竹隱隱見茅茨是日正修禊少長相追隨華堂列高宴曲閣調哀絲篇詠或間作談笑忌還期羽觴已數行賤子請陳辭榮衰有代謝百歲流光馳風霜幸相保仰荷皇天慈田園未荒蕪書卷自足怡生當　聖明世不樂復何爲

顧輿山大雲樓詩次原韻

望裏髙梧百尺枝十年栖息莫嫌遲頻來別業疑塵外一出閒門即路岐春晝花開羣從集夜深鶴唳滿城知虎頭苦愛通靈畫半點何妨得半癡

白頭相約臥煙蘿往事休論唯與阿剩有老懷耽寂寞從他捷足笑蹉跎文章好醜隨人換世路升沈轉眼過包笠千山誰挽住一時回首落紅多

夢到神仙海上樓綺窗金砌總幽修芒鞵愁我迷歸路玉貌看君在上頭碧落簫聲何處度曲房丹火幾時留定中應記前身事案上黃庭恐未收記庚午年夢也曾與君言之

位置都能合自然辟彊何必舊林泉旋開竹徑池塘外更起書樓洞壑邊歷歷遠帆隨堞轉亭亭孤塔到窗懸看山載酒尋常事別有幽人問草元

題喬無功孝廉餇烏圖

白田有孝子居廬朝夕哭春光滿庭除但覺白日促仰視林端鳥飛鳴隨其族盤中有粒食粲粲比珠玉助爾反哺恩傷哉違養速羣鳥皆下來啄食無畏縮感茲毛羽微亦知仁者粟親親及愛物孝理本聯屬妙手繪爲圖將以勵末俗

和從妹畹芬五十感懷二首

懷清臺復見今時辛苦平生只自知從小粹貞坊下住冰霜容易鬢如絲

深院經聲每六時偶拈筆墨畏人知日長簾下何功課百和香薰繡佛絲

和敘公晨起即事

夢裏崎嶇十八盤醒來真笑事無端披衣下榻意猶嬾掃地焚香手耐寒未必有身爲我患已知無法遣心寬天晴欲約南溪老花發西神取次看

同胡存人方伯游西膠山

謬負名山癖偏遺耳目前憑君話巖壑聯棹入春煙丹嶂香林裏青郊落日邊耦耕曾有約卜舍近甘泉方伯將築甘泉書舍於此

戊寅初夏臥病兼旬取晋書讀之偶有所觸輒成一絶句共得詩五十首佇興而就都無倫次

司馬心慚諸葛才巡行蜀壘歎嗟回兵家只在知彼已千里乎毗杖節來

君臣名義付横流犯蹕抽戈天地愁獨有錚錚陳僕射抗辭請斬賈充頭

馬昭心事路人知叔達平生不詭隨自許純臣與貞士當時何術免猜疑

休徵垂老戴朝簪魏祚將移淚不禁空持長揖平文禮欲折奸雄跋扈心

立國無如儉德先晋家侈俗倡前賢一時王石誇奇麗始自何曾食萬錢

鍾鄧開疆有大功同時蹀血錦城中誅鍾勢已消狂談何事匆匆害鄧公

欲把豪華傲隱淪縱横羽騎洛川濵公閭伎倆分明見笑殺船窗木石人夏統事

緩帶輕裘儒將風力陳大計睿謀同公卿上壽平吴日流涕重論太傅功

元凱功成畏害生餉遺頻入洛陽城始終只是沈碑意欲保當時後世名

誰令妒種入宫廷荀令邪謀便見聽坐使愍懷嬰酷禍至今追恨夕陽亭

茂先匡輔本賢勞豈特文章一代豪不早引身終及難亂徵空識海凫毛

一下西陵便秣陵樓船風利快先登安東忌嫉徒爲爾事後龍驤莫大矜

構厦應知用衆才巨源雅意在人才遂令千載司衡者獨説山公啓事來

志在經綸未易申聊將麴糵晦其真終身口不論臧否乃是當時至慎人

采藥潛游山澤中誰知見忌有奸雄孔明盡瘁嵇

救死低頭草際勸稱尊
八王搆釁遞相災骨肉相殘事可哀直至青衣行
酒日劉聰也會笑人來
力掃中原志未酬大星一夕隕雍丘他時江左頻
分割雄畧應無祖豫州
功名未建夕陽流百鍊剛爲繞指柔幽憤賦詩劉
越石月中清嘯[illegible]
中興佐命領元戎處仲初無蓋世功惟有開門放
羣婢一端差足號英雄
茂弘雅量鎮江東百務雍容物望崇細故閨門胡
不忍短轅長柄太匆匆
浪說天門折翼祥征西志節勵風霜試觀老子婆
娑日始信宗臣用意長
溫嶠忠勳絕代奇辭親報國未應嗤世儀鼠輩何
容數玩弄王敦若小兒
草創江東且百年名流碩輔亦聯翩若求儒者知
家法首數軍諮賀彥先
蕃潤門庭著筆同太冲賦就十年中後人只作尋

康嬾千古同稱作臥龍
夾輔何當棄至親從知晉武薄天倫怪他甄德與
王濟連遣婦來生哭人
名士能令馬廐尊羣公同詣護軍門不知何物稱
厮養酌酒烹羊共孝孫 王尼
高風百代仰蘇門晦迹韜光道自尊苦口嵇生無
數語可該老子五千言
安居田里帶經鋤引疾辭徵意自如贏得儒林誇
盛事至尊親送一車書
絕代聲華入洛來行師何取陸生才不甘自處文
章士祖父勳名是禍胎
凝叔非凝識者難華筵相對只蔬餐牀頭周易知
何用體不佳時脫復看
白首同歸語不虛望塵前日共停車安仁空有閒
居作莫比輿公賦遂初
凉臺羅綺照清泉轉眼豪華委逝川一代紅顏爲
君盡不堪重讀綠珠篇
世龍倚嘯上東門夷甫將收絕禍根誰料晚年圖

常讀誰識當年百鍊功
仁祖聰明有父風時人復號小安豐如何善舞名
雛鵠俯仰司徒廣坐中
執法巖巖下望之風流不賞貴游兒一門忠孝垂
青史傾覆中朝是阿誰
稚川性本愛煙霞終老羅浮處士家脫屣功名有
深意微官豈獨爲丹砂
精探卜筮識乘除何至銜刀厠上居末路殺身成
大節翻嫌多受郭公書

元規設備擬陶公反賴西陲定亂功泠眼法深曾
覷破棘荆三斗在胷中
廢莊著論語超倫文度羞爲第二人手裂桓溫居
攝詔誰將輕比郗嘉賓
世儒樸直任天眞處仲堂前哭伯仁慷慨數言申
大義坐中知有汗顏人
不解深源得重名秉鈞授鉞兩無成山桑敗後精
華盡四字書空過一生
元子堪爲濟世臣中原一望歎沈淪破裏平勢功

非細不作流芳百世人
東山韞玉待時沽江左蒼生屬望殊一出果能安
社稷王公未是管夷吾
幼度當時將帥材功成淝水捷書來誰知太傅庭
階下玉樹芝蘭用意裁
映帶清流坐茂林半生游處在山陰深源恨不聽
忠告保我硜硜誓墓心
爲臣不易古猶今可歎功高畏忌深侍宴桓伊歌
一曲謝公不覺淚沾襟

稜稜直筆晉陽秋豈顧家門百口憂竄易不妨眞
本在可憐宣武諱枋頭
靈寶奸回襲父餘驟窺神器晉爲墟喪師西遁何
情味道上倉皇注起居
景畧君臣結契深病中特地戒南侵如何自取淮
淝辱辜負臣裏到死心
天竺高人到洛陽忘機鷗鳥狎侯王何緣好預興
亡事聽取鈴音替戾岡

高荊望四十自壽詩索和

讀書結客正當年庭館春風思渺然人與芝蘭同
氣味文從詩酒得因緣牙籤插架供朝課繡被堆
牀待醉眠白雪歌成還漫興多才早賦帝京篇

題萬峯行脚圖送牧堂道人北行掃祖塔

遊五臺

柳巷猶存說法臺（笑巖禪師法席在京師柳巷）二百年甘露一門開兒
孫龍象寰中滿若箇芒鞵得得來

腰包直踏萬峯低一卷新詩手自攜久住江南愁
骨弱要於冰雪窖中棲

宋綿津中丞重修滄浪亭和歐陽公韻紀
事

平生未到滄浪亭愛讀歐公滄浪篇人言池館久
殘廢數株老樹猶蒼然商丘中丞心好古每撫遺
跡懷前賢長史風流逝已久精神感召數百年用
意經營舊觀復一一幕府出俸錢示我新詩并亭
記展誦滿目生雲煙初秋爽氣入戶牖發興早放
吳閶船行穿城中得疎曠岡阜回互藏清川喬柯
遠合霜雪氣淺渚靜有鳧鷖眠孤亭獨當高絕處
西南山色紛檐前層軒新構最虛敞觀魚無待蒙
莊詮跨溪畧彴何曲折溪外繡錯多平田中丞才
大政常暇達休車騎來亭邊高牙畫戟豈真樂還
憑舒嘯全吾天或攜賓客坐終日論文試茗無管
絃杳杳如聞花港棹瑟瑟似落空巖泉緬懷長史
昔寄傲高吟漫與春風顛薄醉詩成一揮灑草聖
四壁龍蛇纏更思此地創始日錢王貴盛張錦筵
中間復有章申公開池架壑窮幽妍後來蘄王亦
駐節梅亭桂館著簡編時移事易繁華歇後人誰

者偏留連至今惟說蘇與韓屹然祠宇陳豆籩文
章勳業同不朽時命豈復能持權中丞詞翰冠當
世才士坎壈心相憐蘇公自得兩知己廬陵綿津
為後先高文巨刻照泉石勝事不獨吳人傳

贈張樸園閣學（時督學江南）

綸扉清切捧雲霄持鑑遥乘使者軺手定六經垂
北斗家承三相壯中條博聞我服知龍鮓和應人
欣聽鳳簫慚愧玉階同侍從十年魂夢隔雞翹

人文振起倚陶鈞　帝眷東南簡重臣藝苑一時

歸大雅冰壺千里映秋旻鹽車騏驥塵中少鐵網珊瑚海底真遺憶衡才官閣夜雙條椽燭画簾春

十月十四夜同友人甘露寺門坐月

愛對空江坐夕曛回頭明月在林端無多勝境莫辭懶如此清光且耐寒一抹邨煙移遠岫數星漁火出前灘語深不覺鐘聲晚笑指中天白玉盤

題喬無功亂書圍小照

何似書巢與墨莊縱橫萬卷對佳牀臨風解帶非無意吹出胸中經傳香

少日精勤誦典謨廖生爲作擁書圖（三十年前廖君可爲余寫萬卷圖）如今舊學都忘盡每對青編憶故吾

題胡元方采藥圖

偶作潛游采藥身嵇生高致畫圖真行逢香草爲君子目對青山是故人

紅藥翻堦春色妍承明著作待英賢金芝縱產仙山裏此事還遲四十年

題柏石公領軍江天垂釣小照

玉帳牙旗駐上游從龍家世列通侯太平不用橫江鎖綏帶登臨月滿樓

宮閣焚香絕點塵性情獨向友朋真誰知燕趙悲歌裏復見風流澹蕩人

法書名畫滿牀堆小隊江干試馬回棐几閒披垂釣卷銀濤千尺盪胸來

垂綸原未學任公百戰聲名主眷隆渭水桐江皆有意儘人評向畫圖中

鐵夫道人見示遊黃山詩却贈

焦山舊栖隱佳處結茅庵（蘇公焦山詩爲我佳處留茅庵）又入天都去

幽奇得恣探峰危雲背立松古石中含獨往成孤趣誰當共佛龕

投我書盈卷吟來字字清絕無蔬筍氣真得水雲情訪友頻攜策烹泉且聽鸎故山殊足念檻外大江橫（望公仍住焦山也）

壽八兄七十

同堂冠珮盛諸昆七十看君齒最尊華髮肩隨真樂事蔬盤坐對本清門每耽泉石拋鳩杖近領生徒守兔園詩禮百年先澤在獨循家法是賢孫

少日翩翩玉筍班只今白首尚朱顏擘窠父授歐陽筆潑墨兒工米氏山精力正如黃犢健風神堪比白鷗閒長貧且耐虀鹽味天道推遷往必還

辛巳春皃仙弟邀諸淨侶誦華嚴經於寶華精舍于鳴陸表叔有詩紀事因次其韻

溪邊茅屋竹爲椽坐上名僧勝皎然禮樂如游三代日威音直出古皇前雜華夜誦千行偈甘露朝分一鉢泉慚愧弟兄俱老大却歸蓮社可忘年

贈一等侯張又南提督

何止勳名方召齊東南文士盡提攜柴門屢辱高軒過山館曾留素壁題校武射堂朝試馬攤書簾閣夜然藜世英堂上　天章煥真覺雲霄不可梯（世英堂額 御書也）

癸未二月二十一日
上駐蹕蘇州
諭江南撫臣有京堂翰林官因公詿誤在籍年六十以上者疏名進
覽撫臣以臣等四人名上奉
旨給還原品感恩恭紀

春雨連宵夢未醒故人送喜到寒汀汪洋　聖澤無遺物沾被恩光及暮齡井底古釵重拂拭溝中斷木與丹青　天顏此際瞻非遠南望吳閶即闕廷

其二

白頭蓑笠久相宜再襲冠裳匪夢思前事豈忘投杼懼　新恩終解拾塵疑朝衣梅醆餘香在腰帶

蟲穿舊孔移明日　回鑾迎道左感深惟有淚如絲

移居

俗累人間老倍加十年辛苦兩移家幸無僮僕盈千指猶有圖書載一車汎埽風軒開舊醞安排泥竈煑新茶雙飛紫燕營巢急愧我梁非玳瑁華

幽棲但取絕囂塵委巷偏宜著病身室縱湫卑能傍樹堂差新潔好留賓門庭蕭寂慚名士鄉里周旋類善人（鄉里稱善人足矣馬少游語）華轂高軒應少過只須治具

請比鄰

新齋

小齋初構頗宜人婦地焚香未是貧乍喜軒窗明晚照久將泥水蔽閒身忘憂杯酒逢人共送老詩篇逐日新階下古松高出屋時飄清影落衣巾

題胡元方從遊圖

元人畫東坡先生笠屐圖中丞宋漫堂先生所藏其上題云東坡一日訪黎子雲途中值雨乃於農家假箬笠木屐戴

屐而歸婦人小兒相隨爭笑邑犬爭吠東坡曰笑所怪也吠所怪也元方胡子平生嚮慕先生因摹其像而更作已像於旁名曰從游圖

東坡先生謫南荒獨移幼子浮蒼茫儋州僻陋士人少孰與山水相翺翔桄榔林中被酒臥天慶觀裏行歌長時有黎生及符老數間茅屋遥相望足音空谷亦足喜或共杯酌談義皇著書餘暇訪黎生中道遇雨誰扶將聊向農家借笠屐不慮傾倒沾衣裳路旁兒童拍手笑先生意氣偏激昂世間萬事笑所怪闃然何異羣兒狂後來妙手寫成圖千秋佳話留縹緗胡子好古具絕識瓣香玉局爲文章片言寸紙亦貴重况瞻遺像驚堂堂重摹此圖出新意自寫形貌於其旁先生鬚眉若冰雪胡子神采如琳瑯擔瓢挈杖弟子職從行田野何徜徉水塍邨舍絕瀟灑耕夫饁婦披清光是時先生在海外從游學子如麏麏安得有子錦繡腸詩篇酬和同笙簧古人不見良可傷展圖懷古三歎息

我亦神游載酒堂

一病逾月盡謝來問者

臥病荒齋已四旬門前論□愧諸賓偶披叔夜養生論敢托維摩示疾身性拙自知言少味年衰何取面看人平生好友彫零盡感舊吟成一愴神

題桐皋上人夢裏青山圖

誦公詩句最清泠拄杖纍然亦可聽學道漸於生處熟故山還作夢中清

冬夜胡元方餉四腮鱸口占代柬

窮巷閉門久忽傳我友書寒宵憐病骨晚飯得嘉魚縷切雪俱下深烹玉不如呼兒同引滿明月在庭除

男壽然編

外孫王繩曾
孫男　經田　校

微雲集 詩餘

勾吳秦松齡著

菩薩蠻

楓林簇簇山如織秋雲澹澹秋光碧曉色仲謀祠神鴉飛過時　江聲終不定昔據東南勝千古說英雄三分一夢中

憶秦娥 雨泊仙桃鎮聞岸上琴聲甚清詢之乃破簪中一老生也

西風切鴈聲淒斷重傷別重傷別水邨孤櫂雨絲殘葉　天池雅調刪繁節亂離時候誰人說誰人說朱絃暗響茅堂清絕

柳梢青 即事

小艇横斜故園輕別未是天涯秋雨殘燈秋心殘酒秋色殘花　博山香裊窗紗夢斷也西陵路賒天外歸雲水邊去鳥煙底浮家

留春令 感舊

從前都錯不知甚物催人便老夢裏雲煙醉中花總領畧粗疎了　哀樂中年何足道似雪泥鴻爪抛却心頭又依然待分付霜鐘早

鷓鴣天 讀少陵詩有感

無恙江流日向東當年戰伐已成空蕭蕭草木三秋雨落落乾坤萬里風　持破卷聽疎鐘少陵詩句恨偏同誰將一點孤臣淚灑入長煙急浪中

又

一舸沙汀盡日橫相逢只道看山行人從白鷺飛邊宿雲向青峯斷處生　秋笛怨晚燈清紛紛都作故鄉情金戈鐵馬今何處回首長江匹練明

南鄉子

離恨幾時生靜掩紗窗話短檠不識箇人今去處雲屏指點瀟湘此路行　何物易傷情叫徹寒空鴈一聲夜永書樓頻徙倚銀笙暖炙新簧調不成

一斛珠 鷹

蒼茫天地橫翻紫塞寒無際霜毛雨灑鵰雛碎竹兔衫雞何處相迴避　華屋錦韝身若寄受人羈絆隨人意清秋玉立非容易百戰歸來懶上將軍臂

蝶戀花 泊潯陽

倚棹琵琶亭下住司馬當時聽曲傷心處楓葉蘆花秋已暮青山又送斜陽去　淪落天涯詞客淚我泛孤舟別到凄涼地吏隱須知風月趣文章也得江山助

一翦梅 風阻馬當

山勢橫空雪浪高山自雲霄人自鴻毛戍旗一點逐風飄波裏魚舠波外魚標　垂老何心學折腰懶步郎橋且醉郎醪他鄉今日獨無聊江上秋濤枕上寒潮

臨江仙 寒鴉

向日風流今記否寒鴉宿處分明一灣殘照太無情照他憔悴了依舊下高城　行處尚疑攀折盡西風客路魂驚樓頭翠管已無聲紫騮渾不顧嘶過玉河冰

青玉案 桂樹傳是賈秋壑故物

清秋愛踏西陵路又細雨催人去流水橫塘香暗度桂花開也且留人住時節當三五　荒涼院落誰爲主傳是半閒堂下樹花謝花開經幾許斷煙

衰草斜陽門戶風月平章處

又 雁字

極天關塞匆匆至正墨點寒雲意翠袖高樓凝望裏銀鉤斜挂寶釵橫折錯認相思字　爲誰催促行無次寫出湘娥斑竹淚過盡衡陽渾不記兩昏青辟風吹綠篆影落空江水

御街行 中秋

鳳城一霎過秋雨明月林間吐誰陳瓜果拜嬋娟翠黛燕姬十五金波欲動畫樓人倚天上瓊簫度

桂花風裏傳歌舞愁望江南暮琵琶三度醉中秋那記青烽湘浦帝里重來故人不見清景還如許

河滿子 春日山居

病裏鶯花似夢閒中詩卷消愁乍啟柴關春正好更添翠袖來遊瘦影赤闌橋外芳心紅杏枝頭　莫管箇人憔悴自看兩鬢都秋詩酒尚堪驅使在天公儘與風流暇日尋僧別院放他春色南樓

滿路花 冬日從聽公問禪

鳳樓落日黃鶯瓦飄殘雪支公禪榻畔茶煙歇眞源頻叩意識先須絕法塵何間隔直恁凡夫乃圖作佛時節　鉗棰堪否一棒一條血分明有去路難相接精靈何在到此言詞拙虛空纖然說光明眼裏怎教著點金屑

一叢花 並蒂蓮

鬧紅深處舞霓裳只是愛雙雙夜來鉛露清於水看分滴一樣芬芳疎柳池邊翠禽飛上眠穩定誰傍　開時非復舊蒼涼越女認橫塘赤闌橋畔鴛

歌發數花影遮了鴛鴦采到秋風憐他團扇幽恨在羅窗

滿江紅 金山別吳伯成明府

數點江山憑弔裏許多陳迹扁舟共離情無限西風蕭瑟碧浪千層雷雨動嶙峋一柱東南出讀殘碑痛飲妙高臺眞豪逸　十載意同膠漆車笠願何時畢各驅馳王事與君相失慷慨臨行胡足戀蒼茫後會應難必得重來攜手上金焦昇平日

又 黃鶴樓

夏口城頭金湯固高樓百尺念舊日孫郎設險氣吞勍敵江漢當窗憑指顧煙雲滿地堪傳檄問英雄寂寞是何年餘巾幗　青簪上司勳筆黄蘆外漁樵席正白雲一去寒空無迹世上夢酣渾未醒亭中聚散何時攜聽清風鶴唳杳江天仙人笛

滿庭芳 泊潯陽

草草三秋故園千里菊花雙眼誰經溪頭閒步殘徑見芳英倚檻紅潑白淺分明記西子嘉名攜歸也紗窗棐几汲水貯銅缾　夜寒停棹處潯陽九派一派秋聲正孤懷無伴喚汝傾城陶令籬邊舊事凄涼甚碧艸何情沈吟久疎枝欲動落月照簾旌

又 詠佛手柑爲袁重其攜贈索題

名借西方種生南國偏宜人靜秋清小窗偷貯相映綠瓷明却是道家妝束香透處經案雲屏深閨裏箇人閒倚拋擲亂銀箏　持將供大士現前金粟初卸珠瓔更徵心掌豎微笑拈輕曾向靈山受記如今見魂夢都醒攜歸去墨描綠繡身在法王

城

水調歌頭

千里江流碧山色四圍晴快哉亭上臨風嘯傲古人情縹緲行看黄鵠突兀才過赤壁把酒酹山靈白雲輕一抹又露佛頭青　楚天秋吳關夢醉還醒七十二峯何處風月一般清無恙鱖魚流水羨殺綠蓑江上榮辱總無驚取次推蓬望粉本趙吳興

瑣窗寒

料峭西風箇人獨自下簾庭院鏡裏眉山約略寒深寒淺問凄涼心情可宜近來擔閣閒針線愛長宵久坐繡窗微透一絲煙篆　莫怨韶華變只一片霜華清光堪翦賣珠人去剩有筆牀書卷還猜他翠袖熏籠溫馨宿火心字展待相逢月轉闌干秋水芙蓉面

驀山溪 過黄州

一帆寒日斜映黄州過隱几夢坡仙望長空臨皐獨坐文章氣節百倍不如公出禁苑對江山有甚

蹉跎我　雪堂詩卷絕唱誰能和明月與清風惱天公不教深鎖典衣沽酒痛飲柁樓邊招明月問清風畧似前人麼

臺城路 瀛后洗妝臺

瓊樓天上寒如許不堪陳迹重數禁柳拖黃芳池迴碧中有妝臺舊處憑誰弔古早煙冷玉虹草迷金露二亭名 想像當年水晶簾捲報亭午　問君何事多感只銷沉粉澤幾度風雨結綺臨春南朝花月轉眼千年黃土憐伊如故又綠樹斜陽宮鴉

塔寺無端聲聲朝暮鼓

霜葉飛 郎居

岩棲幽築漁樵伴小橋轉過溪曲疎疎落落幾重茅碧樹多於屋有呼雨呼晴布穀黍雲柳浪苔痕屐看筍笠蓑衣隔水自扶犂飛上半身新綠　籬外低見南山橫遮渡口翠黛煙晚如沐荻牙菜甲鱸魚美濁酒清廚足又雞犬春塲一簇養蠶天氣蠶初熟便家家閒燈火兒女婆娑影分窗竹

沁園春 檢孫友夏日所寄書有感而作

何地傷心落木孤城蓬窗夜燈有知己倦遊初歸帝里懷人詩句昨寄江陵躍馬無長籌兵少策意氣平生平生消未曾君知否漸鏡添白髮淚濕青綾意氣青綾舊事皆孫友見懷詩中語也 文章造物偏憎正楚客當秋百感增況四境未寧時傳烽火一官不換依舊寒冰故國雲迷良朋夢杳王粲樓高懶去登難忘處是艸堂對榻山寺扶籐

金縷曲 和容若韻簡西溟時西溟寓千佛寺

人意空悲咽只新來棲遲梵舍試談白業呂

身菩薩果莫是牢籠豪傑聽幾箇篔簹夜[illegible]朱紘休再續笑荒唐西海青鸞血禪榻上曉鐘徹一龕佛火銷炎熱更閒翻琅函萬卷止啼黃葉浪把空虛分兩橛栩栩莊生蝴蝶看荏苒年華如客學道苦遲婚宦誤錯回頭第二天邊月我與爾贅成雪

姪靖然編

外孫王繩曾
曾孫男應鈞　校

泉南山人存稿

（清）秦道然 撰

《泉南山人存稿》不分卷，（清）秦道然撰，清抄本。

秦道然，字雒生，號南沙，又號泉南山人。秦松齡長子。少時資性鈍樸，後發奮誦讀，遂融貫經義。康熙四十二年（一七〇三）第四次南巡，秦道然隨駕進京，皇帝命其在九阿哥府上教書。後中進士，授職翰林院。雍正繼位，秦道然受到株連，入太監何玉柱一案，裁定秦道然有罪撤職，罰款十萬兩銀子，家産全部没收。雖竭力籌措，只交了一萬多兩，被羈押了十餘年，期間仍著書不輟，有《困知私記》、《明儒語要》等。乾隆初以子秦蕙田探花及第上書求代得釋。回到無錫，優遊林泉十餘年，九十卒。其詩集大部分爲晚年所作。卷首和高攀龍數首即作於獄中。《春日月坡初成》一詩被選入《清詩别裁集》。沈德潛評云：『前明高忠憲、歸思季詩，足於中不假修飾，得陶公一脈。泉南先生亦然，無理語而有理趣，能讀陶詩者欣然遇之。』詩集前有鄒升恒序云：『先生之詩，有道之詩也。五言古體得髓於陶、韋而近法吾邑高子，質而不枯，澹而有味，養性觀物之妙，具見於篇。令人讀之超然有得。非如詞人藻繢而已。七言古體頗類長公，近體亦皆清婉拔俗。先生少作必富，此特其暮年寄興之詩，故篇帙止此。余從令嗣編修君借觀之，冰雪在手，頓忘炎歊矣。』他早年的詩學杜甫，老年漸歸簡淡，格近陶淵明、韋應物。

本書據清抄本影印。

（徐志鈞）

先生之詩有道之詩也五言古體得髓於陶韋而近法吾邑高子質而不枯淡而有味養性觀物之妙具見於篇令人讀之趣然有得非如詞人藻繢為工而已故曰有道之詩也七言古體頗類長公近體亦皆清婉拔俗先生少作必富此特其暮年寄興之詩故篇帙止此余從其令嗣編修君借觀之冰雪在手頓忘炎歊既錄存數十首題數語還之時乾隆戊午天中節館後進愚表弟鄒升恒謹識

書泰泉南先生和高子詩後

昔坡公居海南作和陶詩數十百首精深華妙不見老人衰憊之氣作書貽子由吾於淵明非特好其詩而已於其為人寔有感焉子由謂其學日進沛然如川之方至嗚呼其所得者微矣先生去官十年和高子各體詩若干篇紆餘澄澹蛻出風露直以神肖其玩心高明探微元始高子所謂終日怡怡觀大化流行於先生詩見之又作四時樂府凡候虫之啄息卉木之榮瘁靡不入其筆端而資其摹畫蓋得萬物之生氣故年將八十而視聽益精明肢體益強先生其有得於道者歟某進謁先生辱命書其後為泚筆而敘之如此癸丑長至後一日後學復初顧棟高拜書

泉南山人存稿卷首

勾吳泰　著

和高子詩

忠憲先生詩醇古澹泊得味外之味明詩之有先生猶六朝之有靖節三唐之有左司也幽居冬夜和古體詩四十章敬識景行之意云爾

水居詩

山齋寂ゝ元鳥初來春風融ゝ林花乍開共二三子撫景啣杯從容詠歌吾師點哉

心遠地偏居此菰蘆有酒旨美有花芳敷千堤碧柳五里明湖風來徐ゝ月來于ゝ

晨興抱甕灌我園蔬入室焚香爰讀我書味菜可飽味道可腴擾ゝ風塵視我何如

望遠登樓良苗滿疇農亦勞只槐陰乍休仰視雲浮俯觀魚游熙ゝ樂業吾亦忘憂

存ゝ瞬息兢ゝ影衾太昊之味天聽之音內無所倚外無所侵春陵家法先得我

靜坐吟

我愛山中坐白雲來無時垂天自靄ゝ歸山亦徐ゝ青松千歲姿夭矯干霄枝舍此不棲息營ゝ竟安之超然無懷世日夕心神怡

我愛水邊坐照我遺世情周流雖不居瑩澈全其貞蒲蘆依渚碧杜若方春榮波間雙白鷗游泳不復驚高天雲影淨相對同涵清

我愛花間坐花意如人心晅之喜朝旭養之喜春陰下有交翠艸上有和鳴禽敷榮豈自炫成蹊漫相尋詩人感偏反徒爾誇情深

我愛樹下坐禽鳥來翩躚飛鳴暢天機於人寧不然萬物同所適相關不相牽但得無營心至樂盈目前長林友麋鹿此意何人傳

夏日閒居

何以娛永日對景常忘言棲遲詎非計造物與我閒碧艸長庭除珍禽息樹間微風生秋意雨氣在遠山良友欣然來小酌俱陶然柴門月色裡相送溪橋還

水居詩

靜者有真樂不廢山水娛先生解簪組廿載居菰蘆湖干萬枝柳聊結一畝廬雲霞任往來不令耳目拘几席眺明湖堦前繞清渠蓄琴似淵明吟詩類堯夫嗟彼風塵士卽鹿多無虞廚中一簞食架上萬卷書好古意常慊安貧眉自舒俯仰無愧怍此樂誰能如

春日月坡初成

湖干月無際月坡先得之山人倚杖間坡上月到時逝者不可留明月常如茲田夫荷鋤歸漁舟亦來斯笑言堤柳畔誰云不相知仰觀天宇空不礙浮雲馳千川一月印眈犴亦成私撫景時有得古人吾所思

山居

夙敦物外情愛此清景豁小園縛茅亭汎掃頗明潔悠然北窓卧自爾失煩熱吹我竹下風照我松間月一悟物理平靈臺迥超越短句時一拈聊堪自怡悅

湖上閒居季思子往適至

昔人感離群，吾亦念吾友。片帆湖上來，扁舟繫堤柳。呼童掃三逕，欣欣競奔走。清顔味道腴，庶慰别來久。相期在千載，聚散亦何有。結契不同方，合并亦非偶。載歌伐木章，真氣滿戶牖。

弢光靜坐

一涉山水趣，所得常有餘。况兹禪境寂，更值三春初。嵐光照几榻，花氣盈庭除。忽聆清磬音，悄覺塵跡疎。先聖言淵ゝ，瞿曇説如ゝ。門庭别似趄，當别靜與虚。欲識道味腴，莫厭山中居。

弢光山中雜詩

岩前山鳥鳴，林下花光朗。虚白小齋幽，閒雲任來往。

岩前花臨絶澗，亂落穿深竹。林迥無人家，經聲出石屋。

楓林霜氣薄，爛ゝ照初旭。禽鳥有歡聲，山村禾黍熟。

獨往不逢人，小歇長松下。遠見深澗邊，山僧雪菜把。

入山深復深，塵境恍然失。忽聞雞犬聲，邨翁杖藜出。

白雲篇

白雲無心來，亦復無心去。我欲問太空，太空不知處。

白雲因風疾，亦復因風遲。風雲豈相期，遲疾隨其時。

西築詠八首

引泉

山泉接竹引，曲曲到山家。不染山根土，時流澗底花。

種竹

北窓有隙地，種竹漸成林。風來流逸韵，月滿布清陰。

負薪

丁丁岩谷間，雲裡負盈肩。今日稀同伴，明朝是禁煙。

有客

山中無俗客，不復掩荆扉。忽枉高賢駕，肴雲待我歸。

坐石

松間得盤石，趺坐獨悠然。移情不覺晚，山月到岩前。

步月

清光如有意，步ゝ逐人來。小立西岩下，梅花開未開。

枕流

獨眠春澗側，魂夢不離山。萬籟一時寂，清音水石間。

卧雪

小樓風雪裡，擁褐不成眠。夜氣清明候，陽春别有天。

水居漫興

峻領崇山在望，茂林脩竹如斯。心遠何須地僻，身閒隨處神怡。

境寂風花自在，日長功課舒徐。攜伴溪橋晚眺，依稀莊惠知魚。

鶯語巧藏深樹，花飛亂點迴塘。茅屋茶煙初歇，湖濱獨送斜陽。

小雨將踈復密，閒鷗欲去還來。漁父得魚歸也，山人臈甕初開。

耕作且憑人力，豐穰未卜天心。邂逅鄰翁社友，籬邊量較陰晴。

白露乍凋荷芰，清霜已被蒹葭。場圃數堆禾稼，閒田一片昏鴉。

年華一去難追，世味嘗來足矣。箪瓢樂處須尋，此事從來無止。

野老相過率爾，野花相對悠然。慰我中宵無寐，歌聲隔浦漁船。

蘆港一灣漁舍，楓林幾箇山村。薄暮未妨來往，時敲月下柴門。

閒心本無一事豈解世言妙語只此信口謳吟亦與飛雲滅去

泉南山人存稿

句吳秦道然著

五言古詩

詠史

長孺東正性切諫古所少漢武受盡言裨益固不小雖然儒術疎大節實呆呆却疑福心慶并未精黄老小吏爲公卿何足置懷抱

六籍委秦熖聖學棄榛蘩董子乃崛興遺經究始終不沿縱横流不將枝葉窮精心契先聖高文發群蒙譬如剥復閒微陽生窮冬譬如百世系一綫傳其宗孟氏醇乎醇繼之則有公胡爲昌黎書乃稱輙與雄

威鳳翔千仞神龍游八極卓哉東方生顯晦固莫測詼諧類俳優諷諫乃正直應機雖用智浮沉終守黒莫能名一行寧患不純德游衍方之外宜人不别識

大化有消息吾生宜静觀倚伏人或知決機良獨難賢哉漢二疏進退何其安師傅豈不榮脱節寧易完相攜歸故里賜金具盤餐廣我聖主恩接我親姻歡無爲子孫累多財遨游般嗚呼後世人憂患常相干進則患得失退則憂飢寒不識造化機天地亦不寬宜乎東都門觀者咁慨嘆

讀漢留侯唐鄴侯傳

天生命世英用以濟艱危立身有本末志行分高界所志重功名忠愛或反衰崇高不知止禍患常相隨漢唐張與李堪作後人規留侯志復仇失計博浪椎挺身從沛公此志未始移秦亡韓仇復漢恩豈

不思畫策滅項氏為漢開鴻基赤松有高躅好爵豈我縻哀々三傑士禍至鳥能辭鄭侯遇蕭宗蹤跡亦已奇衣黃與衣白君臣類墳虎觀其辭作相難進誠堪師德宗猜忍人易受讒言欺再相豈所願爵纘就縶維非有保身智戮辱亦已罹吾觀兩君子出處誰能譽忠愛為本根明哲為藩籬詭託神仙說用解庸人疑吾為二子惜不逢堯舜時親聞聖人教所說就寧止斯論世或如此千載心相知

王孝子詩

忠孝本庸行盡之或成奇卓哉王孝子遺蹋誰攀追阿翁離故鄉孝子方孩提雖仰阿母慈少長乃自疑群兒有翁媪我翁獨何之再拜問阿母阿母涕漣洏而父困傜役家貧豈能支三人不相保寧為長別離孝子聞母言慟哭肝腸摧人生不識父何以徒生為兒當別阿母求翁走天涯天涯終有盡會合寧無時阿母牽兒裾而父誓不歸兒去死道路阿母將何依孝子心旁皇阿母言堪悲去留俱不可吾計將安施僦屋大道旁茅蓆颭青旗飢者供壺漿勞者贈屨綦過客問所欲稽首詳致詞他鄉遇阿父為言兒在茲父子或相合生死吝恩私忽々十餘年音書渺難期孝子別阿母兒去志不移兒今已有婦足以備晨炊兒即死道路阿母當無飢脫身走四方險艱豈所知朝哭青山巔暮哭白水湄青山艸木變白水波濤哀蒼茫田橫島孤絕海東陲從死五百人靈爽此中棲孝義足相感魂夢通先幾隐語指迷途令向南方馳蘇門嘯臺畔寒餓僵庭除忽有白髮僧鄉音動聾瞶各將姓名道慟絕相抱持扶攜返故鄉阿母鬢成絲相看不相識聲是面目非鄰人助悲酸行路亦嗟咨綽楔表里門薦紳投歌詩為善必有後子孫盛簪瓔嗚呼孝子心所志瞻庭闈高名與厚福何嘗計毫釐絃歌侯來風用作後人師

陶子子師之没余悲不能成哀輓之詞適從令子駿文得聞其海南遺事泫然而作

天意不可問生才竟胡為吾友不世姿挺生東海湄少負濟時略卓立羞詭隨六籍恣穿穴百家任驅馳三十未成名脫身走京師從容出下駟超軼無人追對策明光宮激直靡委蛇言危竟被遏天聽何由卑館閣棄班范作令天一涯儋耳萬餘里下邑尤殘疲榛莽蔽四郊廬舍無孑遺君乃布德意徒步撫瘡痍盡捐無名稅終日嘗蒿藜一年集流亡二年給耕犁三年成井邑鼓腹相遨嬉循聲感隣封威信及頑黎謳歌弃獄訟錯趾歸仁慈朱崖有驕將貪残比梟鴟殺人投草莽守令側目窺君聞髮衝冠三尺胡久羈騰書告大府挺身遂相觭大府試君才命君詰其私悍卒千百輩恟々爭刼持屹然坐堂皇神氣何恬怡片語破賊膽崩角敢差池將卒伏其辜一路方安居大帥銜刺骨小民感淪肌幾中霜鶻拳幸被中朝知委曲保厥位君願不及斯矯々蕭大夫杖鉞臨南陲知君天下士惜君棲卑枝欲將千里駿應圖貢丹墀何期南海外遽哭峴山碑憶與君別時握手重傷悲君乃慷慨言動忍須艱危天其玉我成勞苦安敢辭已矣今何言萬夫瞶君遲令子瑚璉器英奇稱君兒道君南海事語々涕漣洏銜哀叫彼蒼腹痛何能治

曉發

鐸聲警殘夢僕夫戒行裝結束短後衣迴燈照繩床上馬出茅店邨

墟月黄昏虫鳴四野静露下艸葉光烟霧何迷離山容辨微茫明星漸落々卯色生東方遥望林木佳欲往川無梁夙結山水縁對之神飛揚行役非王程胡為太皇々誓將恣幽討為樂殊未央勿以有盡年無端飽氷霜

錦川詩為邵省齋作

六月渡大江七月别淮右齊魯古名邦盤桓亦已久曠土平如掌蕪穢七八九百里幾烟邨停車乏榆柳濟水東北陽有邑大于斗緑陰如繡障曲折繞隴畝禾稼若雲屯熙々走童叟令我懷抱開下馬沽村酒田夫喜容至敎勤出瓶瓿舍前摘葡萄舍後剪新韭鄭重為我語邑有賢父母回憶三年前田疇秀稂莠木葉充糇糧何從得漿溲盗賊滿四野偷竊及雞狗嘉木折為薪濯々秋冬後自我賢侯至年豐户殷阜履畝課農桑按籍清户口嚴寒霜雪夜单騎警巡守境内姦宄徒低頭就枷杻井々百廢舉如綱復就紐萬户登春臺惟有額其手借問侯誰氏青門我良友書生初作吏循聲邁不朽願述田夫言起為我友壽

太行山

我行天雄西遥望青一抹云是太行山計程尚五日行行過衛水山容漸崒嵂陸海多圖沙林木已蔥鬱山椒數十里風景類呉越竹色碧參天泉聲清沁骨兩月走黄塵頓使心神豁仰望緣山徑穿雲細如髮探奇動高興登頓非所恤百步已三休犖确石路滑下臨萬丈壑疑是龍虎窟戰々執青絲常令馬首佛窮日至絶頂竊喜艱險畢誰知對面峰林々萬千列遠者藏雲霧近者拔地出立者如攢劍偃者如覆鉢青疑碧玉柒渲染出摩詰黒訝潑墨光淋漓是來綫崗巒轉側換奇幻難畫述遊子筋力疲山家謀小歇土室爐火紅柿酒味清冽萬籟發笙竽千山浸寒月晨度天井關迴車有碑碣先師臨河返安有太行轍緣知古遺事附會十六七出關路稍夷山形與前別山麓至山頂土田乃秩々隴畝若剪裁千層隨曲折均齊復參錯巧向天孫奪如此無數山起伏形勢一宛如大海浪迴風鼓瀾又如秋空雲鱗々相間容奇觀得未有曠覽自怡悦山坡多嘉樹六月花如雪虬枝止數寸乃似千年物江南重此種几案伴書帙幽谷復誰憐棄置等薇蕨無端殊貴賤物理安可説遥矚陽城縣燈火晚明滅故人此作宰聲聞猶未悉欲往息游韁相期在明發

飲酒偶成

古道日頹喪魏晋稱風流當時伶籍徒沉醉為良謀未得性中樂漫云塵外遊刻意放懷抱終焉媿虚舟豈惟遠至道未許同莊周胡為後世士效此滋愆尤卓哉五柳翁高節乃罕侔彭澤賦歸來相對南山幽北窓睡初足自謂羲皇儔簞瓢常晏如此樂豈易求吟成五字詩凡骨换有由悠然忘言説願以質千秋

魯仲連射書處

七雄紛戰争處士輕廉恥高節薄青雲先生一人耳此身污秦垢寧蹈東海死排難與解紛卓哉天下士擾々縱横徒何足挂牙齒

輩昌齋勉菴太守見示説經六種賦贈

去聖日已遠俗學錮群蒙遺經度高閣久闕羽翌功儒生専一經祇為干禄庸拘牽守行墨精理誰復窮館閣集英才詞賦争豪雄縱能

敲楊馬識者羞雕蟲或負經世才出入刑名中苛細权近效流弊禍厥終齊公生民秀稽古得所宗屏絶非聖書六籍恣磨礱仕宦三十年雅志敦儒風經術傳政事時華安得同天水古名邦遺民雜羌戎爲治尚清簡化俗如文翁賤子羈旅人西來幸登龍清香函戟間謏笑陪從容再拜讀公書興義開心胸不爲成説拘不執己見攻精微歸愜理千載精神通漢宋各有傳一一稱宗工北方窮枝葉此語難例公豈特藏名山當列絃歌宫

遊秦州石門山

山雲深復深遥望石門路一髮蟠蒼穹飛鳥不可度五峰如削玉崗巒遥回互崚嶒十八盤宛轉闢門戶丹崖置半足目眩難反顧淨緑蒙天光芒鞋濕清露持節最上頭俯視白雲布浩如翻蓬瀛悄如坐玄圃長風生衆壑萬竅奏韶護耳目絶舊緣移情忘日暮性耽山水癖壽無金石固于此尋丹砂服食生毛羽

秋水軒玩月和徐壇長同年韵

秋至暑未退勞生苦難支携我素心人幽齋果前期展簟蔭深柳開簾面清池憺然塵壒外怡悦心自知南窓數頃荷香風撲深巵北窓列奇卉娟々弄幽姿時至各敷榮大化無偏私游賞欲窮夜明月幸無虧

賦得清溪流不竭步同館諸同年韵

百川滙清溪澄澈常如秋群峰四面合林木添清幽山根一勺水成此萬里流會心豈在遠把釣長淹留

清波渺無際蘆荻風蕭々漁歌雜榜聲斷續隨風飄雲烟變頃刻豈但暮與朝浩々自今古對此心神超

溪流清無底雲容兼水淨極目洗煩襟塵函啟明鏡湯々孰能禦體柔用自勁波面雙白鷗浩蕩適其性

周流自有本水性固不居流行隨所寓自與塵壒疏秋水賞蒙叟原泉感魯儒一悟造化理滌此心煩紆

送座主韓城尚書歸里

鬱々龍門松託根何高潔朝日耀奇姿嚴風表勁節瓌材稟神秀梧檟難比列静觀造化理千古共一轍人事無變更何以見賢哲

名位亦何常所重在進退立身苟無據公卿詎爲貴大臣秉國憲臨事敢傳會皎日矢厥衷雷霆非所畏慈母杼雖投曾參有真僞

側聞東山勝儼若神仙居翠幃列軒楹紅泉繞堦墀高樓薄雲漢究以萬卷書人情此冣樂大賢顧何如平生憂國心敢藉林泉紓

祖帳青綺門驪駒臨大道道旁無賢愚齊心同頌禱况懷知己恩中情正如擣白日麗天中纖翳豈難掃巍々政事堂遲公賦天保

送曹紫讃令伏羌

昔我遊關西曾上朱圉巔俯見萬家邑桑麻鬱芊々卑載幾往來頗識土俗便邨々植佳果藥艸綿陌阡桃葉大於掌清陰幕高天雖門紅杏花廿里雲霞連采々當歸苗利勝稻黍田其民近羌戎慓悍如鷹鸇柔之以禮讓所藉長吏賢曹侯東南秀彩翮方騰騫起家宰是邦鸞刀烹小鮮我忝故人誼問君政何先君言牧民術寬猛期無偏教化盡其誠舊俗無難湔喜君明治要言簡理則全雖用宰天下其道豈不然　聖主重循良訓誥時惓々郎官起邑宰始以臺諫遷吾

子千里足超忽自無前報最入承明遲君止三年

遊方岩

初冬風日佳籃輿度林麓夙聞方岩勝雲深渺難矚迴環轉層巒窈窕歷幽谷一峰屹然峙衆峰如拱肅氣雄觸天柱勢厚壓地軸撐空堆老鐵透頂削寒玉徽徑如脩蛇宛轉屢側足山腰忽復斷盤礴僅相續懸崖數百級盤盤更往復巨石劃然開俄驚得平陸周行直如矢列貨盈比屋俗崇胡公祀士女如輳輻昔公岩栖意本以避喧濁豈知千餘年簫鼓走巫祝縱饒山水趣稍雜塵市俗扶節登西岩曠覽快心目

擬遊雲龍山放鶴亭不果

我識放鶴亭乃在坡公記今朝一登覽恍若悟前世連峰翠彎環西望缺其二想見放鶴時如聞長空唳彭城古覇國山川頗雄麗公文緣造化潤以清淑氣主人金閶彥明發治遊具豈不戀烟霞王程敢遲滯僕夫戒行裝悵悵渡河去

次韵吾石林禪師寒夜見懷之作

高僧栖隱處小閣傍西嶺迎曦沐鑾光弄月卧松影一盂隨飢飽一褐任煖冷自非素心人誰識至味永老夫萬想滅為公時一騁遥憶寒山空禪燈一龕靜朝來誦新句言外得深省文枕隔清顏中懷彌耿耿

小疾

衰年斷往來小疾亦自好涼風滌炎蒸枕簟可逸老砌花多異色來自萬里道人情愛新奇蒐衍及小草春陵有真賞千載誰同調

次友人秋懷詩韵

大運無停機炎曦變颯爽天高露氣清星月爛可仰六合淨如洗何處匿魍魎但戴王成恩不知在羅網

我愛陶元亮素琴乃無弦會此無弦趣古調亦已繁誦詩凜無邪玩易契先天過大不能補烏敢云貞堅

臣朔侍金馬未嘗羨侏儒雖蒙明主恩氷淵常凜如終亦知止義所愧韜光珠委懷行吾素夷險胥何殊

露涼警胎禽氣肅落庭木四序自推遷勿歎晝景促形骸委時運方寸得歸宿粲粲黃金花凌霜對朝旭

庭前柏

童童覆低蒼鬱鬱蒙霜露中堅絕蠹蝕外直少回互相對歷三時顏色無新故移此亦胡為且免樵者顧

菊

童子緬江華究有東籬意黄花色深淺繁繁生滿地晚日耀奇姿新月愜幽意生香人不知野蝶自來去

偶作

天地有妙機生生無窮已一氣通消長萬象森條理人身處其中滄海一粟耳誰知方寸間渾然合空宇徧界不能藏盈眸不能指天挺濂溪翁示以歸宿處門庭雖派別舍此無宗旨風月任無邊庭草正交翠

奕者有國工吾聞其說奕謂奕雖小道中有天然則千古局不同其

究歸于一楸枰空〻耳若太虛無物黑白纔落手變化從此出至虛成至變至變成不易恰〻用心時恰〻無心合豪芒動於氣定位倏而失漫云工與巧工巧自天設萬局不一誤神妙乃無敵余時賞其言恍然聰明入小技通大道爰以識之筆

吾觀聲音理乾坤此發竅大之為風雷小之為歌嘯其藏也無朕其出也無兆洋〻雖盈耳莫或窺與変鳳鳥來和鳴聖人寫其妙桐梧宣元音嶰竹叶真調律呂分陰陽宮商相感召以此和神人以此通治道孰為主宰是冥心問蒼昊

文章從何生其道本自然中天列象緯川岳蒸雲烟風來水生波春至花自鮮人心何所有出之則綿〻悟此無文意至文乃生焉嗤〻夸毗子綺靡徒爭妍

與髮闍上人

公談出世法何嘗不住世我本入世人於世了無事為問出入間畢竟何者是無端偶相值一笑忽相契相契在何所佛眼不能覷惟有庭前花鮮此澹〻意

冬日偶作

餘年不敢負内照全吾真詎曰眈枯寂虛中滿陽春幻境日萬變紛如隙光塵吾心無去來何必患有身大道直如矢紆曲由斯人一念即萬年庶與大化親

仲冬凝朔氣小室如茅菴間哦貝葉書幽煩生微甘静言念疇昔轍北轅乃南心同海上鷗身似繭中蠶猶幸晚聞道一滌衾影慚心法兩無得彌勒應同龕

寒雀晚弄晴歡聲滿吾耳旭日明南窗擁褐常晏起土室淨灑掃從容理文史簞瓢日可繼誰云非甘旨寢食頗自由行素恐乖理百歲如風燈俟命而已矣

次韵九峰三逸詩

達人破世網蚤卜山中居遂有素心人晨夕相與俱非必眈虛元翫賞在詩書澹然塵壒外羲皇更何如

鈞公本佳士披緇隱袛林腹加三條篋長飢但清吟我有無弦琴與君賞其音忘言自怡悦只此為安心

洞泉多藝能有似玩世者餐霞駐丹顏飄然逸人也杜老詞源壯鈞師法雨灑共君成三逸吟嘯九峰下自製古冠巾風裁樸而野書將西法揮西將書法寫

華子西園柱詩次韵奉荅

哀年弄聲律亦屬心未定妍醜苟不忘名心此中孕君詩包衆美萬象無少剩詞放骨愈堅神閒氣彌静精微突輿闢空朗氷雪凈長篇壓元白險韵叶病競多慙塵土言拂拭令光瑩

題朱若愚欄香閣詩

人心具風雅萬象皆牢籠祇以俗情累靈府如塵封煌〻三百篇寔啟萬古蒙漢魏樹門庭三唐各爭雄王孟與韋柳嗣響崇桑翁至味寄澹泊元音獨春容當其入妙時造化難為工紛〻雕繪者對此智力窮吾友若愚生清才天所鍾革軏有餘樂榮名付飄風嗜古咀其腴不在醎酸中芝蘭生幽谷豈與凡卉同示我欄香詩氷雪光融〻知君超世慮辦香得所宗讀罷再三歎使我心神融風人有微旨聲

聽何由聽

哭徐師魯

憶昔少壯時結交裙屐場玉峰盛才彦敦槃會高堂我〻王謝門群
從皆珪璋君才更挺出文陣屈老蒼馬齒長於君執手稱雁行忽〻
五十載人事如滄桑君雖適貝錦雲步仍高翔相州古名邦至今仁
聲揚諸郎盡國器守牧著循良巍然太丘長名德世所望老成遽徂
謝豈惟戚友傷嗟我晚得禍檻車帶銀鐺親知豈不多近我如探湯
君獨敦古義為我治嚴裝我幸脫羈鑊羈幽隔天光顧我請室中未
語淚已滂平生金石友如君孰相方別君幾何時生死兩茫〻圖中
對君影沉痛迫中腸長歌以當哭聊用慰存亡

老境

老境處來久漸與老相忘中心無所營但覺四體康白日自杲〻高
天自蒼〻人間諸變幻問我都茫〻即此返厥初賢聖非所望
留目觀衆芳留耳聽萬籟巻與真宰遇耳目豈在外諸緣舍我去二
物差足賴見聞非見聞此意誰與會
我有二三子嬌〻皆英才絃歌斗室中金石聲和諧雖非舞雩樂亦
有春風來載咏伐木章可以抒我懷
中夜不成寐衰年未為病天君苟失職朋從乃相競擾〻反側間夜
氣安得靜先哲有遺教魯者肯篤信惺〻復惺〻庶以安老境
少年務強記老去旋遺忘遺忘非所憂我本無一長譬如遠游客游
倦歸故鄉安心事畊作為樂殊未央
親者日已疎〻者無復親歷〻平生意飄忽隨飛塵床頭數卷書中
有羲皇人開來一相覿結契斯為真非遵尚友訓吾意何由申
春晴囿自佳春陰亦自適垂簾隔餘寒蘭氣滿幽室終朝斷來往宵
如在岩穴亭午夢初回鄰雞一聲徹
天運日推遷人生有大分隆冬百蟲蟄分耳非為困老年精力衰聰
明安所騁寘心了無作無作乃無悶
四頤骨肉親十人無一飽入耳皆苦言老懷安得好常情即至性此
物豈枯槁幸如空中雲一過迹便掃
我有孩提心見者愛我老終日欣〻如亦復嗜梨棗閱世八十年未
嘗識機巧自署葛天民知無以為寶

續和唐人惠山詩

蓉湖開明鏡遥映山容蒼沿迴入山阿策杖漪瀾堂水木含華滋魚
鳥紛游翔乳泉注玉井闌檻浮清光一經桑苧品千載口頰香豈徒
助幽賞足令塵慮忘
徘徊泉石畔慨然念前人吟社有芳躅詩篇競清新至今觴咏處澗
石猶嶙〻十老眉髮古衣冠絕埃塵清芬豈不懷搔首問高旻誰為
後來者千秋若比隣
少結山水緣讀書栖林樾焚香斗室静邈與人境絕時汲中夜泉一
酌萬慮滅穿〻對松影澄〻弄明月礫〻幽禽鳴冷〻清磬發入山
何必深心遠斷車轍

秋懷

秋至暑乍闌晨興涼氣肅竹石沾微露幽花淨如沐焚香北窗下陳
編久高束暝目時溫尋新機迭相續只此樂餘年不知駒隙速

耳不聞是非目不辨好醜人生貴聰明我乃似木偶性真無斷滅根
塵原幻無有老氏說希夷吾〔道〕絕聲臭安得忘言人同行共把手
種竹異萁當非規而矩方翠色潤欲滴嵗〻如新篁止宜映小院未
稱園長廊北窓睡初足滿榻留清香

七言古詩

紅橋行寄呈王阮亭先生

天寧寺西法海東萬枝楊柳摇晴空夾水亭榭多玲瓏西橋横跨如
長虹令大司冦新城公昔年佐郡乘花驄名流輻湊才雕龍詩篇唱
和争豪雄惟公一代文章宗珊瑚高架瑕疵攻署名紅橋走郵筒聲
價高比蓮花峰水部司勳未許同風雅直繼歐陽踪公擁皋比坐玉
雍小子負笈陪鐘鏞微才曾荷甄陶功頗許立幟詞壇中半生落拓
猶吳蒙懸負教育心忡〻已知窮達由蒼穹讀書尚拚十載工願依
絳帳披春風吁嗟乎何時絳帳披春風

劉學士舊井行

玉堂西偏轆轤鳴長綆汲井寒泉清爾来二百有餘嵗還從學士留
佳名堂上花磚覆槐影烹泉啜茗羅羣英世事如碁閲今古茲泉色
味何嘗更長安九門百萬井泉水苦澁汚銅鐺屈指甘泉止一二天
壇翰苑名相傾由来地鍾清淑氣不愧古語稱蓮瀛酌泉之人無俗
情文章道德揚休聲井收勿幕古訓明豈徒裒〻登公卿前輩風流
猶在眼願偕玆水同清瑩

題安溪座主所述家難詩後

吾師手述家難詩鋪陳終始備攷稽上闡前光起頑懦下訓後嗣敦
天彝書生殺賊已僅見况乃强弱非均齊危崖巨冦數盈萬傭夫牧
豎争相持三旬攻戰〻必克孤墩一捷尤神奇廿人張拳鬬千賊斃
其巨帥搴其旗玆冦三方樹本堅一朝唾手皆殲夷由来精神〔誠〕動天
地心專力併無不摧豈惟一家保骨肉千里安枕誰之施功成不肯
受爵賞衡門寂〻甘栖遲
聖明當陽燭幽隐吾師再拜陳丹墀
宸翰輝煌賁丘墓萬衆瞻仰咸嗟咨當年吾師亦在厄髫年性命如
懸絲天生大賢佐明聖處難不死神所禔厥後逆藩竊弄兵吾師保
聚相撑搘蠟丸密計奏當宁王師克濟由于斯又聞遠祖佐平江武
功拜爵稱當時師門累世著忠孝後先芳躅常攀追吁嗟乎人身手
足相捍蔽莫之為者由天機胡為世教日陵替毛髮細故生乖違死
生利害不相顧何異四體成痿痠茲篇垂教配雅頌國史紀載無傳
疑小子受命跋紙尾掛名不朽慚蕪詞

稷山民尋弟詩

民名伯宗其姓吳父母並喪遺三孤伯宗年甫十四五仲季孩幼聲
呱〻出則提携入同處哀啼中夜隣人吁一日幼者失所在遍求數
載終成虚次者無端又失去晨夕哀痛淚眼枯同體三人身屬長致
弟流落誰之辜叩頭誓墓告父母尋弟不惜捐兒軀重趼山川歷幾
載是非錯互空馳驅忽從京師得其季已易數主為人奴主翁哀憐
許相付俟得仲弟歸鄉閭逆旅忽逢舊都客口傳仲信言非誣上言
身從其年月為人給至東海隅地有流人作奸藪掠得生口如貨居
我今作奴寧古塔朝逐牛羊暮狼貙下言身已落陷阱心念鄉里難

逃遁我有阿兄能救我不異刃下完頭顱伯宗聞語心斷絶便與季別登長途生偕仲還死永訣季在不至飢妻孥遼陽更北數千里疑寒墮指風裂膚郊關禁嚴以計達果得仲所如囚拘伯宗自念入虎穴共填虎口寧非愚大師去此僅百里往訴倘得擒兇徒朝廷清明威令肅萬里邊塞如通都煢煢遠民絶倚仗朝投片紙暮得符符遣將領質其事罪人雖得情未輸伯宗對簿忽趨立將領怒罵兩目盱鞭箠交下血被面伯宗侃侃氣益舒抗言奸人犯律令却得平立官庭除良民冤抑就伸理乃伏堦下同囚俘民非敢與官長抗黑白倒置理則無將領聞言遽愧悟奸人氣沮詞支吾便白大帥令歸去死生哀樂分須臾兄弟扶携入帝里共訝合浦還明珠廟堂元老敦政本力崇五品追唐虞鴻文大篇紀厥事登之上座同璠瑜行看綽楔表宅里永作盛世人倫模

題儲中子編修古松流泉圖 圖爲中子昆仲五人小影

陽羨山水清而雄儲氏代産文章宗圖中昆季更秀絶竇家桂樹荀家龍腹笥經史浸濃郁英華發露鬚眉中軒軒盡繞廊廟器安得松間石上相追從聯翩獻賦蓬萊宮國門聲價何隆隆如松百尺任梁棟如泉始達來無窮諸公先尊我父執文章經術推宗工展施未竟世所惜食報後嗣宜其豐我家兄弟數則同駑駘不任追長風披圖斂手一惆悵國珍家瑞慚諸公

徐壇長同年以斧形硯贈賦此報謝

徐君硯癖世希有斷石零磚不去手堆床盈案墨淋漓一日千回拂塵垢小肆冷攤搜不厭購得長良材似瓊玖端溪紫玉花迷離歙縣金星射宮牖未央宮瓦臺城磚款識模糊似岣嶁中有一硯更絶奇剥蝕班斕製頗醜形如巨斧脱其柯老鐵千年色深黝知我愛之即見投喜躍摩挲令奴負我才疲庸腕力弱對此壯氣增八九作銘篆刻貽子孫姓字只令同汝壽

題陳龍川集

文中虎人中龍 龍川自題像贊語 欲令萬古開心胸 龍川答朱子語 復讐大志死不隳上書頗有長沙風才雄氣盛招衆毁平生知己東萊翁紫陽夫子亦刮目五峰講席曾相同斐然狂簡聖所念兩賢雅意加磨礲公之學術已自信不肯下氣承包蒙我讀遺文重歎息議論真足驚盲聾才難一語自古道天之畀宋亦已豐奈何受知成西虎一第何足爲公榮胡爲奪之太匆匆我欲搔首問蒼穹

觀潮

烟蒼蒼江茫茫火輪欲出星斂芒我乘偏舟下錢唐人言潮頭高迅激不可當舍舟登高一縱目海氣沉黑冒紫光大聲如雷車隱隱來東方纔看一線掣雷影忽若金戈鐵馬追奔匹雪濤推排千萬叠太太陽吐納山低昂元氣充太虚噓吸固其常湏彌升降爲盈縮西方之説愚聾盲披衷獨立心地豁頓脱塵網遊洪荒嗚呼世真相忘

牧童詞 徐州道中作

東陂西陂草離離牧童驅牛出荆籬手攀牛角上牛背横眠側坐無不宜飲泉嚙草牛自適鼓鞭吹笛童自嬉童牛相忘了無事長林豐艸隨所之高天無雲日如火官道迢迢塞塵土騎馬官人毋自苦且坐松陰過日午

雪莊張孝子詩

王峰靈區產秀民文章官望何彬々豈知鍾靈獨厚處乃在不學不仕尋常人雪莊孝子世絕少堪與人倫作師表上格蒼穹并鬼神下感仇人及禽鳥孝子童年母病殆叩首籲天願代瀝血呼號天聽早毋命得全兒首碎東隣火發延高堂火中脫父何倉皇翻身入火負後母火煙迷目身幾戕忽然反風火勢轉齊呼孝感聲洋々中宵侍父々醉卧讐出床邊白刃露赤身徒手起禦讐手迎白双手指墮還抱讐人請代死讐擲刀心感悟解讐願結平生歡有子如斯天所祐執喪廬墓空山隈晝號夜泣心肝摧山靈震驚物類應萬鳥助哭聲同哀吁嗟乎至行惟從至性出孝子何心表奇特天人庶物同一根感之即應如呼吸孝為德本作人宗八十婆娑一老農化導鄉邦

成美俗用播聲詩待採風

盆山歌為石林和尚作

須彌本卷石卷石為須彌世間名相豈有實幻中生幻無窮期道人識破箇中意搏弄造化如兒嬉大地撮來不盈把散作千岩萬壑爭雄奇念我幽居太岑寂欲令安坐窮煙霏喚取山中點頭客侍我斗室何嶷々浮嵐積翠照几席恍如天竺靈鷲飛來時自念平生愛壯遊曾攀紫閣凌丹梯誰知一莖草頭現五嶽芒鞋踏破寧非痴漫說大觀須放眼々不見睫徒爾為戲從幻境作幻語是幻非幻何人知

王虛舟還杖歌 杖為黃山富人所贈

世上無端產尤物世人無知多受惑星々之火可焚山涓々之流可成澤古來往事俱殷鑒小隕身名大傾國何國山中一莖艸亦稟精英挺奇特雙枝秀出時合離節應星文整排列才人妙語恣形容未睹其真疑假飾主人酷嗜恭壽書捧持來乞臨池筆豈知造物有深意不使人間作妖孽非常之寶宜有歸將配天球與弘璧主人櫝虛不得應形勢格持徒窘迫恭壽聞之曰易耳忽遣馳還無吝色吁嗟乎世間紛々互爭奪毛髮都將人我隔不留芥子礙靈臺悔吝真如爐點雪尤物於人終作祟用解紛糾心最慊森々亭下萬琅玕代來可助遊山屐

再復竹爐詩

四百年前老衲子編竹為爐煮泉水吟詩作畫盡名流點綴林泉助清美斯人云亡爐亦失翰墨淒涼久藏庋吾宗方伯中齋公愛賞詩萹吟不已歎息爐亡作募文果得珠還合浦裏是時碧山盛吟社吾祖貞靖執牛耳十老清詞追古人好事流傳到京邸勝國方當全盛日廊廟公卿富文采區々竹爐何重輕短句長萹叶官徵倡者吳門王與吳重以長沙文正李從茲卷軸比牛腰細物幾々並籃篋世事推遷不可常爐再亡來百年矣山僧松泉好文翰方袍不異冠巾士客訪窮搜亦有年一旦得之真失喜奉持珍重告吾儕願將翰墨繼前軌先人清芬吾可誦腕弱才踈自知恥詩有城南杜少陵書有寓公王內史合并二妙勒貞珉爐共山泉同不毀

壽吳卜臣六十

延陵仲子家湖濱湖光萬頃怡心神百年舊德艸堂古讀書談道安長貧君姿開明復剛毅卓然天與任道器但從六藉究真詮寧用三冬希詭遇靜裡工夫三十年微言得處已忘詮鳶魚妙理盈眸是弄

月吟風樂性天早年從我攻文史遠隔悤幃三十里戴星問寝不知勞中夜思親時隕涕至孝由來曾閔同敦倫砥行足維風一生歲月無虚擲弾指俄成六十翁媿我於君稱老友失足緇塵空白首猶幸同君快盍簪步靡尋春對花柳春風煖春酒清何處着浮名七十二峰隨處好投竿弄艇足平生

題諸霞起一峰書屋

龜山先生為㝢公故里乃在城之東溪流溶溶繞如帶恰映九疊青芙蓉有客卜築居其中門庭蕭寂名士風高齋一峯適當户朝夕嵐氣浮青空齋中書生筆如龍奪其秀潤分其雄何必壯遊歷五嶽神之所會亦已豐老夫尚有他山攻仁者之樂誰其同讀書静坐各半功曷哉仰止龜山翁

守拙歌

人生巧拙天所定拙者莫與巧者競但能守拙拙何妨我有拙法治拙病拙於讀書心宜潛拙於言語口三緘拙於交遊但謙謙拙于生業甘虀鹽静默恭儉四美具巧不如拙常懷慚拙而愛博終空腹拙而多言祇招辱拙而忤物人棄之拙而貧殖貧更速善藏其拙即補拙能養其拙是用拙巧者聞此皆破顔拙者行之無玷缺

泉南山人存稿卷中

五言律詩

蓉湖夜泊

羈緒今朝始湖干坐闌波揺燈火亂風度管絃繁點點悲三匝茫茫集百端歸期屈指計猶得早梅看

京口曉渡

海日正東上金焦宿霧開清光生竹柏錯彩煥樓臺山勢隨帆轉濤聲逐柁來六朝陳迹盡江笛為誰哀

試問長江水湯湯到幾時青山遮不斷白鳥去何遲潮汐成今古煙雲入夢思當年曾擊楫羞照鬢如絲

渡濠梁

積水空濛外參横河漢低露團秋草綠月落夜烏啼有客知魚樂無逐馬蹄奚囊只新句津吏莫相稽

客夜

高燭照遥夜孤衾不肯温悲凉思擊筑飄泊斷吹塤四壁琴書静重門鐘鼓喧鄰雞莫相警踈懶媿劉琨

潼關

雄關重潼谷天府作屏藩繊地黄河落凌霄華岳尊一丸誠可恃半壁孰長存險阻還憑德興亡不可論

初秋小集芙蕖秋水軒觀荷得陽字

何處足新凉湖濱舊草堂一簾秋水色十里芰荷香勝地真堪隱茲遊未易忘主人能醉客乘月看紅粧

送僧還山

鳳城秋色滿相送返雲林夙昔觀空意今朝不住心錫飛隨雁影杯渡靜龍吟日後懷蓮社千峰深復深

柳絮

似雪元非雪飄揚送暮春輕隨穿幙燕亂點入朝人喜襯雕輪軟還裝玉樹新鳳池波正煖耴次化青蘋

麥浪

良苗鋪萬頃風過浪花生浮動千層碧低昂一望輕平疇光瀲灩高隴色空明田父披蓑至還疑漁艇行

佛手柑

宛有拈花意嘉名冠衆芳自然書案物偏爾道家粧曩㲲同清供芝蘭和妙香新秋來海上相伴北窗凉

茉莉

冷艷消殘暑冰紈細剪裁濃香分暗麝素質並江梅隔歲留雙幹新泉浸半開晚凉粧閣伴的皪鬢雲偎

木芙蓉

秋杪留春色江頭伴醉翁微霜染淺白薄日養輕紅細織冰絲縷圓裁霧縠工自憐幽艷甚不肯嫁東風

水仙

愛此瀟湘艷初春放小園居然並梅萼何必讓蘭蓀白石宜為伴清泉好託根冰絃彈雅操相對欲忘言

梅

開從六出裡賞在百花頭有月影同玩無風香自留由來冰玉質不惹蝶蜂求誰寄江南信春寒獨倚樓

詠筆

八月霜豪銳如錐始出囊雲煙生杪忽戈劍發硎鋩運處純綿裹停時倒薤藏還看虎頭技毛髮寫微茫央

排比若天成良工獨眼明花鬚初吐萼麥穗乍抽萌力到千絲併神來十指輕飛騰看鳳翥墨色倍晶瑩齊

心手忽相得豪端着紙圓濃纖俱不滯平側總生妍忽急溜隨磯轉輕舟任柁旋箬花與垂露宛宛箇中傳圓

快意無踰此風生豪末中縱橫有神助旋折類天工駿馬臨長道蒼鷹上碧空平原透紙背藉此得稱雄健

送邑令張湘門之作任

湖濱萬家邑千古讓王鄉山水繞清美閭閻少蓋藏俗無吳苑侈民遜晉陵强何幸紆
宸眷賢侯蒞我疆

藉甚張公子羣知天下才盤根需利器歷塊試龍媒不愧卓夔薦爭看召杜來春風滿行騎棠樹待公栽

一片龜山席相傳七百年辦香今寂寞芳草任芊綿先正留遺澤邦君執化權從兹興禮讓俗吏敢隨肩

兹土無循卓於今甲子過天心應復轉
帝念若相謀已展驊騮步長紆鴻雁憂腐儒何以贈兩字是誠求

渡錢塘江

一水分吳越，羣山若送迎。雲光增峰色，風力助潮聲。紅葉邨〻滿，黃蘆岸〻平。中流舒曠覽，心迹快雙清。

次潘退翁九日風雨見懷之韵

風雨送佳節，羈人亦自宜。那知蕭寺客，此際正相思。慘淡三秋意，淒清五字詩。朱弦彈古調，何處覓鍾期。

江行用蕙韵

凌晨得風便，潮上更安流。身似失巢鳥，心同不繫舟。山長隨水去，樹遠隔雲浮。不盡滄洲意，悠然對白鷗。

登燕子磯

重來燕子巔，極目盡還天。自覺登臨興，還同少壯年。三山收宿雨，二水出新煙。却羨垂綸者，忘機鷗鷺邊。

小草

小草滿庭軒，萋〻生意繁。但知呈艷色，原不托深根。縱有秋霜肅，偏逢冬日溫。芝蘭孤弱甚，切勿長當門。

酬石林上人冬夜初霽見懷之作

得月沉陰後，光輝一倍新。對此清絕景，還憶冷吟人。葭管方回煖，梅梢已報春。飯山冰雪句，終不受纖塵。（上人所居有飯山閣）

春陰

春事已過半，春光不肯明。林花閒自落，簷雀靜無聲。掩抑芝蘭氣，拋荒翰墨情。梵鐘清夜徹，喜卜曉來晴。

杜雲川南垞落成

傍水成幽築，菰川今輞川。面山朝氣爽，就樹午陰圓。留客觀魚樂，娛親得象賢。永懷摩詰老，閒處學安禪。

甲寅元旦（是日立春）

春光來不易，喜共歲華新。大耋三年近，齋心五夜真。隨時觀物妙，忘我見人親。開卷明窗下，依然未老身。

孫曾欣繞膝，一室頗融〻。莫以緼袍敝，貪他紱路豐。詩書成國器，孝友足家風。先德真堪念，無須學老翁。

十年

十年彈指過，土室一衰翁。幸藉陶鎔力，能無變化功。獨行自顧影，兀坐不書空。萬事吾何有，端居只養蒙。

早春

滿目皆生意，吾心豈不然。晴窗數蘭蕊，小院護苔錢。山煖添新黛，冰消響細泉。會知元夜好，初月已娟〻。

梅信

梅信胡為晚，多緣冰雪稀。天機寧在遠，物性自通微。瘦骨因寒勁，幽芳與煖違。試看籬落畔，早見茁花肥。（去冬無雪，麥已秀茁放花）

盆蘭

終年勤護惜，今日對清芬。靜夜神俱遠，晴窗氣欲薰。長辭幽澗草，時憶碧山雲。千古朱絃調，泠〻空外聞。

寄懷胡滌園明府

仁明誰不戀，我意更難申。解綰三年切，推襟百事真。詩文容點筆，菰粟濟長貧。煙水南徐路，清顏入夢頻。

元夜

良宵成獨坐閒卷意悠然雪色爲清供春聲樂有年人間新歲月天上舊嬋娟臘日留香醑欣欣解凍顔

春寒

光春不易到句日苦嚴寒窓隙風猶厲墻隅雪尚乾會知花信緩難得鳥聲歡獨坐親罏火微吟夜未闌

果破無長策諸雛各遠游誰與憐凍骨何處覓衣裘節候炎方好情文幕府稠旁人相慰藉聊用解離愁

哭門人吳卜臣

吳生今已矣吾道孰爲隣合志相期遠忘言晤對親士林亡畏友鄉里失仁人歷歷平生意追思淚滿巾

弱冠從余學凝然任道姿談經探月窟習靜見天倪寒淚思親夜春風歸咏時慙余就荒落翻負昔年期

之子脩潛德浮名恥自居不登言偃室争式段干廬（謂張廷尉燦王太守喬林宰邑時也）高節固難並通懷又若虛斯人公好在行路亦欷歔

我生十歲長視爾尚精强豈意先朝露何必心更自傷沒寧當可信存順亦靡常老淚揮難盡哀吟當一觴

嚴隱居

青梧交宸早風雨亦相過真意留詩句閒情託畫圖禪燈依慧遠病榻似維摩堂構今難問蒼蒼果若何

盆梅

未採山中信先看席上珍悠然依片石莞爾笑幽人踈影孤燈伴寒香紙帳親休誇千萬樹同是一家春

案頭瓶菊影

宛有東籬意明燈是畫師不教施粉黛亦足賞風姿開落俱無實因緣若有知誰爲相問答陶令漫裁詩

題牧羊圖

羝羊不得乳豈復望還鄉絶域存君命孤忠對昊蒼落旄悲故物吞雪慨衷腸不見南飛雁空瞻漠月凉

嘗新稻

掃葉炊新稻流匙齒頰香色分蘭露潔味共菜根長衰年偏宜粥嘉禾不待霜百年來日少尚有幾回嘗

辛酉除夕立春和王蓼原韻

已覺東風好寒梅吐蕚新歲華餘一日節序冠三春物妙閒中得人情淡處親展吟摩詰句真色最移神

偶作

眼前無故物一老獨皤然風月長爲友登臨漸少緣深居同避世多事哭逃禪比日加餐飯欣逢大有年

夏日雜咏

壽考尋常事于吾實偶然意中甘鼎鑊望外得林泉報國期兒輩思親戀墓田嚴裝猶未發遣日有詩篇（蘇詩：身似嚴裝欲發人）

僦屋烏衣巷高槐蔭小堂息機隨地樂忘我任年長好鳥流新韻名花發舊香交游零落盡觸緒一迴腸

少小稱愚鈍高人早見知談詩宗正始講德晰㦸疑世味終相染虛名徒見危年華今過矣雖悔亦難追

即事

幽居何處所小屋傍東城一曲清流漲千章碧樹平晚晴多鳥語夜靜有書聲即事欣閒逸非逃世上名

杖履艱遊歷柴門繫小舟良辰時獨往佳處或淹留萬疊雲峰遠千層麥浪浮湖濱宜矚望努力一登樓

春歸積雨後湖上倚風軒笛弄新晴裡帆收夕照邊野煙橫似織遠水碧於天不盡遊人興笙歌滿畫船

移居

前朝旌孝里先子讀書堂刼後灰餘燼陽回黍再芳軒楹猶夙昔松竹已全荒杳杳音容隔低徊淚滿眶

北窓圍叢竹南牖列江梅位置當年好經營此日裁修廊來舊燕盤石長新苔氷雪聯吟卷循環誦百回（蒼峴秋水二集中多齋中唱和之作）

得家書

驥子蒙恩眷循墻意可嘉不言溫室樹惟憶草堂花大藥期留景（寄延年方鶵孫）望克家（如孫三迴能識字）老懷欣有寄淡墨數行斜

七言律詩

歌風臺

歡呼父老拜龍顏匹馬離鄉萬乘還邨舍小姬稱國母縣中文吏領朝班竹皮冠比當年好五彩雲如舊日斑閭道太公思故里隣翁社友淚潸潸

富貴何能忘故鄉大風歌罷重神傷鹿歸公手非人力蠶食諸侯枉自強此日飛龍瞻異表當年屠狗本同行夜行衣繡空貽笑千古令人惜項王

澤州山店

登登石路馬蹄勞風色蕭然虎豹號愁見山腰林茂密喜逢澗上屋周遭土床氣煖窑成閣鐵盎香清柿作醪野老殷勤相慰藉前山不似此山高

散步

山城散步頗宜人十月風光似早春雉堞曲隨青嶂列樓臺高與白雲親穿林寒澗窺魚藻倚檻新粧見笑顰佛眼乍開幽興愜今朝忘却異鄉身

九日和呂柏庭韻（時呂往臨洮予抱病朧署）

去年九日觀津道今歲登高渭水涯客久已拚荒白社病多端合閉丹砂戀頭破帽遮星鬢懷舊新詩記歲華陶令一尊何處醉東籬獨步摘黃花

九月望日大雪疊前韻

秋風捲雪盈三尺山沒層巔水沒涯一逕丹楓飛玉屑滿庭涼月浸銀砂非關陽德乖時令端為金方遠日華病久未能陪勝事圍爐終日醉黃花（擬登山不果）

聽雨

人生婚宦只尋常何事酸辛我備嘗七着麻[illegible]還上舍兩經花燭剩空房最憐織素成零落若識渠黃尚激昂顧影自悲還自笑那禁長夜雨浪浪

過鐔鐔嶺

霜氣隨風刮面寒氷凝石路馬行難南來叠翠巴山近西去昏黃大漠寬荒塞嶺頭藏虎豹流澌澗底響琅玕一年四度緣何事絶塞盤桓典已闌

冠縣道中阻水行遲投宿田舍即事

日沉風起噪昏鴉田舍留賓盡室譁荼似蓴羹下鹽豉飯同金屑雜泥沙茅簷低壓霜華重圭竇旁開月影斜宿世腰包行脚漢天涯何處不為家

寄荅吕柏庭

乍得雙魚驚更喜旋思往事復悽然間關相訪六千里鬢亂知交四十年榮辱隨身俱夢幻恩仇過眼總雲煙白頭冐倩成何事終擬同畊負郭田

癸未除夕

獻賦金門仲夏時匆匆又見斗杓移拓邀千里還家夢熙檢三時應教詩少壯情懷真似鄉中年日月更如馳梁園醴酒殷勤設深殿笙歌醉玉巵

禁中春雪

絳闕同雲淡不消東風萬户散瓊瑤蓬萊氣煖融微片鳷鵲光寒映早朝金閣小梅含冷蕊玉河新柳凍長條依然不減陽和色點綴花枝煦九霄

禁苑杏花

五色曾聞出漢宮倚雲千樹滿東風凉沾露氣氷紈潤煖映霞光絳雪融秖惜暗香輸蕚緑肯將穠艶並桃紅自慙不是登瀛客亦得看來上苑中

賦得羽騎參差花外轉

鸞輿朝度御園風羽騎森嚴扈蹕同雉尾宛隨芳徑緑龍旂遥繞錦林紅啼鶯嚦嚦珂聲裡舞蝶翩翩鞭影中宵旰未妨魚藻樂禁煙時節賦從公

燕

拂拂薰風春社過呢喃雙燕語聲和花梢翠剪分紅影池面烏衣點緑波鎮日啣泥穿畫棟有時帶雨掠煙蘿上林樓閣層霄迥占得韶光獨自多

賀郤省齋新除御史

膠漆深情二十春繡衣欣見拜
恩新仁聲自昔流清濟讜論從今達
紫宸真以驚車明直節豈徒驄馬止行人感君不負空群目已附家書報老親

己丑四月引
見暢春園恭紀

百花深處啟天閽濟濟初排鴛鷺班殿左台衡依
玉座階前髦士對
龍顔蓬山仙館尋常望温室珠林可易攀此地趨承經六載今朝知在五雲間
承

恩便侍玉階旁三百英才盡對揚兩試題名詢次第五方言語辨微芒捜羅亾恐遺荒遠教澤還期到老蒼日月光華山岳峙微臣歡慶卜無疆

秋水軒玩月

十里荷香露氣清茲遊何必羨蓬瀛風來遠水能添爽月到新秋喜倍明良會渾忘羈客況高談真見古人情滄浪濯足懷微尚但得幽居不用名

賦得紫禁風高露滿盤

纖塵不到蔚藍天仙掌凌虛珠露鮮落晚雲開天漠漠中宵涼透更涓涓氣通銀漢澄空碧光映冰輪澈底圓靈液由來堪换骨晚和玉屑進甘泉

上巳後一日友人招遊東郊擬尋黃金臺故址小飲野人家漫賦

昨朝風雨虛脩禊今日同尋郭隗臺得酒不知誰是主看花纔見幾枝開莫悲令節堂堂去且喜良辰旋旋來寒食清明都未過閒身準擬更追陪

清明日同友人西郊踏青暮歸泛舟用春遊二字為韵

無端七度帝城春此日尋芳發興新邨逕横斜隨柳色衣香飄亂引車塵僧來花裡成佳客我到尊前是俗人余不能飲忽憶故山山下路繡膝街上艸如茵吾邑出試泉門至惠山約五里其街名繡膝有俚謡云繡膝街五里長蠟在歸鞋底香

晚出紅塵駛紫騮暮歸淥水蕩扁舟岸頭柳色隨帆轉波面星光逐棹流郊野人聲歌閒哭陂塘鳧影没還浮黄昏路入横橋曲城闕春燈滿西樓

賦得五月江深草閣寒

幽居喜得枕江潯五月江流漲幾尋水氣逐風清永晝濤聲挾雨撼長林閒窓把釣涼生袂淨几焚香潤逼琴翠竹白沙相對晚時聞氿下有龍吟

賦得月色可洗硯

方諸取水典曾脩淨几焚香事更幽碧落正看銀浪湧紅絲已失墨痕浮光凝紫玉寒相入氣浸玄霜潤欲流長史右軍渾未解臨摹還到硯池頭

冬夜宿後湖友人齋中

不堪人事日相仍偶與高人共寢興花氣静消中夜酒月光寒暎一壺冰豈惟樹下投三宿已自岩栖到百層苦憶風流江左客蓮窓何處對銀燈

送張趾肇同年假歸松江

上林雖得一枝安難忘逍遥天海寬雲氣盪胸瞻岱晚波煙如玉渡江寒蓴鱸故事今朝説館閣新詩舊友看來日將離翔鳳闕當年瓌題本同官今子已領鄉薦

奉和館師海寧少宰晶匏同館諸子

絳帳前頭幸執經共瞻南斗焕文星聲華間氣鍾河嶽物望中朝重典型夙昔遥瞻霄漢碧今朝侍立簡編青才卑端合分陰惜肯數花磚日過廳

教育原儲命世英，詩篇箴勗意非輕。欲憑秋實衡真品，不採朝華狥
俗情。道義持身松柏勁，文章報國日星明。三餘稽古承清誨，未覺寒
威逼短檠。
七年棲託上林枝，更附膺門愜所思。才鈍不妨成樸學，地清何敢負
明時。久沾雨露心知愧，飽歷冰霜志豈移。只恐鷦鷯毛羽弱，摶飛難
得到天池。
秘閣名儒嶽府仙，門庭清峻絶攀援。細旃廣厦推安國，金匱抽書屬
孟堅。刻燭三唐應卻步，臨池兩晉敢爭先。素慚末學師承少，換骨於
今有大還。

賦得御溝泉合如環素

銀潢寒冽繞蓬萊，委宛流澌迴不開。峤曲每宜留皓月，地清無處點
塵埃。興門練色波澄結，蘇氏迴文浪細堆。待臥春風巧裁剪，微陽早
已動寒灰。

送海寧許大宗伯　予告歸里

廿年清德重朝端，名遂身閒自古難。三殿星辰聽曳履，五湖風月憶
垂竿。高懷向屬雲天遠，沖度今隨煙水寬。竊喜老親叨夙契，香山偏
許共盤桓。

移居

借枝棲息已三遷，丹鳳城隅地益偏。交寡不營留客舍，家貧還費種
花錢。盈車几榻看垂斂，壓擔圖書喜過前。掃地焚香足晨夕，無營到
處得安便。

和徐魯南同年九日菊花不開示下第諸友韵

花市移根不計錢，晚香佳節故相懸。溢培得法應難信，草木無心亦
有緣。白社招人將隱矣，青山到眼自悠然。茱萸滿地休輕笑，須識莊
生大小年。
年〻今節去難回，但願花前笑口開。風雨滿城偏似約，酒醪甚濾不
須催。何期籬下忘言處，空負春前用意栽。寒雁暮蟬非俗物，欣然相
對且銜盃。

辛卯除夕

爆竹聲中歲又徂，九回旅館换桃符。强搜新句題春帖，羞對青銅鑷
白鬚。鄉味椒盤貧亦足，斷瓶柏酒近能沽。白雲遥望當今夕，更覺迴
腸似轆轤。

陶菴三弟選入翰林賦此相勗

孝友貽謀二百年，吾儕食報豈徒然。少時意氣成虚擲，老去功名漫
着鞭。只此堪娛雙白髮，不然長負一青氊。莫言三字冰銜冷，味菜家
風自可傳（七世祖晚號味菜）。
碧山邨舍寶華菴（兩處皆予與陶菴讀書地），風雨連床共苦甘。刻楮枉然吾自笑，
醯雞相似子何堪。由來硯几相師友，從此壎篪叶雅南。慚愧
國恩叨太渥，金閨珥筆已盈三。
朝端自古重詞臣，况復依光清晏春。莫以輕肥麾歲月，還將冰檗
報
君親。飭躬自我存規範，高足由人問要津。好礪廉隅勤誦讀，從容亦
得到青旻。

贈徐蝶園中丞

當年承詔侍天潢禁闥追陪附末光朴野豈期蒙激賞羈孤何幸賴扶將一言知己平生足百事輸人去日長但願皋夔際休運微才願手頌明良

過鶴亭書院賦贈姬鶴亭使君

附郭書堂步屧尋白雲峰秀麗溪深庭前花隐馬融帳閣外風傳宓子琴政事文章皆報國絃歌山水共清音何須更識甘棠樹此地千秋足咏吟

書永康寓壁

水郭山邨儼画圖風清俗美勝東吳籬邊新菽迎賓客澗下湍流轉轆轤只有宗祠標氏族更無佛寺供伊蒲千秋人物陳同甫亦有英才繼得無

丁酉人日

恩賜周易折衷　暢春園謝

恩恭紀

聖教如春逐歲新羲經千帙出楓宸已收萬象歸心畫欲啓羣蒙逮道津燮理會肴参容勿稽疑端可合人神盈廷共識東風面一洗陳編萬斛塵

丁酉四月

命充日講起居注官謝

恩恭紀

久愧樗材託禁林更叨帷幄豈堪任細旃雖接先人武鈍筆難傳

聖主心日月光華欣咫尺雪霜毛髮歎侵尋深恩再世知何補只有兢兢頋影衾

奉使江右出都日作

新秋銜

命出明光兩世持衡到豫章敢道豐城知劍氣欣從鹿洞識芸香

國恩浩浩無涯涘家學綿綿有義方乘傳豈知行役苦却慙老馬騁康莊

試院中秋

滿院清光玉露妝鎖闈何必憶瀛洲敢將銀燭娛清夜勝有氷壺滌素秋五老雲深思鹿洞九重香遠夢螭頭同袍不少歐陽鑑滄海明珠未易求

舒山道中次王未岩修撰韵

喬松夾道畫陰陰磴轉峰迴露遠岑澗水亂鳴紅葉滿寺鐘遥度白雲深山幽泉潔囂塵孰人樂年豊慰客心衰老豈能重過此誦君詩句當登臨

定遠道中

看盡淮南江北山西圖粉本宋元間林巒光彩朝昏異禽鳥音聲上下間酬唱儘饒朋友樂登臨幾忘道途艱明朝愁渡濠梁去陸海黄塵滿客顔

臨淮道中雪後寒甚

嚴風一夜捲銀沙日出寒林起凍鴉截水浮梁俄曳練繞堤衰柳旋生花望迷平野疑無路眄入荒邨抵到家夙世腰包行脚漢長途氷雪是生涯

九日張匠門同年齋中賞菊次韻

齋高素壁潔於霜爛熳黃花暎夕陽大雅詩篇真獨步陶情絲竹豈相妨心同朔雁濃歸思聲似寒蟬澁和章令節年々傷寂寞今宵不惜醉壺觴

前題呑徐端揆修撰疊前韻

君尚朱顏我鬢霜每逢佳節惜斜陽關心世事嗟何益放眼花叢樂未妨對客不持鸚鵡琖歌詩新廢鶺鴒章明年此會猶强健相對東籬倒百觴（徐以兄喪止酒故有五六句）

初夏院中課庶常侍院長尚書校閱試卷

瀛洲新綠映庭除靜下朱簾日影徐高樹風和翻乳燕西池波煖浴文魚春蠶食葉驚才健老馬循途愧學疎異日公卿都在眼不知勳業竟誰如

偶成

土室垂簾得靜便班々野菊照人妍歷諸幻相皆偶爾破盡塵緣真快然興到自饒籬下趣機忘不藉酒中天莫言溟海風濤險試讀南華第一篇

北上行車中口占

衰年何意走踆々命也如斯莫愴神敢畏炎曦蒸遠道喜逢小雨浥輕塵境緣變幻原非實人事艱危為有身地近聖居空仰止誰從洙泗問迷津

行々那更着先鞭隨意深林得靜便童喜牛馴眠斷隴鴉知黍實下平田人心望歲真勞矣天意憐農豈偶然容易妻孥供麥飯茶煙輕颺北窓前

未能高卧學圖南也似嵇康謝不堪少已輸人何況老苦應嘗盡豈求甘埀楊夾道色深淺牧笛歸邨聲兩三會得安心隨寓好乾坤何處不茅菴

草々行裝結束齋出門初唱五更雞遠林雲擁半腰白平野星埀四面低茅舍燈明耕犢出戍樓人起曙烏啼十年不得孫登耗此日空過德水西（謂蔵山）

中宵憑軾出荒邨筋骨支離欲斷魂杌隉難教殘夢續逶迤强把舊書温空中鳥過無留影嶺上雲停豈有痕驥子同車知學易微言時復見天根

寄蔡原大甥

名都吏隱復何如謝傅曾經此卜居當日陶情賴絲竹於今樂志只圖書山川文物原無改風月詩篇自有餘金紫浮雲奚足慕施身令聞即瓊琚

雛圃看牡丹步蔣拙存韻

天意留春付異材賞心何必向瑤臺凝香不逐薰風去艶色還遲皓月來蔣徑新詩欣屬和杜陵遺卷恐重開衰年一刻千金惜霧裡相看得幾回

蓼原甥自金陵歸作詩誌喜

自是高風仰二疏何須七十始懸車不辭祿仕緣將父早息田園獲遂初顏巷一瓢堪共樂陶家五柳適鄰居平生徵尚多相似進退從容我不如

題蓉湖央張氏春暉樓

爽氣迎秋湛碧空湖邊高閣坐吟風遠山藏樹歸雲裡野水浮邨落照中一帶柳陰停畫舫半溪蘆渚集漁翁昇平樂事非容易滿目佳禾又歲豐

重陽前一日登春暉樓戲續滿城風雨近重陽句成章

滿城風雨近重陽湖上高樓引興長静對素琴彈古調望中紅稻發新香紛紛世事迹如掃緩緩良辰樂未央明日陰晴猶未卜東籬且喜菊花黃

泉南山人存稿卷下

五言排律

癸未午日　賜宴内廷恭紀

禁苑逢佳節薰風入舜絃葵心丹向日蒲葉翠含煙畫鼓晴雷殷山榴夜火燃自看佳氣滿不用赤符懸乳燕翻珠箔流鶯繞玳筵雲開金碧地人坐蔚藍天縹緲千絲麗堦蓂五葉鮮宫花圍似幄御酒泛如泉節物荆人記風謡漢史傳恩波霑獨厚拜手祝堯年

南巡詩

勲華全盛日清晏太平春日馭離明耀乾行巽命申平成方奏績遊豫更施仁花柳仙韶度雲山彩仗陳恩隨膏雨遍德共惠風新率土瞻天表熙熙擊壤民

齊魯蒙休養庠黍樂遂生歡呼迎鳳舸稽首望鸞旌
聖澤淪民髓農功勤
帝情恩言頒大吏德意曉編氓餉饁將勤事桑麻且向榮回鸞勿來覲只恐悮深畊

維揚饒沃地行殿對明湖民力輸徵悃
皇心在永圖龍章揮玉案鳳翥耀金鋪賡韻追風雅敷言並典謨普天昭儉德薄海仰良模古帝茅茨意千秋正合符

吳民齊望幸京口下簫韶央道瞻飛旆焚香擁畫橈歡聲騰大地溫語降重霄民悃誠難阻原田已毋穮菜畦防損甲麥隴怕傷苗
聖慮周豪髮三多祝帝堯
茂苑韶光麗嵩呼

萬壽筵尧樽傾北斗舜樂動薰絃南極輝行殿東瀛拱列仙珠囊啓
瑞露金境耀祥煙文物吳中盛鶯花江左妍九如齊獻頌長此戴光
天
吳越春深候珍羞貢上方錦鱗江上羨新菽谷中芳雨後朱櫻綵風
前綠笋香天廚將進御驛騎已騰驤不羨調神鼎何殊捧玉漿吾
皇崇孝道福祿共無疆
大文涵宇宙著作富球琳雲日同光麗江山足咏吟觀風凝睿思揮
翰暢宸襟奧義恭羲畫元聲叶舜琴鏗鍧排藝苑渾噩壓儒林濟ゝ
章縫士絃歌正始音
皇心勤顧俊搜攬得英奇鸞鳳栖瓊樹麒麟上玉墀珊瑚應盡采鐵
網尚教施珍重絲綸詔鏗鏘金石詞人懷連茹願士有彙征期濟ゝ
周楨盛文章報
主知
時巡稱舊典中古莫能行不是恩膏渥難交上下情
皇仁同覆載民志感生成引領鸞輿降歡呼鳩杖迎邨ゝ聞夏諺處
處樂春耕
皇上六旬萬壽恭進
聖壽無疆詩一百韵
帝德高千古
皇仁被八埏東皇開壽域南極耀祥煙泰運當全盛乾官介大年健
行誠不息景福集方駢粵溯虹流渚羣瞻日麗躔天符垂歷祕地紀
發源綿鴻業膺圖早昌期保定堅九重開運會八柱奠坤乾先業丕
承肅貽謀誦法虔乾元體自合皇極建無偏智勇真天錫生安孰比
肩弘慈參大造濬哲裕深淵德洽重熙後勤當萬國先蒼生維辟ゝ
宵旰自拳ゝ甘雨滋尧壤薰風洽舜絃普天游化日率土頌如川文
教敷蠻服雄圖振罕幵蒯韶九功備干羽兩階賓南徼狂藩肆中權
指顧平朱旗揮七校黃鉞靖三邊令肅千山月威清萬里煙神謨心
獨運廟算氣無前小醜心難革雕弓手自搤直教超瀚海何止勒燕
然窮髮師方入穹廬跡已跧犁庭三奏凱絕域一投鞭亘古功無敵
含生色並鮮百神齊降祉四瀆任洄漩
帝念其咨切淮黃患未悛六巡周擘畫萬井始安眠百爾勞奔走羣
公盡胝胼欲成永賴績不惜水衡錢為計千秋善圖功億兆便險陂
天地意補救聖人權河伯恬波浪陽侯靜蜿蜒平成明德遠疏瀹大
功全秉穗千倉積車書九土聯年豐歌沸溢人樂舞蹁躚視遠猶如
邇窮源更及巔勑幾勤乙夜集議辨真詮子史供清暇詩書入講筵
周情復孔思新義與陳篇歷究天人祕儒宗精一傳微言恒闡發與
旨每尋妍研道法歸條貫陰陽受節宣智神周萬物學博彙羣編教
士儲梁棟掄才得梓楩文風秦漢上
聖訓日星懸染翰龍蛇走臨池風雨騫補戈難學步飛白敢爭妍筆
陣千鈞弩詞源萬斛泉金聲諧大呂銀牓耀如椽日月誰能繪星辰
不可搴飭躬為律度御世有方圓師保開黃閣公孤賚錦韉台階尊
帝簡槐位擇賢遷敬老資方藥憐才授屋廛官評憑丙鑑仕路絕夤
緣側席常虛席求賢更得賢疇咨先德望器使及愚顓寒谷無遺植
春風鮮棄捐衆流皆茹納萬類盡陶甄別敘天官職清通物望專羣

流嚴六計九品賴三銓掌土司民利多稌咏大田雨暘天意洽飢溺
聖心憐望羨光華肖衣冠尚勉旃軼倫歸玉署超擢自花磚九代旂
常載三驅鼎鷄鑴森々武庫仗烈々夏曹鋋貫索無芒角寃誣有洗
滌祥刑心惻々讞獄草芊々山澤時弛禁園林無廢曠民功肴畢舉
地利更無徭既重公卿矣兼資庶家焉循良奬氷檗俊乂挺蘭荃吏
畏民安業風和俗不儇肖刑兼宥過通驛吏租蠲户々堆高廩邨々
辦獻新桑麻盈樂土梁稻滿横阡黨塾絃歌盛閭閻揖讓還耆英多
伏勝人瑞有彭籛茲值青陽月欣逢紫氣闐銀籌添海屋鶯島下蓬
仙濟々鵷鸞繞桓々虎豹圜淮南叢桂秀商洛紫芝娟宮樹含甘露
名山育白環瑶池餉玉棗大陸湧金蓮煙柳飄香砌仙葩爛錦箋風
吹紅杏絢絲裊碧桃牽瑞氣朝々滿祥雲處々連謳歌遍黔首踴躍
到華顛上苑遊麟擾彤墀舞鳳翩香携煙細々樂奏鼓鞺々瑶圖花
如玉瀛洲藕似船三漿調寶鼎六膳獻仙佺龍德施方普離明燦若
璿箕疇五福備元運六符延頌德唐虞夏綿齡億萬千齊天瞻
聖壽花甲似璣旋

正月辛吉

皇上親行祈穀禮恭紀

獻歲當陽候祈年大祀辰條風方自艮吉日正居辛天仗臨黄道仙
韶出紫宸風雷齋布令龍虎會勾陳桂燎靈宮曉蕭脂太室晨九莛
嚴具禮六變導明禋琮璧申誠敬陶匏表樸貞於昭通上帝咸秩禮
羣神國賴豐年瑞民依
聖主仁九重勞旰食萬國樂吹邠精意參元化鴻慈贊大鈞倉箱終
歲足共享太平春

皇上親行祫祭禮恭紀

祖德乾坤大
皇心夙夜虔致齋三日後大祀五更前合食徵儀典明禋肅几筵鸞
刀從祖割龍卷恪周旋百辟羅冠佩千官執豆籩黄鐘新律管金奏
舊宮懸明德馨香遠交神洞屬專孝思通冥漠誠意託栝棬陟降如
聞見聲靈儼後先
聖容瞻穆々神醉舞僊々烈祖開鴻造曾孫慶大年無疆昌後業萬
禩配皇天

紅苗歸化恭紀二十韻

帝德尊三極
皇威暢八荒含生皆向日有識盡來王惟此苗民地由來梗化鄉萬
山成阨塞三窟便深藏逆命從虞夏逃歷漢唐無緣漸禮教何處
識冠裳
聖化周毫髮仁聲接混茫風雷驚伏蟄日月照容光蠢爾諸蠻觸翻
然易肺腸萬夫迎節鉞百塞進壺漿襁負離巢穴輸誠到武昌井蛙
歸巨海幕燕上雕梁拜賜歡聲沸陳情涕淚滂殊音猶鴃舌法服已
王章自古安頑梗於今作善良皇興非待廣
帝念視如傷率土皆懷保方隅忍棄攘設官司教鐸咨牧課農桑風
動真無外存神豈有方聲靈邁往古誰不頌無疆

玉河氷泮

春色皇州滿陽和地底升已融金殿雪還泮玉河氷夜靜澌聲急朝

暄水色澄中央開似兆傍岸薄於縎動藻魚能躍臨流檻可憑溯洄情乍切徒涉力難勝舊潦全消散新泉日見增漣漪文細細樓閣影層層蘆荻萌將動鳧鷖興欲騰安排修釣艇商略理魚罾漸次浮花片行看潤繡塍緣溪臺榭好佳景日相仍

賦得我愛夏日長

赤帝司南令丹烏正北行遲遲晝漏永拂拂午風輕綠暗蕉林淨紅鋪蓮沼平窓虛蘭氣合亭迥竹香清縱有分陰惜應無秉燭情觀書添日課游藝足餘程簟展蘄陽玉茶烹顧渚英傍泉開硯匣依樹設碁枰雨久時當暮雲開日尚橫四時長似此應不羨蓬瀛

送澤州相國致政歸里

先朝留碩彥盛世仰宗工海內今無幾朝端獨有公九重資啟沃一德契昭融帷幄逾三紀訏謨翼四聰戴星忘食息就日補山龍凜凜循墻意勤勤作礪功心咨萬物外手障百川東坦蕩消朋黨深沉效匪躬榮名方勒鼎雅意忽冥鴻進退光朝野君臣道始終敢云輕紱冕益用勵公忠盤谷丹崖秀函關紫氣通詩書馬氏學絲竹謝家風只恐紆天眷還求黃綺翁

西山積雪

雪霽西郊望群峰照鳳城樓臺斂金碧林木助晶瑩橫側光難定高深勢欲并晦驚宵月晃晴失晚雲生墨點飛鴉亂朱烘落照明禪宮添淨界幽澗咽泉聲坐對迷銀海神遊恍玉京不知清景裡誰作剡溪行

賀座主安溪相國生子

蛟蛟庭前玉熊熊掌上珠根蟠仙李大芽茁瑞蘭敷閣下看麟趾池頭識鳳雛朝霞明廣額秋水湛清矑聲拔神駒骨晶瑩白雪膚啼聲殷金奏雄氣奪於菟繡衮還裁褓紗籠又應符盥梅會湯餅綸綬負桑弧此日圭璋弄明年戈印娛行看陳俎豆豈但識之無紫綬承元老青箱繼大儒平生欣御李竹望踐亨衢

詠新竹

留笋無多日修篁已拂煙入簾淨綠（添）繞屋失炎天戈戟森森直琅玕箇箇圓葉抽斂股細節綴粉痕鮮漏月陰加密棲鷄色鬭妍幽光曉雨後清韵晚風前舊翠輪新碧寒香襆醉筵高枝穿柳帶遺籜卧苔錢作杖何能削題名那忍鐫靜宜南澗釣涼愛北窓眠即此歌淇澳何須到渭川年年看玉長千畝護林泉

春風擬應制體

太和翔宇宙入律有條風曉送雲離岫晴吹香滿宮千林還舊翠萬卉發新紅紫禁飄綿細龍池拂水融力微輕燕受氣暖薄煙空農事春郊遍欣欣荷化工

瀛洲亭春雪限韵

晚望彤雲布韶光得幾何春風吹薄霰太液長微波一夜開瓊蕊三秋卜瑞禾寒分雙闕迴影借玉堂多訪柏懷前輩尋梅憶廣阿封階圭乍琢融沼鏡新磨野鶴來天宇氷澌響御河閒宮堪靜對公事在絃歌石徑長裁素沙堤碎疊羅晶明宜翰墨瑩潔受陽和虛室穿高棟高林積卧柯餘寒雖凜冽春意豈蹉跎沾洒應無外豐穰固有那天心同

帝澤流潤遍江沱

十一月二十一日瑞雪沾洽奉次安溪座主韵

三農占稔歲六出是奇珍大地祥光溢岩廊喜氣新月明將晦夜花
發沍寒晨沃野瑶成圃天街玉作塵舞隨王令氅飛集謝莊身梁苑
陪遊客程門侍立人難期灞橋上空憶剡溪濱上相調元化精言契
谷神豈誇泉是醴不數璧為銀土脉滋彌厚來年種已屯屢豐誠有
象嘉瑞詎無因用佐薰風拂時和阜兆民

賦得絳河千里曉横銀

晴空天宇净銀漢耿無涯勢繞三垣壯光連兩極斜雲同漂素練星
比漾銀砂月度輪翅濕風高浪欲花鵲成良夜渡人問海天槎斗轉
鐘聲動澄〻映曉霞

壽節母嵇太君六十

福善天心著旌賢國典隆一門鍾正氣四海仰高風彤管尊閨範華
堂拜禮宗綵綸光邑里氷檗動宸楓宮錦裁萊彩天漿捧碧筒光榮
新賜翟辛苦舊丸熊積慶應兼孝旂常節配忠幸叨孔李末祝嘏
愧難工

咏鼎彝博問亭將軍

寶鼎傳何代陶鎔自禹王大鈞鍾厚重維嶽孕堅剛象物功誠巨調
羹用獨良龍文鸞秘怪鳥跡識洪荒隱見雲雷氣斑斕貝玉光千年
屹不動長此鎮岩廊

初秋同王薛二廣文試泉二十韵

凌晨披爽氣發興整遊鞭訪道無支遁招邀有鄭虔蒼凉西郭外杳
靄北山前壁蘚秋來紫山花雨後鮮折旋隨曲磴飄渺上層巔白指
梁園路青來泰岱煙河流看莽〻汴水剩涓〻野寺三休到甘泉一
邑傳雲根飛玉乳石罅響氷絃聽變宫商叶烹驚色味全未邀桑苧
賞那有玉川緣我客踰千里家居第二泉佳名喧宇宙美利走山川
自昔高人賞於今
聖主憐牛腰題卷富鳳翥御書懸此水生幽僻何人别醜妍滄波遺
照來空谷棄嬋娟物理閒中悟人情熟處偏暄凉殊位置顯晦隔天
淵萬事由真宰臨風一惘然

五言絶句

寄暢園十詠

宸翰堂

九峰聳晴嵐萬竹響清籟
聖人此揮毫山林護光怪

嘉樹堂

萬木圍清池草堂置其上周遭林木深倒影池中漾

清賞亭

寒梅已生香幽澗無停響時有樵歌聲悠然助清賞

三叠泉

淙〻乳泉落澗道石林幽尋聲窮其源杖屨多三休

鶴步灘

獨鶴前山歸從容步淺渚望遠時一鳴清池照毛羽

知魚檻

檻外春水足游魚滿其中北溟豈不寬此樂將無同

臥雲堂

森森豫章木清陰照虛堂山雲時往來高卧遊羲皇

清川華薄

臨水列軒窻林巒森在矚塘坳聚落花蕉外收衆綠

天香小閣

不盡雲山致都從小閣收四時看總好何必待清秋

大石山房

碧樹挺十尋大石儼相向獨立風月中長吟亦清壯

題永康盧氏小齋

几席列羣峰軒窻曠千里時看溪上雲去作人間雨

潘退翁靈壁硯山

山形如游龍蜿蜒伏更起掉尾成重岡方寸勢千里
羣峰相迴環翠潤如新沐出入懷袖間雲光照巾服
彷彿南宮意煙雲護石根細皴濃綠處復似趙王孫
山人耽翰墨更結山水緣愛此小九華卧遊壺中天

題王虛舟同年竹雲圖

雲質由來幻竹心原自虛虛心寄幻質天地一蘧廬
道竹還是雲道雲還是竹誰主復誰賓由人作名目
竹雲本偶然圖成斯不朽天地有至文藉人以為壽
浩浩太虛空乃設淇園景萬象同一機達者心自領
娟娟天光下猗猗雨氣中閒心兼直節相對獨沖融

題沈孝子廬墓圖

朔風撼林木積雪埋丘墓中有倚廬人啼聲烏鳥和
戀戀孩提愛斯人萬古心如何少壯老轉展別人翁
瞻依惟此地茶苦豈求名舉世皆人子展圖顏自赧

題友人別茶圖

竹裡泉聲細松間茶響清一甌苦淡味只恐少人評
愛茶陽羨近愛水二泉居造物從人好吾當賦遂初

長至後取茅盖室又聞石經弟倡為餽食之說戲占二絕

宛如退院僧竟是亡家客仗此一重茅禦彼三冬雪
可是嗟來食應無蹴爾人問誰設供者無着與天親

七言絕句

清流關

環滁山色似江皋雄峙清流積翠高宋祖明皇親躍馬千年一例等鴻毛

黃樓

縱橫雙槳截河流萬壑千峰頋盼收安得坡公隨杖履幾回惆悵別黃樓

豐沛道中口占

素靈中斷起羣雄天命潛歸龍準公縱是奇才能將將驅馳還賴楚重瞳
呂公好相識人多欲向喬柯附女蘿却怪酒家王媪者年年折券待如何

劉季大言成事少蕭曹相笑是耶非不階尺土真難料誰道天心屬布衣

太白樓

庚辰秋孟哉生魄載酒來登太白樓閣筆好依黃鶴例聊將日月記曾遊

劉伶舊蹟

荷鍤相隨死便埋寄身天地一浮埃眼前誰是獨醒者却被先生破笑來

聊城

城中樓觀繡成堆郭外軒窻臨水開眼底難逢天下士銜泥獨上魯連臺

太行山下口占

嵐光照眼水潺〻脩竹踈籬屋數間宛是二泉亭下路不知身在太行山

題階州太守陳升菴出塞牧羊圖

交遊四海重陳遵兩典方州總在秦飽歷冰霜佐桑遠彤弓何日貺勞臣

祝䰟留滯待名王蜀牧千羣作糗糧閭道階民望慈母爭云我輩不如羊

高懷何處不恬然沙漠荒〻日晏眠多少通侯共勞役一般不得上凌煙

塞外風塵如電抹黃山好景未應辜願將一夕尊前話寫作天都策杖圖 公述黃山之遊甚詳

題楊曉先孝廉北遊詩

上苑春風花柳妍馬蹄馳驟漫爭先可憐空結千絲網却把傾城不值錢

烏衣才子富青箱麗句清詞落口香世上浮名等閑看十分春色在詩囊

一彈三歎最淒清誰辨朱絲入指聲無限牢愁何處著一番陶冶已和平

九日遊西山馬上口占

玉尊頒出日華宮仙醴生香滿碧筒誰道清秋近蕭颯今朝披拂有春風

十里平堤御苑旁吟鞭齊拂柳絲長碧池繡陌時相錯風過荷香雜稻香

照眼西山積翠高〻石路馬蹄勞荒基古柏何年寺漫滅金題臥野蒿

上方鐘磬下方聞翠嶂彎環繞碧雲夾道泉聲清沁骨古松陰下坐斜曛

捫雲華表列山隈伐石銘勳盡上台闕墓今看似陵寢爭教陵寢不成灰

卧佛香山勝景多匆〻歸騎負煙蘿回頭笑向山靈說待得重陽好再過

題其侍中小照

眼底曾無要路津滄洲逸趣寫閒身縱然麟閣圖形後仍是煙波西裏人

生綃譜出江南景秋水寒蘆泊釣船我有五湖三畝宅一竿風月是何年

秋水軒玩月

池上名花芙白頭中天明月照清秋醉來便就花邊卧仰看參横河漢流

送洪秋岩之吳門步汪紫滄前輩韵

昨年何避去吳關又送洪崖益慘顔北客盡南〻客住一般清夢繞家山

數載城隅喜卜隣詩筒茗椀往來頻今朝青綺分襟後閒却明湖月一輪

壬辰元旦午門即事口占

玉漏聲清聞曉雞午門東畔百寮齊雙燈徐引鸞輿出馳道惟聞萬馬蹄

九重臺殿抱非烟夾道爭看綵仗懸鼓角轟雷車駕返曈曨曉色五雲邊

迎鑾曲

秋郊輦路望迢〻玉轡銀鞍半珥貂共識西來多紫氣六龍回蹕是明朝

嚴風九月冷邊州徵雪霏〻拂彩斿漸近鳳城秋色好菊花香裡解重裘

一泓山光接塞垣豐年喜氣滿郊原焚香父老還瞻拜白馬黄鞭是至尊

羽衛駸〻過遠岑龍旂閃〻出楓林千官鵠立瞻雲切上相前頭奉玉音

白鹿黄羊載駱駝玄熊青兕更嵯峨羽林縱有穿楊技爭似吾皇射得多

萬騎如雲扈蹕回郊原千里殷晴雷就中冠珮雍容者知是長楊作賦才

儲才盛典古無倫館局初開教澤新乍脱褐衣諸進士也隨三事拜清塵

蹴〻鸞聲入建章芙蓉闕下散鵷行歸鞍新得山珍好先進宮中聖母嘗

珠榜重開鳳詔頒青衫爭拜屬車還道旁此日歡聲沸親見春溫上玉顔

載筆從鑾有馬楊瀛洲清暇散縹緗閒官報稱慙無地歌咏休明補樂章

富春江

妙手世傳黄子久富春山色入豪端煙雲萬變難圖畫我得蓬窓盡日看

桐江

九姓漁船輕似葉（嚴州船名）三篙灘水綠於油千峰面〻爭奇秀紅葉林中望睦州

釣臺

風塵得識劉文叔山水長留嚴子陵若使釣輪早拋却不知能否佐
中興
逃名翻得世間名止覺桐江分外清當日扁舟隱蓑笠人間何處覓
先生

自永康至婺州輿中口占

棕櫚帶雨搖團扇烏桕經霜爛錦城山舍年豐無一事但聽禽鳥送
歡聲
岩下閒池山攬鏡松林縛稻樹披蓑小園竹屋茶香透寂歷秋花映
薜蘿

歸舟口占

紅樹連延六百里白雲青嶂相表裏鷓鴣啼罷画眉啼下水輕橈去
如駛

臨淮亭

先人駐節此亭前詩句留題萬口傳今日雙旌渾似昔清淮照我淚
潸然

自舒城至桐城輿中口占

舒州城外柳如煙一曲荷花十畝園花葉亂翻鳧鴨睡三間茅屋對
清漣
松風颯颯消殘暑桂露溥溥報早春秋疊嶂如雲青不斷肩輿終日
獨凝眸
龍眠山下舊平泉齋閣清嚴草木鮮人道相公名德在郎君重到鳳
池邊

塞外馬上口占

澗水清音諧律呂遠山佳色借虛空中原塞外何分別鎚却長城便
至公

題維揚張其秋懷圖小影

木落淮南景物幽飄然蓑笠放扁舟秋風鱸膾君家話肯為浮名下
釣鈎
眉間俠氣未全無果否煙波作釣徒會得莊生齊物意萬人海裏即
江湖

乾清宮
賜宴應　制

龐眉鶴髮會彤廷合計春秋十萬齡盡把年華添
聖壽還如涓滴到滄溟
上聖乘乾景運開普天長養在春臺須知千叟康強甚總是吾
皇錫福來
承
恩忘却宴天家異數殊榮萬載誇已許兒孫隨杖履更容輿馬入東
華
氤氳和氣滿深宮
天語親承暖閣中六十餘年宵旰意諸君臣何以答
皇衷
既忝詞臣又諫臣昇平無事奏楓宸懸弧尚在流虹後已並耆年祝

聖人

立夏前三日早起有懷石林禪師

黃昏小雨到清晨綠暗庭階景物新忽憶能詩老衲子定將佳句送餘香春

華岩世界等微塵剖破虛空露本真清磬一聲千偈畢九峰朝爽正迎人（師方誦華嚴經）

五位三玄莫細論可堪金屑眼中存玉堂土室皆隨分此是南沙不二門

不是琴聽便容殊清詩供客勝醍醐聽松道士安閒否時到山窗潑墨無（道士善丹青）

秋夜口占

庭槐颯颯響金風獨立長廊萬慮空莫道浮雲能蔽月浮雲原在月明中

趙北口

趙北燕南水接天黃蘆紅蓼宿蒼烟停車問渡垂楊下只當蠡湖上釣船

任城

為厭車塵染敝裘任城南下放扁舟回頭最有難忘處老杜南池太白樓

送王蓼原之粵東學使幕

嶺南景物一番新十月梅花已報春高格自然超物外不須冰雪助精神

花事炎方別有天碧桃青桂並時妍芝蘭自愛藏深谷幽契相投着意憐

水岩紫玉寔堪珍裁別還憑具眼人似相驊騮牝牡外照人浮艷未為真

嶺表從來說壯遊山川人物足淹留欲知奇絕無雙處須上江門碧玉樓

柳葉為虫所蝕三秋濯濯矣冬月忽長新條青葱可愛口占一絕

生意曾無暫息時簷前重見柳絲垂不須更洒江潭淚吹面東風我自知

題舒寧伯遺照

東栗當年曾啖我而今已作古稀人圖中相對渾如昨喜見青雲滿後塵

商周彝鼎漢唐碑先子同君鑒賞時手澤於今歸劫火對君遺影不勝悲

題貞孝孫姬峽猿吟

空谷幽蘭絕世芳莫為採佩亦何傷偶然譜入朱絃裏不必聞猿也斷腸

十指勞勞生事微勉圖甘脆奉親闈蠅頭總畢傭書債又為豪門作嫁衣

曠劫塵緣當下灰青蓮妙種夙生栽何心淑女輝彤管願學龐家靈照來（集中有巳叅三乘頓悟詩之句）

粹貞純孝世無儔碌碌何人為闡幽舊史一編名識小為傳芳躅待千秋予有識小編載邑中貞孝節義事

題張叔佩旃溪釣隱小照新安人先有王杜蔣三人題句張固三君門下士也

是處溪山足浩歌一竿還憶舊陂陀英豪意氣神仙骨想見當年張志和

良常二老今顏柳更有樊川詩律工翰墨師承追大雅江湖那得此漁翁

題畫菊

佳色幽香別出奇清霜皓月最相宜此種中真意從何會只在東籬五字詩

豈少屏幃相愛護不如松竹共周旋春陵題品真知己百種佳名亦枉然

老圃終年抱甕忙移根喜愛竹風涼栽培揠合花情性容易花前倒百觴

染翰酒知有別裁寫生到此豈凡才臙脂多買成何用會向靈臺妙悟來

庭中偶植方竹數竿榮枯各半戲占一絕

一般根幹並時栽榮瘁平分莫浪猜人事天工都不着箇中難索解人來

題吳逸泉畫卷

心師造物手師心活潑生機不待尋豈乏嫣支驚俗眼瓣香終是屬雲林

題倪其梧陰罷釣小影

何必垂綸入富春地偏心遠樂吾真桐陰滿徑無人到如見當年清閟人

題元猷弟僧裝小影

僕僕辛勤鬢已皤前身應是行頭陀青松紅樹秋山裏曳杖時來一浩歌

共伊無着與天親六十年華過眼塵画裡白頭攜杖者紅衫竹馬舊時人

題鄒景何芙蓉山圖卷

無限春山淡蕩姿移來尺幅墨淋漓前身疑是王摩詰既作詞人又画師

落筆清詞似唾珠非關摸擬并鎚鑪別才天賦寧容易始信滄浪語不誣

韓有南山杜北征洞庭張樂舞蛟鯨誦君海上秋風句何必前賢壓後生

三唐律體有宗風支派雖分一脉通細膩風光真得髓不將險僻傲涪翁

揚州舊日水曹郎東閣官梅詩興長千載風流正相暎又看花雨滿河陽

雖然餘事作詩人敦厚和平易化民豈似閉門陳正字苦吟無補費精神

題童南九明府觀泉小照

潑ゝ原泉不甃休天光明淨日光浮知君相對忘言處活潑天機自在流
幾曲清泠繞茂林圖中彷彿鑑湖潯二泉亦有流觴地足慰雲山千里心

紥紓蘇君虞山奇士曾歷滇南入西藏萬里間關十年勞瘁以報知己茲出其萬里一歸人小照索題漫賦二絶

西南絶域人稀到生死交情世所難欲識歲寒真面目數枝香雪畫中看
馳驅萬里豈求名踏雪尋梅寄逸情移贈坡公浮海句茲遊奇絶冠平生

乙卯除夕

東風七日不鳴條梅蕊生香鳥語嬌白叟黄童歌且舞元年元日是明朝（前七日立春）

王怡緑見示閏重陽詩畫冊吟賞不忌漫賦小詩

重陽再過百年期麗句清詞各鬭奇更得石丞叔衆美詩中有畫ゝ中詩
揮灑連篇絶妙辭箇中味外少人知慚予衰颯難追步正是（似）寒蟬抱葉時

自題小照

楊生妙手寫吾真共道描摹已入神堪歎故交零落盡更無人識畫中人
臨水登山眼底空朱顔緑鬢氣如虹當年自命居何等回首前塵一夢中

耳聾口號

玉露凋殘榆柳叢枝頭好鳥一時空昏鴉聒耳何堪聽多謝天公閉我聰
靈通無礙本天然聽受紛ゝ八十年今日是非都截斷非關老子愛逃禪（一切是非莫管禪家語也）

贈張東序同年

論文講德最情親半世麻衣共苦辛一自並登朝籍後幾番陵谷付前塵
綰綬名邦惠愛深清嚴齋閣聽鳴琴催科政拙抽身早絳帳春風慊素心
著述紛ゝ老益勤淮陰弟子擬河汾朝野雅意崇文教師道無慚孰似君

九九消寒詩

朝來葭琯動初陽雲日昭回萬象光老傍五湖閒擊壤曾無一線補堯裳
茅簷竹屋紙窗幽寢食粗安百不求餘習未除吟五字不師彭澤即蘇州
諸根欲去耳居先蟻戰蛙鳴捴釋然浩ゝ濤聲通晝夜移情翻似海山邊
一室端居似偶人不耽禪悦不修真兌夫有句金針度三十六宮都是春

一盂脱粟飯禅和屈指年光舊話多萬頃具區當文室時清不復見
揚波
幽香艷色出仙胎堪賞陳思七步才白石清泉宜作伴滿窓晴日看
花開
生死哀榮冠等夷天酬忠節果無私隣翁尚說當年事毋子煢煢送
葬時
寒光夜半映窓明獨擁孤衾夢不成寂寂心齋涵萬象晨鐘忽送殷
床聲
婁水郎君別十年相逢猶似鯉庭前舊恩長負嗟何及絮酒他時哭
墓田
微雲堂上祝生申兄弟團爐笑語親白首怡怡非易事計年七百有
餘春
臈日微吟破寂寥鬌絲禅榻篆煙消蘭芽未茁梅無信屈指春光一
月遥
瞻雲就日荷恩私履薄臨深繫夢思四庫五車猶泛泛不如三復白
圭詩
蠻觸紛然各逞雄不知黑白與西東誰言平旦清明在夢夢堯天舜
日中
報最專城小阮賢三年式穀豈徒然諸昆雖老都强健共盤壎箎待
爾還
世德三槐占地靈百年不墜舊芳型只今廣受同朝籍蘭玉森森更
滿庭

蓼園居士萬天民偶作清時吏隐身圖寫平生遊歴地怒然一笑付
前塵 題王蓼園無我相圖下二首同
中天皓月自清明影落江湖面不成月本無心影無跡可知色相總
虛名
祇緣有我迷真我悟得非真即見真試看江山無限景豪端收取是
何因
漠漠同雲欲雪天郊郊社鼓慶豐年滿場遺粒禽聲樂飯飽昇牛抱
犢眠
冀北音書昨夜通曾孫英雁畫堂東明年此際占熊夢五代同堂又
眼中
拜賜新茶試二泉群賢詩句續坡仙他年吟社能重復堪作山中故
事傳
詞翰風流有兩君一歸黄土一離羣不圖已喪樊川了今日還教哭
右軍
倪迂西格今難再荆圃濡毫亦足多齋閣精嚴塵不到未知清閟更
如何
鳳閣秋高令節中天章炳焕典謨同萬方齋慶豐年瑞猶自飢寒廑
聖衷
三徑濡毫歲十周百函聖籍爛銀鉤未能勒上丘山石先掛新銜壁
水頭
少日心摹正始音衰年舊學懶温尋辦香尚有鄉先哲得意忘言戊
午吟

海陬江濱白霧漫，高材于此慶彈冠。未能便跨揚州鶴，且作飛鴻學漸干。

得句休論易與難，由來李杜亦分壇。無絃自有琴中意，果遇知音何必彈。

自有真心自不知，飢飧渴飲夢來時。七情無礙隨機用，八十衰翁似小兒。

學步三唐懶琢磨，宋人風調亦無多。依稀刻鵠韋無柳，寤寐神遊安樂窩。

歲儉輸將似歲豐，名高製錦達宸楓。憂時三老閒章句，可得星軺事採風。

易象盈眸大矣哉，相生相合互栽培。貞元接處憑君看，無物原爲萬物胎。

昔時隴石朱旗閃，此日淮南絳帳開。有容寄言相慰藉，飛揚還似少年來。

萬柳溪邊事事幽，一年幾度放扁舟。何期頻下西州淚，煙水荒寒不忍迸。

大地文章細不遺，句圖異石産江湄。質如良玉紋如錦，也待磨礱始益奇。

虎踞關梁孰敢嗔，一朝荆棘變通津。北來齊楚南甌越，商旅謳歌頌聖人。

非人磨硯硯磨人，百歲年華幾度新。一見良材心尚喜，俗根難拔自含嗔。借用坡公句

唐宋圖書數十家，別裁真贋指瑜瑕。而今眼暗難爲役，習氣消除亦自佳。

瞿曇說法浩無邊，末後拈花又別傳。一切是非都莫管，啟人狂慧祖師禪。第三句是禪家古德偈語

祖師安得異如來，肆口低昂亦怪哉。一自五家分派後，彌天瘴霧不曾開。禪家有識得如來禪未識祖師禪之語

陸王端是聖人徒，好學躬行豈異趨。怕涉支離輕語上，毀藩弟子遂狂呼。

東林壇坫萃羣賢，幾箇真儒徹性天。滄海橫流難作障，一泓止水是原泉。

應時瑞雪慰農人，時雨時暘又六旬。日月休徵驗卿尹，師師莫讓古純臣。

片雪霏霏雨散絲，下帷開卷篆香遲。閒觀物妙窮冬候，幾點梅花發舊枝。

東漢分書妙入神，黃初以後便非倫。唐人姿媚閨中物，贋鼎尤宜卻子真。

梨洲學業棐貫研求，列宿分躔四瀆流。祖述紫陽方與薛，跳通濂洛有高劉。

風人比興是吾師，漢魏清詞入夢思。五字果能參理妙，長吟短咏自成詩。

李杜篇章百代雄，洪纖高下入玄中。千迴諷誦壯而老，新緒抽來總不窮。

鴻山學士晋人儔解組岩居樂事幽自擣松煙名日損摩挲想見舊
風流學士詩名岩居集又自製日損齋墨極佳
硯席塵凝知意懶圖書狼藉驗心忙焚香掃地雖閒事也是端居助
道方
臘瓶閒挿折枝花獨夜孤燈度歲華梅蕊凝寒香未發愛看素壁影
斜橫
秦碑漢碣久沉酣衰腕臨摹漸不堪比日少年多學古擘窠何必属
泉南
歲暮清閒貧亦佳承
恩賜子直南齋天章錫福當年例應捧龍箋拜玉階
九重春帖属詞臣曾展鸞箋翰墨新今日鄉人求吉語紛紛爭役白頭
人
牖外膠庠一老生百年隨例沐恩榮
聖皇特念麻衣苦賜與家庭宴鹿鳴
新州弱女念高堂南海珍羞遠寄將除夜柈盤添勝事開樽同酌荔
枝漿
爆竹聲中六出飛黄衫父老炷恩輝迴思十七年前事宴罷乾清踏
雪歸
積雪盈庭照眼明圍爐群季及諸甥春盤膓酒雖草草聊慰衰年骨
肉情
新年三日拜家祠慈母施巾降誕期八十年來風木恨一杯柏酒淚
空垂

雷電繩收雪滿天陰陽消息豈徒然老農酌酒爭相賀今歲田疇取
十千
昔年家慶此堂中柏葉尊開五代同今日墳塋相應和孩提已作白
頭翁
紛紛士女滿城闉積雪鋪銀壓路塵介壽壺觴添綵勝今年人日是
新春
歲除暄暖暮春同歲首嚴寒戰北風聞說梅花和雪艶明朝買棹入
山中
一年明月打頭圓才見纖纖未上弦幾日清輝連永夜華燈影裡對
嬋娟
百首清詞景物真偶然拈起一番新何心更把妍媸別似看飛花逐
去塵
和風應節自東南梅蕊枝頭開兩三簫鼓夜遊非我分好教彌勒與
同龕
飯山閣裡老禪和五字吟成逸韵多怪底三冬消息斷齋厨清供近
如何
舊野堂西梅數枝右環曲澗左清池每思有月無風夜帶影和香獨
玩時
數畝園亭四海知翠華七幸荷恩施名能折福從來語此日荒凉亦
自宜
當世誰為郭景純紛紛方士語無倫莫憑荒誕邀非分餘慶餘殃總
在人

佐郡歸來守硯田安仁雅望共稱賢比來里俗多淩長莫怪逢蒙敢
控弦

元夜蟾光未肯明魚龍曼衍遍春城少年別自呈新技學得華清羯
鼓聲

一句冰雪度新春翰墨堆牀手不親對酒當歌渾無味凍梅殘月自
清真

衰年未能逃世外稱觥還入蹐堂羣朝廷雅重循良吏褒德膺封望
使君

連陰初霽見春光窓外梅花動暗香蕭寂門庭無客到枝頭小鳥弄
晴忙

先人應詔返承明史局初開倚老成今日縹緗三百卷幼孫忻得被
恩榮

異色名花産海東非徒淺白與深紅霞光月彩皆難定頓使丹青妙
技窮

杜老較余年尚少便云花似霧中看冰輪屋試俱無用幻妄消除又
一端

南齋學士皆燕許小子微才忝倡酬寄我新詩盈百首雪窓展卷一
開眸

將父山珍出上方未曾熟薦敢先嘗菜根滋味平生嗜何意爐邊得
異香

詞序

泉南先生一官落拓十載羈栖年已過乎七旬節每驚夫四序因時感發紀歲華閱春夏秋冬撫景流連窮物態至蟲魚艸木裁成小令鬬麗句於南唐播作長謠托慢聲於兩宋蘇子瞻一洗綺羅香艷亦復善於言情周美成不惟音律婉諧抑且工於體物華而不縟巧而不纖鋪叙而務去陳言刻畫而終歸大雅填詞之能事畢矣倚聲而和者誰歟僕也忝步後塵敢云同調自昔追隨皆院並賡紅藥之吟及夫偃息田廬共下蒼梧之淚一編垂示慷慨豈涉悲歌三復沉思淋漓越添老興爰疏小引用綴微雲壬子立夏日後學雲川杜詒

泉南山人存稿

勾吴秦　著

徵雲餘響

好事近漁家四時歌

眼不識紅塵朝暮一溪寒碧行過桃源深處載滿船春色　籃魚換
酒不論錢吹火燃蘆荻兒女團圞醉飽枕簑衣翫月

前調

好雨應黃梅淼〻一江新漲四面漁歌齊起喜鰣魚初上　晴天晒
網雨鳴榔兒女神都王浔酒呼朋相賀入荷花深港

前調

江月到天心上下清光相射人在冰壺影裡弄一聲長笛　眠鷗宿
鷺不驚猜同是忘機客縱有瓊樓玉宇無此閒清絶

前調

烈〻北風寒搽弄一天玉屑裝點丹溪翠岫作瑶池銀闕　任他茸
帽與貂裘難把寒威敵生小冰霜骨相只綠簑青笠

鷓鴣天田家十二月歌

晴日沖和映草堂竹籬東畔小梅香山溝瀰〻新泉出畦面青〻大
麥長　儲剩穀賣餘糧元宵過了莫些忙邨中不到催租吏臘酒開
缾自在嘗

前調

農事初興二月梢三時資斧莫來銚今朝買犢南邨去聞得蘇州米
價高　鷄長王豕肥膘池塘水滿放魚苗娛親賽社盤飧足只待糟
床漉酒醪

前調

三月初三風日佳邨〻桃樹爛紅霞機中少婦防春困爭戴溪頭薺
菜花吴俗上巳戴薺菜花謂能已睡　探節氣語桑麻赤闌橋畔柳風斜青裙褐袂
盈〻女結畔東畦學種瓜

前調

布穀頻〻喚雨晴紅英飄盡綠成英鐮刀刈麥如雲擁碌碡推場似
鏡平　餐麥飯飽魚羹風清月白夜寒輕山妻稚子爭趨事磤〻連
枷響到明

前調

霧濕初篁柳帶煙輕寒凉雨入梅天泥融犁滑翻田畢屋角吴牛抱
犢眠　新漲潤小荷圓水嬉湖上正喧闐蒲觴菰黍娛翁媪同看笙
歌泛西船

前調

菱角鷄頭溪畔栽荷花香裡棹船迴一旬整得三番雨車軸閒拋上
綠苔　春舊穀漉新醅良苗照眼笑顔開一條木榻高槐下卧聽鳴
蟬數舉盃

前調

岸水連朝豈憚勞節逢處暑要澆苗黑雲翻墨甘霖注一派歡聲散
桔槔　驟雨過薄雲消荳棚閒坐早凉宵邨娃學乞天孫巧絮李黄
瓜摘銚

前調

蚕稻登塲八月頭粉團祀竈雪光浮東家西舍交相餉爭賀今年大有秋　明月滿桂香幽湖山清絶勝瀛洲良宵好景休辜負還挈壺觴放小舟

前調

稻葉枯來競築塲黄花籬畔黙微霜授衣時候金風肅軋〻機聲趂夜長　梁燕去塞鴻翔幸無風雨逼重陽瓶開菊酒盈觴白樹落新橙觸手香

前調

十月農功喜告成如雲禾稼滿郊坰童嬉似助豐年景鳥語中含樂歲聲　結伴侶趂晴明磨礱徹夜不曾停只教早納官倉粟終歲安居不入城

前調

種了來年農事完盡收農器掛梁端人牛飯飽閑相對柴積遮風好負暄　茸帽煖絮袍寛地爐煨芋當加餐黄昏浴罷微酣後雪壓茅簷不道寒

前調

四序風花逐逝川蠟梅香透矮窻前雖然豐歲田疇好草〻椒盤便過年　登壠户換春聯呼兒烹雪颭茶煙田家自有清貧樂莫道為官勝種田

蝶戀花 南陽湖

無復荷香三十里蘆葉飄黄雁落寒江渚柳岸平橋疏小市斜陽染出遥峰紫　一棹夷猶圖画裏蟹舍漁莊歷〻江南意擊筑高吟長短句吟聲散入蒼煙去

沁園春 歌風臺懷古

昔隆準公手闢乾坤來歸故鄉有里中屠狗堂〻弓劍縣中文吏袞袞圭璋不信今朝大言劉季果似當年秦始皇高歌罷更悲情頓發涕泗淋浪

少年生業荒唐只雲氣相隨五色光其王家酒債須償幾許呂公相術果是無雙可惜重瞳夜行衣繡空博韓生笑一塲閑憑弔着歌風戲馬一樣蒼涼

菩薩蠻 京口

秋江一片開明鏡金焦對峙交相暎濃淡太分明江濤似不平　帆檣南北渡爭向金山去瘞鶴有殘碑何人榻得來

鷓鴣天 有感

欲傍松楸奠一杯南湖煙水隔蓬萊早知今日傷心事應悔劬勞養不才　腸欲斷事難裁幾時滴淚拜泉臺總緣愚昧辜庭訓不是詩書釀禍來

金縷曲

依舊離宮路徒清〻羽林何在周廬非故昔日鵷鸞於此集剩有垂楊遮户把樓閣重〻暗數新築紅墻添影殿是攀髯墜落烏號地腸寸斷淚如雨　清班廿載蒙恩遇染爐香趨承帷幄重瞳時注對面夔龍方造膝細聆從容天語更付與掖垣封事未報深恩無死所便甘心此日南冠縶誰會得孤臣意

前調 贈拙存

海內悲歌客對蒼顏谷蘭風味嶺松標格少日豪情隳飲盡剩有錦囊氷雪更賞徧千秋金石筆陣縱横追魏晋有西莊給事稱雙絶相見晚恨何極　年時幾度陪遊屐半間房（寓齋名）香留墨聚小窓明潔貝葉堆床供洒翰足稱琅函玉笈（時方寫蓮花經）天與付文章花骨料理高名傳不朽任迷離煙霧爭明滅共尊酒幾時得

前調　贈友

交道今如土肯關心角弓嘉樹非君誰與眼底浮榮供一笑瞧盡異書名酹肴爽氣逼人眉宇如對清通裴叔則歎襟懷萬里黄河注車笠願從今始　輞川圖画兼詩句墨淋漓滿堂嵐翠崑崙玄圃短律長歌聲戞玉陶寫煙霞高趣把白首相知暗數昔日論心皆管鮑忽回頭翻覆成雲雨傾盖意足千古

前調　贈邑尉鍾君

吏隱從來好恁温温蘭亭佳士不卑官小梅尉高名千古艷此計元非草草喜花發訟庭閒了滌硯愛臨先世帖有尚書宣示孫權表清晝永篆烟裊　不須時憶山陰道酌清泉晴窓拄笏九龍屏繞山水清音供勝賞何異朱絃古調正境內萑苻如掃錐處囊中須脫穎便鋒車上應循良詔豈合向風塵老

滿江紅　荅友

今古滄桑也只是温涼寒燠惹得人計來思往慕榮憂辱幻境縈懷爭起滅空花滿眼紛紅緑把寬平大道等閒抛尋紆曲　春到也繁華簇秋去也風霜肅謝天公明放這般題目縱要安排難着手肯教休歇隨時足徧乾坤安樂可名爲天然福

金縷曲　題杜雲川蓉湖詞隱圖

老矣城南杜尚依然飛揚翰墨詞填花雨（雲川舊有花雨填詞圖）一片湖光明草閣漁笛聲聲堪譜（新製漁笛譜）怪筆底雲濤爭舞南上天台西華岳算文章端合江山助姜與史共千古　何必更憶花磚步似長空鴻飛去也那曾回顧鴛鷺故交消息斷輸與煙波伴侶還只痛攀髯無路昔日南薰供奉曲到而今都作傷心句招漁父唱金縷

柳梢青　題借梧軒

緑蔭南榮童童如盖莫問渠儂也掛新蟾也鳴疎雨也響秋風　當年西掖陰濃每退食從容自公似泡還波似花離鏡似夢無踪

三春景物詞

望江南　元旦

新年好元日五更前家廟香煙縈碧篆門闌吉語寫紅箋椒酒祝長年　晨光啟爆竹滿城喧隨分衣冠都濟楚尋常風物覺鮮妍賀客壽家闌（俗以歲朝祝壽）

前調　迎春

春光到迎迓自東方叅佐威儀先長吏縣門簫鼓接春場公讌進霞觴　開淑景新令布青陽街雪已乾初解凍土牛行過即勾芒無事看人忙

前調　上元

元宵好正同明月影似輪燈影麗燈光終遜月光清薄酒（新）任閒行初更也士女滿春城幾處打謎誇巧中何人擲果艷香名街静已雞鳴

前調花朝

春欲半風雨正調勻百種花香風釀就千般花色雨描成管領是何人 鶯和燕可也祝芳辰秀閣名園佳麗地應添年例祝花神一歲一番新

前調上巳

脩禊也好景近清明詞翰但傳南澗事流觴幾忘洛川人作賦重華林 開元後最盛曲江濱一代繁華隨逝水滿懷悲感動高吟杜老麗人行

前調清明

寒食過槐火發新煙非復荊蠻能蹴踘徒看吳俗少鞦韆桃柳折新枝鮮 銀塘路何事市轂喧東嶽廟前觀劇客華陽洞裡進香船人散夕陽天

前調社燕

春社過喜見燕雙雙拂柳乍疑芳徑改穿簾仍覺故泥香棟宇細端詳 來如約半歲隔冰霜曾憶新豐隨父老枌榆如昔巢(舊)亡故里寔他鄉

前調梅影

梅初綻倒影小池清翠羽下窺珠纍纍朱鱗爭唼雪瑩瑩鏡裡玉釵橫 窗月上淡墨寫來真恐為輕寒眠紙帳故教疎影伴幽人疑搨壽陽魂

前調桃蹊

桃源路春色滿山家柳絮亂翻香徑雨菜花勻襯赤城霞林外酒旗又 三二里錦帳繞郎斜隔水大聲茅屋小映花人面竹籬遮歸騎飯胡麻

前調遊絲

來何處作意舞悠揚時綰落花沾翠幕又牽飛絮度紅墻無力繫斜陽 春晝倦宛宛到幽窗入手未堪添繡線穿簾且看裊爐香縈惹別離腸

前調新柳

眉初展陌上正暄妍淺碧輕搖新月影嫩黃低映夕陽天未到日三眠 朝和暮飄緲似疎煙沾雨色添濃淡裡吟風聲在有無間早把別情牽

前調新鶯

春聲好最好是鶯殷幽谷乍離歌尚澁金衣初整色方新求友是平生 高枝占漸理故年音幾句叮嚀成款語一番宛轉貫長吟花底坐來深

前調新茶

茶香好穀雨焙來新採向蜀州懸道里名傳顧渚隔江城一日洞山程 酒活水靜夜二泉亭箬裹乍開雲葉脆松風纔過雪花輕幽事家閑情

前調春草

原上草一碧遍天涯已借春風添氣色又隨春雨襯繁華閨閣映窗紗 書案外一任翠交加河畔昔年曾浪跡池塘無處聽鳴蛙一見便思家

前調 紙鳶

東風正一紙上青霄豈有修翎成健翮只憑弱線便扶搖㩜縱小兒操　閒情緒不肯負良宵羅帶曳空絃索響紅燈入漢衆星高還省火珠飄

前調 落花

曉雨過狼藉滿庭芳曲徑鋪來苔似錦小池流出水生香早起獨神傷　蜂和蝶猶自過林㠃千片有情依碧草一生無分綴紅粧留子荅春光

前調 新韭

春祭韭故事咏幽風治郡誰如龔渤海留賓堪學郭林宗清味配春菘　豪家饌强把麥苗春何似一畦沾夜雨便將三九作朝饔蔬食樂融融

前調 菜花

蕓臺種光耀擬金莖灼灼小桃分舞蝶陰陰高柳映新鶯界破麥苗青　勤抱甕阡陌任縱横好把含苞供旨蓄又將膏澤佐明燈不負雍培情

前調 杏雨

聽春雨昨夜小樓中薄日融融烘冷艷晴煙漠漠罩新紅雙燕又穿叢　深閨意此際寫來工淚濕宿粧羞鏡影汗生香頰怯窻風病起麗人容

前調 梨月

花如雪蟾影正交光洗罷素粧開寶鏡歌殘法曲舞霓裳青女耀明璫　昭華琯吹徹滿庭芳入夢宛迷雙蛺蝶映溪還妬白鷺鷥傳粉笑何郎

前調 柳絮

東風裡毋乃太輕儇似伴落花旋折散偶隨歸燕又飛還高下只漫漫　閒庭院戲省小團圞和雨和煙無定相如綿如雪詰空傳撩亂暮春天

前調 牡丹

春光滿花事若爲圓崇敬衣冠成勝集洛陽車騎咽名園香色十分全　花譜僭重自有唐年穠艷一枝方國色清平三調動天顔表出李青蓮

前調 玉蘭

遊瓊島恍遇羽衣仙宵韞藍田添馥郁香分楚畹更鮮妍森立謝庭前　唐昌會聯璧臭如蘭墜露飲來光朗朗繁英紉得珮珊珊一曲麗華歡

前調 送春

春去也風雨妬良辰檻外落紅隨逝水陌頭飛絮逐芳塵愁絕杜司勳　人世事轉眼一番新此日離亭歌緩緩明朝西裡唤真真去也奈何春

九夏消暑詞

賀新涼 浴佛

借佛成兒戲刻旃檀像他初降表他靈異脫卻紅衫香水灌合十同生歡喜又還省法臺高踞卷卷華嚴頂上過道來生不作釵裙女便

多少金錢施　重教提起元朝事舞天魔道場無碍依稀相似男要耕耘女要織此是農家本務歎鄙俗何由底止勸取娘行勤饁餉聽兒童擊鼓迎田祖慎莫信荒唐語

前調　打麥

初夏薰風轉肖虸〻綠楊影裡黃雲堆滿碌碡研場平似鏡幾日晴天日暵翻田罷新秧尚短駁〻連枷聲應和到月明深夜何曾斷容易得瓊肌膳　小姑幼婦還相喚怕塵蒙幾〻高髻吴綾爭綰不惜一番齋着力好看雪花飛轉又細把金絲穗剪編了輕圓遮日笠趁工夫作箇燈兒亂麥秋事樂何限

前調　繰絲

蠶箔工成了滿筠筐雪毬纍〻匀圓鮮好翠釜雲蒸魚眼過撈得絲頭裊〻便穿向金錢小竅萬轉千迴勞手𦙶象牀邊忽見銀蛇繞流黃上算來早　幽情暗向枯蠶悼為誰何心兒抽盡身兒就槁世事悠〻都莫問似爾忒無分曉還自念爭差多少蜀錦越羅成舞袖只辛勤寒女無人道真共爾枉工朽巧

前調　競渡

節過天中午醉蒲觴控江門外漸聞金鼓十里蓉湖明似鏡隊〻西橈爭舞綵船迅縱横如組樹羽揚旌誇麗艷錦標輕奪取歡聲沸三閭吊千秋意　一年勝事無多數只今朝歌喉扇影傾城士女况是湖山清且美綠浪紅亭如許對佳景還須佳士若使樊川乘逸興捲珠簾未必無殊遇人散也盈〻水

前調　榆錢

怪底清陰亂肖枝頭串〻小莢連〻成呂一夜斜風吹驟雨撒遍閒堦深院惹多少貧兒目眩聞説青蚨如粉蝶在當時真假非難變偏似爾將人賺　山間花裡多飛散算將來買山非貴買花非賤莫道假名空贈爾飽得雛鶯乳燕何必問郭輪深淺不見鑄山吴共鄧到頭時一樣泥中爛名與相總成幻

前調　梅雨

梅子黃時雨浚朝昏淙〻簷溜涑〻陰霧草長庭階花事盡只有紅榴欲吐看處〻泉流柱礎碧檻朱闌難徙倚更書函藥裹紛〻蠹添活火薰籠裡　齋頭幽事還重數拂朱絃條〻嘽緩宫商難譜差喜玉罏煙篆慢留得多時香氣又試把霜毫拈取潤澤陶泓沾露濕楮先生更愜陳玄意燈光直卜朝霽

前調　蕉扇

何必齊紈製肖團圞飄然一葉輕盈如許百摺天然排比好還綴筠絲金縷揺曳處湘簾無暑客座青蠅都却避任清談不用煩揮麈代手板看山拄　宛如明月來懷裡想南天童〻如蓋慣聽蹠雨傺倚玉闌閒調弄戲撲韓憑栩〻正無事關心捐棄便到秋風蕭瑟也向松窻好助茶煙起枉費了班姬句

前調　蒴虎

是物奚堪近忽然間上他雲髻窺他蟬鬢原是并刀鏤玉繭伏得秋波如鏡便一樣磨牙澤吻九子青蒲何足啖更五絲綵索纏難定榆錢小百軀並　團〻雲氣盤松頂便教他離婁拭目也須詳認可是辟兵和禳疫將爾剖符為信只辛苦春蠶力盡不道雕鐫成劣相歎

繭絲為政多傷猛過端午蠶中屏

前調 竹夫人

艷絕箕當罷便同儕湘簾蘄簟也難相比明月薰風清暑殿署滑頭銜堪喜消受盡晚凉滋味玉質氷肌成莫逆記前身曾觧江臯珮剩點點湘妃淚　鮫綃翠帳空如水枕函邊濃香茉莉清芬蘭茝秀質玲瓏薰染透輾轉宵隨人意少留得山林骨氣若更温柔圓媚了恐同他舵國迷天子甘無分鴛鴦被

前調 新篁

池閣黃梅雨看森森綠筠觧籜粉香鮮膩練節中間抽碧玉翠葉分來猶攤漸長玉拂煙龍霧宛似柎翎棲彩鳳勢昂霄不受纖塵翳琅玕色淨如洗　月明靜夜空庭宇容陰中幾枝獨瘦苗條傑舞一幅鵝溪揮潑墨誰撫箕當舊譜聽林下歌聲淒楚嫩質不禁頻拗拍被玉釵敲得痕兒細縈枝折釣絲繫

前調 苣棚

摘過葡萄了看籬邊苣苗登架細藤裊裊不稱華堂和繡閣只傍茅簷低小儘遮得夕陽西照翠葉玲瓏交四面喜層層布滿椒枰道高柳下襯來好　農工乍歇香粳飽浴清溪棚陰一榻凉風徐到較量雨晴探節候贏得團圞歡笑更花發枝頭皎皎纓絡周遭香馥郁似碧紗窗底明璫遶爺家樂

前調 白蓮花

明月瀟湘沚對亭亭水晶簾捲晚凉無暑皎皎明璫和玉珮莫是凌波仙子又何必尊前解語一片冷香清沁骨淨塵心同坐瑶臺裡聽鼓瑟人何處　翠翠雲如蓋相依倚正花叢歌聲隱隱採蓮人至縞袂霓裳環皓腕也把紅妝都洗喜牽攬偏逢並蔕欲折還休情脉脉好留他長覆鴛鴦睡江妃伴素娥侶

前調 梅子

底事含酸楚夏初臨翠陰低處清圓堪數骨相由來無俗韻羞並甜桃甘李休更說和羹故事最是日長人倦後午窗前愛煞閒風味禁陣陣黃時雨　玉香飄過枝頭繫歷三春離離如豆遍看紅紫雖伴含桃無艷色免得鶯兒銜去還只被筠籠摘取幾日賣花聲歇了又深閨撳得沾氷齒應暗卜充閒喜

前調 櫻桃

薦寢由來重小庭前綠陰低處火珠光動萬顆勻圓清露滴惹得鶯雛含弄是誰把筠籃相送也識文園常病渴當朝餐味與天漿共歌樂府名鶯衆　唐宮漢苑多佳種到嘗新琉璃碗貯赤瑛盤供豈但大官時進御偏是侍臣邀寵今古事一般如夢憶昨賜沾門下省少陵詩句起攀髯痛還留得青絲籠

前調 鰣魚

梅雨江初漲望金焦聯翩舴艋輕帆快槳月映澄潭嘗網集潑剌鰣魚大上便侵曉江灘齊傍估客喧闐爭到市看修鱗堆積銀山様先擇取邀官賞　忙忙自擔開氷廠小漁舠宵征數驛腥風飄漾豈少豪家需下著不惜多償白鏹早整頓晶鹽玉釀繪得香羹供一飯趁鮮明便入花瓷盎無幾日京師餉

前調 螢火

熠〻微光冷記隋家成團打塊傳來宮禁寂寞雷塘空腐草那得玉華風景最好是碧梧金井虛幌雕闌閒徙倚偶隨風誤點雲鬟靚難替得晚粧鏡 一鈎新月天將瞑水波明飄然飛度雙〻交映隄柳陰深人靜後色亂荒郊青燐阿誰把輕羅扇等雲母裁成燈小〻綴流蘇時照鴛鴦並河伴艸前塵影

三秋景物詞

十六字令 月

圓睇得人門不耐眠長消受碧海共青天

搗練子 天河

光渺〻影澄〻偏到秋來分外明隔得雙星經歲別闕人何事費閒吟

漁家傲 蓼花

月白露涼沙岸靜垂〻珠絡風前冷蓑笠釣絲閒管領江波定游魚時唼波中影 曲港小橋花轉盛白蘋青荇交相映閒倚蓬窗傾綠醞三秋盡楓林顏色同霜信

江城子 蘆花

蕭〻如雪滿江秋月光浮水光流一色空濛何處覓汀洲花底漁燈明又滅驚宿雁起眠鷗 煙籠霧洗白君頭片雲留片帆收閒盡風濤開落不關愁無分園林供勝賞憔悴容訂同儔

西堂春 秋海棠

翠雲鋪砌襯紅粧秋容卻借春光檀心一點暈嬌黃也恨無香 幽艷怕迎西日輕明宜照南窗露寒不惹蝶蜂忙伴得淒涼

清平樂 稻花

今年秋早粳稻生香了點〻露珠勻又小巧上花心葉杪 豈無籬菊池蓮也堪點綴豐年爭似此花如海雲濤萬頃連天

臨江仙 木芙蓉

惆悵金風凋百草紅粧池面荒涼幸留餘澤散芳塘嘉名非浪明艷正相當 細織冰絲縈霧縠柔姿偏傲清霜遮頭衰柳半青黃一灣秋水畔照影立斜陽

黃金縷 菊

抱甕東籬勞溉灌粲〻黃花得遂衰翁願淺白深紅爭點染幽人冒雨還尋看 玉蕊香清尊常滿一酌身輕凡骨由他換高士相憐心獨遠春陵定得千秋眷

小重山 桂

秋氣平分玉露涼小山深綠裡暗飄香曉來雲影弄晴光暄風拂芭褪滿丹黃 金粟冠群芳一枝和片玉好評量珠宮散落在何方憑妝取辛苦笑吳剛

點絳唇 雞冠

百摺千絲朱明孕出星精昴昂然來了似待王孫到 絳幘峩〻曾報宮門曉空相肖天工偏巧點染秋容好

河傳 藕

如雪沾泥偏潔玉臂香融阿誰搜得慧玲瓏圓通透清風 冰絲萬縷如蠶吐鮫人舞巧織生綃素入牙甘脆沁心涼瓊漿藍橋舊日嘗

卜算子 蓮子

玉露洗紅粧錦幙重〻護并蒂聯縣是去塵剩得心兒苦　多少落江潭細顆知誰數但願登枰供法雲還與香花伍

青玉案 玉茗

名花色相人知重問可是瑤池種玉盞擎來氷雪供日南奇麗阿環驕寵難與芳姿共　何年移植從韋青少小看來還一拱莫倩詞人歌白鳳臨川才子為他吟弄惹出多般夢

浣溪沙 菱

莫笑生涯水上浮根株不逐逝波流明湖風月起清謳　花萼放來圓似鏡鋒稜斜出曲如鉤一腔氷雪散煩憂

行香子 佛手柑

南海名柑西竺因緣論丰標不似人間兜羅好相金色依然羨雨花香拈花樣散花天　一霎輕彈洞闢重玄示阿難光放祇園神通變現接引塵環便樹頭垂齋頭供擔頭肩

一斛珠 芡

紫苞初破勻圓磊落銀盤墮玉纖剖出明珠顆藥籠收來又與參苓伍　什襲層〻還挹露筠籃藏貯經年可南天苡薏難同步載得盈車不受青蠅涴

南柯子 蟬

吸露如多恨因風若寄情高枝頻發短長吟恰是茶煙禪榻夢初醒　斜日林間透新凉雨後生此時節拍最淒清忽曳殘聲何處再知音

一落索 絡緯

何事蕭〻索〻夜涼偏作征衣欲待上流黄素手休擔閣　霧鬢也如蟬薄幾曾梳掠千迴萬轉似柔腸怕牽得絲兒錯

更漏子 促織

綠莎長凉露濕中有哀音清切砧石畔鬢雲邊頻催幽夢還　乍悠揚旋按抑好是伴人孤寂燈欲炧月將西緣伊不下機

昭君怨 雁字

歲〻關河來去難寫兩邊心事艸〻染雲箋欠端妍　矯翮翱翔千仞可是山陰筆陣春蚓與秋蛇不爭差

浪淘沙 蟹

霜氣滿田疇香稻垂頭月明鼇隊上沙洲莫道縱橫堪一飽曲蘖勻留　黄菊映蘆幽白釀新篘持螯樂事集朋遊張翰鱸魚千古話一樣風流

人月圓 月餅

入懷明月虛談耳元似墜空花摶來玉屑裝成寶鏡優孟生涯　香羅層疊還教點綴舞鳳丹霞天香深院人間良夜留客茶瓜

百字令 友人贈菊數本斗室不能容列之簷前為風雨所敗

九秋爽氣盡收來釀出許多顏色懊惱連宵風又雨難免一番狼藉綠葉淒迷柔枝低妥嫩蕊還開拆依〻如訴相看清淚潛滴　少甚廣厦高簷屏山十二保護幽香容一種根苗悲樂異命也如斯難說霽景重開斜陽簷落光彩逾鮮潔新篘堪漉今宵共賞明月

驀山溪 送秋

惜春情性聊借秋光遣昨夜雨和風更然眼楓林都撲寒花幽草一

任被清霜只護得晚香濃好把屏山展對花呼酒　酒將秋餞悔却
賦悲秋到此日別情難剪素娥青女耐冷鬬嬋娟撩閑户過三冬又
迓春光轉

九九消寒詞

菩薩蠻 天竹

陂陀雪裡朱纓纈麻姑戲擲丹砂粒七尺綵朝霞奇珍賽石家　錯
拈紅荳比未解相思意竹屋紙窗明黃梅共膽瓶

踏沙美人 水仙

銀蒜藏春翠鈿含艷冰姿不仗東風面金明玉潤小蓮開伴你青螺
卷石點蒼苔　梅萼同清蘭心並臭晴窗煖閣應消受江皋遺珮少
淹留塵外心情懶上玉搔頭

滴滴金 黃梅

一枝逗漏春消息丹心展黃冠窄芳名若箇品題來是江梅標格
疎影暗香無少別粧差異顏黴怯玉容鴉額洛川神好伴伊孤寂

烏夜啼 寒鴉

空林雪意糢糊點棲烏曾入倪迂枯木小山圖　將儔侶尋瓢圃下
平蕪應念寒巢有母日將晡

如夢令 凍雀

雪裡蒙茸如蝟那有爭枝意氣不得上槍榆守着牎兒聲碎無奈無
奈閒啄苔枝梅蕊

憶秦娥 冰筯

消晴雪簷牙寒透流珠結流珠結玲瓏裝綴水精簾額　推窗戲把
纖纖摘手寒冰滑琅然擲琅然擲墜釵聲脆一般憐惜

竹香子 冬笋

地底陽和潛透喜得此君先受紫泥封固白琅玕洗剝勞纖手　新
泉汲了烹就比蓴羹豈落他後寒菘滋味並甘鮮還共椒花歲酒

摘得鮮 醃菹

雪壓（哇）連延彩翠齊水晶鹽滲了白如葵華莚深夜清泉沃酒酣時

喝火令 煨芋

色紫緣滋露中甘爲飽霜充飢自足代糇粮幸作豐年長物翁媪對
燃糠　堪惜珊珊骨輕教一半當十年窂相好旁皇可也無端可也
久思量可也知幾不早終是遜張良

醉桃源 釀酒

今年秋稻勝常年糟床喜倍添淋淘酒泛五湖船篘時宜二泉　水
性得米珠圓麴沾秋露鮮劉伶好配李青蓮花香脩祀虔 吾鄉前輩釀酒名家
必載米至五里湖淘以長流之水然後釀以惠泉麴必
多受露故味極清冽今山中人失其法而酒品下矣

玉團兒 煮雪

滿庭玉屑搖銀海乍鋪成團來成塊貯滿銅鐺吹將活火手寒寧耐
蟹眼初翻雲鰀鏈淪龍團玉川相待路阻銀塘山泉難汲倩也堪
代

采桑子 添綿

霜風漸緊寒生袖弱骨誰憐手擘吳綿是物溫柔不附炎　故綿怎
比新綿好故也休嫌新故相牽妥貼平匀旋旋添

留春令 暱背

朔風烈〻朝陽煦〻東墻低亞小鳥歡聲集　檐便負日南窗下卯酒三杯纔飲蜡預把春光借半餉朦朧入睡鄉栩〻蝶莊生化

蘇幕遮 圍爐

小樓寒旃幕下皓雪盈窗爐火交光射旁置銅鐺三兩茴煮栗烹茶兒女團圞坐　蠟梅香冰筋墮得句書灰也是閒功課行炙餐梨都計左一室溫然幸免衾安卧

步蟾宮 炙硯

彩毫冰結愁難染可便是江郎才減辟寒還取玉爐溫且炙透紅絲硯　千年水潤冰姿軟慣避却風炎日暵塗鴉何事損良材將書帖吟箋盡卷

青玉案 書聯

新年堂戶更春帖問誰是鍾王筆積案堆床難擺脫松陵箋滑砵砂箋澁可也難塗抹　頻呵毫穎冰珠結還只把紅絲炙好醜世間原强别揮毫市上數錢廊下也是文人業

憶蘿月 掃逕

楓林卷盡落葉堆三徑滿地丹黄襯人影也覺蒼涼忒甚　朝來小雪瑳〻酒史已覆陂陀料理兒童除掃好教酒伴相過

金蕉葉 摘蕉

綠天如昨幾番風這般零落清霜休更相侮早編禾作箔　莫認芳心東縛滿腔春幾曾蕭索待東風有信也翠雲重展拓

減蘭 摘蘭

移來香谷九夏三秋留舊綠吸露餐風簇〻新芽發舊叢　霜華漸猛一寸天〻難耐冷小屋蘆簾茶竈薰爐共一邊

太平時 借春

農事初完暇日多敢婆娑肩擔杵臼自謳〻好生涯　廡下曾高人曾隱跡考槃阿五噫不是相舂歌莫吟哦

歸田樂 打稻

雲屯禾稼豐年慶門外築場如鏡籬落散雞豚甕床箕帚安排定兒童着力時爭勝烏雀歡聲相應飽飯約比隣打到三更月盡

法駕導引 祀竈

香花供香花供司命欲朝天一尺雲車憑寶炬半籠瑪瑙作華筵錫福仗周全 俗以竹燈為車以糖白粉作圓名曰瑪瑙圓臘月廿四日祀竈

少年遊 舞儺

萬般新樣一般古禮逐疫舞鄉人非醉非狂如魑如魅只怕也翻新兒童笑指後門圖西跳躍現前身優孟衣冠播閒行止假面是平生

接賢賓 饋歲

臘盡家〻饋歲忙把蹤戚評量粻餭還配棗栗對牡相將　往來豐儉多相匹比隣舊友情長偏是豪家隨意好由他厚薄炎涼問何人敦古處見親睦風揚

應天長 冬至

一陽初動葭灰應靈臺雲物占嘉慶圖丘靜前韶聽當年曾侍天王聖　陽回寒谷醒一線還添吟咏三十六宮春信子半天根定

探春令 除夕

驚心歲月匆匆又見桃符將换風光四序如雲散不留得絲兒玩

椒盤草草排書案也是良時宴莫人生百歲常思今夕萬事都如願

虹橋老屋遺稿

（清）秦緗業　撰

《虹橋老屋遺稿》九卷，補遺三卷，（清）秦緗業撰。光緒十五年（一八八九）刻本。補遺刻於光緒二十六年（一八九五）。

秦緗業，字應華，號澹如，秦瀛幼子。道光二十六年（一八四六）副貢生，充任史館謄録，兩署鹽運使，後任金華、衢州、嚴州兵備道，再調省城官書局。年七十辭官歸，被推主梁溪文壇，品定邑人鄧濂、華世芳、秦堅、楊模、裘廷梁、秦寶璣、楊楷爲梁溪七子。光緒七年（一八八一）主纂《無錫金匱縣誌》四十卷。秦緗業爲文清真醇雅，一守先父家法。他前半生所作詩文在太平軍陷錫時蕩爲劫灰。今所傳《虹橋老屋遺稿》九卷皆爲官浙江後所後。無錫學前街東首舊有虹橋，秦氏所居在是，因取以名其文集。其文沖夷藻雅，胸次灑然，雖爲官日事薄書，而爲文志趣不易。時謂有道養氣而不失。雖離官場，仍關心國是，於海防外事多有見地。然位卑言微，不入當路之耳。所作詩力追清初大家，文則享譽江南名家之列。全書文四卷，詩五卷，補遺三卷。其子秦光祖早殀，其詩附載。書前有楊昌濬序。

本書據光緒十五年刊本、二十一年補遺本影印。

（徐志鈞）

虹橋老屋遺稿

門下士高保康謹題

保康

光緒己丑孟夏之月開雕

秦淯如先生七十一歲小象

象贊

仁和譚獻

名父之子　喬木世臣　譽流制河　猶有遺民　賢哉大夫　含和履仁　蒸羊委佗　賁而能貧　淮海耆舊　鮎古裒眞　杖屨召遙　曠若亾鄰　臧不盈器　物物自親　體紫儲絜　文如其人

秦君澹如墓誌銘　　瑞安孫衣言譔

純皇帝初元無錫秦文恭公以進士第三人入詞館洊登侍從遂位正卿特被寵任其爲學尤善言禮其意以爲周公分六官之職自朝廷上下至於取民治軍內御方國外接四夷無一不出於禮禮者天下之綱維也因取大宗伯所謂五禮綜貫天下古今之事考其是非離合以深究治亂成敗之所繇詞近而旨遠文博而義約當是時

天子躬神武之資兵威所加自漢唐聲教所不及無不請吏奉約而爲治主於惇大寬厚以涵育天下盡棄租稅以予民至於六舉稽古右文制作大備遂爲

本朝極盛之會而文恭公亦以經術大儒號爲名臣文恭公既沒諸子皆踵科第爲詞臣諫官而從孫瀛以舉人由內閣中書歷官至兵部侍郎亦以文章政事顯於當世與文恭公皆有傳

國史故無錫秦氏世爲聞家侍郎四子予友澹如其季也生九歲而孤而母朱夫人已前卒所生母戴夫人自教之幼有至性居侍郎喪哀毀如成人稍長能自刻苦讀書治古文詞爲經世之學志趣異於常兒既長游京師所交皆賢豪長者是時中朝士大夫猶以文學相尚而壽陽祁文端公爲宰相湘鄉曾文正公爲翰林學士上元梅郎中曾亮仁和邵刑部懿辰長沙孫編修鼎臣桂林朱侍御琦龍侍講啟瑞皆在京師治古文以氣類相師友澹如常以所業游諸公間諸公皆傾下之澹如既好古文其於場屋之作輒不能降抑以徇俗故不爲有司所喜一中道光丙午副榜其後連試輒不利而年垂四十親老無以爲養則橐筆從山東安徽諸學使佐其考校先是以副貢充史館謄錄敘鹽大使乃援例改浙江同知由同知積官至候補道賞戴花翎加鹽運使銜二品頂戴兩署運使一署金衢嚴道自衢代還提調省城書局而上官有不合者於是澹如年七十矣亦倦游遂以疾乞歸歸而貧甚而杭人故思慕澹如乃請其主東城講舍且屬修杭州府志澹如欣然就之行有日矣而疾作竟以光緒九年十月十二日卒於家年七十一澹如在浙久次而爲監司前後才三年然所至務持大體遇事必信其志不苟以徇人其在運司鹽場員多缺少吏因緣爲奸澹如逐其尤黠者一人而手差次其冊籍後遂無賕缺者岱山私販遏官銷請於巡撫遣官收其稅已稅則不問所之岱鹽遂行兩浙在衢州會匪起東陽民洶懼欲逃澹如陰爲之備而一切示靜鎮遂無事殺人而賊逸州縣官輒巧法免澹如請特嚴其令且下其法各屬蓋其爲治知本多類此予始識澹如在道光二十三

四年時皆以應試在京師予年少氣盛喜議論人或驚爲狂澹如僻居城內浮屠不時出間出從諸公往往予亦在稠人廣坐彼此辨爭聲震堂室甚則裭牀大叫以爲樂澹如獨端居嘿嘿若有所思予固以奇澹如其後予幸得第入翰林然卒出爲外吏而澹如亦就官浙江同治丁卯予在杭州書院澹如方權運使亟往視之澹如嘿嘿如故又十年予爲江甯藩司內召爲太僕卿假歸澹如方在衢州以書見賀且速予行其意若深羡予者予既以疾不能造朝又三年而聞澹如已罷去既罷猶爲保甲議策應越南議等數萬言幾爲世采用予於是益悲澹如之志而不謂其遂卒也蓋自大亂既戡東南稍得息肩而海外之交益親

天子方思盡得其要領殊方絕國之使冠蓋相望賈胡逐利機舡巨礟日出益奇以與我市而中國智巧之士亦爭爲公輸墨翟之術出奇角勝其費不可以億計大農告竭則一切趣辦於民於是聚斂之臣心計之說趨時合變以赴功名而儒者顧抱數尺之書談先王之法以求當於世此澹如之所以終不得其志也雖然豺狼虺蜴爪牙搏噬之暴人固不敢攖而卒爲人擒者以有人心之靈在也棄其所以爲靈而與彼爲類則其爪牙搏螫之暴固能勝我

以所無中國聖人之天下惟中國聖人之法可以治之孔子曰上好禮則民易使孟子曰上無禮則下無學而賊民興自衰周戰國之亂迄於今日而其言卒無以易然則禮固不可以已也澹如讀先人之書考興壞之故使其遭遇略如先侍郎時必當有見於世而以一監司困窮終老顧使里巷淺夫操短長以議其後此予所以爲今日天下懼也若夫窮達得喪一毫末之間又豈足爲君子道哉澹如諱緗業字應華其先出於宋龍圖學士觀學士子湛倅常州遂居於常又十世而定居無錫曾祖諱春田祖諱鴻鈞皆

贈榮祿大夫曾祖妣吕黃祖妣徐皆

贈一品夫人娶汪氏亦

封夫人子五光簡浙江候補同知光翰候選縣丞光祖太學生光庭殤光儒浙江候補鹽經歷而光翰光祖亦前卒女一適候選訓導華賡堯孫三人澹如爲古文喜明歸熙甫氏及

本朝桐城方氏姚氏詩則喜陶彭澤韋蘇州其所爲書在官者曰平浙紀略浙江忠義錄重修錫金縣志皆已刊其自爲詩文曰虹橋老屋遺稿未刊而在浙時嘗爲西泠銷寒酬唱二集今盛行於杭州光簡等將以某年月日葬澹

如於某鄉某原而謂予澹如友也以狀來乞銘乃爲銘曰
我之與人不能忍言以直爲傲積爲憤怨澹如落落如囊
斯括而又嗛之謂愿以確事有巨艱慮有大難目不見睫
哆口皤皤勃也厚重黯也匪戇深念獨居鄰歌醉洶彼童
而狂司其短長惟其自信可以弗傷

墓誌銘

序

士君子抱經緯絶特之才陸沈一官卒不獲大伸其志退
而以文章自見其遇可謂厄矣顧吾以爲𨺗巍科躋高位
而無裨當世轉不若官閒散者猶得從容著述以永其傳
未可謂之不幸也吾友秦澹如都轉幼稟小峴侍郎之教
篤志邃學工爲詩古文詞一中副車輒不售及出而游四
方歷仕版以道員需次兩浙宜可展其抱負矣乃權運使
者再權金衢嚴道者一前後僅二年卒以不能趨時合變
引疾歸而君旋卒嗚呼賢才之阨窮乃如是耶猶幸生平
著作存者十之六七喆嗣乙青司馬懼其遂散佚也則廣
爲搜緝編次所爲詩文集若干卷謀壽諸梓以余在浙時
同官最久知最深郵寄遺集而問序於余余惟君擅長沙
江都之學淹貫經術負盛名者四十餘年其爲人重厚簡
默吶吶如不出口及吮毫舐墨滂沛歕薄萬言立就匪必
沾沾律度而自合於古作者之林且其規畫時勢洞若觀
火如海防保甲諸議及策應越南等篇用我所長攻敵所
短持論精確非苟爲立異者惜乎其不見用也他若標善
政闡節烈微言大義尤足以章志貞教豈惟熟習掌故探
討經史爲足徵其浩博已哉其爲詩夷猶澹蕩直入香山
遺山之室蓋其胸次灑落又得湖山清淑之氣故矢口即

成天籟猶憶同治甲子以後冠攘削平當事者以餘力興復湖山名勝君乃徜徉肆志其閒一時賢士大夫與夫騷人墨客者流悉從之游雖釜甑塵生而觴詠之會日必間作易冠蓋而笠屐易騶從而筍輿蓋幾幾乎沂水舞雩之樂而文與詩猶其筌蹏焉耳向使君內而樞要外而節鉞埋神於軍國簿領之中則詩文不暇以爲爲之亦必不工而君乃以閒散得之則夫寸縑尺楮播之當時傳之後世其視生則榮而没則已者所得果孰多耶抑余尤重有感者君之先人小峴侍郎爲杭廵道時與阮文達謝蘇潭諸公提唱騷雅文章政事輝映湖山杭人至今尸祝之君亦相繼官浙能述先人之志而乙青又能裒集遺文以成君之志益見秦氏之代有象賢而流風餘澤之所被正未有艾也乃歡喜贊歎而爲之序湘鄉楊昌濬

虹橋老屋遺稿總目

文一
議　論　書　記　序跋上
文二
序跋下
文三
傳　行述　事畧　神道碑銘　墓誌銘　壙志
哀詞
文四
紀游　題跋　壽序
詩一
古今體詩二十九首
詩二
古今體詩八十七首
詩三
古今體詩一百十四首
詩四
古今體詩七十首
詩五
病榻吟三十四首

目錄終

虹橋老屋遺稿文一

海防議

無錫秦緗業應華

今之謀國者莫不以海防爲首務而亟亟焉購船製礮籌餉練軍蓋欲爲自强之計備一朝之用也顧中外通商以來西洋人居中國已數十年江海馬頭十數處其貿易在是室家亦在是相安既久和約益堅雖小有牴牾恫喝刁難時所不免而彼惟利是圖得利卽止初無決戰之意卽有一二國狡焉思逞往往爲他國所牽制且其一國中亦必主臣官商詢謀僉同並籌有巨餉其師乃出故此數十年中兵端屢啟輒自轉圜從未十分決裂惟東洋人心存

叵測貿易亦少與西洋不同然東洋畏服西洋通商口岸西人資本所在意必自爲保衛不任鴟張現在情形與前明之倭寇實異雖有船礮亦安所用之然則謂海防不必講求乎曰非也今之所欲講求者用我之所長攻彼之所短而不可忘我之所短效彼之所長也彼之所長若何曰鐵甲船也曰後門鎗及開花礮也鐵甲船能拒鎗礮衝風破浪實足縱横於海洋之中當道咸間洋人亦衹有兵火輪商火輪之别耳自中國設有輪船局而鐵甲以興斷非尋常輪船所能抗我既難仿造必購之外洋而價又在百萬以外安能多購我有其一而彼且數倍於我何足以當之況洋情狡獪曷肯以堅艮資敵縱極堅艮而駕駛不靈終恐難操勝算至於鎗礮何嘗不然李伯相初至上海卽設炸彈之局令中國員弁學造洋人火器橅仿既精開放亦能如法賴以恢復名都殲除羣醜然僅與華人決勝未嘗與洋人對敵也洋人製造又層出不窮卽如後開門大礮爲李相設局時所無未聞有能仿造者迨我能仿之而彼之法又變矣前日之器已不如今日之精後日之器又過於今日之利况乎重洋巨浸中無城郭人民土疆彼習如平地而我軍眩於風濤又烏能與之鈎强角勝決一旦之命哉故洋人尚鐵甲船我必思破鐵甲船之法洋人尚後開門鎗礮我必思破後開門鎗礮之法若僅購

之仿之卽足相抵亦難得志竊以爲不可忘我所短而效彼所長者此也夫然而我之所長若何則惟有精練水陸兩軍擊之口內而已洋人長於水戰而不長於陸戰長於火器而不長於兵器我乃反其道以用之歲省數百萬購買船礮之費並省數十萬協濟他省之餉以養一二萬新練之兵固已綽乎有餘浙中海口大小數十處每口設防則備多兵分而力不足千人守一口何能控敵一口須萬人安有此餉若臨時倉皇召募訓練未經有兵無將亦復奚益今擬分練水陸軍各萬餘人兩軍各選一統將又精選部將各數十人其材畧武勇忠義奮發實可折衝禦侮

者然後錄之力整營規痛除尅扣弊習就現兵汰其惰弱而募強奮者補之加意訓練使各成軍或以爲南人柔脆不足用然昔項羽用會稽兵橫行天下戚繼光用金華義烏兵所向無前此其明效大驗也兩軍既練成俾屯適中扼要之地有事馳援各口不必驚駛輪船禦之海上但少設兵勇力守礮臺平時則輕徭薄賦收拾沿海民心使家自爲守人自爲戰洋人畏百姓甚於官兵必不敢深入萬一口外不能攔阻則擊之口內主客既分勞逸懸絕彼之利器亦無所施洋人以船爲命斷無舍水趨陸之理而我陸軍守隘與水師犄角自足防其侵軼

國初時鄭成功竊踞臺灣

聖祖仁皇帝令移沿海之民三十里以避之鄭氏遂爲我困此即不與爭海之效也況洋人以船爲家去國數萬里後無應援而我之兵勇可以調募於臨時果能沿海人心固結驅逐漢奸嚴斷接濟而復廣募漁船海盜以孤其勢彼術立窮斷不能佔我海口其闌入口內者正可聚而殲旃否亦去之惟恐不速何能內犯腹地則所謂用我所長攻彼所短者此也然洋人志在取吾貨賄而非利吾土地況聞我兵精將勇士飽馬騰其不敢復肆恫喝可難也必矣惟中國粵捻之平雖已十有餘載而逋寇散勇教匪鹽梟猶流布於四方難保不乘間竊發今果有此水陸精練一二萬人非但足以威外兼可防內而仍仿照洋人製造各項火器及小輪船以利軍行而助攻勦則所謂禦洋人則不足平內亂則有餘也於是選擇良有司且教且養有勇知方人心大定兵力自強雖億萬年久安長治可也豈特東西洋人不敢生心而已哉

保甲議

粵賊之平且將二十年矣然而伏莽未清亂萌未絕則曰哥老會也齋匪也復有棚民鹽梟以附和之哥老會者如粵賊添弟會之流貫多兩湖江皖人皆廢將散勇昔之軍

營保舉太濫有保至提鎮求爲千把總而不得者事平之後餉虞不繼將勇無所用之不得不以次遣散彼其人不能復就南畝復不能黃馘老死牖下於是別立名目結爲死黨小則劫掠大則潛蓄逆謀齋匪者多閩江浙三省邊界人愚民以爲喫素念佛可以獲福遂有狡者因而煽惑之其黨愈聚愈多勢不能復爲編氓遂思乘間竊發至棚民皆楚皖浙種地之人非極凶悍安能越千百里向遠方墾闢草萊不納賦稅雖主多客少而實則主弱客強日久生事而鹽梟多巢湖無賴販私雖可求生而緝捕亟則必流爲盜賊凡此棚民鹽梟雖不必遽思作亂而要皆以術

句結嘯聚者也本年漢陽清淮以及常州屢有蠢動幸即破滅而根株仍在至嘉興客民受創或圖報復台州王金滿雖已就撫餘黨尚存難保不復萌故智此均可慮者也當事者或云募勇嚴防或云宜行團練不知此輩微露端倪無可蹤跡未定何時何地舉動防兵既日久生懈鄉團亦難以持久愚以爲莫若力行保甲也保甲之法本諸周禮實弭盜安民之要平時皆宜行之而非專爲防亂設也直省地方官未嘗不立保甲名目特有名無實耳今宜通飭各州縣力行王文成十家牌法按戶編甲按村編保責之紳董而不假手吏胥可得出入守望於是奸宄不能混

跡盜賊無所容身無事則其安農畝有事則耰鉏棘矜皆足守禦若此則團練亦隱在其中而不失先王寓兵於農之意已行之數年而匪徒斂跡行之十數年而向之思亂者日漸老死其徒黨日漸解散豈不善與而其要尤在慎簡守令守令得人則上以愛民爲心下亦必有尊君親上之念好善而惡惡人之情也庶幾保甲可以日久奉行不難久安長治其保甲之詳明條目則有于清端張臯文之成法在可仿而行也

論策應越南事宜

越南之臣屬中國也舊矣其地與雲南廣西邊界接壤而海道亦可通乎法蘭西法人闚伺日久一旦加兵以小弱之越當强横之法譬如一髮千鈞勢必不勝其爲國亡君虜與琉球之於日本奚以異哉幸有劉義者爲洪秀泉餘黨洪逆平乃率其所部黑旗隊遁入越南越人納之相安至今憤法人之侵陵也爲之禦敵屢挫其鋒斬一大將法遂不敢深入蓋洋人所恃者船礮利於水戰而不利於陸戰宜其有敗無勝也然法悍未肯遽退越孱豈能久持中國其可如秦越相視而不出一旅以援之乎今勳名彪炳中外仰望者莫如合肥李公宿將勁兵百戰百勝者亦莫如李公所部若果奉

命遠征則兩湖三江閩浙方有齋匪哥老會等伺隙而動恐外國未服中土先已騷然況越江踰嶺道里遼遠師行因之告疲水土又多不習殊非計之所宜或者曰越南吾屬國也法蘭西亦吾與國也可以爲之講解同歸和好不知禽獸行難以理諭決無聽從之理即聽矣而援西洋之例求償兵費少亦須百數十萬越人方狃於戰勝而又國貧力有未逮我若不得已而代與之與之爲無名槩烈士之心長彼族之氣而徒貽天下後世笑況賄和要盟其可久恃哉然則如之何而後可竊以爲粵督曾公滇督岑公皆知兵大臣威望不在李公下使之各率部衆屯於境上

遥為聲援而別遣一旅赴越以助戰兵力或有未足則益以召募亦免徵調跋涉之勞旬月可以集事於是越人聞之有恃無恐劉軍亦且益奮庶足以震懾法人而不敢效日本滅琉球之故智矣

敕諭劉義敖其既往嘉其義勇授以二三品武職俾知援兵將至力當前敵毋或少懈軍餉如有不足必圖接濟倘法人舍之而來犯我邊境亦宜躡踪追勦與會岑之兵夾而擊之彼進退無路不難聚而殲旃則功莫大焉功成假以提鎮仍令永鎮越南可也或隨時聽候調遣可也雖然和約已渝彼不得志於越南而來犯我各海口以雪其憤

亦事之在意計中者我不必出洋禦之但嚴防口內而預令沿海居民舉行團練自相保衛防務既周人心既定可引入內地合防兵團勇以奮擊彼長技無所施必大受懲刱而去如是而苟悔禍丐和至再至三而後許之和自可久即使反覆不常彼亦無援蓋英美各國志在通商一用兵而海道梗塞商旅不前各國方且仇視之孰為援手是法一獨夫也天下烏有獨夫而可橫行得志者乎則固不足畏也已

上李傅相書

方今俄人有意違天妄思割地恃其獷悍盱睢不賓議戰議和迄無善策惟聞其國內亂遠畧或有未遑而兵艘已四出者無非假恫嚇之虛聲為脅和之詭計倘仍得玉帛相見不以兵戎亦所厚幸但恐索幣過多則中國疲敝之餘殊無以應和局之所以未能遽定者此也竊謂即出於戰平原曠野船礮均無所施況口外雄師勁旅霧合雲屯勝券我操何畏於彼勢必用其所長乘虛入寇蹂躪各海疆然彼族久懾我公威名百戰宿將既半在麾下而節節設備又非一朝必不敢闖伺津沽自貽伊戚所可慮者閩廣江浙數省平日布置恐未周密防不勝防而浙其尤焉者也蓋温台甯紹

杭嘉六郡皆沿海之區一處疏虞處處震動上年金華鄉愚謀為不軌並非因官貪政苛而起人心思亂即此可知僞印逆書畔跡昭著乃渠魁斯得釋而不誅在事諸人幾將得罪金衢嚴一帶山深箐密伏莽豈無餘孽死灰難免復然固已心竊憂之至今年勘辦究熟田畝有司迎合上意務在取盈幾同加賦是以杭嘉湖三府疊有滋事之案以致大失民心萬一海上有事加以散勇鹽梟勾結乘間而起豈曰無人外患內憂一時俱集其何以堪以古今大義而論斷斷不可出於和以東南大勢而論又斷斷不可出於戰細業在浙言浙杞人之憂宜有獨切者已細業半

生瓠落上歲承乏三衢於吏治民風亦思有所整頓旣而知監司權輕每建一議出一令人輒弁髦視之毫無裨補於是心爲之灰無復用世之志矣瓜代旋杭淸貧如故爲國爲民爲身三者均失幸賦閒未久春初卽委以書局一差雖得從事簡緗重親典籍而與游亦有鴻儒原不以置散投閒爲意無如日暮途遠衰病侵尋髲學固已徒然棧豆更何所戀亟思引退以盡餘年而五湖三畝之詩正未知何時方遂耳

再上李傅相書

俄國兵船四出相持半載有餘仍不敢來犯者一則震懾

我公威望一則彼國亦有內亂故也前者爲倭乞我臺灣復又欲得關外險要之所割地要盟欺陵太甚人人共憤欲得一戰而甘心亦無足怪近有傳說彼國使臣業已到京欲於八條中減去二條且亦深以前使爲非如此說果信則似和局可成矣浙雖近亦添營購礮辦理海防恐仍屬虛應故事戰守均有所不足推之閩廣等省皆然今暫以一和字款之亦天下人民之幸然俄倭二國究與英國不同英人志在通商和似可久俄倭則志在開辟和烏可恃數年之後例需換約乘我師老備弛彼必復生覬覦爲今之計和局果定外應撤防而內則輕徭薄賦固結人心訓士練兵潛修戰具以備一旦之變將來卽使有事陸地以戰爲守海口以守爲戰庶有豸乎考

本朝康熙中俄人寇邊兩次興師討之其主上疏謝罪且請分定邊界自後朝貢不絕此陸地可戰之說也其時北海未通從無俄艇至中國惟日本最爲密邇終明之世爲沿海各郡縣之患昔元世祖以舟師十萬征之遭暴風軍盡沒卒未得志今彼族船堅礮利更勝於前朝此海口可守不可戰之說也狂瞽之言未識有當高明否

上浙撫陳公書

側聞憲臺下車伊始卽欲周知浙省情形利弊廣開言路

凡在寮屬使各盡言深合古聖詢於芻蕘之意誠盛事也緗業年衰善病早思退休何心用世然躬逢憲臺勵精求治虛心下問可謂千載一時苟有一知半解豈甘緘默用敢爲我公畧陳之竊惟方今天下患貧而浙爲尤甚自以理財爲亟理財之術不外鹽漕釐三項緗業性情迂拙不善理財然權運篆者二次管釐局者五年遇事講求則亦粗知一二矣謹案浙鹽與他省異他省胥歸竈戶浙則又有曬戶岱山之鹽餘姚之鹽悉由沿海居民用板曬晾不費工本每年岱山可出三十餘萬引餘姚可出十數萬引鹽旣潔白無灰土攙雜民間尤喜食之浙西六府一州私

販充斥場竈幾爲之廢蘇省初時定額歲銷三十萬引兵燹之後止限六萬餘引而不足前緝業在署任時曾請招商收買岱鹽化私爲官準其搭銷後又及餘鹽上年前撫憲復令商人具三十萬資本前往餘岱收鹽本既未必足數收之不盡銷之亦不盡仍未見有成效衆人集議不外減價敵私設巡緝私兩法夫餘岱出鹽處每觔不過二三文私販售之內地亦不過八九文而官鹽每觔在三十文左右官鹽則須完課納耗即使可減其價總須二十餘文與私鹽相懸太甚民間誰肯舍賤而食貴此減價之不能敵私也至緝捕私鹽有海巡有內巡可謂周密矣然洋面

甚廣海口甚多又有太湖以爲之藪固已捕不勝捕防不勝防況用數百號之船數千名之勇經費不貲恐難持久此設巡之不足緝私也計惟效唐劉晏之法就地完課不限以地聽其所之在今或仍行票鹽過卡抽釐庶幾私鹽皆作官鹽私販皆成商販然改易
國家二百年來定制請
旨未必準行或者官籌銀數十萬兩悉往收鹽棄其半銷其半以每觔十餘文專銷浙西各路庶幾可復舊額然官旣無此成本況專銷餘岱鹽置杭嘉松三所場鹽於何地梟販當不下數萬人無私可販勢必驅而爲盜外洋則盜風日熾內地則失業日多豈非致亂之道乎故鹽務無良法有亦非緝業所知也以言乎漕自同治年間辦理減賦百姓咸感
皇仁抗欠之戸殆無幾矣然官之所收者米而南米則須糶米解錢錢又須三千六百文一石夫出米折錢農以爲病收米解錢官安得不病乎向辦荒歉多不盡不實名曰喫荒嘉湖州縣以盈補絀亦非盡入於己前者譚憲不準以熟作荒辦漕必至九分以上此誠利
國而不至病民之善政也而南米未嘗少減是以州縣賠累不堪昔之所號爲優缺者今皆視爲畏途不願莅任緝

業聞州縣中多有視歲凶荒以覬米貴者是如何氣象乎今仍準以熟作荒萬無此辦法而南米則未嘗不可變通年歲有豐歉米價有漲落每石三千六百文恐難畫一若能照市價再加二三成耗解上在將軍首府少有未便於百姓則無關利病而州縣之力紓矣如仍有短徵短解罪之可也至於釐金向所未有咸豐初年四路用兵餉糈無出始創此法行之數年馬騰士飽醜類蕩平
朝廷固深賴之而商民亦無所怨今天下無事十數年矣在浙則有塘工之用海防之用甘餉之用勢不得不取給於此其難遽行裁撤勢亦宜然然省有局府有局各路有

數十百局有大委員有小委員有司事巡丁糜費固已不少況所用不得其人則官吏侵漁事歸中飽而商賈非裹足不前卽繞越趨避釐款亦日見短少是病民而國亦無利焉紬業前督理省局時會通商藩司重立章程分別成數以定去留功過雖未必盡當而人知趨事赴功卽收多解少以多報少之弊亦差尠矣前譚憲一再行令芟減局用不知湖屬局用本寬嘉屬局用本緊他處亦非一律似難通減游民之求當司事者日多每局本有定額今人幾加倍僅得數千文一月衣食不足安知廉恥恐洋餘愈增而大頭小尾之弊不可勝言計惟有重循舊案於

勸懲防弊之道或可補救於百一而其要專在擇人而用之用一賢員其所用司巡亦必得當凡請託之人不可用逢迎之人尤不可用蓋請託者或猶賢不肖雜出其間若逢迎者恐有不肖無賢者矣與其得精明强幹之人不如得悃愊無華之人外似精明內實巧詐者有之是有才亦不足盡恃須知釐捐者

朝廷不得已之所爲委員果能深體此意奉公恤商兩者兼盡則弊除而利亦興矣紬業去志已決其仍以芻言上達者竊以爲不用其言而用其人猶之不用也用其言而不用其人猶之用也至言之能否有當高深亦不敢自信伏祈裁擇無任悚惶

再浙省自杭湖所屬以及金衢嚴溫處台而止千餘里間散勇棚民亡命雜處山深箐密最易藏奸無不思乘機竊發其偶一蠢動而卽散者以大半未經戰陣而我則百戰百勝之將弁兵勇猶有存者聲威所向匪類爲之震慴恐數年之後勝兵漸老宿將尠在彼必生心是亦不可不慮者也前紬業在金衢嚴任時有湯溪匪徒作亂居然有僞號僞印僞旗幸地方官先發制人擒斬數匪餘多星散爲首之人亦旣就獲解省而前撫憲疑其多事已將首要各犯盡行釋放此其人尚在能復爲

良民老死牖下乎至本年春間杭之餘杭臨安湖之武康安吉小有嘯聚擄掠之事一擊而不知去向地方畧安及夏秋間台匪又劫獄戕官鴟張更甚自戚守到後屢加懲創始行斂跡而匪首金滿竝未弋獲亦不知其伏莽何處聞其素行小惠深得衆心恐未易殲除也爲今之計惟有隨時練兵不忘戒備其要尤在地方官得人府縣能實心愛民民知愛戴不至爲匪徒煽惑則百年無患可也至日本俄羅斯目前雖已就撫將來換約誅求無厭必至敗盟恐難羈縻日久俄夷遠隔數萬里而日本逼近日夕可通不得不預爲之計按外洋所恃

者船礮彼之製造機器窮工極巧月異而歲不同我亦以船礮敵之若購自洋人則彼之吐餘也自行仿造則彼之皮毛也其不敵明矣禦之於海洋不若禦之於海口禦之於內河我能講求吏治固結民心以兵勇防口岸以團練防內地所謂可使制梃以撻秦楚之堅甲利兵即有敵國外患亦何足慮乎

答蔡葆良書

葆良茂才足下僕少而出游鄉里才俊罕識其面然未嘗不聞而慕之前見足下所爲文以爲得望溪方氏之傳國有顏子而不知良用爲愧方擬旋里奉訪乃辱足下先之以書推許過當爲之面發赤者累日然僕之從事於斯不可謂不久既承下問殷殷苟寸有所知何敢不爲足下告夫文無所謂古今也自六代波靡昌黎韓氏起而振之始有古文之目子厚習之差可驂靳孫樵杜牧已弗能及宋初亦染晚唐餘習惟穆伯長始知宗昌黎而歐陽永叔集其大成然歐氏專尚風神語涉平易學者相沿至今退之嫡乳竟不復見其時若曾之樸茂王之峭折似反出歐上而眉山父子頗有策士氣固陋乎後矣元有虞伯生明有歸熙甫皆足弁冕一代熙甫沈浸於龍門善道家人瑣屑事尤爲獨絕至

國初甯都三魏之學蘇長洲汪琬之學歐皆未滿人意及桐城方氏出通漢宋儒之驛擷歐曾氏之精始卓然爲本朝一大家其後劉才父繼之姚姬傳又繼之皆桐城人也世遂以古文歸桐城而數十年來間有空疏不學之輩自託於桐城一派故羣相詬病不知惟淵博若胡天游汪容甫龔定庵或能別樹一幟昔袁簡齋有一代宗工才力薄望溪文字阮亭詩之句簡齋詩文不足望王方肩背所謂蚍蜉撼樹徒見其不自量已姬傳爲先侍郎執友僕未及見其門有梅伯言方植之管异之姚春木諸君方管皆未識得交其弟若子春木僅一通問而道光中年數客京師伯言固常相過從而在師友間者也望溪姬傳之文本於經伯言獨本於子其精到處頗能闖昌黎門徑先見拙文一二過加獎借後錄呈二十餘篇則少可而多否復質諸邵位西雖少寬假而於語多現成意涉凡近者所甚不取則一也當時僕方應舉後則奔走衣食遭逢喪亂此事廢棄日久而舊稿亦無復存矣梅邵既前沒繼之者蓋寡吾鄉若張端甫侯子勤皆伯言弟子死已二三十年又新喪季懷姚臣諸子固無所成就而吾道益孤今幸得足下其欣喜企慕爲何如哉昔人有言使昌黎不受諛墓金但爲原道平淮西碑等篇其文當更高千古而震川集中壽

文多至數十百首尤爲識者所譏蓋文以載道而始尊若有意爲文及以文人自命皆不足觀而文之不工者勿論矣來書言文章之輕重亦視乎所以爲之者而世或以文爲藝斯妄耳云云是已得爲文之旨又何待乎僕言況僕近日所爲大半率率應酬之作又無若伯言位西諸君子可就正方欲盡芟之未敢問世又何以益足下哉

杭州重建育嬰堂記

育嬰堂之設幾徧天下兵亂後存者十無一二其廢而復興者蓋亦尠矣考杭之育嬰堂其名再易其地亦屢遷堂之初建也在宋紹興十三年曰慈幼局後不知何時易今名紹興之局不詳何地理宗朝移於樓店務對河明神宗朝移於戒子橋我

朝康熙中一建於吳山之麓再建於武林驛乾隆年間又改爲杭捕同知官廨而移堂於南關芝松坊地名梅花碑與官廨鄰故令同知司其事焉七百年中且六遷其地然大都以屋舍狹小不足以容多嬰爲之改建未有若庚申辛酉之亂付之一炬而蕩爲泯焉者也同治四年春省城既克復前布政使蔣公過而傷之令鄒訓導在寅綍以周垣用存基址是年秋遂構堂三楹而列號舍於旁規模粗具季冬訖工凡費錢四千緡其明年六月緗業攝運司事

始令陸訓導梅開堂收嬰乳養並增設庖湢囷倉費錢五百緡又明年春巡撫馬公臨堂以號舍湫隘命廣之爲屋四十有八乃倍於舊自秋徂冬其工始竣又費錢二千四百緡董斯役者知縣吳鈴郡人丁丙也嗟乎我

國家休養孳息二百餘載戶口日繁故舊有號舍二百間猶以嬰多莫容爲慮自遭兵亂流亡載道十室九空育嬰之舉宜若可緩豈知兵燹餘生人人破其家失其業於是有子女不能養食而鬻於人棄於途更甚於曩時若非有人收養而撫字之其何以體天地好生之心稱

朝廷保赤之意哉雖然今有屋四十八間僅容嬰二百口堂後隙地尚多推廣增建固不能無望於後賢者已昔嘉慶初先侍郎監司浙西嘗記斯堂業承乏鹽官又躬親其事故丁君丙言於業業讀先侍郎記文深以此事責諸郡丞爲非今不屬有司而屬郡人庶不致傳舍視之且丁君爲郡人之尤賢者吾知是堂必能擴充而悠久無疑也

重建數峯閣碑記 代

西湖之有數峯閣舊矣蓋經始於崇宏之際陳權部調元建以祀天崇兩朝抗璫殉國者也閣以數峯名則取錢起詩結語以志懷忠不見之意既而南都覆杭州亦亂閣就傾頹而祀事廢矣順治中有守杭者復加修葺並祀先朝

理學名賢未幾再廢康熙二十七年宛平金公鋐來撫浙過此而盡然傷之命工新之奉祀如故惟理學諸公移祀於別室自爲文以記其事乃日月易邁興廢靡常閣不知何時又圮聞道咸間人即不識有所謂數峯閣者況載經兵燹後乎光緒三年春杭人於六一泉右新建蔣果敏公祠考其地即爲閣址因於祠後山上並建閣三楹重奉倪文正施忠介周文端凌忠清吳忠節陳恭愍六君子栗主蓋本之西湖志及吳梅村一詩也然考漳浦黃忠端吳山七忠祠碑記六君子外尚有御史俞公志虞今吳山之祠不存閣中應補祀俞公以足七忠之數即

欽定勝國殉節錄所載又有楊元李正光陳三益姚成李毓新汪登瑞陳鵾陸士鋐鄒欽堯共九人或赴難被戕或聞變自盡雖其時其地不同而爲死於閹禍則一也亦應附祀於旁庶泯闕遺之憾至與璫禍者浙中止有二人一爲嘉善魏忠節一爲餘姚黃忠端其死事尤慘尤烈允宜補祀俾還舊觀按金中丞碑記今尚完好記中雖未羅列諸公姓氏亦未著六忠七忠名目而抗璫殉國並舉顯有明文意榷部建閣時止有六忠而魏黃二忠決非後入其順康兩朝一再興復祀數有無推廣不可知但理學諸公前則合祀後則分祀而已今者東南戡定歷有年所烽燧不驚湖山無恙浮屠老子之宮靡不一新而是閣爲忠魂之所憑依聽其湮沒於荆榛瓦礫中可乎都人士慨然興懷忠之思而不僅爲游觀之所遂共成斯舉規制猶昔祀事聿隆不可謂非一時盛事矣其理學諸公本屬後增漸失初意且今詁經精舍已有先覺一祠毋庸重出此外死事君子野史紀錄殆不乏人而爲

欽定之書所遺者則姑從略焉閣建於上年而盤定神位則自今始於是司其事者來告并以碑文見屬某忝撫是邦方以未能如金中丞表彰忠節爲愧而諸君子則當與淑閣時之吳岱觀嚴灝亭媲美無疑也雖然閣之屢廢屢興不一其次苟非祭祀有田歲修有費烏能經久此固守土者之責而亦賢士大夫所當深念者爾

葵向亭記

亭在今管米山崇義祠中考宋時漾沙坑有諸司諸軍糧料院見咸淳臨安志而翟氏湖山便覽謂管米之稱疑即因此者是也樓攻媿集有糧料院葵向亭詩云結屋蒼崖畫不譁崚嶒亂石繞檐牙濤江渺莽三千頃煙瓦參差十萬家雉堞環山餘莫雪龍樓聳闕煥朝霞登臨可是望都省但有葵心向日華此亭之所自始宋社既屋院亦蕪廢而亭更不可問矣元胡拱衡嘗於山麓搆友恭堂而

國初張隱庵志聰則築侶山堂於其上有巖池花閣諸景則其地之爲名勝古今一也咸豐庚申陸𪊲青司馬慨粵逆之亂憫國殤之衆捨其地爲祠名曰崇義後丁竹舟主政㒶資落其成以合祀庚辛兩次殉難者且於祠中結一小亭爲與祭者憩息游覽之所仍以葵向顏之時余方督兩浙採訪忠義局事因請爲記余惟諸君子取義成仁丹心耿耿誠有如葵之向日者則斯名亭之義已徵之六百載以前豈偶然哉雖今之崇義祠未知即糧料院故址否然官舍廢興有時而忠義之氣則不可磨滅吾知是亭亦因之而千古矣故爲牽連書之并以誌陸丁兩君之高義云

禹貢古今注通釋序

說禹貢者古無專書宋毛晃始作禹貢指南程大昌有禹貢論傅寅有禹貢集解其書皆散佚不傳僅錯見永樂大典中自宋以後禹貢注釋不下數十家得失互見當以胡渭禹貢錐指爲最善然若九江專主洞庭已爲徐文靖所駁注書之難類若是與吾同年友侯子勤幼即好胡氏書繼乃求諸古注得馬鄭王三家說復參以歷代地志輿圖及近世乾隆府廳州縣志水道提綱等書纂成禹貢注六卷名曰古今注通釋凡方州分合山水原委今昔同異之故皆能爲之討索辨難折衷以定一是而於水利河防尤三致意焉夫古之治河者順其勢而導之不聞逆其性而制之也今河日南徙盡失禹時故道治之者隄防束縛阨其北流時有漫決之患而不知變計者非以
國家歲漕東南粟勢不得不假黃以濟運耶而所以盡力漕渠不惜數石致一石者則又由乎西北不開水利而必仰食東南故也書中嘗言冀州白壤地本宜稻自溝洫廢人功不修冀州遂爲廢土耳嗚呼棄數千里之地而不耕是誰之過乎昔徐貞明著潞水客談有十四利之說而行之永平輒墾水田三萬九千有奇

憲廟時曾修畿內水利亦得田七千餘頃其成效可睹也
今上初政廷臣有條上畿輔水利營田事宜者既格不得行其明年河決豐沛運道梗塞遂議改海運於是乎河漕並困矣讀是書爲之慨息且惜子勤有經世之志而跧伏里閈徒使人目爲經生家言而忽之也子勤喜治古文純樸得之方望溪氏然心力尤注於禹貢一書殆欲與胡渭相表裏而精密有加焉所謂繼事者易有功者耶吾鄉先輩若王鑑華玉湏於禹貢俱有撰述而不甚著稱是書出吾知前賢當畏後生已

浙江忠義錄序 代

賊起廣西十數載而始滅蹂躪徧乎東南人之化而爲沙蟲猿鶴者不可勝數而浙之被禍爲尤烈庚申辛酉杭城再陷自羅壯節王壯愍以下文武官吏殉難者百數十人而士民婦女以億萬計至於趙忠節之守湖州包立身之守包村以彈丸之地當方張之賊經年累月力竭乃亡數萬人悉遭屠戮無一降者嗚呼奇矣他省未聞有是也於是浙幾盡爲賊有所未破者温衢二州耳迨湘陰左撫軍督師來浙以次戡定諸郡縣卒復省垣厥功偉焉然楚湘各軍中之血戰而死者豈少哉蓋我

朝二百年來百姓之涵濡於德澤者深漸摩於教化者久

人人知有殺身成仁見危授命之義上而疆臣閫帥下而一命之吏一介之夫以及婦女童孺罔不激於義憤雖斷首剖心九死而靡悔固不止浙省爲然而天地忠義之氣一若獨鍾於浙者則又何也先是省城設有采訪忠義局新貽撫浙以來爲之上聞而請卹者已十有餘次不下十萬餘人

朝廷褒忠之典有加無已死者固可無憾顧姓氏雖得表揚事跡尚多茫昧使後之人無以感發而興起此亦有風化之責者所當用心也於是當事諸人有撰刻忠義錄之請因聘能文之士數人爲纂修畧參史家之體凡有行事可表見者悉次爲傳其他無所考而以死著者則係之表草創於丙寅之秋逾年而傳先告成名之曰浙江忠義錄共得若干卷授之剞劂而請序於余余謂古來忠臣義士若先軫汪踦縣賁父之屬往往散見於簡策而唐宋以上不聞有專書昭忠錄則昉於元人所記爲宋末忠節事實明正德中桑瑾著有節義林正續二編自三代及元搜羅頗富然其書皆不甚傳於世尤可怪者史記兩漢多爲貨殖游俠方術列傳而忠義反無得而稱晉書及北史始有節義傳五代史又分爲死義死事二傳而所傳皆寥寥數十人歐陽氏之所謂死節者則止有王彥章等三人焉豈

作史者其難其慎而故從其畧與抑當時莫爲之傳而後世遂無述與然則是編之作一以備

國史之采擇一以正草野之傳疑信乎爲不可少之書也

無錫金匱縣志序

郡縣之有志猶國之有史以公允爲上文法次之惟歷朝當時實錄往往無傳其傳者皆後代所敕修或出於一人之手去其時遠可無請託之病若以邑人而修邑志非其戚族即其故舊非多瞻徇即多顧忌然隱惡揚善猶不失爲聖賢之用心倘以善爲惡以惡爲善則顛倒是非何以傳信於後此作志之難也吾錫之志昉於有宋其書佚之

已久而元王仁輔志四卷則往時藏書家多有之其後明凡三修我
朝康熙乾隆兩志均修於庚午雍正初析無錫地爲金匱縣華徵君希閔別爲金匱志然錫金旣同城山川人物未可分屬故先侍郎重修嘉慶志合無錫金匱而名之允矣道光中未及續修有續志之刻閱今又四十餘年載經兵燹典章文物無不蕩然幸
聖主中興復覩
承平制作志之宜復編纂誠亟亟已會光緒二年大府欲修省志而令各郡縣先爲志書以進於是邑之人謬使緗

業總其事業於先侍郎無能爲役況一官伈絆室鮮藏書見聞孤陋懼弗克勝旣而分纂諸君各撰人物傳文寄示業略加點定而建置沿革山水疆域壇壝祠廟各門舊志間有疏漏者猶待考核而賦役之毀關爲卡去稅爲釐尤前古所未有粵寇之亂城爲賊踞者三歲百戰而後復之不能無所記載未可仍附兵防從孫寶瑊篤志讀書沈潛問學因屬其悉心考證重加編次庶無遺憾其舊圖則訛舛滋甚楊君昌礽曾在江蘇輿圖局足履手量不同沿譌襲故爰取其法復周歷測量繪爲新圖視昔加密矣或者以輕易舊志不守先法爲詬病不知志乘非一家之書補闕正譌實事求是而止不敢僭亦不敢襲焉若夫贍徇子姓顛倒是非諸弊固前志之所無余小子亦差足自信云耳閱五載書成爰授之梓而上之大府其資皆出於兩縣大夫所蠲賦餘因一時未集暫移重建尊經閣費隨後歸款故并識之

重修定海廳志序

定海故春秋甬東地唐曰翁山宋曰昌國元升爲州明復爲縣又改爲所繼而復舊土人則以舟山呼之
本朝康熙間改舊定海縣曰鎮海而以定海名舟山道光間又升縣爲廳始徑達監司不屬甯波府治其地懸居海

外有秀岱蘭劍金塘五山環繞左右洵四明之門戶兩浙之藩籬也初爲盜賊逋逃藪官不甚過問自宋高宗避金航海嘗駐蹕於此遂爲重鎮前明中葉巨盜句結倭人出沒劫掠閭閻病之久而後定及其國亡後餘孽竊踞逋臣稽戮至康熙十餘年始次第削平迨道光辛丑英夷一再入寇陷城兵力未之能及及議款而後來歸於是升爲直隸廳以同知治之以總兵鎮之內增陸營外設城堡故粵逆之亂浙境幾失八九而賊衆渡海闚伺廳城屹然獨存且官軍由此而進恢復浙東各郡以一隅之地爲大海砥柱爲全省樞紐其關繫不綦重與然非我

聖淸累洽重熙
德洋威讋豈能亂而復治失而復得俾居其地者獲衽席
之安享魚鹽之利若此此尤修志之舉不容少緩者也志
昉於有宋紹熙寶慶我
朝則一創於康熙之繆大令燧再續於乾隆之莊大令綸
渭迄今又百餘年矣況當兵後文卷冊籍遺文軼事懼多
放失不全故搜輯尤亟前陽湖史君佳若再蒞是邦以繆
莊二君皆鄉先達願有以繼之乃延請一二名宿重修釐
志事增於舊文簡於前共得十卷會史君去任未及刊行
而漢陽陳君子固承其後恐書中不無舛漏復以示余俾

爲之序余老矣亦病憊未暇詳觀而轉屬黃孝廉以周黃
故家舟山且志之修也曾與聞而未逮竣事旣爲之博考
羣籍凡意有未安者已一一簽出之余因舉以復陳君庶
幾重加參訂盡美盡善而後授之梓人焉

愍孝錄序

光緒六年四月五日會稽王潄六捨身代母死於甯波之
月湖水中同鄉有位於
朝者具牒禮部請
旌部以不合例駁之逾年樓給諫譽普專疏入
告始得
旨旌表建坊於是甯波知府宗君源瀚裒輯諸君所撰碑
傳銘誄詩詞爲一冊名之曰愍孝錄徵序於余其孝子生
平及代母死事狀已詳錄中茲不復贅竊謂聖賢之於親
也生養死葬毀不滅性如是而已而有獨行之士一意孤
行罔恤身命遂有刲股療親禱神減算之事孝子所爲殆
亦其倫孝而近於愚似不合中庸之行然生爲愚孝死必
爲明神神道與聖賢少異而要亦聖賢所不得而非之者
也昔宋時有周雄者以母病往禱於新安歸過衢聞母死
一慟而絶僵立不仆衢人卽奉肉軀以祀之靈異夥著元
時遂得王封祠廟幾徧余於己卯夏權衢道因旱禱於祠

下越日有應王與周皆發於至性事蹟不類殊途同歸月
湖之濱他日當有奉以爲神者無疑也孝子與曹娥同郡
湖與江亦毘連娥雖名噪千古然未嘗不賴邯鄲文右軍
書以傳則愍孝錄之刻又烏容已宗君之用心若是其政
事不從可知耶

浙江海運全案重編序 代

海運起於元至元十九年廢於明永樂十三年我
朝康熙嘉慶中廷臣以河決屢議海運不果行道光六年
江蘇以高堰決運道梗創行海運後一歲輒罷而二十七
年及咸豐初元乃復行之然三次海運惟行之蘇省而浙

省不與焉浙之行海運則自咸豐三年始其前一年兌漕後時船不歸次前撫臣黃宗漢疏請變通辦理如江蘇故事於是招集商艘許其免稅靡不踴躍用命南兌北交胥無愆期得
旨嘉奬既而賊踞鎮揚江路又阻遂無歲不行海運矣復以上海之失改道劉河卽元時劉家港之故道也及五年攻克上海乃復其舊故黃宗漢所刻海運全案有初編續編之別焉自十年後江浙有漕州縣相繼淪陷官旣未由徵收漕運因而中止今
上御極之二年以江浙賦重

詔疆史議減其時杭嘉湖三郡未復戶口流亡冊籍燬失迨同治三年浙西次第戡定前閩浙督臣左宗棠乃條陳四事並於省會設局以清釐之而臣宗棠卽統師入閩臣新貽蒞浙首以此爲亟
奏定杭嘉湖三屬統減三十分之八照原額減漕一十六萬六千七百石有奇而浮收之數又減數十萬浙民遭逢曠典積困爲之一甦秖以田疇荒蕪鴻嗸徧野三年之漕未能啟徵臣新貽復飭屬招徠開墾四年乃得徵運漕白正耗米十九萬四千六百餘石其時江蘇猶行海運臣新貽督同司道豫籌運費請以漕截及行月食米等項作抵而不得復議津貼以病吾民其餘仍遵舊章少加損益五年正月乃分遣屬官馳赴滬津恪慎將事仰荷
聖主如天之福海若效靈魚龍屏跡舳艫銜尾萃於析津三月放洋六月蕆役今六年之運亦如之蓋
天庾正供若有神助者新貽身董斯役已三年矣案牘紛緐恩有散佚則繼此無所稽考爰裒爲八卷而授之梓謂之海運新編初編續編其板已燬因并刻之統命曰浙江海運全案重編夫海運之視河運其利有三曰河運費而海運省也河運勞而海運逸也河運遲而海運速也前人言之詳矣或以爲海運有風濤盜賊徼涇之虞終不如河

運之爲正豈知河運之罷十五六年運道之淤者難以盡疏漕艘之廢者難以再造水手之散者難以復聚流賊未平大河東西不時出沒何可冒險而行則浙之不得不仍海運者勢也昔元時海運有造船募丁之煩今則以商船爲軍船以商運爲官運至爲簡便惟近年商販利用洋船中國之舟幾廢今甯波蜑船上海沙船存者無多東衞等船南來亦少以之運兩省之漕將虞不給且前此僅數十萬石耳今江浙久離兵革年穀順成以後徵收不難如額若米日見其多船日見其少將何以濟而元人造舟募丁之法豈宜復用於今此則所謂變而通之使可以久者又

非斯編之所能盡已

杭嘉湖三府減漕記畧序

江南財賦甲天下而蘇松嘉湖之漕尤重始於宋季之官田極乎明中葉之均官田於民田相沿至於今不少變蓋吾民之困於漕者六七百年矣同治二年江蘇大吏始請減蘇松太浮糧

上俞之並以杭嘉湖之漕不輕於蘇松太令浙撫一律議減會三郡次第收復全浙肅清乃設淸賦局於省垣而檄候補知府戴君潤鄰主其事君嫥心壹志博考通籌而後得其要領於是定議減原額三十分之八爲米二十六萬

六千七百餘石民困爲之大蘇猶沈疴之去其體而出之乎水深火熱之中也豈非數百年來未有之盛事哉雖然漕額減矣而海運之津貼自若也每兌銀須津貼銀四錢至七錢不等此其出諸官乎抑仍取諸民乎漕糧減其三之一而津貼又加其十之三則所謂減者安在乎君乃力排衆議慨然獨請於大府革除津貼而以漕項補之運費仍不至無著可謂規畫盡善其自記有云酌減漕糧我

朝之殊恩裁減津貼實余之創議蓋紀實也其時蘇省亦裁減津貼非浙爲之創不及此顧江蘇州縣未建漕倉概收折色定價四千五百有奇夫米者農民所自有若必糶米易錢而後完漕已不勝其煩擾況値穀賤傷農之歲幾以兩石而完一石民何以堪安得有心人如吾潤鄰者爲民請命而或本或折聽其自便乎此余讀潤鄰文而尤不能無慨於中者也君嘗宰桐鄉守嚴州皆有惠政及民民感之不忘先刻有兩浙宦游記畧其先後政績悉具而減漕顚末實首列焉今別爲一卷名之曰杭嘉湖三府減漕記畧而乞序於余余謂減漕袪累朝之積弊成一代之大政浙江宜有專書

國史宜有記載固非君一家之私言也然始終其事而言之親切著明者宜莫如君他日史臣載筆其必以是編爲

藍本與而君亦因之不朽已

續資治通鑑長編拾補跋

李文簡續通鑑長編今　四庫所輯本有五百二十卷之多然英宗神宗哲宗三朝事頗多放失而徽欽兩朝則盡闕如恐永樂大典外無書可資補輯惟楊仲良紀事本末一書悉錄李氏原文而存十之二三惜此書宋槧無傳

四庫書目亦未載其藏書家互相傳鈔者譌舛滋甚且原佚百十四至百十九卷今又佚五六七卷亦非完書然欲補長編之佚固舍是末由也光緒六年孟春浙撫譚公命書局校刊長編俾得通行於世惟不備不完讀書者不無

遺憾緗業適提調書局因向湖州陸觀察借得鈔本紀事本末請於譚公而屬在局襄校之黃教諭以周王訓導貽壽馮孝廉一梅分輯之閱數月書未成而王訓導病歿於是濮庶常子潼陳教諭謨張明經大昌王明經崇鼎倪茂才鍾祥繼之其間或有未卒業者張明經悉補完之始事於六年九月蕆事於八年五月凡二十月有奇緗業復加勘校名之曰續通鑑長編拾補分爲六十卷授之梓人按李氏意主編年楊氏意主隸事體例不同詳畧亦異況所佚之六卷正是靖康時事不得不參考宋遼金三史東都事畧以及編年備要北盟會編靖康傳信錄靖康要錄等書其續宋編年通鑑雖非李燾眞本亦足供采取焉凡用楊氏原文者單行直書以補李氏之缺其旁采他書者雙行旁書以補楊氏之缺復以紀事本末不書月朔干支爰考之李氏埴十朝綱要錢氏大昕四朝朔閏考分注於逐月之下俾閱者瞭然夫殫竭八九人之心力博稽數十種之史書且閱兩年之久而後克成亦可謂勤苦倍至精嚴不苟矣世有讀李氏書者是書當亦不廢而楊氏書雖未克刊行已悉載於是其亦可無憾也夫

金陀粹編跋

金陀粹編二十八卷續編三十卷宋岳珂倦翁撰蓋爲辨其祖忠武王之寃而作也其時寃已昭雪有復爵予謚之典而朝廷亦漸主戰故珂有慨乎言之見於兩編及編首自序中故後世欲知王顛末者其必以是書爲歸乎特未知當時曾授之梓人否有元去南宋不遠至正間始刋於江浙行省有陳基戴洙二序卽稱舊本闕佚徧求四方得其殘篇斷簡參互考訂復爲成書云云意必是傳鈔之本使原刻尚在不應殘闕如是也明嘉靖中運使唐富又刻於浙則悉仍至正之舊今元刻已無復存我
朝四庫全書所錄亦卽嘉靖本也前平湖縣丞桐城吳廷康官浙數十年性好金石尤留心忠武王事王之祠墓及孝娥井亭皆其所監修前數年已刊行岳廟志畧一書復搜羅粹編續編請於撫藩二公付書局刻之乃剞劂未竣而廷康先歿緗業既慕忠武王祖孫之忠孝惜書之原本放失無從考補而且憫吳君之志不及見是書之成也故附識數言於後

鵝湖華氏支譜序

三代而上諸侯世其國大夫世其家子孫相傳雖閱數十世而不紊不絕後宗法既廢官人者復不以門第爲重遂有勃起田間而茫不知其先代爲何人者亦有子姓衰微降爲皂隸人且忘其爲出於華胄者至五季之亂譜牒散

亡卽世家巨族有莫可得而稽考者故今之所號爲始祖者皆肇於有宋以元明雖屢易姓而南方之被禍未極也自粵寇遘難吾邑陷於賊者三載有奇人亡八九追論譜牒惟鵝湖僻處東鄉偶遺兵燹華氏之族最大竟得保全何其幸與此吾讀其支譜而爲之歎且羨者也無錫華氏皆祖南齊孝子寶而貞固先生生於元季始遷鵝湖貞固之孫有曰山桂府君者其後尤繁衍遂爲鵝湖華氏分支之祖譜卽昉於是焉一輯於乾隆乙巳再修於嘉慶庚申道光咸豐間裔孫文柏湛恩又續之因寇警而中輟迨同治庚午大難既平學烱翼綸復加修輯以終前人未竟之

志而山桂府君後有遷於天津者學烱之從兄學烈得其譜於裔孫楨所雖南北間阻而實爲鵝湖之分支因增入之其書旣成滁初屬余爲序滁初學烈字也余與華氏世爲婚姻滁初叔姪尤習於余余故備知其家世華氏系出子姓宋考父說食采於華始以邑爲氏自考父以至南齊孝子其爲若干世可考也自孝子以至貞固先生其爲若干世可考也自山桂府君以至學烈翼綸等其爲若干世又可考也則與三代世系之傳何異於此見其祖宗流澤之長而子孫世世多賢可知矣卽推廣而爲華氏合族統譜無難況區區一支譜乎滁初以知縣官浙中有聲乃履任桐鄉不及一月卽捐館舍余爲補敘此篇以塞生前諾責而山陽鄰笛之感因之益深云

重修錫山秦氏宗譜序

吾秦氏系出有宋淮海先生其後一遷武進再遷無錫遷錫者爲瑞五府君自宋末以逮今茲子孫蕃衍雖派別支分匙有他徙故海內言氏族者必首推錫山秦氏今高郵之秦猶爲巨族武進亦存秦村別有一支遷於蘇之洞庭者歷數百年聚族於斯皆吾宗也然是譜爲錫山秦氏而作則當以錫爲限以瑞五府君爲始他固不遑及也譜剏自錫山支七世孫端敏公金迨嘉慶己卯先侍郎遂庵府

君予告在里嘗手輯之則已重修者七次矣端敏譜例有云凡我子孫必三十年一修違者以不孝論自己卯至今癸酉且五十有五年於所謂三十年者幾倍之嘗道光季年正値應修之會旣不果修及咸豐同治間粵寇難作縣城淪陷人民蕩析流離吾族亦多散之四方或以身殉誠有不暇及此者會逢

聖主中興三吳戡定始得言旋言歸安我鄉土而兵燹之後譜牒散亡子姓凋零不但年遠遺忘而已於是乎修譜之舉尤爲亟亟而其難且數倍於遂庵府君時矣歲壬戌二十世孫堯曦自河南糧道謝政歸首蠲白金爲倡其他

亦多量力助之復有田捐丁捐之議始集貲若干緡而公舉十　世孫某某等分任采訪編輯校讐諸事閱一年有奇而譜克告成其體例一本端敏及遂庵府君雖闕畧舛錯之憾或所不免而大致備具可俾後之復修是譜者有所考焉惟吾秦氏當前明中葉及

本朝乾嘉間服官中外者一時極有數十人而應春秋二試亦如之榜發必有掇巍科登上第者而出爲名臣爲循吏處爲文學爲醇儒爲孝子悌弟者又歷歷可數吁亦盛矣乃十數年來洊經喪亂死亡顛沛之餘饑寒日迫舍本逐末惟利是趨讀書稽古之輩百無一二其赴童子試者

且不如曩時鄉會之多而名列賢書者已寥寥無幾何其衰也安得子孫之賢而有力者以養以教培植成材庶幾科名復顯於今孝友無忝乃祖乾嘉兩朝之盛何不可再覩乎小子業少孤失學中年奔走衣食僅得一官垂垂欲老菟裘未營旣以需次攸羈不獲躬與纂修上繼先人之志嘗思與復義學以薰陶族子弟並法笠源公續編家乘搜羅先世遺文佚事都爲一集均牽率未遑白首無成於斯益見濡筆以序玆譜其能無恧於中也夫其能無慨於中也夫

重修洞庭秦氏宗譜序

吾錫山之秦與洞庭之秦同祖淮海公淮海以上無考也其由高郵遷武進者爲淮海公孫處度公子曰南翁或言處度通判常州時卽家焉未知孰是宋末瑞五公再遷無錫則已距淮海十一世矣而益之公之遷於蘇之洞庭尙在南宋之初實先於遷錫者百數十年輩行亦長五六世洞庭有東西兩山秦氏始居於西山後亦有遷於東山者並有遷吳江遷上海及遠之青徐湖廣者然武進之秦本於高郵洞庭無錫之秦本於武進而吳江上海以及青徐湖廣之秦又本於洞庭其始固一家也益之公二傳爲元德公成進士尙郡主顯於宋季宋亡其子闓仙公蹈海殉

節嗣後以恥事二姓遂多隱居不仕洞庭風俗往往服賈江漢湖湘間秦氏之適楚蓋以此也其留於兩山者亦善治生號素封惟宦達者卒尠前明時有官御史官縣令而祀名宦者皆非洞庭山人也然詩書絃誦未嘗少廢孝友稱於家庭禮讓名於鄉黨其可入逸民獨行者殆書之不勝書焉而吾錫端五公後類多農家者流又數傳而始以名位顯自前明中葉以迨

本朝乾嘉間緜緜延延甲科相望名臣輩出前而端敏公金後而文恭公蕙田其尤著也然庚申辛酉以來兵火洊經流亡過半其存者大抵困苦顛連救死不暇讀書者日

益少務外者日益多嗚呼衰亦甚矣洞庭雖亦爲寇至之地富者遂貧然士不失志農不失業而孝弟力田敦本睦族猶無異乎數十載以前以覘吾錫之子姓爲何如乎族弟敏樹字散之能詩詞工篆刻卽世居西山者去年秋以新修宗譜徵序於余且言先考侍郎公陳臬湖南時嘗許其從祖畬村公作譜序而不果先人未竟之志責成於小子業亦宜乃日久未有以應會吾錫山譜亦於今年八月重修告竣族人俾余書其緣起於是始并爲之按嘉慶末年先侍郎嘗修宗譜迄今且五十餘年而小子業方羈縻一官未獲躬與編校之役其有愧於先人族人多矣又何

以敘是二譜哉惟是鄙性好游浙西吳下諸山笻屐幾徧而東西洞庭近在咫尺獨未一登曩與族姪誼亭有買山結鄰之約亦竟逡巡未遑而誼亭且旅死津門矣爲之愴然異日者當使散之爲導以探奇林屋攬勝石公展謁益之公宗祠登詠烈之堂申合族之義豈不大快請卽以是序爲左劵焉可

書顧孝女傳後

汪符生語余以顧孝女事乞爲之傳而先有傳之者其文質而不俚是足以不朽孝女矣又奚以余文爲然余有不能已於言者夫女子守貞不字甚至未嫁殉夫亦有不嫁事親親病刲股祈以身代皆世所常有不足異也傳言女避兵鄉居室暗如漆兼以鄰人往來雜遝女乃閉門塞竇獨處其中把卷默坐學問日進如是者三年足不踰戶同村者幾不知室中有人古來忠臣義士幽繫囹圄讀書談道不輟如文文山黃石齋之流意不過是是可謂難矣而余以爲尤足異者女故服素食濟有老婦抱經卷誘之入教女嚴詞斥之不爲少動噫天下婦人罔不信奉釋迦氏在無閨房之樂者厥性彌近固非盡鄉曲之愚也乃孝女獨不然非平素有得於聖賢之道者烏能毅然不惑若此此豈尋常婦女可及哉亦豈凡爲節孝者所可同日語哉

余故表而出之以爲世矜式焉孝女名嗣檄字亞芬又字賦若其父爲金匱諸生顧賡陛余僚壻也

虹橋老屋遺稿文一

虹橋老屋遺稿文二

樂潛堂詩詞全集序　　無錫秦緗業應華

余十餘歲時聞邑中所推爲詩家者必曰趙君趙君於是知有艮甫先生而未識後以詩就正始識之長身鶴立豐頤修髯固一偉丈夫也此在相法宜貴且當時名公鉅卿類多知先生才爭欲羅致門下而先生竟以明經終年五十餘猶低首入舉場亦可悲矣嗟乎世際承平人重科目士不得以他途進懷奇抱璞老死牖下者何限軍興以來泉流雜遝天下之士莫不奮袂抵掌效死戎行參與帷幄或且短衣匹馬從健兒之後殺賊立功以一諸生不數年

而致身青雲比比皆是豈非彼一時此一時哉雖然功名顯於時而文采無可表見卒亦草木同腐惟有著作傳於世者身死而名存焉如先生之亡二十餘年矣而邑中之言詩者猶必曰趙君趙君其他達官貴人未之有述也顧世之人猶不願以身前之富貴易其身後之聲名不亦傎乎先生本吳江人其尊人司鐸吾錫遂家焉少從楊蓉裳先生游與顧蒹塘蘭厓徐廉峰楊伯夔齊名刻有同岑五家詩鈔後又有平艮瓜艮之目平艮謂曹按察楙堅瓜艮謂先生蓋以兩人皆字艮甫而趙曹音又相近也先生詩鏗鏘發金石浩灝吞雲夢有不可一世之概微特顧曹諸君瞠乎其後卽蓉裳先生亦當讓出一頭焉先生嘗自編其詩詞曰樂潛堂二集者六卷葯潛庵賸稿者三卷飛鴻閣琴意者二卷而初集顧未刻令子守純取同岑詩鈔以補之蓋亦成先生志也其版舊藏於家後一遷杭州再遷洙涇上海或遇亂或未遇亂卒得無恙豈非先生之精神才氣有不可磨滅者存而神靈若爲之呵護與守純以版片少有闕佚復加修補而乞言於余余齒少先生三四十歲才亦霄壤況古人一書不兩序今既有孫顧朱章之序矣又奚取余文爲然遭逢喪亂老輩彫零其能知先生生平而曾相唱和者惟余在耳且蓉裳蒹塘諸集悉遭焚燬

蘭厓稿既未刻又無副本而先生之集巋然獨存不可謂非厚幸是則守純使余爲序之意也夫

重刻蠙盧詩鈔序

同治乙丑余需次來浙迄今且四五年與同官盱眙王苐南交尤密登臨山水間有唱和苐南詩輒工因得讀其師傅梧生明經詩數首出入杜蘇卓然成家乃知苐南宗法所在最後出其兄子和先生蠙盧詩鈔示余中多與梧生唱和之作附載梧生詩甚夥其造詣則益進王孟李杜且兼而有之五字品格不落唐以下於是益嘆苐南淵源有自而何盱眙詩人之多也余昔從學使者按試至此則見

龜山之峕粤洪湖之灝渺波譎雲詭變怪百出不可名狀意必有文章之士生乎其間稱其山川之雄麗者讀蝟廬集中有都梁者舊詩十餘章自戚笑門以下類皆無聞於世疑靈秀獨鍾於先生余游盱眙時先生猶在惜未之見然先生之詩往往如幽巖絕谷泉流花放超出塵壒有不盡爲長江大河之觀者夫乃知山水之不足以限人而先生之才固無乎不可也今先生没且二十年詩板久燬芾南將重刻之屬余略加芟次余於先生無能爲役何足以定先生詩其自序云三十以前存者什一以後略可編年然第一二卷最爲警策後實多奉率應酬之作亦有力求

工對失諸纖巧處余妄爲刪去十之一以復芾南並請質諸梧生先生以爲何如至先生性情行事見於陶文毅公及李申耆夏慊廬諸先生之序者詳矣後生小子不及親炙光儀可無庸贅述云

漁浦草堂詩集序

錢塘張君少南博學工詩以名諸生久困場屋後遇亂窮餓抑鬱以死計君在時尚少余數歲然余昔游杭州未及識君而後乃識其子預同治丙寅夏秋間預客余所因獲讀君詩前數卷已失去猶得三四百首其詩自言專學東坡然雄奇瑰麗平淡天眞無所不有意君於八代三唐之源流正變胥能融會貫通非墨守一家言者而其得力則在眉山氏與君研窮經史尤熟悉虎林掌故都有纂述又工爲駢體古文以及詞曲書畫嘗語其子曰余前後讀書二萬三千餘卷而自著書亦得六十餘卷二十餘種嗚呼可謂富矣而君之年僅四十餘耳昔韓退之銘樊紹述稱其著書之多以爲古未嘗有然紹述文多澀體詩有七百餘篇今亦不甚傳於世退之不言其年幾何意必過於少南之歲古來聞人若王仲宣劉義慶石濬川蘇子美黃夢升之屬皆年四十餘與少南略相等顧能詩者或不必能文能文者或不必能詩其他著述又不多見惟義慶有世

說十卷集林二百卷彼爲宗室羣士萃於王門二書安知不出乎陸展鮑照輩之手終非寒畯仰屋著書比然則韓氏所云古未嘗有者其君之謂與其君之謂與君既不得志於時又值亂離年壽不永其遇之窮疑亦非古人所有而有子於兵火迫逐之餘護持其遺稿雖不無闕佚存者尚十之六七則亦可以無憾矣余曩既論次其詩文又得讀其臨安旬制紀及全浙詩話刊誤二書謀爲之刻而未果會余奉諱旋里預改客楊石泉方伯官署方伯見君詩而善之爰授之梓先是方伯嘗刻績谿方君詩今又刻是集愛才表微有古人風然非君之文釆足以動人預之孝

思足以感人又烏能得此於名公哉於是益歎預之賢他日必能盡刊君著作俾傳諸無窮也

藤香館詩鈔序

詩之爲道通於政事蓋得温柔敦厚之旨者其人必慈祥愷悌以之從政有不愛民恤物而爲良二千石者乎然漢之龔黄召杜不聞善詩後若大謝之守永嘉小謝之守宣城文采風流足以稱其山水矣而政績無得而述惟唐之白文公宋之蘇文忠公以詩名一代而皆官於杭皆興西湖水利遺愛至今在民觀於二公而詩與政通之說益信全椒薛君慰農爲白蘇之詩官白蘇之地而卽行白蘇之

政非所謂詩人而循吏者與余初未識慰農咸豐丙辰客浙撫署君方爲嘉興令歲大旱以不善催科去官余固已心知爲循吏矣庚申二月君及朱太守述之江二尹弢叔同校敷文課卷余亦與焉三人者不過日披百餘卷而君則倍之評點甲乙不爽錙黍余乃大歎服始與訂交并得讀其秋闈紀事詩然終以時文家目君尚未知其詩之多且工如是也同治癸亥余從軍滬上君亦繼至軍書之暇間出其詩示余余始知君爲詩人矣及乙丑來浙君已擢杭州守有年政聲藉藉雖其治好以詩書化民而自爲詩蓋寡余亦未讀其全集也既而桂冠去浙越二年復來主崇文講席余適居憂無事遂相與爲詩會半月一集湖上君詩輒先成同人皆三舍避君又自編其集爲四卷卷得詩二百餘首使余訂定而序之君居杭久其詩如西湖山水清而華秀而蒼往往引人入勝趣向固不外白蘇二家而傷時感事之作沈鬱頓挫且駸駸乎入杜陵之室然後知白蘇不足以盡其詩而詩亦不足以盡其生平也方君守杭當大亂後經營草創安輯撫循其事固有難於二公者雖幸際

聖明萬不至如坡老之憂讒畏譏而一旦謝政而歸囊橐蕭然田園蕪穢又何有乎杖履優游之樂似又難自比香山矣然爲詩人爲循吏二公同卽君亦同而論三人之遇

同之中又有不同焉君年始五十度未能終老東山他日復出而大用於世則吾讀其清廟明堂之篇尤樂得而爲之序已

沈蘭卿詩序

同治三年甲子冬余奉檄綜理上海鹽局薛慰農太守告余曰當湖沈子蘭卿詩人也以家貧親老入貲爲小官需次江蘇而貧益甚君庶幾有以振之乎慰農嘗宰嘉興蘭卿方爲諸生出門下故知之深及余抵上海蘭卿來見則恂恂儒者異乎俗吏而亦無名士自矜之習蘭卿殆能詩

而有道者與余因辟之入局掌簿書晨夕與共者七閱月間出所刻紫茜山房詩一卷示余其思淵然以深其氣沛然以蒼蘭卿少作造詣若是乃知慰農之稱許不虛而余自經喪亂心如廢井固已輟詩不爲亦卒未暇與蘭卿論詩也丙寅秋蘭卿復郵其近詩三卷請爲之序而授之梓時余方攝運司事簡牘山積束書不觀久之無以報命既而以憂去官端居無事乃復取蘭卿詩讀之感時傷亂性情既眞語多沈痛殆駸駸乎入杜陵之室於是歎蘭卿之詩日工而相隔數百里雖欲從之論詩不可得矣夫有唐詩人之屈於下僚如常建賈島之倫不知凡幾嘗讀杜甫

贈高適詩云脫身簿尉中始與箠楚辭可見唐時簿尉不免箠楚之辱今雖不至是而奔走上司之門伺顏色承意旨惟恐不得其當而爲之上司者亦竟奴隸視之恬不爲怪其辱殆又甚焉蘭卿浮沈鹽局不覺數載月得十餘金以養其親絕無求榮進意其品甚高而其心亦苦矣吾不知江南諸大吏中有知蘭卿者否若余與慰農則徒賞其詩之工而惜其遇之窮恐終無以爲蘭卿地也

古杼秋館遺稿序

本朝二百年來吾邑少有治古文者先侍郎少卽有志乎此後交桐城姚姬傳先生由方望溪氏歸震川氏上溯歐曾二家遂爲古文正宗詩亦取法王孟韋柳一洗僞豔然生平未嘗授徒其時隨園之風方熾邑人靡然從之卽有一二高才生又以沈博絕麗爲尚無有過而問津者自先人既亡而古文遂絕余小子少孤不及聞過庭訓少長亦知好之然無師承如失燭冥行瞀然莫得其畔岸茫乎莫知所底止也道光已亥庚子間薄游京師識上元梅郎中伯言先生間以所作就正始知古文義法蓋先生故姚氏之晚年高弟也姚氏之門尙有陳侍郎石士管孝廉异之先後逝世而梅先生乃獨得姚氏之傳時若朱侍御伯韓余戶部小坡邵舍人位西陳上舍藝叔曾閣學滌生王戶

部少鶴馮刑部魯川皆好爲古文而必以伯言爲歸毋少踰桐城矩矱吾邑則有張君端甫侯君子勤先後著錄稱弟子二君初亦濡染乾嘉時習及從梅先生游乃盡棄其平日所爲詩若文而別有心得焉余亦與相砥礪毅然以斯文自任吾鄉數十年罕見之絕學一時而得吾三人可不謂盛與顧端甫不及中壽侘傺以死篋中僅存文三篇詩數十首則固其所自擇之至精者余及子勤爲刻之子勤旋舉京兆試余亦附榜末兩人者交益深而子勤名日益起未幾吳楚用兵子勤既屢上春官不第欲從軍淮泗又不果故鄉淪陷家室仳離竟客死於常熟之許浦其遇

之可悲且有甚於端甫者梅先生既先卒伯韓位西同時殉難小坡藝叔諸君亦無一在者惟曾公名位日高勳業日隆卒戡定東南之亂俾吾吳氏復安衽席而子勤已不及見矣余求其遺文累年未得一日者余從子臻以子勤古杼秋館遺稿文一卷詩一卷寄余乞序蓋其從孫蔭庭所藏本而其甥吳景堂以聚珍板爲之印行者也子勤秉梅先生之教文固宗桐城詩亦在義山山谷之間其去乾嘉時習遠矣雖抉擇之精少遜端甫而表章忠義煌煌鉅製亦爲端甫所無者二君固未易軒輊也惟是二君既中道而殂不及底於大成余雖幸後死而舊稿胥付兵火患

難餘生學殖荒落卽偶有撰述大都率率酬應非由中之言方媿二君之弗若況敢幾古作者耶於是益歎吾道之衰而世之譏評桐城者且乘間而起梅氏之傳幾絕於天下又不獨一邑爲然也其能毋讀是集而增今昔之感乎端甫集板片已燬是集僅印二百部終恐流傳未廣且中多訛字他日當重加參訂而與端甫集合刻之是則後死者之責也夫

勤補拙齋文稿小序

古文之有八大家唐得其二宋得其六宋六家中眉山蘇氏居其半而歐曾王三家則皆江西人也廬陵之文以淡宕勝臨川之文以屈曲勝南豐之文以質實勝而眉山父子猶不免策士縱橫習氣以視西江諸公固瞠乎後矣後人又以韓歐並稱則三家中尤當以廬陵爲巨擘焉元明以來江西人文無有能繼三家者明人専精制藝遂有江西五大家之目迨甯都三魏兄弟始以古文名於
國初而叔子之文頗宗眉山衡之歐曾王未能盡合也廬陵王君小霞不由科舉以大吏特薦起家縣令嘗宰武進金壇南滙諸邑有惠政庶幾古所謂安靜之吏悃愊無華日計不足月計有餘者余既久耳循聲而惜未識面一日者君中表錢藹庭廣文出其所爲古文稿示余其中史論

數篇雅與眉山爲近質實處略得之南豐而於六一風神實不相似然君既生於其鄉而又濡染家學他無嗜好爲之不已終當與歐公代興而
本朝之以古文稱桐城者安見不復歸諸西江乎至君考霞九先生文集余未之見未知視歐公奚若聞時方付梓尤樂得而先覩之也

沈秋牧遺詩序

余交山陰沈君秋牧十餘年矣中間或聚或散又經喪亂然歲必相見自丁卯春别君於吳門逾年而聞君將筮仕湖北以書問訊君未之答音耗遂絕其後知君不果行或

傳其已死矣余爲一詩以哭之然未得君赴不知其喪歸否未由往弔也今年四月君孤郵君行狀至則知君已葬於堯峰之麓家亦留蘇未歸其時兒子適在蘇得送君葬而余終以不及憑棺一慟爲恨越數日余北上道出金閶始見君仲子少牧出君遺詩三卷索序於余嗚呼余尚忍敘君之詩哉君幼而熟精文選及浣花玉溪諸集輒效之爲詩顧以孤貧廢舉子業而習法家言依人治縣旣乃從事戎旃所爲章奏書檄數千言立就詞采斐然無剩義無溢語識者以爲相如之倫非若枚臯之速而拙也當事旣雅重君才先後相推轂君懷抱利器方將見諸施行固非

欲僅以詩傳者乃年命不永賫志九原政事無可表見則可見者惟詩耳卽以詩論原有二十餘卷亂後失其稿其孤零星掇集不及十之二君友西江祝蓮旭次爲樊香閣詩鈔二卷選春集一卷卽今本是也君嘗自言少嗜漁洋山人精華錄後乃欲由義山以闚少陵門徑然其詩清和婉約風格實似漁洋若老杜之沈鬱小李之茂密或猶未之至焉惟選春諸作具體玉溪而亦未必如南華之寓言離騷之寄託香匳豔體幾流入飛卿冬郎一派或者疑而欲刪之豈知白老琵琶韓公楊柳賢者不諱究與疑雨集之竟成桑間濮上者有別似不足爲君病而祝君之編入外集不爲無見也君旣好爲狎邪游詩亦和易近人無崖岸顧其性情孤峭耿介於義利之辨尤嚴有過於世所號爲道學者則知僅讀君詩誠不足以知君之深矣余少亦嗜詩成癖及交君則在干戈擾攘中未暇相唱和君手稿旣散佚余且盡失之矣今偶一握管無復曩時意興而一官假手亦不得少行其志然後歎君之不仕非不幸而得此數百首之詩以傳則幸甚也余又烏足重君他日請刻君詩以當生芻之奠可乎

重刻徐烈婦詩序

永康徐烈婦吳絳雪能詩善畫早寡守節康熙十三年殉

耿逆之難海甯許戶部楣爲之傳海鹽黃大令憲淸譜爲桃溪雪傳奇讀者可得其生平已所爲詩有曰六宜樓稿者一卷綠華草者一卷又同文詩一卷附焉道光咸豐間初刻於金華再刻於蕭山先後經兵燹板片已燬世尠傳本桐城吳二尹廷康心焉傷之將謀重付剞劂氏而問序於余蓋蕭山本卽爲吳君所采輯而傳奇之作亦由吳君敦迫而成者也夫烈婦之死且合從容就義慷慨捐軀而一之其事固有足傳者然非能詩且工若是世亦未必豔稱之慨自粵寇之亂婦女之死節者何限豈遠不如烈婦而往往湮沒不彰非其戚族鄉鄰幾不能舉姓氏以別無

文釆可表見故也然後知詩以人傳人亦未嘗不以詩傳而是集之復事梓行又烏可以少緩與吳君年逾七十浮沈下僚而闡幽表微之志不以貧老而少衰其賢信不可及矣余獨惜與烈婦唱和者有吳氏素聞其行事雖無可考而烈婦所與書中有菌溷分途菀枯異路之語意其遭際年壽必遠勝於烈婦顧素聞之詩若晝世無如吳君者爲之搜羅掇拾今竟無傳則雖謂烈婦之遇難爲幸而素聞之未遇難爲不幸可也乃後人之誦烈婦詩及桃溪雪者罔不知有素聞其人是素聞因烈婦而亦傳不可終謂之不幸也已

心盦詩存序

道光己亥庚子間余游京師於稠人中識江甯何君青耜且間讀其詩得唐賢三昧於新城尚書爲近余歎服之其時遭際隆平朝野無事則有葉筠潭徐廉峰黃樹齋諸先生提唱風雅獎借後進每於春秋佳日宴集一時名士於江亭賦詩綴文動盈卷軸流布海寓余亦偶厠其列而上元梅伯言馬湘帆建甯張亨甫益陽湯海秋漢陽葉潤臣鎮海姚梅伯曲阜孔繡山臨桂朱伯韓代州馮魯川吳縣潘星齋紱庭及青耜諸君子恆與焉諸君子大半習於余青耜與伯言湘帆兩丈同里閈在師友間故詩名噪甚時君官戶曹其先尚書公方柄樞政門庭闐溢人且以貴公子目君余故與君間一往來踪跡未之密也及歲丙午君舉京兆試余亦附榜末爲同年生然余先已南旋後雖再至不久即別君去自粵寇遘難東南騷騷余且從戎吳越間無復作春明之夢與君不相聞者已十餘載矣兵事方興交游零落耆舊既無一存即年相若如潤臣繡山輩亦多化爲異物聞京師壇坫之盛已萬萬弗如曩時君雖歷御史臺據清要而孤鳴寡和之感當亦與瓠落江湖者同之也同治丁卯君由給事中出爲杭嘉湖道余方居憂流寓在杭乃得復見相與道故若平生歡余既讀禮不作有

韻語時當解甲弢兵湖山清晏宜有揚風扢雅以繼白蘇二公之美者則青耜其人乎雖然民氣未蘇吏治是亟流連景光作爲詩歌當事類多未暇君雖素以詩鳴而余則未敢與之談詩君亦未嘗以全集見示也其後偶於扇頭見君所書之詩若詞多其近作詩則夷猶宕往固無異乎樂天東坡詞亦出入南北宋不專浙派余乃益歎服然後知君一行作吏此事不廢特不欲以文人自命耳科名之盛近推丙午而卿貳外而開府君顧一官不遷迄今六載監司權輕又無以大展其志疑其有不能釋然於中者乃君從政之餘以詩自娛性情淡泊如陶韋一輩人豈非

能由詩而見道者與今年秋君刊其詩及詞若干卷成索序於余余再遭亂少作燬棄殆盡年來放浪西湖山水間宜若可專力於此而人事困其思慮無意復唱渭城兼之學殖荒落有日退無日進其媿君多矣將何以敘君詩哉遲之又久既不獲命爰爲述詩道之盛衰交詣之先後以復之

北上記程詩序

光緒丙子之秋青耜同年展覲北上及仲冬南旋舟車往返六千餘里得詩百篇都爲一卷出以見示其詩清超華妙得之大歷十子爲多而七

言絕句風韻獨絕自唐劉夢得杜牧之而後雅與漁洋相伯仲近今實罕有其儷蓋君心氣和平雖年垂七十猶困監司而託之於詩無噍殺之音無頹唐之態吾知其學養深矣古人每歎一行作吏此事便廢而登臨之樂行役之苦每不能已於詞余與青耜同官十餘年未嘗見其恆作詩而船脣馬足爲之輒工如此於是益感簿書塡委冠裳酬酢之足累人心志也

重桂堂詩文集序

上虞許竹清竹雨兄弟皆嫺雅能文予識之久矣一日者出其考齋生先生重桂堂詩文遺集屬余校勘予受而讀之然後知二君之文行胥本乎先生教也先生成進士後以知縣歸班候選自請改教職歷官湖嚴二州而在湖尤久先後幾二十年嘗重設經義治事兩齋以訓士所成就甚衆既歿而湖人思之弗諼故今有崇祀名宦之請焉其所著詩文凡若干卷先生未及編定刊行經亂幾失去賴竹清兄弟於兵火擾攘中什襲護持幸而得存爰總名之曰重桂堂集重桂堂爲湖州學舍舊名叢桂先生改曰重桂而自號爲重桂堂主人者也先生之詩雅近蘇陸二家文則不必盡宗桐城而樸茂得之方望溪氏皆卓然可傳惟其中不無牽率應酬之作不自知其僭妄而概爲芟薙

之所謂沙汰而金乃見粃糠去而粒米愈珍也九原有知先生其許我耶否耶予幼喜讀書嘗慕爲教官以爲最不宜於著述者莫如縣令以其有簿書之煩有伺候迎送之苦也而教官則異是先生既由縣令改教其後大府欲以知縣薦復謝之豈非深知作令之難而有志於著述不欲以案牘勞其心乎宜其詩文之多且工如是也顧見今之爲教官者往往奔走形勢反樂爲縣令之所爲而不暇及文學之事教化更勿論矣此吾讀先生集而不禁重有慨焉竹清兄弟方將以科第繼起而竹清先以教職待銓其亦有志乎先生之志者與

石門詩存序

選詩肇自三百篇而風雅頌三者以風爲首風則有十五國之分焉昭明文選分體而不分地不分人唐有河嶽英靈中興間氣等集則甄錄數十人之詩江湖小集後集中州集則甄錄一時之詩然皆分人而未嘗分地也其分地者當以宛陵羣賢集爲嚆矢繼之者不下數十百種而莫善於沈季友檇李詩繫則甄錄嘉興一郡之詩此屈君芝堂石門詩存則又甄錄石門一邑之詩也今之一邑當古之一國分而編之猶不失三百篇遺意石門人詩宋以陳簡齋爲冠明以貝淸江爲冠

本朝以吳孟舉爲冠餘皆一鱗一爪殊不足存不知五嶽四瀆自成大觀一邱一壑亦足引人入勝何可以單章賸句而棄之詩固不必限以三家選亦不必盡本詩繫詳略得中去取悉當嗚呼難矣予未識屈君而介其友胡茂才匊鄰郵以見示并徵序於予予邑舊有梁溪詩鈔之刻板燬於寇亂今欲重刊未能續選未暇則且有媿於屈君多矣其何以敘是書哉是書亦未受梓幸卷帙未多尤願其登木以省傳寫也

汲庵文存序

秀水楊君利叔年少多才咸豐壬子嘗介陶雖庵訪余於錫山得讀其詩稿才氣橫溢有不可一世之概深爲歎服其時君才二十許耳未幾粵寇亂作君慷慨自負出游楚中以書干當事唐方伯樹義奇之言之於張制軍亮基延入幕府旋復率鄉勇援廬親與賊戰獲捷既而廬州陷武昌再陷君始無意軍事矣歸後數年中鄉舉庚申賊陷嘉興室廬盡燬君乃復出游皖鄂擬爲抽洋稅章程大吏許可令君至上海主其事於是湖北歲得洋稅數百萬然君固不自言功大吏欲登薦剡君辭之力乃言旋其時東南之亂略定無復用世志惟故鄉瓦礫棲止無所君亦未能家食也同治丙寅嘗客余浙江鹺署襄校試卷繼入采訪

局分撰忠義錄無何中蜚語去己巳入江蘇書局且十年君性旣疎狂忤俗人不笑爲癡卽目爲怪卒鬱鬱不得志以死君在時嘗寄余鹿門游草刊本而文則僅得見數篇具有義法蓋君嘗受業姚春木之門春木故姬傳先生高弟也自能傳桐城嫡乳自春木及梅伯言邵位西諸君之亡而古文遂不絕如綫矣故余於君沒亟求其遺稿不可得元和江君建霞年與利叔初訪余時相若君一見卽訂爲忘年交建霞亦酷嗜其文君身後搜羅得數十篇將授余選而刻之余方以吉光片羽爲憾建霞復從其弟子女壻處寄示數卷雖無甚頭緒而數已倍於前最後得其友

李君子遠鈔本有二百餘篇始稱大備子遠雖未芟薙間有論列凡牽率應酬及罵世傷時之作皆所不取余復刪之其擬海運一疏當時未上亦不知爲何人作請修省志議語多對偶於通體不合故均從割愛至棄產贍族呈人尤豔稱之自君沒後田畝房金均爲其弟取去義莊並未有成然爲君一生奇節余不忍刪而規條則舍旃原本間有鈔胥譌脫無從臆改者仍之通計去十之二三得文百五十篇都爲六卷而授之梓名之曰汲庵文存汲庵者君嘗慕汲黯之爲人而取以自號者也君故素封後雖經亂中落非無餘資顧子先亡嗣孫幼弟又不好文學聽其篇

章零落無有過問於是同里華君笛秋及建霞爲之倡各醵錢多寡不一共得二百餘緡君集乃得刊成嗟乎君雖不遇於生前而文章得傳於後刊布不出諸家人而出諸一二窮交故友君亦可無憾於九原也已

汲庵詩存序

余既序利叔之汲庵文存而刊之矣利叔嘗自刊其詩曰燼餘草鹿門游草南歸草吹簫集數種聞板片尚存其家故詩不復及然其刻非一時又多潦草訛謬如世所謂麻沙本者余二三十歲時卽讀其詩實足與黃仲則劉孟塗相伯仲深爲歎服今燼餘草皆亂後追憶而錄之僅餘十一囊所見者似多不存而南歸吹簫等集則大半應酬題圖之什未免老態頹唐殊遜其少作蓋利叔出入戎馬精力衰耗而又篤志爲文於韻語一若不甚留意耳一日者吳江黃君甘叔手君詩全稿十卷見示云亦得之其友李子遠者余讀之鹿門等草仍刊本之舊燼餘草且不啻倍之曩所歎賞之詩咸在焉則子遠搜輯之功勤矣甘叔告余已募得數十金將付諸剞劂余謂詩之卷帙略與文等刻資恐亦不貲然詩貴精不貴多利叔晚年不無可芟之作余因復加抉擇去其十之二三都爲八卷名曰汲庵詩存爲之再募數十金當可刊成利叔生前雖不得志而死

後卒賴黃李二君傳其詩之全與文並行於世可不謂幸與余年少時嘗錄利叔詩二卷入朋舊詩存中君自序嘗及之今兵火之餘無一留者則非特負此死友亦有媿於子遠甘叔也已

荔雨軒文集序

余年二十許卽識華君蘧秋及同客京師交遂密又申之以婚姻固閱四五十年無間也君工畫余不能畫而喜畫每其論宋元以來宗派有針芥之合時海內多事亂極而平君每與余言古今成敗得失有如著蔡相與太息及觀所謂論事書說洋洋洒洒數千言立就歎其才大且敏然

亦僅目爲蘇利仲陳同甫一流初不意其能爲韓歐之文也光緒辛巳同校刊亡友楊利叔汲庵文存君始出其文稿百餘篇相示余得畢讀之論辨原本諸子析衷宋儒其理奥以精其文閎而肆紀粤中山水忘車行之苦極探討之勝筆意亦雅近柳州所爲諸將傳皆得之身歷目擊足爲史氏張本而撫神寓慨酷似太史公至善道家常不嫌瑣屑則又伯仲歸希甫蓋希甫本得之史遷也間有率率應酬及體例未合者余爲芟薙而繩削之得文九十餘首名之曰荔雨軒文集荔雨軒者君所居書室也有記存集中遂秋少有經世志然一從軍廣西一爲令江西性不能

與俗俯仰輒棄去家居衣食粗給乃得專力爲文宜其造詣若此嘗從容謂余曰吾輩老矣須自定其文若聽之後人去取必不當九原有遺憾矣故汲汲授之梓俾余爲序余因之有感焉吾邑自

國初以來罕以文鳴者乾嘉間楊員外爲駢體先侍郎爲古文皆有名然後輩宗楊者多先人則無傳焉余少孤未聞庭訓惟性不喜對偶而樂散行之便易因聞爲之然實無師友可質證也後於京師交梅伯言邵位西諸先生始略聞古文義法以所作就正之則可者半否者半其時同鄉張端甫侯子勤皆出梅氏之門端甫不幸早死僅留文數篇子勤四十餘亦遭亂而沒其文較多或尚未逮端甫自伯言位西之亡世幾無可問津者余亦且絕意於是矣乃邑中近有鄧似周裴葆良楊範甫仁山兄弟余從孫姚臣不祿其弟湘臣繼起又族孫叔固皆有志爲古文而葆良尤於方姚二氏爲近於是詫爲吾邑二百年來未有之盛而是集適刻成洵足以睥睨前賢津逮後學已余洊經喪亂前爲伯言位西點定之稿既盡失之而十數年來大半奉率應酬之作稿輒不存存亦叢殘汗漫不自收拾故至今無一清本既無以塞少年諸子之望而亦有媿於老友多矣其何以序是集哉

天籟山房詩存序

江陰汪子誦清手其父北魚先生遺詩一卷訪余村居乞爲之序余受而讀之內有與余論詩一絕句蓋道光丁酉之秋同試金陵作也距今已四十餘年而先生之沒亦且四十年矣回視論詩時幾同隔世并疑先生爲古人其交友之見於詩中者若莊眉叔陳以和錢蔭襄吳冠英皆余舊識何蓮舫亦聞聲相思者先生既早世眉叔蔭襄以和蓮舫均先後化去今在者惟余及冠英耳然亦老且病矣金陵自丁酉後越十餘年而陷於賊又十餘年而始復之雖山川如故而林亭榛莽金粉無色曩時之盛渺焉不可

復覩讀集中木榭隨園莫愁湖邀笛步諸詩俛仰今昔能無憮然先生之詩近體清新婉約泯譙殺之音古體則又才情橫溢出韓入杜殆足與蓮舫相伯仲唱和亦最多惜乎其年不永未底大成所存之詩亦祇有此久之且恐散佚宜誦清亟欲授之梓以傳聞蓮舫已自刊行眉叔官戶部郎没亦數十載未知孟六遺文尚有存焉者否於是益歎誦清之賢已

桐陰論畫序

余不善畫而愛畫入骨髓自宋元以迨
本朝諸家靡不搜羅藏弆而畫院俗筆則舍諸勿使溷吾

目也族子逸芬與余有同好聞里中有一名跡典衣爭購之既得則互相誇耀以爲笑樂逸芬故善畫宗法婁東不求媚俗故其論畫也尤精嚴孰爲大家孰爲名家孰爲旁門外道較若畫一不少假借余於古人奧窔亦能心領神會而拙於言詞性復疎懶未暇著書也自遭喪亂既舉生平玩好之物而盡失之逸芬則挾畫而走然亦十不存一二矣今年冬自大梁寓書於余且以新刊桐陰論畫一書使爲序其議論之譬闢固夙昔所習聞於逸芬者而筆情淡宕婉而多風即以文字論殆有得於史公之論贊乎逸芬聲名既日盛收藏亦日富而吾兩人者一在河之南一在江之東欲如曩日之晤言一室讀畫論文何可復得則又不能無慨於中者已

桐陰論畫二編三編序

族子逸芬著有桐陰論畫初編刊行已久余已序之茲復以二編三編稿本見寄余略爲點定再書數語歸之逸芬畫宗婁東然前乎此後乎此者亦不乏名家逸芬固泛濫及之加以評論其大旨薄畫工而進士大夫鄙專門而取偶然游戲之筆若文氏諸門人王氏石谷諸門人麓臺諸門人無一出人頭地者所謂隨人作計終後人自成一家始逼真也麓臺弟子若東莊丹思輩亦具體而微在子鶴

雪坡之上然終不越其師之範圍韓子所云弟子不必不如師殆虛語耳他如宋牧仲朱竹垞姜西溟諸公皆文人餘事而反非專門名家可及此所以畫之重書卷氣也是編出而世之論畫者知所折衷已

古之董巨二米俱用溼筆自雲林子喜用渴筆釋漸江宗之遂有嶰派之目而鄒衣白程穆倩俱以渴筆見長蓋溼則易俗是編中所謂溼俗實痛下針砭曩見王廉州矣漁山亦間有此病或疑其僞而不盡然此關乎用筆之不能空靈非溼之爲累也惟時史其常大家其偶而已

梅邊送客圖序

自北新關至塘西鎮兩岸皆種梅二三十里不絶殆昕西溪爲勝而超山有梅數十本尤奇古相傳是吳越時物亂後猶在正月六日薛慰農招余及陳稚林楊豫庭往訪之會泰興吳侍郎以浙江學政任滿告歸亦以是日成行期送之北郭外並訂看花之約日未晡慰農諸君先至王家莊其地距超山五里許不通舟楫又少肩輿三君者都無濟勝具不果往余腰腳少健而舟行獨遲抵此已薄莫游興遂闌待侍郎亦未至其夜泊於梅林之下月色微明暗香入船慰農攜有斗酒出共酌之譚至漏三下各睡去明

早稚林豫庭以事將返乃共迎侍郎舟仍送至王家莊而別余方旋里因與侍郎偕行二日過石門始別而所謂超山者卒不得一至焉超山古梅志乘不載亦罕見前人題詠蓋其地至僻且遠游屐不至雖有好事如余四人者亦中道而旋然屢經兵亂終得自全非以居遐守靜名不襮著而然與侍郎未及致仕之年輒存遂初之志而慰農之棄官尤早其皆有見乎此也夫稚林與侍郎爲貧賤交余及慰農則以文字相契合於其別也殊難爲懷故歸而慰農屬友人繪圖并自填暗香疏影二闋以紀事而余敘之如此

西洽銷寒集序

朋簪觴詠昉於金谷蘭亭而香山洛社爲極盛若夫銷寒之有會不知所自始特風行於近今固不盡爲文字飲也而分題限韻更唱迭和且裒然成集者亦所時有於以敦友誼勤講習抒性情君子蓋有取焉其賢於絲竹管絃六博蹋踘遠矣乃世之有官事拘繩墨者往往以飲酒賦詩爲戒而絲竹管絃六博蹋踘反未之有廢何耶明乎其所樂在彼而不在此也昔同治丁卯春夏間余偕薛慰農王茀南叔彝諸君結湖舫吟社半月一敘敘必有詩叔彝且以刻資自任顧不及半載或遠宦或遄歸甚有化爲異物者而是舉遂罷詩亦不復刻自後新交無幾舊雨不來欲

望詩社之中興而不可得於是益歎盛會之無常而吾衰之已甚矣今年春中州白少溪大令以辛未壬申西洽銷寒集示余蓋少溪與黃岡嚴筱南太倉王勉之旌德江秋珊桐城胡杏孫上元梅鷺臣江浦韓薰來隨州鄧雲泉錢唐沈公衍九子之所作也在會者尚有數人不必盡能詩亦有能詩而不及爲者故所存止此少溪復使余抉擇之乃爲汰其十之二三共得若干首遂幾於無篇不工而去古人不遠矣蓋諸君雖入仕途尚無職守是以興復不淺耳彼以簿書錢穀攖其念慮者又安能從容暇豫如斯哉

聞今冬少溪將復舉是會而秋珊鶯臣遠在甬東杏孫又有津門之役社中故友亦漸寥寥吾知少溪撫是編而不能無今昔聚散之感也已

遺叟臏存書後

曩在京師讀監利王君子壽詩而善之以爲得唐賢三昧鈔存數十首時當道光乙巳丙午間君通籍未久觀政刑曹以母老告歸將隱於螺州之山余賦五言二律以贈其行君有和作越數年復爲長歌以寄之則未之答而余自此遂不復見君矣會兵事方興中原多故君家居著書數十萬言洞中樞機關繫治忽君顧無意再出當世亦罕有

能用君者但聞參幕府一爲書局總校而已數年前余嘗寓書於君乞題西湖蘇公祠圖卷君寄以七古一篇是年聞君母夫人年九十而君七十歎爲

熙朝盛事擬壽之以詩而未果今年秋晤宜興趙子蔚卿云爲君門下士余亟詢君狀則與其母先後死矣余爲愴然者久之蔚卿遂出遺叟臏存一卷示余使爲之序蓋集其與曾李諸鉅公書而皆游揚蔚卿者也君著述甚富是編不免牽率應酬而非其意之所欲存然深知蔚卿之才者莫如君君亡而能薦寵之振拔之者亦尠矣宜蔚卿之惓惓於此不忍削稿而卒授之梓與子壽所刻書余都未見其前手鈔本及贈君之作則已經亂失之不復記憶今誦是編又安能已於言

儀衛軒文集書後

唐以前無所謂古文也自駢儷日與六代波靡韓退之氏崛起昌黎直接西漢於是古文始名韓氏之門實繁有徒然皆非昌黎人也有宋之傳韓氏學者曰廬陵曰南豐曰臨川古文遂歸江右然其人同時而不必同邑且鄉後進亦無所聞惟我

朝桐城方望溪氏本經術爲文章甯都歸德爲之退舍其後劉先生海峰繼之姚先生姬傳又繼之百餘年來海內

言古文者必以桐城爲正宗舍是則旁門外道也姬傳先生爲先大夫執友余生少後不及見其門弟子則有新城陳侍郎碩士上元管孝廉异之梅郎中伯言華亭姚上舍春木而姚方伯石甫劉上舍孟塗方茂才植之則亦桐城人也管劉早卒石士石甫二公余嘗一接光儀春木亦一通書問而曩在京師與伯言郎中過從最久故得略識姚氏門徑植之先生客游四方蹤跡乖牾僅於伯言處讀其文數篇而已同治丁卯先生從弟存之大令來游西湖余偶相值亟詢先生文集其時冏未刻也越兩年存之以刻本見寄且索序於余則知合肥相國及程吳諸公已爲之

刊行矣先生之文質直醰茂發攄盡致與姚氏之紆徐深妙全以格韻勝者微有不同而實於其家望溪爲近至漢學商兑一書及壹是說理論事之作皆有關於學術治術足爲吾道之干城斯文之砥柱而不當僅以文論也先生既沒於咸豐初元而繼之者伯言丈於是姚氏之門盡矣近年來天下學者且病桐城之空疎風氣幾爲之一變豈知望溪之文本之經海峰之文本之史姬傳之文本之孟荀莊列諸子皆能去其糟粕取其精華而自成一家言彼目爲空疎者其必以鉤棘爲古餖飣爲工乎則亦不思之甚矣惜乎世無先生其人者大聲疾呼一振聾聵也今合

肥李氏既重刻惜抱集又刻先生是集而石士石甫春木伯言之文猶傳布於世庶幾桐城復興惟异之集板片已燬於兵其子小异嘗以贈余亂後失去而小异客死杭州子姓零落今且不可復得矣此又讀先生集而有慨於中者也余於先生無能爲役何敢言序因爲之述其授受源流以書集後云

娑羅閣詩鈔跋後

右鈔本詩上下兩卷不知何人所作後有嘉慶間谿南甫跋云是稿不著名氏上卷疑作於前明下卷疑作於
國初以爲明故太常仰王都所著按詩中所與往來唱和者巢端明吳橙齋高辰四黃太沖晦木兄弟黃九煙黃俞邰陸冰脩張考夫周雪客王安節諸人皆知名於時惟太沖九煙嘗仕於殘明餘多明之遺老而入
本朝者意作者雖生於明末必入仕玩上卷詩意亦非在明時作第十首詩注有橙齋書來約游匡廬語橙齋於康熙初爲內閣中書明季方亂恐無相約遠游之事若果是王都則在明且歷天崇兩朝豈無一二達者往來唱和不應其詩皆草野閒適之作也太沖詩集無傳而有文集橙齋卽吳之振孟舉嘗選宋詩行世其詩集曰黃葉村莊尤膾炙人口石門人當有存者於二家全集考之庶幾可得

其名氏與惜余未見橙齋及晦木九煙冰脩雪客諸集而舊藏太沖之南雷文集則經亂失之矣噫

伏鸞堂詩跋

集中七言長古遠祖元白近與梅村祭酒相伯仲若芙蓉山館碧城仙館皆所不及以其徒尙詞藻詩外無事在也七言律亦學西崑然憂時感事風骨實出老杜非楊劉之比楊劉堆砌繁縟尙不能爲玉溪生況敢望杜之肩背哉作者胎息杜陵瓣香夔東而絕句風韻又略似新城不得不推爲三吳巨擘三復之餘妄識數言以爲吾宗幸

虹橋老屋遺稿文二

虹橋老屋遺稿文三

無錫秦緗業應華

蔣介青傳

蔣靖字介青又號劍龕江蘇元和人高祖歲貢生升祖某父廣西候補府經歷培澤母管孺人生子女各一介青居其次生而穎異襁褓中聞誦讀聲輒喜躍及就外傅日課倍常兒歸自塾中獨處一室學爲繢事見先賢集中有刻小像者愛而橅之以寄其思慕先是歲貢富臧書多宋本名所居曰鏡古齋與士禮居藝芸書舍並稱於時又嘗一修郡學再賑饑民而蠲三千金以助普濟堂凡吳中善事靡弗爲也介青幼而體羸多病經歷君又遠宦無人督責之而介青劬學弗怠日出其家藏書誦數卷三歲幾徧發爲文章斐然可觀說者謂歲貢君好古積善將食報於介青焉咸豐戊午經歷君歸自廣西庚申夏賊陷蘇城介青隨其父先避於鄉得免是秋徙居通州家具蕩焉無存獨以書籍爲先人所遺雖倉皇奔走必載以俱未嘗缺失噫可以見其志矣時東南方用兵介青既無望於科第遂涉獵書畫篆刻既乃肆力於詩凡通之詩人及流寓於通者必訪之而與仁和高望曾金匱秦寶璣尤相善也癸亥冬官軍克復蘇州其明年二月介青隨父歸里父既病不復出乃爲之納粟以縣丞候選介青喟然曰兵亂息矣將修

文教大丈夫不能殺賊立功獨不能取一第爲顯揚計乎於是不復爲詩專心壹志於舉子業從師虞山未幾病歸延醫療之醫曰是內傷也非藥可治俄而癰生於脇閱百餘日而死則甲子十二月十六日也年僅二十有二娶於吳無子著有拳石山房詩一卷印譜一卷及畫竹一冊藏於家歿之日作自輓詩一章命家人書之而以書畫玩物分贈諸友其詩槀則屬望曾寶璣爲之刪定望曾因授之梓俾有傳焉

秦緗業曰余未識介青而寶璣則余之從孫也因得盡讀其詩而介青則既死矣介青詩清和婉約異乎李賀劌目嘔心之作此其理宜壽而反短於賀數歲者何歟聞高君者亦工詩嘗爲小官於江南不得志去而客游閩中脩脯所入則以刻介青遺稿嗚呼介青雖不幸而短折而其詩卒賴高君以傳然則高君之賢又烏可及哉

孫君小傳

孫君名慧艮自號衲琴世居無錫析縣爲金匱人父爾純生子三君其季幼穎悟讀書十數行下於漢魏以降詩學源流罔不探討有得其時吳江趙艮甫流寓邑中以詩鳴當代君竊慕效之幾方駕趙亦訂爲忘年交高才生以詩賦有聞者類工應制體君弗之善尤厭棄舉子業故年二

十四始游於庠亦不數數應秋闈試故滑稽好狎侮人人畏其口弗敢近君乃慨然出游依其從叔文靖公於閩文靖愛其才厚資膏火而束縛之弗任以事君忽忽不樂竟返里後乃遊汴遊燕以記室爲諸侯上客然脩脯入手輒盡貧如故道光末年余嘗遇之京師旋別去不相聞而其家人亦罕得其音耗也同治四年九月忽挈眷航海歸時邑經兵燹室廬蕩然親故零落殆盡乃僦屋城隅以居五年春予權浙江運使因招君游杭見其形容顦顇意氣敗喪詩亦漸就頽唐無復往時精詣矣是秋余丁母憂去官君不欲他就亦返自此不再出益窮困無聊越五年而卒

年六十有八室王氏李氏子二長守謙天次森保未娶余齒少君十餘歲弱冠聞其名以素冊乞書君爲錄閩遊草數十首寫景言情輒與少陵東坡頡頏行楷亦得蘇法余藏諸篋笥數十年亂中失去迨君身後求遺稿不可得余友華君翼綸其甥也近始搜得君詩二卷曰餘生草晚年之作曰篋中草早年之作皆不如中年之工惜乎其胥付灰燼有若重厄之者然古來詩人湮沒何限君有賢甥搜羅掇拾將授之梓以永其傳豈非厚幸也夫

孫君家傳

同治七年秋九月吾友孫君竹筠就選京師將介於浙遽以病終越明年春二月其孤勛烈等御君柩以歸丐余爲傳余謂私傳非古也曷爲文以銘其墓然卜地不吉壅未有期而距君之亡既三年矣姑徇其孤之請以爲君家傳云

君姓孫氏名元楷字用脩竹筠其號也世居無錫之孟里曾祖璽祖翔雲父沛三世皆不仕

贈如君官君少壯時喜乘怒馬挽五石弓射必命中至老猶然家有艱劇勞苦事必身任之以代祖若父暇仍究心經史旁及諸子百家嘗手鈔數十萬言類纂以資考核道光二十一年補博士弟子員旋入貲爲訓導二十九年議

叙以教諭遇缺即選邑故有楊家圩爲明周文襄公撫蘇時因湖築隄以衞民田者也隄形如覆釜遇水輒潰蓄自道光三年至是不三十載而圩三潰焉君嘗董興修之役三閱寒暑而工竣隄益堅後乃無潰決之患咸豐三年春河決於豐浸及淮徐閭廬舍漂没死亡枕藉士人不之恤也君適北上道此惻然憫之悉罄所攜以爲倡聞者感動輸財恐後君復爲之條畫賑濟之法全活無算自後邑有水旱災凡屬救荒諸政君必與聞當事亦倚君以辦說者謂君爲過客猶不惜傾囊助賑宜其於桑梓之邦益盡心力而爲之焉是年部銓溧水教諭適廣西賊洪秀全竄踞

江甯鎮江蘇常戒嚴大府因留君辦本籍團練先後擒治通賊者二人土匪之抗糧剽刦者四人邑賴以安先是賊之下竄也向忠武公以鋭師出其前輜重不繼君偕其族人輸牛酒甲帳及葛巾葵扇禦暑具悉備六年夏蘇撫吉公覆軍於鎮金陵之師退保丹陽軍用日蹙有周節婦者爲君族姊念板屋同仇之義糾同姓捐米餉師君助之得千餘石親運以往其勇於赴義多類是十年大軍潰於金陵常州繼陷君所居石塘灣當下游之衝妥散公私錢粟選募壯丁築堡堵禦既而無錫城亦不守鄉團均散勢不支君遂渡江欲號召義師以圖恢復其時鎮江城猶存

提督馮子材守之當事檄君襄辦防剿兼籌軍餉君復思假手焉同治三年蘇常以次復大府檄君辦善後君乃還凡掩埋撫恤給籽種製紡具濬河道脩橋梁咸躬親其事而於同族則興復義莊義塾規制盡善視舊有加君既積功累勞宜膺懋賞乃僅由教諭加光禄寺署正銜以知縣分發浙江補用加同知銜並

賞戴藍翎而君年且五十餘矣有勸之仕者乃入都引

見杭海遇風嘔吐傷胃病卒於京邸蓋七年十月十二日也君生平故多水阨嘗騎馬過石梁馬逸墮水浮沉一炊頃轡勒盡失君卒躍而上觀者駭愕而好騎如故又嘗自省試歸與客舟駢行江中風驟至檣摧舵側兩舷擊撞同舟恇懼有泣者君指撝舵工神色自若卒無恙又嘗黑夜乘小舟過石壁下舟忽覆君捫壁力躍以登人咸服君膽力顧君爲人剛直遇事敢言惟義是趨毋少瞻顧人或以是怨君謗言交集予初與君不相知後嘗共事乃大歎服以爲同人中足以當大受濟大艱者無逾君君故智謀功名之士汲汲求自試非遁世者流乃天不假年僅表見於鄉里卒不獲大展其才以究厥用其可惜也夫其可悲也夫君没後邑有大舉誰復能擔荷者其丈夫子六長卽助烈咸豐壬子舉人内閣中書次昌烈刑部主事次鼎烈振

烈學烈希烈其三爲縣學生六子皆能委已於學克自樹立說者謂足昌大其門以伸君未竟志然大都儒雅醞謹如君慷慨任事之風亦少衰焉此余不禁歔欷欲絶者也

嚴君家傳

君姓嚴氏諱揚標聲甫其字漢子陵先生後也先世居蘇州之角直明洪武間始還吾邑寨門里析縣爲金匱人祖某父某君幼而端穎委已於學動必中規年十二卽喪父其祖以門祚單微君又少孤愛憐殊甚塾課不忍督責之君亦以失怙傷懷致疾及疾少瘥而祖父母相繼亡内外斬斬獨支門戶於是舉子業遂廢君自以讀書未成而韞

奇頁異不忘用世道光二十三年英吉利寇上海君慷慨
請纓欲求自效會以母病不果行嗣入貲爲布政司經歷
分發浙江需次者有年咸豐三年五年再權布政司照磨
七年攝衢州府同知分防峽口其地瘠而貧君治以廉靜
與民相安茹蔬飲水泊如也八年賊陷福建之浦城縣鄰
烽旦夕至有土人楊承烈乘機作亂倉卒無備君率僕從
二十餘人單騎往招撫不從而承烈卒就擒其黨數千遂
解散竟無敢拒捕者僉曰非怕官不忍傷好官耳既而賊
竄入浙圍衢州君隨鎮道城守兩月風雨登陴無間宵晝
圍解論功

予藍翎君顧不樂仕進以母年高乞養旋里十年四月蘇
常郡邑皆陷於賊窮山僻壤亦多不免君時在寨門督團
守禦賊爲少卻一方賴以苟安未幾賊大至衆寡不敵鄉
團星散君乃走間道赴浙避地蕭山之南鄉杭紹先後皆
失徧地賊氛君憂憤成疾卒於同治二年秋八月配吳氏
有賢聲隨君來蕭亦病先兩日而亡夫婦皆得年五十子
一金清浙江候補通判改福建嘗權淡水同知四年冬金
清始御君及吳夫人柩歸葬而乞爲君家傳云
秦緗業曰余與嚴君生同里閈年亦相若而未之識也及
游杭始識君則君已入仕數載矣君故長者不能熟媚於
語言世之爲巧宦者或且非笑之然君循資格亦未嘗不
得一再綰符特上官終不甚知君耳君於邑中捄荒賑飢
諸善舉靡不與性尤伉爽重然諾無幾微吝然此猶鄉里
善人之常聞君嘗奉使滇南回經漢口有蜀客攜眷屬二
十餘人留滯於此斷炊且三日矣君廉知之慨然典衣以
助其行蜀客問姓名里居爲異日圖報地不答君時亦資
用乏絕竟狼狽而歸人以爲怪而君處之泰然且絕口不
言即家人亦罕知者有舊僕爲其子述之嗚呼可謂難矣
然則世所號爲賢豪閒者烏足以語君哉

蔡君家傳

君金匱蔡氏諱琦字宗韓蓮塘其號也宋秘書郎源隨高
宗南渡至杭及元季始遷無錫今析縣爲金匱人前明有
兄弟死倭寇之難旌卹建祠事載史乘名曰元鋭元鐸者
則其十一世祖也祖某以孫培由翰林官知縣
貤贈文林郎父某以君
封奉直大夫母氏雷氏陳俱
封宜人君少游於庠屢赴鄉闈不售嘉慶癸酉試順天挑
取謄錄議叙中書科中書京兆官未得缺者謂之額外可
同辦事閣部科皆有之君在科三載以勤慎稱因親老告
歸旋奉父諱曰余久困場屋不遽廢棄者以老親在也今

親歿祿不逮養可絶意進取矣乃不復出君自奉儉約而厚施予父在時欲創義莊贍族君贊成之道光十三年邑大饑死亡枕藉君爲倡躅力勸得錢數萬緡分鄉施賑賴以存活者無算後有水旱災邑令一以倚君而造梁治塗亦賴焉君尤敦族誼家譜久失脩輯以自任蓋諸孫欲爲君稱觴君顧令節宴賓之費以作刻譜之資也越數載粤寇難作江甯鎮江迭陷無錫處下游賊氛日逼君集鄉人團練以防奸宄竊發人心帖然又數載金陵大營潰散督臣宵遁縣城遂不守君避居於鄉距其入學之歲甲子一周例得重游泮宮因亂不果旋以壽終年八十有五蓋同

治初元某月也配楊及朱側室顏皆贈太恭人子三鎬候選同知思銘議叙從九品蕊縣學生浙江鹽運副使俱先君卒孫二鳳池候選同知鳳沼附貢生浙江候補運副曾孫五文烝附貢生浙江候補同知文標文鑫文森文淼元孫二昌燕昌熊鳳沼文烝與余同官於浙故乞爲君傳

秦緗業曰余從子昌煜韋軒君季妹之夫也韋軒長余十餘歲君又長韋軒十餘歲故未及訂交而丱角即識君君與余姊壻施君宮梅居相近年相若交尤篤二君皆以貲雄里中有義舉爭趨之恐後世際承平春秋佳日約同諸老游惠山品二泉皓髮蒼顏觴詠間作見者疑爲神仙中人數十年遭逢兵燹富者亦貧非但巨人長德如兩君者渺焉不可復得即文酒之會希古香山洛社杖履優游承平景象恍如隔世此余傳君而不能無慨於中也夫

馬烈女傳

馬烈女者名大寶金匱北城人也父廷燦娶於范生一女一男而死經亂廬舍盡毀父乃挈子寄食族家而女則依其從母之適施而寡者以居即其外家也女巳字於包舅氏范霞卿有子曰阿金素無賴亦聘有室矣與女爲中表行且同居相習數調之且遺以物女輒正色拒不納阿金

計無復之一日者偵女獨居一小閣梯而上則女巳就寢矣遂登其牀女覺而號乃以手扼其吭以足攝其股傷腰於是烈女馬竟死蓋同治十一年五月十六之夜半也霞卿聞欲死其子而不果乃屬施婦以雅片煙膏塗女唇若自盡者然告於人曰是夜余侍兄疾及返閣則見阿金與女同榻臥阿金逸女慙而仰藥故死耳烈女父聞耗奔而往范先使人要於門入其室告以故如施婦言令勿視女父故嗜煙欵之且三時許而烈女則既殮矣殮時惟女之從父廷焯及弟在焉見女喉間腫起竊疑之有漆工乃殮女者亦爲人私言其狀於是衆口藉藉邑中人幾無不知

其事者顧烈女父貧而懦范復使人恐嚇之慮鳴之官而事或不實反受訟累故遲之又久而未敢發也時邑令張公以事上行省余適在里將赴蘇擬請按察使密訪之既而包翁知其聘婦寃憤甚因以烈女從父之言爲證而控其父並控焉會張公已旋署乃執阿金及施嚴鞫之未吐實越一日開棺驗面如生時方暑距烈女之死且十餘日矣張公指其傷處而詰二人曰是尙呑煙而死者耶阿金乃服罪論如律於是易棺服以殮烈女且爲之請

旌焉嗟乎女子不幸而卒遇強暴力拒以死世所時有然類多自外來未聞有以中表之親而爲淫凶之賊者阿金

眞忍人哉而烈女以一市井中未聞姆教之弱女子大義凜然矢死靡悔亦奇矣尤可怪者施婦既與女同處宜有愛憐之情乃不加防護而反汙衊之可謂無人心者矣天地戾氣胡萃於范氏一門荀卿子所云性惡不其然與余既返杭有人爲言塘西有無賴子夜入其族母之室拒之堅擊以梃破顱死其事頗相類且同時然未聞有爲之伸理也未得其詳姑附記於此

胡烈婦傳

胡烈婦者名淑萱湘潭候選直隸州州判胡家樾之室而吾友閩縣陳湘亭大守女也湘亭先世自閩遷湘遂家焉烈婦生有至性及笄隨湘亭官京師咸豐十一年冬湘亭乞假南旋道出衞輝會有寇警城門閉過客不得入勢岌岌烈婦慷慨誓曰賊至宜先自裁庶不辱賊手父挈弟速避毋爲細弱累官軍旋擊賊退得間道歸湖南其明大義一死生已兆於斯矣同治改元湘亭從戎皖北烈婦留家侍母母病扶掖調護必躬必親不假婢媪嘗刲股和藥以進病獲瘳歲乙丑湘亭由部郎擢郡守時馬端敏公方撫浙與湘亭相善也調之來浙烈女隨侍越三年戊辰侍母回湘遂適胡氏郎家樾由選拔貢生應

廷試罷歸就職州判候銓烈婦以嫁數年無所出典釵珥

爲置妾卒無子既而家樾病刲臂療之不治於是烈婦再割股矣夫毀傷肢體以瘉其親近乎愚孝聖賢或有所不爲然人子當蒼黃迫切之際惟知有親焉耳惟求親疾速愈焉耳遑恤其他雖出諸丈夫聖賢猶當亟許之況一女子女子之於所天以視父母一也若烈婦先施於母復施於夫爲世僅見有效有不效則天也家樾既卒越三十五日喪葬禮畢乘間仰藥以殉年三十有四實光緒二年八月十一日也湘亭聞耗悲不自勝爲余詳述其行事俾叙次之如右仿劉向列女傳而爲之頌頌曰

三湘七澤清流不汙爰有陳女來嬪於胡昔免於寇卒殉

其夫中壘作傳卓爲世模

黃烈婦小傳

黃烈婦管氏者陽湖管光烈女華亭黃壽椿繼妻也翁如琳官浙江梁湖巡檢壽椿需次江西補德安縣典史翁令婦隨任德安地瘠典史俸微婦每篝燈紡績以佐之光緒二年四月壽椿以疾歿婦之欲殉者屢矣繼念子女俱穉夫櫬未歸恐遂零落因忍死以待如琳旋歸其喪婦攜息扶柩於七月二十九日行抵曹娥江距梁湖僅隔一水婦乘間仰藥自盡蓋恐至梁湖人事牽率而竟不獲死所也或以爲婦有翁可依有子可恃疑若可以無死然往往見

世之男子臨大節而遲疑觀望身辱名敗者多矣若烈婦之蓄志殉夫豈不難能可貴也夫越一年同鄉之官於浙者請大吏上其事於

朝得

旌如例如琳復徵言於余余既述其梗概乃爲之贊贊曰義取從一矢志靡他從容後死雅慕曹娥娥以孝著婦以節彰二女千古江流孔長

徐孝女小傳

女名靜貞無錫徐氏父昌時候選縣丞女少讀書通大義尤喜誦木蘭詩不去口戚黨咸稱異之女父嘗從戎浙江隸飛虎營女輒焚香告天爲父祈禱未幾營沒於賊昌時適假還免於難人以爲女誠所感焉其後周提督天受以浙軍防甯國女父復從之與廣西廖觀察士彥共事相得廖諗女賢因爲其弟士奇求婚父以世亂道遠弗之許旋於咸豐九年昌時卒於營女叔來奔喪廖復申前請卒許之時女年二十二矣越明年春甯防軍潰蘇常亦爲賊踞廖氏音問遂絕或傳士奇已死女欲以死殉念父喪未歸母老弟幼兄又被虜乃奉母撫弟并脫簪珥丐親鄰舁其父棺歸而葬之母嘗病劇家貧乏醫藥資亦少婢媪女晝夜祈以身代而扶持調護之廢寢饋者數閱月母得無恙

後母死弟未成立乃忍死日訓其弟舊業亦漸復又數年弟既授室且有子女五人女曰吾事畢矣可以見先人於地下矣語畢無疾而逝光緒六年正月也年四十有三先是士奇實未死以徐氏無耗爰取儷之某氏既生子矣及蘇浙平消息通觀察知女在復謀爲弟娶婦時女年已長謂其弟曰我之許廖非父意彼既有子不患無後矣奚以我爲我終爲徐氏女可耳嗟乎女子嫁而守節常也即未嫁而守貞亦常也乃女値世事人事之變顛倒乖舛若此既守從一之義誓不他適然士奇果死可以歸廖士奇不死反不可以歸廖蓋室有二妻既無以自處又何以處人

女其審之也熟矣於是卒終於徐云
秦緗業曰女之沒也有欲以貞請旌者余謂所許之夫尚在是有貞之實轉不忍居貞之名且恐典禮者未以爲然也昔有不嫁以孝其親者女之不嫁固自有說而其所以事親者心既盡而力亦殫焉又奚憾哉則以孝旌也亦宜

先母戴太淑人行述

嗚呼緗業少孤賴先母以養以教至於成立顧早歲浪游中年漫仕侍奉之日蓋尠丙寅春三月攝兩浙運司事始獲升斗之祿迎養吾母來署乃親色笑者幾何時而吾母竟棄其孤而從先大夫於地下矣嗚呼痛可言耶緗業忍

死須臾扶櫬歸葬伏念先母一生懿行書不勝書小子緗業懼其日久湮沒敢涕泣而次其大畧惟當代立言君子採擇焉先母無錫戴氏生而家貧父戴翁獨使入塾讀書粗解文義乾隆六十年先大夫官浙江杭嘉湖道而吾嫡母朱太夫人卒其明年嘉慶改元先母來歸爲側室既而先大夫改官湖南而廣東而京師先母無不從操持中饋人無間言從母張孺人少寡性方嚴先大夫使仲兄爲之嗣委以家政及先大夫致仕歸先母以不逮事小君奉張孺人惟謹事必告尤與仲姊相敬愛仲姊者朱太夫人出適施氏嘗割臂肉以療親疾者也先大夫官躋二品田不及千既鐲八十畝爲祭田六十畝爲義塾田餘則分授余兄弟而緗業止百餘畝欲以公田使掌之先母曰祭祀宜歸大宗而吾族從學者衆所入租恐不給敢私以爲利乎遂推還伯兄後伯兄之官江西仍請先母主其事歲時祭掃無闕而族之賴以讀書者恆數十人遇歲歉則脫簪珥以應而有餘則以修治饗堂丙舍一出入必手記之歲郵江西以爲常道光元年七月先大夫棄養緗業方九歲先母獨支門戶茹苦撫孤緗業自塾中歸輒令背誦所授書熟則喜生則責其復讀至漏三下乃罷緗業五六歲時先大夫日書故事及格言一二紙口講指畫以爲勗先母藏

之篋中每出示必流涕曰小子其毋忘乃父之訓乎緗業寡交游年十八九猶不知世間有酒食徵逐事非就試未嘗離母側迨乙未游京師嗣後歲必出而緗業遂爲東西南北之人矣咸豐六年丙辰以同知需次浙江未幾　奏調回蘇然以籌餉往來蘇常之間在家日少庚申四月賊陷無錫城吾母先期避之鄉獲免緗業時已赴浙不得已全家就之辛酉十一月杭城再陷緗業以母在未即死幸所居近城闉乘間得出露處者月餘覓得一船以歸時吾邑之蕩口鎮尚無恙也同治元年壬戌三月緗業赴上海入巡撫李公幕府先母隨後亦至乙丑閏五月緗業奉大

府檄權金衢嚴道未之官留辦省城善後事時先母已移居蘇州不願就養至是始來杭訓之曰汝勤慎有餘強幹不足宜思無負是官無媿先人蓋嘉慶初年從祖蓉莊公嘗官運使也緗業從公之暇日侍先母膳見其精神飲饌無異六七十歲時方私喜不謂猝嬰末疾竟爾奄逝今年盛夏酷熱新秋驟涼吾母或以是而受病而緗業不之覺也嗚呼其尚可爲人耶先母終身惡衣蔬食而餽遺必豐人有求者靡弗應緗業爲先母進一甘毳則推與同食者製裘一襲則自弗忍衣而假之人不少吝其待下尤有恩雖洒掃之役往往躬親之緗業見而呵斥其僕婢則曰吾

自習勞也故於其亡無論親故疏賤哭之皆失聲先母生以乾隆四十六年十一月十四日卒以同治五年八月二十三日享年八十有六初遇

覃恩貤封太恭人今例封太淑人子二緗承五歲而夭先大夫嘗志其壙見集中緗業副榜貢生由軍功保至浙江道員隨帶加一級娶同邑汪氏女二一早殤一適昭文張元齡官湖北鄖陽府通判而卒後遇亂吾姊亦病亡其家方遠徙崇明故先母未之知也孫五光簡候選通判加同知銜光翰候選縣丞光祖光庭光儒俱業儒自光翰以下先後病歿光儒則辛酉陷賊中不知其所之孫女一適金匱五品銜候選訓導華廣堯曾孫女二余伯兄緗武官終江西彭澤知縣仲兄緗文國子監生出後從父皆嫡出前卒其以

今上登極恩貤封吾母者爲翰林院庶吉士改刑部主事虞彤伯兄之第三子也

汪夫人事畧

夫人汪氏世居無錫南門外之黃泥埒父諱士傑官山西澤州府經歷母秦孺人郎業之從姑也夫人自幼敏慧性至孝喜讀書識大體父母皆鍾愛之先慈以業少孤嫡兄二人一仕宦在外一承繼他房姊氏又先出嫁利有長婦

夫人長余三歲且素聞其賢故特爲業聘之及來歸愼修婦職得姑歡心越二年授以家政夫人謝不敢當而遇事襄助不使慈親獨操其勞余二十後屢應京兆試並幕游山左皖浙輒數載不歸夫人侍奉晨昏菽水無缺吾母篤之少紓倚閭之念後因先慈春秋漸高家道亦日拮据夫人乃力以中饋自任然仍事事稟命而行凡歲時祭祀戚黨餽遺尤不敢自專焉夫人節儉性成自奉極菲本生長富家頗豐奩贈自載遭兵燹衣飾盡失荊釵裙布處之晏然及余兩權鹺篆少少得祿始復製裘數襲然亦未見其常服也余少時不喜肉食體羸善病夫人則精力過人事

無巨細悉親操不爲寒暑所中迨喪亂頻仍室家流徙兩子俱死於道路未幾即丁先慈及叔子之喪夫人茹苦銜悲肝肺受傷遂得痰喘之疾治之久而未瘳然雖常在牀褥而調度家事仍復井井有條不以瑣屑貽余累今年春病益加劇竟爾長逝悲夫四十餘年伉儷半居貧苦憂患之中未嘗一同安樂其未卒之前三日嘗出釵釧一二事分給孫女侍婢又以篋中所積零星數十金屬余置備棺木蓋知余貧雖瀕死猶不忍以此事累余尤可哀已夫人情性溫和待人接物必以禮遇下嚴而有恩及歿無論親故疏賤咸哭失聲子五光簡安徽候補通判加同知銜娶

金匱華氏光翰候選縣丞娶同邑嵇氏光祖監生娶同邑孫氏光庭殤光儒浙江候補鹽經歷娶德清姚氏而光翰光祖均前卒女一適金匱五品銜候選訓導華賡堯孫二若瑗若瑾孫女六人夫人生以嘉慶十五年十一月十四日卒以光緒四年二月二十五日年六十有九

封淑人今例封夫人嗚呼方余少壯奔走衣食於四方恒賴夫人支持門戶仰事俯育俾余得無內顧之憂洎乎粵寇難作錫城淪陷余方需次浙江復賴夫人先期奉吾母避居鄉間而自斃其簪珥以佐衣食之不足俾吾母得無饑寒驚恐之患比數年來雖月有薪資亦僅敷日用之六七仍賴夫人設法拼擋夫人之助余者至矣夫人歿其又誰能助余者耶此余所以濡筆叙其生平而益滋余之悲悼也已

祁文端公神道碑銘 并序

故大學士壽陽祁文端公之薨爲同治五年秋九月後二年夏四月既歸葬公於某鄉某原距今又數年矣而神道之碑未立公子世長以屬之無錫秦緗業緗業束髮受書即聞公名迨道光丙午副順天榜幸出公門下然先後僅一再見侍公日淺知公亦未深八年冬復來京師世長以所爲墓志及公自訂年譜見示趙編修曾向並語公逸事

甚詳曾向亦公丙午所取士而尤習於公子者也於是始知公歷事

四朝久參密勿侃侃持正論不少阿附取容同列多忌之若非

天子察其忠誠不爲所媒蘖而中傷者幾希矣故公雖躋極品被

恩遇意常邑邑若不釋然卒以憂危成病屢進屢退以迄於終弗獲大信其志夫乃歎位高祿厚庸俗之所誇耀者固不足爲公道即僅僅以文學政事相推者亦未有以識公之心而闚公之蘊也惟公門生故吏滿天下豈無畜道

德能文章其人者若細業之無狀行能淺薄學識卑陋方懼負公一日之知又曷以銘公哉且既有王通政拯表墓之文矣毋乃重出何既遜謝再三而世長復述公不願得尊官貴人志墓之意且言行事未備體例各殊敢涕泣以請乃不克辭又遲之三載始爲之序而銘焉非敢緩也蓋其愼也公壽陽祁氏諱寯藻字叔穎又字淯甫以敬避
御名改字實甫自號曰春圃學者稱春圃先生曾祖諱雲瑞縣學生祖諱文汪長治縣教諭父諱韻士由中允改官至戶部郎中三代皆
贈光祿大夫母氏弓氏劉皆

贈一品夫人公父有丈夫子六公次居五劉太夫人出也公幼而岐嶷性至孝年十二父以事繫刑部獄公隨侍讀書不少輟並賦春草詩以見志越歲事白遣戍伊犁公請從行不許乃奉母返里益篤苦於學年十八中嘉慶庚午舉人先是贈光祿公蒙
恩賜環卽主講甘肅之蘭山書院公往省父因留侍焉書院故多藏書乃以其暇研精經史縱覽諸子百家公之殖學稽古蔚爲一代儒宗實基乎此甲戌成進士改翰林院庶吉士旋丁父憂服闋散館授編修會
仁宗皇帝崩充
實錄館纂修官道光元年入直南書房應
制賦太液春泛詩
宣宗賞焉由是自翰林以至宰輔未嘗一日離南齋也壬午會試充同考官旋充廣東鄉試正考官踰年督學湖南七年升右中允旋遷侍講又遷右庶子十年以太夫人有疾乞假省親
召對詢病狀且有求忠於孝之
諭人知
上將大用公矣假滿陳請終養不許仍寬以假期並
賜以

御製詩初集及平定回疆戰圖蓋異數也十一年秋太夫人病良已卽奉之入都補原官未幾太夫人又病公再乞養蒙
恩予假如前太夫人聞之伏枕流涕戒公勿復言歸病亦旋瘉公則由庶子連擢侍講學士通政司副使光祿寺卿內閣學士兼禮部侍郎銜一歲中凡四遷十三年秋太夫人歸爲孫娶婦疾復作十四年春遂終於家公奔喪回壽陽一慟幾絕十六年服闋未補官卽擢兵部右侍郎轉左侍郎踰年調戶部右侍郎同日奉
命督學江蘇轉左侍郎又調吏部未滿任擢左都御史例

還京途次
命偕黃侍郎爵滋一再使福建遂渡厦門籌海防蓋黃公
官鴻臚時嘗疏請禁鴉片煙西洋諸國多不便思內犯於
是邊釁始起矣在閩時擢兵部尚書辛丑會試充副考官
旋調戸部教習庶吉士是年九月
命爲軍機大臣
賜紫禁城騎馬丙午順天鄉試充正考官二十九年
命充上書房總師傅以戸部尚書協辦大學士是年冬使
甘肅鞫案事竣請假回籍省墓行次介休聞
宣宗皇帝升遐過家門不少留卽兼程北上蓋哀痛迫切

不敢顧私義也既還朝
文宗登極卽授公爲體仁閣大學士仍筦戸部充
實錄館總裁官維時
上銳意圖治深以議撫爲非罷大學士穆彰阿公遂首樞
務日
召見便殿輒問公用人行政之道公引經據史動逾晷刻
同列多苦之公猶講說不已
上亦未嘗倦聽焉公嘗謂言路國家之氣脈氣脈通無論
强弱可以爲國故咸豐初起用人望聽納直言惟公實左
右之也二年

慕陵奉安禮成加公太子太保銜自夷務平天下狃於晏
安不復留意武備道光末賊奕起廣西
命將討之輒無功遂蔓延東南各省師老財匱仰屋嗟歎
公弟宿藻官江甯布政使賊至守城嘔血而殞江甯省城
遂陷時三年二月也公感憤時事痛傷愛弟舊病增劇連
章請告四年冬得致仕仍留京師未歸十年秋海夷入寇
京師戒嚴
車駕幸灤陽公兩上封事均留中欲趨詣
行在以病甚不果行公子遂奉之歸里
今上卽位

特旨起用公自陳病狀請緩行並有陳時務一疏幾五千
言始於勤
聖學終於崇節儉其崇節儉一條於土木游觀尤三致意
焉識者服其先見公猶在籍卽
命以大學士銜爲禮部尚書同治元年春二月抵京
皇太后命與前大學士翁心存尚書倭仁編修李鴻藻同
直
弘德殿侍
皇帝讀公扶病侍直進呈陳鴻謨大學衍義輯要等書並
反復推闡爲人君止於仁之義

上輒動容稱善越三年卒以老病乞休
優詔慰留者再公請不已乃得
予告又踰年薨於京師年七十有四嘗手定遺疏諄諄以
納諫親賢爲急務言不及私公病中有句云病久豈忘憂
世念夢中還有薦賢心可以見公惓惓君國之悃矣事聞
上震悼遣郡王奠醊
贈太保謚文端入祀賢良祠給祭葬予沿途地方官護喪
以歸於時天下莫不感動謂
皇帝之厚公獨至不知微公之忠恪素信於
列聖亦無以荷此恩禮也公少即澹榮利恥奔競初入翰

林年僅二十餘耳乃官編修十年始授坊局
宣宗召見諭曰觀汝始終是正派人則知公固受特達知
不由大臣薦也其在樞庭且十數年亦深恥朋比唯諾之
風方道光辛丑壬寅間西夷梗化海疆不靖首輔穆公意
不欲用兵公數廷爭之不從後撫議成夷人歸我侵地穆
且曰如祁某言幾誤國家事及公相
文宗定郡王素結主知顧樞密事雖諸王弗與聞也定邸
每向公探問公輒對以少頃即有
旨定邸滋不悅其時軍事方興度支日絀諸言利者爭以
苟且之策進公多密陳罷之定邸主議鑄大錢公謂無裨

國用徒擾閭閻疏爭甚力既不聽則姑請罷當五百當千
錢而當十錢遂通行於天下今已久廢不行惟京師行之
如故然亦一錢止值制錢二三耳錢法於是大壞人多追
咎創議者或且以爲自公發之不知其人固嘗阻公抗疏
力爭者也定邸殁鄭親王兄弟漸專恣尤不便公所爲未
幾即有滿洲人吉年訐公一事
上震怒立誅之非
聖主知公禍且不測而公旋以病請退卒不能安於其位
矣公嘗謂爲政以得人爲先尤殷殷於以人事君之道其
生平所識拔汲引者類多知名於世值樞密時於

上前薦賢甚衆人莫知之同治初又屢上疏論薦尤重循
良之吏然公雖好宏獎而不受私謁有人餽遺者必卻之
寓居宣武城西偏門前車馬闐如也庚申告歸故居不能
容至寄居山寺後内召入都寓中均飯脫粟公自奉甚菲
而篤於故舊每卹其後人刻其遺書如歙程侍郎恩澤詩
集及平定張穆肅甯苗夔諸人著作多公所助刋也其先
光祿公所輯西域釋地一卷西陲要畧四卷藩部要畧十
八卷藩部世系表四卷已庚編四卷亦次第刋行公既以
文學受知
先帝故所爲詩古文詞皆卓然成家自漢儒宋儒各立門

戶格不相入公病之嘗言通訓詁明義理二者不能偏廢
其視學吳中也重雕朱子小學以訓士又得景宋鈔本說
文系傳登諸版於是小徐書始行于時其自著則有馬首
農言十四篇䜤䜪亭集四十四卷已授梓其他著述尚夥
未鋟也配曹夫人繼配陳夫人新城故侍郎用光女公會
試出陳公房且從以受古文學者也子世長翰林院編修
公薨後加
恩以侍讀升補今擢侍講學士提督安嶶學政孫友慎
欽賜舉人銘曰
瞻彼馬首邑斯族斯惟晉大夫越二千載篤生偉人相我

國家少遘家難繫囚獄卒伴公讀書公學以成乃掇巍科
入承明廬
天子知公累擢鑑衡終枋機樞晚爲
帝師昕啓夕沃伊訓臯謨信任嫥矣
寵榮極矣胡鬱勿舒海波既揚楚氛載熾時際艱虞東南
驛騷大農告空籌策徒紆桑孔競進頭會箕歛利析錙銖
公謂非體剜肉補創毋乃大愚疇主和戎犬羊反覆震驚
乘輿公見幾先挽捄末由流涕沾襟正色立朝屹然砥柱
始終不渝婞直招忌含沙射景橫肆詆誣我
皇明聖燮魑罔象其可稽誅公心雖昭公身曷安退臥城
隅豈不戀
主臣實衰病恩禮匪疏大星忽殞山頹木壞四海欷歔不
朽備三卓爾名臣粹然名儒佳城孔固方山之麓曹河之
墟勒銘表德匪私於公垂百禩模

曉亭王君墓志銘 并序

君姓王氏諱文煥字晉軒號曰曉亭系出宋文正公旦其
後再遷而至無錫析縣爲金匱人曾祖諱成英祖諱佐考
諱暎榛
誥贈奉政大夫母張宜人生子三君其季也少聰穎讀書
目數行下輒通大義出塾即伴母坐母謂曷不從諸兄弟

游君曰舍母前奚游父母皆奇其言以爲異常兒既而父
年日高兄仲早世家中落君遂棄舉子業以計然術往來
江淮間乃得以其嬴奉父母君雖數客游而返有常期一
日者爲風雨阻夜宿舟中忽心悸比曉乃兼程馳回知是
夕父倚閭達旦君大悔遂絕跡不復出越數年父母相繼
卒君哀毁骨立幾滅性道光己酉咸豐丙辰邑有水旱災
君每自爲粥糜以賑饑者及庚申之亂避地江北鄉人有
告貸者必滿其意而去不以家破辭事平南歸首省先墓
而脩之且蠲田若干畝供祭掃費猶以未能擴充爲憾焉
其於里中諸善事靡不與而尤志存利濟嘗獨捨資財以

築橋梁南門外之陽春橋及鐵柱日暉永勝三橋東南之三接橋皆君所脩也鄉人稱便請能文者勒石記事而君固讓善不居也君素喜讀性理書輒揭要以訓其子弟嘗謂人家之所以興鮮有不由勤儉而篤厚者而其所以敗亦未有不由驕奢淫佚者故雖處華膴心淡泊布衣蔬食以終其身而祭祀必豐宴客必盡禮戚族友黨之賴其賙䘏者不下數十家及君卒哭之皆失聲其卒以同治十二年閏六月十日春秋六十有四君故未仕援例得五品銜以布政司經歷候選

誥授奉政大夫配周氏

封宜人先君卒子二長敦培詹事府主簿次嘉培候選從九品孫七女子二予族子燠其次女壻也故於君之葬燠來請銘銘曰

嗚呼王君其德孔麗不施於邦而爲善於鄉嗚呼王君仁胡不壽繼繼繩繩庶昌厥後旣鞏且崇是維善人之宮我爲之銘以詔無窮

史雨香贈公墓志銘

光緒七年某月某日史佳若觀察將葬贈公於常州之張堰橋新阡太夫人陸氏祔先期來請銘余舊作贈公家傳而失其稿爰爲之序而銘焉贈公諱福泉雨香其字漢溧陽侯之五十五世孫也前明洪武中遷武進之泓水村高祖諱某康熙戊戌進士官趙州知州始居常州東門曾祖諱某祖諱某父諱某贈公兄弟三人居其長性穎悟好讀書稽古尤嗜杜詩少隨父某任所及旋里已弱冠應童子試輒前列因家貧遂棄舉子業爲負米計曰我以一身養家兩弟便可下幃勿爲內顧分心矣後幕游閩中年三十始歸娶不數月復出謂其妻曰我不能常事庭幃今見汝能盡婦道我心慰矣遂行時姚公石甫官閩聘贈公爲記室相得也嗣姚公都轉兩淮復入其幕先後共處者十餘年其仲弟及弟之子均舉於鄉旣而諸弟相繼歿贈公旣

抱終鮮之痛又念母老須侍奉故不樂遠游迨終養而贈公年已六旬餘矣贈公自以依人以終未得名位嚴督其子致馴於學致馴旋亦舍帖括而習度支贈公頗不喜及致馴客江蘇海運局及宜興太倉江陰等縣贈公均就養咸豐己卯致馴由幕入官權知浙之分水鎮海嵊等縣贈公優游官廨吟咏不輟以栽花種竹自娱不問其他辛酉致馴在嵊贈公年七十九將爲舉八秩觴而前三日以微疾卒其時鄰境戒嚴故鄉未復致馴扶贈公櫬權厝會稽之鄉窀穸甫畢而嵊亦陷向使贈公稍緩死則全家陷賊中事有不可問者乃不先不後竟以考終咸謂贈公一生

孝友之報爲之子若孫者雖不敢以爲幸而舉室無恙重
覩昇平日昌日熾未必非贈公之靈有以默相之也致馴
每爲余言及此未嘗不嗚咽流涕云贈公配陸夫人同里
國子生諱沂女年二十九來歸贈公方志在四方定省及
中饋事胥夫人是賴致馴幼時頗爲大母鍾愛而夫人防
範恆嚴每語人曰子弟不肖每溺於母教寬可姑息爲之
耶夫人卒於道光二十一年冬先贈公且二十載子一郎
致馴字曰佳若前任浙江定海直隸同知加三品銜候選
道加級得二品封孫五悠元三品銜由工部郎中出爲江
西候補道悠慶湖北候補知府悠康悠瑞悠誠及曾孫久

華均諸生嗚呼其後可謂盛矣銘曰
不慕人爵惟耽高吟倫紀是敦弗罹妖祲生無赫聲歿有
餘蔭子孫寖昌取妃亦賢長橋耿虹是謂有道之阡土厚
藏深以鞏萬年

副貢生虞君衣冠墓志銘

咸豐十年粵賊之亂吾錫士大夫殉節者不下數十人而
虞君賡颺最著則以其文名動當時識與不識無不知有
虞先生也君名陛後更名廷皋字曰賡颺爲宋儒薇山先
生後祖某父某世居無錫皆不仕君少孤劬學家貧客授
以養母母楊孺人亦以紡織佐焉君於文藝尤工舉子業
弱冠補博士弟子員試輒高等乃十應江南鄉試不售中
道光乙未科副榜君不爲遠游嘗一入南河總督幕府遽
以病歸仍教授里中從之游者或高捷以去而君晚年嬰
沉痾爲生徒說經談藝猶娓娓不倦然不復踏省門求試
矣歲庚申金陵賊至君集衆守城或勸之出避君曰余衰
憊而貧去將何之雖知城必不守有死而已城陷卒死之
年五十有九請
卹如例配吳孺人先卒子四長諸生汝翼由賊中逸出與
其妻兄楊部郎宗濂起鄉兵拒賊因傷病歿次汝爲汝諧
與君同時殉難季汝弼世襲雲騎尉浙江候補縣主簿先

是事平汝弼覓君屍不得以衣冠瘞於某鄉某原同治某
年月日也余與汝弼同官於浙乞爲君銘時君之葬久矣
且已有華君翼綸傳之奚以銘爲惟新脩縣志忠義傳中
但述君死事狀而不及汝爲汝諧言汝翼之死亦小異殊
不足傳信後世志旣未由更正故特爲之序而銘焉銘曰
文益工遇益窮志不奪身不屈生也奚榮死也則哀碧血
未化青山可埋其永護此松楸兮勿拜勿摧

原任海甯州知州秋苑楊君墓志銘

君諱春池字夢蓮號曰秋苑無錫楊氏曾祖熾
贈奉政大夫祖德塤廣東佛山同知父鉞諸生

贈中憲大夫母氏顧爲蒹塘先生女
封恭人
詔旌節孝君少孤一秉母訓委已於學屢應童子試不售入貲爲布政使理問需次浙江有年檄赴蘇適金陵賊下竄逼無錫君挈家渡江避亂凡族之叔伯兄弟率依以行貲告罄弗顧既而縣城果陷楊族多免於難胥君力也浙杭亦一再陷賊會今相國合肥李公來撫蘇軍滬上規復蘇常檄君榷常昭釐稅商民感之完納有加軍餉以濟敘功得知州旋回浙仍辦鎮海塘西湖州等處捐局丁母憂歸服闋補海甯知州則光緒二年也其明年春蒞甯君性仁恕爲治不尚威嚴與民如父兄之於子弟苟有過不加扑責而反覆開導之人亦丕變逾數月獄訟閒少君顧而樂之曰是足與吾民相安矣其他善政如興積穀勤課士改石塘固不可以枚舉也杭嘉湖漕甲一省州縣類以催科爲能君不令而民之輸粟恐後籽粒圓絜爲是歲浙漕之冠當事嘉之保

奏加四品銜君初不自言也越己卯夏旱君雖步禱得雨并引湖水以灌之稻已大傷補救無幾而額徵如故民遂未能踴躍如前歲矣於時大吏方按勘荒田疑官有侵冒征求益急君曰田有荒熟歲亦有豐歉吾不敢以熟作荒亦奚能轉歉爲豐耶既自鬻數千金償正賦猶不足檄催日數至君於是喟然曰民力竭矣吾力亦竭矣謹當延首以待自簡耳卒去官州之搢紳耆老以君爲民受過欲連章請留君婉謝之送者自州至省不絶迄今已二三年余偶遇州人士論及先後長吏必推君爲首且深以未得還我使君爲恨有衋然流涕者是可以知君已方今浙西州縣類困於南米南米者以供駐防八旗兵糧例不納粟而糴米以折錢率以兩石價當一石由首府以上諸將軍分毫不敢逋欠官乃重困其愿者甘毀其家以幸無罪黠者則吸膏搜髓力征經營而取盈焉吏治之壞至此極矣大亂初平元氣未復知治本者自當以撫字爲先催科爲後如君者所謂安靜之吏悃愊無華日計不足月計有餘果能得君輩置之數十州縣中必有政簡刑清之效浙事庶有豸乎乃不惟不能薦寵之而復摧折之於是君遂不得復任且以府經歷降補矣實則君先假旋殁之者并未識其面也噫舉措若此固不獨一省吏治之所關亦有人心世道之憂也已君近病喘及塞亦無復用世志竟以光緒八年七月十六日卒於里第春秋五十有九娶顧恭人妾仲氏陸氏丈夫子十斗柄維楨梓及其季桐皆早殤植楨諸生模出後從父栻稟生樨優貢生候選訓導楷相亦皆

諸生女子三今於是年冬十二月某日植等將葬君於某鄉某原君諸子皆有文行而模楷喜爲古文辭以亥君久知君深者莫余若爰手君狀及楷所爲治甯遺跡來請銘銘曰

漢重循良與民休息入爲三公以彰有德今也不然政尙綜覈吏以能名是謂民賊愷悌楊君太和胸臆蒲鞭在懸匑用掊克宜揚於廷以風凡百詎咈上心不褒而劾日月不居遽就窆冢州人相弔爲君痛惜青山之陽鞏此幽宅後有史臣請眎茲刻

亡兒光祖壙志

光祖者無錫秦緗業之第三子也以同治五年八月二十一日没於浙江鹽運司署其父將昇其棺歸葬於龍山之陽乃爲之志曰光祖生於寅故自號曰虎侯其質魯成童就傅粗識文字讀書日不過十餘行余方客游未暇課其業之勤惰也年十六七畧知古今涉獵史漢及李杜韓蘇集能爲小詩而摹漢人印仿元人畫較有古致亦未成家於行楷則雜臨晉唐碑帖而小變化之儕輩頗推其工然獨不喜舉子業余以其寒瘦非貴者相亦不甚督責之年十八一應童子試輒報罷未幾吾鄉陷於賊光祖隨其父母轉徙流離同治元年秋避地上海一家僦屋數椽無置几案地遂廢學三年春移居蘇州始爲之授室並延師課以制藝試帖光祖亦自奮厲其明年復就郡縣試迨十月學使者按臨而光祖病矣其病以泄藥之不止竟罷醫有蜀人王廷俊者善切脉喜用古方多奇中使診之曰病深矣尙可活光祖亦自喜曰名醫也其方與庸俗異服之不疑其堅僻好奇多此類然卒不治閱十數日而死得年二十有五娶孫氏女一今年二月始生光祖性仁孝辛酉杭城之難吾母年老徒步自賊中出賴光祖扶掖以歸故愛之尤篤及其病也時以爲憂旣而吾母亦病睡夢中猶詢光祖病狀豈知三日之間死亡相繼而光祖且從其大母之喪而歸葬耶嗚呼可悲也已

張端甫哀詞

道光二十有六年夏四月張君端甫自河南來抵京師而病篤遂以其月望後三日卒於城西佛寺中年三十五余時授徒海淀端甫卒之先一日始聞其至且病急馳視之已不及矣悲夫吾錫自楊員外芳燦以沈博絕麗之學震爍海內端甫幼而濡染喜爲駢儷文字詩與詞亦尙側艷後以廩貢入京師從梅先生曾亮游始嗜焉自喪屏不復爲詩文而浸淫於易詩孟子三傳自遷固書以及莊列管

苟諸子文則非八家歸方與夫李杜韓蘇黃之詩不敢泛濫涉獵如是者二年其氣沛然以充發爲文辭不沿蹈時俗字句而蘄妃於古人然不多作得文三篇詩數十首而已後遭母喪貧不能歸去而游河南人事病其思慮卒卒未暇以爲以迄於死死之二日余與同縣侯楨發其篋則得所謂文三篇詩數十首者其他所作與一切徇人之詞盡焚棄略盡矣亦勇矣哉端甫年十八九爲弟子員赴南北試者五被黜其家向有中人產至端甫之父而貧河南糧道庾長君厚端甫助之歸葬其大父以下數喪而端甫至是亦死烏乎世所稱科第祿位子孫壽考數者或一人

而兼有之即不然不得於彼必得於此而端甫無一有焉何也端甫之喪常熟姚員外福增經紀之喪以南歸而庾長君復賻恤其家人余當刻其遺集先爲詞以宣余哀且乞梅先生傳焉詞曰

烏乎端甫胡嗇子之遇而復札其生耶胡爲善之汲汲而繼世之婷婷耶學能窺先民之宦奧胡不克底於成耶豈彼蒼之夢夢才果與命妨耶是區區之零墨敗紙其能取後世名耶抑徒供蠹魚之饕餮而同歸於冥冥耶烏乎端甫已矣其老父與寡妻疇所恃以爲養耶此後死者之責也而終使子睊睊於泉壤耶

姚臣哀詞

光緒八年春三月從孫姚臣以病歸自嶺南余適亦歸里留數日姚臣因畏風偃卧未得見時余已乞假還山方謂聚首之日正長乃越兩日而姚臣竟死矣其病在肺醫者以其舊有脾腎之疾意主温補而卒不治其命也夫姚臣十七八歲時隨其親與兄禹臣同避亂江北見其所寄詩已能闚唐人門徑竊喜吾宗有人後賊平返其故居廬舍無恙讀書愈多然一意舉子業間涉獵古文詞而不甚作詩矣旋補博士弟子員有聲庠序屢應南北試不售嘗一佐山西學使者幕去年應兩廣制府之聘纂輯歷代史志

未及成而病姚臣好學深思不浮不苟或謂其用心太過致病之由其職是與禹臣於文揣摩時趨亦工小楷人且以翰林期之惟頗好冶游不自葆嗇故致壽未中姚臣則端重謹慤未嘗徵逐酒食惟書史是嗜昔人有言不登季女之牀不入孌童之室者姚臣有焉乃亦偕禹臣先後逝世科名學問皆未克大成其人事爲之耶抑天道爲之耶余宦游浙江而間歲必一歸舊雨甚稀每與姚臣縱談一室上下古今以爲快樂去年因得送其嶺南之行以爲不過一半年之別不意遂成永訣也悲夫悲夫姚臣所爲詩文未知尚有存稿否前數年邑中脩志余爲總纂喜與商

權去取繁簡間斟酌盡善諏諸考證尤信而有徵於舊志亦多所匡正即以爲姚臣一人著述可也昔唐有李元賓李長吉皆早夭或以文傳或以詩傳余交游中若張端甫侯子勤薛季懐輩皆才人短命其嗣祖笠漁府君亦不永年今姚臣又繼之噫吾鄉讀書種子絶矣是一邑之不幸非特一家一人之不幸也雖然世之高爵厚禄而享大年者何限或且名與身俱滅而元賓長吉聲稱至今則又奚憾焉爰仿昌黎體爲之詞以塞余悲并以慰其父母詞曰

惟之子之早慧兮羌博覽而能詩追鮑謝之逸響兮鑄馬班之偉詞信吾家之名駒兮日千里其可馳冀脫穎而速化兮庶昌大其門楣迺數刖而累躓兮類楚璞之見遺古有起家於幕僚兮非一第所能羈顧嘔心於文字兮卒致病而言歸宜通而塞宜壽而夭兮實天道之難知嗟弟兄之不祿兮載摧折夫荆枝司馬宜有遺書兮茂陵其或求之不壽身而壽世兮期令名之永垂悟彭殤之一理兮又何重乎期頤況有弟而復有子兮聊破西河之涕洟翳余衰年而善病兮覺後死之奚爲安能效莊生之齊物兮釋志士之纍欷

虹橋老屋遺稿文四

無錫秦緗業應華

西溪游記

西溪之勝懸余夢寐間者十數年矣丁卯之秋許君益齋以西溪秋泛詩畫冊子見貽蓋嘉慶已未先大夫官浙時作也讀之益神往屢約華遂秋薛慰農同游不果會張甥雨生從孫堯臣自錫山至二子皆能詩雨生又善畫余語之西溪輒興發不可遏爰招同楊子德舟以仲冬四日往游焉維時西湖西溪諸名刹半毁於兵無投宿處是夜宿於松木場舟中五日早起飯易容四五人小舟由西堰橋過秦亭山沙嶼縈迴一里一曲十八里以達於河渚俗名何家河頭有村落棹舟者爲村中人不知蘆庵所在將返櫂問溪童始得之蓋游者尟矣庵初名正等院董文敏題曰交蘆而土人則以蘆庵呼之兵火後止存水閣二所中界一溪有小木橋通往來門對法華諸峯後多竹園蘆漵古梅數株未花庵僧云居民以梅爲業論畝種之今斬伐殆盡詢以曲水秋雪諸庵則已廢惟距此一里而近有千鈞池可游焉於是迴舟復經河渚折而東抵岸得屋數椽爲護生庵乃同治三年復建者庵之左即池池故多大魚康熙中錢塘令慕公以爲放生所築三庵於旁護生其一也住持破蓮舊識慰農且從杭州諸名士游欲留余飯不

可待攜有雞子十數枚分食之破蓮復爲余言花塢之勝願爲鄉導因偕之行再至河渚舍舟而陸遵南宋輦道行里許始入山徑左右皆竹不下數十萬竿天日微露鬚眉盡綠旁有一澗不甚深水聲幽幽然石罅叢生菖蒲翠色可愛余腰腳漸疲竹中得茅庵止而息焉破蓮云昔有僧日誦法華楞嚴於此故名曰法楞庵庵惟一僧久不見客愕不爲禮而汲泉煮茶甚甘坐移時出有横木跨澗上破蓮云舊爲石橋名藕香過橋歷級而上復得一庵榜曰伊齋爲陳香泉書蓋取伊蒲塞饌之義也庵視法楞爲閎敞有閣可登眺四山竹栢皆見庭中多植萬年藤黃精之屬

破蓮云山中爲茅蓬十餘至石人塢而止過此十里爲横山則西溪最深處時已薄暮不及游仍取道回河渚登舟與破蓮別淡雲微月掩映蘆葦際及至松木場宿漏三下矣歸後各記以詩而雨生復爲之圖噫西溪之去錢塘門二十里耳春秋時竟日可往返而詢之市人則不知士大夫亦罕有游者非以其地至僻且狹而香車畫舫有不得而至與至花塢即在靈隱之背一肩輿可達其竹樹之勝亦不減雲棲而游者益罕余謂雲棲如名士花塢如隱逸一則照耀耳目一則滅跡銷聲迨亦各視乎其所遭焉然是山也猶在省會數十里間若夫遐陬下邑負奇競勝而不爲人所知者豈少哉

南山紀游

丁卯十一月二十七日爲冬至節余閒居無事而久晴不雨和煦若春因復偕雨生堯臣爲南山之游余乘輿二子騎馬曉出清波門過南屏淨慈寺已廢行七里至大慈山見石幢二則虎跑寺在焉渡石梁層折而上夾道舊多古木上緣藤蘿大半遭斧斤寺亦燬於火有僧衣破衲結屋數椽以居訪虎跑泉則墜葉覆其面不見底汲而烹之僧不諳陸羽法有煙火氣亟舍之去度楊梅嶺而南四圍皆山前若無路屈曲蛇行巒光樹色隨步而變山半紅墻黯

慘碧瓦成皐則故理安寺也寺僧二爲甯波人語支離不可辨留余至茅蓬中少坐後有小石潭菖蒲被之水涓涓自根流出積而成渠甚清冽名曰法雨泉上覆石亭未圯方咸豐乙卯丙辰間余客杭每以桂花時游滿覺隴便道過二寺頗極裙履壺觴之盛今亂後重來其虎跑則山童樹禿風景全非而理安之松濤竹韻自若也然春秋佳日來游者蓋寡況急景窮冬人事刺促非有閒如吾三人者其肯向寂寞之區而求荒寒之景哉維時日未晡仍取道楊梅嶺將歸見有碑曰煙霞洞進路陡絕不宜車騎乃徒步賈勇而登歷數千級造南高峰極頂左江右湖皆見洞

門高敞空明有石牀可坐一僧自云游四大名山囘憂此留不去洞中冬煖嘗獨宿其中不畏蛇虎類有道者汲山泉不知名煮茶而甘勝虎跑水有興夫導余別循樵徑下余憊甚聞水樂洞之勝不及游而石屋洞在道左舉趾可達二子因復强余一往焉洞縱丈餘横二丈餘如軒堂形左右稍上各有小洞外一洞曰蘘雲內一洞曰碧海浮螺相傳極底有泉今亂石塞其口不可測度矣余既歸首記以四詩而索二子和并令雨生圖之以爲西溪之續云

姚梅伯藏三種蘭亭跋

繭紙鼠鬚不可復覩世傳禊帖不下百數十種論者聚訟

紛紛實皆非右軍本來面目也余舊藏宋搨五本亂後失之大某山人出此卷見示一爲褚河南所臨絹本傳聞唐太宗始獲此帖命馮承素輩搨賜近侍而歐虞褚諸公無不臨摹各參襍自家習氣歐之肥褚之瘦各有不同山谷道人又謂褚臨極肥殊不可辯豈褚與褚又有不同耶此本細筋入骨正是瘦本雖紙多腐損處神采奕然洵宋搨之佳者一爲有宋宗室子書從定武本摹刻高宗嘗自書跋語今已無存昔人謂定武蘭亭肥不剩肉瘦不露骨此本似稍失之肥傳刻失眞[redacted]未可知也一爲趙承旨摹刻趙書即從蘭亭入手所臨無慮數十過往往逼眞宜其刻本精妙乃爾右三帖乾隆中在雲間張氏悔堂先生各爲題跋合裝成卷不知何時入大某手大某工畫能書不必盡法右軍亦自成家今且垂垂老矣與余別二十年復相遇於滬上自念數罹浩劫百物蕩然而兵燹餘生重得覩此名帖豈非眼福爰書數語以歸之

玉刻十三行跋

右碧玉本十三行附以翁蘿軒端石刻二跋乃嘉興張受之舊藏而余得之石門蔡氏者受之名辛爲叔未解元族子精於鉤勒篆刻一時無兩是本之楊大瓢跋後三行及翁跋即受之所雙鉤也道光年間余嘗識受之於京師時

以摹刻楊忠愍公手跡厲松篘庵旋即病殁所藏金石散佚殆盡故此帖遂流入蔡氏與考世傳十三行有麻箋硬黄之異而玉刻又有碧白玉之分此本爲賈似道碧玉舊刻萬歷間出土而康熙中歸諸翁氏後以進呈其源流既備見於楊氏及叔未諸公之跋矣聞宗湘文觀察藏有玉刻精搨因借校之點畫大小與此無二惟其字較肥墨色亦較舊疑是明以前搨本及觀龔定庵儀部跋雍正庚戌漁人得此於西湖葛林園所謂白玉本有鶯痕者也漁人以歸童氏童氏以歸制府李公李公進於

朝嘉慶三年乾清宮災石燬余藏此本有二云云是又以

爲白玉本矣定庵淵博過於叔未而考據碑帖固當遜之龔本之爲碧玉而非白玉許信臣中丞辨之甚晰卽以墨色論斷非雍正時物足見定庵之踈惟一則曰萬歷間得於葛嶺一則曰雍正間得於葛林園一則曰翁學使經進一則曰李制軍經進情事略同必有一誤按翁跋有後人愼守之語則未嘗進呈可知而進呈者當是白玉本蓋前因碧玉本之得於葛嶺而誤後又因白玉本之進呈而誤也今
內府之玉既燬翁玉又不知流落何所以此終成疑案耳或云白玉本卽從碧玉本橅得然其中棄字大不相同恐

非一本楊跋載朱文益云四村老人親見玉工鐫字是其本固出於明季不逮宋刻遠甚其他翻刻尙多或石或木神采全喪則又非白玉之比矣此本雖不如宋搨之精且舊而得叔未諸公題跋及文節諸公繢圖又爲亡友故物余故不惜重値購而藏之也

跋金簡庵聖教序字詩冊

古人有集歸去來辭字及禊帖字爲詩者然不過數首而止近代張鹿仙觀察始集聖教序爲楹聯不下百十句然就字生意非命意用字猶不爲甚難也大興金君簡庵於咸豐間嘗割裂字帖成五言律二十四章傷時感事自抒胸臆其悲壯淋漓不啻杜陵毫無牽强痕迹所謂文章本天成妙手偶得之洵古今未有之奇已

跋黃文節公大書發願文卷

右大字發願文未署欵故味辛竹坪諸先生疑爲張樗寮筆樗寮故好爲擘窠書亦好寫經然其書劍拔弩張略似米海嶽去蘇黃較遠而山谷書則氣味古雅意度精嚴得之瘞鶴銘爲多固與張氏不類也是卷卽竹坪所藏作跋後見清河書畫舫載有山谷發願文始改前說顧舊有宋明三跋及金章宗題籖明昌七印此皆無之莫解其故余復證之式古堂書畫彙考所載與清河氏畧同世當無有

二本也己卯閏月有毘陵人持此來杭求售余詫爲得未曾有而心不能無疑因以質諸陳六笙觀察六笙閱未終卷卽以爲是山谷書第一愛不忍捨竟以重値得之蓋六笙深於八法宋四家無所不學而尤心契涪翁一見如故殆有鍼芥之合焉昔人有云世之正法眼精鑒藏每於神氣求之蓋以神氣爲主固不在乎欵識題跋之有無而藏印更弗論矣余既慶是卷之得所又服六笙之精鑒爰合十讃嘆而書其後

跋趙松雪畫漢晉唐事跡卷

文敏畫人物追跡二周同時與錢舜舉齊名後惟唐仇差

得其意今已成廣陵散矣公嘗自題扣角圖云作畫貴有古意若無古意雖工無益今人但知用筆纖細傅色濃艷便自爲能手殊不知古意既虧百病橫生豈可觀也吾所作畫似乎簡率然識者知其近古故以爲佳其論甚精而自負亦甚此卷所繪漢晉唐事跡先後六段未嘗不纖細濃艷而古意盎然所以能超出李唐之上劉松年自書小行楷亦深得義獻筆法可謂書畫雙絕惜絹少破損漢陽陳子固大令令吳下佳工裝池之神采仍復煥發意當時必有元明舊題今已佚去子固俾余跋之知不免續貂之誚已

南田畫冊跋

世傳南田初畫山水見石谷畫乃專工花卉然今所傳南田畫本雖真僞錯出花卉反不如山水之多蓋石谷以學力勝南田以天分勝二公本未易軒輊也此冊出自武林故家先爲石查司馬所見以爲不眞而失之交臂遂爲鶴生所得不知畫作於康熙六年丁未南田年才三十五宜其尚未大成筆秀而弱實屬眞跡也惟仿房山一幀未佳按大米源本董巨而變化之自成家爲千古獨絕余藏一幅純用焦墨非潑墨也虎兒已小變其法後之學者多宗虎兒非能纔元章元惟高房山明惟董香光

本朝惟王麓臺爲得其髓雖惲王猶不能擅場世之自謂仿米者可以知難而退矣因并識之

題江弢叔遺札後

弢叔以名諸生屈於下吏年未五十而死後半月一子始生其家又先破造物之所以厄之者至矣然其爲詩吐棄凡近戛戛獨造昌黎山谷而後罕見其儷吾知百世下言本朝詩人者必曰弢叔弢叔彼富貴而壽考者烏有是哉此爲弢叔易簀時與慰農書書中不以後事爲屬而慮其詩集之刋布未廣可謂癡絕慰農好客獎敦友誼宜弢叔垂死猶拳拳若此而於余亦有知已之言則重可媿矣弢叔平生知已若彭文敬徐清惠諸公皆足以進退人才而卒無以振之其傳刻弢叔之詩者則徐仲水符雪樵一二窮交也悲夫悲夫慰農既以弢叔自書詩及遺札合裝成卷出以示余余爲泫然書此

題金冬心杭堇浦劉石庵梁山舟書畫扇

冬心翁畫梅每自云法白玉蟾玉蟾畫世不多覯而楊補之王元章之眞跡尚有流傳者大抵補之一幹數花而不嫌其少元章千株萬蘂而不厭其多冬心實師元章特託名於紫淸眞人耳昔見翁畫梅冊十六開其法悉備尤爲鉅觀惜未之購所藏衹兩條幅而已便面尠有眞者此非

廣鼎陶仙其寶之

董浦先生名重海內世無知其能畫者咸豐庚申辛酉間忽見先生寫生卷冊甚夥余亦購存一冊或以爲有人僞作故集於一時然乎否乎余冊既經亂失去而骨董家近亦無以先生畫求售者矣此畫梅便面並自題詩數首俱極自然其爲眞跡無疑先生雖不以畫名而其友金冬心汪近人陳玉几俱善畫梅見獵心喜偶然點筆純乎書卷之氣何不可與諸公爭奇競勝哉

書自篆籀變爲行楷而鍾王以名右軍實師太傅而後世皆宗右軍習爲姿媚太傅之古質殆如廣陵散矣唐顏魯

公少變右軍之法近人競尚北碑欲駕趙董而上之然其體固非王亦非鍾也劉文清公於書無所不學初亦從子昂入手後乃自成一家雅與太傅爲近所謂魏徵嫵媚豈尋常時世裝耶此扇頭尤爲文清極用意極出色之作可寶可寶

山舟先生性好書未嘗拒人之求年壽又極永故其跡流傳所在多有當時杭人競宗之遂假其名以求售未免流入甜熟一派實則先生書天眞爛漫而不失晉唐以來遺矩余嘗見其少作小楷則學逸少大楷則學誠懸後乃一變古來書家未有墨守古人而能自成名者也先生爲先君子執友故余家藏其書不下百數十種亂後喪亡幾盡觀此爲之憮然

題先姊畫蘭

記余十數歲時嘗偕先姊從邑中方先生學畫蘭實未夢見古人筆法也余旋棄去姊適琴川張氏其家富收藏姊壻約軒通守尤好古所見趙文名跡頗多耳濡目染畫學日進此數幀作於道光己丑年方二十餘其時清河家門鼎盛唱隨甚樂殆有鷗波寒山夫婦之風翰墨亦略相似其後載更憂患洊丁喪亂此事幾廢而今距吾姊之亡且十五六載矣雨生甥摟羅手澤所存祇此可不寶諸余髮

白齒落卒不善畫回憶小窗共事筆硯時恍如隔世泚淚著墨爲之愴然

爲江建霞題華遂秋畫卷

遂秋畫初從婁東司農入手後乃上溯北苑大癡間一涉獵雲林生梅花道人而於山樵甥舅則未之及蓋遂秋性情豪爽筆墨雄厚不耐皴擦山樵精密非性所近卽董黃亦有極精密處恐未能到也近人若鄒衣白吳塞翁爲遂秋所不屑學而不覺似之蓋二家皆師一峯老人止得其簡古之一體千嵒萬壑或猶有所讓焉此八叚皆遂翁經意之作爲元和江君建霞所藏裝潢成卷建霞爲遂翁之

甥年甚少能詩古文詞間作山水酷似其舅畫雖不必學山樵而山樵實與松雪代興建霞其庶幾乎賓諸蓬老當不河漢余言

題倪葆卿四十四歲小像

此不知何人行看子也而形神俱似倪子葆卿前後無題識惟顧西梅補景署年月爲乙未春日則道光十五年也計其時葆卿年十二而畫照者約四十許安知三十餘年後竟似我葆卿哉造物賦形妍醜靡定而人之賢愚不與焉卽以相法决貴賤貧富者亦妄也畫照者吾不知爲何如人葆卿乃鴻寶先生後能鑒別書畫故雅士二人者貌

同而性情行事不必同況其人而在年七十餘非復畫中之貌若葆卿至七八十時人亦必以爲不似葆卿矣蓋一人之形隨時變易其又何往而非幻耶則卽以此爲葆卿四十四歲小像也可

書過素行遺象後

吾邑八士橋過氏以孝弟力田世其家讀書不及致貴顯而一時遊黌序者十數人類多恂恂儒者其生産僅足自給而皆屏棄一切狗馬聲色之好以賙恤鄉里余每聞其風俗之厚以爲人家欲恃以久不爲翕翕熱而亦不至溘然而盡者宜以過氏爲法過氏有諱龍桂字子蟾及其仲子諱賓字素行者相繼以好善聞於時今素行没且十餘年距子蟾之亡已數十年矣其後人以周太守鍏庶孝廉汝翼等所爲二翁傳示余余讀之知二翁厕身闤闠不恤與其行以篤於義而素行翁尤能體親之志以成其仁有非士大夫所可及者且其家非故素封所施亦僅百金而止未必果有濟於衆然已一鄉爭稱其賢若是是今時人心未嘗不古豆羹簞食之惠往往沒齒不忘而彼擁厚貲者猶不樂一效翁之所爲者何哉余性耆鞠邑中言蓺鞠之善者必推過氏傳乃比翁於陶潛余謂潛不爲五斗米折腰至以饑驅乞食今二翁旣無衣食之求又能出其餘

以及乎人則其遇過陶公遠矣

題自與梅鷺臣尺牘

余交鷺臣久矣鷺臣每錄詩就政而余老嬾唱和甚稀而書函往來無少間近十年來已積有數十通鷺臣裝潢成冊復以見示余素不工書所言者亦不必出風入雅惡札之誚孰能免乎不意鷺臣不善爲魏公藏拙也今將別矣自後蹤跡較疎卽書翰當亦不似向時之密因自忘其醜復識數語於冊尾以誌鴻雪因緣云

題六大家畫集冊

六大家之名不知起於何時定於何人一若不可移易者

盖
本朝賞鑒家雖多其能得董巨倪黃嫡乳者則惟此六人當
時如釋氏有二石奇古得未曾有然只能別樹一幟後若
黃鶴山樵東山張篁村亦稱具體而微然只可爲附庸不
能巨添一座也六家中整冊廉州石谷南田較多煙客漁
山已少麓臺則絕無而僅有其一鱗半爪亦或流落人間
余欲裒集成冊求之數十年不成此冊六大家咸備漁山
麓臺且各有二無一不精無一不眞洵可謂一代瑰寶矣

袁母郭太夫人百歲壽序

維同治甲戌之夏四月項城袁太夫人年九十有七并閏
計之得以百歲旌盖
國家定制也大府既上於
朝蒙
賜御書扁額並
詔部臣議禮以聞維時太夫人仲子端敏公已先歿其孫
小午閣學方以詹事督饟關中會回鶻告平西鄙無事乃
得奉
命旌里爲太夫人稱觴先自爲啟以徵詩文於四方賢士
大夫爰及於浙某等或及見端敏共事戎行或獲交閣學
在年家子之列雖官事倥傯不及躋堂上壽而揚盛美誌

思遇又烏能已於辭於是作而言曰
朝廷旌揚壽婦歲或一再見其人類多閭巷之賤而非出
於閥閱之家苟無德行足稱往往湮沒不傳於世至前代
所傳賢母如雋不疑陶侃歐陽脩輩胥稟母教以成名而
史不言其母之壽惟王羲之夫人郗氏及虞詡之祖母年
皆九十而郗夫人神明不衰世尤艷稱之然亦未聞至百
歲也若太夫人者苦節懿行固已卓越恆常而況子孫皆
爲名臣年壽踰乎耄耋則洵如
天語所云熙朝人瑞而爲古今所僅覯者矣太夫人本出
淮甯郭氏嬪於汝南而
贈光祿公以篤學早世有丈夫子四其長者年十六次即
端敏則甫十一齡耳家既無中人之產藐孤之能成立以
否門戶之能支持以否辟如放舟乎驚濤駭浪中檣傾舵
欹茫無涯涘人方爲太夫人危之豈意數十年後子孫繁
衍寖昌寖熾而福壽且備集於一身論者謂非太夫人履
危若夷畜德累仁不及此方端敏兄弟之少也太夫人自
爲父師督課嚴甚四子乃得先後游庠而端敏公遂成進
士由禮部郎改官御史臺慷慨好言事至今直聲震天下
而實受教於太夫人故公疏內有上不敢負老母之言也
既而

特命辨理團練再督皖軍洊升京卿擢漕督權
欽差大臣顧以太夫人年高屢思乞養太夫人則勉以移
孝作忠勿顧家事端敏乃不敢言歸先後轉戰江淮間名
城數下而臣力已瘁孽氛未靖竟齎志以終其長公及叔
季兩君又多不祿次孫篤臣觀察以學問經濟有聲
朝右駸駸將大用遽以勞疾歿於江甯鹽巡道任所於是
人且爲太夫人悲不知其時閣學已繼端敏而起矣閣學
早入翰林旋隨侍皖營者幾十載後奉
命參肅毅伯李公軍事於燕齊又參恪靖伯左公軍事於
秦隴茲既平定西涼

上嘉乃勳頭銜得躋極品未幾卽轉內閣學士端敏未竟
之志庶於閣學成之固不獨簪纓濟美而已也況閣學外
孫輩猶得八人曾孫十二人多有捷賢書宦中外者於是
人復爲太夫人慶然太夫人天君泰定每戒滿盈初何嘗
以盛衰攖其心忻戚渝其志哉當咸豐丙辰太夫人正八
十戚鄙多謀所以爲壽者太夫人則以時事多艱中原板
蕩奚可轉憂爲樂堅辭不允并諭端敏曰皖事方棘我聞
捷音勝於稱觴遠矣及庚申六月恭逢
文宗皇帝萬壽得蒙
御書懿範頤齡扁額及福壽字之賜時則端敏父子同在
軍中亦不暇爲太夫人晉一觴也今者壽屆百齡而神明
不衰與郄夫人何異又值海宇承平偃武不用則固天下
之慶而非特一人一家之私慶也夫然而
奎章載錫
珍賚稠疊孫曾盈庭舞綵稱觥不亦宜乎吾知太夫人於
此亦宜樂爾忘憂不復辭人爲壽也已

高滋園都轉六十壽序 代

古之工於頌禱者每以富貴壽考並稱而能兼之者實尠
蓋富貴之徒靡不責任軍國形勞案牘弗暇頤情養性以
自全其天甚而珍饈羅前艷冶列後飲食無節佚樂無度

凡所以戕伐其體耗敝其精者以視常人有加焉則又何
壽考之有哉而或且欲假服食煉形之術以求長生謬矣
雖唐若郭汾陽宋若文潞國皆造富貴之極而又各享大
年顧能繼之者無幾至於香山九老洛社耆英人尤艷稱
之不知諸公置酒高會多在致政而歸之後泉石優游觴
詠自得而不復以世事關其念慮期頤之慶其職是故與
吾今於滋園高君見之矣君幼而聰穎能文以家貧亟於
祿仕入貲爲小官需次來浙當事多奇其才委之以事立
辦屢膺薦舉且欲使權劇邑君顧力辭其恬退如此亦可
知君壯時卽未嘗以富貴動其心也時值軍興帑藏日絀

君既善理財大府倚若左右手儲糈因之小裕君亦洊擢
至二千石
賞孔雀翎駸駸乎將大用矣既而杭城不守賊蹤徧地會
今相國左公奉
命撫浙秉鉞專征初由西江而入浙境君間關千里迎師
至衢左公一見器之仍任以籌饟事迨省垣底定全疆肅
清於布政司署設立通省牙釐局俾君總其成維時梟販
充斥鹽法亦大壞凡屬被兵處所幾於片引不銷君議行
票鹽招商分運浙東西乃得稍稍流通復徵歲課五六十
萬合之釐稅不下三四百萬皆君力也適運使缺人左公

疏請以君攝之君時猶一候補知府耳乃蒙
恩特簡竟得真除
知遇之隆一時罕有倫比君感激奮興益盡心焉筴且兼
督局務度支有餘雖善後軍糈百出其欵兼協濟他省均
取給焉君在任先後四五年嘗權臬事者再由是而領岳
牧畀封圻人皆謂可操劵而大富貴不難致也君顧以微
疾累牘乞休大府慰留再三弗獲遂得
予告以牙釐局事非君不可終不聽辭君黽勉應命未敢
告勞如是者又三四年得有替人卒奉身而退於是始解
纓組之累釋簿書之煩而得徜徉於山水間矣君既長爲

西湖寓公布衣草履出游人忘其貴此正歸希甫氏之所
謂怡然湖水之濱年壽烏得而不永者也今年秋爲君六
十誕辰同人謀所以爲壽者而問序於予予昔始至浙見
同官中老成厚重無逾君者遂訂昆弟交今別且七八年
未由良覿入傳君宿疾良已其貌益豐不無謝太傅東山
再起之望予謂君性本淡泊崇節儉辭榮而去位亦既數
載矣樂天知命頤志延年以馴至七十八十而未已將於
是乎在若夫樹棨戟擁旌纛食必方丈侍必羅綺此酣豢
於富貴者之所爲吾知君必不以軒冕而易蘿薜也方三
四月間余請

覲北上中道而病陳情乞假將遂賦歸田不意海氛不靖
有
旨折回重蒞斯任遂初之願卒不得償亦不敢復言時當
九月天高氣清寒暄適中意君方曳杖於三竺六橋之際
攜壺自酌其樂曷極能毋使抗塵走俗者爲之且愧且羡
乎雖欲躬晉一觴以壽君亦未遑也爰書之以爲序

鍾雨辰中允五十壽序代

古者鄉舉里選不由科目自唐因隋設進士科而第一人
尤重然唐時狀元知名者尠而王維裴思謙竟以夤緣得
之實爲士林之玷惟有宋與是選者最稱得人若呂蒙正

李廸王曾蔡齊宋庠賈黯鄭獬馮京輩皆由上第而爲名臣彪炳史冊始知科目不足以重人而人足以重科目也其中如王沂公平生之志不在溫飽一語足與范文正公先憂後樂之旨相表裏其器識誠有大過人者而究之富貴壽考後福無窮亦豈庸庸者所易及此沈静之異乎輕躁淡泊之異乎酣豢其效往往如此吾今於中允雨辰先生見之先生故咸豐庚申廷試第一人也其尊人嘯溪先生性情沖淡雖中年成進士爲部郎不久即引疾旋里徜徉於六橋三竺間竟不復出卒殉辛酉杭城之難方先生大魁時尊人避地鄉閭聞信無喜色但以時事爲憂故先

生秉尊人之教亦不耆榮利授職即分校鄉會試先後典試湖北山東督學四川均以拔取眞才振興文教爲已任京朝官咸望放差而川學尤爲優異顧先生處之泊如也先生在翰林俸最深例得升轉乃壬申丙子兩次大考列置首列後爲人擠至二等故僅擢中允先生不以爲意也同治十三年保舉南書房

召對稱

旨以

毅廟賓天而能旋充

實錄館提調以稿本告成加四品銜以講讀用並以京察

一等

記名道府行將敭歷中外顧先生性耿介恥奔競與俗多忤故雖迭掌文衡而一官不遷未遭顯擢論者爲之不平而先生自若也昔呂公嘗蒙朝士之譏沂公與王欽若丁謂同列每爲所忌而二公皆循至宰相以功名終吾知先生雖蹭蹬於一時而他日名位不難與二公相埒也先生未第時嘗爲余課子齒少於余數歲而今年亦五十矣史稱呂公晚年居洛有園亭時會親舊環侍皆子孫閒舉壽觴釋然自得先生方鶩用未暇賦遂初吾將以此樂期諸六七十乎

許母宋太夫人八十壽序

人子靡不欲顯其親而要不忍離其親苟非大弗獲已未有甘去父母之邦而趨形勢之途此絕裾一事溫嶠所以貽譏千古也親之於子豈曰恝然子果能侍晨昏承色笑即無萬鍾五鼎之奉而菽水自甘也其或不能侍晨昏承色笑即有萬鍾五鼎之奉而倚閭莫慰也退之之論歐陽生恐非由中之言吾未之信今設有人跧伏里閈榮不以仕養不以祿而使其親一飲饌必豐腆一被服必輕暖而又有亭林臺榭以憩息之卉木禽魚以娛悅之此固非貧賤者所能望而亦豈尋常富貴者所易幾歸希甫嘗稱天

下全福以壽顧夫人其斯之謂■與于是融融愉愉載贍載依離褒盡釋何必習導引之方求長生之藥而年壽始延延永永哉吾友益齋許君之母宋太夫人與贈公星甫先生爲中表昆弟既來歸而贈公幕游皖中去家千里輒累歲不得言旋家又赴儋石儲以養以教惟太夫人是賴迨贈公歸里而益齋之生且十五年矣益齋少攻舉子業以貧故棄之習法家言亦游於皖既而贈公謝世遂迎養太夫人至宣州咸豐初軍事與涇陽張文毅公以偏師防徽甯益齋參其戎幕者七載後湘鄉曾文正公駐軍祁門又嘗委以營務而文毅待之尤厚有國士之目既以累薦入

官嘗一攝某縣令是益齋固未嘗無意於仕也後政官江蘇文正方開府兩江夙號知益齋者是益齋固未嘗無柄用之望也會杭垣告克益齋以久客不歸祭掃闕如乃乞假還山以太夫人春秋既高意不復出荷澤馬端敏公時撫浙聞其名聘之入幕修脯所入粗備甘旨每以其暇奉板輿挈兒輩遨遊於湖山間蓋太夫人性所樂也方赫舍里冠九都轉權臬事政糧儲倚益齋以爲重後之官按察者亦招倚之於是益齋兼佐漕運刑名之政歲入較豐冠九復厚助之所居故湫隘無以娛親乃得隙地大治園圃花竹秀野窗几明淨一樹一石位置得宜時里人有麋金錢數十萬以成一園者益齋費不及萬而論者以爲雅俗攸分願舍彼取此乃奉太夫人日夕游乎其間無跋涉之勞有登臨之樂則益齋洵能以色養者矣益齋雖淡於仕進而先嘗拜四品銜花翎之

命而太夫人得累受

封誥晉階二品亦非無足爲親榮者益齋又以已不獲第課子讀書甚嚴長君已游於庠孔子曰知者樂仁者壽壽固本乎仁而亦由乎樂若益齋之養志與太夫人之樂志吾知耄耋期頤且未有艾也今年冬十二月爲太夫人八十誕辰同人謀製屏爲壽而屬言於業業識益齋十餘年

相知日益深謂若以益齋之才出爲世用不難大見設施而自致通顯乃僅出其緒餘贊襄幕府功與名均有所不居一若簪組之榮不易天倫之樂者而太夫人亦不以祿與仕爲榮而迫之進取可謂有賢母斯有賢子矣敢備述其說以爲太夫人侑一觴云

何牧雲五十壽序

今惟縣令爲親民之官上而道府與民遠矣又上而兩司督撫與民益遠矣乃世或以俗吏目之而爲縣令者亦甘自卑下以應對承奉爲尚催科鞭扑爲能而肯盡心民事者卒尟不知一邑之利病百姓之身家胥繫之縣令縣令

民之父母也父母之於子疾病痛癢無不相關勞苦凍餒無不當問推其保赤之心直欲使吾民共登仁壽之域而止於是民之於官起敬起孝亦與父母無異願其久任視其長生魯頌之詩曰爲此春酒以介眉壽躋彼公堂稱彼兕觥斯何如氣象也哉吾今於丹陽何君牧雲見之君幼讀書能文赴童子試應京兆試俱不售乃慨然有用世志入貲爲縣丞分發浙江未到省以本籍團練功保舉知縣君既不得志於有司爰赴部引

見以縣令來浙需次先後委辦發審保甲等局君乃清理獄訟撫綏瘡痍固已盡心於民事矣當時薛慰農太守倚

君如左右手而中丞左公方伯蔣公均器之遂檄知新城縣事旋補桐廬以憂去職服闋復來歷攝金華錢塘等縣再補歸安尚未蒞任其在新城也當賊退之後孑遺黎民數不盈萬田萊荒蕪人不得食君爲之籲請上官得錢米以賑擇其强壯者令濬城濠計工給錢老弱婦女則親歷四鄉按戶按口給米如是者半載以其暇清釐田賦不科派民間經費亦不假手於吏胥事藉以舉及將開徵君以地方凋敝情形爲上官痛切陳之得蠲免三年于是新城之民始融融洩洩有樂生之氣矣去官日父老遮道攀轅至於泣下送者數千人及郊外四十里始返迨蒞桐廬雖

亂平數載城市蕭條元氣未復君仍以治新城者治之凡有訟事必親赴其鄉密訪旣廉得其實卽集兩造於庭反覆開導斷之以理無不立結者故民無囹圄拘滯之苦亦無吏胥需索之累及興建城隍廟費由民捐有旣捐而力不能繳者君乃代之輸至千有餘緡未嘗責償也嚴州猝有教匪犯城雖卽擊散而屬縣無不戒嚴君出貲團練晝夜巡防閱一月民始安堵會太夫人有疾甚劇君手進湯藥不離左右而政事未嘗少廢民爲之禱於神新城人聞之亦齋祓以禱邑廟及太夫人病瘥兩邑之民俱欣欣然有喜色舉酒相慶古之所云樂只君子民之父母非君之

謂與君居官數載衣食粗給室無餘財中丞楊公稱爲循良第一且慫君勤苦將調劇縣適丁太夫人憂不果中丞深惜之服闋宰金華民疲而好鬬君之官首懲土豪勸民積穀民由是務本彬彬禮讓甫半載教化大行械鬬之風爲之永息未幾遂權錢塘縣事錢塘爲省會首邑巡撫及兩司道府俱臨其上而往來使者賓客亦不絶居是官者舍牙參稟事趨蹌迎送外幾無餘暇及民君則一如前時盡心民事不少懈下車之始卽鋤强暴安善良清滯獄恤孤寡蓋不可以一一數上官益賢君再補歸安縣歸安之民引領而望君有日矣今年秋七月爲君五十誕辰杭人

之躋堂稱觥者實繁有徒而睦婺之黃童白叟意必有扶杖挈袂而至者固無待於余言惟鄉之人同官斯土者咸謀壽君舉以相屬何敢以不文辭余謂世俗每侈言富貴神仙之事以爲頌禱之善固不足爲君道因思親民之官祇有縣令無事不可爲民造福而天道好還福祿壽考實有必得之徵君之生平毋乃類是故備述之以侑一觴他日壽益高位益尊去民亦益遠吾知君追憶今時必有憮然於鄙夫之言者已

虹橋老屋遺稿文四　　門下士楊振鎬校字

虹橋老屋遺稿詩一

無錫秦緗業應華

石浪庵

籃輿度危嶺一寺抱雲根湖勢到門東山形對佛尊鐘催夕陽去松約暮濤喧新茗堪留客泉烹石鼎溫

自題海棠橋圖

橫州之海棠橋先淮海嘗與書生祝某對飲其處見汾齋夜話圖爲同邑顧蕙生作

塵緣未斷鬢先華社甕釀成醉夢賒瘴雨蠻煙多少恨滯人春色是天涯

椰瓢半缺對花酣可有彌陀共一龕甯浦春山無限好猶憐風景似江南

蹤迹渾同不繫舟又看逐客到橫州故人萬里遠相訪握手匆匆話舊遊晁無咎嘗訪先淮海於此

一角新祠寫聖湖方蘭士有龍井祠堂圖海棠零落客魂孤悽涼七百年前事重補谿山入畫圖錢裴山先生嘗寫圖於扇寄先司寇今圖已燬於火

大雪不止雨復作三疊前韻

城中十日雪一白平山坳衣衾冷於鐵風力欺衡茆松竹壓欲折何況庭前蒿饑烏不得食呼羣一悲號方快雪晴好宿麥齊抽苗天心苦難測雨復鳴寒條入生似梁燕有木難營巢狂飆忽又作竟夕疑崩濤少懷濟時志欲奮無

鴻毛一身常咄咄四海爭嗷嗷我思誅雲師無使雨雪飄
陽和散陰沴萬類同甄陶重得踏乾土地上蛟龍逃如何
總昏黑恍若居塵牢裹敝不堪輿何處沽村醪莫謌幽蘭
曲徒作豐年謠

雙塔寺杜鵑花歌

何年望帝遺精魂化作躑躅山花春鶴林兵火已無迹一
株遺種梁谿存我尋古寺漫碑碣雙幢薜篆空王文槎枒
老幹百年久疑有靈藥培其根江南三月不聞子規叫花
亦爛漫開紅殷頳如丹砂錬勾漏黯如雲錦裁天孫望如
朱羽燭宵火披如寶織明朝暾初疑珊瑚火齊手敲碎五

采熠爚金谷園又疑扶風絳帳後堂列蛾眉濃染臙脂勻
流霞蝃蝀各照曜山雞威鳳同飛騫千紅萬紫坐無色夭
桃穠李何足論吁嗟乎侯家宮室侈豪富大開華宴延諸
賓千金咳唾買奇卉牡丹芍藥羅繽紛護以錦幙萬重密
愛比白璧連城珍此花何爲在空谷蕪沒榛莽當頹垣小
庭叢雜不盈尺排檐枝亞曲蟠如籠樊人間風露有不到
幸蒙法雨沾灑元氣仍煙熅僧雛三兩不解事花時寂寂
鐘鼓徒闐喧九衢雜遝盛車騎殘英如掃無人看應是銜
哀千載不肯向人訴願依淨域皈空門英皇有淚染湘竹
斑斑枝上亦復啼㖂痕徘徊花下不忍別欲酹以酒無金
尊老僧送客就歸路回首蘭若松風寒夜來玉女入予夢
紅裳縞袂何翩翩迢迢閬苑莫長往永保根葉留人間

贈趙艮甫明經甫

鄴下才堪繼阮劉有同岑集之刻等身著述足千秋一時壇坫推
飛將兩代文章入選樓君嘗於廣陵佐鄭夢白方伯輯乾嘉兩朝詩鈔湖海未除
豪士氣功名空說醉鄉侯黃壚寂寞難重問獨向人間詠
四愁君少學詩於黃仲則

名場落拓擅聲華蹤跡渾同水上槎白首仲宣仍作客青
山元亮久移家君自吳江遷居於金匱二分夢斷揚州月十里看殘
茂苑花載酒元亭堪問字空疎如我愧侯芭

黃公磵晚歸

已將塵腳洗清淪且逐歸禽覓路頻日漏峯凹銜半嶺雲
藏松頂露全身暮堂僧打林中磬晚擔樵肩磵底薪回首
碧山如夢裏小園無恙鏁煙筠

遊雪浪龕

秋空無纖翳山骨露巃嵸各有出世心塵俗撥煩冗幽尋
屏鞍騎涉險無怖恐躡足蒼蘚滑頫首白雲滃石磴盤透
迤疏寮一鐘動敂門僧不應竹樹閉蔓藭探奇及山背仄
徑得頌洞凌虛興彌王積悴骨應悚微命甘一擲瑟縮鄙
傷孱猱升手代足虵伏膝輔踵飛崖起當面疊石瘦而聳

山林亦江湖鬱涙勢洶洶細若盤渦旋巨若奔濤涌怒若老蛟鬭肅若蒼兕拱我疑操一葦掀簸任濛澒仙嶠瞰黝黑一洞鑿其空鬖髿蒲垂鬚涓涓乳出湩怪霧中陰森醜木外臃腫寂靜無人來日落漸曖曚不禁毛髮凛彌覺腰腳瘇幾墮風波危出險何天寵笑比登岸舟急流矜退勇

遊興福寺風雪大作

一冬無雪似嶺南水邊楊柳毿毿肩輿出郭不知遠松徑蒙密舊所諳野梅香中忽數里訪春何處尋精藍重來仙尉舊游處千一百載留空濛山僧兀傲不爲禮塵昏古佛聊同龕忽聞寒雀噪不絕竹籟淅瀝聲猶酣天公狡獪

弄玉戲蒼翠已失門前嵐廬山面目未全睹賈勇尚欲窮幽探如何滕六太作惡攀躋路滑愁何堪毋乃山靈聚爲祟恐我好句工雕劖催歸已打暮堂磬出門一笑辭瞿曇酸風鑽隙射眸子冡頭瑟縮如凍蠶氷壺瑤海異世界向者懊惱甯非貪與丁兩足亦太苦忍寒嬌健猶趁趲道逢村店急呼酒雜坐且復傾罌甔北山梅花更招我雪晴準訪維摩庵

丹陽訪石曼卿墓

坏土雲陽驛外存我來招得酒人魂譚兵慷慨昇平日罵坐狷狂卿相門贈麥已成千古義賜緋徒感一時恩蓉城仙骨今應蛻空欲停驅酹此尊

渡黃河

源從天上至有客快乘桴隔岸青山斷中流白日無蛟龍休跋扈鴻雁極艱虞瓠子年來靖何需慮輓輸

陰平曉發

古驛一鐙暗無暝夜更悽長途憑老馬行客先荒雞殘月曉將落山村路易迷素衣嗟已化何惜錦障泥

晚投雄縣

落日數歸鴉行行薄笨車荒城臨古驛老樹作春花土坼枯青草（時患旱）風狂走白沙瓦溝關外望極目是京華

題顧夢湘先生桐陰圖照

山字肩寒擁鼻吟蕭然獨坐碧梧陰誰知十丈塵中客別有成迎海上心

飲水鳴琴舊宰官一朝西笑入長安辟疆園子秋風裏大好家山作畫看

研樵族兄歸自金陵以詩卷見示述事感懷偶成一律

看君入洛我摩燕（乙未冬兄之中州予先有日下之游）下澤歸來剩一編校叔文章推巧速莊生時命感迍邅夫蓉合製騷人服桐梓空彈寡女絃應憶東頭士龍住聯牀好共擘蠻箋

感寓

三衢頻告警，窮寇復橫行。熠火不爲熄，燎原勢已成。妖氛連婺睦，殺氣現欃槍。貽此無窮患，端由坐擁兵。

蛾賊不知數，更番向下游。三江終失險，肉食太無謀。勢欲分吳越，光應暗斗牛。城隍山上望，處處陣雲愁。

四面高臺峙，杭城守有餘。果能通餉道，自足奠民居。渡海雲車疾，憑山石壘虛。壞家由豎子，應悔用人疏。

十萬城中戸，由來尠積儲。一從江路塞，遂有絕糧虞。戰馬痛俱盡，草根愁半枯。傷心兼慘目，餓殍實盈途。

將星空自殞，賊壘幾曾平。士已無生氣，人猶望援兵。衢嚴斷消息，左李滯行程。太息睢陽守，何堪待進明。

天狗一聲雷，黃巾遍地來。空勞三月守，突見四門開。赤手難追日，丹心合已灰。兩年逢再亂，時命實堪哀。

保障功難泯，經綸老未伸。守陴惟有哭，轉戰更無人。竟少回天力，終捐報國身。空餘謝皋羽，嗚咽淚沾巾。

自衛非無策，文臣各統師。如何守土者，遽作過江思。豺虎橫行日，鯨鯢作浪時。一無乾淨土，去去欲何之。

但作閉門計，何勞統六軍。本來無遠略，從此棄前勳。萬石終烏有，千家竟自焚。沙蟲與猿鶴，哀怨不堪聞。

月夜

庭前一片月，今夕又團欒。獨有無家客，傷心不忍看。

大雪

柳絮紛紛飛滿天，居然三白兆豐年。畊牛食盡畊夫散，誰種臨溪萬頃田。

虹橋老屋遺稿詩一

虹橋老屋遺稿詩二　無錫秦緗業應華

無隱庵贈鹿苑上人

忽於瓦礫荆榛外又見祇園結構新山鳥豈知興廢事梅花幾閲古今春（古梅一枝生石中相傳是前明物）還期送客虎谿路可憶前身鹿野人我欲木犀香裏住此生倘有再來因

天平山謁范文正公墓

百代猶當禁采樵宗臣葬地鬱岧嶢劫餘古木千章在天際羣峯萬笏朝立志我終憂樂負羅胸誰更甲兵饒墓田尚有雲仍守過客何勞濁酒澆

訪虞山趙次侯博士小園賦贈

青山依舊屬君家十載重來感鬢華獨歎婆娑百年樹空開爛漫滿園花（時新悼亡）賦狂來欲盡酒千斛亂後猶存書五車人世干戈還未定可容耕釣作生涯

爲次侯題舊山樓圖

有樓翼然山之陽百年喬木參天長結構維新門第古舊德於此傳芬芳忽唱念家山破曲何期尚有還家樂城郭人民半是非重來我亦遼東鶴東皋草堂今在無此間松菊未荒蕪羨爾終爲舊山主令余卻憶先人廬（余家僅存數椽內有城西草堂遂庵撫須亭洗硯齋無礙山房皆先侍郎歸田後所築今鞠爲茂草矣）地下詩魂呼不起披圖感舊情何已（作圖之范引泉程序伯作記之邵環林吳肖陶皆余舊識先後化去）一

聲鄰笛那可聽惆悵樓頭人獨倚

許益齋司馬屬題湖上訪僧圖

益齋嘗偕魏滋伯錢叔蓋訪蓮衣上人於西湖靈芝寺故作圖紀之

春風又綠湖上山清波一櫂不知還荆榛塞路少人跡記曾於此尋禪關遠公可許淵明醉蓮社當年結深契談詩何用鬭機鋒花雨漫天看不墜東海揚塵一刹那那堪緇面復覩河青史悠悠同一哭黃壚寂寂忍重過（叔蓋滋伯先後殉庚申辛酉之難）畫裏湖光尚如昔披圖我亦非生客山僧行腳歸不歸門外野蓮空自白（余與滋伯蓮衣皆舊交壬戌五月別蓮公於滬上聞其近在湖南不復通消息矣）

三月二十五日薛尉農觀察湖舫第一集分賦西湖餞春曲

湖山窈窕湖水柔嬉春處處許句留安得長繩繫春日不教花片逐東流白公隄上垂楊少黃妃塔前滿荒草方恨煙花一劫休豈知風雨三春老我本餞春舊主人回頭歲月似奔輪不堪獨覓黃壚醉那得重尋紫陌春（道光庚子三月與孔繡山餞春於京師之尺五莊同集十數人各賦一詩余並繪圖記事今其人大半下世矣）狂風何苦摧紅萼無計留春且春酌西子應知此夕愁東皇休負明年約只有薛華能醉歌當筵慣見玉顏酡青衫狼籍餘痕在

白髮侵尋奈老何有酒須澆蘇小墓無才莫續江郎賦春
歸底事人不歸杜宇聲聲湖上樹

四月初十日王叔彝觀察湖舫第二集遲薛慰農不至以
座無車公不樂分韻得無字

宿雨曉還霽衆綠生滿湖遠峯掃眉黛皎若傾城姝微風
動楊柳淺水冒芙蕖游覽欣日永芳菲惜春餘云誰釋簿
領於此狎鷗鳧艤舟若余待折柬勞君呼當爲文字飲豈
是高陽徒風流緬前哲老大傷今吾飛花墮岸幘落照明
浮圖之子期不至淸樽誰與娛維摩一示疾此山終覺孤
我有蘭陵酒明日能來無

四月二十五日湖舫第三集敬題蘇文忠公祠堂圖卷
祠在孤山之麓嘉慶三年先侍郎官杭嘉湖道時所建
也靑浦陳華南爲之圖孫丈淵如首題湖山俎豆四字
後有淵如及梁山舟吳仲倫諸先生題句舊爲仲兄所
藏亂後失去同治丙寅春始歸於業而文忠公祠燬而
復建適於是冬落成信乎翰墨因緣非偶然也既屬同
集諸君子各賦一詩先成五言一章敬題卷末

孤山大蘇祠先公舊所築時當嘉慶初四海調玉燭豈若
北宋年青苗萬家哭監司頗無事淸興寄林麓風雅萃一
時同官盡名宿（時阮文達爲學使謝蘇潭爲方伯）出處類白蘇蘇公獨私
淑公昔再蒞杭端不愧民牧淘沙六井完去葑一隄束水
利賴重興農田歲大熟食德而報功此邦合尸祝惠卿亦
作郡百端肆謠詠毀譽夫何傷名益重山嶽宦跡千載同
慨然志興復遺愛猶在人成之不日速從茲歲寒巖遂爾
眉山屬夢醒庵桃椰魂來里紗縠配食宜水仙薦羞有秋
菊何人寫爲圖湖山入橫幅題詩多勝流篇篇燦珠玉歸
以遺子孫藏弆當在櫝黃巾驀地來赤火連天矗祠宇又
劫灰俄焉茂草鞠始知粤寇亂無異闖奸毒么磨終掃除
乾坤再淸肅百廢既具舉復此興土木祀事賴後賢（謂楊石泉方伯）或亦從民欲香山及淮海先後接芳躅附祀賓阮秦蘭
芷共芬郁（杭人於祠左祀白文公祠後祀先淮海而賓文東皋先生阮文達公及先侍郎均得附祀焉）

章政事兼異代實同族雄長惟文忠如海匯百瀆自我父
兄亡變遷幾陵谷畫卷久失之恐飽蠹魚腹忽傳楚弓還
合以兼金贖圖歸祠適就嘉話宜有錄賤子百無成對公
有餘恧平生一瓣香歲歲酹醽醁笠屐已邈然年光如轉
轂（舊藏宋人笠屐圖及三過堂石刻公像每歲十二月十九日必祀之自圖像並失不舉斯事者六七載矣）陽羡田未歸西湖居偶卜鄭重寶斯圖莫使寒具觸
兩世翰墨緣於今庶可續

五月二十四日楊豫庭太守湖舫第六集詠蘿塔以綠蘿
涼月新詩興爲韻分得新字

岳廟前枯木一本高百尺大十圍有藤蘿緣其上遠望之如塔形因名之曰蘿塔同人賦詩以張之

鄂王葬地今猶神前有一樹枯不春天生直幹非輪囷歷劫遂成不壞身蔦蘿本與松柏親不自樹立得所因黃妃保俶近作鄰名之曰塔似逼眞倘有階級吾堪循金繩爲界離垢塵攀附未許終逡巡合尖造極嗟何人門開甘露沾溉頻槁木幸未摧爲薪千秋壽乃同大椿當與精忠之柏傳不泯

七月十二日湖舫第七集宗湘文觀察以事不至用杜少陵早秋苦熱堆案相仍詩韻以調之並索諸同人和

客稀稀藏樂復樂飲如河朔能不能振翮恍若出籠鳥埋頭休學鑽紙蠅身閒喜無簿書累秋至怪底炎曦仍少文臥遊恐未得案牘積山非豕冰（時湘文攝行杭州府事）閉門十日念摩詰（王清如觀察以病乞假未至）堆案千卷愁薛能（薛慰農山長案頭課卷堆積亦無殊簿書也）可無碧簡爲送酒詎有龍拂堪驅蠅佳客何期至不速（謂沈蒙叔明經）高會莫惜來頻仍彼猶束帶此不羈（謂湘文慰農）毋乃胸中各炭冰

讀吳晉壬兵部自書北征詩冊

雨雪霏霏賦北征苦吟說盡苦寒情懷歸客每聞雞起記里詩多倚馬成慷慨畧如燕趙士承平合作鳳鸞鳴老夫頭白游應倦畫裏關山一片明

爲慰農題秋闈步月圖

同治乙丑八月浙江補行辛酉壬戌科鄉試慰農爲提調王補帆同年爲監試故合繢是圖各藏其一云

試院論文得故知還應共話少年時笑余未識霓裳曲躍馬彎弓逐健兒（是科余充武闈監試）

岳牧於今看同輩皋比依舊擁先生披圖棖觸年時事鳳味堂前月最明

丹陽吉鄴畦刺史含薰室遺集令子子振二尹（正常）出以見示得詩三首

九老十才子於今有替人（香山九老會有衛尉卿吉皎大歷十才子有戶部侍郎吉中孚）我尋循吏傳君與古賢倫政事歸經術文章見性眞銀臺少遺稿此集倍堪珍

憶舊平生記馳驅萬里行胸中羅五嶽劍外拂雙旌願未償禽向游應倦馬卿歸田宜有錄無限少文情（集中有憶舊游記數千言一生游蹤宦跡皆具於此）

耆宿凋零盡圖書散佚多遺編閱兵燹手澤重摩挲濤白原無忝皋棲可若何猶留鳳毛在莫賦式微歌（孫曾輩皆能讀書）

苦雨

小雪明朝近愁霖十日多不妨從我嬾祇是畏人過室漸

積苔蘚場空登晚禾離披籬下菊雨打復如何

九日小集湖上

故人多半共鄉關（座中李冰叔大令家揚州，楊蓉初司馬家海門，汪芾亭司馬則余同里也）難得佳辰客裏開菊尚未開聊命酒水尤可樂當登山烏紗合向尊前落白雁新從塞北還此會年年祝長健簪萸休恨鬢毛斑

十月十二日偕陳芷庭許益齋楊豫庭蔡子眞招同薛慰農泛舟錢塘江過六和塔登岸游雲棲寺次早仍乘舟而回舟中一再設宴爲慰農壽蓋是月二十七其五十生日也紀之以詩四首

徬輿出郭塵始清越山窈窕如相迎對此茫茫一江水何處飄來歌吹聲沙棠之舟木蘭楫琵琶彈破愁千疊杭州原不比江州但覺青衫酒痕溼

浮圖飛鳥相與高欲上不上慚猿猱或言此是入山徑藤杖芒鞵敢告勞萬竹梢天看無路松風吹將石梁度道逢樵者不知名爲指雲中有佳處

峯巒圍合中藏閣劫火何曾變林壑洗心泉水本來澄說法天花終不落須臾月出霜滿衣山高轉覺青天低虎嘯猿啼莫驚夢今宵準伴寒雲棲

欲借名山爲君壽不厭清齋苦無酒何如畫舫再開筵坐

對婢娟酌大斗君年五十早抽簪君才豈合老山林須知豪竹哀絲裏亦有蒼生霖雨心

西谿紀游

交蘆庵

精藍小於舫宛在蘆之碕埜竹隔隄翠沙鷗入座飛冬來秋雪盡亂後游人稀我與梅花約花時再款扉

護生庵

結構已非古清流猶昔如水中疑有國劫外豈無魚此是白蓮社兼多貝葉書願言攜襆被來就遠公居

法楞庵

萬竹最深處誅茅中有庵老僧驚客至古佛少人參定覺鳥聲靜渴思茶味甘探幽興未了落日忽遙嵐

伊齋庵

兩山通略彴復此叩禪扃樓閣憑空現松杉拔地青歸禽迫斜日佛火亂春星誰作伊蒲供黃精種滿庭

南山紀游

虎跑寺

不勝興廢感蘭若昔曾游枯木借藤翠寒泉帶葉流草深疑伏虎客過少鳴騶妙墨煙雲化空餘斷碣留（舊藏蘇公重游祖塔院詩墨蹟卷經亂失去今寺中石刻尚存）

理安寺

一徑蟻盤旋松篁高刺天深巖藏古寺殘佛臥荒煙且住已無閡長流猶有泉祇應招白鶴共話刧灰前

煙霞洞

漫將塵土足一步上天梯湖海嶺頭合煙霞洞口迷僧言五嶽返來抱孤雲棲茗椀苦留客何須㓗壁題

石屋洞

道旁堪小憩石室閟遺文誰葢三間屋深藏一甕雲龍蛇疑有窟猿鶴此爲羣剔蘚題名在人知舊使君石壁有先大夫嘉慶二年題名

過虎邱

一瞑繁華付刧灰歌聲閒寂角聲哀烏鵶欲宿猶留塔麋鹿重游已少臺無復山僧延客坐空餘郁女負薪回知何舊日嬉春侶不向眞孃墓上來

正月二十二日自光福里至司徒廟登香雪海亭往聖恩寺望太湖得詩四首

夜泊虎山橋羅浮先入夢曉來月未落翠羽時一哢籃輿成獨游清興誰與共逶迤度嶺來回頭塔如送朝暉香漸生殘雪枝猶凍穿盡梅花林恨未攜春甕

於今司徒廟不祀鄧仲華門前有大樹千載猶槎枒疑是將軍靈兵火不敢加深根堅鐵石老幹盤龍蛇縱之千丈勢綴以數點花蛾眉伴虬髯空山成一家今廟祀爲異土人猶呼曰司徒廟廟前古柏數株殆唐宋物有清奇古怪之目

曲折花間行忽凌飛島上小憩得孤亭平原入遙望米堆及青芝左右屹相向山下十萬家將梅作屏障宿霧猶半遮寒葩未全放欲觀雪海奇攜笻試重訪

古刹南宋餘刧後喜如故言登梵天閣遠眺湖濱路七十二夫容蒼茫雜煙霧且和商邱詩未展泰元墓花氣浮一龕夕陽隱半樹腰腳亦既疲銅井在何處

王家莊道中看梅絕句

溪水無波作鏡平萬梅花裏一舟行請看兩岸白如雪時有暗香蓬底生

我去方逢未開日我來已值欲殘時得氣終輸庾嶺早尋芳卻恨樊川遲

一昨新遊香雪海依山臨水總雙清何須更放西溪櫂人世悠悠只哦名

聞說超山有梅樹能逃兵火閟煙霞泥塗笑我無芒屩未許來看太古花超山古梅相傳是吳越時物

登水星閣懷古

湖上千峯拱檻前岧嶤傑閣與雲連兒童猶說張家寺碑

碣長留景定年劫火能逃鐵佛古風光未減玉梅妍白楊
池畔垂楊盡那有鶯聲到耳邊聽鶯亭爲張功甫宴客之所
題曹葛民廣文籀石屋著書圖
憶昔披雲游石屋摩崖有篆莓苔綠題名者誰疑古人祕
書可許人間讀咸豐年間嘗游此洞見篆書曹葛民著書處六字時未識君也曹先生抱經
秦火餘畫圖一失堪追摹舊有藏文節公圖今燬於火我亦歸尋林屋
洞龍威丈人今在無
清明日獨坐有感
春來十日九風雨每到西湖總未晴何意齋頭坐岑寂卻
看天氣轉清明閒門祇許烏剝啄深巷忽聽人賣餳此際

麗公應上塚不禁棖觸故園情
五月十四日宗湘文邀同許益齋吳仲英湯敦之重游雲
棲寺
客冬游雲棲萬木正搖落修竹淩歲寒蒼翠出叢薄今夏
游雲棲驕陽方肆虐新篁千萬竿陰陰似張幕好景宜四
時何不此棲託惜哉劫火後精藍已非昨空留泉上亭小
築松間閣琴筑聲淸洽虬龍勢交錯疊嶂接青冥斜陽隱
林壑清風不待招大暑亦堪卻舊結元度儔上年與益齋同游新
訂少文約飽食供伊蒲盡興寡清酌願言讀遺書實踐非
冥索緬彼塔中人渺如雲表鶴終當占名山奚必縻好爵

留客有綠陰怕插紅塵腳
六月十九日游發光庵
觸暑登臨亦壯哉蔽篁非復舊時栽潛龍淵底噓成雨古
佛牆陰繡作苔極目渾疑海濤立披襟不覺天風來香山
已矣巢居廢池上金蓮花自開
題張少南梅花夢院本
變相勝佗圖地獄中有判醋一折新詞費汝撚霜髭而今妒女津
頭過惡浪顛風知爲誰
放鶴亭邊認草萊荒邱未化劫餘灰秋英可與寒香似累
我年年絜酒回孤山小青墓或云是谷學使葬其小婢秋英處

夢漚閣歌爲吳江許翁竹溪賦
三吳烽火驚接天幾看滄海成桑田華屋山邱等閒事翁
家閣子故歸然翁早有志狎魚鳥故居喜與分湖連騁懷
游目苦無地面湖築閣止數椽煙波彌望萬千頃豈知身
亦在市廛竹溪六逸躅堪繼水村一幅亭猶懸黃粱富貴
醒已久有夢只到閒鷗邊覓翁鷺叟互出沒溪童漁父相
周旋勝流觴詠有時集攀嵇慕呂非無緣靈芬作記貞愍
畫撫寫景物何淸妍郭湯諸公久物化勝事回頭五十年
珠簾畫棟既無恙金題玉躞猶流傳翁也八十健於鶴登
臨歌嘯望若仙爲問滄州舊儔侶羽客應有雲礽延松陵

他時徵故實夢漚鬥鴨誰後先嗟余倣盧忍棄捐茆屋苦
被秋風穿欲尋舊盟寒未寒有日眞賦歸來篇五湖三畝
詎輸汝夢入蘆花自在眠

爲宗湘文題倪文正黄忠端瞿忠宣三公遺墨卷

三忠之名同不朽三忠之亡有先後一殉燕都一白門一
守桂林七年久獨木難將大厦支魯陽空逐虞淵走從容
慷慨雖少殊節義文章總相偶或稱謇諤願代貶或推至
性甘低首倪黄自是一輩人生前交誼何其厚忠宣立朝
不數月曾否二公同杯酒九原終當結同心不爲面朋爲
死友翰墨餘事奚足論東浙南閩推巨手虞山雅不以書
名正氣還堪奪歐柳君從何處覓得來夜夜虹光燭窗牖
三忠合傳一卷中一卷於今重山斗千秋齒冷錢蒙叟師
友生平媿多頁寸縑尺楮誰復珍絳雲一炬嗟何有

張雨生甥得一石印文曰起田氏欵曰稼軒太史之命震
孟益文文肅爲瞿忠宣作也係以三絶句

留守偏隅國已亡杜鵑嗁血桂林霜何如老作耕田叟高
卧東皋舊草堂

篆刻猶餘乃祖風虞山茂苑志應同安知早死非爲福浩
氣吟成恨莫窮

二百年來石未磨流傳無意入清河男兒不取印如斗奈

此雕蟲小技何雨生亦能刻石

題吴梅村先生遺像

禹慎齋之鼎寫照顧元昭昶補景均未署年月日時題
詠亦無存考先生歿於康熙十年辛亥年六十有三慎
齋生少後此圖當是先生六十許時作也同治戊辰七
月余購得之輒題二絶句并徵同人和焉

哀江南賦通天表賜斷前朝侍從臣曾是當年吴祭酒自
題圓石作詩人

湘江渺渺恨無窮回首蒼梧夕照中生恐移根難得地國
香零落付秋風圖作獨坐形旁有幽蘭數叢

華丈味蒓湖山遠眺圖遺照介子笛秋司馬屬題

鴆山一髮青鵝湖千頃白昔有淡蕩人煙波此爲宅營營
謝纂組寂寂耽書冊平生志康濟實可活邦國小試刀圭
技豈爲謀朝夕丈精於醫有時抱琴來獨立對遙碧邱壑著幼
輿畫圖寫白石此地願卜居曾充廡下客杖履獲追隨妻
孥託棲息咸豐癸丑避地蕩口借居丈家及同治初元復至則丈已歸道山矣倏爾賦游仙
風規眇難即兒經黄巾亂一片劫灰黑喬木摧作薪遺經
多棄擲此卷喜獸完寶之等球璧音容宛如昨非徒重手
澤爾我皆孤兒猶堪述先德躑躅滶湖邊獨抱臯魚戚先大
夫有滶湖維艇圖亂中失去

中秋夜玩月

一雨碧空淨，冰輪分外明。曾無片雲影，只有亂蛩聲。巢鳥宿還起，桂香濃更清。何如故鄉好，悵觸卅年情。

題耐士姪遺照

九原呼不起，小影是耶非。奚事把書卷，終教老布衣。亂離胡太甚，魂魄竟何依。咸豐庚申四月吾鄉失守，耐士避地來杭，旋即病歿，藁葬湖濱，既而杭城再陷，遂失其墓所在。借問遼東鶴，他年歸不歸。

秋樹讀書罷，茅齋洗硯餘。耐士居洗硯齋，庭有梧桐一樹，殆百年物，余少時讀書其下。可憐經浩劫，何處問吾廬。蕪穢悲三徑，貽留少五車。祇看圖畫裏，風景尚蕭疏。

陳大令寶善母夫人金陵殉難詩

不募娘子軍，不築夫人城。自炊粥麋饟戰士，隻手思扶大厦傾。金湯坐棄是誰過，倉卒傳聞石頭破。先時已有誓死心，白璧肯受纖塵涴。一家大節何堂堂，十有三人同日亡。幸哉仲也虎口脫，綽楔終看表芳烈。江山無恙門庭非，孤兒血涙應沾衣。他年守東甌，猶秉母氏訓。斯士喜獨完，思親抱餘恨。

和王芾南謝康少岳觀察送菊詩韻錫山舊居宅後地僻，人家種菊數十畝，花時恆以異種分餉，今不可復得矣

昔年種菊自成邨，百本分遺價不論。亂後已荒陶氏徑，秋來莫問庾家園。看花客老羞簪鬢，送酒人稀笑掩門。卻羨西隣王給事，娛親日日醉芳尊。

何青耜同年種菊小影

春風豔桃李，君獨愛秋光。自課諸孫種，籬邊菊又黃。延齡不待藥，時君病初愈。鍊骨正宜霜。各抱故園感，蒿萊三徑荒。

答林子隅觀察 直

聞說詩人渡海來，蓬門恨未為君開。方愁白雪曲難和，卻恠剡溪船又回。早日江郎悲宿草，亡友江弢叔集中多與君唱和詩。幾時楊子共深杯。君持楊豫庭太守書來。東籬殘菊猶堪賞，莫待相思寄嶺梅。

子隅以壯懷堂詩三集見示，仍用前韻奉題

宗派應從十子來，唐風端是七閩開。疇言李白詩無敵，集中多與李恢垣吏部唱和之作。莫歎松寥去不回。謂亡友張亨父。大筆淋漓宜草檄，壯懷濩落只銜杯。匆匆又作羅浮夢，孤負君家處士梅。

雪後買舟返里，行抵平望，冰阻兩日，取道通湖小港，得達吳江

天晴猶見雪花飛，底事衝寒苦欲歸。浙水波生雙槳活，松陵冰合片帆稀。舉椎柱費千夫力，乏食還愁八口饑。鄰舟有守候五日而無錢無米者。喜有小溪流活活，船頭塔影認斜暉。

悼吳和甫學使 存義

浙水三年使搸羅盡異才經師宗許鄭文學得鄒枚奚事
乞骸骨忽焉歸夜臺諸生虛北望愴絕泰山頽
當代論淸德如公有幾人敝車頻過我脫粟每留賓獨以
文爲富無妨貴益貧歸裝書萬卷休怪釜生塵
我亦歸田里曾同李郭舟看梅過古驛剪燭話杭州流水
去何急名山悵莫留誰知成永訣鄰笛莫含愁今年正月六日偕薛慰農陳芝庭送公至塘西余適將返里遂同行二日過石門而別期公游惠山不果
竟緣微疾逝不見赴音來卻賻承先志安貧識子才幾曾
留寶劍況未奠深杯獨往西湖路思公慟哭回

游故皋園

故家喬木盡勝地數東皋復見樓臺起奚辭步屧勞閒雲
休出岫吳曉帆濮少霞許緣仲三觀察及蔣篪軒方伯重新之題曰四閒別墅 曲水自通濠
便動滄浪興城隅命小舠
舊是中丞第今非宰相家前明爲金中丞別業今里人猶呼爲金衙莊道光初年曾歸章桐門相國 滄桑俄變幻水木尚淸華鄰笛愁中曲葉季華同年曾居此以貧病
歿官梅劫後花荒蕪到松菊獨抱故園嗟

清明日游靈隱寺

出游寒食後楊柳拂人衣萬木寺前合一僧花外歸泉疑
將雨至雲欲挾峯飛聊復忘塵事山中車馬稀

韜光庵

縱目窮千里孤亭我獨登峯高斜日歛江遠暮光澂欲乞
長生藥誰傳無盡燈精藍喜新構補竹倩山僧

寓園海棠花時頗盛

中庭草滿似荒郊賴有名花慰寂寥眼底但看春爛漫尊
前彌感髮飄蕭錦城那得吟工部金屋何由貯阿嬌國色
從來易憔悴淒風苦雨況連宵

爲吳禮北 璜 題撰杖圖

禮北少學書於安吳包先生故有是圖庚申燬於火此
乃辛酉補作也

延陵公子幼工書多肉豐筋異墨豬親見中郎傳八法何

須筆陣更成圖
嗤他春蚓秋蛇體從此南人祖北碑衣鉢空留梁木壞不
堪杖履復追隨
老輩凋零歲月催披圖重感劫餘灰巋然尚有靈光在共
衍琴溪一派來冊中愼伯及侯青甫先生所題句皆吳讓之補書讓翁亦安吳弟子也

聞杭州諸生奉故學使吳和甫先生栗主祔祀蘇公祠感
賦一律

畫圖昔是題詩客丙寅先生嘗爲余題蘇祠圖 俎豆今爲配享人八百
餘年堪接武三千多士感傳薪文章異代非爲偶香火同
堂信有因我是蘇門淮海裔守祠應合老湖濱

立夏日作

三月未終行夏令，梅青櫻紫一時新。情懷更比離人惡，滿地殘紅斷送春。

爲李筌魚司馬題石佛自壽圖

同治戊辰，筌魚三十初度，見梁中大同石佛象於吳門之蓮池庵，其姬人江梅典衣贖歸，即以爲壽，君復繪圖徵詩

君本前身北溪衲，一官落拓未華顛。流傳石佛二千載，游戲塵寰三十年。天女維摩合偕老，蓮龕繡閣總隨緣。笑余也歷華嚴劫，帶水拖泥不解禪。咸豐辛酉，余與君同遇杭城之變

悼高伯平均儒山長

肺病年來只掩扉，元亭過客未應稀。執經左右多名士，抗禮公卿一布衣。梁木共深吾道痛，麥舟何必古風微。茂陵遺稿求難得，爲問孤兒幾日歸。君子需次淮上，韜門人袁爽秋諸君晨夕侍疾，而丁松生大令經理其後事

題何青耜同年前身天印山僧小像

何郎家世傳簪纓，蘭臺雄峻夙有聲。湖山美處揚鑣行，是宜衣繡而紆青。胡爲笠拂寓幻形，前身云是方山僧。結茅趺坐遺世情，從方外游惟祖庭。一朝示寂仍通靈，留不了緣乃降生。如來金粟爲長庚，坡公大滿同一燈。輪迴之說或有徵，慧業始以文人名。庶幾二子可代興，騷壇拔幟君先登。現宰官相腰圍釘，郎乃墮入煩惱城。本來面目忘未曾，阿堵爲放大光明。人間塵夢醒未醒，祖堂歸合宗南能。于今飢溺苦不勝，誰濟寶筏開金繩。知君非戀軒冕榮，普渡請參最上乘。

題抱玉堂集

董仁甫明經慎言將重刊其外祖周南卿先生抱玉堂集，問序於余。余既不文，且先有薛慰農一序，言之詳矣。敢援古人一書不兩序之義，別題五律三首以誌欣賞

西泠山水窟，作者盛乾嘉。君繼穆門後，居然成一家。風流追正始，雅奏屏滛哇。老輩今看盡，湖天黯落霞。

白頭仍作客，也似杜陵翁。賦以登樓著，詩緣過嶺工。斯才胡不遇，吾道豈終窮。抱玉欲何向，千秋怨楚宮。

昔者昌黎集，云歸李漢編。今刊婦翁作，還賴女夫賢。集爲仁甫尊人蘊人明經原刻 厄運兵戍劫，奇文蠹得仙。袁公風韻在，倘許外孫傳。

破蓮上人招遊三潭印月亭同慰農芾南

千潭印一月，三塔標中央。惜哉兵火前，久矣亭榭荒。時平喜新構，暑甚宜水鄉。上人有嘉招，我輩聊相徉。略彴度曲折，煙波極蒼茫。日入樹陰淡，風來萍際涼。浮沉魚自樂，機

械鷗能忘何必寫絲竹且復傾壺觴空留浮屠影未睹姮
娥妝安得中秋夜一葦此重杭

題張公東廣文鳴珂校經圖

傖寮風雨燈閃青兀兀者誰夜校經同學諸子胥忘形
黃互譬勝拜庚
昭代文治方昌明五經七經炳日星儒林聚訟誰息爭折
衷一是惟
聖清千載怪復遭焚阬遺書散亡難乞靈不學何以佐治
平大開書局鉛槧精一經傳寫訛謬增魯魚亥豕烏足馮
顧闔江戴萃一庭石渠天祿慶得朋惟君雙眸炯發鉶刊
落誤字如葉零上追叔重下德明善本海內宜風行一部
聚散猶浮萍陳跡賴有丹青呈君昔從軍影翠翎面目宜
敢忘書生惜哉未勒燕然銘獻賦亦未登
王廷說經焉能守硜硜何如史筆揚幽馨君近又入采訪局編次兩浙忠
義錄東觀他日羅羣英看君終被稽古榮

中秋遇雨旅泊嘉興城外是夜二鼓復見月

昨夜月明今日雨可憐佳節倍淒清依依楊柳牽秋思
草杯盤遺旅情桂樹全非小山種笙歌空憶隔宵聲鴛鴦
湖畔冰輪上此夕端應夢不成

虹橋老屋遺稿詩二

虹橋老屋遺稿詩三

無錫秦緗業應華

與九龍山別

喜見九峰色曾無幾日留在山泉自好出岫雲還浮何處
問三徑吾生寄一舟不堪垂老別眉黛亦含愁

過毘陵晤陸紫峰孝廉以新刊詩集見貽奉酬一律兼懷亡友莊蝶園鹺尹敏

入洛機雲方少年庚子辛丑間識君於京師滄桑再見各華顛勳名未
上凌煙閣詩思還同下水船經世才應讓兒輩喆嗣時官皖令等
身書足繼前賢故人地下知多少怕讀崇莊齊物篇

自京口渡江至瓜州

十年不見大江橫對此茫茫百感生蘆荻作花知壘廢烏
鴉成陣逐帆行荒山莫辨金銀氣列艦猶聞鼓角聲幾輩
其魚思禹力洪流浩浩恨難平

淮陰道中九日

去歲吳山曾立馬今年淮水正行舟客游未盡登臨興杯
酒難消今古愁失路王孫猶乞食得時屠狗各封侯白頭
逐逐何爲者孤負黃花又一秋

王家營登車有感

吾已倦遊久胡爲此重過亂餘郊有壘道徙渡無河馬骨
凌秋健雞聲向曉多登車一攬轡白首欲如何

九月十三夜順河集玩月

明月將圓夜寒霜未降時遙思故園菊獨酌荒村卮葉落鴉驚起燈殘鼠暗窺清輝幾回見不寐數歸期

徐州懷古

楚漢興亡一郡中歌風戲馬兩臺同天心不屬重瞳子炎運還歸大耳公終古雲迷芒碭頂深秋水落呂梁洪于今誰是眉山老欲賦黃樓恐未工

過碭山

封建諸侯久不聞匹夫稱帝遂紛紛朱三那得方劉季羞殺山頭一片雲

過杞縣

一路垂楊綠入行杞縣西曾無玉驄繫空有暮鴉棲夏甸今猶古秋風颯以凄河塵揚未已何日雨沾泥

登吹臺懷古

百尺崇臺閱古今闌干下俯汴城陰河山永奠懷明德篴笛方繁亂正音梁苑有基秋草徧宋陵無樹夕陽沈六賢去後誰高會憑吊興亡只獨吟

長垣道中

霜風獵獵拂征袍昨過東門草未凋到此方知殊氣候一林黃葉晚蕭蕭

渡黃河

千騎集河干行人爭渡喧風帆逆流上濁浪挾沙奔隔岸青山斷中央白日昏變遷眞莫定星宿孰探源

高唐州

廢壘無耕者當年萬馬屯從來百戰後能有幾家存未遂關中願終游釜底魂沙蟲今化盡燐火燭黃昏

自茌平至河間雜詩

秦淮風月蘇臺柳自別江南不見春學得吳娘巧裝束何曾燕趙有佳人

趙北口

溪流曲曲繞村墟好似吾鄉水竹居到此渾忘身是客今朝休歎食無魚地當趙北燕南際關是龍爭虎踞餘十二橋邊多少柳西風起處日蕭疎

重過尺五莊

餞春主客凋零盡策蹇衝寒我又來當日酒壚無覓處自吹短篴有餘哀

爲吳碩卿水部題釣雪圖

丹青獨擅春官長詩興新添水部郎絕似元人荒率景一篷寒雪過橫塘

京國銷寒未許同驪駒欲唱太匆匆遙知風雪江湖夜獨

挂歸帆入畫中

爲潘伯寅題渝關望海圖

銜

命中朝出嚴關立馬看山光千古白海氣萬重寒弓劍贈

如在蓬壺到未難書生期報

國赤手挽狂瀾

答王子梅見寄用陶韻

結交徧宇内道合非偶然之子夙所契憶在承平年中原遘豺虎蔓延海東偏亂後官職輕我已歸無田子官亦不達託身惟一廛少別老忽至聽雨難爲眠故舊半鬼物無

怪歲月遷詩酒興猶昔衰白容非前滔滔曲江波渺渺齊州煙斗米決舍去吾愧陶公賢

題子惠五弟五十歲蒲團小影 君需次江西不數載去之而歸殆有出世想故自貌

自愧風塵未拂衣輸他鷗鳥靜忘機亂餘田宅都蕪穢老去親朋半是非君已絮泥沾不起我如林鳥倦還飛何時買箇蒲團坐車馬人來莫啟扉

題張孟皋畫牡丹

畫有幽并豪士氣復堂而後足名家如何俯首百僚底偏寫人間富貴花

妙繪還因奇節著欲將少府比參軍 謂湯貞愍 請看尺幅孤臣筆血淚胭脂總不分

題覺阿畫梅即次其自題韻

路入白雲深復深含毫每坐古苔陰疑從鄧尉山中見合向林逋墓上尋月明有人還弄笛谷空無鶴更聽琴華光老子聞仙去倘許吟魂返故岑

不問南枝與北枝春生一指未嫌遲漫山桃李皆凡品匝徑松篁是故知晴雪多成喜神譜寒泉合配水仙祠終教舊衲傳衣鉢分付慈雲好護持

三月三日招同俞蔭甫山長金眉生都轉錢子奇李冰叔兩大令湖上修禊

東風吹綠蘇隄柳雲裏雙峰若招手令節欣逢三月三勝遊肯落蘭亭後春來湖水碧於油一葉買得蜻蛉舟吾儕祇宜文字飲座上有客都名流金侯豪氣老猶在勸余莫負春如海高談未竟復高歌斗酒難消胸塊磊說經硜硜俞紫芝臯比坐擁湖之麋風流文采更無比第一樓上哦新詩二子英英淮海彦洵美南金并東箭視草未入承明廬種花欲徧河陽縣南州方伯早退閒好奇已歷三山還期功自合廢絲竹謝傅何事傷東山 李黼堂方伯以從父喪辭未至 走也年來嗟瓠落倦遊奚須勤秉燭重與西湖作主人送春總是傷心曲 丁卯暮春偕薛慰農王芾南叔彝諸君作湖舫詩社第一集則送春曲也今慰農主講金陵書

院苐南病歸杸葬則歿於嚴陵久矣策蹇無心去復來劫餘難覓舊樓臺酒澆蘇小墓前草笛怨逋仙亭畔梅感逝傷離重懷古我自銜杯默無語湖山雖好屬他鄉請聽枝頭啼杜宇

錢子奇諸君銷寒第一集分韻得早字

性愛山水遊抽簪悔不早盛會安可常華年易成老一冬雪霏霏今朝日杲杲有樓凌太虛於以暢懷抱湖鏡淨於揩山眉淡如掃深澗流斷冰寒葩吐晴昊諸公清興饒聯吟富文藻招邀及衰翁筆花奈已槁握管苦思遲得句多意造金尊期不空玉山那便倒春秋佳日多只學登臨好家風倘可追令名永爲寶

甲戌除夕

荏苒年光逐水流枝官無術遣窮愁屠蘇難覓半宵醉爆竹俄驚一歲休天遠何由挽龍馭時聞先帝升遐之耗春寒差可典貂裘千門日上容高卧暫得偷閒學海鷗

楊春浦丁松生同和余前作仍以原韻奉酬

苦雨階前積水流忽聞白雪破春愁說經雅似丁都講疊韻工於皮日休公等豈終藏豹霧吾生只合老菟裘何須更逐鵾夷去湖上新盟有鷺鷗

人日招集同人於寓齋楊生春浦有詩卽次其韻

斂氣沉霾未遇雷驊騮道路已先開謂錢笵仙禮部且遲上苑看花去卻向元亭載酒來官閣休嫌梅未放春盤更喜句新裁諸君切莫同衰朽大厦於今要異材

悼白少溪大令驥良

往年曾訂銷寒集省識詩人白樂天君偕王勉之諸君舉辛壬兩年銷寒詩會余爲序之垂老中郎空有女欲歸乎子恐無田聯吟仍結香山社癸冬君偕錢子奇李冰叔諸君復舉是會扶病難同人日筵新正七日余招君飲以疾未赴後一日太息應劉俱逝矣勉之亦沒於家後君數日而亡幾聽鄰笛夕陽邊

元夜小集同人於寓齋春浦有詩卽用其韻

風雪蕭然作上元絕無爆竹滿城喧杯盤草草同眞率鄉井團圝共笑言是日集者適得十有五人其十三人皆余無錫同鄉也春早庭梅齊吐艷夜寒爐火尚留溫姮娥誰遣更深至恐有山僧誤打門

正月二十六日雨霽薄游孤山再疊前韻

不盡春湖活活流者番晴霽足銷愁野梅臨水已全落蠟屐登樓盍小休倘有仙翁迴鶴馭豈無釣叟著羊裘夕陽鐘鼓催人去輸與眠沙自在鷗

題郭子瀞太守讀書秋樹根圖

雙眸炯如明月珠意欲看盡人間書儲藏豈止富五車誦讀豈必拘三餘秋樹盤根枝葉疏手披坐擁南面如六經

諸子供獵漁不同鼓琴高據梧亦非歗詠藉自娛譚譚直欲味道腴之子秀出衡山區林宗家世多鴻儒鯉庭詩禮早步趨嗜學與俗酸鹹殊似爾昴藏七尺軀自合黑頭金紫紆昜不少小讀陰符手取金印詩妻孥否則當學范大夫致富有術稱陶朱一編兀兀胡爲乎稽古無乃等守株於今五馬來西湖平準之書熟讀無此事何敢忘厥初請看尺幅嵇生圖侵尋白髮空嗟吾根柢既淺枝葉枯一詩不覺三月逾掩口莫怪君胡盧

正月將盡矣陰雨凄然欲遊湖上未果詩以排悶三疊前韻

溯洄欲往訪名流（謂彭雪琴宮保）風雨連宵只坐愁感事歌空成五噫懷歸亭合署三休昏如長夜應添燭寒比嚴冬更戀裘絲到白隄楊柳未寄聲試訊水邊鷗

西湖退省庵訪彭侍郎仍疊前韻奉呈

沅湘直合大江流洗盡金戈鐵馬愁祗爲樓船需統帥未容衡嶽乞歸休胸羅元凱千兵庫身作香山萬里裘卻戀西湖風景美年年來此伴閒鷗

花朝後一日招同眉生子奇秋珊稺松小集寓齋次子奇韻

又聽賣花聲滿城連朝陰雨一朝晴遊春未策隄邊騎求友先聞谷口鶯世事紛紜奕棋局吾心澹蕩鷺鷗盟留賓婉乏候鯖味莫怪臣門似水清

眉生有詩次韻奉酬

胷中磈磊可曾消野鶴閒雲任意招修禊無何成往蹟銜杯且復醉今朝曲終誰和湘靈瑟貧甚休吹吳市簫（子奇和詩有伍員客久欲吹簫句）聞說君家花事盛（眉生所居日花園巷去春曾賦五色芍藥歌）就荒三徑憶虹橋（余居在錫城虹橋之南存屋數間未修復）

三月十八日錢子奇招游半山看桃花仍用前二首韻

一枝柔櫓出江城難得東風日日晴春水方生宜浴鷺垂楊半綠未聞鶯人疑桃靨渾無主我與山靈夙有盟爲問

車公胡不至（是日眉翁以小病未來）酒徒三兩覺淒清

皋亭兵火已全消山色青青如見招拾翠依稀曾此地看花切莫待明朝漁舟唱晚幾聲笛野廟迎神一曲簫桃李西湖摧折盡風光合勝段家橋

爲金眉生題林文忠公父子尺牘 并序

道光中林文忠公之遣戍伊犂也眉生方官南河與唐君蓼蜨倡議贖鍰文忠及子鏡帆太史以書辭論者兩美之眉生裝潢成冊徵題及余庚申杭城之亂失去以爲已付刼灰矣不意輾轉爲江秋珊二尹所得十數年後余爲介紹仍歸之眉生蓋兩君之尚義與夫文忠父

子之守義均有不容湮沒者延津之合夫豈偶然補題
二律以誌余過
荷戈甘萬里伏闕動千人高義邁前古清風無等倫同心
惟父子一德有君臣不待
賜環日方知
雨露新
友誼兼臣道淋漓尺幅中未遭秦火刼終返楚人弓翰墨
世徒賞經綸疇與同九原如可作吾慕兩文忠（眉生嘗作三文忠傳謂公及周文忠胡文忠也周公爲人近海忠介似弗若林胡二公之學問醕粹云）

題王廉州楚山清曉圖卷

廉州畫幅余舊藏者四一經亂失去一贈王補帆中丞一贈丁濂甫學使一彷吳仲圭爲元照官部郎時極意撫古之作邱壑深邃慘淡經營眞出藍手也嶺南何蘧庵見而愛之以元朱澤民畫卷宋搨淨業塔銘易去然此畫人間實不易得也至今夢寐係之此楚山清曉圖卷爲魏塘六幸翁所藏舊得之阮文達家後有文達題句翁及李若農學士均次其韻余老懶不復能作長篇惟廉州畫幅既無一存所藏冊子便面俱屬小品似此洋洋鉅觀不能不爲翁幸而生妬且羨也爰識數語以歸翁并係以二絶句云

曾見數峰畫裏青白沙翠竹接遙汀平生未識君山面合
買扁舟入洞庭
楚山清曉房山筆千古婁東有替人獨惜梅沙彌化去王
郎妙畫亦通神

題金眉生偕李若農學士同游嚴陵詩文後

敢言募遺直（謂若農）欲殺歎雄才四海兩畸士千秋一釣臺
非無濟川志只爲看山來柳記桑經外居然生面開

丙子上巳同金眉生都轉招客十三人小集皐園修禊分韻得曲字

簿書苦塡委人事傷刺促日處塵網中焉能脫羈束湖濱

幾稅駕年光如轉轂（甲戌上巳曾招眉公及俞蔭甫太史李黼堂方伯錢子奇李冰叔兩大令湖舫修禊）又屆祓禊辰荊楚緬遺俗游難京口從會盍山陰續名園看花入帶水抱城曲殘梅有餘紅黃楊先衆綠萍動驗魚唸波平稀鷺浴林皐一舒嘯滄浪重濯足惜無最高臺藉以窮遐矚英彥萃東南少長合冰玉（座中繆堅士年最少眉公壻也）賞心畫書詩厭耳絲竹肉筵惟供蔬筍杯各盡醽醁酒酣更懷古隨處增感觸新雨仍郭舟（咸豐乙卯初識郭筠仙侍郎於湖上今意城京卿來杭往返未見亦始於湖舫中遇之）舊業非金谷滄海皆桑田山邱半華屋詎經三月火留得千章木盛衰亦何常清閒始爲福胡不典朝衣而猶戀微祿爲樂須及時夜夜當秉燭

展重陽日子奇招飲吳山太虛樓

隔旬又展登高會立馬峰頭俯遠空重過黃壚傷往事戊辰重九王茀南招飲於此同搔白首感衰翁兼謂眉生依然樓閣劫灰後大好湖山圖畫中莫對秋花怨顦顇酡顏猶作夕陽紅

九月二十八日招同郭意城金眉生應敏齋錢子奇薛季懷楊古醞小集寓圃三疊太虛樓韻

盤無兼味心增媿星聚羣賢眼欲空避地未遑營退谷駐顏那得學仙翁論超兩漢三唐上座中眉生高談井田封建事秋在殘花落葉中庭事清游頻爽約晚楓孤負十分紅

杏孫秋珊邀集丁園仍用前韻

爲戀秋光連日飲當前莫放酒杯空重排石筍成新築園本屬丁氏廢於兵火園太守修復之今園已亡小染桑林作醉翁禊事難忘暮春候今春余偕眉翁皐園修禊杏孫秋珊皆與會子奇載之則招而未至者名園可似洛陽中昔年碧血曾埋地一片斜暉慘淡紅辛酉之難副都統傑公力戰死傑郎太守之父也

冬初獨游湖上

獨櫂扁舟水一灣冬來游侶總闌珊半黃老柳疑新柳疊翠遙山間近山多病猶餘雙足健長貧難得一官閒倦飛慚愧投林鳥白盡翁頭尚未還

題桃溪雪傳奇

兒夫何苦遠離鄉孤負同心歌一章枯到庭前紅杏樹八閒那得返魂香

漢家失計是和親欲把蛾眉靖戰塵此去懸崖眞撒手桃花慚愧號夫人

黃九才名動一時譜成豪竹間哀絲傳芳賴有龍眠叟頭白重刊幼婦詞是書爲海鹽黃韻珊作而實自桐城吳康甫發之今板已毀康甫將謀重刊

鏡箔猶留織錦文遺編未付劫灰焚煙嵐一幅江南景絹素何由覓素聞絳雪題素聞山水有滿窗煙雨夢江南句今絳雪畫猶有存者而素聞不可得矣

送楊石泉中丞罷官歸湘

雲霧蔽白日昭質原無虧霜雪淩孤松本性終不移惟公

心磊落求全毀奚辭雨露暨雷霆悉任造化施一官等傲屣言返湘江麓道旁泣相送人人懷去思

思昔遭喪亂兩浙無完土我公仗劍來誓欲滅驕虜大難既已夷止戈始爲武咸欣衽席安誰知撫字苦功成身竟退疇作三軍主伏莽恐未清曷不聞鼙鼓

思昔奠民居學校宜首興爇火炳天祿多士夜校經鐃歌易絃誦文治方蒸蒸願儲棟梁器廊廟期同升一朝惜公去青衿都涕零匪徒十萬戶各有攀轅情

思昔初識公于今十年矣節目容迂疏散材蒙器使私恩豈不感所感在知己余亦知公深清惠世莫比本無買山

貲何以歸田里瞻彼衡嶽雲還爲蒼生起

丁丑上巳日風雨閉門眉生携尊邀客見過作修禊之飲先成二律輒次其韻奉酬

有約未來春過半故人猶隔路漫漫忽聞社燕依期至轉覺山肴速客難三徑休教門掩竹一亭恰喜砌生蘭提壺挈榼忘賓主聊共良朋結古歡

莫笑頹唐兩病翁年年禊飲興相同雖無曲水流觴盛恰有陽春白雪工世事難平棋局上韶光易度酒杯中田家雞黍吾猶愧漫詡滄江月貫虹欲觀余新得書畫以天晚不果

題李黼堂方伯三山歸櫂圖

李侯自是人中龍蒼生霖雨施神功忽焉見首不見尾挂冠歸卧衡陽峰三十登壇古來少急流更喜收篷早徵文攷獻苦搜羅何處名山有藏稿十洲三島徒聞名眼前五嶽未一登讀萬卷書破何益不若乘槎萬里行十幅蒲颿疾於馬滚滚江流逐東下明聖湖頭梅正花歲寒巖畔杯堪把兩峰娟娟如美人煙波畫舫宜嬉春胸中奇氣吐未盡有夢已落蒼山雲龍湫千丈布懸白石梁天半人無迹碧桃何事引阮郎修竹猶堪延謝客天台雁宕真奥區雄奇靈秀人世無更聞海上有佛頂魚龍窟宅神仙都梅岑幽絕信堪隱結茅未必山靈允天風浪浪忽引回回首蓬壺猶在近錦囊攜得佳句還逸氣拂拂超塵寰應恨愚公移不去卻教寫入橫圖閒我官之江廿年足籠禽繭蠶何局促攀巖航海俱未能應被先生笑人俗先生將去今又來重讀畫卷開樽罍折節更訂後游約胡未一訪超山梅正月間招君探梅超山以雨雪未果淵潛雲現原無定行見東山被新命嬾殘煨芋熟未曾知公不改煙霞性

題孤山琴社圖

林君復去山益孤空中野鶴不可呼誰來閣上作三弄宋時古梅今在無桐翁妙觧絲桐理謖謖松風生十指泠然自存太古音不入人間筝笛耳琴尊時有十客俱須眉入

畫煙雲舒昇平景象豈易得白雲蒼狗何須臾一朝烽火逼於越亂後亭梅莽蕭槭先生神已挾仙游桐竟焦兮圖亦失鶴鳴子和復傳孫又值湖山清晏辰五馬南來賢太守髫齡舊是圖中人廣陵已邈重橅寫傑閣還思來結社高山流水譜空留悠悠誰是知音者

舟中讀汪鐵心少府世昭萬卷樓詩

七子當年高築壇朱酉生吳清如諸君有吳門七子之目汪倫才調繼何難兵戈幾雪少陵涕骨相休嫌東野寒好句自堪圖主客蔣公質進士跋尾嘗摘君五七言句十餘聯告工騷人豈合作銜官一編無限升沈

感袖向篷牕子細看

題華貞固先生手跡冊

右二冊一爲華栖碧先生黄楊集詩百餘首一爲元末名人所撰先代傳記文皆栖碧子貞固先生手錄也華氏子孫世居鵝湖慎守勿失及粤寇之亂乃流落他姓吾友篷秋訪得之以重值贖歸永爲世寶丁丑暮秋來杭出示爰跋數言以誌欽慕并係以詩

五百年來世守藏誰教厄閏等黄楊重歸白璧垂千葉詎惜靑錢罄一囊述祖自應崇節孝明季爲鳳超先生所藏先生後殉國難傳家豈止在文章卽論翰墨人爭寶莫放江虹夜有光後有文待詔唐解元祝京兆都少卿諸公題跋尤爲世重

訪金眉生偶園留飲卽贈

官罷囊空劇可哀忽從平地起樓臺言思觴詠舊時侶與眉生在西泠修禊爲目雨風千里來拓落江湖非素志經營邱壑亦奇才意園笑我何時就壘塊同澆濁酒杯

鄒渭淸太守招游金蓋山

吳興山水最淸遠惜哉兩度未一游一當兵後一雨際逢窗虛掩空坐愁聞說東坡舊游地道場峴首皆荒邱誰從榛莽討林壑廢興轉瞬同浮漚孟夏初吉自蘇至喜見山色豁兩眸或云白雀及金蓋樓觀略與歸雲侔管領雲峰有舊守前湖州太守沔陽李堂有管領道場山印渭淸亦曾權湖州爲我特具沙棠舟載酒出郭十餘里湖光蕩漾碧若油紅亭白塔了可數風景何異元豐秋儵焉停櫂共登岸入山一徑如蚝修笑我車帷閉新婦羨公腰腳健老猴千尺松圍萬竿竹疑有太古之雲留朱闌碧瓦識新構縹緲誰復成飛樓傳聞呂仙昔過此笙鶴猶駐峰頭不金丹玉髓可容乞十洲三島無須求山有純陽宫極壯麗南宋遺民呼不起昔藝松菊今松楸千載無人置守塚儒宗竟得依羽流旁有元儒正節先生讀書墓蓋宋之遺老也之堂在何所强屬何氏山靈羞金蓋非郎何華蓋山郡志有誤一峰立千丈蘇公胡未詩囊收明朝更訪白雀去相期選勝兼窮幽窪尊有亭頋重建逸老名或歸秦鄒峴山有逸老堂前明爲蔣劉顧諸公作

題吳蒼石少府俊篆雲軒印存

璽節肇成周其蹟世稀見公私印俱存實始東西漢繆篆同所宗奏刀誰最擅古不重留名亦非供世玩一玉而九銅流傳今尚徧後乃花乳貴甘以藍田換有宋姜與趙所製早星散前明盛文何古意寖以變俗書薄羲之剏學蘭亭面支裔迨國初員熟吾弗善言有丁黄徒漢法延一綫曼生實繼之足爲硯林殿沿習至末流羣疑魯鼎贋後起完白翁傾倒

一時彥衆口紛雌黃浙皖乃交戰我從壁上觀莫敢一詞贊吳子家古郭望古發深歎遠躡倉籀踪近把冰斯腕治石等劃沙使鐵猶染翰能通兩家驛陳鄧終一貫變化規榘中要以漢爲斷示我此一編芝泥光璀璨恍覩蟲鳥文驚詫目爲眩胡爲甘吏隱不惜抱關賤壯夫志有在雕蟲漫譏訕會勒燕然碑不入印人傳

過釣臺

徹底清流今古同雙臺無恙上淩空桐君可許通仙籍梅尉差堪作婦翁篛笠未霑宮禁露蒲帆猶趁釣絲風又當五月披裘候物色誰來大澤中

七里瀨用謝韻

灘急疑倒行峰高礙遐眺喜遇樵風便不覺布帆峭先生隱遯棲千古巖谷耀潛鱗脫世網冥禽答坐嘯潭影鑒須眉嵐容露娟妙緬懷東漢風恐貽北山誚未買陽羨田盍從嚴陵釣謝客詩可賡勿作巴人調

苦雨

十日雨傾盆茆堂多漏痕雲頭將屋壓水勢挾山奔人有其魚戚天如中酒昏田家更堪念白浪湧柴門

苦旱

誰知霪潦後夏日轉炎炎旱魃敢爲虐神龍只自潛疇能

作霖雨一爲慰窮簷獨抱如焚意天心未可占

久旱得雨喜而有作用前韻

亢陽三十日池水涸無痕陡見商羊舞如驅旱魃奔平疇回綠意餘滴入黃昏敢詡誠祈力歌謳溢四門

題鄧似周廣文濂䪨盦叢稿

李杜文章韓柳筆更兼樂府邁清眞儀徵不作弇山邈天遣飄零到此人

送似周白門秋試

之子才華超八代豈徒書記詡翩翩休爲王粲登樓賦正及仲華拜袞年此去好探丹桂窟何時同泛白門船青溪柳色秦淮月可似風光卅載前

暑後土山登高

閑着未尋三郡勝登臨聊用一邱誇已無兄弟登高會只有兒童笑語譁苦乏雙螯下濁酒羞將短鬢插黃花老來名利心俱盡卻望仙山闕暮霞俗言登爛柯山不宜名利余欲以九日往適病未果

宮怨

三千粉黛獨承恩日日朝陽奉至尊雲雨從來易翻覆可憐金屋即長門

偶得中二句擬寫懸隴事不果因作成一詩

暮年猶未賦歸耕竿木登場又此行瀫水柯山容吏隱碧

梧翠竹覺風清覆盆誰省冤民獄擊壤羣歌樂歲聲莫謂簿書能累我焚香小坐即詩成

登爛柯山

宦游喜到山水窟其奈禮法多牽拘快哉一朝釋簿領如魚離笱鳥脫籤仙踪已遠游蹟絶興發不管人胡盧衝寒出郭豈辭遠北風獵獵吹衣裾出山泉水未爲濁衆流所滙成清渠石分五色燦可數惜無錦鯉相喚喁遠峰娟娟露半面四望但覺雲模糊翠微漸入徑深處亂石犖确行盤紆飛梁亘空洞門啟尋勝那得憑肩輿羊腸既窄天又雨腰腳疲苶心踟躕嗟予骨俗棋更劣咫尺未許闚仙都

鄧生短小健猿玃賈勇獨上淩空虛嗒然而返感衰朽寶山空手甘揶揄療飢無從覓棗核賴有太守供行厨天寒晷短起暝色詠歌聊復尋歸途青霞童子倘可遇他生我願爲樵夫

別衢州作

又別三衢去黎民夾道周峰巒送行客風雪滯歸舟雲影樹全失灘聲夜未休壓裝金石重端不負斯游

李黼堂方伯招集鳳林寺看芍藥

孤負韶光病裏身重勞折柬趁佳辰相將古寺訪閒士輸與名花作主人賈勇直登階百級尋芳不厭日三巡尊前棖觸春明夢四十年來又餞春道光庚子在京師凡五莊餞春同人俱有詩並繪圖紀事今失之矣

三月五日同人招集湖舫爲余補作生辰

圖書叢裏易抽身余時領書局歲月匆匆過賤辰自有湖山容散吏故應風月屬詩人黃鸝陌上先三請綠蟻尊中又幾巡魚鳥相親莫相笑嬉春原不等行春

題李黼堂方伯韜光憩竹圖照

萬竹綠成海一亭當翠微于焉息塵鞅即此悟禪機苦茗和泉煮高吟驚鳥飛卻看兵燹後風景未全非

舊是南州伯西泠作寓公林泉游物外湖海盪胸中龍德

潛仍見鴻毛鎩益豐東山應再起安石有遺風

送薛心農鹺尹寶田應徵入都

聲名早晚動朝堂飛渡滄溟萬里航未向蓬山訪丹竈先從軒帝乞青囊

垂簾詎讓垂裳治活國奚殊活衆方佗日還期和緩手瘡痍立起慰民望

贈王子裳比部詠霓

擲地金聲亦壯哉興公有賦擅天台不教石室紬書去空向雲樓選句來差免劉蕡傷下第敢希蘇軾歎奇才君廷對

敷陳時政爲閲者所忌抑置次等南皮詎以科名重衣鉢期君事業恢謂張香濤中丞

庚辰三月五日同人招集湖舫今年三月六日爲清明節錢子奇諸君復有湖舫之約仍用前韻奉酬

病魔久嬲苦吟身不負韶光祇此辰鴻雪重尋前度跡桃花應識去年人買鄰特拓弓三步三潭印月又添屋數間斷飲甘辭酒十巡如此湖山好時節忍教風雨送濃春

四月二日湖樓五集仍疊李申夫方伯韻

嫣紅姹紫尚留蹤鳳林芍藥未謝且莫當筵唱惱公春事匆匆三月過清尊落落幾人同酴醾已看花將盡酩酊焉知酒易

窮忽訝天公工潑墨雲山半入有無中

五月二日蔣幹臣觀察招爲湖樓第七集即次其韻

樓頭排日會羣仙似與西湖有宿緣雲岫遥浮螺黛外水風涼到白鷗邊家山君詎忘三徑斗酒我當酬百篇人過中年何所樂哀絲豪竹總堪憐

江秋珊惠琴魚

聞說琴高乘鯉去千年猶有藥留渣火烹不合先生饌水飲端宜處士茶

桃花春水碧於油曾見纖鯈水面游咸豐紀元嘗從學使者道出涇川卅載重教嘗此味溪山烽火嬾回頭

題蔡松原嘉攬鏡圖用自題韻爲李笙魚作

蔡侯妙處在毫顛對鏡傳神空自憐畢竟畫中人不死於今面目尚依然

爲丁竹舟松生題書庫抱殘圖

高閣文瀾啟

先皇首重文異書徵范鮑祕笈萃杭鄞光映然藜火香留辟蠧芸於今曲江士津逮尚多聞

大盜旋來粤焚書竟類秦誰知兵燹後猶有守藏人古壁仍絲竹殘編亦寶珍傳聞江上閣胥化刼餘塵

朝廷命將帥吴越靖烽煙重覩昇平日難求甲乙編雙丁

能好古四庫賴流傳振綺飛鴻後靈光獨巋然

書局從今設遺經次第刊縱堪資後學未足饜奇觀紹述龍泓舊蒐羅蠧簡殘文樓誰復建空向畫圖看

松生以先侍郎官杭嘉時名刺及道光丙午順天題名錄合裝成冊賦長古見貽以三絶句酬之

先公歷宦東西浙懷刺何由日下來幸著蘇齋數行墨至今未付刼餘灰京官敗外放外吏入都用職名丹東謁客先侍郎由温處調杭嘉未嘗到京或者與翁閣學通問時夾入此帖以代手版耶紙尾翁公所記皆應作詩文題目以備遺忘亦可見前輩之勤學矣

文章政事吾多愧乙榜曾何足重輕没世料無知姓氏幾人能不負科名余七應京兆試中丙午副榜後卒未獲售錄中相知聞者僅三四人鄧君賢芬成進

士八翰林散館令南滙有政聲今下世亦十餘年矣焚餘蝨剩賴君收橋梓同稱恐不侔願比黃花堅晚節免教菌冷到千秋

題晉謝文靖畫山水

右畫筆筆冷雋實能超出乎荆關董巨之上惟閱千餘年紙未破損上有宋徽宗旁有賈似道題所鈐印朱色燦然雖收藏得所亦不應是然徽廟瘦金書逼眞疑是唐季宋初高手所爲家有趙幹雪莊漁舍圖頗相似則亦可寶已庚辰四月有人索數百金求售力未能購因成二絶

偶然點筆軼塵寰太傅高情水石間獨鶴扁舟去人遠肯將魏闕換東山

千載依然色斬新臨橅畫史有誰倫道君但賞清超筆濟世何能用此人

爲李子遠茂才題蘆庵舊雨圖

曾訪詩翁雁水湄蕭蕭秋雪野風吹承平觴詠懷當日浩刧滄桑異昔時依舊煙波水村畫不勝宿草故人思圖有楊利叔記今利叔沒已數年矣謫仙可似長蘆叟我欲從之作釣師

李幼梅觀察以越南使官阮恂叔思僩詩翰裝潢成卷屬題卽用其與幼梅倡和詩韻

西山爽氣恍來迎快誦佳篇半紀程幾向燕南持使節中卷詩多記游之作而燕軺小草尤工誰從徼外結詩盟越裳自昔通朝貢阮瑀於今識姓名卻憶老蛟何處去暮年自愧百無成余識子貞先生最久先生尤推余詩見余書亦許可

青蓮遺種在湘陰合有新詩和越吟垂露重看承旨筆恂叔書秀潤似趙詠懷自見嗣宗心縹緗鄭重千秋業鴻雁虛無萬里音我亦殊方勤退慕可容漢上共題襟

爲李幼梅觀察題海昌觀潮圖用兩當軒集中韻

曲江自識非廣陵潮汐日夜趨西興初聞殷轔振鼉鼓繼若萬馬來奔騰憶昔靈胥秋祭后小立江頭愁岸隘歸逢

病母卧牀頭陡覺驚魂落天外昨聽夜半千夫號檣傾舵折船掀搖此時性命輕一擲乘風破浪志頓消怕看黿鼉銀山入終天抱恨嗟何及至今血淚猶斑斑衣襟不是潮沾濕李侯膽壯驕阿儂弄潮慣看嬉兒童測海法應用句股懸河口本多機鋒婆留發弩非游戲馮夷退舍天吳避欲塡精衞功補天倏訝雷車聲動地宣力金堤繆幾時叙勞四海皆聞知望洋我已心爲悸不意披圖復見之同治五年八月十八日陪方伯楊公祀神於蠏蜥羊歸而母病無幾日歿光緒五年四月十七日有三衢之行舟泊閘口是夜潮大幾有傾覆之虞

題徐韻生大令日觀峰放歌圖

壯歲我亦登岱宗同人投宿元君宮振衣絕頂夜方半一輪海日生於東後經山麓倦登陟題名聞被莓苔封詩成望嶽文記里傷哉都付灰揚風徐君嫺嬌人中龍文筆往往凌華嵩何年傴衣謁岱廟此時躡足躋雲峰濛濛下界堆白絮渺渺遠瀰磨青銅水天蕩漾看不定須臾湧出扶桑紅奇觀不覺浩歌發遙和清曉鍾聲洪揭來四海爭傳烽君衣短後甘從戎敏捷枚皋善草檄數奇李廣難言功時平改官來浙中腰腳尚健耳半聾論詩獨有嗜痂癖許我可繼眉山翁西湖吏隱偏不容投荒萬里何匆匆（君已改發浙省部議仍令赴黔坐補原缺）盈頭白髮忍言別六橋三竺甯重逢瀕行

出示此圖卷謂宜著句哦秦松回頭忽忽四十載此情此景將毋同自嗟老大形龍鍾行將歸依皋伯通聞君已作冥飛鴻雪泥胡未忘舊蹤（聞君已乞病仍挈其子入都）乘輿倘復遊東蒙拄杖無力吾安從

送徐韻生大令重赴黔南

江關蕭瑟感平生垂老何堪萬里行鞍馬漫誇神矍鑠河梁島制淚縱橫豈緣島徼需循吏祇恐天公忌盛名最是湖山有餘戀豈徒朋舊動離情

九月十九日同人招集湖上之俞樓以展重陽日俞樓小集爲韻分得展字

吾衰久倦游登高約未踐（九日擬游理安未果）運甸荷佳招良會此重展往歲天早寒水閣把秋餞冬令今已交陰陽疑錯舛草木未變衰春服不容典陟嶺畏疲苶樂水恣游衍言有俞氏樓中宜弆萬卷著書不厭多涉學殊愧淺主人聞入山叩門恐驚犬聊同看竹徒於玆設清宴餘黃綴疎花叠翠眄遙巘門多長者車壁有太古篆射覆鬥巧思談天逞雄辯公等俊逸才妙極東南選我應著邱壑祇欲棄軒冕此會安可常明年復誰健陳迹倘未忘重踏三徑蘚

送譚制軍次曲園韻

重是

虞廷岳牧臣秀靈南嶽降斯人九重心膂資才望兩浙瘡痍屢拊循方幸洪濤靖滄海忽看使節指咸秦臨邊一聽伊涼曲可念西泠舊日春

閱伍忽忽返浙東情殷借寇萬人同孤帆遠別湖邊柳一騎寒衝塞外風無復神倉添玉粒（今届海運增米十萬餘石）尚餘傑閣倚清空（時命修文瀾閣藏四庫殘本及新購圖書集成）阮公文達文學趙公恭毅政爭似明公德望隆

也比留賢賦白駒攀轅卧轍願終虛兩年只飲西湖水萬里惟攜北宋書（公令刊李氏長編經年竣事因刷印三十部去）父老爭鐫去思碣兒童遙盼使君車江南一路經行處紅樹青山畫不如

虛設東都餞飲筵公餞未至同沾雨露本無偏蒼生此日堪依戀黃閣他時看接聯英簜難留將去節湖山倘有再來緣年衰敢作彈冠望欲賦投簪招隱篇

寄懷孫琴西太僕並簡喆弟渠田學士

方欣屏翰資江表忽奉
絲綸命冏卿
北闕原非棄黃髮東山何以慰蒼生韓歐誰繼千秋業軾轍應齊一代名回首宣南論詩日晨星宿草不勝情

十月四日同人集三潭印月作餞秋之會

栝荷折葦又殘秋眞箇年華似水流曾向春波看浴鷺不

勞游客避鳴騶臨潭乍結三間屋訪月誰來一葉舟爲是離筵動離思酒人何事去明州時秋珊將赴四明

壽華笛秋七十

余年七十田未歸束縛猶爲塵網羈君年七十早致仕漢陰丈人能息機噫余衰老病腰腳日事卧游有何樂羨君老健勝少年登山兩足如猨玃憶昔京華共舉場意氣當時臨八荒君雖攀桂未簪杏短衣忽賦從軍行么魔起自天西極不信書生能殺賊功成李廣不封侯墨綬銅章黯無色君從鄒壯節於廣西卒領偏師經數十戰僅保縣令選得江西之某縣一官做屣歸去來石田茅屋荒蒼苔烽火旋迷若冰洞麋鹿已走姑蘇臺彈丸豈易留桑梓燕幕螳車危若此君家蕩口嘗結連各鄉鎮舉義旗相持數月卒無成皖公卒送王師來壺槳爭拜西平李雲中吳下一掃空君宜首論平吳功莊光肯爲故人屈野鶴豈受凡塵籠君與合肥爵相爲順天同門同年又親赴安慶迎師東下幾輩夤緣致高位君獨浮雲看富貴名山文字足千秋餘事丹青偶游戲欲祧元明祖宋唐藏弆不數婁東王余亦愛畫入骨髓歲暮往往餘空囊令子青箱矜世守自古善人多有後堂前舞綵何蹁躚獻壽君當盡一斗我恨混迹簪纓中頭童齒豁羞稱翁勸君飲酒且爲樂方今
廟算已和戎

虹橋老屋遺稿詩三

虹橋老屋遺稿詩四　　無錫秦緗業應華

過拙政園

歸來無地可棲遲偶上山亭坐片時人往尚書空曳履張子
青尚書居此數載花殘祭酒莫吟詩鞭抽紫筍斜穿徑錢疊青荷
半出池卻憶兵戈初定日園居曾得幾回窺同治三年余在中丞李公
幕府時園尚完好從未設座張讌

贈家膚雨茂才雲

西泠橋畔喜逢君余初識君於杭州舊日聞名識面新詩酒未陪
寒夜宴江秋珊有銷寒會君與而余未得與江山肯負苦吟身近游衢嚴歸河陽
自昔推同調謂潘譽生淮海於今有替人君詞尤工祗惜蘇臺重見
日不曾共泛石湖春余欲招君游石湖未果

重游留園有感

少日曾過寒碧莊圖書滿壁花滿堂舊主人劉蓉峰收藏甚富今流落殆盡
踏青已過又修禊蜂蝶逐隊來尋芳兵燹餘生復到此亭
臺半圮園圃荒水木明瑟尚依舊可憐秋草如人長年來
遊興每春發卻訝棟宇增焜煌金石猶存書畫散卅載三
見爲滄桑花落枝頭聽啼鳥萍開水面看游舫拾翠人疑
來杜曲濯纓客莫懷滄浪彼何闃寂此喧攘滄浪亭獅子林絕無游者
自古興廢原無常園留主換已數稔平泉花木歸孝章謂盛
旭人觀察主人胡爲宦游去西湖無此好景光腳韡手版有何

樂爭似歸來顧辟疆顧子山觀察歸築怡園游人之盛與此相埒

寄楊古薀少府黃嚴

西泠酬唱喜頻年似與湖山有夙緣何事崔丞甘貳令可
知永叔已歸田蕩邊月朗應思我余方假旋卜居蕩口洞口花開或
遇仙聞說涪翁重入仕彈冠倘許萃羣賢黃子壽太史告歸十餘年矣近
忽擢湖北道余與君皆舊交也

張得天畫瓶梅小幀爲胡菊鄰題

三朝書法三文敏趙董丹青亦絕倫獨有天瓶老居士拈
毫愛寫一枝春
嫩寒春曉華光老潑墨疎花楊補之慣見孤山千百樹何

如瓶供兩三枝

寄梅鷺臣柯橋

我識詩人宛陵後多窮少達古今歎清詞麗句遠堪繼萬
壑千峰近可觀疑有神仙隱門卒敢教屈宋作衙官君嘗分府
衢州客余道署柯亭椽竹倘猶在欲覓知音難復難

追輓金眉生

魏塘有奇士下筆輒千言才大難爲用詞高莫與論松誰
資作棟蘭恐忌當門於我獨深契時時共酒樽
北海常盈座西湖每泛船游山窮處處修禊感年年謝客
詩千首右軍文一篇湖舫禊飲李氷叔有序皋園禊飲王眉叔有序今俱下世故人復

誰在雪涕酒罏邊

杜公貧徹骨亦有浣花居泉石即經世煙霞終遂初玉山多雅集(謂潘玉泉李梅生諸公來訪觴詠極盛)金谷本荒墟歌哭原無定傷哉一載餘

吳山太虛閣相約共登高閣有幽憂疾空餘意氣豪長沙終賦鵩吏部罷持螯知已平生幾蒼茫首獨搔

汪韻和茂才自湖北來見訪屢蒙贈詩賦此奉荅

後山早識蘇和仲(余初未識君陳槐庭大令極稱道之)嚴武常稱杜少陵(謂嚴伯雅太守緇生比部)地志精嚴參史筆(有修志論七篇)詩家宗旨悟禪燈(其門人刻吟詩義法錄一書實藍本於君)采風欲替輶軒使(有言志詩輯初二集)乞食還同

粥飯僧媿我身如退飛鷁愛才誰復踵儀徵(謂阮文達公)

苦雨

不意黃梅雨兼旬尚未休樹頭無鵲噪牀下有黿游莫塞諸天漏宜披五月裘平生悲憫意非止念田疇

聞說蛟爲患其魚有數州(徽州發蛟衢嚴皆成澤國)浮屍見江面結屋在城頭肉食得毋媿羲和安可求滔滔者皆是四海恐橫流

寄郭筠仙侍郎意城京卿

出門求友四十載後先得從二郭游大郭才名少已噪神交記昔由莊周(謂莊蝶園)不甘文學老侍從輒思投筆希封侯西平督師此開府君亦量沙來唱籌從軍漉潰喜合并時復同參帷幄謀淮南鹽筴嶺南節我欲往從道阻修文德由來可服遠波臣海若俱懷柔論功不願勒鐘鼎樂志祇合歸林邱小郭早年入幕府贊襄軍國多遠猷神龍見首不見尾蟬蛻軒冕一笑休一旦遠辭南嶽雲頻年來泛西湖舟虎跑龍井互探討金莊彭庵多唱酬倦游思歸忽告別對牀從此紓離憂蘇氏文章重海內有如長公與子由棣蕚聯吟定有集弓衣傳徧天西陬貰酒忍復過黃壚題詩何自登白樓可勝涼踽感離索曹蜍李志難爲儔招隱有詩且歸去買山無計空窮愁鄉居地僻似隔世三徑亦

復希羊求衡峰湘水望渺渺暮雲春樹思悠悠

讀家散之小睡足寮詩賦贈

盛世何曾廢谷音咀冰嚼雪入孤吟官卑轉覺宦情淡詩好端因畫理深眞樸并除名士氣激泓不改在山心五湖三畝吾今遂洞口歸雲約共尋(散之家西洞庭)

烈士要離漢梁伯鸞八大字拓本

烈士已無高士少悠悠千載緬遺風荒邱可有樵人識指點寒山萬木中

標題八字何人筆史槀無徵點畫奇我本梁鴻溪上客未堪守冢且尋碑

廣福庵中留翠墨金閶亭畔弔斜陽當時夫婦可同穴小印空鈐老孟光

余二十許時曾寫詩一冊呈阮文達公公旋 予告甍於里第迄今已四十餘年矣光緒初元從孫姚臣忽得此冊於山右市上則已有人重加裝潢歸以貽余余稿經亂大半燬失賴此得存少作數十首然詩多拙劣不堪問世也感題一律

少時句等寒蟬噪一冊曾勞大匠收錦帙牙籤經刼盡吐鋪握髮溯風流世途幾見滄桑變詩卷何心天地留老去自嫌身似贅虛名安用動公侯

寄題小滄浪次蔭孫唐茂才韻

年年留滯聖湖舟咫尺滄浪盧勝游吟社荒蕪酒壚在何人更續舊風流

爲憶雁湖湖上村荷風竹露詠黃昏蘆菴我亦曾停櫂題壁難尋淡墨痕

亭子初成失老成小同喜復負詩名於今濯足人多少莫爲清流抱不平

人世還同水渺茫不堪鄰篷聽山陽此中大有滄桑感忍過荷香十里塘

徐健庵先生內廷校書圖爲裔孫少竹大令 樹簡 題

四庫未開日南齋欲設前鴻儒招馬鄭誤字辨烏焉太乙下天祿尚書方盛年神傳禹生筆風度故依然

修志洞庭局藏書傳是樓賢臣逢聖主一室萃千秋爟燧於今息簡編誰復收清門應未改好共紹箕裘

棟尊東海葭莩溯外家先祖母徐太夫人爲尚書公曾孫女其考二磯先生家於錫二磯之孫朗齋刺史有才名與先侍郎爲莫逆交業猶及識廉峯太史及成康蓀池昆仲今亂後不知遷徙何所矣移居來錫麓話舊憶京華經亂人紛散飄蓬天一涯吾衰慚宅相展畫獨興嗟

遂園圖久失過眼感雲煙先大夫舊藏遂園修禊圖卷被竊業早歲曾見之力不能贖回

至今惋嘆圖亦禹鴻臚爲尚書公作兄弟咸在先宮諭亦與焉曾拜先公像回思禊飲年幾經兵火刼終賴子孫賢留得靈光在應同一芴傳

韓幹畫馬有弓矢虎皮置於地

曹霸丹青傳弟子千秋神駿依稀是射虎將軍胡不來短髯奚官立而竢龔生遁跡恒苦飢骨立故應馬不肥龔開好畫瘦馬宋遺民也飽食騰驤一萬匹此是開元全盛時

初秋謁岳墓

休問杭州與汴州只餘坏土得長留岳家父子克全節宋室君臣忘復仇柏翠豈隨金氣改雨零不洗鐵人羞古今盡爲和戎誤莫詡當時魏絳謀

題北墅主客圖

十年未作虞山游，海上三峰渺千仞。山中人兮不可見，何以胸中袪鄙吝。炎公家有水竹居，金石圖書各充牣。舊山樓頭舊游處，題句猶留未灰燼。愛客還與愛酒同，去年七夕欣逢閏。盤中肴饌雜珍蔌，座上賓朋盡豪雋。獻酬未已復唱酬，詩拈險韻誇敏迅。吾甥能詩並能畫，墨井耕煙得心印。圖成已感濠叟亡，夢蝶觀魚同一瞬。瓜果才陳時未幾，薤露倏歌天不憖。金風銀漢又經年，年華易逝觀朝菌。吾生本是山澤癯，奚俟秋霜換青鬢。劍門拂水常在夢，季子謫仙勞問訊。定爲蒓鱸投劾歸，重訪山園誰引進。夾道

松篁使徑迷，柴門試向圖中認。

壽江秋珊六十

南山有松柏，蟠鬱經千年。不受斧斤伐，迺得根株全。在物誠有是，於人宜亦然。之子皖南秀，早度驊騮前。疑有五色筆，醴陵之所傳。通經合致用，設館誰招賢。霜蹄屢顛蹶，判璞恒棄捐。手版遂入仕，孔亦爲乘田。書生出戎馬，廉吏司緡錢。功成不言祿，放浪湖山邊。四時結吟社，詩酒長流連。每傾酒一斗，輒成詩百篇。不學李長吉，忍言肝腎鐫。不學畢吏部，甕頭甘醉眠。陶情卽寓意，克自全其天。闢地植花木，觸目多芳妍。心苟泯外慕，出處皆隨緣。朝市亦堪隱，塵壒非無仙。令余羨何已，苦被俗累牽。棄官尙留滯，未許歸林泉。余叨十年長，衰白徒自憐。仲秋月初吉，桂醑當開筵。祝嘏但文字，娛賓非管絃。願君身不壞，有如松柏堅。

八月九日招同江秋珊、邊竹潭、楊也村、張雨生由滿覺隴至理安寺，歸過虎跑，用壁上坡公詩韻

一路花香更草香，斜風細雨頓生涼。刼餘樓閣終非舊，路入松篁不覺長。叢桂豈無留客意，時余乞假未歸 老僧也乏養生方。舊識理安僧鶴呂化去數載，虎跑僧亦瞽矣 休誇曲水亭邊住，試汲山泉次第嘗。

語溪道中看紅葉

雨餘雲際漏斜陽，溪路沿洄不厭長。兩岸紅添千百樹，始知昨夜有新霜。

妙筆何人渲染工，山青水綠映丹楓。恍如沒骨楊昇畫，只少樓臺夕照中。

唐蔭蓀約游小滄浪，仍用看荷韻

廿年未泛雁湖舟，開盡荷花始一游。荒率莫嫌秋後景，濯纓磯下俯清流。

數家茅屋不成村，煙雨中看野色昏。秋水無波平似鏡，惜無一抹黛眉痕。

鵝湖一叟句新成，菱種徐家最有名。湖上徐菱蓀寄贈華籛秋，籛秋報之以

詩是日蓺孫亦遺予斗許如啖荔支三百顆只嫌稜角未能平

盧庵遺址白茫茫漁篴依然起夕陽我是滄浪亭畔客何如泛宅住蓮塘

自小林灣亡婦墓歸

又向秋風展墓還徐家村有小林灣半黄半綠樹頭葉一淡一濃湖上山亂葦如人添白髪老松與我共蒼顔他年同穴終償願爭識詩翁葬此間

語溪道中即事有感

來時尚見綠成陰風雨冬冬心陡覺深紅葉半殘黄葉落蕭疎一帶盡寒林

訪吳伯滔處士

隘巷罕人跡幽居避俗氛庭成小邱壑室有古煙雲君善畫四壁所懸皆名蹟黄葉猶堆逕君遠祖孟舉先生有黄葉村莊圖青山當賣文吾今棄軒冕鸞鶴許同羣

臨平道中

爛漫春光記往年冬來山色轉蒼然千家收穫水消日夏間幾成水患萬象蕭森木落天楓葉餘紅人醉後蘆花早白雁來先漁翁不管古今事貰酒船頭一覺眠

郭晚香孝廉見贈五言二章次韻奉答

樸學魁文宋春華少秋實莫爲虎豹皮伐毛但存質我未識林宗神交交愈密相見各老蒼聲聞早洋溢筆硯吾當焚嗜痂免遭叱吳姚豈復作君已入其室擒華後返樸斯文乃無匹泠泠音若琴醰醰味逾蜜言將三舍避敢復操不律

廢學安有成不材如戟綫先型渺難追軍奔敢云殿之子少登科人謂金閨彥如何老公車僅以詩人見師友多鉅公知爾未能薦礨鑠六十翁雙眸炯如電美玉何用沽精金幾經鍊神明宜內藏英華非外炫笑我寸鐵無和詩空白戰

題從曾祖文恭公味經窩圖卷圖爲張篁村作族子逸芬重橅

五子談經處謂管蔡龔二吳蕭然一室居詩書爲菽粟天地入蘧廬味在酸鹹外道存憂患餘休嗟窮巷士終見大門閭公舊居在師古河上以父泉南先生繫獄償鍰十數萬資產爲之蕩然乃僦居婁巷有一小室即所謂味經窩也公貴後贖還故宅日嘉會堂今猶存

業以傳經重官因稽古榮誰知老司寇依舊一書生當代儒宗仰千秋著作成同思勗學處畫裏九峯橫

大盜縱橫日句吳喪亂年遺書歸刧火舊藏鈔本味經窩文集一冊又嘗見五禮通考稿本今不知尚在人間否畫卷化雲煙莫問午橋宅難求滄海田欣聞此圖在流落嶺南天卷前歸午風堂鄒協揆家今爲新安金氏所得逸芬於粵東見之

不返汶陽田空囊衹自憐畫書撫往蹟父子繼前賢逸芬欲購歸未得自臨張畫而令其子錄諸名賢題詠於後作記人何在披圖獨泫然從孫姚臣有文記事乃歸而病歿距作記時不半年也衰宗當厄運誰復一經傳

題胡匊隣晚翠亭圖吳伯滔作

編茅作亭樹爲幄種樹有書還種菊何須千萬輸陶家三徑東籬鄰許卜故人踢葉來于于梅花家法工追摹聞君新割片雲去綠雲石今在石門福嚴寺更寫元章拜石圖君得石筍於殳山移置亭下有詩紀事余嘗和之

西泠感事

夏潦没平地秋霖傷晚禾皇仁殷發粟吏治急催科欲使閭閻靖端除法令苛長星耿天末大造意如何

除夜得鄧似周甬上書次見懷原韻卻寄

鵝湖煙水獨揚舲喜見家山眼倍青風雪中來書一紙可憐爆竹不同聽

四明山好未支筇輸爾長看海上峯只恨天涯遠游子當歸未寄又經冬

已拚身世老漁簑倦鳥其如乏食何肯效歸雲重出岫小山叢桂恐無多

癸未元旦

旭日曈曨氣象新陽和先轉隔年春門前喜少衣冠客應下疑同逆旅身酒對一樽聊自樂書藏萬卷未全貧先生早起渾無事不著朝衫懶是真

元夜

四鄰鐃鼓寂無譁風雪蕭然野老家明月不來燈半炧自斟殘酒酹梅花

趙次侯見訪鵝湖不值五疊聚星堂韻留贈次韻奉答

久未從之傾竹葉中年聞亦頭如雪索居奈我獨淒然高詠輸君更清絕山中梅蕚寒未開歲尾艮朋簡先折去臘李香巖曾招君及余探梅鄧尉未果胡爲剝啄門沉寥合是胸藏刺磨滅仙踪未許鄧尉逢花信還愁滕六掣忽看樹杪挂銅鉦旋見窗間舒采纈如何野老掩柴荆不聽詩人談玉屑過秦論出曷可辭訪戴船回竟如瞥勸余共作師雄夢聽他能效生公說看花姑留不盡緣鑄錯毋勞六州鐵

偕篴秋訪次侯於北墅備極談讌之盛并投宿焉次侯十疊前韻見寄因復次和奉酬

好買偷湖舟一葉同訪花田千頃雪湖心淚作來較遲篴裏花飄愁獨絕竹籬舊徑記猶諳屐齒遠迎喜欲折古春無復影橫斜寒翠詎隨氣生滅自投簪組樂間散肯爲簿書苦牽掣轟飲卻誇拇能戰薄醉何妨眼垂纈相看酬醆

皆風流肯論米鹽多瑣屑老屋猶存刼火餘舊游無異風花瞥衰年知已得毋戀不爲三宿浮屠說已拚今夜住扁舟風雨衾裯冷於鐵

題趙曼華詹薌遺畫

曼華先生工畫早世遺蹟罕傳喆嗣次侯常博蓄藏小冊二頁寫古風渡江夜泊維揚之景新得便面仿文衡山雙鈎蘭合裝成軸出以見示各題一絶

綠楊城郭寫揚州刼後江山似舊不猶有孤兒守遺墨白楊蕭颯哭荒邱

幽蘭偶仿文待詔細篠兼橅夏太常自是鷗波有家法至今空谷尚留香

題次侯學佛圖小照

觀河面目渾非昔（次公近號非昔）自有酒也當歸淨域蒲團一坐萬慮空妻肉誰云拋不得當頭莫喝鈍根人未許皈依不二門我似淵明嬾入社妄思無佛處稱尊

鐵華吟社四十二集盛愷庭觀察招游鳳林寺看芍藥口占四絶句

我已歸依谷口農無端又聽鳳林鐘游人如蟻花如海老去尋春意轉慵

沽春走馬少年狂花事豐臺勝洛陽根觸春明舊時夢那堪白髮對紅妝

爲憶前游李謫仙將離頻寄楚雲邊願公重拭看花眼試放春江下水船（庚辰餞春李黼堂方伯招看芍藥於此今黼翁已旋里病目未來忽忽四年矣）

主客居然半挂冠繁華瞥眼忍重看不求上相黃金帶只愛南禪白玉盤

夏日田居

野叟溪童日見尋柴門喜少俗塵侵悠悠雙鷺浴波際嘒嘒一蟬鳴柳陰上將曾無横海略丈人祗有息機心躬畊隴畝從吾好何事重爲梁父吟

七夕先一日立秋大風雨

雨後蕭然伏未過驚心一葉下庭柯腹中空洞書生笥眼底流光織女梭獵獵金風初應律迢迢銀漢欲生波人間已唱公無渡靈鵲塡橋事若何

自杭旋里述懷卽書兩生所贈西泠歸櫂圖後

立功立德媿前賢坦率平生只信天忤俗何堪戀微祿耽詩聊以送餘年無家且賃伯通廡將隱難求陽羨田轉覺湖山故鄉好煙波萬頃一歸船

題鄧似周孤蓬雲海圖

鄧林有奇材獨秀於江東一朝失乾蔭飄泊猶孤蓬騏驥有誰識塵壒安能容忽生出世想雲海早盪胸淼淼涉洪

濤浩浩來天風一葉等一粟踢浪乘槎同盍登蓬萊頂且叩馮夷宮手摘辰宿近口吸渤海雄恍覩金闕湧疑與銀潢通蟾蜍豈堪捉靈均烏可從徐市不復返成連甯再逢神仙本荒唐游戲只畫中君年正華妙莫學避世翁請看圖南翮一舉終摩空

久不得竹珊升泰書

英姿豪氣似元龍陳臬曾經到浙中共事從無河漢異論文亦與芥鍼同天南德政留銅柱徼外音書滯塞鴻學問深沈謀慮遠搴賢衮衮孰如公

虹橋老屋遺稿詩四

虹橋老屋遺稿詩五　　無錫秦緗業應華

病榻吟

癸未八月朔病起越五旬始小愈偃卧一牀夜長無寐輒成一二詩以遣無聊然睡魔不來病魔未去可若何伏枕無韻書可檢故惟近體爲多所謂短歌微吟不能長也病起錄之計得詩若干首因名之曰病榻吟十月上浣自記

鴻山以梁鴻居之得名惟山有泰伯墓前此千餘載偶思及之作二絶句

五噫吟後適荆蠻有象猶留此寺間（鴻山寺猶懸伯鸞德燿夫婦畫象）高風復誰繼姓名終古屬溪山（兼謂梁溪）

伯鸞山色鎭長青東漢西周代幾更遙想讓王初葬日此山畢竟是何名

病中觀畫

以文發疾今少枚忽覩畫圖無點埃四顧白雲鳥飛盡牛眉紅葉樵歸來煙外疎鐘出遠寺雨餘夕照明高臺若非妙絶巨師筆安能使我胸懷開

夢中得句

偶放扁舟爲討春先生不是慕垂綸青溪三十里行盡只見桃花不見春

將赴杭州貲斧無出因檢南田漁山絹本畫二軸售之得數十金適店作悉償醫藥費未成行也

憚吳一代推宗匠辛苦儲藏不計錢檢賣豈無留戀意可憐盡化藥鑪煙

我無長物惟書畫割愛依然不救窮又報牀頭金盡矣布帆尚未挂西風

鄉居寡交游惟華笛秋常來視余疾贈以一詩

窮鄉兼僻壤病卧兄多旬執友如君少頻來獨我親殷勤爲調護伉爽令忘貧（余每憂貧君以豪語解之）何日共游衍行將成半人（君素健余則癲患軟脚疾以後更可知矣）

病況

兼旬不出戶寒暑倏焉更（七月杪至八月初十數日熱不可耐今才過秋分欲御棉衣矣）秋欲病中過詩多枕上成刀圭向誰乞藥草漸知名黙陟更休問免教心不平

痁止仍未起牀

不死未償牀禱債首如蓬葆緒如麻案頭日日抛書卷枕畔時時看月斜銷盡名心湯沃雪挽回生意雨澆花斷葷斷酒亦云久餐飯還期努力加

寄江秋珊

江郎才調似文通兼有吳門市卒風大隱廿居百僚底頭吟愛入萬花叢（余前贈君詩有萬花紅擁一詩人句）頻年不廢西泠社多病應懷惠麓翁又近登高好時節夕陽無復一尊同

病莫能興又逢重九不及登高

閒庭日厚是蒼苔縱不雨風稀客來濁酒三巡久無分寒衣九月未全裁漸看綠葉紛紛變何事黃花緩緩開非但閉門仍伏枕誰云抱病可登臺

痁復作三次而止

俄傾之間變寒暑來本無端去何許來來去去胡爲乎花鄉鎮惡今則無夕汐朝潮一身備天公若與人游戲牀頭置易非有心瘧鬼居然三舍避

得黃子壽廉訪（彭年）書卻寄

萬言書上挂冠還（君入翰林未幾即告歸同治初有舉之者復出仍以不合時宜抗疏而去）三輔黃圖尚待刪（李伯相留修畿輔通志）不再尊罍同北海（於己巳別君於京師）詎容絲竹老東山

朝廷有道吏風肅江漢無波民氣閒（今春武漢有會匪竊發自保甲行閭閻始靖余曾有力行保甲議寄君）學問平生終得展故人亦爲一開顏

輓潘紱庭丈

憶昔少年日獨邀青眼青同車訪花寺修禊集江亭互賞文詞妙恆忘爾汝形交情追孔李謙抑仰先型（余初與君及星齋侍郎叙雁行及謁見文恭公以先君子與三松先生同官密友令改稱焉）

公自吟紅藥余方采白蘋關河逖離索鄉國莽荆榛綬寇竟無術從戎歷幾春各懷身世感何日復相親

又覲

昇平象春明恍夢餘郎君有行馬老子早懸車荆樹看逾茂竹林游不虛諸公俄怛化一度一欷歔余已重入都門與族姪誼亭同居邑館公兄弟及宋侍郎雪帆時相過從談讌極樂今先後作古無一在者聞公日老健尺素有時通噩耗來倉卒殊恩感始終今看返丹旐吾欲拜幽宮五月間公喪歸吳門余適小病未往弔如未安窀穸當執紼會葬以盡其情承啟應無憾他年相業同謂伯寅尚書

壁懸家梧園先生畫

萬柳冥濛遠岫微先生以畫柳得名號秦楊柳吾宗畫法本王翬斜陽影裏集初散遙見烏犍帶犢歸

霜降雨後一日卽晴

露落歲將晚病餘宵更寒重棉回暖易密雨放晴難忽覩朝陽上從知后土乾天心異南北豐歉太無端山東直隸水災甚重

聞雁

秋深北雁又南來聲似饑氓總帶哀莫向海濱求食去流亡未見一家回江浙大熟而沿海之區多被水災

憶杭州許何宗江四家菊花之盛

百種堆成千疊山家家許我醉花間如何松菊荒三徑五柳先生空自還

贈張芈青

芈青今之盧扁也余八月朔在城病痢服其方四日而愈後還鄉受風到卽寒熱大作兼以頭暈兩晝夜醫皆束手十六日痁始止而上下焦不通嘔吐如故不得已遠道邀君治之一藥卽不吐乃九月初腹又泄初八日瘧復來越七日病良已恨城鄉相去五十里不得君時至俾余委頓牀褥至五十日之久也今君又定一丸方夙疾其獲瘳乎因贈以詩

前身君本有青囊奚止千人託命長術祕尚傳張仲謹病

多畧似孟襄陽非緣枚叟發吾疾端賴倉公濟世方自古良醫等良相於今活國問誰良

食黃雀

黃雀入饌肥從知歲大熟夏雨秋冬晴洵是農家福農家福若何不耕亦自穫啄食原無多休打野田雀

梁溪七子詠

華若溪　世芳

若溪務博覽眼光明月明九章已絕學幾何乃盛行君獨闕奧窔上抉梅戴精異時疇人傳難弟復難兄學使令若溪作續疇人傳君眞學實得諸其兄若汀云

鄧似周 濂

似周富才藻出語早驚衆每研都鍊京非祧唐祖宋起衰

忽有志華實妙能綜（君素工駢儷近亦爲古文）善病仍出游吁嗟此饑

鳳

龔葆艮 廷梁

葆艮醕乎醇其文最眞樸亦善陶韋詩歸方有不足朝夕

膳侍親千萬卷儲腹劬學免治生此福讓君獨

楊範甫 楧

範甫性温厚詩教夙所聞浮華謝時輩筆力敵萬人滾滾

秋江潮靄靄春空雲後生信可畏耄學徒自勤

楊仁山 楷

仁山有豪氣虎小堪食牛耆生抱孤憤誓欲淸海氛（數年前嘗著平夷策三篇）推倒一世傑高卧百尺樓長公才似海子豈弱子

由

從孫湘臣 寶珉

湘臣少沈默穰露才非眞杜詩而韓筆力欲追古入庶幾

紹家學亦足張吾軍乃兄爲不死克偁大小秦（其兄姚臣詩文皆成家惜年未四十以病殁）

族孫叔固 堅

叔固吾宗秀詞賦傳祖庭慨焉禮教衰恆思繩味經（從曾祖文

恭公未第時有五子談經之會叔固欲鳩同志復之未果）爲文亦簡潔去蔓斯留馨載

筆從余游喜見湖山靑（時修杭州府志余爲總纂叔固爲分纂）

冬夜獨坐

寒宵孤坐一燈微四壁吟蛩聽已稀黃葉著風聲作雨只

敲窗紙不沾衣

簷秋自城歸贈菊數本尚未放也

去秋已多時緣何開獨遲黃花貴晚節綠葉未離披霜下

此稱傑歲寒偏弄姿野人不知種鄭重感相貽

記病

今年六月不知暑有時虛堂御袷衣烈風暴雨陡然作牀

牀屋漏身淋滴百年老樹盡拔起千里海水皆騰飛居民

廬舍半漂没死爲魚鼈生無依一朝放晴轉三伏疑張火

繖非炎曦白露伊邇尚赤體沐浴只恨無冰池百錢買得

一團雪八月食瓜非所宜孱軀感之得腹疾四日而愈誰

所治自城還鄉店復作雜以暈眩屋若欹有時不藥藥寡

效可憐鄉僻稀良醫偃息在牀五十日扶杖而起成支離

傳聞蘇滬有大疫十室九病生機微老夫甚僥幸不死布

衣疏食足自怡是時海外正釁觸弱肉强食非爲奇義旗

雖舉痛無援彈丸一旅終難支或寒或燠欠爕理天氣暑

似衰周時區區一身病奚恤治平吾願追雍熙

錄病榻吟成自題一絕

大藥曾無養病身苦吟枉自敝精神癡兒漫詡麒麟閣何似黑甜鄉裏人

虹橋老屋遺稿詩五

門下士楊振鎬校字

書後

予與澹如文字之交幾四十年同治丁卯主講紫陽書院再相見於杭州求觀其平生著述則云自常州之陷與家藏圖籍皆爲刼灰矣相與絕歎今春喆嗣乙青司馬以所輯虹橋老屋遺稿六冊見寄屬爲之序葢皆仕浙後作而其全稿竟不可復得矣沖夷藻雅胸中灑然二十年簿書粟六而志趣無異內城招提時可謂學道養氣而有得者矣石泉尚書極推海防策應越南二文以爲持論精確非苟立異再三讀之良然然此理亦甚明白易曉而稍有權位者其說乃輒大謬抑何故耶海舟之說不知其自始在金陵時一同官張皇其說頗欲折其萌芽輒嬉笑答之且舉鄉先生葉文定公薛悳老墓誌中語以爲永嘉先生不隨人爲議論如此乃其最後一章鐵舟外吏無一語及國事者是終不一覆古人書也閩洋之變兵輪避匿橫海將軍山行乘檋而草澤英雄爲我抗敵嘗戲爲二詩寄同年俞蔭甫學使曰左角蠻攻觸南柯檀伐槐（亦鄉先生浪語句）豈徒資笑粲亦足慰衰頹湯祝天無怒佗驕地有才卻看堂皁稅還爲郅支哀萬里都靈仗千金洴澼方鄙生惟鑿空垂死尚騰章漢虜終當隙孫吳止用長老夫息壤在它日一思量今讀澹如文爲我一吐鬱滯然亦無怍我二人爲世

所棄也今日大勢所趨其事且有不止於此而其患殆有
更急於此者又將何以爲之耶集中詩在
本朝諸家不愧新城秀水文則鄉先正茗柯初月之流也
當速刻以傳不必更加删汰其往還京師時所爲大抵贈
投友好者多必當有可蒐采是所望於賢子孫也光緒丁
亥九月瑞安孫衣言書於城北寓廬時年七十有三

書後

識

先君子少工詩古文詞自幼而壯稿草盈尺悉經上元梅
伯言先生點定以遭亂失隊庚申後服官浙中既無意於
詩文閒有酬應之作寓興之篇零縑片楮亦多隨手散佚
壬午歸田寓居鵝湖方欲手編成集遽爾謝世光簡等過
庭無聞深懼湮沒不傳於世爰就篋衍叢殘及從友人鈔
錄者共得若干篇而以從姪姚臣在山右購得　先君子
弱冠時手寫册子詩十餘章經儀徵阮文達公鑒定者冠
諸簡首以後約略編次乞仁和譚仲脩大令獻錢塘張子
虞太史預校訂蓋二君皆深於此事而又與　先君子素
契者也今定爲文四卷詩五卷付之手民惟遺佚尚多一
時不及輯沓倘世有收藏　先君子手澤及有所見聞者
不吝鈔示俾得續刊成編則世世子孫感且不朽若夫師
友應求別本流布藝林光簡等望風頓首拜德尤無窮已
光緒十有五年歲次已丑十月男光簡光儒謹識
光緒三十一年春月孫厚基重校刻訂

虹橋老屋遺稿補遺總目

文一卷

序跋　傳　題跋　壽序

詩一卷

古今體詩六十五首

詞賸一卷

詞十闋

附虎侯詩存

虹橋老屋遺稿補遺文一卷　無錫秦緗業應華

畫學心印序

畫不過一藝耳然非天分與學力兼到必不能傳有學力而無天分固成一畫工有天分而無學力以爲文人游戲則可必不能契其微造其極也造其極者代不過數家南宗自王維剏始後宋有董巨李范元有黃王吳倪明則有沈文唐董

本朝則有四王吳惲猶文家之有韓柳歐蘇曾王詩家之有李杜韓蘇黃蓋綦難矣是其人都有論畫之作足以闡發古人啟迪後學而非以輕心掉之者也族子逸芬少耽六法長而購求諸大家名蹟朝夕臨橅頗得其髓十年前嘗著桐陰論畫一書始於明季終於近代畫家之源流宗派皆能縷析條分折衷一是久已刊行海內傳誦矣猶患宋以前筆墨流傳者稀有亦紙敗絹裂不能得其彷彿爰取顧愷之張彥遠而下至王學浩錢杜而止各畫論採討而評點之殿以自著之桐陰畫訣輯成四卷將刻以問世而乞言於余余亦嗜畫而苦不能畫雖所藏卷册立軸便面宋元略備眞僞亦頗能自別之心知其佳而不知其所以佳也逸芬則深知此中三昧者旣自序其書矣又何取乎余言哉

曼陀羅花館詩集序

同里汪君芾庭余妻之從弟也年二十餘贅於徐氏其外舅幕游皖中君亦習度支術後參江袁諸公戎幕幾瀕於危其羈愁侘傺之情流離奔走之狀一寓於詩余故聞之而未得見也同治四年君始以縣令來浙與予同官一方然各以吏事牽率未暇相酬和偶一見其詩而全集卒未一讀君既數權劇縣有政聲竟病卒於海鹽任所年未五十予哭之慟因索其遺稿越數載其孤含生符生昆仲始以曼陀羅花館詩三本示予屬爲訂定中皆游皖所作而浙則無幾亦足見宦之累人也原稿不及二百首予略爲

芟薙得古今體一百二十餘首都爲二卷還之使刊君昔嘗問業於涇縣令顧蒹塘先生稍學其體然蒹翁故爲宋詩與劍南石湖爲近君既不名一家五七言古出入李杜而秋懷十首造語酷似韓公命意直追漢魏此則蒹翁所不逮者而存詩止此或者以少而少之然唐之詩人若陳子昂止二卷孟浩然止三卷李益止二卷李賀止四卷韓偓止一卷皆傳之至今又多乎哉又多乎哉

理學宗傳跋

容城孫夏峯先生理學宗傳一書以周程張邵朱陸薛王及羅念庵顧端文爲十一子別以漢唐迄明季諸儒考附之有百餘人而端緒少異者爲補遺得書二十六卷其宗旨見於先生自序及睢州湯文正公敘之詳矣姑勿具論惟是書爲康熙初張沐程啟朱所刻紙版既不精幾同麻沙本竝無別本可校凡字跡之模糊者未能以意度之聽其空闕眉批尤甚而缺頁亦間有之無從補刊不無遺憾又第十一卷顧端文原書目錄不誤而版口俱作顧文端今已改正張程皆與先生同時何至麤疏若此安得世有藏先生原稿者出而一勘之耶

三魚堂日記跋後　代

平湖陸清獻公箸作甚富某某既刻其三魚堂文集及年

譜賸言等書矣尙有三魚堂日記十卷爲道光季年吳江柳樹芳所刊亂後版亦燬失因復授諸剞劂氏以爲公全集之一云按是書始康熙五年丙午迄三十一年壬申公自記其遊蹤行事而

朝政之得失理學之是非以及同時諸賢之緒論罔不備見焉實足與年譜相表裏雖丙午以前竝無記載即此二十七年中若戊申辛亥癸丑甲寅丙辰己未等歲亦復闕如顧年譜爲人追述日記爲公自敘手筆不同詳略亦異然則欲知公生平以信仰止之思者烏可不讀是書哉是書原止鈔本又多訛謬柳君校而刻之始成完書今則仍

屬諸柳君以不敢掠美也惟柳刻意在單行是以改題曰陸清獻公日記今列入全集中宜仍用原名以別於年譜當亦公之志也

書因寄軒文集後

姚姬傳先生之門以梅伯言管異之爲之魁伯言初亦好爲駢體異之箴之始一意古文雖結習未能忘余嘗見其手稿已編入外集不使淩雜也而異之之不好是體可知乃讀因寄軒文集補遺中有五日八箴堂小集序一篇明是駢四儷六豈異之偶一爲之耶抑同集者所爲而託名於異之耶昔人編集唐宋以來雜家多有散整兼收者而

號爲大家則自昌黎以迄望溪姬傳無是也是篇頗尚對偶詞藻在駢體中亦屬下乘尚非魏晉之比卽使異之自作亦已屏棄不存今刻集者貪多闌入殊失異之本意刪之爲是

沈君姓庚小傳

沈君原名杰後改曰鎣字秋白姓庚其自號也世爲無錫人家貧力學工詩賦兼精篆刻余齒少君十餘歲寡交游然聞其名願訂交亦未嘗數過從也後君客袁浦萬氏喜從龔定庵戈順卿諸君游而與郭頻伽子桐尤習遂工倚聲是時順卿講詞律甚嚴君宗之然戈所爲翠薇花館詞重膇無性靈而君則清言遠指不失南宋人遺意論者以爲實勝於戈道光中余每入都過袁浦必訪君流連兩三日故知君深君爲人至孝父喜揮霍必曲意承順或甚怒必長跪俟怒解乃起中年無子納妾旋卒君既歸數年會家誼庭爲吳江教官延課其子値庚申之變急歸城巳失眷屬避居村落連喪其妻女君憂傷愈甚遂得疾至八月乃卒著作散佚甚多存者懷舊錄二卷吹劍詩集一卷留漚吟館詞草一卷皆歿後其壻檢行篋所得壻郎誼庭季子也

秦緗業曰姓庚中年後不甚爲詩而詞則余所見已有百

餘闋今所存祇此不及十之三四然非元和江建霞爲之刻幾將湮沒而無傳建霞初不識姓庚讀其詞而好之遂以剞劂自任爲之友者能無媿乎邑志所爲傳少略故復敘其生平如右

跋黃巖瑞隆塔舍利函拓本

劉葵衫大令以瑞隆塔舍利函拓本見示蓋孫歡伯司馬令黃巖時拓以爲贈者也塔爲宋開寶中僧德韶所建楊君石卿跋語以開寶爲劉宋年號失考甚矣然玩其款識文字殊非唐以後物想塔造於開寶而函非製於開寶或僧人舊有此函特起塔以藏之耳歡伯工書所至蒐羅樵

拓固大異乎俗吏所爲而葵衫亦嗜古成癖不寶金玉而寶此故紙恐終爲識時務者所嗤矣

跋董文敏畫卷

二米源出董巨而小變其面目元則房山繼之後之宗二米者實繁有徒往往墮入魔道惟董宗伯王司農爲最善然司農喜用乾擦似與米氏尙隔一塵也此宗伯仿元章及北苑作二家本沆瀣一氣故能蒼潤如是吳興顧君頌三工六法富收藏蓋今之好事而兼精鑒者昨以此卷見示因識數語歸之

題新羅山人西溪築居圖

樊榭先生嘗卜居西溪宛陵梅文常爲作西溪卜居圖先生自題摸魚子詞一闋同里金赤泉焜郎亥其韻和之又有五言聯句一章俱見妙明書屋遺集中此新羅山人西溪築居圖亦爲樊榭作山人并題一詩而諸公題句均不及蓋山人作圖時已在梅氏後矣宛陵諸梅如耦長淵公都以畫名而文常姓氏畫傳不載今圖既失傳其他跡亦無復存者或不如新羅之工而新羅是幀尙在人閒豈非畫以人重人亦以畫重與亂後余數游西溪訪先生故居不可得卽鄰先生墓田之交蘆庵亦廢既而丁君松生鳩資少加修葺竝於庵左奉先生栗主且藏奚蒙泉戴文節

諸公西溪圖卷於中余適得山人是圖思鉤橅勒石以垂久遠忽忽未果今爲松生以他畫易去仍舍諸庵俾與奚戴諸跡後先輝映可謂好事者矣爰并識之以誌余媿

跋梅伯言郎中朋舊尺牘

伯言先生晚年避亂袁浦客楊至堂河帥署此皆其時友朋所與尺牘五通一卽河帥也丙彭雲墀都轉王少鶴通政吳西穀府丞皆余舊交而與雲墀少鶴尤習今二十年來先生及彭王吳諸公先後化去而河帥逝亦久矣先生從孫鷺臣少府什襲藏之出以見示憶余道光年閒初識先生於京教場胡同寓廨承獎借許在師友之閒過從尤數先生所評詩文稿本及題贈之作今俱經亂無存卽余所與先生簡翰亦化爲灰燼矣讀此能不愴然

戴潤鄰觀察六十壽序

循吏儒林史書不同傳然龔遂召信臣皆以明經起家文翁亦少通春秋其治大抵以教化爲先立學校務農桑故得家給人足獄衰訟息班固所謂以經術潤飾吏事而不同乎俗吏之所爲者也戴氏自漢晉以來代有聞人戴封戴就始見後漢書獨行傳而戴憑與諸儒説經問難奪席五十餘重有解經不窮戴侍中之目至今傳爲美談西漢則無所聞然戴德延君及其兄子戴聖次君習禮於后蒼

德爲大戴禮聖爲小戴禮家世傳業而後世言禮者皆宗之特班氏不爲立傳耳大戴爲信都太傅小戴以博士至九江太守雖行事政跡俱無所表見然苟能以德禮治民必大異乎武健嚴酷之爲而有召父杜母之稱無疑也吾故曰經術通乎治術儒林循吏何不可合而爲一乎京口戴潤鄰觀察今之循吏也少通經學尤長於尚書嘗集書句以成制藝律賦各百數十篇風行於世世且以經師稱之既舉道光癸卯鄉榜四應禮部試傹得復失則以縣令就選得浙之桐鄉縣嗣後任桐鄉者三年旋擢知府任溫州者二年先後任嚴州者三年遂卽眞焉其在桐鄉也徼寇迭陷鄰警日聞居民蒼黃欲避觀察不設局不勸捐出貲自行團練禽治土匪數人乃得安堵咸豐六年夏邑大旱步禱五十餘日乃雨於是熟田則徵之災民則恤之蠲錢五百緡爲之倡後復脩理城隍廟節孝祠養濟院且買田三百畝以爲書院育嬰堂及掩埋諸費皆蠲廉爲之其在溫州也增給書院膏火收養各縣遺嬰竝增廣義學多儲倉穀而平反誤以貧民爲海盜者清理永嘉縣之需索稅銀而不給契紙者尤見仁人君子之用心焉其初至嚴州也當大兵之後荆榛塞路十室九空乃爲之興工作廣招徠而建德縣九姓漁船無異靑樓爲數百年行旅之害

因請禁之免其漁課或聽改業其風少止既首復文武廟及試院義學復以其餘重建嚴子陵祠堂造客星樓且訪其後人而爲之籌香火費焉其再至嚴州也子陵祠已爲人所侵觀察至乃還去壽昌民以加賦滋事縣令來請兵不允而以理曉諭之無不頫首聽命者後壽昌居民與客民爭地聲言客民欲聚衆謀反城鄉爲之震動日團練遂妄殺無辜以事報復先後被獲送府者數十人觀察曉以畔逆須有實據訊若虛誣定卽反坐乃懲其爲首者數人餘悉遣去其事遂息凡此諸政以移風易俗爲先務恤民教士爲本圖文翁龔遂召信臣輩豈能專美於前耶然非平日湛深經術講求治理烏能若是觀察未仕時嘗辦江北團練及前中丞晏公奉
命爲江北團練大臣復請以觀察自隨先後得邀
優獎同治三年九月旣檄調回浙大府詢以杭嘉湖漕務積弊觀察剴切陳之首請裁海運津貼時方議減浙西漕設淸賦局卽以觀察爲提調而舊時案牘蕩然無存於是偏處訪求悉心參核不及一年章程大定犁然各當竝別籌運費以抵補海運津貼不復取之於民而淸糧經費初定畝出七十錢觀察力言不可始減爲十二錢其後出而典郡深知民隱首恤民艱其端已兆於此矣觀察既去嚴

州以道員來省需次　等晨夕過從因得備知其生平而歎爲雖古之良二千石不是過也今年夏四月爲觀察懸弧之辰則年已六十矣同人謀所以爲壽而屬予一言余謂觀察廉静寡欲澤被生民此其理宜壽有漢循吏若遂官渤海太守年已七十餘信臣史雖不著其年而亦有年老之稱至黃霸歷武昭宣三朝由太守而至丞相意必七八十歲而儒林中若伏生授書年逾九十申公之蒲輪應召年亦八十餘矣可見自古良吏名儒無不大年者觀察繼之享期頤而備
朝廷三老五更之選不可必與惜觀察今已去位而遺愛

則在人吾知三郡之黎必有躋堂稱觥而祝其無疆之壽者蓋上既愛其下下必愛其上乃情之至也爰書之以爲一觴之侑云

徐君蘭畦七十壽序

吾友同里徐君蘭畦有道士也君少承父志於邑中多善舉亦多豪舉人且以爲游俠者流及其既仕則所至以廉幹聞大吏器之羣黎歌之遂有兩漢循良之目後以言事罷官君絕不芥蔕拂衣徑歸徜徉山水閒以爲樂其初嚴持律門戒而所日誦則惟聖賢之書身體力行與世之逃禪佞佛輩不可同日語豈非古所謂有道之士與故能不假導引術而春秋愈高神氣愈充此又仁者必壽之驗也庚辰二月爲君七十正誕同人將循鄉例於元日良辰製屏爲壽而屬言於余余交君幾四十年知君亦最深是烏可以無述爰作而言曰惟君爲人先後凡數變而克底於道使君不歷仕途則行事政蹟無可表見不過爲鄉里善人已耳既以六品官需次來浙嘗遠使盛京得觀山海之雄且大又得敬瞻
列聖圖像歸道泰山躡日觀峯覩日出余曩曾爲文以贈之既歎爲烈丈夫奇男子非庸庸者吏所可及矣其後數任繁劇一知慈谿縣繼攝南塘通判再權杭州同知及定

海同知其在定海嘗掩捕海盜之潛匿澀港者懲治標兵之魚肉鄉里者民閒爲之安堵咸誦之曰徐君乃生城隍神也及其去送者數十里弗絕固不羅拜泣下歲丙辰以資除君嘉興通判駸駸方嚮用而君亦非淡于仕進不欲大有爲者顧其時蘇撫吉公戰沒高資大帥向公退守丹陽旋聞星隕蘇常爲之震動而賊陷甯國浙亦岌岌可危大府不能用君言君乃弗顧越職上書西臺言軍事請轉奏得
旨命將軍學政會鞫以君爲病狂乃褫君職而君始絕意進取矣越數年賊益猖獗江浙相繼淪陷人乃服君先見

之明而君則壯志已頹雄心略盡曾不得假手而立寸功也家鄉既徧地荆榛君乃避亂至定海定之士民胥奉之若父師其敬愛有過於在任日噫君之得民若是眞不媿召父杜母矣及亂平始歸歸而故居悉燬家亦中落乃僦屋數椽僅蔽風雨君顧安之無幾微不自得之色布衣蔬食臨水登山人不知爲昔之帬屐少年而又忘其爲浙之名宦也君少通內典又好從浮屠氏游然仿古人拜經法每早起必誦大學一過而拜之繼及中庸寒暑無間又嘗刊古本大學及聖賢遺像其在儒家似於程朱陸王外又闢一徑然信道篤而守道堅則無殊也彼酣豢富貴者固

不足論卽使旂常鐘鼎有新建伯之功而無陽明子之學又烏可以語君哉余僅少君數歲而浮沈宦海未得從君杖履幷未能一與躋堂之列艮用憮然憶己卯春乞假返里得晤君於鐵橋之畔踔乎其躬盎乎其容知君之於道也日以進而年壽亦因之彌永焉若夫仙佛之說固不足爲君道也遂書之以爲序

虹橋老屋遺稿補遺文一卷終

虹橋老屋遺稿補遺詩一卷　　無錫秦緗業應華

竹賓沈君自虞山過訪出畫册見示輒成長句奉贈

吳江沈子今石田位置邱壑何天然一身賣畫苦潦倒青山有價囊無錢胸中五嶽不得吐忍與俗眼爭媸妍曩爲余作碧山卷淋漓滿紙生雲煙一朝忽自琴川至傾蓋相逢同意氣袖中攜得赤縣圖滿屋煙巒墮濃翠彷彿香光學大癡每以造化爲吾師雲氣拂拂十指出蒼官時露鱗之而有時卻肖文待詔複嶂層巒神獨到兼工寫生亦無匹衣鉢石翁多率筆吁嗟乎鐵生不作椒畦亾廣陵散絕誰擅場沈君沈君爾其亞紙墨之外神飛揚無聲卻解有

聲妙白雪詩篇殊絕調愛爾胸藏千卷書世上畫工何足道

甲午重九前數日竹賓將歸吳江率成三律聊當渭城

君自天隨里來嘗桑苧泉論心各詩卷把臂得雲煙白鶴留人住（君寓一簣山房）青山入畫傳（前招君游管社君作圖記之）幽齋勞步屧期醉菊花前

獨客感時暮秋風憶故山有家煙水裏別我酒杯閒楓葉幾時落扁舟江上還好圖九峯去一解倚閭顏

再到西泠路雲嵐深萬重應思竹林客（謂余及韋軒蒲亭二姪）獨聽南屏鐘我亦買孤櫂從之策短筇六橋風雪裏與爾定相

逢（君擬明春游西湖約予同往）

武邱白公祠

杭州抛得又蘇州無定鴻泥到處留獨讓韋公先作郡卻思坡老共登樓集傳長慶悲青史祉憶香山感白頭遺愛年年薦蘋藻武邱祠接聖湖秋

壬戌元旦

旭日曈曈氣象新恭逢
皇帝紀元春豐年早兆三冬雪有道終清萬里塵溥海謳謳同望治小臣幽怨不逢辰
王師會見收南國願作耕氓老此身

過靈巖有感

開府名園茂草中祇餘壞堵夕陽紅眼前便有滄桑感莫問吳王舊日宮

二月二十四日雨中游山見野桃已放口號一絕

二月山中正落梅野桃何事冒寒開應知風雨敗人興故遣小紅延客來

自滿覺隴至理安寺偕華遂秋宗湘文

今年木樨開獨早待客不來被花惱（前與湘文有約以待笛秋不來竟過花時）客來風雨又連朝閉戶臥游堪絕倒中秋不覺天宇開晚晴何用焚香禱淩晨同出清波門宿霧全收眉湄掃人家兩岸多種花結屋終輸此閒好已無游騎踏芳塵猶有餘香發晴昊楊梅嶺頭一以過層巒密林足幽討徑路一綫蛇蚓行松杉百尺虬龍矯董巨妙筆宜寫之畫本天然問誰稾殘僧三兩恆苦飢四時山湪餐應飽邱壑安知經世亂杖藜奚事扶我老好共來聽琴筑聲蓬蒿塞塗積秋潦（訪水樂洞未得）

偕華遂秋芸莊泛舟西溪飯護生庵探花塢之勝兒子光簡侍

晨曦乍上浮圖頂四人共喚瓜皮艇碧水重過西堰橋白雲半吐法華嶺叢蘆蕭蕭初著花欲看秋雪全無影（秋雪庵已廢）柿林千萬列錦繡鯈魚兩三浮藻荇九曲渾疑到武夷扁舟卻勝游清潁浦澂縈洄若無路中央喜得招提徑飽餐蔬筍味餘甘靜聽鐘魚發深省有僧仍許作導師奮往不待山靈請一塢陰陰花已荒百道淙淙泉獨冷竹裏何曾舊徑迷松巔更有禪關迥往來空谷不逢人佳處一一心能領茀蓬十二訪未周蒼靄斜陽催暮景

聞沈秋牧太守（鍾琪）歿於吳門哭之以詩

胸羅錦繡懷康濟此豈翩翩幕府才終以諸侯賓客老未聞五馬漢江來（郭遠堂制軍奏調赴楚未果）清游屢負西湖月死別空傷北海杯簡札久疏凶問至寢門一慟有餘哀

宗湘文觀察屬題重摹張憶孃簪花圖

二百年前掌上身重調鉛粉與傳神臥游喜有嬋娟伴可似簪花繡谷春

影事回思三十秋崔徽遺貌見風流美人自古多黃土難鳳於今又白頭道光乙未秋客京師見簪花圖於歌者吳鳳家今此卷湘文於張古虞處摹得未知即余所見否

題周應芝司馬遺像

應芝官廣平府同知守臨洺闕殉難　恤贈道銜

洺水關前賊騎馳無城可守死奚辭請兵人說三軍遁報國心留一劍知巾幗猶餘丈夫氣君妻蒯妾郭同殉英靈合傍保

陽祠長身玉立看如昔恍憶燕臺識面時道光庚子辛丑間識君於京師

題姪女瀟碧自繪梁溪歸櫂圖蓋爲丙午歲歸省其母作也

九龍峯下有親舍一櫂當年江上來此日白雲遙望處山邱華屋更堪哀

卻思家塾授經日還憶夜窗論畫時五十年來一彈指不堪重讀無聲詩余與瀟碧年相若幼嘗同塾讀書余不解畫而瀟碧學畫每求余指示

而今已似鶴來歸城郭人民半是非畫裏溪山尙無恙白頭相對各沾衣

吟情久負雪紛紛劫後猶餘翰墨芬欲問冶城山下路瓣香同弔李將軍卷首有湯貞愍題字余舊識貞愍而瀟碧畫法即得之貞愍云

爲李笙漁題其亾兄映珊膺簿語溪漁唱圖用卷中張叔未解元韻

一船書畫竝琴樽不戀承明戀水村自是清時有清福櫂歌歸去月當門

吳越眞成荆棘場叔未翁有越水吳山舊戰場句論者以爲詩讖幾家劫火問蒼茫披圖同抱鴒原痛漁笛一聲溪水陽余舊有藕蕩漁隱圖藕蕩一名陽溪蓋先君先兄葬處也

陳堯農先生本欽碧湘老屋八変圖遺卷爲令子淀生太守乃瀚題

白髮蒼顏照碧湘當年八変會高堂壺觴正詠承平日瓦礫俄成舊戰場圖作於咸豐二年春及秋粵賊圍攻長沙越八十餘日始解老屋燬焉曾記鬚麋瞻末座道光年間嘗於湯浮邱座中識堯丈尙留書畫付諸郎竭來飽飫西湖水世澤江流欲共長

題家逸芬桐陰論畫圖卷

阿咸與我有同癖購畫無錢每典衣汝解臨橅我心印南宗北派悟禪機

品題甲乙分神逸二百年來百二家北苑南宮今不作瓣香只是在瑯琊

六法吾家有二難大秦名更噪長安披圖便動山陽感老

眼昏花不忍看 圖爲家誼亭作誼亭久宦京師後歿於津門

粤嶺風塵數年別家山烽火幾回過當年讀畫論詩地桐樹全枯蔓草多 余家遂庵庭有梧桐二株昔年與誼亭逸芬談聚處兵後已廢

送張子衡廉訪歸漢陽

先生解組歸衡嶽忽向西湖鼓櫂來磨盾枕戈成往事模山範水有清才白頭失喜初傾蓋綠酒生憎欲別杯江漢東流應到海好憑雙鯉寄書回

題濮隱士桓芝石圖次畫中許初之韻

隱士字坦齋前明成化閒人其行事無可考畫亦不多見此圖蓋爲華東郊先生生孫作也孫名世禎號西樓

與當代名流交有徐昌穀唐六如許初之及二文題句後落他姓手道光年閒裔孫紫屏以千錢得之今又歸吾友遂秋而遂秋適於是年舉孫爲之狂喜惜絹已破損將重加裝治以爲華氏世寶云

異代雲仍又抱孫圖經四百載猶存貽謀葉葉芝蘭秀述祖兟兟齒德尊粉暗縑殘重錦繡家藏世守寶瑤琨楚弓楚得君無憾夜夜虹光照德門

爲汪芾庭題慧麓聽泉圖

江北江南各烽火漪瀾舊事豈堪思松風寂寞竹罏廢只有泉聲似昔時

題葛淡香女史小影册

淡香名秀貞吳門葛氏女歸族祖淡園先生爲邃室年十九卒著有淡香樓詩詞鈔三卷今不傳乾隆末年族祖嘗繪澹香小影撰啟徵詩題者數十人辛巳初夏余購得之

多才喜得嫁秦嘉本出神仙句漏家一十九年成小謫可憐摧折到梅花 女夢梅而生故性尤愛梅

麗句清詞世孰伴遺編苦被劫灰收所嗟邑乘遺才媛 金錫志列女門不及才媛余思補之未果 合有文章入選樓 嘗選入梁溪詩鈔

夫壻多情兒薄命幽懷如向畫圖呈留題多少才人筆 中册閨秀如駱佩香汪宋芝士大夫如王夢樓錢竹汀王西莊顧晴沙諸公俱有名於時 贏得千秋幼婦

名

悼薛季懷太守

籍甚河東鳳才名溢四方我交老泉舊人道白眉良未作儒林丈方看王路驤如何弱一个獨雁不成行

浙中來作吏三載得依君脩禊正年少 丙子皋園脩禊君與繆堅士居末座今有三四人下世矣 讀書恆夜分官休卑五品筆可埽千軍遽爾以憂去離居悵暮雲

當年揚國士名姓達朝端 丁稚璜宮保撫東時嘗薦君於朝 重入嚴公幕安知蜀道難驊騮軼

塵足雕鶚振雲翰不戀湖山美聞君已改官正擬趨朝去誰知末疾攖龍蛇終有厄天地竟無情太息斯文喪如聞大笑聲君大笑數聲而逝衰年翻後死老淚獨緣纓

喜雪

大雪竟無雪冬來日日晴池中冰未結庭際草潛萌忽看同雲布旋聞修竹鳴春前見三白聊以慰農情

題胡匊鄰歡醻圖圖爲陶錐庵手繪

胡君鐵筆勁無敵笑事雕蟲不殺賊一麾未許酒泉臨千戶差堪醉郛錫問天無計首莫搔銜盃聊復樂陶陶我亦

胸中多傀儡只宜痛飲讀離騷

周伯安爲匊鄰畫雙鉤孤蘭卷因題一絕

服老今推寫生手周服卿爲明季寫生名手名花爭與筆花開何當乞取黃瓷斗供向維摩榻畔來

匊鄰得一石筍於殳山田家移置晚翠亭下賦四絕句紀事索予和之

片石飛來是何代田閒伏處閱年深誰知一下襄陽拜塵世悠悠盡賞音

美玉埋藏無問價平泉位置始稱奇石兄大有升沈志合賦殳山感遇詩

兼金購取等和璧風骨峻峭貧更驕移得雪山來座右不須修竹暑能消

吾家亦有介如石欲讓茲峯出一頭敗井頹垣不堪記名園又與洛陽侔吾家寄暢園有石名介如純廟所命名也自經兵火園既廢而石亦在榛莽閒矣

過江秋珊寓齋即贈兼以留別

頻年吏隱不言貧塵埃中容物外身雙眼白看千世界萬花紅捧一詩人銷寒已抱晨星感秋珊歲舉銷寒會今不勝聚散存沒之感作別難忘香火因更憶少文燕市去清詞麗句復誰鄰時宗小梧司馬入都

訪李香巖廉訪蘧園留飲賦贈

寓公巢下幾經春可憶峩嵋月半輪言買西湖新畫舫來尋北郭舊詩人徐幼文亦蜀人寓巢思鱸忽食鰣魚美交友還同越酒醰最愛園居好林壑從之我欲此垂綸園舊名網師

戴文節畫竹

侍郎撒手白雲去遺墨人閒球璧同寫照何如寫孤竹長留直節與清風

吾師鄒敬甫先生精歷算地理之學善琴工書初不好吟詠祇有飛燕新妝何足恨可憐天寶即開元之句蓋因小倉山房集中曾爲楊妃辨冤而作也今既無存稿即首二一

句亦不復記憶因本其意別成一絕并識數語以見先生梗概云

興亡自古豈無因英主終蒙蜀道塵不意蛾眉竟傾國漁陽鼙鼓爲何

徐花農孝廉琪以母氏鄭娛清夫人蓮因室遺集見示敬題四絕卽用集中自題筆囊詩韻

佛座蓮花有夙因璇閨偏作亂離身詩篇零落都梁散怕寫西湖舊日春其少作曰都梁香閣集亂中失去故今集中殊少題詠湖山之作

自澆杯酒自招魂集中有自悼詩此卽用其首句一字都成一淚痕夫壻更生翻感逝鰥魚從此泣黃昏

繁華休說舊揚州蘆葦蕭蕭戰壘秋一賦蕪城難卒讀古來才媛總工愁

石麟才調動當時日誦清芬有所思他日金蓮送歸院心田須記示兒詩集中示兒詩有願汝福田心地種之句

重題陳小鐵受硯圖

陳君示我受硯圖圖中有我舊題句三十年來經世亂百物滄桑盡非故硯雖已無圖尚存珍重休教污寒具憶昔春明初識君筆硯思焚有餘慕君方三復河渠書我未一獻金門賦宦游從此各一方地北天南渺雲樹客歲燕臺快合并驪唱悤悤旋別去門前忽報遠客歸西子湖頭喜重晤當時綠鬢兩少年顛毛無情各衰素嗟余濩落百無成磨鐵生涯眞大錯君已脫身簿尉中欲致青雲豈無路中丞事業太僕文累葉清芬尙堪溯珠還合浦會有時莫作蟾蜍淚如注還君此卷增我悲讀書洗硯今何處家有洗硯齋余少時讀書處也屋既毀於兵火而先世遺硯亦散亡略盡矣

題黃受益松陰獨坐遺像

識君憶在開元日玉躞金題一室羅故友漸如秋葉少殘縑已付劫灰多還從道子圖中見圖爲吳冠英作忍向黃公壚下過凝老風流看猶昔龍鱗無恙幾摩挲

題湯貞愍秋風匹馬圖圖爲龔木民作今爲姚撫之藏

紅樹白雲千嶂秋天平山麓記曾游將軍下筆開生面無數峰巒到馬頭

爲溯江南賢刺史謂木民先生年年于役愛看山壽陽不作湘陰逝墨瀋淋漓尺幅閒祁文端師題首李文恭父子均有詩

人閒大樹久飄零琴隱荒園問孰經只有清涼山色好劫餘猶似畫中青

孤忠遺跡寶琳瑯合讓丹邱善弆藏明姚公綬亦號丹邱收藏甚富斷楮零縑兵火盡空餘野菊點秋光余舊識貞愍得其筆墨爲多今胥付劫灰僅存畫菊一幀矣

題黃甘叔參軍鶴山聽松廬圖

富春江邊鶴山麓上有攲斜數椽屋屋後參天多古松夜半風來聲謖謖松陵才子有黃童愛來此處聽松風大癡畫卷已難覓喜爾貯入胸懷中風塵亦有神仙吏長存松石之閒意世無椽筆翠墨留標題祇取陽冰字九峯片石今幸存惜哉庵廢尋無門結廬未遂平生志合讓哦松山谷孫

爲吳蒼石題蕪園圖

蒼石故家孝豐之鄣吳村遇亂室廬焚燬今移居安吉治園圃以植花竹自以蕪園名之

我亦經離亂田園嗟已蕪君仍得安宅地豈異鄣吳茅屋

補還破石田耕自腴君工篆刻何須誇侍膳菽水總堪娛

閒居惟養志小築亦名園松菊開新徑荆榛憤舊村祇因戀微祿未許老柴門卻憶圖中景青山周四垣

箋秋貽屈竹杖戲作短歌

竹本直節凌青雲胡獨屈曲扶人身傳聞出自某家墓傴僂應慚呼丈人吾年七十不須杖病後蹣跚有衰象安得復健如猿猱放爾干霄仍直上

壁懸馬秋藥太常指畫菊花老少年

九月已過半賣花人不來太常留妙墨齊向指頭開

借問東籬菊可曾種幾叢花宜少年看羞對雁來紅

與趙次侯有九月同游交蘆庵崇福寺之約因病未果卻寄

憶昔樓頭共酒樽醉歌互荅月黃昏咸豐五六年間君偕李申蘭吳肖陶作西泠游嘗邀余共宿湖樓舊游久已湖山隔勝地惟餘瓦礫存錢塘門外湖莊兵後無一存者楓葉紅應訪開士蘆花白欲弔詩魂如何一病成虛約未許來敲竹裏門

詩思觸緒而來幾至廢寢

醉夢輸他磕睡漢悠悠難耐五更天文成不逝已多載可似鰥魚慣不眠

不寐依然不戒詩宵來每斷幾莖髭世閒肉食人多少此苦何曾夢裏知

虹橋老屋遺稿補遺詩一卷終

虹橋老屋詞賸　無錫秦緗業應華

蝶戀花

司馬夢素夫人百蝶圖遺卷孔繡山屬題

活色生香眉乍掃，玉鏡臺前想象人雙妙。燕燕鶯鶯都已老，桃花影瘦春魂小。　蠹化青陵留舊稿，檢點空箱金粉無多了。咫尺羅浮仙夢杳，東風又緑南園草。

高陽臺

張山人荔門取易安居士醉花陰詞意圖其小象於扇屬填此解

碎玉無聲，淩波有影，分明靜治堂中。讀畫淒涼，紗㡡寶枕

都空。黃花依舊如人瘦，悄無言秋上眉峯。問緣何，闋茗薰香，一例疏慵。　新詞自向烏闌譜，紀錄成金石，夫婦同功。散後雲煙，怕聽雨滴梧桐。風鬟霜鬢添憔悴，怎琴心老去偏工。莫憑他，野史荒唐，試認驚鴻。

臺城路

吳仲英以馬辛瑰女史梅花水仙畫扇屬題，因憶咸豐初女史曾為余寫菊花便面，余填一詞，忽忽二十餘年，扇既經亂失去，詞亦不復記憶，今觀是箑，渺渺予懷，烏能無感，爰題此解，就正知音。

白門柳色青谿月，都非那時風景。仙下羅浮，神游洛浦，自繪前身春影。調脂弄粉，恐舊院繁華，不堪重問。吩咐金鈴，休教花被笛吹盡。　牽蘿補茆乏計，傷心惟賣畫，辛苦誰省。翠袖添寒，紅顏易老，何況飄蕭潘鬢。今宵酒醒，歎故扇無存，劫餘灰冷。倩寫秋容，又看重九近。

惜餘春慢

丙子上巳臯園修禊，江小雲嘗拈水字韻填此解，越五日招集湖舫，亦倚聲奉酬，仍用水韻而不復次

才過流杯，未逢淘井，柳巳青青如此。千重鋪錦，一片蒸霞，春在江郎筆底。喚得煙波畫船，泊向蘆汀，鷺鷥飛起。感艨艟客遠，碧桃無主，小闌孤倚。　難得是烽火全銷，湖山無

恙，花下那辭同醉。尊前白髮，鏡裏朱顏，休管年華如水。來弔西泠古墳，南北雙峰，猶疑橫黛。看斜陽塔頂，借問酒人歸未。

一萼紅

新荷

六橋東，有新開菡萏，只是不多紅。豔欲烘霞，嬌還怯雨，西子妝束差同。一枝好、薄言往采，怪越女、雙槳未曾逢。淡淡微香，亭亭小影，湖水空濛。　偏惬詞人幽賞，儘徘徊隄畔，徙倚樓中。翠羽初飛，魚鱗暗動，一舸穿過花叢。休驚起、鴛鴦竝睡，奈田田、葉短不遮風。試聽歌聲宛轉，憐子憐儂。

探春慢

早菱

水國光陰漁家生計又唱采菱新調菰米猶陳蓮房未結
雙角堆盤偏早誰放瓜皮艇渾不似吳娃嬌小儻教親剝
春尖箇中風味尤好　太守當年種了問玉局祠前今有
多少碧藕輪甜紫蓴遜嫩蘚苔也須餮飽名憶餛飩美何
日是秋風歸櫂（余鄉五里湖種菱最盛俗謂之餛飩菱）怕見花開鏡中容易
人老

鵲橋仙

辛巳閏七夕用先淮海韻

又停梭織還陳瓜果可許銀潢再度人生能閏幾回秋卿
試把流年細數　無心控鶴有情塡鵲莫道相逢無路佳
期重遇總須臾差免怨韶華遲暮
人間益巧天邊添喜良會休虛此度一年縱得兩回逢訴
不盡離愁無數　遺鍼忍執故衣嬾曝畢竟返魂沒路佳
人天末見何如空盼斷碧雲日暮

點絳脣

題翁小海畫秋海棠扇

豔奪春紅秋來總帶淒涼意一翻雨洗默默愁人淚　籬
角牆陰託處無多地添妍媚扇頭風起粉墨猶搖曳

摸魚兒

作客西泠歲又秋矣歸計未成偶憶鄧石臞有初夏見
懷之作倚聲和之

問緣何周南留滯秋光又看如許故鄉也有湖山美負了
舊盟鷗鷺頻寄語道紅豆吟成那抵相思苦春期已誤正
柘館眠蠶杏梁待燕只自不歸去　君休管君亦年年羈
旅成連海上曾遇白門柳色秦淮月好把霓裳重譜愁獨
處奈潮去潮來不載歸人艣他時記取等陶徑花黃吳江
楓赤樽酒話風雨

虹橋老屋詞賸終

門下士楊振鎬校字

光緒己丑冬既刊　先大夫遺稿文四卷詩五卷越六年乙未又將前集所未及刊暨校討所得者凡文十二篇詩六十五章詞十闋丐雲開楊古蘊大令葆光校勘而補刊之以附於前集之後烏呼是雖非　先大夫精詣所在然手澤之遺有弗忍沒者已男光簡光儒謹識

虎侯詩存

無錫秦光祖繩叔

秋日

園林日蕭索秋氣來無邊撫茲歲月流中心常慨然

夜泊望亭

黑雲如墨漫難收竟夜轟轟浪打頭怪底封姨太狡獪去舟不阻阻歸舟

壬戌冬月桐生表兄將之四明因寫梅花風雪圖贈行并題四律

把袂纔逾月君胡又遠行半生仍落拓八口賴經營風雪旗亭路梅花羈旅情故園氛祲滿何日約歸耕

避地來申浦聯牀慰舊歡家貧親故絕世亂別離難長伏悲窮轍乘時羨據鞍臨歧無限意還勉勸加餐

三載憑飄轉此身徒自憐飢寒愁歲暮喪亂逼中年聽雨悲荊樹臨風悵別筵異鄉還送客雙淚不禁懸

干戈胡太逼人事日蕭條嗟爾爲官去相思千里遙浮雲天外雁落日海邊潮尚望郵筒便緘詩慰寂寥

七夕

銀漢橫空斗柄高碧雲無際夜迢迢天孫莫怨長離別今夕猶能渡鵲橋

天上人間總渺茫填橋靈鵲豈荒唐憐他多少癡兒女瓜

果紛紛乞巧忙

七月九日游侶有載酒蓉湖之會余以避暑吳門不能踐約賦此奉詢

暑氣炎蒸尚未除經旬塵跡滯姑蘇不知今夕蓉湖上猶有清樽畫舫無

右詩九章先四兄虎侯著兄稟資聰敏工書畫精篆刻而尤篤志於詩惜不永年存者絕少今刊　先大夫遺稿竟因以附焉至詩之工不工非所計也蠡冀不泯其志爾弟光儒謹識

虎侯詩存終

十峰詩選

（清）錢肅潤 撰

《十峰詩選》七卷，《十峰詩選二集》七卷，《史論》及《文》七卷。（清）錢肅潤撰。清康熙五年（一六六六）刻本。

錢肅潤，字礎日，無錫人。早年參與東林講學，其時已至明亡前夕。順治十一年（一六五四），以不改明代衣冠而被捕，刑訊拷打以致跛足。十六年與歸莊等遊太湖西山。康熙初遊泰山、曲阜。花甲之年遊楚歸，作自傳《十峰主人傳》，拒不應博學鴻儒之薦。謝國楨《江浙訪書記》有云：『肅潤，字礎日，無錫人，敦守氣節，爲明末遺民。著有《尚書體要》、《南忠記》、《十峰草堂集》等書。《南忠記》記明末南都死難諸臣事迹，有上海中華書局鉛印本。十峰草堂爲其書齋之名。是書（《十峰詩選》）首有馬瑞、陸燦諸家序。是詩名曰詩選，輯録其朋輩唱和之詩爲多，復以經四方友人評選，彙成此編，多一時知名之士，而尤以錫山人文爲多。當時文士，喜爲詩選之輯，如是書所選詩之旁注有《江左詩選》、《今詩粹選》、《碧山唱和詩選》、《惠山唱和詩選》、《詩南選本》、《驪珠集選本》等書，蓋不脱明末社集習氣。然猶可以見當時之習俗，文人之逸事，均足爲談助。然經清乾隆間銷毁之後，文網日密，此類明人風雅類選，流傳已不多。錢生平崇仰理學，講求氣節，故其詩元氣盤鬱，粹然中正。指象造意，無不以忠孝節義、綱常名教爲依歸。他的詩閑雅純正，不俳不佻，極厚極真，可披諸管弦而化育人心。蓋由學問至而性情自和。《二集》前有吴興祚、周龍甲、湯調鼎序。書中標明吴興祚鑒定，亦爲明人積習使然。《文選》前有高世泰、秦松齡序。卷一爲史論，卷二至卷七爲古文。每文皆有秦松齡評語中。然文集後之六卷零落不全，多有抽去。蓋錢去世後文字獄頻現，家人或收藏之人爲避禍計，將有違礙之文抽去，而不忍一毁了之。

本書據康熙五年刻本影印。

（徐志鈞）

十峰詩序

梁溪言理學者必推顧高兩先生顧有理學者未必有氣節有氣節者未必有文章兩先生于理學氣節文章三者實兼之其激頑振儒有功世道人心匪小

礎日子生其鄉能不聞風與起自拔於流俗矣乎礎日恂恂儒者琢磨道德礳礪名節爲文原本經術駸駸登作者之堂奧而撤其藩籬不居然以理學氣節文章自命歟昨者礎日自梁溪來訪余于半野堂贈以長律六十韻鋪張揚厲藻繢滿眼旋出其平日所爲十峰詩屬余敘余讀之目瞪神動喟然歎曰嗟乎此可以知礎日之人也巳礎日爲理學氣節文章中人故其爲詩也志意發越元氣盤鬱粹然一歸於中正晉師乙論聲歌謂

寬靜柔正者宜歌頌廣大疏達恭儉好禮者宜歌雅正直而靜廉而謙者宜歌風礎曰以其所宜發而爲詩其爲直已陳德可知也虞書曰詩言志詩者志之所之也而要自直寬剛簡出之

周禮大師教六詩曰風曰賦曰比曰興曰雅曰頌所謂三經三緯也而必以六德爲之本礎曰之詩有一不出於德者乎吾見其詩不一種正言寓言率皆象指如意而於忠孝節義綱常名教之大蓋三致意焉礎曰豈爲此迂辭以欺天下後世耶詩有五際應劭曰君臣父子兄弟夫

婦朋友也詩內傳曰卯酉午戌亥也言陰陽始際會之歲于此有變改之政也夫詩本以正綱常扶世運豈區區雕繪聲律剽剟字句云爾乎昔者李伯藥見

文中子論詩上陳應劉下述沈謝分四聲八病剛柔清濁以爲序而文中子不之答也此其故惟薛收知之若曰明三綱達五常徵存亡辨得失夫子之論詩

者如是今之人不知詩學營營馳騁於末流宜爲文中子之所棄而亦薛收之所不取矣礎日其庶幾有合于論詩之旨也哉嗚呼詩道大矣非端人正士不能爲非有關於忠孝節義綱常名教之大者亦不必爲讀礎日之詩以觀礎日之人礎日其眞理學氣節文章中人也願礎日自愛且自勉以無愧兩先生也

歲在玄黓攝提格如月二十一日虞山蒙叟謙益謹敘

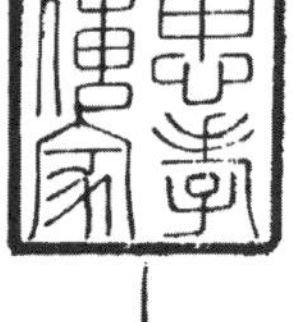

十峰稿序

士負雄偉特拔之概，既不獲激昂功名，抵掌談笑，投筆揮扇，以自効於時，則必吐爲文章，旁肆横發，幽入神鬼，猶囊傾物，阪走丸，驚擧而飈追之者。然其寥慄綿邈、悽忽酸惻之音，每同于澌冰脫葉

與夫楚囚之紘、越羈之呻吟，秋蛩寒螿，鴨鵁猿狖之號嘯，其情志固有所滯而不得舒，且喑嗚涕洟，眷然而不能平者也。獨余友礎日抱奇自放於山巔水涯，又不欲頽廢歲月，浮湛混濁，思自勒一家以名當時而垂後世，乃幽而歷楚豫，覽衡湘，游燕趙齊魯，以饜凡山川風物接於目而慊於心者，蔚乎成章，有古風烈。卽其吟寫情性、流連光景之作，亦鏗然敲金戛石而出之，非若寥慄綿邈、悽忽酸惻之音，聞之而引睇增欷，颯焉以衰者。今礎日復渡河而北，將盡收曩日

所未覩以爲文章之助。吾意漁陽上谷間慷慨好奇，必有握手勞平生，擧酒相屬爲礎日賀。名當時而垂後世，蓋自此始也。同硯馬瑞大林題

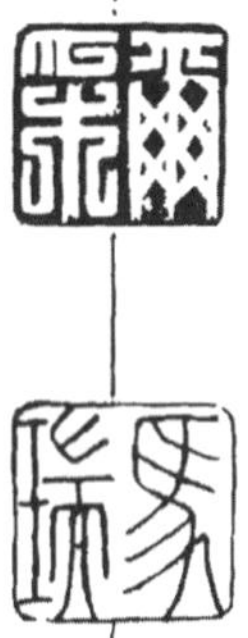

十峰詩選序

礎日前有刻詩數百葉矣庚子冬僕將訪友廬江風雪枳道倦而假卧潔溪洞虛宮為礎日選詩了其卷帙許序而行之丙午刻十峰詩選成寄僕於秣陵促踐前諾也礎日以書報僕曰潤有史論

箋序一

數十篇為今相國柏鄉公所賞識潤家食不能活妻子將北遊掃柏鄉公之門而盡獻其所作詩僕以書賀之曰子之遭殆過韓子退之也退之三上書執政首篇勗之以古道次篇激之以救危終篇説之以周公之吐哺捉髮皆不見答甚矣以言干進者之難也今子以草茆書生故言高論判斷古人以自寫其胸中之所得足遺未厠于相國之左右名剌未通于相國之下執事而相國從文字中賞識子〻不亦幸矣哉且相國知子史論文或未知子詩也乃子詩亦今

箋序二

之韓子矣韓有秋懷子亦有秋懷韓有感春子亦有遣春韓有猗蘭龜山諸操子亦有潔父唫韓嘲魯連子〻亦咏魯仲連韓題楚昭王廟子亦有過昭山韓有送惠師靈師無本師子亦有蒼雪雄山師韓有龍宮灘同冠峽子亦有岳陽

洞庭鷓鴣赤髀韓有永貞豐陵行子亦
有冬青行韓有榴花芍藥蒲萄之篇子
亦有采蓮護蘭之作其他奇情激射古
調遒龤千載之下暗與意合者米鹽更
僕不足數也倘相國賞識子詩如史論
安知不令子操筆為元和聖德詩以配
吉甫更退而補郊廟咏歌樂章與夫鐃
歌鼓吹諸曲以備
盛朝大雅之什鏗訇炳燿與日月爭光可
也若僕久謝公車老而授書羨二鳥之
光榮歎一飽之無時詩文之事粗有別
裁山左宋荔裳王西樵阮亭兄弟吾鄉

董玉虬蕭公木馬野臣海寧陳謝浮諸
兄曩日曾以筆墨相商略者出子詩以
是正知僕選之不誣也遂書其語為序
康熙丙午八月朔日兄圓沙居士陸燦
書于秣陵碧峰寺之石頭菴

詩評

礎日兄神姿崖異有壁立萬仞之勢吾黨之儁朌
也讀其詩章閑雅純正氣象崢嶸雨窗吟詠如對
其人

雲間社盟弟吳懋謙評

礎日社長以學問淵致人以骨性堅確人而作風
塵玩送語一日以燕遊草示予似風沙歷歷出紙
上乃一片氷霞氣故又入其裏然意思和雅又不
作疾呼聲此非長安驢背上索句人可擬世有差

次于聖予景熈間自不河漢此語

毘陵社盟弟龔策評

礎日諸詩不佻不激極厚極真可被諸筦絃化人
心氣蓋由學問至而性情自和得三百篇之韻者
也

荆溪社盟弟黃錫朋評

贈言

十年風雨秋瀟洒莽莽蛟龍竄原野大澤常聞垂釣
人南陽亦有畊田者梁溪湛湛白雲横惠水飛泉日
夜聲華門窮巷玄亭晚弄筆宵燈五夜清子玄史論
許千古富貴功名何足數風霜落紙鬼神驚得失悲
時真宰怒偶來策蹇玉河濵羊裘亂撲長安塵眼前
悠悠看長鋏誰識成都賣卜身我本名溪漁艇客走
馬金門寒躅躑索米仍憐逐斗升畫山且復娛咫尺
出門側足狹邪長向人拱揖羞矜莊忽枉長歌慰岑

寂真慚面目供奔忙陽春白雪皆殊調似立蘇門聽
長嘯南內深松霧乍開西山積雪晴相照元宵九陌
燈火微宜將清酒濕春衣吟詩正愛江南弄知爾長
懷宿渚磯

禹航弟嚴沆題

十峯詩選目錄 自乙酉至丙午

卷一

五言古三十一首

卷二

七言古二十七首

卷三

五言律三十六首

卷四

七言律九十首

卷五

五言排律八首

卷六

五言絶三十七首

卷七

七言絶五十首

十峯詩選卷之一

錫山錢肅潤礎日著

五言古

詠懷詩追和阮嗣宗

春風日已至，吹我單袷衣。我心棄人世，天地相因依。
遊翫飽我目，餐風亦充饑。乘高縱遠眺，行行不思歸。
忽然一搔首，慷慨徒傷悲。我身無八翼，安能一朝飛。
魯國有狂士，仲尼嘆盍歸。

顧茂倫曰：通首奇恣宕逸，與阮公大人先生歌繁簡各極其至。

審交追和孟東野

萬卉皆有托，兔絲獨無根。纏綿人世間，荏苒不足言。
松栢出野外，本盛枝亦繁。柯葉貫四時，根蔕還並存。
天地不能老，雲雨不能翻。君子是其伍，歲寒斯可論。

何石湖曰：罵盡一班依附權貴人。審交也，而出處之道寓。

錢湘靈曰：若斷若續，字字有本。

任王谷曰：比興有倫，氣格逼古，曰東野，謙也。

禪居咏陶靖節詩

禪居有何事，但讀淵明詩。詩句以不解，遠一氣聚散之。
拚卷弗能罷，字字長堪思。惠風與俱來，宛轉無已時。

忽焉清磬發靜悟良在茲身心貴自適此意莫容欺

徐子能曰風氣直踞陶上

和陶歸田園居六首之一 江左詩林選本

種瓜得其利種芋不爲稀田園亦將蕪陶子胡不歸

明月入人懷刀尺催寒衣衣食固大節生人不能違

楊組玉曰埜老桑麻種種可樂然而性不俘也有其性者能言其樂前有淵明後有礎日

和陶飲酒二十首之一 詩歸選本

鄒超在何所悠然藏公宅云是載酒堂堂空罕人跡

沽酒酌孤影與來杯滿百長嘯訴阮公狂歌叫李白

人生曾幾時醉醒還自惜

朱子吉曰果有鄰藏阮李固公影亦不孤乞書一通付獨醉翁以作挂幅

登石塘橋和陶懷古田舍二首

年來慕石塘今日始一踐登橋望山水牢落恒不免

頫仰上下間長恩忽焉觀魚鳥有餘情相觀而爲善

老僧携節來告我羲皇遠開襟受清風一往若忘返

此中有君子莫謂余交淺

又

學道有至足不耕豈日貧五穀非吾事四體須勉勤

此身若放浪天地眞誤人嘯傲朧畝側但見桑麻新

道逢耦耕子慰語多歡欣南眺范蠡湖東望梁鴻津

地遠心不偏樂與高人鄰悠然人世外不復問何民

繆維揚曰閒遠中有淵永之致

擬梁父吟

伏龍在何所鼎鼎若龜背鑿山以爲橋丘壑原不穢

奇木橫上天參差令人愛逍遥隴澤間有力徙執耒

古來深心人往往出草萊

錢湘靈曰嶔嵜而礧砢

雜詩 今詩粹選本

世上競趨僞黑白眩其眞性情寧獨殊風俗久不淳

馮道固逢主楊雄亦頌新卓哉明哲士高蹈出埃塵

遨遊五岳表蹁躚凌秋旻著書戒君子煌煌愼淄磷

無以名爲尸無以勢爲親親勢喪我實尸名喪我神

魏雪竇曰礎日象難之後砥志益堅此詩可知其冰稜之操矣

懷古高士

太上本無名知希我則貴名固不可求名亦不可棄

舉世若求名山林交奮臂舉世若棄名隱者無一至

所以皇甫流一編互爲次巢許逃名祖姓名猶在世
梅福雖見幾吴市終難避伯休賣藥子多爲女子忌
陶潛素清節彭澤尚遺累維有石户農飄然望海逝
翩翩松江翁長揖頓鼓枻漢濱及陳留植杖還荷耒
當夫遜國時賢隱天地閉雪庵補鍋者淪落非一處
于今三百年貞風渺然在悠悠我之懷顧名思其義

懷古貧士

我懷古貧士貧士匪一類夷齊兩餓夫祇爲周粟棄
嗅彼薇蕨香山間有餘味顔氏屢空子簞瓢苦弗繼

有田五十畝猶能備饘鬻原憲發清歌桑蓬耀門第
東郭行道中履穿衣亦敝衣敝身不寒胸中無敗絮
黔婁有何樂死以康寧謚只因不受禄得仁且得義
洛陽雪丈餘袁安但飢睡窮居張仲蔚閉門自養氣
貧士夫何貧中有眞富貴

薛諧孟曰高士貧士是一是二礎日兩懷之其各有感乎當今世如礎日可謂高且貧矣

窮士吟 并序

繼貧士而窮士者窮非貧也不可以不辨也

貧爲士之常窮亦是其固美因自遺遥匡圖等平素
河上有何憂蘆中可問渡涉江與哀郢豈謂終迷路
莫效阮生哭莫賡東野句智窮得神理學窮見眞趣
文窮省浮辭命窮識全數交窮始有道不爲世人附
古來能窮者往往知其故

歸元恭曰大爲窮士生色智窮得神理文窮省浮辭交窮始有道此眞有道君子之言
黄漢臣曰語語見道所謂空山多雨雪獨立君始悟詩境似之

喜晴

皇天甚愛日日出景最佳去此闇沕色旦暮增光華
出門周野郭四顧陌上花萬物自相長吾生豈無涯

錢湘靈曰是儲光羲一格

貞燕和梧溪子韻 并序

元貞二年雙燕巢于燕人柳湯佐之宅一夕
家人以燈照蝎其雄驚墜猫食之雌徬徨悲
鳴不已朝夕守巢哺諸雛成翼而去明年雌
獨來復巢其處人視巢生二卵疑其更偶徐
伺之則抱獨之㲉爾自是春去秋來凡六稔
觀者譁然目貞燕云

雄死雌曷歸抱雛呼燕燕雛出卵亦空羣疑自然冲

子爲反哺烏母似離羣鴈哀哉趙夫人孤立又何怨

黃漢臣曰四十字中許多宛折

過黃州赤壁

昨過赤壁山周郎破曹處今過赤壁山蘇子遊黃地
一望大江濱目眩兼心悸其色則純赤石壁巍然寄
臨皐若可攀雪堂若可跂我願追其蹤舟行遠莫致

徐禎起曰起法峻峭突兀
黃漢臣曰不盡之思卻更多一字不得

詠魯仲連　碧山唱和詩選本

仲連天下士倜儻善畫策談笑解秦圍三軍自辟易

功成不自居道勝空一切珪組豈不貴性不受羈靮
何況彼兼金棄之等一擲匹夫有大耻終身肯渝節
蹈海詎卽亡英風時出沒悠悠百世後芳躅誰與接

嚴蓀友曰論詩矜貴惟天下士能言之

和唐人惠山詩三首　惠山唱和詩選本

問山山漸老看山山已蒼此山初開時其下惟草堂
劉湛互來往鳳舉濁迴翔太尉忽歸臥山神依末光
更逢桑苧翁品泉泉有香至今千餘載仰止不能忘

又

俯仰惟一山山下曾幾人其人則已故廟像猶然新
睹彼尊賢祠曲水清磷磷尚德堂不改點易臺無塵
典刑儼在茲正氣歸蒼旻人生若買山當與買此鄰

又

長松何盤空挺然傲林樾名泉但莫挽水遞原不絕
石床琴尚懸竹爐火未滅幽琴間白雲雙池象日月
展玩三君吟三君謂太原王武陵扶風竇羣吳郡朱宿調高思逾發濡筆
率成篇聊以踵其轍

秦對巖曰三首思調俱適如聆石上泉聲一洗雀噪鳩鬭○簡樸蒼秀於唐尤近儲韋

送曾庭聞之寧夏

生長新都里出門竟焉如杖策入函關匹馬駕輕車
賈生自有論客卿自有書豈徒美文墨意氣當發攄
行行過朔方四顧嘗躊躇賀蘭高且巍山路何崎嶇
碑石至今存勳業已無餘丈夫志四海何地不可居
故鄉獨難忘白雲繞其廬庭聞尊慈在江右

徐禎起曰氣質古而語豪放

寄懷粤東林木翁夫子

豈不欲探梅羅浮杳莫接豈不欲觀風大海茫無極

巳亥夏接夫子書有探梅羅浮觀風海印等語靜思不能飛安得晨風翼吳烟何飄颻粵雲何綿聯相去三千里相别二十年夢想見容輝劒履增芳鮮遥望龍巖山講幄如在前小子尚有心異地或能傳

> 馮木百曰余與礎日俱受知于林夫子礎日得其心傳故其情之剴切詞之真至如此

恭輓當湖馬培原夫子詩 并序

孔氏有言不知命無以爲君子人不知命其能知死生耶當湖培原馬夫子嚴氣正性素稱知命二十年來息心空門生死關頭勘破巳久昨者魏卜臣過邑詢之知夫子巳仙遊矣且聞五日前夫子謁家墓墓旁二人來叩語昔年督餉楚中事甚詳未幾忽不見夫子歸即理家事大宴别親族臨終有神降庭空中鬨行車嘩管聲夫子肅衣冠出迎遂長逝噫嘻夫子可謂知命矣爰作詩輓之

君子貴知命知生復知死尼父大聖人曳杖行歌起祇爲夢兩楹兆先見于此維彼鄭康成龍蛇應辰巳王通具明達歸休自知止夫子當代宗學識前人比宦成復何爲閉戶遍禪理解脫本非常臨行更誰俟我聞謁墓時兩人導以指歸來宴親族謂予長别矣俄傳神降庭夫子出倒屣空中甲馬聲轟轟震階戺撒手竟辭去不復戀鄉里堪笑李王孫叩頭呼不巳

> 黄魁貝曰知命二字是聖賢大本領礎日舉似馬公真知公者也叙事復高古絶倫

恭贈吳父母伯成先生壽誕詩 并序

程伊川曰人無父母生日倍當悲痛安忍置酒張樂以爲樂此至言也今于吳公見之公丁母艱有日矣餘哀未忘當懸弧之辰不受賀不飲酒食肉甚合先儒之旨敬賦詩贈之

先儒有明訓生日倍當傷祇爲生我故轉念覺悲涼公當哀毀餘四顧長彷徨際此誕生會悵然思北堂有酒不敢置有樂不忍張至哉性純孝樂至哀不忘

> 秦對巖曰風人之旨儒者之言少陵之格律性情殆兩得之

讀朱刑尊籌樓先生舟次諸咏恭贈一首

至人經歷處在在若闕心上下千古間曠懷與俱深先生楚人傑絶識空古今衡嶽爲風骨江漢滌胸襟況舟自東來快意任登臨潯陽城可望匡廬跡可尋

白傳雖已往依稀琵琶音彭澤有高人飄然思入林
小孤既斗絕馬當復嶄嶔陟險原如易不爲境所侵
凡遇本非常寓目輒成吟落筆何洋灑寄興自幽沈
余昔曾遊此諷詩情易禁如聽成連調如聆伯牙琴
置身在其中水曲山之岑
鄒汾亭曰礎日氣節與陶同宜其聲之似陶也

答謝東川李如石先生詩 并序

袁子重其爲余索如石先生書法先生集唐
人詩早知名是病應用道爲醫二語贈余余

讀之直如冷水之澆背也爰作詩以謝
老子五千言首言名與道道固貴自然名亦何可好
公本猶龍裔深窺道德與遯世三十年無欲以觀妙
余有膏肓疾良久未能療諷公集唐詩兩言正居要
李研齋曰因唐人二語帶出老氏宗旨礎日之病
當勿藥有喜矣

寄懷蓬萊令洗留侯

留侯從赤松得道曾有日飛鳥過蓬萊所學皆仙術
暮暮見海市朝朝迎日出海內神山三君先占其一
顧茂倫曰仙令風流數言傳出

讀程公崑崙自課堂文集

太行何崔巍鬱律疑無前連峯疊青嶂合沓皆參天
其下有沁水活活流清泉達人不世出瑞氣符山川
矧有賢祖父發祥肇其源 公王父大司空以直諫聞 父刑部郎有爲良折獄譽
璠璵信美質積久光逾宣一經既通明出守南徐間
公事有餘暇與文會羣賢本是舊耆宿喜接新少年
寄情在金焦落筆揮雲烟清風不可即聊展金石篇
彭鴻曳曰金鐘玉衡之質振朱絃清廟之音颯颯
洋洋作長離之和鳴
顧景行曰峩峩洋洋真移我情○靈秀通爽灑然
冰雪

贈毛卓人僑居

生長延陵里寄跡梁溪濱豈願違故鄉樂與高人鄰
撫茲東南隅地僻風亦淳雖云近城市四顧無纖塵
出門度石梁流水何清淪逍遙歷畦圃野綠餘青春
前有惠山祠俎豆猶常新君子過其處優游見道真
余室亦甚邇晨夕思相親
黃心甫曰但擬目前景不緣飾丹雘邪廓爲古近
日纂艷不屑一歸
黃雲孫曰古調自彈
秦對巖曰字字似柴桑又能摹其神髓

恭祝巖顥亭都諫尊慈江太孺人七十詩

南陔戒馨潔白華防點辱養道固宜備相應愼所欲
卓哉嚴叔子清操允惟服油油草從風蒨蒨花映足
既進蓬池鱠復獻黃扉祿孝養亦有年稱觴介景福
三復廣微詩千載芳音續

又

潘岳忽去官爲母嬴老故一朝壽觴舉猶能導休豫
嚴母壽而康慈顏慶和昫子位亦已崇高名振皇路
迎養至京師歡樂踰平素何況有賢孫寵恩加異數
板輿未足誇莫羨閑居賦

彭鴻叟曰敦厚之中精采自露
顧景行曰樸老眞至穆然可風
秦對巖曰深得康樂風旨在壽詩尤不可得力洗而思精不以壽詩作也

恭祝黎博菴先生七十詩

悠悠西山下湛湛章江濱仙風何飄颻道氣淸且淳
洪崖棲石壁王喬跨雲津中有掛冠者于斯長隱淪
遙望梅嶺間得道惟子眞先生踵厥蹤高蹈絕埃塵
長揖當路客去來山野人但願龍與蟠不聞驥求信
推殳以養和芬芳逾九春大椿享大年豈若菌向晨

彭鴻叟曰既含宮以咀商爰㓗浮而存質
顧景行曰瓔然玉聲蒼然檜色

十峯詩選卷之二

錫山錢肅潤礎日著

七言古

喩玉泉公墓下歌 并序　十五國風詩源選本

玉泉公諱樗宋南渡名臣而錫邑先賢也宋代誥勅公之後裔猶能藏之獨其墓在東倉昔年碑碣俱付之冷烟蔓草矣爲感而作歌

南宋天子明聖姿敷天祖者左手支政府得人兼馭
將內外戮力交維持喩公矯矯應運出往來畫計多

雄奇憶自建炎始釋褐蓋棺之年在淳熙中間半遷
或半謫力主正論迴衰靡紹興四年金師至六龍蜿
蜒爭驅馳微公一言念歸路一跌安知車不脂壯哉
宜撫長城寄江淮荆浙惟其司兩人相逢拱手笑迺
見公力非等夷公來左右鼎浚間鼎其相矣浚不辭
公曰同相則不可趙退張繼惡乎疑直言不諱世所
重錚錚然氣骨寧卑卑但恨奸檜自北徃陰縱提傾來
攻竄歸時首作倡和議長城自壞屠熊羆公謂九成
大不便九成入對言其欺同時謗訕人有七檜乃劾

之貶以差檜居相位一十九屢恣放逐徙行私一朝
求解罷官去歡然恬退甘如飴久之命下大宗正帝
日兩楞能有爲煌煌誥勅親自定執以御筆揮綸綍
高宗寶翰不易得字畫黝黝何淋漓當時褒賜及韓
岳天言赫赫懸之旗特書忠勇精忠字雙螭夭矯蟠
龍龜與求賛帝帝稱善臨行草賦車攻詩趙家四字
大如掌忠正德文手所貽然彼字數皆有限惟公一
卷多其辭帝心簡汪良有在工師繩墨非虛期館閣
多年屆復起徵公重任誰有仔公少爲學慕伊洛長

大問業龜山師此中衣鉢原有主東南倡道招來茲
講易無非浩之泒語錄盡是河南遺借此學宮片隙
地立爲附庸創以祠年年俎豆奉祭祀至今猶表麗
牲碑偶過東倉弔公墓路人空指前賢基碣斷惟留
玉泉影松殘獨傲子才枝（子才公字）香火荒凉傍野郭衣
冠寂寞埋土墓一抔聊爾寄遺澤惟公靈爽無不之

高彙旃日世間多少不平事如壽亭侯香火何等赫奕而諸葛則否岳王墳壟勢何等巍峩而檜墓則否豈人心懷德不如畏威之故乎此特拈出宋史上大節目補傳記之未備真大文章

姚仙期日通首如龍象蹴踏不由人制讀一過似傳似銘不當僅以詩目之也勸之金石

翰公傳礎日亦傳

黃漢臣日如讀建炎紹興日曆少陵詩史唯礎日不愧

錢湘靈日氣魄大筆力雄一時作者應無與輩○中間序次甚佳似張京兆李義山筆

柴桑郵

柴桑甲子何年新柴桑有宅誰爲鄰柴桑鷄犬鳴且
吠柴桑椰樹依青春壯人一朝乞食去歸來笑傲安
其身

周安節日飄忽而特兀兼李杜二公短章之勝

繆維揚日有此胸次乃能作桃花源詩

撾鼓行

渴不飲盜泉水熱不息惡木陰曹操雖英雄漢賊不
可親君子重氣節立身當自明一朝苟失足名喪身
亦輕試撾鼓四筵驚鼓聲何淵淵有如金石鳴君不
見蔡邕柯笛流清音爨下更識焦尾琴可憐身作董
卓客一技雖工不足稱生亦有長善擊鼓躞蹀庭前
歌且舞漁陽雅奏非偶然此聲何爲至斯士于嗟乎
高漸離生雖無筑自有提縱然不中受誅戮千秋萬
世傳生爲

何石湖日禰生傲嫚礎日孤憤聲響之外別有寄託

周安節曰：其氣揚以烈，其音折以宕，全從古樂府
中化出，故不出之纖靡。

冬青行

寶山風景何嶙峋，六陵蔥鬱迴長春。簇簇名花巢翡
翠，陰陰古木鎖麒麟。龍髯已去無消息，衣冠劍履儼
可即。一雙玉魚尚深埋，數簿金蠶漸飛出。白狐却走
蛇徘徊，任人攫劫寶與財。安得喚起鼻天子，大呼擊
鼓聲如雷。纍纍冢旁盡白骨，生也聞之痛欲絕。有
死人或壞之，何況趙氏真肉血。采藥連翩過冢旁，往
收遺骸實草囊。文木櫃上各有署，紀年字字日月光。

焚香具疏告諸帝，一讀一愴一流涕。孤臣但報犬馬
恩，皇天或鑒葵藿志。爰造故宮掘冬青，移來百株種
蘭亭。四山風雨一天集，獻欷爲作冬青行。冬青亦似
窺人觀，偶爾開花必南放。岳墳柏樹賦同心，枝頭相
對還相望。冬青冬青奈爾何，爾花一開傷心多。杜鵑
啼罷孤鶴唳，聲聲短歎和高歌。冬青冬青今已矣，東
風自是長噓爾。願爾歲歲護珠宮，相戒螻蟻毋侵毀。

萬允康曰：是變徵之聲也。漸離擊筑，荆卿倚和，激
楚悽惋，幽明欲泣。

歸元恭曰：每讀宋史至此事，髮指眥裂，聲淚俱下。
讀破日冬青行，益不得不悲。

陳其年曰：巧于敘哀，深于愴往。尋其要，音急節促，中
復斷續，首尾無端，情事相間，如沈侍中
思鄉疏、庾開府感舊銘也。

明妃夢還漢宮歌

妾身來自夔子國，陽臺相對曾相識。朝朝暮暮雨雲
行，獨嫌未學巫山術。自少父母恣私恩，爲妾擇配須
名門。但願選入王侯宅，不願近嫁姊歸村。一朝將妾
獻天子，身任三十六宮裏。是時紀年十有七，欲言不
言尚含耻。俄聞玉輦經離宮，宮人圍起翠修容。鴉黃
蛾青非一色，半是綠雲半翠峯。妾亦不整蟬翼鬢，妾

亦不照菱花鏡。妾亦不戴玉搔頭，妾亦不著銀穿凳。
宮人見妾笑妾愚，妾只低頭嘆薄命。無端忽遣毛畫
師，到宮傳寫宮人儀。宮人不惜千金費，買得天上嬋
娟姿。惟妾自倚紅顏守，郴管畫圖好與醜。畫師舐筆
黷無光，流落宮中竟不偶。孀孀秋風繞幽房，空床夜
月生凄涼。鴛鴦飛底梧葉落，鸚鵡樓頭鳥語長。年年
紫燕銜花至，獨有花時院門閉。安得擘起百花衣，爲
戲君前作舞態。竟寧年間戊子春，呼韓來朝求美人。
案圖宜是王嬙往，天子召妾聯婚姻。妾隨入侍天子

側天子顧妾有悔色妾身猶在漢昭陽姓名先播何
奴域妾謂嬙本漢宮臣死爲漢鬼生漢人辭訣未終
馬向北跨鞍出境回首頻行盡關山風景徧黃沙莽
莽白草蔓忽見陰山雪片飛還疑上苑梨花艶行行
驅過單于臺毳幃氊幄雲中開共說仙娥降吾土摩
訶兜勒歌且舞呼韓親至馬首前延入穹廬第一部
昔年羅綺今毛裘昔年鯖鱠今羶羞焉支山失臙脂
絶嬪女容顏盡消滅妾亦臨妝懶學梳强取羊脂沐
短髮痛彼深宮春不見此間有春未識面落花折柳

時時彈花梆何曾爲妾戀漢家天子慣和親不顧良
家子女身烏孫曾娶江都女異地思歸不得語慷慨
吟咸黃鵠歌悲啼淚灑紅塵雨妾也有心不敢說長
對東風訴離別飛鴻應是賓南方且倩傳書到天闕
昨夜不寐有所思須臾夢見漢旌旗漢使皇皇捧天
詔命妾長跪宣文辭詔曰汝嬙在外久朔風寒霜汝
則受念汝不忘宮闕心遣使迎歸備箕帚妾心且喜
復且驚叩頭禮畢將行程言告呼韓作別聲妾心不
是太無情天子恩詔來相迎妾今前驅往漢京呼韓

出涕漣漣泣左手牽裾右結裙妻足欲前還再卻不
禁踟躕睡亦覺迴思此夢一何奇抱衾伏角長歔欷
須臾復夢南還去茫茫塞上不知處空中八翼挿身
行飄搖有似乘風御前途道是灞陵橋河畔青青柳
色嬙咸陽古道遇今宵不須重賦車遥遥從此摳衣
上漢殿天子見之加寵眷命妾入宮姑侍宴宮人把
琖交相獻天子謂嬙汝有功汝功當與蘇武同今朝
拜汝典屬國他年畫汝麒麟中爰命宮人埽宮寢簾
爲水晶帳爲錦金釭影射九光燈瑶席香函七寶枕

夢中消息嘗于于有時踴躍或懽呼呼韓蹴覺問何
故心口自語唯支吾東方白日升方始整頓衣裳拂
面起夜間已任猗蘭宮朝來仍聚鳴笳里

徐禎起曰文到極至處不過纏綿惻愴老杜哀江頭無家別等篇直接風騷者情之至即文之至也此篇出可磨宋元以來雜調當追少陵第一流

鎭所止曰灑灑千言如屈指天潢倒連滄海中間縱横曲折自極島嶼潆洄之趣古詩惟焦仲卿差堪並駕即杜之北征韓之南山亦瞠乎後矣○一篇龍門絶妙列傳

曾庭聞曰此詩空千古無疑凄凄惻惻不堪終讀

錢湘靈曰歷落頓挫不減長恨諸篇

題麥龍翰先生與黃漢臣楚南答別詩

知己從今不易得面面九疑人莫識先生交道重千
古相期千載如一日忽焉長歌出陽關黃子前塗進
偪側偪側行中心憶湖南湖北雲樹低天空日暮東
風急先生佩服不能忘答以數言長嘆息迄今望見
兩河間平原睢陽是其匹（先生殉難河南）沙場僵臥升碧天
灑血題詩淚痕濕先生已蹈三閭踪黃子亦歌五噫
什（先生答別有無詩歌五噫有賦弔三閭句）數年心事尺幅傳清風恍惚
來入室

姜如須曰豪宕却復澹遠歌行中聖手
任王谷曰老杜體格兼以太白風流

十峯詩選　卷二　八

報國寺松間集歌呈田子髯淵

是年如月有八日田子招我松間集行行策蹇過松
間松間無人且獨立須臾望見一人至（雲間張子）十載相
思忽相視兩人坐對者久之紛紛雖錯後先繼一時
赴會皆勝流京華人士齊來遊（都門有喬田張三子）山東英妙
本無敵（丁子）楚才復爾空羣儔（趙子）吳越風流洵可觀或
爲雕龍或繡虎（吳有姑蘇錢子海虞趙子毘陵龔子越有浙西柴子沈子浙東包子）不
才濫與壇坫林碌碌因人何足數田子優游自外來
呼僮置酒滌金罍左觴右咏原不絕蘭亭宴罷今重
開羣公與會非偶然我已陶陶賦言還出門里許逢
二子（婁東周子黃子）道傍拱揖爭盤旋我去漸與松間遠松
風謖謖猶迴掩低頭爲唱松間歌每念松間自輾轉

田髯淵曰次第寫出如畫西園集

都門贈紀春曉職方

我居錫山下君在青齊間相望不相即邈矣絕躋攀
昨夜薊門與君遇一見歡然遂如故延陵寶劍不足
詩妄取一言推季布飲君酒感君心時運有代謝交
道無古今吁嗟乎山左名賢半知契玉折蘭摧後先

十峯詩選　卷二　九

逝貧賤既動西州悲（姜公如須）徂徠復下林宗涕（耿公玄度）有
君尚幸典刑存何必中郎肖虎賁文章道義俱堪仰
泰山星斗何其尊

黃珍自曰頓挫雄矯
錢湘靈曰押字俱老到

柴虎臣有詩見贈答謝

十年埋首滄桑裏臥枕龍山漱溪水一朝長驅賦遠
遊離邦丘樊過朝市朝市寧眞大隱鄉此心不改庸
何傷出門相逢俱貴客唯我布衣稱踽凉就中誰是
同心者西湖柴子最高雅平時嚮往不能前昨日松

間齊下馬松間相對暫披襟其交雖淺言則深歎然握手若道故羨君古貌與古心惠我須言嘉且美寒門德薄郍堪此登山正起望雲思三復君詩心竊喜我來非爲捧檄來我歸原爲舞綵歸持取君詩獻父母堂前紫氣饒光輝

孫豹人曰真青蓮虛字安排得好

龔晉之曰磋日自寫本色而虎臣自見

送吳靜安太史南行歌

吳君倜儻饒雄姿自少落拓稱不羈結客論文尚意氣悲歌縱酒何淋漓盛年身入金門裏睥睨一官如

敝屣丈夫立志非苟然安能鬱鬱久居此一朝被遷謫時謫池州廣文小官原不卑窮達自有命相對莫相疑勸君莫誦高樓咏佳人撫瑟空傷憤勸君莫讀老將行李廣無功心不平勸君莫和岳州什烏啼猿哭情惻惻勸君莫聽琵琶歌嘈嘈切切可奈何贈君言願努力舊穿楊葉真自知暫躡霜蹄未爲失送君去車遥遥天馬長鳴待駕馭秋鷹整翮當雲霄噫吁嚱吳君自是南行矣纔過燕山又吳水楊柳青青自有情淸風明月皆知已

吳六益曰悲壯淋漓如天馬行空不可控勒又如大將旗鼓步伍整然

龔晉之曰意不盡于題氣不盡于意以激昂擊調求之非矣

孫豹人曰典雅淡墨一往自得

何石澗曰此變聲也易水歌應推同調

過昭山

昭山之上歷千尋昭山之下滿百丈昭王曾溺此山下至今生氣滿山上自來亦有南巡者紛紛亂下舟如馬幸過衡山獲金簡不幸蒼梧竄原野昭王豈是好流連可憐一去不復還千載峯巒常鼎峙舜山禹山及昭山

黃漢臣曰蕭蕭爲昭王吐氣題咏昭山馬嵬題咏殆遍然但以成敗論耳誰復有此懷古膽識

遊浯溪

浯溪山水天下聞魁奇秀麗舒大文下有唐亭槐溪石上有唔臺倚溪雲中官舊是幽人室次山在焉呼或出風流髣髴度香橋浪漫世間人不識多君生在大唐時中興一頌星日垂魯公書法更殊絕至今塊映磨崖碑

翁旋士曰胸懷高曠代遠心同匪徒錢子恨不見次山直令次山恨不見錢子

孫豹人曰得多君一段便通體皆委委佗佗如山如河矣今之一字一句求工者何爲乎

贈衡山門人蕭璞孫

衡山山峯七十二峯峯矾硉羣相次祝融一峯峯最
高登峯望見五千地中有異人嶽降生文心賦質兼
騷情稜稜丰骨空疇伍直向山峯一柱擎

黄漢臣曰忽然而起忽然而止以此作歌行二十年梨花鎗也

贈道州門人常石門

我居鴻溪子濂溪兩人異地各東西昨夜驅車過永
土誦子文章狂欲舞文章自昔稱有神雖不見面如
故人今朝遇子瀟湘畔談吐如流才浩汗欣然携手

遂同行蕙秀蘭芳各有情他日秋深桂花發共醉黄
鶴樓前月願子努力盍加餐乘風急整凌霄翰

黄漢臣曰頓挫吞吐含情無限

遊石鐘山

上石鐘下石鐘兩山拱峙相爭雄上有嶙峋之怪石
瑰奇突兀稱神工下則深林幽邃風景何蔥蔥其間
名勝不一種爲樓爲閣巍且崇千江有月光四照萬
里無雲境一空江邊巨石還側立石間洞穴真玲瓏
水石相搏聲鏗然嘈吰鏜鞳如鐘鏞自從蘇子醉其
下千秋聞見將毋同

何石湖曰一氣呵成爽徹横逸青蓮後身
錢湘靈曰槎枒突兀筆力與石鐘爭勝

過小孤山

大孤山小孤山大孤可望不可即小孤可即不可攀
回看四面皆斗絶山巔卉木森森列鵜鴂攀向樹間
啼遊人聽此心切切

黄漢臣曰景真情切非身歷其地者不知

廣陵文集歌　併序

戊戌首夏余駐維揚有待學文英之舉同學

李子涪原申子周伯許子力臣師六宗子定
九鶴問卞子雲郭各率親知子弟及門人輩
以進英才雲集蘭鑄粲然爰作歌以誌大邦
人文之盛云

維揚自昔稱文藪隋苑梁欃齊不朽于今文士英英
起後先來會原非偶烏衣巷裏蚤馳名北海家風宸
有聲（王螺山李書雲兩公後人素稱文譽）雙珠聯翩映一門五株瓊樹
爭芳欒子將望重操月旦（力臣師六定九）少文才華何璀璨
（鶴問）兩家子弟並雄奇況有阿咸偏傲岸白雲堂是德

星堂白雲係卞氏齋兄弟還推元季方故人有子箕裘在鄭氏不絕道逾光小白為故友延直子一望玄亭廣且峻載酒問奇日益進周伯定九鶴問及門赴會甚衆諸子卓犖具不羣森森玉立人中俊今朝攜手共登壇其集如雲氣如蘭他日乘風各努力願言無負此敦槃余愧生居道南里多君文藻江都比江南江北有同情深鄰水脈邦闕水

湯天若日璞日每至一處輒以興起後學為事讀此歌勤勉備至想見愛恩無窮

采蓮曲做王子安體

采蓮女雙槳蓬江滸吳姬越豔鬥眉嫵兩地新妝一色裁玉釵羅袖姍姍來荷花欲語却不語誰人解語爭徘徊爭徘徊弄舟搖碧水水中驚起雙鴛鴦作復迴風飛不止飛不止奈若何爾花為妾繫情多菱角牽衣絲繞臂低頭姑唱采蓮歌采蓮復采蓮紅白非一類容顏不常好頓使妾心碎此地非琳池花葉何葳蕤云是裸遊館招商動涼颸光采凝太液芳氣通九疑真人足躡太華藕金母手進西崑枝采蓮歌有度采蓮時未暮欲將並蒂慰新知聊取同心贈余故日落渡江湄滿船載得清香歸吳歈越吹聲不輟此曲[illegible]和者稀

徐禎起日無一字不流轉無一筆不飄揚

楊組玉日做體却曲盡已意故妙

欒子尹日全以前態取妍做子安竟是子安才大信無不可

瞻柳歌

今人行軍等于戲古人逢戲直如軍五日走馬尋常事軍容肅肅聲殷殷二璋七校原有王山布星陳按八部玄甲耀日刃斗横朱旗蔽天戈戟舞左驂赤驥右白俄前馳五花後千金兩龍載駕瓊臺上八駿重過瑶水陰金絡連錢盡焜赫琥璃為鞍瑪瑙勒臨風急整珊瑚鞭嘶雲振鬣霜蹄疾仰看射鵠如射鵰矢流電發羽翛翛駭轟嘈獻盪心目嚇咤彭贔羣驚跳爟如羿射落九日快如景宗逐林麞疾如衝風捲枯葉矯如猛虎驅羣羊萬馬奔騰鳴且吼烏盡嘷風獸出藪一天塵飛四面揚觀者揚眉歌瞻柳柳高百尺鬱青青千般濃翠染霓旌人人才擅穿楊技陣陣軍開細柳營

徐禎起日大都作七言古賦成一事須寫得極恣肆極流宕乃為入勝李空同有畫鷹射獵諸篇熟讀乃知其妙

欒子尹日古健殊絕杜老觀舞劍篇無此氣勢

惠山曲水歌

山峯非一峯水曲非一曲誰將九曲配九峯直引清流灌山足清流在何所乃在洞口石崖三尺許拼沙決石浚泉源混然沛然無復阻上有十賢堂下有二泉亭九曲介其間參差影不停時逢上巳羣英至流觴彷彿山陰事一曲一坐酒一壺泛泛蓮杯共適意維彼逸詩羽觴隨波周城洛邑流水謂何秦王置酒河之曲金人捧劍從空出當年爲建曲水祠曲水傳名名遂立惠山九曲已多年盛時人物何聯翩至今曲中水歎絶振起清流俟後賢

李念莪曰昔盧新都長安古意一篇艷麗驚人而讀之者每謂不及老杜哀江頭之濃老雄渾者其氣足具致高也余于此歌亦服其氣致不凡

華商原曰不識廬山真面目只緣身在此山中今人見慣盆盎中一勺水不知黃河之水天上來具區三萬六千頃是何等汪洋浩瀚縱翁此作具有尺水興波一瀉千里之勢以此益信爲天下士眼界于人有不同也

和李念莪父母見贈原韻

當年曾過百花山驪車側聆梅花曲（順德府外廿里宋璟詠梅花處）伊人宛在廣阿間安得從之慰我欲今朝飛舄到溪

邊溪水相逢波自綠天上貽來一紙書謂我有誠篤則告（公甫至有手扎惠教）一見忻然託心素燕雀豈能知鴻鵠示我白雪傳清芬字字擲金言霏玉問齋詩人何足多不道知音遠相屬如公自是風雅宗他日鳴琴豈偶俗

秦映碧曰叙次歷落一種高曠之氣溢于筆墨之外

研節母秋紡圖詩

蚤年曾趨羊子機壯歲斯斷孟母織母也空閨四十年辛勤紡績無休息天上織女交參橫枝頭絡緯齊和鳴每逢秋深風蕭瑟機絲夜月難爲情

蔣大鴻曰楚月每遇節烈事輒擬鼓掌歎息不置宜此詩之淋漓慷慨情有餘文也

爲山左黃冉村題像

昔年誦君詩今日會君面會面清風來展像道心見生來頂相本常圓況復參成一指禪虎頭但寫神與影箇中消息難爲傳心有依身無任芒鞋踏遍千山路提起竹杖還如龍波若在手誰人付于噫嘻不是詩人莫獻詩君今得道我忘機從前文字俱空却祇今相對莫相疑

黃猶臣曰于神影外尋出箇中消息尤是空中一棒

遊崑山

愛汝崑山石似玉滿山𪊕黎與結綠堯堯硌硌欲落然橫峯側嶺看不足仰面還疑風雨生回頭狀若虎豹伏遊人宛在玉山行裴楷姿容照人目

顧景行曰尖側儼入圖畫

黎對巖曰摹畫入神

遊虞山

愛汝虞山山色蒼有時淺綠間深黃一望虞山二十里倚城內外作垣墻城內古木何蓊鬱樓閣參差還傑出城外山空貌若童浩浩曠曠清且逸錦峯一帶天下無拂水橋邊儼畫圖遊人到此爭目眩何處蓬瀛仙子都

彭鴻叟曰寫山之貌如在目前時有飛瀑輕嵐噴薄而出

過子游墓

孔門弟子三千人南方惟有一言子負笈從師非偶然馬足車塵任驅使生前既事齊魯間殁亦還應依闕里君不見延陵季子嘗適齊葬子嬴博稱知禮又不見梁鴻不願歸扶風願與要離作鄰比言子何爲

戀故鄉仲雍山上今高壘

黃雲孫曰學成歸老固不必效季子伯鸞也然此論亦不可少

黃心甫曰善爲江左推高地步則子游不待費一詞矣作詩作古文爭上流法就題鋪砌雖百千言何益本人毫髮

彭鴻叟曰百里內外比德擷芳引他人證佐不得

古鴨城歌贈宗人疏九

古鴨城鴨城莫養鴨吳王愛鴨過愛麋紛紛玩物交相狎何如種竹與養魚范蠡治生良足法千年古城巳復湟後人好事作郵莊園林美景不易得李氏平泉裴氏堂共道桂坡有別墅滄桑閱盡三易主吾家太守後先遊世業荒蕪向誰語莊爲桂坡安公手創後歸眞定守少虛公後又歸金華守疑菴公惟我宗人克繼之大相斯土承其基不事繁華新耳目澹然木石相因依此中自是有佳處喬松側柏青青樹綠陰深裏現樓臺誰料洞天別有路於噫嚱人生保家如保國固守猶虞蹈不測此地雖名古鴨城范蠡于焉曾憩息從今善護此良園種竹養魚符一轍

黃心甫曰起句突兀蒼聳今雲間詩體七古流麗入情得初唐之氣而傳以曲折予故心賞襟日斯篇出沒變化當爲過之

黃初子曰首尾完密具見匠心

十峯詩選卷之三

錫山錢肅潤礎日著

五言律

擬天目山答黃幻玄先生詩 并序

先生有辭十八山詩天目山其一也余先世發源天目故擬此答之

憶昔乘嵐氣東西闢出雲龍噓茗水上鳥爲越王耘一自潮平後千年頂尚分悲哉日未暝何處更看君

錢湘靈曰爲山神壯氣正爲黃公吐氣○龍噓茗水一聯律之精妙語

錢唐晚泊和台石道者

薄暮停江渚長歌隔岸聞山空嵐忽起夜靜夢初分水宿三更月舟連一片雲明朝移舫去雙淚灑于墳

周安節曰字字清妙不減錢劉

簡山陰祁奕慶

夢入山陰道風流未易攀生當天寶後人在紹興間故國雲胡杳寓園情自閒祁氏有寓山園蘭亭席尚在何處不高山

任王谷曰流麗雋永國風之遺

同毛裴明過吳閶訪姚文初

寂寂蘇臺下風高又一秋孤舟載李郭三徑待羊求竹逸心偏遠松深韵自幽盧山從此去昨夜夢成不

顧茂倫曰起句自饒風韵全首亦瀟遠

繆雅揚曰心韵着竹與松便不同

訪衛神清

數年懷叔寶一見信神清意氣推新諾文章識舊名問言非稼穡論事若從衡天下才唯汝菰蘆且勿鳴

黃漢臣曰幽情俠氣颯颯欲動

松陵雨中訪徐介白

一望雲烟色前邨孺子家橫橋疑斷嶺隔浦似懸槎門外風翻柳簷前雨落花羨君棲隱處非近亦非遐

趙砥之曰如讀蒹葭詩不勝伊人宛在之想○通首字字雅適是五律當家

寄懷閩中何如飛夫子

一別何夫子茫然失所依感時頻拭淚招隱且題詩名豈諸生著心還異地知夢中雲路杳相會在何期

張燕孫曰乙酉五月余與礎日別何夫子相對嗚咽不置今讀此詩又涕泗交流矣

蓬萊閣謁講師蒼雪

其下得井島憑公錫杖開丹霞鎖不住明月笑將回

馬爲馱經至魚因聽梵來十洲天地外此處現蓬萊

錢湘靈曰王建張籍一夥

晚春遣興

牆内發狂枝東風入戶吹莫嫌春去速還是夏來遲
青鳥初回日紅梅未落時行歌將易律此調幾人知

馬大林曰命意遣辭不獨紅藥白雪誇高千古

九日徐寮之雨阻雉山圍居和韵　詩甫選本

閒居今日易行路古人難舟楫江方永干戈恍不安
遠烟千嶂合積雨一天寒此際逢重九茱萸未忍看

徐寮之曰情景雙絶不愧少陵
黃漢臣曰萋咸一片流出眞詩

余過都門唐書巢先生暨同學濟仙客各爲余設館命令嗣大希芝馥韋師事焉一時在京從遊者有李伯羅趙祥九石鍾隆鍾奇諸子同堂論文致足樂也爰賦一律以誌其事

他鄉知己在設館遍相推豈爲談經往偏乘問字來
翩翩吳公子落落冀良材本是招賢地吾遊亦壯哉

曹盡臣曰得才教育眞是一樂生當今日不得不以此事推君

都門壽嚴顯亭黃門尊慈六十詩即和顯亭見贈原韵

欲進一杯酒登堂未敢前試隨青帳側爲誦白華篇
忠孝心無二君親道不偏懸弓非祿養徒自望南天

何石湖曰高岑之間

出彰義門答謝周立五濟仙客蔣愼齋諸公暨秦對巖門士

去歲來燕里今朝出鳳城故人還載酒折柳不勝情
雪染征衣色風催驢馬鳴如何無別淚遠莫已先傾

錢湘靈曰高適孤館大類嘉州

登岳陽樓追和杜少陵

我來岳陽地爲上岳陽樓一水雲邊落千山天際浮
草青迷鶴寺蓑綠映漁舟獨立凭欄望閒情上下流

黃漢臣曰杜以悲壯此以閒遠猶小巫之于大巫

進洞庭湖口追和孟襄陽

風疾水波平風徐木更清憑將舟汎汎吹過岳陽城
烟雨參差合江湖次第明（湖口爲江湖分處）白沙青草外一望不勝情

孫豹人曰氣力頗與襄陽相敵而信口信心似更過之

周安節曰是襄陽亦是太白
黄漢臣曰當年氣吞波撼句寫景取格雄視一時
何若烟雨一聯縹緲與確兼而有之
江湖次第明五字直可抵數葉水經註

五日汎舟湘潭

時方逢五日地正界三湘香草迷烟雨青蒲雜稻秧
遠山雲靉靆前渡水蒼茫屈子今何在臨風弔一觴

孫豹人曰香草一聯可繪可傳
翁旋士曰日暮長沙秋色遠不知何處弔湘君同一悽切

會稽馬木百見訪却贈

若耶溪上士汎汎梁鴻溪溪水清且澹道風與之齊

朱霞天半發白鶴雪中栖獨臥深山裏忽然驚馬蹄

錢湘靈曰歷歷落落有古意古調極似初唐

咏同邑尤烈婦 并序

婦陸姓歸尤居邑之治西鬻蒸餅爲業夫死其家逼改適遂自經時年二十有八

未受寧王寵居然憶餅師生歸何足羨死殉始稱奇
易拭看花淚難纏續命絲一時多賦咏覺我遜王維

堵禾齋曰通首用唐時賣餅妻事何等清切而更能自出新意殊覺雋永可思

贈吳江門人朱漢直

千載朱公叔於今更見之風流雖隔代文采正當時
楓落牽詩興虹垂起藻思松陵斗大地矯矯露奇姿

顧茂倫曰非贊日不能知漢直古人所以重知己也

南蘭門人楊賡音遊庠賦贈

疇昔稱高文相期遠到程不圖一戰霸頓令萬夫驚
遇合非常數文章有定衡自今復相士知不負毛生

楊組玉曰余家賡音屈於遇贊日見其文嘆爲必售今遇矣宜贊日之喜而賦也

和湘靈兄留別詩

昔年曾問業乘暇到兄家醉插河陽柳吟看鹿苑花

河陽鹿苑皆虞山錢氏故里

乾坤纏帶甲歲月彌吹笳回首從遊地山巔與水涯

又

歲暮北風急茲茲欲何之囊空詩作錦道大數偏奇
白璧足三刖黄粱夢一炊可憐貽別調百里叶塤篪

錢湘靈曰真至語倚文雙絕○山谷云寧律不諧不使句弱次首平仄倒調而筆甚古勁

高節寒香圖詩贈許母兼贈許子炎貞

絳趺晨正潔白髮覽逾歡介子不言祿尹焞輕一官
閒居今共賦借隱古猶難是母宜斯子高寒得並看

昔元巽只一門淸節俱從筆墨流出

函阿門人吳子遠善畫詩以贈之

道子久不作淸風良在茲披圖積西爽潑墨擬東籬
今日登詞坫前身豈畫師及門饒藝事托興養幽姿

周安節日徒日及門多善繪事如吳閒高僧游沅伊在吾邑徐電發錫維箕是也今于所贈吳子遠詩中見之子遠傳諸子安得不傳

風得鑑湖五月凉

豈是招凉地偏於五月宜鏡光浮遠岫蘚石映淸漪
熟不因人有榮原爲道辭昔年貽一曲今日付云誰

梁子尹日通首渾成五六寫意尤出言表

贈新安門人許云吉

玉斧是神仙重來作少年松風何謖謖裘馬正翩翩
好友求千里鴻文手一編一枝欣得氣棣萼且爭妍

時云吉與其兄典三同遊庠

許秀甫日宛轉淸便如流風回雪

賦得城春草木深二首

何意繁華日翻成慘淡天兎葵搖假舞駝棘伴愁眠
莫怨王孫草還啼帝子鵑蕭然風物異舉目不勝憐

又

麥秀嶔箕子黍離續大夫秋原曾慟哭春日又歌呼
城郭分今昔人民半有無海棠樓上望千里一平蕪

黃浮沉日英雄單日壯悉麥雲傳出少陵心事令人可歌可哭是善作詩者亦善讀詩者

柳菴爲陳康斯父母賦

昔日爲棠舍今朝是柳菴望秋應不減覩木詎難堪
興致陶潛引風流張緒含有時春月下濯濯恣幽探

再賦菊徑

未歸先種菊南市即東籬豈謂濇相似偏于隱更宜
英方從露握性不受霜欺況遇幽人賞陶然共酒巵

顧景行日咏物耶抑咏人耶先生淸風勁質殆日却于筆端傳出人傳物安得不傳

恭賀魏相國貞菴先生五十初度詩三首

平格膺天錫元臣髮未黃夔龍應作友周召喜同堂
漢相功高丙唐興治美房身肩一代重歲歲望謳陽

又

慶源貽正派似舅果爲甥先生係趙高邑甥理學承先哲文
章啓後生百年過始半八代繫非輕此日羣瞻仰區
區兄有情

又

公自壽天下寧徒壽一身安懷存此志饑溺濟斯民

斗指孤南城風回黍谷春野人何所獻芹曝恐難伸

秦對巖曰壯聲老筆力追正始

贈任君佐二尹

德可宰天下何爲尹一鄉轉漕蕭相國作牧漢循良

明府籌前箸贊公畫左方丞哉兩不負松下且徜徉

吳協仲曰語語是任公實蹟直可勒碑韓昌黎藍

田壁記當不是過

過毘陵赴岳邁亭宴時同毛留郯鄒列丹陳賡

明龔介眉岳禎明秦映碧諸子

三徑埽莓苔芳筵此日開建安能作賦大曆敢言才

接席巫常引嚴城柝欲催各將分手別許我尚遲徊

毛可白曰通首神情格調若發穎豎孤立特峙詩

之極有體者

過揚組玉齋得遇黃六湛楊逢玉二君楊子大

聲道韓出侍側喜而有賦

不到揚三處于今且四年玄亭仍是舊竹徑已非前

入座逢良友趨庭有象賢金蘭欣再訂花萼喜重編

董文友曰彷彿杜少陵不見李生篇高文老筆渾

乎神似

十峯詩選卷之四

錫山錢肅潤礎日著

七言律

無家詩 并序

無家之義曷昉乎堆山有言矣曰宦游以官爲家老衲石隱以山爲家估客以巨艑西郎爲家甲士以沙場爲家唯礎日家於友朋所過開軒命酌青山送盞白鳥依人審若是果有家耶無家耶爲作無家詩

一身上下已渾無那得留家更置吾世界三千同奕

局乾坤百六等携蒲何方雲壑堪長釣隨地松風試

暫沽去去來來原莫定柳溪失足便爲愚

沈去疑曰因君料理安身處多少人間未結廬唐

人深語也余有味其言聯于堂且數年

矣客曰此與無家意同異余謂礎日襟

抱宕遠蕭然高寄得所棲托執大于是

無家者即礎日之家簽餘餘而覺于于

其可乎悲夫有寧宇者之露處也

游白鶴山

白鶴亭亭誰氏丘孫堅昔日御仙遊一朝翻覆行雲

榭千古存亡賣酒樓北領山河狐史記東遷人物竄

春秋茫茫底事堪惆悵丹棘青裳莫破愁

錢湘靈曰寄託感慨有閒遠淡放之致

黃漢臣曰儁巧豪快人所難兼唯礎日並擅其勝

登靈巖山謁繼起和尚賦呈一首

獨留片石尚無喧兩眼還將兩眼看只在此中眼處

穩不因人熱酒杯寒吳宮舊恨埋春草西子新愁掩

翠巒借問從前興廢事幾番公案駢鋒端

顧茂倫曰清迥幽厚直逼常建

俞無殊曰語語禪機却不落障

秋興 鼓吹選本

傳說湖波八月平白沙青草氣相迎百千鴉陣江頭

下十二螺峯水面生自有瑤琴成絕響不勞鐵篴報

殘更道人機上還堪立且作荆南萬仞城

施又王曰興致不凡寓意在筆墨之外

徐禎起曰風調類李義山

陳其年曰詩家遣調難于圓亮役情貴于渾雄礎

日斯作可謂兼之

秋懷 江左詩林選本

依舊西風吹北川將軍出塞不登燕臨安湖水誰家

畫江上漁舟一夕烟語到寒山惟片石賦來白鳳亦

甘泉秋聲半落疎鐘外坐聽愁猿叫四禪

楊組玉曰烟霞飛捲非畫非詩

鄒訏士曰宋玉悲秋遜此宏麗

客松陵赴蜀中唐瞿瞿先生招時同晉確庵徐

介白兩君及其長公鑄萬

萬里橋邊問渡河曾携明月照江波巫山三峽勞思

夢楓樹千林入嘯歌醉後升沉關意少坐來風雨賞

心多師生朋友欣相聚且慶庭前學禮過

何石湖曰情景宏放語語驚人

任王谷曰逼真李頎

黃州萬允康先生寓齊門余過而訪之時令嗣

凱如自於潛至

唱徹離歌不忍回登山涉水思悠哉楚烟半落齊門

外荆玉初從越嶺來松下清風長謖謖雲中白鶴自

皚皚由來洗馬風流儘不似諸王小有才

錢湘靈曰唐音

董文友曰麗情能以逸韻寫出直似太白風流

堆山大師題余半隱堂詩答謝

秋風落葉正行狂五木庭前笑語凉甘節自成垂老

蔗熱腸還有未寒薑行參活句空羣劫坐畫良籌借

左方多謝山公題一字不才何以答游揚

黃漢臣曰徐文長論詩謂須如冷水澆背陡然一

驚此足當之

錢馭少自寧陵來詢知郭蒙一夫子近況併接

夫子手書誌感

夫子身經多難餘一堂與會且何如東山絲竹依然舊北海琴樽儼若初昔日謬稱天下士今朝遥寄隴前書獨憐未有逢時技甘向衡門守敝廬

錢馭少日情至語宛如面談格律更極高老

過東郊會葬馬文忠先師

一去攀髯形影疎朝來丹旐拂東墟心喪豈獨三年禮會葬曾逢千兩車萬里地寬歌調遠武溪流逝笛聲紆青松白石知公意應爲廬門急掃除

薛諧孟日礎日遊文忠門最晚受知于文忠最深宜其詩悲切如此

恭贈鄒衣白先生八十壽詩

今年四月未歸春花柳遲徊待令辰癸巳四月五日爲先生攬揆辰仙苑烟霞三度朔輞川詩畫再來身乾坤此日間遺老社稷當時付幾人呼吸還應通玉座不須重乞鑑湖濱

黃漢臣日氣骨嶙峋蕭然物外非先生不能稱此詩

恭贈馬君闇先生七十壽詩

終南眉宇氣相親月湛霜明逈出塵巳遇頽殘知後運更從智永悟前身今朝在國應携杖他日臨谿自捲綸從此不須驚歲晚山川如舊物華新

馬大林日筆機流麗用事何等渾脫

恭贈黃坤五先生六十壽詩

先生家在古毗闍笑傲吳中又及春蓂莢厭傳新甲子攝提偏指舊庚寅格天壽命期周召降嶽神靈錫甫申聞道聖朝求耇老且儲德望待王綸

華仲通日臺閣氣象自與郊寒島瘦有別

白燕詩追和袁海叟

江山風景望全非燕子南來信亦稀渡海豈因新王至銜泥還念舊巢歸恩隨鳳沼修霜羽耻向鷥班着絳衣寄語弋人休悵望朝來曾自學高飛

曾庭聞日瀟洒出塵如見海叟公飼騎鳥犍時

黃漢臣日許大關係解此可與讀少陵詠物諸詩

春日望西山

朝來佳氣滿皇州一望西山景色幽石馬似隨石洞出玉魚如向玉泉遊春風烟樹迷高冢晴日鶯花照古丘見說故宮原有象無端忽動黍禾愁

孫豹人日初盛之間○中四語如畫然以氣勝遂不類畫工舐筆之作此吳明卿論詩所

以專取解衣盤泊也

吳六益曰礎日神姿崖異有壁立萬仞之勢吾黨之僑盼也讀其詩閒雅純正氣象崢嶸雨窓吟咏如對其人

燕臺懷古

昔日繁華過吹臺今朝淪寂莫相猜欒生白向河東去郭隗誰從薊北來明月影移荒碣動黃金色借翠微開千秋此處招賢地屈指人間幾駿才

何石湖日句句是燕臺懷古寓許多感慨詩家一字假借不得

黃珍百日三四虛于用實五六實于運虛虛實相生備見情文之妙結復儆岸不屑

燕都同友人咏馬文忠公

伯牙久已失成連渺渺音徽誰復傳幸借一燈光後輩余有文韵增刪行世且同諸子誦先賢過都實下西州淚弔古逾悲東海田莫道招魂魂不至來時地上去雲邊

孫豹人日真摯感人

中秋思親

回首南天秋氣空思親顏面舊時同三千路隔雲非杳十五宵逢月暗遙易水渡頭廻尺鯉薊門高處望雙鴻寄言遊子無他戀唯有依依母若翁

黃珍百日寫出真性情來一片淸光在筆墨之外

錢宮聲日獨造真老之境儼然北地矣

春日思兄

一自分攜道路旁年華冉冉到春光池塘此日應催夢風雨連宵孰對床撫樹却憐株盡悴陟岡偏恨水爲長朝來正有思兄意不覺飛來雁幾行

吳六益日思親思兄二律俱是性情和平婉麗情見乎詞

都門送沈繹堂太史之任大梁

白帝霜輿御素秋商風送客輿偏幽山川縹緲銀河出宮闕崢嶸翠色浮汴口過時經浚水梁園歷盡上樊樓使君文藻空千古應起三賢共唱酬三賢高適李杜也

孫豹人日不由作意氣格自高動以登高懷古更自得法

陸子徵日氣骨崚嶒逼真老杜

錢宮聲日高情壯采有金鶚擘海之勢

石梁和韵 并序

都門秋夜赴周立五先生宴酒酣同蔣慎齋潘仙客黃珍百董文子曹藎臣諸君步月過響閘余病足不能至其急湍處高坐石梁聽水聲潺潺然致足樂也歸賦一律以誌其事

月下狂遊興最閒乘酣直欲上銀灣同人歌舞雲烟畔偏我盤躚水石間飛磴參差寒阪峻響泉溢涌夜

聲潺倦來思向河梁臥不似天邊鳥識還

田綮淵曰布景工秀興會亦復豪舉

九日都門宴集追和杜少陵

燕雲極目思難寬何處登臨可縱歡未到遼東鶯白帽毎逢柴市痛黃冠金臺黯黯秋涵色易水蕭蕭風送寒唯有西山佳景在朝來爭向日邊看

孫豹人曰寫凄凉不難寫憤激爲難寫景即景不難寫景即情爲難也礎日兼驟與杜而爲一矣

錢湘靈曰中四句總承何處二字律法最穩貼

同黃珍百詠梁伯鸞高士

避世人與入世歌茫茫何處挽頹波未容漢王留雀佩且許吳山伴薜蘿尚論只嫌高士少開襟常傲白雲多悵余同里還同調不見伊人奈若何

黃珍百曰惟礎日有淸品乃有礎日佳句

自北往楚有感

去時忽忽辭燕土來日悠悠接楚天白雪叢中行半月青山嶺上度殘年自確山來皆山路江頭夜雨烟波外馬首春風雲樹邊無限離情催客淚遊人相遇亦潸然

孫豹人曰類元微之

錢湘靈曰極似初唐

武昌除夕感懷三首同劉岵陟翁旋士賦

我來此地纔三日不信明朝又一年除夜已歸周歲月春風蚤入楚山川鳳凰嶺上烟光老鸚鵡洲邊草色鮮官舍却嫌難縱目故交携手暫留連

徐顧起曰崎嶔靈驟却又流宕自然王孟極勝之作下一截即從上文楚山川三字生情妙極奇絕此老杜絕頂法也

又

去年此夕惟師弟乙未除夕在泰對嶽京邸今日他鄉有弟兄薊北音書何邈邈漢南風景正盈盈青尊影照晴川閣紅燭光搖夏口城莫以萍蹤添旅恨天涯聚首足平生

孫豹人曰絕眞絕老杜陵嫡派

又

吳楚風烟合復離茫茫一水望依稀余家宛在梁鴻滸此地悠然黃鵠磯衆鳥已隨落日遠孤雲還傍故山飛人間剩有飄零客歲暮他鄉未得歸

翁旋士曰英雄失志此時此夜爲甚宜礎日痛乎其言之昔賈島于除夕取一年所得詩祭以酒脯若得此篇不知如何供養

周安節曰三律鍊格鍊意而天才復超越絕塵

過鸚鵡洲

昔人偶成鸚鵡賦此地因名鸚鵡洲賦奏一時何汎汎洲經千載尚悠悠西連黃鵠廻磯舞南向金鷄帶翊浮南六十里爲金口傳有金雞從雞翊山產金獨擁大江憑出沒平沙無限繞中流

黃漢臣曰起法直與崔郎中並傳餘亦工力悉敵
黃淳沉曰巧自天成故不傷骨

艤舟長沙城望嶽麓山

西望麓山高百丈無邊山色到江來朝迎青靄螢烟斷暮捲黃雲楚嶂開葵麥搖風吹古院舊有嶽麓書院莓苔

溜雨濕空臺舊有道鄉臺一峰具有諸峰體側足遥看雁影回衡山七十二峰回雁爲首嶽麓爲足

孫勁人曰生氣滿幅○讀朝迎青靄二語使人亭
讀葵麥搖風二語使人静

至安慶過余忠宣公祠祠内有聯云熱血一腔高塚在忠魂千古大江流爰取而和

乘舟南下艤安州偶過荒祠感自憂高塚幸依松作蓋大江疑借血爲流昔年宣慰聲容壯今日淒凉廟貌愁四顧几楹何黯黯斷雲落日影長留

何不渺曰格高調壯

世德堂文會詩 并序

余于丁酉秋自燕楚歸讀禮于家邑中來問字者恒有爰訂文會顏曰待學文英明年春及門侯端培貞培設文壇于世德堂請余主其事余因得攬人文之勝喜而賦之

詞壇夙昔擅君家今日堂前設絳紗豈有人師推郭泰謾將弟子擬侯芭一門世德箕裘業四座春風桃李花爲爾文成饒五色曉來紫氣貫朱霞

武周齋曰待學之義微矣大矣宏義一畫待文周孔子而闡其奧孔孟以斯道待後學而

周程張朱直接其傳彼日其有意乎婁心太史聖學有頼行見梁溪一座與濂洛關閩相爲頡頏豈徒一時假文事之觀也已

遊平山堂登迷樓故址

時屆清和四月天平山一望思悠然金焦而面峰遥對樓閣亭亭勢欲連堤上綠枝吹柳絮池頭青草間荷錢邪儕宮闕成墟莽秪剩山間第五泉

許觚六曰俯仰流連寄其欲絶○後四語寫景不多而荒凉之狀自見

黃郁巖父母見訪恭謝一律

紫氣遥覘綠樹中軒車環指板橋東敝廬枉動賢侯

式小子欣承長者風待後有人寧讓我（公以待後 其儒題贈）與
文此地斷推翁下交多愧稱忘分草野何堪禮數豊
（黄暁九日樊日與中高士名可聞身不可見讀此詩知吾家都翁尊賢禮士有以致之也）

挺秀堂文會詩（并序）

戊戌秋秦子映碧偕余及門邳仙招邑中諸子大會于挺秀堂維時大令郁巖黄公給紙筆賜酒醴助文壇鼓吹翁克凡吉順也兩學博各命其賢嗣希叶湧賓登壇焉四方來觀者山左房子嵋梅武子闇齋金陵黄子九烟是也吳門章子素文湘御陛子子敬子載施子乂王家鍊百兄虞山繆子湑𤔡毘陵楊子組玉黄子雲孫董子文友荆溪陳子其年澄江徐子景星俱率子弟生徒華來與斯會余雖主其事愧弗當也爰賦一律以告同人

梁鴻溪畔見文星異地來遊車馬停北海琴樽邀劍佩南皮冠蓋映雲屏雉壇屢築何須誓虎座雖懸不授經祗爲當年設帳處朝來爭道是玄亭

（黄雲孫曰是日也羣英畢集文采斐然同人賦詩者衆矣余亦有同堂車騎通千里一日）

十峯詩選　卷四　十二

（文章備六經之旬殊愧績弱讀禮日斯作真是蘭亭絕倡）

恭謝張西山文宗詩

千秋載見一西山此日持衡大道關已向宮牆羅俊髦更搜衡泌及䟽頑敬之說項誠逾量（楊静山先生有學貫古今德堪師表之譽）太白逢韓詎等閒師表自來稱不易煌煌楔閥負斯顏（文宗題師表人倫四字相贈）

（秦對巖曰西山理學正宗每加意有道之士而于吾師尤爲契合讀此詩備見知己之感）

京江寓戴公園（驪珠集選本）

偶爾登臨憶戴公空留野景在園中當年曾買名山隱此日逢閒處士風枝上黄鸝還舊舊池邊青草尚蔥蔥夜來樽酒欣相對千載心期一夢通

（顧茂倫曰戴公得礎日眞是知心樽酒相逢是夢非夢）

同姜子翥渡江登金山華藏樓訪中州蔣龍友尋過毘陵鄒子大于靳王廟左

長江環擁一峯流翠靄晴嵐水面浮問渡忽經千尺浪登山直上幾層樓祗緣閒徑遊忘倦更遇談天語不休興盡各將分手去空臺落日照扁舟

（毛留郭日逸興飄舉俯滄溟登泰岱不若是之高且深也）

十峯詩選　卷四　十三

庚子上元過官浦和戴耘野

年年作客到江濱此日來游是令辰積雨虛疑明月夜孤燈偏照上元人山中樽酒堪同醉笛裏梅花好當春最喜故人相遇日幾番回首話重新

許甫草曰高亮在何李間而意更澹遠

送門人丁永思歸潛山

多君千里遠相從忽漫分飛趂落鴻楊子傳經人降北丁寬載易轍隨東春風燂樹澄江綠晴日鶯花古道紅翹首皖山原在望一峯天柱色空濛

宋既庭曰風格高凝景雲翔龍闕佳作

送門人蔣六息歸懷寧

昨宵樽酒共論文何意朝來袂欲分二月柳垂吳地遠一聲梅落楚江聞君才魁傑推公瑾我學搊踈愧子雲浮處關山不相卽幾時重過接殷勤

管元典曰礎日篤于師弟之誼故其詩婉切真至如此調高氣遠尤磊落而多姿

同許孝酌及門人許云吉華游御山

春色蒼然已滿山偶隨勝侶一登攀雙峯蹲峙諸天外萬象參差落照間是處久成空谷響幾時重整法王頫高僧自具降龍手縛得蓮臺獅子還

山中古剎皆靈白法師典復

許孝酌曰策杖登山真是一樂有此佳句乃能不愧斯游

函碧樓宴集詩 并序

辛丑上元之會余自鼎湖溪泛棹吳門過官浦歷朱村而至江城同游者吾友戴子耘野從游者及門程然明彥明也一時同學如趙子砥之顧子茂倫沈子留侯趙子山子張子九臨許子甫草吳子海序周子安節葦把臂

銜杯樂也無極其過而問字者有朱漢直包鶴清董方南畢宿宮鈕書城沈四明周無逸楊維箕龐聖衡沈深涵史宿來諸子是夜宴函碧樓燈月交映觥籌迭陳朋友師生相聚一室酒酣各分韵以記其事余不辭而賦之

垂虹亭畔可徜徉暫爾登樓氣轉揚明月入懷堪共照春風無語向誰狂不愁野外烽烟動却羨庭前桃李芳此地縱游非浪漫今宵佳會豈尋常

沈留侯曰春風無語向誰狂與鋝然舍瑟春風裏同一音节

寒香館宴集詩 併序

上元後一日，余同戴子耘野、潘子力田過唐湖葉子桓奏招飲於家。時潘子以有事他往。同席者爲耘野、桓奏暨門人徐電發、葉康哉、蘭操三子。主賓酬酢，相對甚歡，各賦詩一首。

三徑曾爲二仲開，湖光燈影暗相猜。千條銀浪兼天湧，萬樹金釭帶月來。王謝一堂羣作賦，鄒枚今夜盡登臺。臨風獨悵潘安去，把酸長歌笛裏梅。

張九臨曰：沉鬱雄麗，直登李杜之壇，擬之溫李，則失之矣。

過西湖徐子蘭皋、茗英、俞子次寅、掌天、王子備五、包子御良輩招飲湖舫，敬賦　驪珠集選本

綠波演漾兩峯來，共載春風泛酒盃。簫鼓似從雲裏發，樓臺疑對鏡中開。鷗飛浪捲迎舟轉，鶴去亭空訪客回。媿我行吟渾漫興，羣公多是白蘇才。

時輿寧波史立菴寧國施思山、新安史公升、山陰徐伯調、荊溪吳靜安同遊顧茂倫曰：聲格圓穩，情事流暢，此郎而泝李頎高適之作。

毛馳黃、陸蓋思、王古直、顧受嘉、祝雍來、林元淑、王丹六、沈禹誠諸子招飲湖濱，優叙賦贈

湖濱高會集良朋，畫閣朱欄次第登。座繞劉公三雅爵，堂懸漢代九華燈。霓裳曲散雲霄遏，金谷詩成酒數增。此夜相逢爭一笑，春風飄拂動西陵。

毛馳黃曰：高蒼典麗，直逼初唐。

孫宇台訪余昭慶寺寓樓賦贈

故國懷人意渺然，登樓獨立轉堪憐。臨風忽聽蘇門嘯，對景常謳金石篇。南渡衣冠愁蔓草，西陵花柳散寒烟。相期放棹孤山下，晞髮行歌莫問天。

魏季寶曰：七律妙在警麗中蹈空而去，情隨境轉，使讀者飄飄欲仙，而不疑其不莊，不疑其纖。靡乃爲最上乘。日斯作，真去古未遠，皇甫司勳兄弟未足擬其後塵也。

雨中陸麗京過訪却贈

風雨相思二十年，今朝風雨重周旋。來時綰向堂前結，去後香隨席上傳。洛下共聞豪士賦，湖間獨泛散人船。多君意氣眞無兩，願締鷗盟秋水天。

戴耘野曰：龍標遺調。程杓石曰：友朋情至，宛見執手贈紵時。

西湖雨中家瞻伯招陪先達李梅公、詞伯王于一宴，敬賦　驪珠集選本

樓船置酒宴羣公，雨灑西湖萬象空。綠樹參差寒渚

外青山明滅遠烟中李邑風度唐朝重王粲才華漢
代雄自哂疎狂陪上客壯懷孤寄斷橋東
顧茂倫曰情多興遠沈宋風神

訪張士至隱居不遇

卜築荒郊傍水源幽人高卧獨忘言名閑祇恨身難
見世棄安知道自尊此日總虛題鳳字他時應許過
龍門相期桂棹秋風裏爛醉湖山酒一罇
陸麗京曰是高士傳亦是招隱詩

贈徐伯調

儒林風雅竟安歸一代人文共汝依孺子名高東漢
少偉長望重建安稀傷心板蕩情何極屈指滄桑事
已非且向湖山同嘯咏樽前潦倒興時違
徐子能曰八句中字字照應可見詩律之細

讀張祖望從野堂詩賦贈

才華夙昔擅辭場今日仍開從野堂一卷清芬垂五
葉張自澤山公至祖望代有文名七言逸調冠三唐西山景入王維
畫南浦雲收李賀囊祖望有燕京豫章遊更喜同心齊唱咏登
高陟遠興彌長時姜眞源使君與祖望有二家合刻

孫宇台曰祖望文采風流於此詩具見一斑

贈楊公廸駱率尹二子

自來楊駱擅羣倫二子聯鑣更絕塵春柳乍舒遥掩
映玉山初照互嶙峋西湖佳氣將誰屬天下英才有
幾人自數萍踪多不偶道南豈許付沉淪
戴耘野曰酷似王文成與諸及門言志詩

秋

秋日再過葉桓奏齋中同吳東里戴耘野賦得

彈指春初此地遊扁舟重過忽驚秋蕭蕭叢竹當軒

綠颯颯西風近幔幽雨後漸看人氣定亂餘還幸友
生求俄傳門巷征徭至不覺山深亦起愁
周安節曰賦景寫情清澈而渾厚眞唐風也
錢湘靈曰和雅盛唐○亦似高季廸句

過胥關訪蜀中李研齋先生有感伍公遺事

英雄與代歇同歸繫馬胥關試拂衣覆楚有心終自
遂奔吳無計暫相依山嵐夜夜隨風起江水朝朝擁
浪飛千載興亡成底事登樓一望莫歔欷
毛留鄴曰深悲極慨俯仰無窮

壬寅春日自梅里泛舟虞山即事驪珠集選本

春來無日不成陰且伴春光放棹行泰伯城邊風正
急子游山上日初晴闔河隔處渾無恙金鼓傳時黯
自驚回憶當年遊詠地錦峯吾爷正凄清
顧茂倫曰風格卓然超拔自在

端陽前三日侯玆泠招同學諸子集蓉湖觀競
渡郎席限韻

數年湖畔悵離羣此日重遊好論文作賦共思追賈
傳反騷偏擬過揚雲雄心未借中流楫壯氣先看水
上軍落日輕風歸棹晚細傾杯酒袂難分

徐禎起曰風調流逸飄飄欲仙李東川最勝之作
楊組玉曰不沾沾藻繪而意自融妙

夏杪同孫武經張燕孫侯玆泠欒子尹葉上舒
集華鏡幾齋賞蘭

千章喬木動微寒服媚幽人帶笑看唯有竹君心共
賞忽傳蓮女調同彈先秋花發迎芳珮對月香飄掩
素紈我欲援琴歌白雪幾人把醆酹闌闠
欒子尹曰興會所至率然成勝

贈松陵門人董方南

江都文藻夢蛟龍初上賢良遇已隆三試皆前拔錐隱囊
中穎自脫驥行櫪外氣何雄千方撫劍神馳北我欲
傳經道在東聞說春來才思溢揮毫珠玉映江楓
許甫草曰俊逸奔放有野鶴翻雲良馬走堤之勢
更妙在語語勸勉情詞懇然

贈江陰門人朱玉汝

鴻文藻豔吐江花玉汝有江花集得句驚傳秀且葩組織三
唐饒麗則浸淫二雅薄繁華蓉城自昔多才地吳下
如君有幾家自喃談經唯寂寞問奇偏喜過侯芭
黃淳元曰玉汝以詩律擅場得此品題方有定價

秋月詩　并序

壬寅秋日同學諸子集余問齋闔題分賦姜
子子叢賦秋柳張子燕孫賦秋水孫子武經
賦秋蛩侯子玆泠賦秋梧欒子子尹賦秋露
秦子甲先賦秋雲華子鏡幾賦秋風葉子上
舒賦秋鴈馬子九樵賦秋蟬余賦得秋月云

天府清虛別有樓冰輪皎皎欲麥秋傳言桂樹千層
影照見蘆花一色洲玉笛喜催銀魄起霓裳休逐彩
雲收公孫賦後人誰續此夕相看效唱酬
顧茂倫曰興會不減梁園其詩亦有高秋獨眺霜
曉孤吹之致

寄懷婁東門人楊巨山

葑溪門外問奇過，一別三年道遠何。悵裏春風時獨坐，僕中秋水盼行歌。玉山朗朗分清照，雲錦層層疊彩羅。傳說盈川才思發，邇來文已似懸河。

管元翼曰：巨山天才俊麗，讀此詩如見其人。

和邵二泉先生謁瑜公玉泉墓詩 并序

嘉靖初，邵二泉先生謁玉泉瑜公墓，有詩云：四十年來弔古心，偶因勝日遂幽尋。天留丘壟嗟誰埽，地近厥倉幸不侵。百世簪纓遺牒遠，五賢俎豆古祠深。玉泉兩字還須碣，一束生芻有嗣音。時玉泉碣蓋已亡矣。今癸卯三月，高彙旃學憲始勒石爲碣，樹於墓，爰與同人和二泉詩以美之。

弔古相傳祗此心，前人尋處後人尋。始知荆棘終難沒，且喜風霜未易侵。兩字玉泉碑已立，千年伊洛水逾深。朝來墓下羣羅拜，空谷驚聞有足音。

高彙旃曰：讀首聯便知千古傳心妙訣，玉泉二泉至今同一道也。

五日觀競渡即事

五月五日鬭芳菲，九龍山前龍正飛。湖容千艘天若接，陣繞八門人盡圍。畫鼓轟雷聲匝匝，朱旗掣電影曄曄。蕭船簫管還盈耳，唱徹清歌緩緩歸。

秦對巖曰：彷彿沈雲卿龍池篇，而筆更矯勁。

過虞山弔牧齋宗伯詩三首

故家遺老半凋零，獨有靈光尚典刑。天上急需白玉賦，吳中驚隕少微星。東流江漢悲淪寂，西望丘原接杳冥。何處遠山風色好，依稀空翠野堂青。半野堂中望見虞山

又

今朝重上駘仙閣，闕上神仙已脫胎。鑄鼎既成原不死，流沙一去復何回。鑑亡恰叶龍蛇夢，道喪還與山木哀。一望故園偏慘淡，同心相對幾徘徊。時同月潭趙太史

又

平生獎許本優崇，絕筆文辭更麗雄。錫山書序係絕筆已藉品題扶末學，且邀玄晏振宗風。湘靈有瑟誰爲鼓，瀏水無聲總是空。豈爲吾私徒一哭，也因天下嘆文窮。

葛瑞五曰：丘原無起日，江漢有東流，所以哭南豐也；上爲天下慟，下以哭吾私，東坡所以祭永叔也。徙日弔虞山先生詩，殆兼有之。

輓柳夫人詩

忠孝從來說姓錢，河東節烈更稱賢。終拚一死辭多難，始羨三生結勝緣。白髮有心留碧血，紅顏飲恨訴黃泉。鹿門此日重隨侶，攜手同遊洞府天。

歸元恭曰：宗伯文章、河東節烈，俱堪不朽，何可無楚日詩傳之。

贈虞山鄧丹丘

生不逢辰遭亦艱，聊將大義表人間。君臣分在猶關切，師弟情深詎等閒。郭亮上書收李固，謝翺擊石哭文山。到今更有追芳躅，留與丹丘永可攀。

蔣文石曰：丹丘事其師黃文烈公于患難間，直與古人相頡頏，讀此詩具見劉勝俠骨。

登惠山絕頂望太湖追和蘇長公韻二首

欲小錫邑登惠山，山高視下若爲連。分明一葦變千頃，忽似九龍御七泉。不遇壺公難縮地，每思陶侃欲飛天。御風騎息渾無待，旬五逍遙何足傳。

又

山上看山不見山，雲深惟見水相連。依稀一片浣紗石，彷彿千尋瀑布泉。范蠡泛舟來越國，梁鴻擊櫂到吳天。烟波淼淼如圖畫，北苑含毫未敢傳。

黃滄沅曰：兩首瀏灕中自饒豪壯之氣，而措詞寫景則又摩詰詩中畫也。

送顧遜集往婁東

鶯花到處送殘春，乘興時爲獨往人。廿載班荊惟戀舊，一朝傾蓋恰逢新。囊空且織詩爲錦，樽滿常和氣與醇。曾眼繁華何所好，澹然偏許世相親。

孫子長曰：遜集澹泊寡嗜，唯以朋友詩文爲性命，楚日斯作可謂傳神。

過荆溪同黃珍百遊善卷洞和葉臺山先生韻四首

性癖平生愛攬奇，朝來喜過故交知。買舟泛泛溪光逝，入洞飄飄雲氣垂。洞水松濤聲上下，山層石磴徑逶迤。此間自有真人聚，好共餐霞與茹芝。

又

神仙寄托本來虛，何必仙都始結廬。但使洞中看指讓，莫教世上見焚書。自然風穴千林拂，不盡山花四氣噓。李播殘碑餘跡在，悲歌懷古是誰歟。

又

此洞元來是善權，今朝如覩避堯天。劫灰不使湮丹竈，滄海何從變石田。百尺虬龍猶在上，兩行獅象正

當前我生若得長行樂願誦康衢野老篇

又

洞府層開五鳳樓　開時羣說自周幽　千年倏忽風還雨　一日更番春復秋　玉乳下垂疑欲滴　棋盤平布俟來遊　聰懷竊有終焉志　莫道山中不可留

秦對巖曰名山水難於題咏才不足以敵之也張燕公詩篇悽惋謂得江山之助不如山水得文章之助者正復不少遊善卷詩毀矣大約才不相敵遂見窘迫四律高華雄恣不受拘束正與山水相映發其格律上提濂西下掩劍南矣

史赤豹先生招飲賦贈

屈指前型尚有誰　斗山巍絶是吾師　一門忠孝稱完節　八代文章獨起衰　人似梅眞居市日　詩如杜甫在夔時　平生仰止今朝慰　況復樽前笑語隨

黃珍百曰先生寓居荆溪陶情詩酒子眞子美合爲一人却被碇日寫出詩亦高渾無似

過周文夏侍御山園赴周若士宴

主人素有先憂志　此地應名獨樂園　已爲蒼生山壁去　還遺小阮竹林存若士係侍御公猶子　深池出沒魚龍伏　怪石參差虎豹蹲　携手行遊情不禁　開懷同醉菊花樽

任青際曰從侍御公說到若士源源本本極有根據詞旨却復清壯

徐竹溪招飲齋中賦贈時同戴九韶黃珍百莫聖猶陳覺寰諸子

滇南風景半歸君　携入詩囊興不羣竹溪有滇遊草　萬里既清容掃室　一樽堪醉暫論文　襟懷淡若籬邊菊　意氣濃于嶺上雲　今夜竹溪成六逸　相看接席締殷勤

史雲臣曰佳句自然何減池塘青草

吳靜安齋中安集和徐竹溪韵

雲鶴飄翩迥出塵　依然瀛島一仙人　較書久植天門杖　得句重扶大雅輪　剩有郢醪容共飲　却餘蓬鱠席

兼陳　向來交道原期古　意氣于今覺更新

吳天石曰春容大雅蔚廷碩張道齋之遺調

贈曹藎臣

長安接席興何如　數載分途悵索居　君爲英才尋樂處藎臣爲上海學博　我因小子賦歸與　道風邈若雲間隔　意氣難于浣沼舒　今夜造廬重握手　相應對酒各歔欷

黃漢臣曰令人慨然增經師人師之慕

贈別黃珍百二首

與子論交稱耐久　朝來且許訂雲霞　經旬策杖尋蘭

友到處行吟看菊花圖史在旁情自適兒孫侍側靜無譁陶然共對幾忘返翻恨吾生尚有家

又

人生聚會豈徒然山水同遊亦有緣登涉後先皆在楚追隨左右莫如燕余與珍百同在燕一年後余浪遊楚中珍百逐爲安仁令數年遊跡棲梁滸今日乘舟識善權玉女張公吾尚待他時應許共留連

吳兮奕日二律閒適之致騰遊之情重篤古人

冬夜集呂誠之先生齋中限韵得燈字

一望龍門高幾層德星堂上試先登林宗幸爾逢元禮文若依然侍朗陵時賢孫柏庭侍側本是醉心非醉酒也知傳道即傳燈近城鼓角催人散王爲留兒說未曾

高巖培日李郭風流前陳氣象俱從前二聯寫出醉心非醉酒傳道即傳燈真得道之言

恭祝華母談太宜人八十壽詩母係鳳超華公夫人

吏部風高莫可躋夫人德操與俱齊居官本是王良婦臨難真如許允妻二十年來節愈老八千春到壽難稽婺星乍映鴻湖北紫氣長迎鴻嶺西

堵禾齋日只居官二語便是列女傳中不多得于此想見一門正氣

元夕雨中赴泰映碧觀燈宴集和韻

綺統公子弄青絲陌上如雲匪我思有酒且尋行樂處何燈不放上元時雨中花發層層樹猶裏梅開兩兩枝此夕風光深足惜銅壺催罷莫嫌遲

彭鴻舉曰粲粲若火樹星橋夾光齊艷

黃初子曰清新俊逸之音不徒以火樹銀花爭麗

酬申霖臣

無錢買宅向誰鄰獨立蕭然一放民知已莫須嫌見晚論交豈敢厭書頻君能遯世肥遲好我愧逢時病亦貧寄語南州徐孺子時徐子能與霖臣致書于余故云梁鴻溪上未收綸

華子瞻曰鳳舉鴻軒猶呂風流于斯載見

黃初子曰想見高風

過梁昭明讀書臺

仲雍山下有高臺傳說昭明太子來千載風流存故蹟一堂書卷化飛埃凄凉落日亭亭照慘澹行雲面面回唯有參天三兩樹遊人觀望幾徘徊

黃雲孫曰俯仰今昔慨然傷懷

秦對巖曰高渾直追少陵

味致道觀七星檜

星精歷歷天上樹偶移人世托根株松葉柏身枝蘸

茂龍筋鶴骨貌若癯昔日曾齊七處士今朝僅配五
大夫相傳致道應得道不是昇仙也獨孤

毛卓人曰閒雲野鶴翛然自異

輓華貞姑和堵禾齋韻 并序

貞姑字趙之俊十六歲守貞至七十一歲終

丹旐斑斑映綠郊松楸鬱鬱出梢梢鶴因久去初啼
杜燕爲新來始識巢孝本華陂貞自合 貞姑係南生齊孝子後
同單里死爲交 錫邑有單貞女 錫山俎豆應重設鼎峙春秋
薦白茅

趙月潭曰貞姑一生大節此詩儘能傳出

秦對巖曰堅雅精鍊真可不朽貞姑

夏日雨後秦子以新招過寄暢園觀瀾水

飛泉噴激響潺潺萬頃波濤一澗間始信急流皆活
水却疑巧石是真山尋源豈費張騫力 園係雲間張寶式造 開
道方知神禹艱天下名園應不少此中佳處出塵寰

黃心甫曰婁東弇園名天下而巧石砌疊可厭南垣治奉常東園創用黃石朴素自然爲累石開天之祖然婁東無山不能致飛瀑潺湲耳根爲一大恨今小阮補之寄暢遂稱完美不得錢子亦不能鏤出面目

彭鴻叟曰宛折寫來曲肖爲園之勝真疑筆有化工

十峯詩選卷之五

錫山錢肅潤礎日著

五言排律

擬唐五日賜飛白扇應制

聖世正當陽天中日更長五時花甫進百索綬先章
賜出丹霄下文開東壁藏九華蜚赤練十斛散玄霜
白鶴翻雲舞青鸞帶雨翔螭頭披瑞霧雉尾挹祥光
迴邁齊紈潔新裁蜀錦香天孫偕雅製雲母鬬仙裝
色借冠裳麗風迎殿閣凉清氛飄鶯序素影照鴛行

侍從歡誰極奔趨喜欲狂有時曾假翼何物遽登床
鶩馬充天廄山樗植道旁銓衡多失職 長孫無忌爲吏部尚書
判事或乖方 楊師道爲中書令 諸葛慙揮霍袁宏愧奉揚蒲
葵追謝傳蟬雀遜何郎拜寵飈生袖承恩汗透裳薰
絃諧古帝玄覽美周王渙號流千里吹仁普八荒如
天真浩蕩至德頌無疆

楊組玉曰自來擬唐者比比未若礎日之工麗挺秀力敵前人也排律得此尤難

擬唐駕幸九成宮避暑應制

行慶方紓日垂裳適暇時祝融初秉律炎后正乘離

火德迎朱旆瑤光拂絳旗陰陽原有序寒暑自無私
輦過麟遊地車經鳳女祠舊官餘紫氣新殿聳鴻基
豈獨乘天運還因相士宜冠山圖翠幙絶壑擁華池
星漢簾千尺江河牖四披泉聲卷幔發花影隔窻移
霧澀黄金斗香浮碧玉螭長松交掩映怪石互參差
太液分飛鷺瓊盈雙守龜南薰來北闕西渭入東陂
永井依然是風臺儼在斯小臣欣扈從微職効驅馳
共樂清凉宴羣工頌禱辭永康期上治至德貴無爲
六月回暘暵三農解怨咨優游安化國長此奏雍熙

樂子尹日全首端重有體不以獻諛爲工得正色立朝之槩

恭贈虞山牧齋宗伯八十壽詩

龍門依咫尺烏目表嶙峋讓國基猶在絃歌教未湮
錦峯含秀麗拂水見清淪地僻因人重風高爲道存
鴻文開八代神範鑄羣倫賜姓從姬水（錢氏出軒轅後）分支
始富春（漢富春侯分爲六望）彭城遺澤遠天目發源眞靜海流
靡蜐奚川景悉遵（宗伯先世在通州後徙常熟奚川有八景圖）一經傳祖
訓三世播王綸門第崔盧並科名韋杜鄰盛朝稱嵒
甲壯歲羨垂紳玉笏盈班少金鑾降輦頻雲騰五采
夜日過八磚晨郢水醪融雪蓬池鱠隱鱗穠袍花似
錦餅餡色如銀瞻仰天顔近追隨講幄親歐陽能得
士陸贄號知人榜上皆龍虎庭前盡鳳麟和光勤晉
接正氣賴持循碩果留君子楊園疾近臣銅賢爭索
黨樂聖且爲民歸寺依冰漁膺湧復響臻彈冠欣作
覲臨陛急咨詢周禮官居伯虞廷帝命寅天章雖屢
眷枚卜竟何因放浪搴長佩優游掛角巾十年機谷
口一曲度湖濱道大人多忌才通運獨迍犬猶信白
日虎直踞丹宸客網鸞羅雉私圖快窟毚羨困讀易

歲梁獄上書辰患難并無主文章自有神潛藏知蟄
屈浩蕩識陽驅膚髮叨君賜田園荷聖仁矢忠懷縣
日植節砥霜筠呼吸原通座飛揚信絶塵嚮言忠愛
至初學訓辭醇豈獨林泉瑞還推廊廟珍鳳樓才奉
召玉曆遂成屯梅市仍歸漢桃源暫避秦素書圯上
授詩史草堂陳吐字垂金薤摛華壽琴珉輝煌齊日
月鏗鍧應韶鈞人自堪千古年方躋八旬聞風深嚮
往望氣竊逡巡幸附錢塘派相招琴水津到門何肅
肅入戶倍恂恂北道寧輸阮西豪豈讓荀賓朋詣聚

會子姓慶繩振黃髮衣冠舊青春蕡莢新仙踪追地
隱古道和天均不受宣尼杖安遭林類嗔絳雲圍晝
閣紅豆映花茵斟雉羨應獻廻潮弩必伸懶殘占後
運智永問前身五百有名世八千爲大椿星分重賚
說嶽降再生申莘野將辭耒磻谿欲捲綸商山陪鶴
馭魯國駕蒲輪賁錫由天降光芒動海瀕

徐蘋起曰排律爲有唐僅見此以驚才艷艷之作
寫出海內文章巨伯頓挫縱横一篇一
仰無不周折如意可當黃絹幼婦矣
周安節曰渾灝典則真大手筆豈近代詞人所能
學步
黃渟沅曰體則秦岱也氣則江海也骨則九嶷而
勢則九曲也平子摘稚茂先擬清景陽
振麗合爲一家安得不傳

恭謝魏總憲石公先生詩

絳邑歌鐘古姬源蒲牒長雄風開鉅鹿爽氣薄衡漳
應運星精出占時嶽降祥門高蘇藺里族最范韓鄉
雷雨騰鱗甲天池集鳳凰校書臨太乙起草入明光
寶炬蓮花蕚銀鞍杏葉裝舉朝欽武庫一代仰文昌
記汗逾遷固風儀冠威莊來從金馬署行接珥貂行
百疏俱忠讜孤鳴必慨慷鸞臺秋寓直鵷戟曉垂囊
赤管依丹陛青規近玉皇解經容奪席揮翰許登床
秋峻周常伯班崇漢夕郎廷僚推魏相國論免袁蒼
執法中丞重分曹獨坐嘗賜衣先佩紫開閤應廧黃
地貴心偏遠身巍迹不忘退朝延白屋引客角縹緗
競覩鍜龍作爭酬天馬章車前蒙激賞爨下悉抽揚
疇昔燕臺畔逡巡鄭驛傍無因呈水鏡敢自列千將
食米慙居易椎琴笑子昂陽還波浩淼鹿返徑滄荒
話道巖廊選兼收淵海狂品題堪動色吐納信難量
白璧何能報朱絃黙自傷終思懷㪚帚萬里一登堂

秦對巖曰前叚頌美處不失之諛後叚感恩處不
失之卑有骨性人氣體自然不同

恭賀金相國豈凡先生七十榮壽詩

日映台階近天開壽域長丹心馳玉座白髮照金閶
崗合勳庸茂名緣啓沃彰爲霖頻轉歲調律正乘陽
降嶽同申甫匡時薄管商今知尊柱石昔記閱滄桑
器大難爲用才高豈漫藏居蟄逢閶極鍊石會扶蒼
鱗翼仍攀舉風雲愈激昂司空平地利圻父綰戎行
罷織因封事籌兵給尚方一言弘沛澤九伐凜嚴霜
啓事中朝重持衡要路當公忠推琰玠淸識冠裴王
夜出黃麻詔晨紆紫綬香臨軒時屬目上殿屢傳觴

論對親袍袖書思遍笏深氤氳銘鼎鼐郁穆纘旂常
吐握神全注搜揚道益光綸扉闓玉筍杏苑簇縹囊
已付和凝鉢何言陸氏莊鴻文歸冶鑄雅量重巖廊
啓沃君臣契優游國步康丹青垂想像劍履覺輝煌
授几頌温旨懸車數引章功成霄漢上夢帳水雲鄉
元老馳傳日羣公祖帳傍風流追謝傳道引笑張房
絲竹紅蘭館琴尊綠野堂一星齊北斗千載揖東皇
野鶴鶯鐘鼓山麋遠稻粱姓名甘未達芹曝媿難將
月滿平津閣花明茂苑牆無心窺掃溉有句托鏗鏘

十峯詩選　卷五　六

欲效華人祝岡陵莫可量
嚴蓀友曰闘筍密布秉勻敘次鋪揚各臻其勝此種排體直追少陵而上之

恭輓佟方伯尊公繼亭先生詩
上國淵源遠高門衍澤長聲名推韋杜姓氏列金張
開代勳臣冠承家令嗣昌荆榛從昔翦堂構至今揚
豈獨箕裘承還因弓冶良詩書先積學清白蚤貽芳
遵養艱難日驅馳戰鬬場識時稱俊傑遇主効勵勷
有子能式穀趨庭守義方一龍雖隕折五馬自騰驤
文武堪經緯風流盡激昂錦州勤死事漢鎮入戎行

大節崇千古雄材震四疆制科成國士筮仕肅官常
作牧真無忝分符允克當循良師卓魯惠愛比龔黄
紫誥膺封典黄麻錫寵章乘藩尤報稱司臬更精詳
兩代覃恩降一時榮寵彰薇垣交掩映茂苑任翱翔
德化臺萊栢謳吟溢召棠仁心本是質家訓亦難忘
會爾房山令迎公檜樹旁鳴琴聲藹倒媄綵色煒煌
忠孝情無二君親道大光循陔束晳補登岱狄公傷
彫虎占虛叶龍蛇兆不祥兩楹前有夢一鑑倏云亡
風木增悲慨山川覺混茫深深將瑩玉蔚蔚欲埋香

十峯詩選　卷五　七

共作郗超詠羣奔荀粲喪碑存郭有道飲對蔡中郎
恍惚承音旨依稀接襟裳太翁方厭世小子未登堂
徒壓臨風想誰為異地將賦詩長嘆息捧狀轉傍徨
幽隱非輕繪高深詎易量敬歌蒿里曲聊佐衎神觴
顧茂倫曰鋪敘得體情文盡然雖僅傳玄誌者辭無此雄暢

恭贈吳梅村先生詩
瀾倒將何極中流一柱維西銘傳正派季子衍洪支
身繫三吳重文開八代衰行藏皆有道進退豈無時
昔日當龍躍英年吐鳳姿奏名于太史對策動丹墀

燭借金蓮照鸞因銀杏騎殊恩良不偶嘉會適相宜
既選燕臺駿兼收楚國奇王方勤簡擢公敢憚驅馳
正爾逢時泰何知遇數奇東山暫養望北斗共瞻儀
入室多聞道登堂盡質疑何方施絳帳到處擬皐比
自古人求舊當今世舍誰神仙仍在籙內相匪為私
爰赴鱸堂席曾膺虎觀司五經諸鼓吹六學慶雍熙
著作推燕許功獻擬契夔寶秩羹屢賜珠殿坐長隨
繪出蓬萊水泉分太液池車行先屈蹕馬倚便題詩
魚水交歡久風雲一氣吹朝家備碩輔國子藉名師

偶誦陽城訓旋與乞餘恩君親義自合忠孝理難移
捧檄顏胡喜陳情語易悲退朝增嘆息歸里越淒其
束皙篇能補皐魚淚正垂悠悠違志養耿耿幾心知
豈獨人倫表還將世運持扶輪存雅調得句撚吟髭
正始今復作典刑儼在斯余居西神麓公處東婁湄
秋水長且阻高山遠復迤未投黃石履誰接紫芝眉
元禮門誠峻太丘道不卑無才難獻賦有志竊陳詞
願結忘年契相要奉手期守先公等事後學我何辭

泰對巖曰排律為詩家極難易渙易平故也虞山先生論詩謂鋪陳終始大開大闔為盡態每服其知言吾師此作高華典重沉着縝密傳而不渙實而不平始終開闔具有條貫此誠排律之絕作矣今人之以軟媚輕揚自詡風雅者見此能不神喪氣奪

輓孔湛六隱君二十六韻

世系聲名舊高門姓氏香有熊初命帝玄鳥肇封商
周頌歌嘉客春秋表素王遡源由汶泗發跡自尼防
山左風斯大江南道復昌梧滕方播烈蓉水正流芳
明德應垂裕宏儒克紹揚孝經存手澤禮器奉家藏
睦族情逾厚惇倫誼甚長壎篪終式好眉案夙相莊

處世惟仁恕持躬在直方人推王烈輩里號鄭公鄉
祭酒真無忝賓筵允足當高曾遺矩步子姓藹趨蹌
一室雍容聚盈庭笑語常甫聞花甲慶旋遇木風傷
良友哭門外儔人哀路傍巷春齊輟相隣笛倍生凉
執紼誰臨壙鼓琴孰上牀羊曇懷太傅虎賁肖中郎
音旨雖云邈典刑尚不亡悲公已棄世恨我未登堂
芻向何方置芹從此日將望風高可仰操筆美難彰
懿行傳千古俚詞輓一章聊因家乘末附此綴餘光

呂全五曰如讀孔子世家肅肅穆穆饒有古風隱君得此詩傳矣

十峯詩選卷之六

錫山錢肅潤礎日著

五言絕

採蓮三首

盈盈湖上女汎舟入南塘荷花最深處綠葉映紅妝

又

窄窄踏蓮舟纖纖摘蓮子蓮子自有心將心付秋水

又

妾在芙蓉湖郎在鴛鴦渚採得雙頭蓮寄情在何所

何石湖曰有所思耶無所思耶遠韵陵轢太白齊梁諸豔詞着意盡失之

槃子尹曰一字不涉綺羅鉛粉而古豔正非唐人所有

和古四怨三愁五情詩十二首

一怨

貞女未可字忍向空房守願東西鄰妝莫效東家醜

二怨

英雄盡失志相對無顏色問天天不言且勸各努力

三怨

擾擾亦何爲爭如赴蜀艱吾身未能藏吾志寧有他

四怨

儒冠眞有誤不如南山畊人生曾幾何半世爲浮名

一愁

所遇雖非故如何競趨新興亡千古夢誰是覺來人

二愁

愁人苦夜長盡旦求未明猿啼何太急兩兩斷腸聲

三愁

毛落髩未禿憂至生白髮地下或可埋天上如何越

一情

天地本情種萬物各一道自得如鳶魚生意觀庭草

二情

性癖耽佳人情眞戀故國國破不能忘如此傾城色

三情

三聲漁家傲一曲沁園春處處逢知己無分今昔人

四情

五月買松風閒閒理綠陰一在山中山一居林外林

五情

有梁不能濟無翼亦願飛中腸自耿耿壯士思乘時

任王各曰諸詩如古樂府去三百篇不遠
黃漢臣曰似語似諺妙在愈直愈麗愈淺愈深

公渡河爲姑蘇袁母節嘆 并序

袁公泰徵姓嗜酒酒酣過齊女門溺河死母守節垂五十年袁子重其徵余詩因嘆焉

朝呼公渡河暮呼公渡河終日思公至其如流水何

錢湘靈曰淡永較其兩淄淄河大水深爲佳

恭壽趙月潭太史尊人娛閒先生七十詩 并序

時有以放曠山水情留連文酒趣爲韻壽先生者余曰是眞可壽先生矣爰取而和之

何水不可游何山不可登龜蒙日行遊毋乃終弃放

又

先生是放翁寄情在天上長試一播首神怡而心曠

又

鷄犬識君家兒童呼娛閒翁聽若不聞有如風過山

又

問翁何自閒祇爲翁有子有子萬緣空世事付流水

又

翁居在山麓有時湖畔行魚鳥知翁意相逢各有情

又

誰謂五湖小曾停范蠡舟剩得夷光影依稀石上留

又

對境便長悟何須學枯禪舉頭是何物雲斷峯自連

又

自愛胸中靜厭看世上紛時聞猿鶴怨三復北山文

又

入山上翁壽山中何所有春韭及夏菘共進一壺酒

又

翁年甫七十同此千歲樹願保松栢姿陶然領眞趣

呂誠之曰山水文酒自有眞樂顧性養壽之道莫過乎此此詩筆筆爲娛翁寫照正如謝幼輿在巖石裏所爲一丘一壑自謂過之者也

過黃粱夢

偶過邯鄲道特來訪呂仙盧生還未覺吾覺已多年

顧茂倫曰盧生夢耶覺耶被渠一日點醒

和高南旃詠蘭詩十首

君家沾寵榮富貴聯奕葉蘭本君家物共是恩波接

又

君家有惠政至今被棠葉蘭不種藝叢毋遏根株接

又

君家重氣節松栢同柯葉蘭具歲寒操忠憲高風接

又

君家孝友祥動見花與葉白蘭詩既成護蘭歌又接

又

君家子姓多箕裘震來葉蘭葉何森森後先武可接

又

余也落魄人汎汎同匏葉有時歌猗蘭隱谷香環接

又

余遊沅澧間未曾採蘭葉歸來到君家九畹風過接

又

余足未能衛安能比葵葉將心對幽蘭疑與太陽接

又

秋蘭兮青青紫莖與綠葉余願友如蘭借此馨香接

又

余雖非老儒亦嘗烹瓠葉不若護叢蘭無人芳自接

黃滸沅日頌美德門春容大雅其自叙處欽嵜歷落饒有遠神

十峯詩選卷之七

錫山錢肅潤礎日著

七言絶

贈宣城沈眉生隱君　并序

眉生學道北山白號鹿田山人鹿田朱謝翶聽風雨處也

歷卻金星又婺星南山何白北山青鹿田風雨依然在只恐山人不忍聽

顧茂倫曰氣韵悠然不言而情傷

西施洞

六千君子入吳城洞裏西施暗伏兵自古風流原易盡含情一笑卻無情

任王谷曰不減青蓮

黃漢臣曰忽入禪觀

曉望山烟

紫氣朝來降鬱葱山光烟色兩相同千門萬戶無人見只在山烟繚繞中

鄧計士曰又爲山烟點睛

踏燈辭二首　江左詩林選本

誰家甲子聽廻輪晉代陶潛不記春黯黯青山多晦
色莫教燈火照西神

又

一盞長明滅未曾隋唐隔代續華燈今宵何處尋餘
燼借問江寧一老僧

暢組玉日二詩樂府雅調

過施武陵舊隱和韻 錫山泉物畢選本

地僻籬來隱者存五湖氿氿憶同尋輕風吹起微波
皺薄有清流擬贈君

王崇嚴曰武陵高品得遊日筆端寫出武陵有知
亦當含笑地下

放生詩十首和黃漢臣韻

口腹爲妖雪夢團飢來爭去劍鮮肥一輩一个皆生
命鄉下弓時鳥不飛

又

或戲于淵或遡風奈何弋慕及冥鴻百般物命供刀
七不覺金盤放筯空

又

衡山有肉不須蚊乞得瓢漿入御厨若使能通南嶽
意漢家空費百千銖

又

生死關頭且莫論只看刀劍豈無痕從今放下金剛
手爲禮如來度衆門

又

縱遇青鱗未可刳也思無礙是江湖時人不識行遊
意金鯽池邊問大蘇

又

無限生涯被陸沉曹溪波浪忽聞音茫茫巨海誰爲

逝六度舟中悟淺深

又

何處攀緣入四藤吾生應亦記吾曾低頭看着玄陰
落不是羣蛙是衆僧

又

投林窮鳥暮啾啾京鄴菩提遍是儔自去自來原有
主莫將生意付塵埋

又

焚香几上陡生光擊不張中萬像藏物物具含金粟

相怎教獅象不稱王

又

湖寺西南草綠腰一番風起覺蕭蕭從今開出金繩
道暗度前生鼠與貓

黄漢臣曰十首中有才人語有道人語有宗門語有教家語無所不妙豈非慧業文人

雪中過龍山弔華鳳超先生

生前浩氣貫長虹死後猶然動化工此雪飄飄因雷未
盡故教飛絮舞虛空

任王谷曰用事如此可稱化工

靈巖脉三女士 併序

二女士一爲侯幾道夫人法名妙翔字麟睿
一爲侯雲俱夫人法名妙觀字清鑑一爲顧
漢石先生女字蕖未嫁守節剃髮爲尼法名
妙莭字藻原皆靈巖繼公弟子

巾幗叢中繡佛心翩翩訪道入禪林從今莫看城邊
月恐被城邊舍利尋

黄漢臣曰和膩挺破

五日

六龍蜿蜿五雲愁天上人間問渡舟只恐三閭今日
起上官依舊作仇讐

黄雲孫曰豪壯悲憤如欲呼屈原而問之

客從婁東來述陳言夏近况賦詩嘆之

販樵鬻苧出江邊十里桃花五里烟唐市瀰邨常一
過兒童爭道孝廉船

任王谷曰龍標得意之作

過福城菴謁剖石和尚

禪門通隱息深深西苑繁華別有林空谷也投處士
足白雲還繫老僧心

黄漢臣曰通隱二字的是剖公定評可謂句中有眼

坐虎丘悟石軒遥見金壽章至

秋光清迥照莓苔山北山南景色開借問山中招隱
未千人石上一人來

何石湖曰振音清冷石應點頭

送耿徂徠先生還金陵省親

汎汎扁舟勿避名來時帆送去颿迎天涯遊子原無
定只爲思親不遠行

黃虞臣曰字字作雲霞氣

答姜如須先生無家詩

獅山半似鵓鴣山一望迢遞且莫攀時先生寓虎丘山塘自有
清風留客住不勞明月倩君還

秦映碧曰工緻天然神似摩詰

簡慈谿馮潔士

避人避世總無情多少英雄恨未平寄語馮翁休道
姓自題應署馬先生

任王谷曰極似元美

讀陳其年湖海樓集

坯山隱隱出峯頭君在山間第一樓樓上遥驚湖海
氣詩成應自壓滄洲

何石湖曰事實佐以新思壯氣正如老將登壇點兒簿真兒戲耳

同楚中郭天門先生汎舟蔡湖因往慧山即事

綠水微波蕩小船芙蓉湖畔好留連乘風且向山前
去直到河塘楊柳邊

過二泉亭先生出虎丘茶試泉

第一人探第二泉泉清人潔正相傳稱陀一葉難消
受留與他方食衆仙

馬大林曰止菴清風碟日高致俱于二詩傳出其詩亦是太白遺響

過仲廟

古道蒼茫一水中舊家門第尚蔥蔥停舟試望廟前
氣猶有鷄冠帶劍風

楊西印曰傳出先賢氣象大類虎頭手筆

過汨羅追和韓昌黎

湖水遥通江水波南流為汨北為羅舟行不識懷沙
處相向何方唱九歌

孫豹人曰大奇放筆便是真不可測

過漢陽適吳捷三門人見訪却贈

黃鵠磯頭且放舟晴川閣下任優游多君此日來尋
道漢水無言應自流

黃漢臣曰大有道南之想

六橋

綠樹初酣岸草齊輕風美槳忽東西外湖水鎖裏湖
水前橋堤接後橋堤

錢湘靈曰錢崖竹枝

蘇堤

桃園柳幄遶蘇堤葉葉春風散馬蹄一過刼灰餘幾

樹夜來烏向樹間啼

戴枟亭曰 妻京慘激不減烏夜啼烏棲曲諸篇

放鶴亭

養成丹頂拭霜翎長伴高人守玉扃此夜客來誰與

報空中彷彿步雲汀

孫宇台曰想見和靖風流

拜岳鄂王墓

十峯詩選　卷七　八

岳王墓下柏蕭蕭尚有南枝恨未消此恨總因和議

得從今和議更誰調

顧茂倫曰語雖翻案意自不易

拜于忠肅公墓

于公墳上草芊芊石馬嘶風[illegible]碧烟身塟西陵一抔

土魂遊北闕五雲邊

程杓石曰為于公寫壯氣異代如生

冷泉亭聽泉

百丈峯間數丈泉泉流石穴響濺濺此泉總不因人

熱獨向空亭度歲年

一遣文友曰松風謖謖沁人心脾

合忠祠弔高忠憲馬文忠兩公

好把山青映汗青千年碧血灑空亭自來忠節知多

少吾邑依然有典刑

陸麗京曰激頑振懦之音

功德坊謁始祖武肅王廟

生來先世本錢唐今日摳衣拜我王惠嫓後人悉祖

德射濤遺業付蒼茫

十峯詩選　卷七

錢湘靈曰確是謁祖廟詩

弔曹娥

曹娥亦似古湘娥好借虞江賽汨羅堪笑女嬃徒有

詈擣衣石畔尚巍峩

秦樂天曰通首借客形主得風人比體

咏石屏

青山為案白雲遮水墨天然吐石華不是芙蓉與翡

翠也堪掩映鄴侯家

欒子尹曰物色終是不同

朱寥天太史入都門道經錫山爲余亡女希曜作表貞詩感而有賦

蘭箭芝泥絲色飛夜臺隱隱有光輝陳詩本是君家事此日幽貞賴表微

又

羡君此去登藜閣太乙應傳植杖來他日如修列女傳願將希曜姓名開

宋荔裳曰有是父有是女得吾寥天表揚之礎日一門足千古矣宜礎日之感而有賦也

程幼洪先生自吳學博陞國子助教寄書程子然明詢余近况併閱所著何書詩以答之

百里春風絳帳前一朝應召路三千長安共慶陽城至吳下於今少鄭虔

顧景行曰彷彿右丞

又

無才甘自遯荒郊寂寂寥寥詎免嘲君是玉堂高貴客如何不忘布衣交

章素文曰非先生不見先生之，礎日之高非礎日不能

恭祝顧禱來銓部尊慈施太夫人七十詩

是母方能成是子昔日功名蓋高矣是子方能揚是母今朝偕隱偶然爾

又

母年七十子四十時禱來以四十同慶子如七十母斯百從今歲歲舞春風母子千年同一日

黄心甫曰律中帶古近代屢見七絶帶古則王昌齡河上老人後僅此耳又俱是祝年之詞礎日真可顚頡少伯

彭鴻叟曰古質高老直似華封祝詞

過商巫咸父子祠

巫家父子仕商朝兩世功勳日月昭此地有祠雖已廢香烟猶自拂雲霄

孫子長曰祠舊在虞山下今所存者僅二主耳讀礎日詩能不興弔古之思

讀謝公石曜醉白堂文集

樂天池上草堂開代有高人吟咏來中憲儼持忠獻節蘇公應議謝公才

中憲係石曜尊人忠獻則韓魏公也蘇子有醉白堂記故云

又

才人聲望滿瀟湘此日吳中稱擅揚兩漢之間微吏治六經以上見文章

彭鴻叟曰莊嚴若夔龍拱笏

董文友曰礎日服膺謝公宜其情見乎詞若此

十峰詩序

詩之大旨曰感曰懲

創此之於史其異用而

同歸無也自才人之技

吳序一

興而雕繪奪其質澤

泆蕩其情情性傷

甚正此無自然性情

漸失匪以迪性情之求

之述古風人之義

遠甚夫和聲一喉則

靡靡為之失古音素而

一揮則鄭衛為之不

吳序二

韵貴賤存乎濃淡

貞淫觀乎典麗以此

論詩即以此論人甚

哉我道哉余閱錢子

十峰詩其間懷古之
篇居十之五述懷之篇
十之三贈友之篇十之
二雖體裁異製哀
異素三
樂殊情而纏綿感
慨於忠孝廉節陳
善閑邪之旨一篇
之中三致意焉諷

其詞則婉如縷其
志則浩如偪而肘
豪踵扶而歌聲洋
洋乎出金石者乎無
異素四
文即是詩也而畫墓
夫古之人夫以余之闇
鄙誠不足以知詩間
嘗聞之宗工曰詩有

氣格以爲韻以時代有神情是爲其則所異獨怪其置心術於不足而俾夫聖

吳序五

賢勸懲之術一準之詞章而進退之也今余於錢子由是則因詩以知人由後則因人以論詩其亦於史之志也夫其亦於史之志也夫

丙午夏日二韓吳典祁書

吳序六

序

太史公遊汶泗講業齊魯觀孔子之遺風以歸作史記其爲文雄宕多有奇氣吳立夫有子長風嘗東出齊魯於山水奇絕處高歌長嘯謂人曰眼中無天下奇山水未必能文縱文亦兒女語耳然則文之奇也固在遊哉吾友錢子礎日其爲文也奇矣平生蓋嘗涉洞庭越彭蠡歙欽

山川吞吐烟雲故發爲文者自有嶔嵜磊落慷慨激昂之致溢於行墨間錢子其殆子長之流與一日余同過山左青齊海岱之地罔不周歷錢子每至一處輙爲奇文傳之三載以來詩詞傳記纍纍成帙而詩爲尤多及歸將付剞劂而問序於余余謂錢子之詩因遊而作也錢子豈漫爲詩者哉有大豪俠如平原

君則咏之有大忠義如顏魯公遜國七忠則咏之咏帝王則爲舜爲禹咏聖賢則爲孔爲顏爲閔過太公伯夸隱見處有詩過秦漢唐宋封禪處有詩諸如淳

于之放曠仲連之俶儻伏生之博學太白之風流范公蘇公之德政靡不鋪張揚厲形之歎咏下至趙松雪李于鱗遺韻猶存流連弗輟最異者趵突泉歌一章於古之屈而不伸與夫大屈大伸者反復相證以抒寫其憤懣不平之氣千載下如或見之噫嘻錢子之詩豈非以遊而益奇耶則信乎文之奇之斷在遊

也錢子行將徧遊五嶽以盡發胸中之奇焉過此以往吾不知其文之奇何如矣

康熙己酉冬日淮陰周龍甲題

敘

杜少陵藝門之孔 蘇東坡

乃藝之南北派以山之南北

也其顛覺者莫能據後人難

一

唯李白道推郎而杜甫采石

爭擇此人蔑山川之勝者

也其之人多在山水川以為所

學操之生西蜀臨而歸滄溟

地氣之精神亦之所鍾焉

深宰傑之所産其事之

深崇樓料以為宮館崢

必且爲脆弱者兆逃於涅

二

地如西蜀之城故名瀟爲

詩之人也吾同年趙月潭

居士嘗秩子稗子詞科

至者也 而且孫如敏於詩

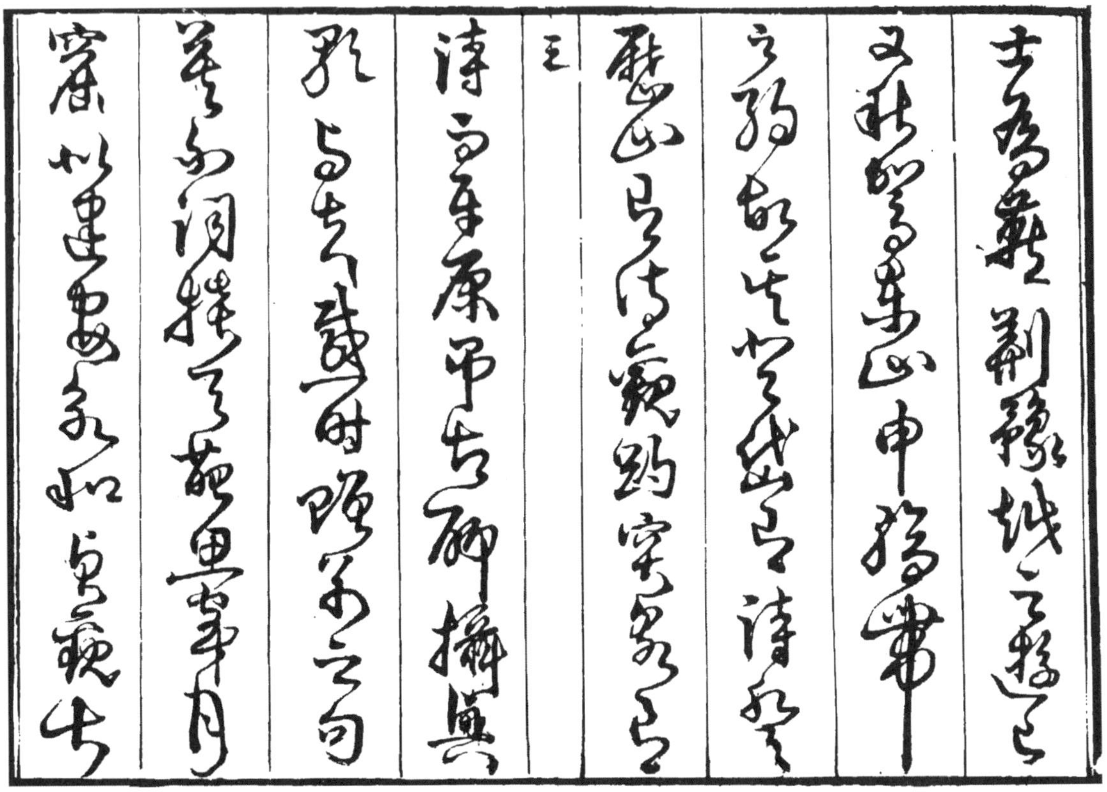

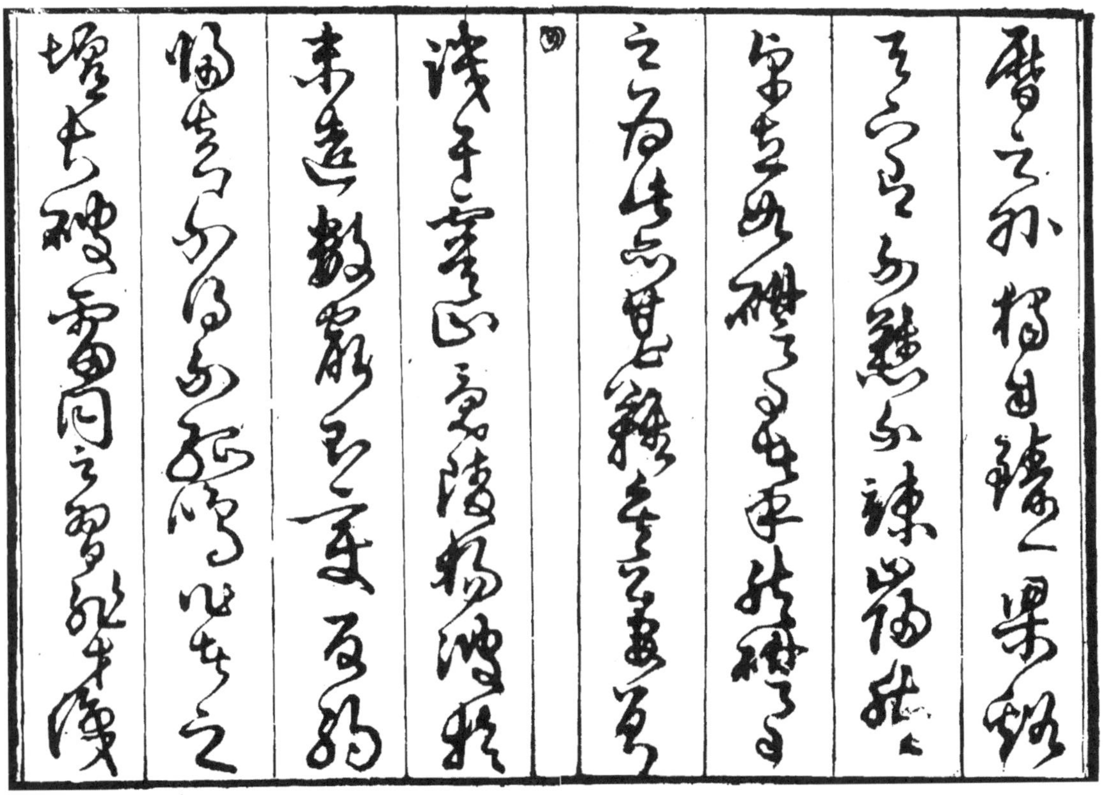

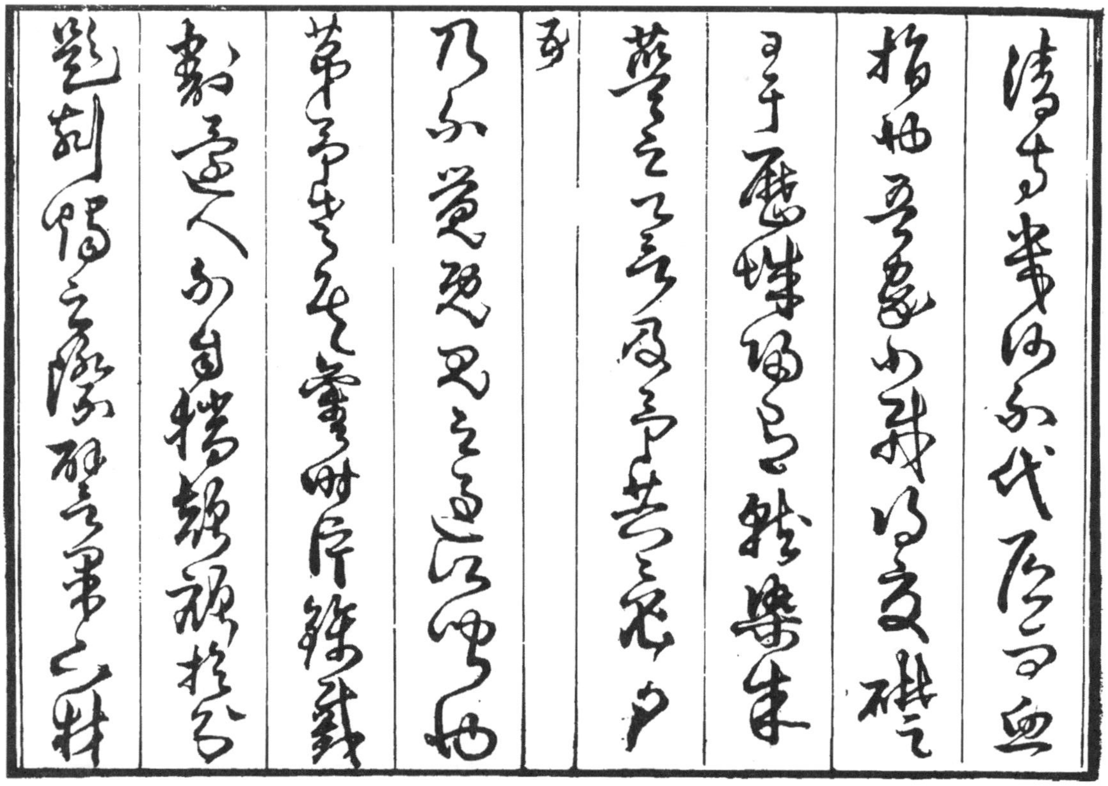

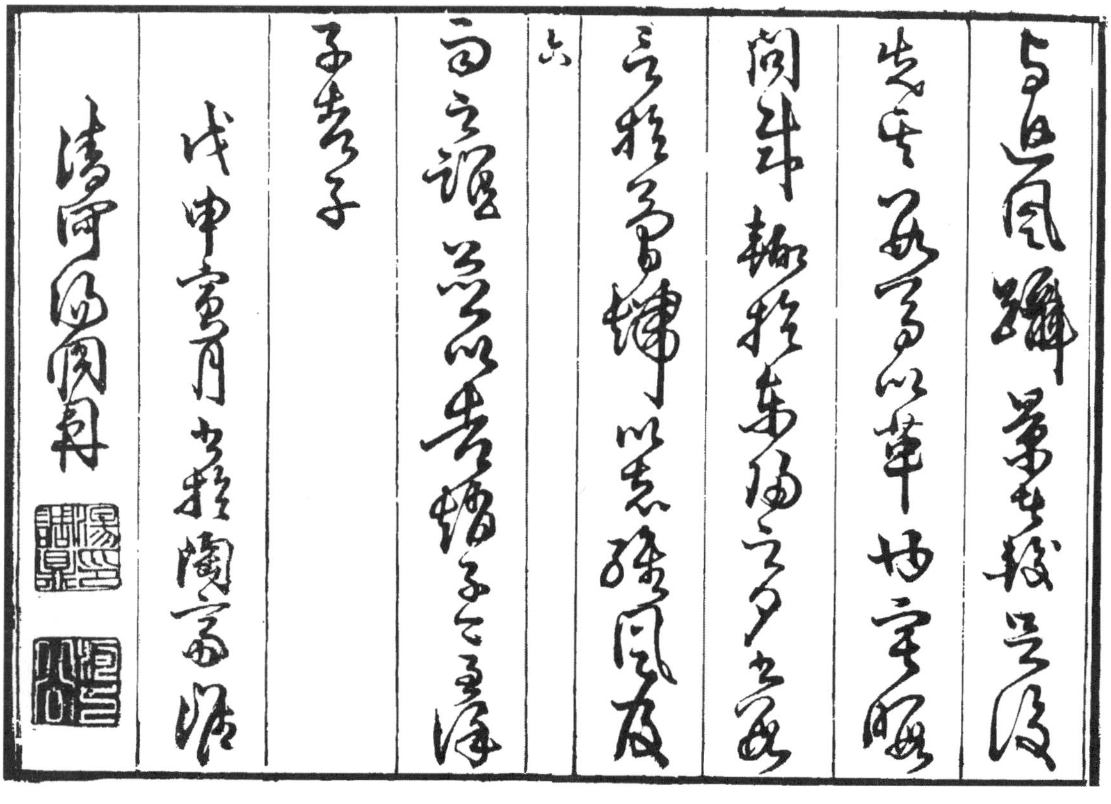

與錢礎日書

風雅盛與太倉以絕代麗材唱爲雄渾之說驅遣風雲丹青萬物非是小夫後學可與效顰者近日宛陵好自然新城尙幽豔各自成家武進董御史廣南程會元妙有思致出語不凡若欲一氣傾吐筆墨所到天動人隨則僅見吾礎翁也古文詞宣泄意理結構精嚴眞是大家風法與門宋既庭孝廉雅擅此技長安汪苕文戶部極力摹擬廬陵南豐十得八九弟與此老議論不合嘗至同牀異夢然心未嘗不服其守

書一

道之堅立說之嚴與夫議彈是正之的確也高明諒不河漢余言

丙午冬日弟蔣超頓首

先生詩邁唐宋諸大家而史論則高駕東漢以上韶徃開來其在斯乎不意浮度十載得于長安一晤眞盛事也乃倏而云別悵怏無任亟欲擬一長歌古風以揚宗規奈日來公冗稚身心緒亦復不快兼之大巫之前不可輕對謹將去秋俚言數首先呈容精神稍閒可於今高足央子遠處致之也

丁未清和朔弟梁鋐頓首

昨承手諭幷示尊刻及新著時方引見歸頭目岑岑如在睡夢未及卽答爲罪連日細讀尊刻老氣蒼骨高格令音當世罕見其匹擬隋阮諸篇如以燈取影無毫髮遺憾且無篇不善無字不工又如良玉美珠瑕纇悉絕其殆作者命意之嚴如鍾退谷所云選而後作者耶抑著作實多經湘靈具眼精擇刻收故無復無篇累句耶然向曾讀道翁齊魯遊詩全稿及讀近著鈔本此非經具眼者有所別擇其間也而亦無

書二

篇不善無字不工則其非僅選者之精擇刻收而實作者命意之嚴可知矣且妙在堂堂正正不肯一語稍涉僻怪高頭者譬諸星緯浩瀚者有若江河有目共見終古如新昔韓公詩有云刺手拔鯨牙舉瓢酌天漿亦以喻文章之高奇也僕戲謂拔鯨牙攫血其指酌天漿亦恐力費而獲艱也是又何如堂堂正正者之可法可久哉十峯刻私爲帳秘近著仍俟細讀數過奉璧也先此謝復不旣

庚戌秋日弟王士祿頓首

題辭

礎口先生詞壇耆宿名滿海內及門弟子多有脫穎而出者而先生芥視浮華身携五嶽之圖家在九峯之下處之泊如也所著詩文無不登峯造極凌轢古人蓋其學有原有委組經而緯史故能道其所以然而不爲影響疑似之言噫可謂至矣僕於此道茫無所見而妄論先生之詩文能無愧於管窺蠡測也哉

西湖弟曹爾堪題

前見百名家英華集中選本强半皆東遊海岱之作

讀之泱泱多大風今觀此編五七言古詩短詠長篇尤森森武庫不可逼眎礎老於此道殆將據有疆宇矣予近輟筆不爲序又策騎南歸聊書數語以歸之

愚道人施閏章題

細讀所示詩文知先生正大心胸手眼自闢無一語襲人牙慧而渾灝之氣磅礴於楮墨之外眞所謂和順積中英華發外者矣

吳門弟宋德宜題

五古取材蕭選七古純法元和莽莽如乎楚蒼[illegible]渾

渾如呂梁飛瀑其所得全在氣韻不止擬其膚貌已也古文源本六藝而無牽合附會之迹其筆力亦近南豐

吳興弟嚴我斯題

別礎君三年矣今夏抵都之始即蒙見過惠我新詩深幸故人之汪念如一日也坐頃遂示予近作一冊雄博精鍊高視一世其詩聲調格律全倣漢魏盛唐文則規模唐宋諸大家得其神理快讀數過不忍去手緣匆匆南發不獲細誦琢篇殊爲悵悵

朝霞弟李天馥題

古詩音釆高亮近體嚴整而五言古尤其所長所謂餐霞嚼藥具有仙步者非耶

武鄉弟程康莊題

五古直竅食古人之堂奧更有一段真氣行乎其間余每言今人作詩十九首未曾讀輙以桀曲敬牙之言自命爲古何不一讀錢先生詩振醒一時聾瞶也

泗濱弟施端教題

他人學杜都從字句上着力此則伐毛洗髓以少陵

爲尻輪而于猕膏棘軸處自用我法江夏無雙舍礎日誰與歸

淮清河湯調鼎題

讀礎日北遊詩落落穆穆邊幅不修而自然大樣總由胸中筆底無一點塵氣也至奇句出人意表則孤蓬自振驚沙夕起令人不知所從來

鍾山埜老紀映鍾題

余尤愛先生七言古詩遠則青蓮近則青田要皆以天才取勝故也北遊諸作極坦率極雄渾落落度度復示人以可親然實有不可一世之氣

題辭三

鷹阿山樵戴本孝題

嚴滄浪論詩全以意興爲主讀礎日先生北游諸作大率興趣所及即成吟咏不必拘拘焉刻畫於聲調格律之中而興會飈舉自有不可思議之妙此詩家最上乘也恨不起滄浪於今日相與擊節賞之

始寧弟顧泰飏題

錢先生非專以詩名家者然於詩亦可想見先生一斑甫爲北遊所著無多什於投贈詩見僑札之風焉於弔古詩見論世之意焉於登覽詩見春風沂水之象焉雖飲食燕衎而語非漫及殆所謂正容悟物使人意消者耶我當援琴鼓瑟而誦之

越中弟吳啓思題

礎日博綜今古於書無所不讀發爲文章詞高而理遂栢鄉魏相國推其理學爲鄒魯干城其論史諸文以爲陳君舉何去非咸未逮也合肥龔宗伯亦有論世文章老更成之句深嘆賞之至其詩典重莊雅非燕許大手筆不克臻此今觀山左遊覽一編真足鼓吹風騷發揮義蘊昔王元美稱李于鱗之詩曰欲問濟南奇絕處峨眉天半雪中看余謂礎日此編雖與泰岱爭高可也請質之魏竟甫龔察周霖公學使定應首肯余言

題辭四

吳江弟顧有孝謹題

十峯詩選二集卷第一

三韓吳伯成先生鑒定
錫山錢肅潤礎日著
同學諸子選評

五言古

擬古八首呈栢鄉魏相國 并序

丁未春三月余將出都貞菴先生贈以一詩有日朱顏霜未侵高尙古人心萬卷初能破一珠自可尋雪門甘獨立驢背苦行吟日觀宜登陟紅霞應滿襟余愧弗克當爰作擬古八首每首拈一句中韻答之

縞素固足貴舉止希令顏明眸發皓齒進退都且閑
容華隨年落光景不可攀白日西南馳攬鏡慚鬢斑

又

生長眾鴻里閭風自知何置身山水間蒼蔥列屏障
蔾藿苦不充饑驅走陌上悠悠古人心有懷誰與抗

又

盃我以性情無過於書卷少年不讀書至今恥牆面
賤子實空疎窺豹管中見歸來厲初志寒暑應勿倦

又

驪龍蟄深淵何由探領珠斂人久無淚魚目混道途
借問象罔子得失還虛無此間有大澤光采照塵區

又

平生懷傲帚未能輕掃門布衣不知賤上公亦忘尊
澹然靜相對道義爲之敦落落自去來清風與俱存

又

去歲來長安生涯一驢背馳驅犯霜露時去不復再
栖遲逆旅中春秋忽已代放歌出燕市長嘯增慷慨

又

我欲扣天門登峯禮日觀樓臺望中浮過目烟雲換
靈奇莫名狀若木何燦爛不待晨鷄鳴光華天下旦

又

振衣泰山巔俯視雲與霞雲去歸何壑霞聚如絳紗
坐此一披襟引領望京華京華有美人金玉不我遐

閻古古曰摘詞披藻古雅有餘入後光華陸離直有不可遏恥之勢○少年不讀書二語吾儕通病但不肯自訟耳

紀伯紫曰栢鄉雅度礎日高風俱從八首中寫出其詩亦是建安遺響

過七忠祠 并序

七忠謂鐵司馬鉉平都督安胡僉事子昭高叅軍巍陳宗伯廸鄭吏目華王敎諭省濟南舊有祠萬曆間黄中丞克纘黜平安躋丁御史志芳爲七忠云

濟南忠義地累代恒足稱攷王在華泉全節惟平陵
自宋迄元後遜國多名臣或效子房擊或守睢陽城
或慷慨赴陣或從容自經義固由斯立倫亦自此明
在人爲七忠在天爲七星煌煌照齊野光氣動天庭
至今瞻廟貌英風繞几楹

湯布君曰似文山正氣歌

無字碑

茫茫天地初灝氣歸太空本未有文字安問拙與工
蒼頡自創始雕琢開混濛鬼哭天雨粟禍端釀其中
云何奇男子自謂功德崇不屑帝王伍妄追三皇蹤
上古封禪君多有結繩風秦碑竟無字直與無懷同
一字既可没詩書又何庸後人覩空碑彷彿見祖龍

費原虚曰說得無字有如許作用直欲返樸還淳祖龍竟有知已

夫子手植檜

元會不可測其厄在陽九草木應時生榮落亦何有
自從尼父出檜乃植其手縱遇烈火摧孤根未灰朽
苗然發萌芽挺特良非偶迄今千百年疇者爲之守
霜皮映虎文環結成左紐日月互盤旋天地同悠久

荆子𡪢曰說得檜樹大有生氣古今咏檜者多矣誰能有此含蓄蘊藉

過達巷黨人里

黨人伊何人獨能識孔子博學無成名一言是知巳
至今七尺碑猶立黨人里驅車過其下命僕曰止止

趙令至曰黨人是夫子知巳礎曰又爲黨人知巳真足並垂千古

趵突泉詩二首

觀水欲觀瀾叅川先叅河君子貴窮源源厚流必多
兹泉氣噴薄萬象何森羅英英如白雲勢若山嵯峨
其源出王屋來自岱陰過隱見本無定曲折行逶迤
祇爲屈抑久一發爭盪摩

又

余家惠山下其地有惠泉惠泉味甘美色亦清且妍
昨來齊州境趵突何潺湲厥聲同隱雷非筑非琴絃

激浪如噴雪飛濤若霏烟不獨具色味更覺形聲全
潘大也日前首發窮源大義博大精深次首將惠
泉相比極力推尊酌奠若欲爲第二著
讓光者一齊一吳吾不知其視爭張黃
池時何如也

山左答秦漢碧 并序

戊申歲余在山左漢碧寄余詩有登高回首
梁鴻許巖得扁舟快隱淪之句笑而答之

少伯一入齊不復戀吳土伯鸞信高人洸洸梁谿許
我本欲逃名反與名爲伍閒然賦日歸相期在三五
周子敦日是一幅高士圖非從老不能寫出

萬峯贈呪公 并序

萬峯聖恩寺古刹也剖公起而大振庚戌二
月之望剖公虞終呪公初坐丈室余與王雙
白袁重其過而訪之見其人恂恂謹飭必能
守者也贈之以詩

林木何蓊蔥梅花香十里前爲鉢盂山托鉢從茲始
其東爲米堆突然聳而峙後有柴莊嶺所積亦如累
道家養衆生能不計柴米自從聖恩來便已煩經理
誰爲似續人願言永守此

顧茂倫曰現前說法觸景皆真

秋日赴程周量戶部宴四首 并序

庚戌季秋二日余在都門程子周量設宴招
賓余偕荆谿陳子緯雲任爲時雲間陸君集
生玉壘父子古晉彭子竹濤蔡子豫章青藜
曾子越中錫鬯朱子武曾李子雜隱張子雄
皐穀粱目子皆在座酒酣日暮余與陸君父
子暨曾子張子先告歸陳子止焉翼日陳子
言是夕闘茶彈碁分曹賦詩之樂并出程蔡
二君及已所爲詩相示余嘆羡不能置爰賦
詩四首以誌盛事云

秋雨朝方歇涼風起暮商白日麗黃塵衢路黯無光
良朋執我手躑躅趨道傍行行四五里登彼君子堂
衆賓集廣坐文藻四飛揚所見無新故具能道肝腸
銜盃致拳拳歡樂誠未央羲和忽言逝四顧長彷徨

又

彷徨亦何爲言告主人歸主人敬愛客樂飲且忘疲
珍錯還雜陳勸以白玉卮殷勤酒數行避席前進辭

賤子道云遠時哉勿可遲

又

出門何匆匆日入流餘曛俄焉漸昏黑星斗亦亂紛
同行三五輩各各手欲分歸鳥投深林孤獸離其羣
觸物多傷懷俛首又何云

又

中宵苦不寐人靜聽嚴更良會難再逢輾轉勞心神
朝來我友至道以賢王情茗戰列槍旗碁子落楸枰
忽焉逸興發刻燭詩具成余嘆且復美恨不同唱賡

三復三君詩調高真絕倫

程周量曰四首音詞飾蒼遒真曹陳思公讌諸作
陳緯雲曰真樸澹蘊古調琅然至于纏綿悱惻令人牽繫迴環而不能已此真風人之遺可羣可怨者

贈王西樵考功詩二首

雅鄭非一聲審音必牙曠方員非一器量材在班匠
寶劍風胡知駿馬孫陽相赤水有神龍燭物無纖障
人不具倚鑑何以別異狀毛玠稱公方山濤美識量
卓犖魏晉間高蹤疇與伉濬沖得茂彥簡要羣推尙
任昉事范雲激揚氣淸壯伊人立班司肅肅天下望
勉矣崇令猷前修無多讓

又

三代有遺音齊本不同俗剡茲大雅材踵武能遙續
洋洋追大風揚聲震山谷昔也遊泰山升高景芳躅
今者來京都一見遂所欲賤子畏喧囂轅駒苦局趣
贈以九峯歌如聽小山曲書牘何翩翩雲霞飛滿目
終朝誦一過庶幾解疏屬

王西樵曰格高意遠居然穆如之誦建安以下方斯蔑如無論潘陸矣

讀衛爾錫太史此齋詩稿二首

白雪何融融綠水何泠泠北里混咸池鼃咬偏難聽
顧此喧瘂會猶能爲正聲五言絕綺靡澹逸留其眞
七言廣以大思清意彌新妙理協神機一一本性情
君子讀書風慨念鄶伯與勿謂詩盡亡大雅出鄶城

又

余本丘樊人暫焉入朝市君無軒冕態願交布衣子
傾蓋厚芳訊殷勤託酒醴酒闌客亦稀縱橫道文史
示余詩一編四筵映華彩三復草堂吟矗矗龍峯起
客鳥思舊林人情懷故里歸老是余志荷君爲提耳

劉肄奮曰寒梅數蕊白月一庭色香自不同俗

贈王阮亭禮部詩二首

峩峩泰山高溶溶濟水清哲人生其間磊落恒多英
神彩何朗徹識度逈清醇濯濯春柳姿矯然出風塵
文情更弘麗藻艷才足驚歷下素能詩七子任從横
自公一登壇專美在新城

又

新城有望族三台萃一門富貴非所美文章誠足論
司法叅揚州訟庭寂無喧何遜脉官梅遺典至今存

穆穆威儀曹典制肅然尊斷决執隨機何減孔休源
珠以光逾融玉因瑜自温朝來奉色笑相對欲忘言

陳其年曰雅音亮節伉爽瀏灕飆飆乎追作者之堂與矣以此投贈王公可稱神似

嚴旣方先生旨退庵詩

龍德本至正知退復何言退若或不能將無甚觸藩
至人自神妙變化眞無端有子既龍躍身願爲龍蟠
輕祿且傲貴厭聞朝市喧卜築以爲居槃澗惟其寬
左圖與右書嘯歌有餘歡寂寂君平肆渺渺子陵灘
至今孤城下彷彿清風寒

徐方虎曰拈一退字發出許多妙義極正大又極洋灑正始之音

贈潘次耕詩二首

懸璧生荆山明月出昆池光彩不終掩將爲望氣知
吳中有佳士才大數何奇璠璵懷秀質琅玕伏幽姿
游思翰墨林摛藻宣文詞相如慚雅麗子雲遜雄奇
鄒枚若聯席遷延亦退辭美君年正少安仁妙芳時
何日賦籍田盛名揚京師

又

束髮秉介性不與時奔趨高盼遨山川慷慨步天衢

八街與九陌擾擾將焉如金張侈擁衛許史任馳驅
遊人競輕纖雍容麗且都之子自得意淡泊以爲娱
緇塵不染素紫色豈變朱君子固窮節約樂俱不渝

劉肄奮曰贊美矣仍寓箴規以此論交自不敗有易葉

贈家黍谷大鴻臚詩

達人好湛寂朝市不聞喧處世如龍蛇能伸亦能蟠
老聃伏柱下蒙莊隱漆園子房輕富貴赤松可盤桓
曼倩本星精嘯傲在金門臨組不肯繫擔爵豈爲尊
淡薄以自居翰墨且投閒有時贊九儀肅肅正百官

宿德衆所望高風難與攀

陳子壽曰讀此詩想見黍翁瓊懷逸致亦惟楚老高人爲能傳之

贈孫赤崖詩二首

瞻彼巫閭山卓哉何崔嵬其上有幽洞灼灼桃花開
長白正相望潭深不容窺古之避世人自去還自來
逢萌一解冠便已築室栖建武徵不起肆意若忘歸
幼安默然處公孫以爲依一朝忽西渡此志原不移
哲人日以遼芳踪日以稀悠悠千載後風流亘在茲

又

屈子望美人寄懷在公子有時搴芙蓉耶復擷蘭茝
昨夜接素書書中有端綺綺上何陸離字字映華彩
上言悲皎月下言嘆秋水聚散有何常亘會或可俟
矧當壯盛年努力方無已何以致拳拳清風遺知己

劉肆宵曰工穩中饒有蒼凉之致昔人謂陶彭澤詩如綘雲在霄舒卷自如先生有焉

送顧逵集南還省親詩

有烏集於林音響一何悲離鄉亦已久毛羽日就摧
言念反哺恩含情欲訴誰四顧求匹儔戢翼長徘徊
一朝任南翔奮翅薄天飛故巢幸無恙啣食待子歸

母子乍相見相見情依依慈孝本各盡物類詎云微
古來老萊子美烏戲爲啼君歸侍親側舞綵生光輝

劉肆宵曰出自至性其言藹如

九日同陸宇載過報國寺松間小憩賦二首

歲往月亦來忽復九月九日月互爲應陽氣重相守
舉俗愛其名高會自應有我行燕臺下落落亘不偶
所幸素心人共向西南走

又

何必戲馬臺何必游龍山偶逢清絶處便足投吾閒
此間有蕭寺寂然無人喧于焉且逍遥謖謖風來寒
相顧復相笑携手上松壇並坐松之下松高不可攀

陸宇載曰楚老遊炎炎寂寞興致不凡是樂也余實同之讀二詩覺謖謖松風沁入心脾矣

贈定遠薛二吉詩

東城有劒山雨過劒特立光氣或時有望之常熠熠
山劒固崇窿人劒尤傑出伊人姓薛氏其字曰二吉
詩携長吉囊秀奪文通筆寶篆稱絶奇體勢何飄逸
昔日聞君名雲山邈難及今朝松下遊相逢爲君揖
揖罷起盤桓與君共促膝

程崑崙曰從劒山發意特奇而筆亦如劍

桐江過急灘

急灘夫如何濺濺流不已流水淺且清一覽輙見底
巨石既巉巖因風没亦起舟過欲嚙之其狀何齒齒
小石硌硌然多是石之子潔淨而鮮明紺碧間青紫
舟從石上行且行且復止舟子勿告勞裸身入於水
努力共移舟舟去不盈咫

盛珍示曰語語奇崛鄉是天成可與柳子厚游黄溪至小潭二記並傳

至溫州過江心寺

洸洸永嘉江其水廣以長江心有孤嶼如隄亦如塘
中川本無倚亂流任奔狂南則左七水北則滙六鄉
東西受諸派樂成與栝蒼澄鮮自標異蘊真復涵光
我聞謝康樂結亭以相羊繼此好遊者飄飄來褰裳
鼇背負浮圖並峙江之旁有寺隱其間樓閣何輝煌
海日互廻映雲烟接混茫

闕若韓曰水道劃然似酈道元水經注入後飄飄翩翩與會軒舉亦有神功接混茫之嘆

一卷終

十峯詩選二集卷第二

三韓吳伯成先生鑒定
錫山錢肅潤礎日著
同學諸子選評

七言古

雪後楊鄂州兵部招飲

昔年曾登黄鶴樓聞有異人出黄州文章光燄長萬
丈下映江漢上斗牛一朝會面緣非偶開筵命酌情
朗厚盤中屢進武昌魚座上頻傾桑落酒西山雪後
景澄鮮對君爽氣逾增妍陶陶大醉出門去翛然長
嘯破雲烟

楊長公曰家鄂州文章意氣卓越一時故宜與礎老莫合如此其詩豪邁飄逸純乎太白

長安燈宴紀事詩 并序

丁未歲余客長安時屆上元程中翰周量張
燈設宴折簡相招同席者爲劉千里朱秋崖
李條侯羊躋菴施又王輩酒酣賦春燈曲一
首諸子極言燈市之盛欲往觀焉余未獲同
行悵然而歸爰作詩以紀其事

長安今夕是何夕程子招携開綺席幾點春燈並月

懸不着繁華及陳迹席間相對盡知心興酣笑傲酒
盃深人人高唱春聲曲唱罷悠然遇賞音共說天街
列錦障鼇山百尺遙相向攬勝無如靈佑宮陞離光
怪難名狀繡棟朱扉闘麗華擱箏打碟撥琵琶座上
氍毹爲誰設不是勳家是戚家霜華月彩瑠璃瓦千
影萬影燈光下綺羅絃管自去來翡翠明珠馳上馬
飛花不讓上林枝金菊葡萄白雪梨照耀九衢同白
日士女如堵羣稱奇迷來歷歷如指掌余乍聞之頗
神往學步邯鄲媿未能何用馳驅生妄想主人深夜

尙留兒月滿庭除酒滿尊但惜燃藜無太乙春星火
樹安足論諸子出門競控御聯鑣遙指觀燈處嗟余
歸驟可若何且向前途賦歸去爾時燈火遍金堤烟
花閃爍望眼迷兒童亂極太平鼓少婦宵行趂馬蹄
歸來餘興猶未絕詩腸還似酒腸熱陶然一夢到華
胥五劇三條空一切

湯右君曰高燕良朋非筆大如椽光談萬丈不足以騁心賞目吾鍵老洵詞林飛兎也

吳興公曰光豔千尺迷人心目繁音促節尤令人應接不暇

贈施硯山侍御

華亭之谷稱才藪二俊聲名齊不朽玄圃積玉皆夜
光龍駒鳳雛世罕有千載峯巒䆗峙間機山雲山又
硯山仰看百丈鶩翠嵂縱深嚮往難躋攀

陸集生曰此風人比體也氣格岸然有壁立千仞之概

過平原懷平原君

人生莫結客結客須及千與百千人百人縱美好亦
有瘠韓與趙自來傾士推田文滿堂食客何紛紛
同時肝膽更誰向共說應向平原君此行正在平原
里郤憐未見佳公子衣冠零落野草中土田委棄荒

烟裏齊之封彊趙食邑昔年結客如雲集當今健者
是何人公子在焉呼或出

顧茂倫曰感慨中寫出自寓意

過顏魯公祠 在平原縣

唐家社稷終無恙賴有平原作保障一片忠貞鐵石
心視彼長城氣逾壯漁陽鼙鼓動地來北面風摧靡
驚喪二十四郡曾無人可憐未識真卿狀書生果是
能料敵倡義率先臨所嚮望遠臺一名平原臺可望百餘里高壘
色新連雲雉堞如屏障功齊李郭非偶然義較常山

未多讓驅車偶過魯公祠英風凛冽神猶旺夕陽斜
映古木寒鳥篆殘碑試一望

曾青蔡曰魯公忠義全從句中書出可稱千古知己

過閔子祠二首　在濟南府城東

我來閔子祠喟然有所思思公何爲者孝道眞無虧
伯奇怨孝巳悲公也處之甘如飴寒燠且任嘗庶可
免流離內外無間言尼父深賛之千秋奉祀夫何疑

又

共知閔子孝誰知閔子忠不受私邑官所志在扶公

寄言汶水上高蹈揚淸風於噫嘻由也勇求也藝紛
紛出宰後先繼仲弓大賢人且猶仕於費惟公矯然
稱不群雲中白鶴人中驥

湯布君曰有心敎時節孔子不妨爲齊高子家臣閔子大賢故寧經毋權不肯爲季氏宰費[illegible]與孔子之心同一憂患也忠孝本其固有特人知其可知者而其不可言喻者歷數千年始被明眼人道破耳

趵突泉歌

伏則自有見屈則自有伸古今物理盡如是何獨悠
悠世上人借問此泉何爲爾泉名趵突有由矣濟水
之源出王屋自豫至兗越千里或伏或見本無常紆
廻磻屈難爲似延及岱北水紛馳北折而西羣會時
渴馬厓前忽不見透迤絶處將何之行到歷下平地
湧一出傾瀉爭雄奇泉聲歷落何驚異若爲從前訴
失志有如三閭放逐囘沅湘浩浩聲悲哀鵾華投江
怒濤噴錢塘八月乘潮來如聞賈生長太息弔屈問
服　鵩史記作服　情惻惻如讀王維老將行李廣數奇功不
成古來多少英雄淚此泉抒寫何曲備泉乎泉乎始
雖失志終得志細聽又覺非其類我聞磻谿釣王水

范蔡忽焉威武奮鷹揚博狠　狠漢書作狠　擊後身亡匿封
留事業偏久長南陽一臥終須起指麾羽扇眞名士
東山不出蒼生何一局圍碁定淝水從今一見不復
伏奔流到海作歸宿方知久屈能久伸混混晝夜相
連續吁嗟乎趵突泉流濺濺人生有志胡不然

周子敦曰脉雖在泉而古今來屈伸變態悉赴筆端不特大屈大伸昭然耳目即遲蹇數奇屈而不伸者亦若于星貫日浩氣滿天壤也讀是詩者直謂之讀史也可

遊華不注山

上華峰峻拔凌虛空安得仙人假白鹿騎到絶頂摩

蒼穹下華峯歷歷復鶱飛我將倚石招青童青童不來誰引接滿山确犖盡成行或爲伏虎或群羊路折廻谿還有路尾行偏仄步難翔右眺鵰山青幾點拖藍秀色供驅染左瞰鮑山雲深深山頭出没見黃金回首華峯一何綺一枝芙蓉偏颭紫凝是劈開蓮花峯浮嵐滴翠飛過此

湯右君曰振蹟不羣咳唾生響此以局陣勝者耶復更唱渭城

登日觀峯望日出不見

有手不能扳劒指有足不能植杖走徒抱區區向日

心不逢日出夫何有聞道日出候鷄鳴海波滉漾天空明始爲有似赤玉盤繼且光滿大如鉦爲方爲圓非一狀又有兩日爭磨盪此間神妙不易傳豈謂人言盡余迂朝來且登日觀峰漫云日出可相逢坐待峯頭亦已久但見月色相朦朧須臾忽報東方白一望海水具成碧齊魯山川儼畫圖指點徂徠列几席憶吁嚱衙山雲向昌黎開飛霞湧出金輪來我今岱嶽任徘徊鬱華鬱儀安在哉

紀伯紫曰落筆翩翩有凌雲浴日之氣讀雙日詩似曾吞吐蒼霞龍彩者

、磨厓碑

泰山之頂與天齊此碑去天不爲低亭亭高峙捧雲表到此使作登天梯渺兮没兮無字石五車久已懸一擲惟有此碑尚屹然高文大章何刻畫開元天子宏麗才爲序爲銘有體裁上追典誥儷雅頌煥然雲漢與昭回天明地察是何事此言直可格天地實行三德一日謙鬼神福謙應不棄厓可磨碑不磨風霜兵火歷年多至今俛首過其下大唐氣象真巍峩

陳椒峯曰日中無委瑣局促故其發爲言浩然有奇氣讀此詩者當與磨厓齊觀

御帳坪

大中祥符改元歲宋帝登封自泰岱朝升步輦指天門扈從如雲氣百倍中道崎嶇壁捫天翠華掩映逾增妍偶來松間一駐蹕大夫序立成班聯借問松間是何地當年風雨曾相避風雨何爲在暴來將無造物陰加忌於戲前人干天怒後人迎天庥天何言哉豈有書鵾尾曳帛嚐之謀澶淵有耻不能雪漫將封禪紛紛說至今御帳猶森然彷彿旌旗四面列

周立五曰發出封禪大議確有關係筆墨淋漓尤覺颯颯動人

處士松

商山曄曄垂紫芝武陵桃源花滿枝草木亦有避秦
者豈謂泰山獨無之泰山之上有古松緣崖依峪披
清風盤結偃蓋若雲覆奇詭矯特如虬龍彼何不與
大夫伍若爲避秦棲此土一泉一石自清華傲睨人
間有華膴聞說當年魯仲連義不帝秦到海邊化爲
松精生岱嶽氣岸遙爭大夫前

顧寧人日幻無爲有直是空中樓閣

漢栢

炳靈殿前有老栢傳聞漢武東封植滄桑閱歷千百
年美爾孤生還挺特雪操霜姿骨節殊童童車馬葉
猶如上傲秦松非不足俯視唐槐覺有餘於戲漢時
曾起上林苑此栢不種南山巘漢時曾造栢梁臺此
栢何爲獨免災共說漢武恩施布將無東嶽神靈護
天長地久與俱存泰山同永磐石固

歸元恭日品題絶稱推度更奇

濟南遊春行

霜飈颯颯黃沙起寒林木落柔條死何處春光忽地

來梅花一枝報春始土牛簫鼓乘青陽順時應氣迎
嘉祥農家紛紛何所有男秉耒耜女執筐畊田歌禾
桑曲衣食大事須饒足從今蚕已慶豐年有道太平
堪豫卜梨園子弟戲庭前或歌或舞任情牽美人推
郤琵琶調低頭緩唱態爭妍蘭膏膩髮因風亂燕釵
拖髻渾欲斷翠蛾染色帶春山綠濕紅鮮光采爛高
絙妙伎何絶倫上透三峽下車輪索上相逢齊郤步
忽然跟跬且翻身有時倒地作筋斗空中去手還垂
手千回百轉不停休狀如鳥飛猨狖走遊春之樂樂
何如眼前風景自有餘濟南山水多佳麗春來花鳥
撲衣裾

湯布君日曼衍魚龍戴竿飛戲一一從筆端寫出
眞可謂詩中有畫
陳義扶日可以入雅可以入俗其不能入俗者力
未足也深于古詩者知之

戊申元旦

三百六十今一日三萬六千今一年生雖滿百亦已
半今年今日豈偶然從前非處多於是此日纔知更
誰誒古人秉燭惜分陰時乎時乎不我以

杞伯紫日詩人雕刻萬形馳情百代至除夕元旦
必有刋華返樸撿思埋照之語此天眞

之現不可失也礎日此詩滿除月露獨禀冰淵親得風人之旨矣予嘗謂礎日入似蓬伯玉管幼安而詩在杜白之間于今益信

火城行

三齊自昔用兵地火攻卻自田單試但見火牛從空來未聞火城樹赤幟後人好事作火城紛紛雉堞紙可成一自重關初震動滿城霹靂聲砯砰五火變亂本不測何侯壁箕與軫翼火旗熖熖麾三軍一道朱光迷五色時而九地時九天忽焉風起忽雲騫爲龍爲虎各有象如烏飛逐蛇盤旋須臾城潰旗亦靡始

信此城原是紙堂前游戲有何常古今勝敗只如此

湯右君日起自田單引出火攻火牛而火城始有根據中悉火城變相末只一句收之火城之本色出而感慨亦係之矣此詩之極有章法者也

送別湯右君還清河

自公之來矣湖山風月欣有主自公之去矣春光融融共誰語折角爭傳有道巾捉鼻能爲洛下吟獨有邯鄲難學步餘子逡巡拾後塵聞公織字梭猶在機杼何妨借後輩郤嫌詩律正精深欲往問之嗟莫逮時逢二月杏花天楖眼青青芳且妍黃河氷泮水方

發詩思同于下水船

趙今至日瀉中見濃樸處見麗詩之以格調勝者

過伏生墓 在鄒平東郭

伏生伏生老博士在秦亦是儒生耳有儒既不諂深坑有書豈爲烈焰燬漢文有道重儒林尚書一出經學深祇因藏腹并藏壁故爾授口即授心朝來偶過伏生墓高風恍惚來相遇嗟余自幼習尚書至今未得明其故再拜稽首莫一詞孺子可教公莫辭明瑞幼女今何在渺渺傳言不可期

黃珍百日寫出伏生明哲保身深藏不露苦心應是千秋同調

題禹王廟龍栢 并序

去寧陽三十里許瀰河側有禹王廟廟有栢樹狀如龍頭角崢嶸俗呼爲龍栢云

昔年湯湯遍洪水汶河水急流莫祇禹王手縛老龍精收入河邊栢樹裏此樹生來自有神上圓下側葉參橫其訶中間露頭角雙脇巳具需點睛由來神物原莫測惟龍變化尤奇特長房竹杖非偶然延津寶劍夫何惑廟中之樹好同傳老龍隱伏交盤旋禹王

千載神禹倚河流永奠龍安瀾
劉肆宵曰精工耐夭矯有神龍藏海之奇○手摘
警精句足驚人長房二語深心追琢

全綠堂

誰謂堂有聲何以弗考擊誰謂堂無聲何以傳魯壁
長弘杳師襄亡正聲一旦墮渺茫安得重來聖人里
公庭萬舞聲洋洋於戲尼父生時降和樂鈞天與響
空中作後來正樂返元音雅頌千秋斯有託彼何爲
哉若有聲非竹非肉韻天成共王豈是知音者聊向
壁間試一鳴子猷王且聽宮商抑轉應不爲孺悲瑟

避也豈有心哉姑作設辭以難之
丈夫出處各有道一泉一石非草草避地先懷擇地
心看取功名一何早子氏之運丁百六甚鴻在野羊
在牧唯有一寸乾淨土東海之濱聊托足那知所避
即所封高城峩峩基址崇鷹揚虎眂列奇狀千秋百
代爲雄風
史云臣曰看得公望覺太有心是亦文人之筆

過孤山懷伯夷避紂處

渺矣孤踪不可攀自來自去白雲間獨夫當日已無
土高士千秋倚有山山頭留得一片石彷彿清風來
發發若使周初竟不歸省郤首陽添一席
顧茂倫曰審量極透惜墨貽公子未見及此○獨
夫二句不朽之論

登蓬萊閣觀海

蓬萊高閣臨東海秀拔丹厓結先彩飛簷綺疏列參
差面面雲圍氣靉靆憑欄一望何空濛瑤濤玉浪簸
長風不見蜃樓來市幻但驚鰭翅欲搖紅羲和回轡
扶桑驛皎人停織眼流淚西山木石本無多精衛銜
之苦不繼陽侯瞋天吳怒約束鯨鱷如驅羊叱咤龍

噴吐烟霧吐烟霧晞不開天地黯慘山川變萬里一
色成塵埃依稀血染田橫島縹緲歌殘漢武臺三山
相望不相即安期羨門空寂寂祖洲茫瀾莫可尋君
房一去無消息噫吁戲此海不過海一角洪波浩浩
何寥廓若使周迴歷四海掛星貫月應難度我欲乘
倒景飄飄御風行此身無羽翼安能令身輕併御閶
上不忍去精神飛揚如有遇滿袖懷將東海歸風來
颯颯吹何處
劉肆宵曰吟大海翅風生紫瀾之句不知海之大
若何也讀此而奔騰汗湃如在目前

謁蘇文忠公祠次壁間海市歌原韻

水何浩濶天何空金闕銀臺渺渺中秦皇漢武今安在何人得進蓬萊宮蓬萊總是仙子窟豈有鬼斧與神工其間淸淺不可測有時擊浪飛魚龍彼何為哉現海市怪事咄咄驚坡翁坡翁得道曾有年不隨鷗鳧爭雌雄眼前富貴置勿問且看此海將安窮海上茫茫無一物烟雲聚處光融融乍隱乍顯尋常事幽人見此情偏鍾只嫌造物無私者於我何嗇翁何豐我欲知來還鏡前水面朗若磨青銅坡翁復起不予

十峯詩選　卷二　十五

棄相與把臂臨淸風

任青際曰工力頡頏可與坡公並傳

周霖公學使過招遠縣浴溫泉歸而談其事諸同人悔不同行余為之解嘲賦一首

天下溫泉聞有七東坡云余聞湯泉七惠濟匡廬女水尉氏驪山鳳翔之駱谷渝州之陳氏山居此泉傳來又其一泉分兩穴吐潺湲有如湯沸鼎中出更聞醴泉可洗心那知此泉可浴身蠲邪養正非無道愈疾延年自有神先生有心何必洗先生有身不待浴溫泉有意來招邀聊爾徜徉與憇足胸然浴罷賦言還同人交手悔不前躬鴻本不因人熱肯把溫泉作惠泉

沈康生曰筆力矯健自命極高

齊州官署中秋公宴詩 并序

巳酉中秋周霖公學使開宴于四照樓下賓朋雲集時天色黯澹月光摩盪有間雲霧頓開冰輪湧出庭前正演明皇遊月宮曲增華揚彩同人顧而樂之皆有詩余亦作詩紀焉

今月今日今何夕千家萬家齊翫月霏霏雲霧拂東

十峯詩選　卷二　十六

山金波蕩漾復恍惚欲雨不雨氣蒼茫疑有文星掩月光主人開筵設芳讌酒滿青尊賓滿堂相國文孫繩武起淄川張子儀先奕奕神令善容止稚圭風度何不羣淄川韓子寧子嬌如白鶴出塵氛如江才大發雄思淮安潘子大也允冠金谷二十四燕公詩助得江山淮安張子邃子筆墨淋漓自無二有唐夢弼今再生淮安童子蕃臻眉宇秀整文章名亦有同鄉一堵叔堵子厚子詞場藝苑蜚英聲余也追陪叨座末披襟相對意軒豁我心先醉如飲醇與酣更似醅初潑須臾天上霽顏開一輪湧出照九垓座

闌豈有知微術能移天桂月重來梨園子弟歌且舞楊妃色態逾媚嫵想見上皇月宮回霓裳一曲添新譜

潘大也曰意與林濤神彩與發點叙既有法度收束尤見精警所謂以疋馬之叙事行李杜之長篇安得不光芒萬丈也

張邃子曰驚才艷發逸氣雲流西園雅集文有其錯綜飲中八仙歌有其豪宕六朝讌集諸詩安能與此爭雄

登千佛山即事詩

江山風月閒者主人若有情山亦許千佛山空亭閣稀倚山傍石殊楚楚朝來策馬到山前下馬陟磴造

其巔同遊三子何仚舉潘子大也張子邃子周子子敦余也躑躅苦攀緣有僧出迎善容止年少偏能識大體笑謂家師下山去延入精舍置淨几坐久問字日希之刻時自北來從師師莊然稱老宿十有餘載相追隨從容導我至亭上同人携手交相望斗大齊城在眼中青黃碧綠非一狀俄聞跫然有足音般陽張子來招尋張子孔繡師亦上山徐揖見道氣冲宇逈離塵進以趙州茶供以伊蒲饌頌以碧雲語琅琅輒不倦縣以維摩畫光明丈室徧維師有道如遠公疇爲遺民疇次宗我非淵明與斯會容我飲酒將無同門外欣傳送酒至酒既多兮肴既備同人把盞競歡呼與到陶然郤共醉落霞飛彩入坐杯夕照依稀望遠臺爲語師日余歸矣且行且止長徘徊

張孔繡曰首二句陡起如孤峯峭立至其命意處人情入理非真得山水之趣者不能道隻字一東更見佳勝

三過報國寺觀松

十五年前過此寺兩松拳曲爭偃地頽然故作病癯形自爾離奇負神氣丙午之冬又過之兩松相對各

瘦其寂寂空臺塵一埽白日摩盪影頻移今來古在誰常在陵谷滄桑時或改松雖各抱歲寒操能無枝葉先摧毀我今過寺且觀松獨立蒼茫慘淡中于時拂石坐松下忽然謖謖來清風

程崑崙曰詩仰今昔愴然傷懷意不專在松也

讀安南紀事歌爲李子靜侍讀楊鄂州樞部賦

聖門不廢言語科惟有端木才識逮十行選推不辱先誦詩又在能專對君命使日咨于周爲謀爲度爲詢諏王人位列諸侯上煌煌書法垂春秋出使原須

諒大體博古通時達義理上承王命布恩威下爲生
民貽福祉迄今忽覩兩使君舉止笑言何不羣不隨
不亢自有道君臣大義咸使聞安南有國依海畔洪
永之際黎作亂官兵進討終不寧季犛俘獲利復叛
至於宣德舉封時黎氏奄有安南基其臣莫氏旋篡
王一隅割據遙相持萬曆初年分屬國莫氏世守諒
山北延及朋季日寖衰諒山太原紛紛失國家定鼎
百粵同莫氏來歸黎亦通一授都統一冊封恩波曠
蕩稱大公無何二氏私相競高平土地恣吞倂黎氏

得勢莫無依一朝用錫南寧命黎王不道宜征當
今耀德不觀兵温温德音諭講好令還土地與人民
爰命二公齎勑往賜服賜宴崇爵賞二公先後抵邕
州越三千里至交壤黎王國柄全下移陪臣驕蹇更
無知始焉遲慢不奉詔繼且叵奏多支離二公正色
不少假各主正論無相下書成累累千萬言從容激
烈俱大雅或指十事責廷臣權奸喪魄心膽驚或申
三語告其主始終聲罪何分明黎氏君臣雖梗逆二
公信義能感格土民一一返高平齊也歸田趙完璧

我聞陸賈使越說趙佗稱臣歸漢免興戈徵側徵貳
羣蠢動銅柱功成自勿縱二公重立交阯功一矢一
鏃無需庸胸有詩書發衆難卩吐忠義壓羣雄從今
黎莫貢再造交南一帶何浩浩望海城高月色新龍
門江上風清道白雉行看重譯來赤珊瑚光遍九垓
海隅共獻太平頌使臣之功何大哉

阮晴生曰立局宏而壯措詞莊而雅引據典而確煌煌乎大篇也

潘次耕曰鋪叙詳整援据典博此便是昌黎平淮西碑段文自可以閣筆矣

朱藤歌爲何毅音侍御賦

君不見蘭臺有蘭非一本馥郁繽紛色燿焜君不見
御史府中有栢臺野烏棲樹時去來君不見體察廳
前古松樝崔嵬枝幹繁陰容草木由來擇地生正人
正氣本相成筆端風起吹羣葉簡上霜飛白滿莖當
今人傑推楊李望重鐵冠柱後史不種松栢種朱藤
亦有芬芳過蘭蘂共說朱藤多歷年朝來森蔚清且
妍根之茂者實亦遂離離星纏復珠聯我今把醆坐
其下如入錦棚氣瀟灑細斟美酒讀高文在唐爲陸
漢爲賈（是日侍御以啓奏兩疏示覽）葵藿廻陽向以誠屈軼指佞

何分明朱藤掩映不相讓恩波日下爭敷榮

湯公牧曰借物比喻何等清切宏藻典雅文采煥發益沐浴於三唐而出之者

平陽行爲巢雲上人壽

平陽舊是神僊窟山有中條與姑射桃花蓮花春復秋洞口烟霞紫更碧中有高人曰巢雲長年得道何不羣來遊京都偶卓錫珠龜結就氣橫分京都街陌風沙起道人獨坐雲庵裏養魚種樹任天機買物放生迓福祉從今七十有八年眼看世界已三千饑來喫食倦來眠那管滄海爲桑田

王顥菴曰詩亦有仙氣何減太白風流

讀梁仲琳太僕恭紀　賜蓮藕詩賦贈

粹然氷姿並玉質皎如晶光和雪色清風嬌嬌氣迎人一片芙蕖映初日昨夜鵲橋牛女逢仙人好會悉還宮朝來　駕自瀛臺在百官拜舞何雍容時七月八日老臣啓事　上日善賜蓮賜藕膺寵眷蓮心惟實藕惟虛臣同此心可以獻水殿風生香拂衣拜手承恩滿載歸吟成百有四十字字字飄逸爭芬菲　君恩自是推無極公也受之克稱職願公常賡小雅篇湛露形弓歌未息

嚴存菴曰端凝允能稱題　風妙於得體

戲爲九峯謝白奔山歌 并序

白奔山人贈予十峯草堂歌中有九峯應肯締王人並我添作十一峯之句予笑謂不敢當廼戲爲九峯作歌謝之

白奔白奔山何高高不在一山而在名山三百支山三千無不連絡而幷包上通昆侖數萬里往來地軸相周遭下尋洞庭之地脉太湖七十二峯與同條足踢嵩頂手摩華倚瞰泰山一秋毫我胷去天不盈尺獨有浩然之正氣能使體令稽首作蛾伏子規啼血如猿號于嗟乎有山若此誰能容況我培塿之九峯九峯不若奔娥氏之二子負彼太行王屋揹之雍南及朔東又不若策疆所遺巨鼇十有五戴得東海五山凌虛空徒然偃蹇于梁鴻谿畔范蠡湖傍而有慕乎太伯端委仲雍文物之遺風迄今幾千百餘年始遇一若寅若頑不斲不鑿之石友尙年作伴相與呼爲王人翁如白奔山者壁立霞駁嶸豎以屹崒方將

亭亭乎天之下地之上萬物之表又何屑此區區數拳石惠然肯降以相從于嗟乎枳棘不可棲鸞鳳潢汙不可藏蛟龍

程崑崙曰錯落有致豪氣更不可當
陳緯雲曰吞吐磅礴容若雲夢者八九

過愍忠寺

大唐貞觀十八年高麗不道行無忌天子親征命出師張李二公實司隊（時張亮李世勣爲行軍大總管）六龍蜿蜿鑾鏘鏘翕赫忽霍氣百倍明年七月攻安市良久不下師旋退此間士卒多戰亡纍纍白骨山丘載太宗雄心

固好武好生一念同天地詔收遺骸集郴城自爲文祭哀不置及抵幽州思愴然還資冥福作佛寺賜名二字曰愍忠忠魂憹惘將焉在我今弔忠不見忠但見沙彌數十輩仰看高閣何峩峩去天一握天堪戴魂兮魂兮無不之若有人兮荷戈至

陳胤倩曰純得昌黎神法非貌其字句之佶屈謷詭也

雪後赴龔宗伯壽宴有賦

朔風至後聲觱發寒氣相吹何凜冽高陽攬轡已多時故遣玄冥來掌雪一夜天飛六出花紛紛積遍幾盈尺西山遠望但皚皚迤如連璐臺重璧祗爲仙家上壽期王母呈獻嶙山奇乍訝天公齊玉戲俄傳姑射宴瑤池瑤池席上非草草何減十洲與三島翩翩仙子上瑤階玉樹瓊林色同好（宗伯公次君甫七歲）老子騎牛關外來忽然紫氣貫庭陔（閻古古先生）金精寄曜映南極（寧都曾子青藜）婺女騰輝拱上台（越中徐子方虎陳子康侯朱子錫鬯李子武曾）白下風流何蕭灑（江寧紀子伯紫白子仲調）淮海人豪意傾瀉（淮安杜子湘草如皋冒子穀梁）三吳之內羅群英合樽聯席歌介雅（虞山陳子子壽顧子遜集吳門蔣子荊名陽羨陳子緯雲雲間蔡子竹濤同邑鮑子武盧）有酒既柔殽

既嘉雍容相對無譁譁魏王二六珠堪照楚客三千履莫誇獨有九峯浪漫子若醒若醉行且止明公既屑布衣交小子敢外龍門裏今宵高會慶懸弧雪後欣看景色敷諸君儘有鄒枚與授簡應推馬大夫

陳康侯曰蔚駱丞之風藻揚文房之清調天然章法合拍應絃

賦得鳳凰山贈沈繹堂先生

雲間之山峯有九維有鳳凰據其首延頸舒翼覆山頭欲飛不飛爲山守鳳凰出世本非常出必有道應帝王在虞邕邕聞韶至于周肅肅鳴岐陽朝來一飛

飛不止斯須上擊九千里排天門兮舞天庭謂天高兮尺有咫鳳凰于飛山常在山不可即還相對九峯歷落更參差一望雲烟何靄靄余鄉亦有九峯山卑卑不敢睨雲間鳳凰下視藩籬鷃肯容附翼而躋攀

彭古晉曰如鸞鶴翥空苞文燦爛又如野鶴翻雲俊逸飄揚真有超超出塵之目

寄贈周櫟園先生

有木秀于林何以風相摧有堆出于岸何以流長囘驚飇洪波本無定達人處之不爲震出險原能入藏平福兮禍兮順以應嘯傲人間六十年半生宦跡寄

雲烟朝來上壽開綺筵正是清和四月天時當六十壽辰從此逍遙無所礙鍾山攝山惟其愛次宗招隱館猶存況有東山片石在一望嵩嶽紫氣盈維申及甫慶同生俄傳仙樂空中起隱隱繁臺鼓吹聲

徐子能曰寫出處困而亨氣象真是先生知己入後忽如慶霄天籟不如其所自來

送別趙國子之隴西

京華衮衮多才子如我趙君者有幾文章有源詩有派書法鍾王任驅使自從燕市識英雄慷慨悲歌意略同世人欲殺我獨愛相與把臂臨清風昨夜旗亭

與君遇酒盃錯落未論數今朝送別勞勞亭情盡橋邊折柳渡此去高車過隴西石門聳峻莫嫌低鳳凰山下應一至臺上曾留杜甫題我聞當年有趙壹窮鳥賦時聲唧唧袁公羊公交薦之名震長安遂無匹

施匪莪曰況着痛快少陵之筆

賣船行爲施愚山少參賦

莫言廉吏苦賦詩飲酒風月主莫言廉吏樂妻孥相對何蕭索使君江上風來徐日歸日歸樂有餘一錢不愛船可愛不須載石但載書愛船擬作五湖計載

書朝夕娛心意人人道是米家船誰不揭牌自無異青簾白舫盪漾歸敬亭山下宛水湄何必藏壑斯無礙何必牽陸始相依船乎不卑亦不臨何負于君而欲賣賣猶買駒原不愚賣船買山又何迂那知船去山不有萬卷圖書只空守賣船行我且賡船有價兮清風本無價贏得千秋萬世長留名

邢楚畹曰將廉吏心事曲折傳出流連宕往一唱三嘆讀之過如有清風襲人襟裾間

讀毛錦來吏部三刻賦贈

太白好携驚人詩少陵愛作驚人語自來聞得幾人

驚能驚人者惟李杜至今再見新昌公作詩奇崛迴
不同鑿破七日之渾沌開拓萬古之心胸平陽爲政
本多暇奇水奇山天所借龍門一歌聲徹天歌聲水
聲自天下金門瀟灑與翩翩每因時物動流連有時
奉使采風去吟得皇華十二篇病言歷落歌或放予
古諸什更雄宕釣魚臺上氣何豪歌風臺下詞何壯
讀公詩句眞驚人光燄萬丈若有神李杜復起稱知
已相與搔首問蒼旻

曾青藜曰讀驚人詩偏作驚人詩贈之可云對仗悉敵而于三刻中復能一一稱詩之佳

十峯詩選　卷二　二十七

處拈出論詩若此方有定見不是泛濫一味揚詐

贈曹顧菴學士詩二首

平時誦公詩今日識公面誦詩思其人識面遂所願
叔度汪汪千頃波胸中鄙吝全銷磨惠施五車不足
道妙處相傳亦已多我聞曹褒一儒者博文識古稱
大雅惟公博洽貫古今從容談笑嘗傾寫鄴下雖多
才子名敢隨繡虎並爭衡文章曹植波瀾闊不道波
瀾更老成

又

余本九龍山下客廿年三入長安陌戴符安得買山
錢于頔風流成往昔丹山碧水思悠然一讀公詞一
悅惜聞說高齋有陸舫陸處舟居不爲邪公還自具
舟楫才上擬張融氣逾壯江湖卽在鳳池頭波濤將
與可泳游視余舴艋時上下何異芥子浮滄洲

劉肆宵曰顧菴先生意氣慨慷交遍天下不可無此傳神之筆寫之至于以四始之性情合三唐之格律使翁已登大雅之堂矣讀之能不嘆服

贈紀伯紫詩

喬木知舊都豐屋識名家金陵本是興王地文物雍

十峯詩選　卷二　二十八

容良足誇高門世胄何衮衮赤箭南金不容混賀循
而外有誰人人人共道紀思遠流及千載又見君文
采風流清且婉君家最近鍾山陽六代雲煙寄渺茫
白羽頻揺麈扇渡紫裘常換落星岡直瀆鑿兮王氣
泄淮水絶兮王氏滅芳樂苑內草幽淒景陽井裏泉
鳴咽生不逢辰遇復艱十畝之間桑閒閒不隨元亮
仕彭澤且繼安石棲東山名可得聞身不見道重那
知布衣賤其人如玉國之琛丹崖青壁長相戀一朝
會秋遊燕京驚傳翽鳳與翔麟不獨文章于氣象更

饒風骨出飈塵長安八街連九陌朱輪羽葢侈翕赩君亦不造金張廬君亦不入許史宅泊然一室自爲守惟有倘書合肥宗伯稱莫逆詩成共賦酒共斟陶陶嘯歌忘晨夕拂絃澗壑思悠然隱几山林儼在前欲語但呼韓陵石揭牌每署米家船此遊不漫亦不浪意遠神寄心曠放行已依稀夷惠間置身彷彿羲皇上始余見面卽見心至今相對輙披襟爾我往來任落落勿以蹤跡較淺深由來意氣合直取性情真杜陵之言豈欺我方知交道原有因貽我長歌置我側奇

峯界兀還矜特秀句堪擷青芙蓉蒼翠平分九龍色我欲歸山山正遥買山無力徒心勞持君一篇往相贈山靈應許爲余招問君何日賦歸去恐被西山暫留住知君固自有同心縱不同時亦同路故鄉山勢倘龍蟠臥龍人到可盤桓我願從君作龍尾遨遊直上乎雲端

姜倦亭曰西京錦藻騰躍於隃麋東觀宿靈煇煌於毫穎以言修辭則騷家之律呂以言著論則史官之準繩洵哉大雅音徽表式壇墠矣伯紫先生每稱十峯高士文華班馬詩壓元白遨遊燕臺時與諸鉅公分籤刻燭極千秋唱和之樂余爲讚往者久之今讀此篇敘事精詳如九河支派發源崑崙灌注不竭益信兩公古道之交出處行藏意氣真率匪五陵紈袴所可較絜短長者也

贈陸宇載

君家兄弟皆擅奇機也雲也復何疑昔年阿兄過燕市今日與君共追隨出則同輿入同室風風雨雨交相集有時促膝或談心對酒悲歌聊當泣惟君詩句真清新秀潔曾無一點塵筆精更自兼墨妙看君運腕若有神君本蓬瀛山上客憐余俗子稱莫逆說到山水便津津每思買山及買宅勸君努力任驅馳我

向江頭理釣絲他日驅馬還鄉里過我草堂一題詩

宋蓼天曰知己之言不是尋常投贈人後勸勉備至極得風人遺旨

贈王異公

詩中有畫畫中詩千古摩詰一人耳一自太原異人出前人不得專其美昨夜爲我圖草堂九峯歷落有輝光贈言洋洋濤且遠無數烟嵐接混茫右丞詩輞川畫一讀一嘆一稱快朝夕坐臥於其間我欲望之而下拜於噫嘻維君風槩何嶙峋維君氣度更溫醇每當下筆如有神君是太原之異人

陸翼王曰興公爲碑曰書圖碑曰文爲興公傳神兩君可謂相得益章矣

送陳子壽遊會稽詩

會稽山中多靈異曾藏金簡與玉字後人好事上會稽搜取奇文作史記有城原號越王城六千君子攜精兵當年種蘭說蘭渚亦有蕺山共傳名蕺山山下右軍住老姥持扇常相遇蘭渚之上建蘭亭蘭亭眞蹟誰人護陳子好作龍門文作字彷彿王右軍于今足跡任所至文章書法應絕羣暇時一過神禹廟梅梁有畫眞入妙惟君揮毫亦如龍只恐風雨不及料

迴來霸業竟何如登臺切莫空欷歔范蠡船行種山在此去重修越絕書

陸蓋思曰送友之會稽而會稽山水人物一一寫出卽此可當一部越絕書

登浩然樓　在溫州江心寺

昔年浩然曾來遊此地因名浩然樓浩然一去樓空矣江心漠漠水長流繼此者是文文山時迍邅兮聊存猶自從浩然歌一出樓名千載永相留吁嗟乎孟夫子文信公兩人異代心或同不才王業猶遺恨況當國喪途更窮我今登樓一憑弔詩成日落色冥濛

王丹麓曰恰是浩然合得甚妙一種淋漓慷慨之致似謝皋羽擊石而歌時也

火山行　并序

壬子孟春下瀨舟過青田境上傍晚望見山頭火光燄燄不絕嘆爲奇觀作火山行記之

此山不是祝融峯火旗何故通天紅此山不是咸陽宮忽然毒焰遭祖龍傳言此地有靈洞火仙出沒山光動此山雖不在松陽戴神恍惚來操縱更聞北山張神燈若有人兮相豢承此去麗陽原不遠分明光氣任飛騰初疑金烏落未久轉似空中亂星斗乍明

乍滅赤電移倏變倏化蒼龍走見者驚訝心膽搖舟人競說野火燒季春爲焚始出火孟春之月猶未可或云有虎嘗負嵎故將烈火爲之驅余謂虎也自逸去嗟彼昆蟲則何辜

殳山夫曰祝融南來鞭火龍火旗焰焰燒天紅唐人佳調也此詩前段彷彿似之入後陡發正論結出仁愛至意眞長者之言

輓秦中韓烈婦歌　并序

韓烈婦王氏涇陽韓儼公戶部之側室也戶部司榷浙關忽以疾終婦絕粒七日自經死

浙學使石芝劉公爲徵詩以頌揚之余因作

輓歌一首

仲尼删詩十五國皎然貞風貫星日燕燕栢舟雖並傳莊姜豈是共姜匹一醮不改禮之常之死靡他更靡慝序詩特冠鄘風首以爲千載婦人式秦風猛厲氣槩雄婦女皆知賦小戎言念君子胡不置大義還同私意濃可憐黃鳥于棘止百身莫贖三良死臣也從君信有之婦也從夫復何疑孟女崩城血淚滅稿人之義誰再設但見築成寡婦臺不聞植得烈婦碣至今嘖嘖韓烈婦音皋麗安鹽質非凡偶一自雍容入高門願爲朝夕供箕帚韓公歷任作仙郎婦也從之允克當奉使追隨到越境西湖瀲灩增輝光不圖良人忽觀閔婦也哀號不能忍七日從容志可憐一朝慷慨情堪愍吳山雲黯烟霏霏吳關紫氣接翠微闕前一片望夫石化去還看隻影依吁嗟乎秦中有婦何其烈秦之貞風尚不沒采風使者急徵詩續彼車鄰與駟驖

吳雪屏日壯麗凄惋屈情胸骨合爲一致○從秦風發論極奇

送李武會遊武夷山

武夷之峯三十六武夷之溪有九曲武夷君自山中來爰構幔亭結綵屋一時高會宴鄉人遍施雲裀與霞褥或云此中有天柱魏王子騫來碎穀張湛十二人訪之賦詩紀事歌相續李子往矣尚勉哉行行且向溪邊宿朝登一峯暮一峯峯峯到頂還及麓夜月細聽猿鳥呼曉雲遠看松篁簇其間變幻非一狀任爾揮毫供約束吁嗟乎我家彭城有二子曰武曰夷掛仙籙此山名與二子同應是昔年曾托足羨子今日遊武夷我恨不得爲驂僕爲我寄語武夷君命彼山靈護仙躅

何棐音日前段峯巒層叠後入彭城事大奇

過吳與懷茆子楚畹

大浮玉兮小浮玉山容掩映湖光綠西有苕溪南雪溪遡源斷自來天目此間秀氣絕塵寰宛陵山水更廻環茆子發祥毓渚下誕生偏在敬亭間去年邂逅燕之市其氣如蘭亦如芷廣平先生稱不休道是此日無雙士宋蓼天司成三丈首拔士與子把臂隨定交結以縞紵

投瓊瑤每逢好景輒相對賦詩飲酒破寂寥我今望子故鄉去迢迢遥指三千路秋風既高秋水清聽子佳音庚一過

施愚山日楚畹風流殘日雲誼俱于此詩見之

葉母鄒節婦詩追和沈石田山人原韻 并序

葉母鄒節婦者余七世祖南丘府君之繼配兄弟也歸吳縣葉公諱芸甫七月公亡婦守節四十餘年卒葬貞山先禮部伯川公懿知其賢嘗作銘以揚懿輓後葉氏徙居錫邑塚

地湮没至七世孫大椿搜訪有年得墓碑知節婦墓處復所侵地爰取其傳及詩文入家乘中一日以余爲中表親乞余一言爲領余讀毛文簡公傳爲之惻然至讀石田山人高節詩淋漓慨慷輿悼良久歎卽原韻以和

聞道婦年二十三歸公七月公遂死黄鵠蚤寡不雙飛鳳凰哀鳴求匹侶鴒爲號慟無時休繼且哭聲應機杼一室辰昏西圖之非祭非喪不出戸縱遇火盜終弗驚何用旁人說危語有姑朝夕願相依此身安忍離此土豈無膏沐誰爲容綺紈錦繡屏勿取克勤克儉維經營四十餘年作家主之死靡慝更靡他守節以甘亦以苦親戚尹姑皆大家在來視問或敢侮病中觀叔遷夫墳叔也涕流親諾許資給家人衣歸姊家道一一得所處潔操應飛六月霜寒風不回五谷黍有婦若此世所希不惟女宗且女傳六十有四數當終飄然撒手竟辭去從此夫婦還同穴儼如僧子西和汝余先禮部爲之銘直以共姜擬接武文簡毛公更作傳墓碑爰植貞山所大節煌煌貫日星文

章赫奕咸習覩一自葉氏徙吾鄉姑蘇舊址爲墟弔古有七世孫復祖塋披荆斬棘用鋤斧始從貞山得仆碑知婦墓處見靈府小子歡和山人詩獨愧才疎詞亦腐

葉元禮日貞是碑版大文不當作詩篇讀

棲鶴篇追和華學士鴻山菰川詩韻 并序

海月華公墓在菰川久矣丙辰正月某日有白鶴十二飛來棲于墓木一宿遁去裔孫岳書作棲鶴篇記其事余閱邑志讀鴻山學士

菰川詩恍然有會因即韻和之

有鶴有鶴飛南里一飛再飛飛不已飛來二六配成行樓于墓木盈盈是墓木陰森繞菰川仰者爲橋俯者梓百年之計樹有餘祖功宗德從茲起孫枝綿綿苗其芽本惟木也源惟水天道有在必有復縱不言數亦言理鶴稟仙質識天機時至羣來導以指聞說蘇耽多化身今日來歸幾甲子

秦對巖曰從人事說到天道又從天道說到物理是極大議論

奉送吳公伯成司泉閩中詩

金鰲之峯嵊而峙其下屯兵數百里左有鼓兮右有旗兩山相對如軍壘矧今方是用兵時鼓聲煌煌應在茲安得文武才兼濟如公勝任誠無疑自古兵刑不並設咎繇明允苗頑滅今之司刑胡不然公其在哉陳時臬進道車指越王城福星還共法星明會見閩屏生茂草豈有潢池再弄兵

吳香爲曰說到兵刑合一是實事亦是實理匪爲諛美之辭

黃鶴樓歌

上有黃鶴山下有黃鵠磯明明爲鵠呼爲鶴道是當年黃鶴飛飛去不知飛來否有樓造自伊誰手自得司勳一首詩詩也樓也齊不朽後人紛紛何好事傳言神仙非一至或曰唐朝洞賓呂或曰蜀國文偉費費公在蹟不可追呂公變相信多奇或坐或馭亦或立手中鐵笛橫相吹噫吁嚱丁公去家千歲有歸日蘇公三百甲子亦來一呂公乘鶴一去凡幾年何故仙蹤渺難測我聞仙宮本無玉宇與金臺黃鶴于樓何有哉非樓非鶴知誰似好同蜃市現蓬萊

毛子霞曰黃鶴一事本是傳疑今人作詩認真太甚得此一歌揮斥千古

讀李令貽書家乘後有感而賦

九真山前姓李氏其初來自鐵務使鐵務官也以官稱里中遂呼爲鐵李李氏發跡由太常太僕中秘相繼起至于廷尉更大光食舊德者令貽子或曰李氏本冶鐵起家一技卑且鄙李子告我殊不然謂余先世實遺毁余曰毁之亦何傷縱令冶鐵夫何耻徐稱磨鏡稽生鍛高人涸跡固如此況復傳聞非其真心知其非且諾唯李子示我家乘篇近迹遠稽言盡旨但期無墜厥家聲勿以門第爲足恃一讀一歎一稱

絕世間子弟應提耳余家先世錢府官賜姓曰錢從
此始若云鑄錢以爲生後世子孫不貧矣
李聲叔日若嘲若謔自具規箴可當一則家訓

贈閩中魏惟度

天下才人魏惟度無諸國王留不在南遊吳越北淮
徐燕齊趙魏馳名譽驅車每過大梁墟菟園雪臺憑
作賦有時行吟屈宋鄉八景星羅且雲布風月願推
閩者王江山樂得文章助登臨燕餞非偶然四海良
朋常一遇我今浪遊江漢間逢君正在漢陽渡平生

嚮往亦已深一見歡然遂道故多君贈我十峯歌九
峯歷落齊奔赴君家自有九仙山待君歸去成十數
我將報以十仙歌仙子掉頭而不顧
張夏鍾日十峯十仙投報極稱

戊午暢月念二日自楚東下舟泊皖江同汪望
嵩謁郡司馬雲樵余公開筵命酌賦詩贈之

西塞山前鷺正飛芙蓉峯上雉還依雉原自具文明
象鷺亦常懷潔白委哲人一出天下重爲霖爲雨任
敷施化蜀文章開道遠環滁山水搆亭奇醉翁涉爾
風流繼皖伯依然德教遺地比芝山群獻瑞（滁有黃芝之瑞）
士遊蓮幕共題詩（皖有蓮幕詩）昨夜南來過此土江之永
矣嘆方思今朝東下適登堂一見談心若舊知東山
絲竹方興會北海樽罍交錯時坐久陶然情未已更
闌燈灺莫嫌遲
汪州長日風流蘊宕亦復鄭重典雅

黃山歌爲黃子自先賦

黃子黃山之偉人奇標峻骨何嶙峋三十六峯齊鍾
秀文章藻麗更清新昨來廣陵初見面見面郁知心

即見峯峯屹立在眼前相看九峯差不厭欣然贈我
十峯歌烟雲變現何其多不惟九峯許我十楚山且
許盡收羅楚有九疑昔不信今也茫茫愈難認（黃子有此峯直欲並九疑之句）九曲嶺還招不來（九曲嶺在武昌）九真山亦呼莫
應（九真山在漢陽）十峯依舊是十峯如何自命峯中龍歸時
黜淡無顏色仍向黃山願乞一傳說蓮花峯絕奇九
華廬嶽群拱之未知花萼分輝否仰止高山良在茲
錢右尊日以黃山起以黃山結中間點綴諸峯參
差歷落可謂五嶽起方寸矣

卷二終

十峯詩選二集卷第三

錫山錢肅潤礎日著

燕山周體觀伯衡論定　同學諸子選評

五言律

早春遊天心水西亭 幷序

亭係元學士李泂讀書處在濟南府城明湖上壐土水中爲亭可以周覽柯九思所云濟南山水絕似江南者此也

四面惟流水中央倒寫天鳶魚方自得風月正堪憐何處尋瑤草他時種白蓮春光應有待與到且留連

湯布君曰詞重則意痴讀之推蕩不去收撥不來便是晚唐下着故詩學如此驫快極難

過淳于故里

在楚爲佳士于梁稱聖人微言悟庸主大笑驚群倫一日曾辭祿千秋不可臣黃山遺片土蔥鬱氣猶新

顧茂倫曰一日曾辭祿二語千載知心

毛子霞曰老髦生色

登州即事

到此山方盡臨流結萬家嵐光接烟火蜃氣貫雲霞但聽潮聲亂不聞人語譁坐危眠未穩只恐動龍沙

周伯衡曰此惟身至其地者能言之他人描畫不出

堯封贈繼起和尚 幷序

繼公卓錫靈巖有年矣自遊南嶽歸遂駐錫於古堯封堯封巉巖峭壁奇峯聳拔余羨公之氣象巖巖與峯相稱也贈之以詩

吳臺容不得應踞古堯封壁立踰千仞門高睨萬峯寒雲流舊井*山有寶雲泉*明月照孤松訪道來斯地相隨曳短筇

戴耘野曰高超之極惟繼公可以當之

毛子霞曰寒雲二語王孟佳句

過漂母祠

富貴知猶易貧賤識獨難不下王孫淚誰將國士看四時供荇藻千載報壺餐笑指韓臺畔荒烟碧草寒

王西樵曰起句幾抹倒王陵母矣千載報壺餐所以漂母不望淮陰之報也

周伯衡曰陵母智漂母賢正不相礙識人第二義也

過關張村

劉氏今無蜀關張尚有村土高疑玉壘樹老識桃園一代稱臣主三人本弟昆此間曾結義凛烈氣常存

周伯衡曰清平大雅

魏惟度曰氣格堅老

都門柯翰周昆季招遊柯園時四方同人畢集

分曹賦詩得九青韻

雨過開芳讌西園暫停賓朋聯握手聚散總浮萍

詩集江山錦人分吳越星蘭亭歷千載不道又柯亭

閻古古曰騰達之氣徵人眉宇

又

自北之越同大梁何元舉作

歲在秋之季時當陽正重猶懷處士菊不羨大夫松

去日離燕土前山即岱宗登高俱有意行路莫從容

一日乘舟去依稀畫舫齋淮揚水道接吳越斗分偕

敝邑山無錫寒家門掩柴來時須過我莫使負予懷

又

信宿江邊過行行到越東好山乘不雨惡水趁無風

禹穴探奇共謝池得句同去來多唱詠應勿歎途窮

周伯衡曰清遠絕俗雖酬和不減天分高妙自無雜言

縉雲過慭軒望吏隱山

此地聊云慭相看吏隱山峯高多傲骨松老帶蒼顏

鑿石尊餘古山有窪尊書巖墨有斑唐令李陽冰書吏隱山三字于壁風

流雖莫接髣髴上元間

毛子霞曰風流未墜

過石門洞看飛泉

疊障氣聯綿飛來百丈泉遠看猶半壁近即在高巔

石破天驚雨山空水化烟謝公如復作共留連

魏惟度曰五六句奇幻却是實景

會稽雨中登樓望臥龍山

散步且登樓憑高眺越州臥龍曾起未飛翼已成不山頂舊有飛翼樓亭向空山立人因細雨留紫烟迷綠樹佳

氣望中收

毛子霞曰如畫如見

魏惟度曰全首高老

過王陽明先生祠在餘姚縣山城上

勳名光日月理學破洪濛討叛春秋義致知儒者功

四方尊北斗一瓣祝南豐此日山城上煌煌廟貌崇

盛珍示曰正氣正學從四十字中傳出

毛子霞曰討叛二語足槩新建平生

自寧波返慈谿有感

望遠將何極山高水正長甫離董子國纔過董生鄉

烏食還思哺鵑啼欲斷腸亦知歸去好無計理歸裝

闕若韓日寫出客况婁婁婁楚楚楚不堪多讀

中秋同杜于皇潘大㫌飲蔣氏一梅亭并序

一梅亭者宋嘉定間蔣艮貴先生別業也今爲庵矣

不是貪遊宴偏多尚友心時當嘉定末宅在慧峯陰喜傍雲龍隱先生自題雲龍小隱能移山水音昔人留勝跡我輩復登臨

杜于皇日地以人重人以詩傳

潘大㫌日一起一結俱有遠神

題葉芸木疑舫

石幢風餘古伊人卜築幽陛居雖有屋乏宅恰如舟身世原無繫乾坤總是浮如何眠坐穩想爲任天遊

毛子霞日刻劃殆盡

廣陵過桑楚執齋中同杜于皇鄧孝威宗鶴問即席賦贈

不道空桑氏偏依深柳居蕨薇三徑草寂寞一床書座客皆嵇阮詞人有應徐相逢復相笑既醉又何如

李仁熟日勝地名流令人神往

贈白田王築夫

豈是淮陽老還從商雒來不隨處士駕願訪法曹梅地有登龍客門多市駿才斗山吾素仰喜得暫時陪

又

見說老成謝斯人尚典刑書觀中壘閣字問子雲亭談論雄千古文章準六經即今編志就大道若繁星築夫著道統諸志

宗子發日高風亮節從筆墨間傳出

戊午四月既望舟泊潯陽江同汪望嵩對月暢飲詩以誌之

今夜維舟處風光不待探微雲出山半大月坐江南蘆岸濤方急漁船歌正酣兩人相對飲美景助清談

譚子義日情景真絶詩亦逼杜

午日同譚韶儀韶成集陳文表齋中即席和杜少陵端午賜衣原韻

作客浪馳名天涯遇轉榮義門傳已久陳係江州高旌義門後榻設非輕細雨霑蒲綠薰風拂柳清五時花正發把酸不勝情

羅魯峯日與會非凡語更韶秀

十峯詩選二集卷第四

錫山錢肅潤礎日著
燕山周體觀伯衡論定
同學諸子選 評

七言律

春日遊南池

一水盈盈遶濟流儼然飛構望中收城懸雉堞爲屏
障亭湧漣漪對酒樓楊柳風輕吹線弱倉庚日暖弄
聲柔少陵八月余三月時物雖非亦勝遊

周伯衡日確是春遊移動少陵不得

望太白酒樓

蒼蒼楊柳薄斜陽照見高樓氣正揚六逸且同孔巢
父八仙何讓賀知章興酣落筆詩千首弔古臨風酒
百觴更喜南池相掩映一泓澄水發幽光

紀伯紫日謫仙在焉呼之或出

聊城懷古

一紙賢於十萬師何妨一矢竟加遺說辭盡去從橫
術蹈海終成高士爲想見英風餘涕淚徒存殘碣臥
荒祠嗟余不及孤舟月曾照聊城解難時

周伯衡日一結嘆慕已

潞河旅店有感

千里間關賦北征計程今抵潞河濵同舟不覓行人
雜異地方知僮僕親衣褐久懷藏澗谷曳裾何事向
風塵過都多少天涯恨綠酒紅亭涕淚新

周伯衡日眞至語出之自然

蔣虎臣太史訪余京邸褱然話舊賦詩贈之

兩地迢遙帶水如數年鱗鴈滯音書故人京洛風塵
外搔首滄桑涕泗餘金馬門堪供嘯傲玉皇案可曳

衣裾前身應是陶弘景此日無庸號隱居

繆念齋日悱惻纏綿不事文飾自然情至

都門王儔民見示歲暮書懷詩有感

歲序崢嶸暮色催天街爆鼓響如雷吟過燕市風生
袂夢到姑蘇月上臺北闕獻書人未老西田落木賦
歸來披襟讀到傷心處如助愁懷當七哀

周伯衡日豪放中有悽楚之致

濟南登歷山 俗名千佛山

一自于田灑淚後至今彷彿見重華山空何處容千

佛鏡朗猶能照萬家（山有鏡石）烟火蒼茫看不斷樓臺掩
映望非遐登高多少留連與春樹烏啼日欲斜

湯布君日風流跌宕結有鏗然餘韻

望華不注

虎牙桀立鬱崔嵬秀矗芙蓉望裏開突出一峯參泰
岱山卑如小島植蓬萊赤松安得常棲住白鹿何從暫
借回我弔遺忠逢丑父華泉不見重徘徊

吳姬望日不惟覽景抑且弔忠有心人到處不放
過

遊趵突泉三首次趙松雪原韻

海外神山問有無崔然一壑見三壺源從王屋來斯
遠流向東濱去不枯乍訝錦江開玉壘還疑甕社洗
珠湖人生幸得逍遙處肯使仙家踪跡孤（泉上有呂仙祠）

又

仙風縹緲豈虛無何物晶熒宛貯壺千里自能成起
伏四時應莫辨榮枯殷雷出地驚龍洞（龍洞爲郡邑禱雨處）驟
雨飛空下鵲湖（濟南有鵲山湖）此日清泉誰共對翛然一杖
倚雲孤（祠聯有仙人原爲對泉來之句）

又

此地曾經禹過無何人水底鑿成壺偃查欲貫終難
極精衛雖填自不枯急響嘈嘈奔濼口（濼水源出趵突）寒光
激射勝明湖（明湖在城西北）縱遊頓覺增留戀好景當前未
忍孤

周伯衡曰三律無情不洽有美必抽謝朝華於已披啓夕秀於方振俱勝前賢一倍

陳義扶曰原唱爲松雪一詩情景已絕璧日和之得三首如蜃樓成市變幻無方天女散花繽紛雜下與此泉共一奇觀

毛子霞曰三詩精悍在少陵長吉間

登岱三首

世無孔子誰能大欲小天下來登山乍入門時猶平

地漸升階後儼重關置身萬嶺千峯外放眼三江四
海間更上山頭最高處果然風景出人寰

又

封禪相沿事不虛山間功德竟何如祖龍到此曾無
字司馬生前獨有書輦道空留千古跡松陰全覆野
人廬我來握管難爲賦搔首遲回落照餘

又

昨夜紅霞帶紫烟朝來候日日茫然磨厓碑立天將
半望海樓空月尚連魂魄應登百歲後心胸先盪一

峯前振衣千仞舒長嘯縹緲臨風已欲仙

湯布君曰只爲不肯循人故脫盡風雲月露字面寧高毋平寧生毋熟其膽識已溯千仞之上

周伯衡曰名山分量高人性情與會既真清新逸別覗規覽七才子者真倉父

覗惟度曰三首確不可易方稱極詣

都門端午過紀伯紫齋蒲飲

作客常逢端午節恰于至日似爲難是日夏至天中應運南離照日下迎輝東井觀自有漢羹盛雪椀何來唐果進晶盤文官果係唐時果名雍容談笑風生座疑是陰生漸覺寒

曾青藜曰不作薦傷套詞全從時序上落想奇絕

讀史

成敗由天論莫輕每從事後見公評項王枉渡八千士燕將空收七十城堪嘆荆卿徒一去最憐李廣不成名平生讀史多慷慨怒欲衝冠笑絕纓

周伯衡曰四事皆無關笑處因極則笑慘於哭也

和陳子萬移居弁贈

伊人流寓古商丘渺渺山川嘆阻脩本自成行天上鴈豈同泛跡水中鷗臺當文雅非關俗館有忘憂不用愁聞說移居居更好林塘却比浣花幽

李嵋雪曰子萬爲其年難弟而皆僑寓余鄉一時有連璧之目安可無此風雅之筆傳之

錢塘懷古

龍飛鳳舞到錢塘龍去山猶附鳳凰風雨欲來峯萬疊烟雲空繞木千章當年鐵弩歸何處此日銀濤尚有光回首江干成往事幾人稱霸幾人王

錢宮聲曰一詩具無限興亡之感余向亦作錢塘有感一首安得如此慷慨淋漓

富陽道中同蕭有實何元舉劉麟公盛珍示闕若韓諸子

五鼓蘖蘖出富陽朝來一路轉蒼茫大山大山雲影亂上水下水江流長遙指桐君不知處却看嚴子在何鄉吾儕具有留連興相對無徒嘆望洋

劉石芝曰高懷逸舉逸興遄飛讀之如置身富春山水間

東甌署中雪霽有作

朝來啓戶步中庭一望盈盈列素屏山色有時偏似老花光到曉已先零郭公嶺上寒松翠謝客池邊春草青此地還留風雅在可堪作別賦離亭時將有括蒼之遊

周伯衡曰聲勢順穩

江心寺謁文信公祠和碑陰原韻

臣心亦似藕中絲，雖斷猶連愈可悲。天若有情扶是宋，公當斯世舍共誰。祇因航海舟空逝，故與厓江水暗期。此日祠前留正氣，夕陽慘淡照荒碑。

周伯衡曰：和信公詩便見信公情事，故佳。

元勳祠次邵文莊公原韻

祠在處州富山古三皇嶺，明祀誠意伯劉公。

岏崒南田氣勢高，篤生佐命有人豪。劉公族居南田 時逢四海如湯沸，力掃群雄似蝟毛。覇業成時輕管樂，王圖

就日薄蕭曹。千秋俎豆應無忝，豈特當年說報勞。

毛子霞曰：說山說人，一氣渾成，而語更雄壯。

入會稽郡

平生素負探奇癖，此去山川恣遠搜。敢上會稽成史記，懸知越國有春秋。六千君子兵何在，十一洞天道可求。只恐連雲重巘合，茫茫不見使人愁。

周伯衡曰：臨似放翁，豈入越便思爲越語耶。

會稽署中上巳有感

山川如舊物華新，此地欣逢上巳辰。作序尚思王逸少，披圖還憶李公麟。一時俯仰猶興慨，千載存亡孰具陳。咫尺蘭亭足未到，肯將觴咏讓前人。

毛子霞曰：雖未到蘭亭，而自有觴咏，今人勝古人遠矣。

謁曹娥廟

黯黯江頭未得前，曹娥廟在且留連。尋碑不見中郎字，有石空題元祐年。一望几筵何肅穆，邦遺環珮自飄飖。從來孝女推無兩，此日靈光正歸然。

蔣大鴻曰：宕逸蘊蓄，如欲解纓以贈。

西湖三咏

首韓王別墅，次岳王墓，次于公墳

紛紛和議一朝成，大將心灰遂解兵。飲酒但期醽宿好，種花聊復慰餘生。中原旗鼓渾無主，南國山川尚有情。遙指當年行樂處，翠微亭上綠陰迎。

又

一門忠孝固稱奇，部下將軍亦可悲。張憲含冤真莫訴，牛皐抱恨竟誰知。長留碧血埋黃土，共取丹心映赤墀。堪嘆六陵徒有樹，岳家高冢尚纍纍。

又

時膺多難出非常遇變行權自不妨祇爲有心全社稷豈真無意返君王建儲正議師靈武復國深謀鄙靖康一自功成惟死報千秋日月照荒岡

周伯衘日有此詩蘄王固千秋知己鄂王忠肅公亦可以無憾矣從來少此議論

遊吳山謁伍相廟

由來怨毒最難消往事紛紛總自招殺氣不須當賜劒禍機先已伏吹簫報讐事合春秋義愛國心同日月照見識江濤雖暫息吳山風雨正瀟瀟

周伯衘日警世名言亦足折服伍相

和施愚山少參一拂祠會講詩原韻

多君訪道坐江頭山自青青水自流野馬不牽忘世累虛舟無礙任天遊秣陵宮闕餘荒草建業衣冠埋古丘惟有依仁祠尚在更從一拂讀春秋

施虹玉日寫一拂入神詞亦清壯

張秋紹日前解是見道語入後寄慨良深

廣陵答宗梅岑見懷之作

風雨懷人二月時雲山黯澹愜幽期鮑昭曾續蕪城賦梅岑有後蕪城賦謝傳應添新椰詩新椰堂在謝安石舊墅門外呂安虛命駕梅岑過訪不值夢中張敏枉相思茫茫不識東原

路借問何方建鼓旗

黃九烟日通首娟秀

黃州登赤壁磯和山陰張子蓋先生原韻

無多好景爲誰留却憶當年兩度遊誰道周郎過夏口但聞蘇子詠黃州文章自得江山助身世還同煙水浮此日登磯聊一望不知何處繫孤舟

毛子霞日景自無多而前後兩度之遊則可美也

錢子固日儼然以三度自命耶

登晴川閣和熊鍾陵學士原韻

大別峯前漢水隈傑然高閣現蓬萊不因兵火方重構自有江山便已開隔岸幾看黃鶴舞當廳時見白雲來懸知此日登臨處作賦群推是楚材

又

翬飛棟宇勢摩空宛轉龜趺徑可通一帶水圍鄖子國千尋磯立禹王宮煙波渺渺愁騷客榆柳青青補化工舉目渾忘風土異舊堤猶自號新豐月湖上有新豐堤

譚部成日氣暢詩豪知其胸吞雲夢入九矣

魏惟度日一帶水二語足盡楚中名勝

汪州長望嵩携樽大別山巔招飲

巋然大別與雲齊俯瞰群山盡覺低江水正長難問

渡月城偏近好乘槎（却月城在汚口）霞飛灼灼桃花洞波染
青青楊柳堤把醆臨風情自遠醉來得句且留題

毛子霞曰桃花洞楊柳堤皆大別實景寫來如見

漢陽過吳園芳樹堂有懷賡菴宗伯梅谿王政

海內蒼生屬望深身依魏闕謝園林苑公曾具先憂
志司馬寧懷獨樂心豈謂樓臺無地起還留丘壑待
人尋我來不少登臨興山水之間自賞音

蕭山映曰頷言莊雅用事典確
黃庭源曰典與景會寓意更深

吳園海棠一株幹老枝繁百年間物江南北所
未見也詩以美之

奇種由來不易生獨依勝地似天成少陵過此還須
賦端伯當時早定名欲比喬松百歲古寧同木槿一
朝榮卻憐不及花開日別緒勞予夢想縈

毛子霞曰少陵無海棠詩端伯以海棠為名友用事不平實為妙

登黃鶴樓三首

黃鵠山前黃鶴樓樓高百尺枕江流年年黃相朝宗
禮日日招尋汗漫遊人世難逢蓬島樂古今幾動黍
田愁神仙不管興亡事還過磯頭問鐵牛（磯前有鐵牛相傳三千年來物）

又

烟水蒼茫總不分登樓惟見氣氤氳初疑鸚鵡洲邊
雨忽訝鳳凰山上雲地湧丹青供紫翰天開錦繡列
成文遊人到此堪乘興坐對江風悵夕曛

又

人工巧亦勝天成共羨瓊樓麗玉京未免有情參呂
祖却因無夢問盧生動名半世徒懸鏡戰伐頻年空
置枰（樓前有石鏡石棋盤故云）無限起人悲感意況逢山水更淒
清

熊元獻曰三首正言寓言各極其至與泛作觀景詩者迥別

展中秋和毛子霞韻 并序

戊午九月十五日過竟陵寓丹臺觀是夜月
色佳甚不減中秋毛子子霞置酒橋亭呼余
偕飲賦詩賞之題曰展中秋仿古展重陽也

置身直在丹臺上宴坐依然瑤草池未飲藍橋漿一
醆先擎匏子酒千卮中秋喜復移今夕明月驚看倍
昔時最是當筵才思好淋漓寫出畫中詩

譚濯村日題奇詩更奇可作千秋佳話

張夏鍾司馬宴余與毛子霞于竟陵公署時本邑胡石莊吳聯齋譚濯村程培風諸先生在座即席賦詩余倡韻焉

吳楚蒼茫一水間負書忽到火門山相逢陸子烹泉處更遇山公置酒攀座上徵君多皓叟朝中供奉有仙班天涯聚會原非偶風雨歌來情自閑

魏惟度日知己相聚不比尋常宴會故言之極其真至

西湖檜寺謁唐陸公祠 幷序

陸公諱羽字鴻漸竟陵人兒時棄橋下鴈過覆之有僧積公收養焉長而從師鄒公墅今祠中像居然童子容也

楚國山川擅絕奇天留間氣孕男兒釜懸尚覺淵中覆鴈過還從橋下窺唐積公僧同乃父鄒夫子墅是其師過祠喜得瞻真像如見當年羈貫時

咏陸公井

西寺蒼凉野草生陸公祠畔更幽清尋碑不見支公字碑刻支公字者為真陸井有井誰題文學名舊井為文學泉百尺寒光空盡照一泓秋水靜無聲余鄉第二泉許後第一泉還留自許公云楚水第一

毛子霞日二詩直為陸公寫照

贈汪州長移居諸山處 山係諸葛孔明昔年屯兵處

一水茫茫縱所如問君何處可安居故鄉本是高陽里新築依然諸葛廬不待百千錢買宅但將三十乘移書蕭蕭風雨原堪羨好助才人嘯咏餘

李仁熱日移居詩難得如此真切

過甘將軍廟

孫吳一出甘興霸敵國因之望若神鷹犬曹瞞嘗震慄斗筲黃祖亦逡巡生時驚說來鴉陣歿後喧傳見虎臣忠義至今江上表千秋廟貌儼然新

汪望嵩日正襟而談聳人觀聽

十峯詩選二集卷第五

燕山周體觀伯衡論定

錫山錢肅潤礎日著

同學諸子選評

五言排律

恭謁　聖廟詩四十韻

東土開文教、中天運日昌、慶來圖獻瑞、虹降玉呈祥、生可師百世、歿能享萬方、邦家咸俎豆、祝史薦鋪揚、故里尤思慕、何年大表章、魯哀初立廟、漢祖始升堂、釋奠儀成魏、加封號進唐、累朝隆祭獻、奕葉嗣芬芳、

赫赫文章府、巍巍道德坊、重門增壯麗、層閣佐輝煌、穹石碑銘古、橫橋璧水香、松深滋雨露、檜老飽風霜、綺殿雲攢簇、廻廊翼舞翔、鼓螭蟠繡柱、翡翠綴雕梁、閶闔開還掩、罘罳捲復張、烟霞浮紫碧、日月映丹黃、憑玉神如在、垂旒貌更莊、日猶瞻海內、心儼對君王、圭璧原依舊、尊彝且倍常、四賢環左右、十哲儼冠裳、諸子交聯席、群儒遍列廂、東西分次第、先後判低昂、整肅齊昭穆、雍容飭紀綱、子非先父食、弟不僭師行、偉矣几筵祀、遐哉禮器藏、一王垂制度、六代集宮商、

共說文題甕、相傳硯在牀、焚書曾莫損、治圣詎能戕、宅奏金絲響、壁生蝌蚪光、斯文天未喪、遺訓世難忘、彷彿趨庭處、依稀問道旁、講壇雖寂寂、絃誦正洋洋、小子才識鄙、生來質不良、未遑窺道岸、早自外宮牆、偶造三齊境、因遊東魯鄉、過都嘗驟躍、入室輒彷徨、觀海將何極、升天未易量、泰山同峩固、泗水任悠長、廟貌崇今古、明禋格禘嘗、瞻依徒自切、拜手愧無疆、

周乘公曰：堂堂正正，商爵皇皇，既巍巍以雄峙，復典贍而周詳，非此宏章，不足揚厲萬一。昔人評曲江云「含清拔於綺繪之中，寓神駿於莊嚴之內」，礎老方不愧此語。

魏性度曰：冠裳錫佩，肅肅雍雍，小儒見之，自咋舌而退。

恭謁　聖林詩四十韻

兩間鍾秀地、萬古發祥基、不待占修短、何庸說盛衰、陰陽分有據、日月照無私、道大能開運、德隆足挽時、坱圠寧易沒、滄海諒難移、遺老雖堪詠、哲人終未萎、悠悠東魯境、湛湛北城涯、古碣題三世、中星耀兩旗、尼防連結穴、洙泗共探支、近水位當坎、繼明面向離、無須石椁歛、但取玉書隨、葬本商親定、志惟赤自爲、經營馬鬣土、愼重鹿盧碑、披設周家制、楹行殷氏儀、

治任皆灑淚築室獨含悲楷種偏孤特藥苗爭附麗
松楸風謖謖毿毿象纍纍白兎曾驅墓神龜只守蓍
墻垣周左右塋冢峙高卑鳥雀巢俱避荊榛蔓不滋
總由誠盡格更有澤長遺殿在今名享堂存夙號思
虹蜺蟠若帶麟虎石爲司壇以空逾淨亭因曠轉奇
樓前山掩映橋畔樹參差輦在猶知路階平豈是墀
龍驂餘肅穆鳳蓋儼犛麗歷代調金鬯羣官奉玉齍
祇應天地配允作帝王師策蹇來從道高山欲賦詩
摳衣爰展敬拜手漫成規未獲登千仞何從贊一辭

十峯詩選　卷五　三

仰觀徒駭愕俯視歷思惟昊帝陵煙莽羲皇廟兆墮
孱茲延睿魯藐爾續蒼姬詎若林方茂常如雲並垂
根深綿奕葉氣鬱發新枝一姓簪纓繼千秋茅土貽
報功良不淺崇祀果無疑瞻望弗能置羹牆宛在斯

周霖公曰詠聖林者百千億輩詠聖林者豈乏名手惟此無一不有無有不肖崇宏鉅麗中復爾纖細畢舉更有慨慕古今企望後來之意讀之生人敬畏起人哀思者此也詩歌云乎哉

周伯衡曰聖廟聖林二律起承轉收次第連貫抱景咸扣緣情畢申既優游而彬蔚復頓挫而清壯賦而兼頌得瞻仰企慕之神讀者可以興矣

懷梁鴻次杜少陵寄李太白二十韻

在昔稱高士如公復幾人風流雖隔代志氣可通神
進退因舒卷經權任屈伸一時追四皓千載軼群倫
宮闕徘徊舊山川涕淚新感時歌亂曲去國歎離塵
不爲良朋戀何庸聖主親同行唯有婦隻影若無身
學術難爲假姓名豈許眞逍遙齊魯境浩蕩江湖春
皐伯廡堪主要離冢是鄰爲傭偏處賤具食未全貧
閉戶憂思集登臺回首頻扶風來逸叟吳市放孤臣
德盛寧悲鳳書成欲泣麟此心猶繫漢有地且逃秦

十峯詩選　卷五　四

小子慙無述餘生悵不辰曠懷欣可託尚論渺難陳
幸寄鴻溪畔相依蠡水濱哲人其逝矣何處問迷津

周伯衡曰思如澄水氣若幽蘭渙然冰釋之候

魏惟度曰芬芳之氣撲人眉宇不爲拼比所縛眞水到渠成時也

薛國符曰是題爲吳公伯成所命也時當上巳四方同人咸集余齋各賦一篇寄懷高士而礎日揮毫落紙慷慨淋漓大有閶風興起之意豈非惟高士能詠高士耶吳公見而賞之伯衡周公尤擊節不置洵絕調也

五卷終

十峰詩選二集卷第六

燕山周體觀伯衡論定

錫山錢肅潤礎日著

同學諸子選評

五言絶

孔子小天下處

孔子大聖人嶽嶽群方表何必登泰山始覺天下小

周伯衡曰是翻案實是正論

恭謁復聖廟四首

我來孔廟東相傳顏氏里昔年巷何陋今日廟何美

又

入門試摳衣登堂一瞻覩穆然坐忘容肅肅若憑几

又

道氣貫檐楹和風拂階戺松栢正菁葱枝葉觸簷廡

又

退省在何所樂亭樓仰止樂處不可尋但汲井中水

周伯衡曰寫出復聖氣象千載如生

青州遊雲門山二首

我遊雲門山如在雲中行借問守關者雲靜擁雪迎

又

門外氣鬱蔥入門更盈盈金柯紛玉葉綠翅聞嚴葵

周乘公曰確是雲門一字移易不得

山左寄家書示大兒宗武

三年不見汝汝讀書幾何讀書固有道貴熟不貴多

示大兒宗文

七月識之無七歲應多少汝莫以年少但剝梨與棗

曾庭聞曰二詩絶類元亮而勸勉過之

錢塘曉渡

漸覺江心會偏于海氣親如何潮不至應念射潮人

劉石芝曰是行也余實同之有心人到處不忘先世如此

楚中楊九疑兵部大招詩三首

屈子沈汨羅誰爲唱九歌自公之出矣湘水又生波

又

手執舊兵符如持蘇武節倡義功不成尚有常山舌

又

身殉流河水魂遊到煤山小臣不上天龍髯亦可攀

楊鄂州曰淒絶慘絶何減九歌諸篇

十峯詩選二集卷第七

錫山錢肅潤礎日著

燕山周體觀伯衡鑒定

同學諸子選評

七言絶

夜過桐江不得一見釣臺悵然有懷賦三首

雲臺曾似釣臺高聞道幽人意興豪二十八宿餘一宿至今隱隱照江臯

周伯衡日評論有斟酌乃真尚友

又

釣臺寂寂水猶寒豈有人來聖槩竿富渚半鈎巖月細桐江一片野雲寛

又

是處奇峯百丈崇思君不見色空濛餓傳青壁丹崖上忽在朱欄畫檻中

觀惟度日餓傳忽在是高人行徑莫作望不見看

過明州二首

入明不得見明山縹緲雲烟莫可攀謝屐支輪出没處鹿亭樊榭有無間

又

沼吳覇越總紛紜種死蠡行路各分誰是昔年查浦地可堪重置甬東君

周伯衡日弔古情深

九日登吳山謁伍相廟

伍公廟貌本隆崇我欲登高試往從忠孝由來稱絶頂最高高不過斯峯

周伯衡日亦是登高中絶頂詩

癸丑暮春劉石芝學憲偕遊西湖劉子肆宵拈山外青山樓外樓句成䜶賦詩余倚韻和之

鶯花三月映層樓豔冶春山望不休一幅吳綾誰作畫忽傳詩到是臨州

又

高峯兩兩峙高樓積翠飛嵐休勿休天下西湖會有幾何人不道古杭州

又

鳳凰山上鳳凰樓鳳去樓空王氣休此日湖山留隱恨不將十四換全州

貫休曾投武肅王詩有一劍霜寒十四州之句

宗樵李日體裁秀靚如春山明黛不以妙澤爲妍

燕子磯懷古

虎踞龍蟠拱帝畿江頭又有燕爲磯明明已識燕王
兆郡得城高燕不飛

毛子霞日天人巧合自非偶然今日爲明眼人覷
出快甚

采石懷古

蘄苑風流在此間錦袍猶似色斑斑若論三百年來
將前有開平後虎山

黃自先日偉岸不群直與采石並峙千古

十峯詩選　卷七　三

安慶弔古

舒州城外迎江寺樓閣正鬼擔影圓何事忠宣一抔
上獨餘斷碣臥荒烟

魏淮虔日起結開闔大家杼軸

小孤山二首

一山宛在水中央四面凌空接混茫道是小孤孤也
未大孤遙倚自成行

毛子霞日孤不孤耳々是真妙妙

又

神女神山大小呼分明姑以誤傳孤問姑當日伊誰
氏恐是麻姑是藐姑

毛子霞日二姑典雅
魏惟度日無中生有不落纖巧

望廬山不得至

不遇江州賢刺史誰人載酒餉淵明更憐腳疾原同
病々何籃輿自在行

張夏鍾日通首全自寫照

雪中江行望武昌

六出花飛點石臺樊山

泉

十峯詩選　卷七　四

至恐是潘生送酒來 樊善

潘贊甫日浩浩落落

史論叙

善學史者未有不善學經者也貫
史書者亦未有不本諸經者也嘗閲
太史公之史記其體本乎尚書司馬
公之通鑑其體本乎左氏朱子之綱
目其體本乎春秋故士無志于著述

高敘 一

則已若有志於著述則史學不可不
考史學不可不考則經學不可不
通然所謂學其躰者以立言也而所
以立言之本亦惟繹之於經而已矣彼
夫心術之醇疵人品之端邪事功之
眞偽隱現臚列于古今者非通經之
士窮理致知曷繇鑑之曷繇斷之嗟
乎以太史公之作猶雄千古而是非
多謬于聖人固已以司馬公之忠而猶
書寇於孔明之出師以朱子大儒而
猶恕辞於安石之誤國何哉若夫文
中子以荀氏有三仁歐陽子以斐桓忠

高敘 二

社稷則是非之謬贗者每有遺議焉
故學者必折衷于聖人終其身以窮
經而後史可論也吾友錢子礎日為經
師之望弟子問業者屨滿於戶談經
之餘慷慨論史間有所纂或古人之
已發者為之暢其蘊或古人之未發

者爲之扶其微雄氣奇文驚人心
目然一一歸於忠孝之正理義之當可
有功于後學非苟作也梓而行之不
敢曰怨怨斯世知我者希而爲劉提卿
之終不示人尒　弟高世泰拜題

高叙三

史史引

王元美曰千古而有子長也亦不能成史記僕幼時讀此語輒謂不然千古下僕巖之頸血可以致朱亥子房之袖椎可以鼓江東子弟秦起咸陽非羌而羌趙處南海不粤而粤蜒蝨羣蹦出塞數千里嗷羔略宿大幹耳帳自雄何異呂相國擁邯鄲美人偃然三皇五帝父乎患無子長不患無史子長如喉吻史如音聲子長如瞳子史如光所攝子長如如來眉間白毫史如大千由旬世界千古有礎日千古之子長也

先乎子長經子長摹繪而未盡若豫讓輩者礎日益以頰毛近乎子長不及受子長寫照而風骨嶽嶽足以分盻札半席占寶灌一琳若李膺輩者礎日出其顛頰至日月遊濶而神采符契文丞相張少保海嘯虹飲寧減蕭蕭易水哉礎日劈頭一着尤在抹倒子長其抹倒子長在救李陵夫抹倒救李陵之子長而後可以史史千古而下始有真史藝花果者剪宿根參活禪者掃腐柔予林屋灌園叟又天壽擔板漢也姑以兩言復礎日可矣珠塢頭陀米題

錢礎日史論序

孔子作春秋而列國無史朱子作綱目而十七代無史非無史也列國十七代之史史而史者也春秋綱目史而經者也善讀史者必先窮經窮經則知學道學道則是非正是非正則好惡明好惡明則褒貶當不窮經而學道則不達理不達理則不知人不知人則不能論世如是而讀史謂之玩物喪志焉而已吾友礎日錢子今之隱君子也家梁谿之上束修其躬詩文自娛暇則取古人而尚論之其是非多不謬于

聖人予讀未卒業爲廢卷而嘆曰噫錢子其學道之人耶方今風俗日微人倫道盡士大夫走聲利如鶩不爾則酣歌六博放浪詩書之表謂人生行樂耳而錢子獨皭然自好義無苟合觀其著述異乎先貨殖而後仁義者其亦遠矣吾聞梁谿之先有忠憲先生學爲聖人之道以名節理學相高尚非先王之法言不言非先王之法服不服蓋猶見鵝湖鶴山之遺教焉錢子篤生其鄉去先生未遠其間素心之友相與鷄鳴風雨者不乏也其亦有聞先生之風而興起者乎亦必先自潔也而後可以浣物鑒必先自明也而後其妍媸不爽故明乎孝之理而後可與論人之孝不孝明乎忠之理而後可與論人之忠不忠故學爲聖人者所以上下古今之本也憶予十年前與同志數輩約爲窮理持敬旬會月要更相論難六經既治有事讀史而會遭大故散如晨星今得吾錢子豈憚走百里之遥訪諸山顛水涯之間以謀心理之同而不幸負痾終歲窮愁杜門不復知有友生之樂嗚呼豈非天之欲喪斯文也悲夫　弟陳瑚拜譔

序史論

梁谿錢子磯日作史論數萬言集成客問陳子曰固矣哉錢子之論史也今夫留意世事術家所忌恣言成敗滋入口寔以故疎誕如公等或飲酒慉其機穎或戲弄銷其思智神器曼衍符于自然錢子奚不憚煩耶奚意念之深也陳子笑不荅客退適錢子書來囑余序余曰微錢子余固將言之向者與客言彼乃以我爲非人也夫人各有能不能陳子與錢子生同世居同郡相善也又同遇世難陳子結髪慕晉時阮

籍温嶠之爲人行不問清濁肆志而已父老儕之以爲清狂當世誚之以爲朽物如客所云飲酒戲弄時時有之不以爲病也錢子則砥礪廉隅修餙儀刑其所言必爲學士大夫所楷模其於古今人品之邪正學術之是非未嘗有銖兩之差秋毫之剌謬也鏡真僞攻成敗如奕秋之於奕𥿄豆之於御魏文帝之於彈棊也是故錢子與陳子兩人之行不同然兩人之相得愈歡甚錢子風義峻激意氣狷潔謝朓催岸獄之悲摯虞丁飢寒之患陳子不以爲非陳子混跡傭保埋名雜作南山種荳作歌寓不平之色東海牧豕擔書厠穢賤之行錢子亦深以爲是非錢子不能爲史論非陳子不能爲錢子論序也蓋先是貴池吳先生太倉張先生俱有史論云吳先生意氣雄偉倜儻非常所著樓山堂史論高文老識成一家言有極筆之歎矣張先生并包墳索淹貫竹素家君嘗與崧言間過婁東謁太史見其輜輧雲集落紙如飛應對縱流侍史腕脫魏信陵賓客三千朱齡石書函七十絕歎爲神人也今錢子上下數千年翩翩足樂豈非兩

先生後勁哉余因述兩人之行不同而志則一并及貴池太倉兩先生之論史者以爲錢子序若夫著論風指陳子不欲言也陳子者飲酒戲弄之人耳論史深心自有相發明者又何藉於此等人矣相發明者何黄漢臣張燕孫諸子是也錢子試以余言質之頗以爲然否壬辰春陽羨盟弟陳維崧譔

史論小序

天之生人豈偶然哉顯而在上則以道見諸行事而天下蒙其澤焉窮而在下則以道發爲文章而天下宗其教焉位雖異而道無不同也昔宋興歐陽子學韓愈之學以達於孔孟著禮樂仁義之實以合於天道其言簡而明信而通折之於至理以合人心天下翕然師之余每求其人而不可得若錢礎翁先生其今之歐陽子哉先生口不絶瑩手不停披先生之業至勤也古今之書莫不盡讀獵其華而咀其英泛其流而涉其源先生之學至博也鎔經鑄史閎中肆外奇而不詭於正變而不離乎法先生之文至醇也坐一室左右圖書得失不介於懷榮辱不亂於中先生之爲人至高且潔也夫以先生之高且潔與其文之至醇學博而業勤又盡章章如是則天下之士豈復有加於先生者哉以是而著一書立一說傳示天下天下稱爲礎翁先生之文翕然師之如宋之有歐陽子焉豈不可也　闇自辛丑歲得從先生遊先生道日尊何候於門墻者日益衆而　闇也遠隔百里外不得

董序一

朝夕繼見音問久疎今年春辱以所著史論一編命　闇識而行之夫先生史論經栢鄉魏公之品題與諸鉅公所論定自足千古非後學輩所能贊美而稱道之也且先生著述若尚書觀若易通若詩禮春秋解纍纍成帙即以文而言若記若序若傳若書若說若銘若賦頌無一不頡頏曼茀迥邁時流亦何獨以史論顯耶使規規焉執是編而揣摩之曰先生之文盡在是矣是猶鑿井得泉而曰水專在是豈理也哉然則天之生先生誠非偶然也先生今之歐陽子也

康熙甲辰三月朔松陵受業門人董闇謹識

董序二

史論序

史何爲而作也所以明經之道也易詩書禮樂春秋作於聖人而傳於後世尊於朝廷以及於草野大之以治天下國家近之以修其身其言粲然大備要其旨使善者勸而惡者懲自三代以降通經者漸少其道不能大行於天下而史作焉史也者其不善焉雖王公大人而有所不能諱苟其善焉雖匹夫匹婦而有所不能隱其法以明經之道而其事愈詳其言愈繁善者有所以益勉其爲善惡者有

所忌而不爲惡然則作史豈不難哉曰唯公于心與當於理而已公則無所偏曲而其言正當則無所支飾而其言達而一合于經之道又自作史者不能盡公與當以傳信于天下後世故論史者出焉去其不公者以求其公去其不當者以求其當以使善者果足以爲勸惡者果足以爲懲然則論史者非公與當亦莫能爲也論史所以翼史而求合于經也其公與當何如曰亦論其名與實而已有其實者其人能貫通列代之史於史之

是非得失背能了然于其心作爲文章果欲使善者勸而惡者懲而益發明乎經之道天下後世亦從而信之有其名者則不然不必貫通列代之史于史之是非得失不能了然于其心作爲文章不欲使善者勸而惡者

秦序三

懲而益背戾乎經之道天下後世亦從而疑之是非論史之難論史而有其實者之難也若余師錢先生礎日史論一編蓋有其實矣其心公其于理當其言正而達貫通于列代之史而一推本于經之道其是非得失常

若有所獨見而能合乎天下人之心天下傳誦之者善者必有以勸惡者必有以懲不求名而名常歸之嗟乎論史者何不求之實而名之求乎則亦一迓之于經矣作史論序

康熙歲癸卯仲冬之月前史官同邑

秦序四

門人秦松齡書于恆齋

史論一編目録

卷一

唐虞論今文迦洄集選本　湯武論今文迦洄集選本
周公論近稿　周宣王賢臣論近稿
周平王東遷論近稿　荀楊大醇小疵論近稿
田單論今文迦洄集選本　張良論今文迦洄集選本
麒麟閣功臣論近稿　雲臺功臣論近稿
李膺論燕臺文選選本　諸葛武侯論今文迦洄集選本
晉七賢論近稿　瀛州學士論近稿
張許論今文迦洄集選本　顏常山平原論今文迦洄選本
方正學論今文迦洄集選本

此卷向有二十餘首今照　柏鄉魏相國選
本存數首以誌知己餘悉刪去不載其近稿
皆係鉅公許定併附入集中彙爲一卷云
十峰錢肅潤謹識

史論一編卷之一

錫山錢肅潤礎日著

唐虞論

榆罔闕辛癸之賓而公孫軒轅塞之爲厲發儞炎氏沒天下爭久矣至唐虞而以禪名唐虞正統也禪正名也唐虞不可學受禪亦不可爲後世學唐虞因爲受禪唐虞之禪成于讓者也後世之禪成于篡者也唐虞之禪合兩姓若父子後世之禪分一統爲仇讐唐虞之禪出于上欲巽位下見推而受之後世之禪出于下欲僭位上見脅而與之吾觀曹丕受命實始逼君晉炎稱帝共聞廢主恭帝欣然操筆甘心爲寄奴禪終不能銷禍淡之之兵順帝不臨軒彈指泣願勿生天王家且必弑之後快齊實融何罪姑熟醇醪其能忍乎嗣是陳受梁禪沈恪叩頭謝焉隋受周禪榮建緒正色諫焉噫唐虞固如是耶夫以魏晉及五代之君史咸稱有雄才偉略使其明建義旗中原逐鹿未必不馬上得天下而獨相蒙以受禪之說者其故有二一則喜其掩取之不勞一則狃于臣佐之庸

陋也夫射雉者弋飛不如媒翳之易致劫質者交戟不如斟斗之易乘干戈之取天下難禪讓之取天下易難則百戰而不决易則一朝而改觀出因其資入用其寵勢至便也起自北面俄登南面機最速也若所爲翊戴諸臣大率皆僥倖取富貴者耳輸意者早爲躡足附耳以明歡觀變者思則唯喏隨聲而稱賀責以鄧留之籌絳灌之略豈其任乎所可惜者唐高祖得天下之正比烈漢高而亦受隋侑禪宋祖以忠厚開基享曆最久特黄袍加身袖中禪詔讓于陶穀

石守信之謀使宋祖不得與天下正始者此矣夫禪代之舉必當問所行者何世與所行者何人非其世非其人雖唐虞之文商周且不能襲况三代以下乎然以聞西山之歌曰神農虞夏忽焉没兮我安適歸矣飯牛之歌曰生不逢堯與舜禪夫然是欲以商周爲唐虞也當彼獨夫肆虐神人痛憤爲天下驅除固當使武欲諱放伐迹但用清君側名入領朝政陰持重利噆商廷之士使皆納欵然後令旦奭具禪詔入逼商受書之犢車下殿從降公例或慮有他故遣私人潛弑焉以疾薨誥天下如此則周遂爲虞夏乎征誅化爲揖讓乎伯夷昆弟亦遂出而膺定策叅佐命乎名欲嬪古帝而無以答後人朕志不終隱天下不易欺周武不若是之僞而愚也齊桓尊周室功最高浸假怙其勛勞妄覬符命賜胙不已邀九錫九錫不已謀廢立廢立不已求禪位匡定之聲斯隕無將之罪漸形是小白且不免王敦桓氏之誅而甯子在齊無以解錢鳳殷仲文之爲佞賊也賢侯哲士寧爲之否與然則二子之言托與也非實事也猶之勞苦者

必呼天疾痛者必呼父母意也噫唐虞可學而不可學故受禪可爲而不可爲後之人慎勿輕言受禪哉

魏貞庵曰照膽神鏡可令狐媚匿影潛形

湯武論

有一代之統有萬代之統萬代之統不皆正猶一代之統不皆正一代之統如夏之後桀商之後紂是也萬代之統如堯舜之後湯武是也昔班固作曆志引易傳曰古者炮犧氏王天下繼之曰炮犧氏没神農作神農氏没黄帝堯舜作此正統之説也自禹以下周易不載其序壹似有疑湯武者湯武偈疑乎爾曰湯武者簒弑之君也簒弑之君不可爲正統自前史以湯武爲正統後世如秦如晉如隋皆得以正統歸

之嗚呼是未知春秋之旨者也春秋弑君三十六其間不越境有書不嘗藥有書憚老懼讒有書廢長立幼有書何則有弑君之心卽不必有弑君之事與弑君同况實有弑君之事者乎考史記湯親與桀戰鳴條一師聲動天地武王至紂死所三射斬首太白夫然是不得以趙盾許止鄭歸生齊陳乞相較明矣而或者曰亭山之役桀放三年後死紂自燔寶玉死非親弑也如是則亦與于趙盾許止鄭歸生齊陳乞之甚者也或曰春秋之義莫大討賊大夫無沐浴之請則貶而稱人諸侯無討賊之功則畧而不序湯武而果弑君也當日之諸侯何不並起而討之而一則曰諸侯大會再則曰諸侯受命于周何也曰魯桓弑隱故鄭伯盟于越宋督弑殤故四國會于稷蔡世子般弑景故十二國大夫駐于澶淵是春秋所爲肆人欲滅天理也當日之諸侯亦猶是也然則湯武者春秋之所不與也湯武生春秋以前何以知春秋不與也曰使湯武生春秋之世則孔子必書曰弑君孔子書弑君則湯武必不得與正統吾是以知湯武者春秋

之所不與也雖然孔子序書至湯武何不删之而顧序之虞夏之後何居曰春秋者孔氏之書也書也者上古之書也爲孔氏之書是故可以筆之亦可以削之爲上古之書不容削也然其間有説矣曰成湯放桀南巢諱弑曰放猶春秋書弑意也曰十有三年春不書卽位爭亂造端簒弑緜起猶春秋魯隱公元年意也吾是以知湯武者豈惟春秋不與卽書亦不與也湯武可爲正統乎哉乃正統之説曰正統爲言猶曰有天下云爾嗚呼苟有天下皆得爲正統則湯武

之後有新莽者建國十八載曹魏分漢黃初而降四十餘年亦正統矣不寧唯是彼羿浞生湯武前篡夏位滅灌鄩繼正統者當自羿浞始又何疑乎湯武

黃漢臣曰嘗論八大家文當以子瞻武王非聖人論爲第一以其膽識俱絕開人所不敢開之口耳

太史公于列傳首伯夷世家首泰伯皆深明此義得礎曰此作當與禹足而三

周公論

有非常之權者必有非常之禍非常之權聖人懼焉聖人有其權而不恃其權故其權雖足以招禍而卒不至於禍其道莫備乎易易之乾初爲潛進而爲見爲惕爲躍爲飛至上九則曰亢九陽也上陽之極也陽極則亢天之道也天道有亢時聖人無亢心是以不避亢亦善處亢於進退存亡得喪之際爲加謹焉夫進退者身存亡者位得喪者物知進不知退則辱身知存不知亡則失位知得不知喪則無物此其故中士昧而不知豪傑知而不盡聖人明於未然行乎當然順盈虛消息之理而爲之而能使進退存亡之各正故易一則曰惟聖人再則曰惟聖人誠難其人也千載而上吾得一人曰周公公之一生純乎易其在文王時似潛其輔武王似見其率師入殷忻忻休休志在除賊也似惕其爲壇以告祝册金縢也似躍其代武王當國負扆而朝似飛至居東則亢至歸而復相禮自作樂自成越裳獻雉稱公德郟鄏定鼎稱公功公是時不益亢乎余嘗讀書至洛誥君奭諸篇

未嘗不嘆周公處亢之有道也夫亢之作有由也君臣相疑則亢生僚友相忌則亢生公行其道於君臣間是以政可復農可明而一時不爲嫌行其道於僚友間是以反覆告諭餞遣就職而一時不爲專其斯所爲知進退存亡而不失其正者乎知進退存亡而不失其正此公所以有其權而終不有其禍也後之爲周公者吾惑焉漢霍光明張居正皆有周公之權者也光受遺詔輔幼君二十餘年小心謹愼未嘗有過當大事屹如山嶽居正亦受遺詔輔幼君十餘年

間尊主權課吏實信賞罰一號令萬里之外朝下夕行乃權在而用權權去而輒受禍一赤族一籍家霍張之後不若周公之後之永者何也蓋赤族之禍不在禹雲等謀逆之時而在中宗朝秉政之日籍家之禍亦不在遼庶人納金之日而在高新鄭見逐之時天下豈有權久不歸君而能使其君不疑者亦豈有權至軋其友而能使其友不忌者豈有其君疑之其友忌之而能保其禍之不於生前必不於其死後者此霍張於君臣僚友間固未能以處亢之道行之也嗚呼霍張豈不讀易者乎霍光不學吾無怪焉爾獨博學閎通如居正者而猶闇於大較不明乎進退存亡之義嗚呼此周公之所以難而學爲周公之不易也雖然三代以降舍博陸與江陵奚屬哉

宋荔裳曰讀易知變論史有識是一篇絕大關係文字不抹殺霍張二公尤見胸有陽秋

周宣王賢臣論

國家當積弱之後，固賴賢君振之，尤賴賢臣起而共助之。夫所謂賢臣者，必材堪將相，資兼文武，相與一心力，效馳驅，或任其內，或任其外，故能俾政府清而軍威肅，槩然成盛治之名。昔夏少康、商高宗皆再造者也。少康共事有舊臣靡，高宗時舊臣則有甘盤，以布衣爰立者則有傅說，兩君亦皆得賢臣之助，然猶不若周宣王之爲尤多也。宣王以夷厲餘擾亂世反之正，方是時，召公、周公同心輔政，任申伯、仲山甫、張

仲倫德教，舉遺士，史不勝書，其可槩見者，往往載之於詩。其實吉甫也，則以烏隼龍旂著其嚴翼；其誦方叔也，則以魚服簟珧昭其顯允；其平淮南，則覩浮浮之江漢而思召虎之戎公；其伐淮北，則既命皇父以三公出將，又命程伯休父爲司馬，以六卿副之，而克奏常武之烈；其命蹶父封韓侯，則賦奕奕以張大之；其命召伯營謝以封申伯，則賦崧高維嶽以贊歎之；其命山甫城齊，則又賦騤騤喈喈之盛以壯之。若夫車攻吉日，不過狩獵具文而已，其言曰"之子于苗，選徒囂囂"，又曰"悉率左右，以燕天子"，既誌其車徒而且樂從王之衆。蓋宣王之世，任才竭能，其勤且力如此，此亦可見賢臣之多矣。夫國家之興，未有不本賢臣之多者也。少康、高宗名雖爲興，舉朝未聞有赫然可見之績與夫踴躍歡欣可咏可歌之事。當彼滅澆滅豷，縱有功伐，一時不傳，後世罕述；即商頌殷武，亦止頌其君之服遠方、享福壽耳，未嘗有一言及其羣臣者。至宣王而顧忠者衆，豐功懿業，炳炳麟麟，二雅所載，抑揚反覆，稱道不絶，何風之隆也！豈宣王之爲君

有獨賢與？夫宣王雖賢，未必賢於少康、高宗也。少康崎嶇離亂，以一成一旅布德兆謀，收夏衆而撫官職；宣王居宂掌難，不歸懸國命於共和之手，其優劣固已見矣。高宗豐昵，雉鳴鼎耳，究亦無大闕失；宣王甫立，旱魃爲虐，厥後馬化人，兎舞鎬京，災異疊出，其與高宗疇得而疇失耶？然而宣王之興反似過於夏商者，徒以其臣賢且多，近可扶濟於一時，遠可歌頌於百世，遂躋其君於明聖之列，而治道迄今有光也。然則賢臣之功誰爲大？曰：功莫大於存孤。文武成康以

來相傳之緒至宣王而克繼之者召公之功也其次莫如死忠宣王以秦仲討西戎不克死之功雖未成而所以鼓八百年忠臣義士之氣者秦仲爲之先也嗚呼此二臣者其賢臣之尤乎此則詩不及咏而史獨書之者也不可以不識也

秦對巖曰通篇引詩生色筆法醇雅絶似劉中壘次亦不失曾南豐

周平王東遷論

周之東遷未爲失計也國家非勢窮力詘之餘未有願離宮室寘宗廟舍陵墓斷然而爲遷都之事者也方平王時西有犬戎與酆鄗甚邇平王自度脩德行政能如亶父乎其居之也亶父聖人也初亦患其偪後乃遁焉詩曰混夷駾矣維其喙矣蓋難之也文王四年伐之不克事之文王猶事之況平王乎至穆王耄荒無度犬戎氏以其貴瑤來見王漸有窺周之心矣嗣後累歲不絶厲王時戎入寇滅犬丘大駱之族

宣王立命秦仲討之不克死至其子莊復伐之乃大破逐幽王而軍敗戲水身死麗山於戲犬戎之爲禍烈矣爲平王者不亦難乎是役也雖舅氏申侯主之然申侯一時與之後亦未能禁之况犬戎便射獵而習馳騁上下山坂筋力百倍輕死而樂戰雖其時晉有義和鄭有掘突皆王室勳舊齊藉太公之故基魯承周公之遺烈衛憑康叔之威靈非不足左右王家然其地遠者各千里一旦有急援兵難以猝至此平王所以離宮室寘宗廟舍陵墓斷然而爲遷都之事

也或曰平王遷矣如故國何曰平王固慮之矣慮夫戎狄強而中國弱也慮夫以中國禦戎狄不若以戎狄禦戎狄也秦界西戎亦戎類也其勢足當戎自非子養馬汧渭以來威力已振暨襄公有平戎功戎又知懼予其爵足相制予其地足相守於是卽位之初遂命秦列爲諸侯賜岐豐地禦戎之道見於此矣厥後秦文公以兵伐戎戎敗走收周餘民復地至岐而戎之勢始殺及秦伐義渠擒其王自此中國無戎寇雖然戎之熖息秦之氣張矣孝公發憤擁雍據殽函

卷天下囊括四海駸駸欲并東都之地而吞之未幾喪於嬴政之手於戲始之以戎狄禦戎狄者繼不且去一戎狄而生一戎狄乎人於是爲平王之遷恨而余則爲平王之遷幸也遷則禍在秦不遷則禍在戎同一禍也禍在戎者其禍速禍在秦者其禍遲與其禍速而以天下委之戎孰若禍遲而以天下委之秦自古無不亡之國秦之繼周天也非平王所能爲也且夫洛邑之都不自平王始也武王克商遷九鼎于洛邑成王周公復增營之順天時因地利度八事彼其初固已料後之子孫之必至於遷也料後之子孫必至於遷遷之未有如洛邑之善也然則平王之遷洛殆武王之志而成王周公所許也以故平王遷之歷十二王皆都於王城無少變也至敬王居狄泉亦成周耳去王城未遠又歷八王至赧王復居王城而後入秦焉洛亦何負於周哉故曰周之東遷未爲失計也

秦對巖曰遷都原屬不得已然而遷則存不遷則亡古人決計當非漫然蘇公以此決盛衰先生以此決存亡同一深心遠識言則相反而意則相明也

荀揚大醇小疵論

千古有醇人焉孔孟是也孔孟之道如精金美玉故其書莫得而議焉孔子刪詩書筆削春秋合于道者著之離于道者黜去之孟氏七篇雖多自萬章之徒所記然所言如性善養氣皆精微之宗旨孔孟沒無醇人矣有荀卿者著書三十二篇性惡禮僞其說甚駁揚雄作法言象論語彼善惡混之說何其雜也二子者直如碔砆之亂玉如魚目之混珠其書有不足道者由此觀之揚雄疵者也荀卿疵乎疵者也荀揚之疵非小疵安得爲醇荀揚不得爲醇安得爲大醇哉昌黎韓愈乃以大醇小疵論之而若有取乎荀揚者何也或曰韓子之取荀揚也以其尊孔孟也余應之曰揚子或知尊孔孟矣荀子尊孔而以仲尼子弓並稱于子思孟軻則又罪之吾不知其尊孟否也或曰凡人貴遠而賤近揚子去孔子五百歲于孟氏亦越四百歲世遠而道高宜揚子之望見之思慕之也荀子去孔子僅百餘歲而于孟氏爲同時荀子之氣象與孟氏埒其時且有高荀于孟者故宜其小視孟

史論一編　卷一　荀揚論一

氏也余艴然曰然則何以爲尊孔孟曰韓子有言矣荀子之書考其辭時若不粹要其歸與孔子異者鮮矣是荀子之尊孔也孟氏談仁義荀子亦談仁義孟氏辨王霸荀子亦辨王霸荀子之言多與孟氏同者是荀子之尊孟也余正色言曰是不然荀揚蓋似是而實非者也荀揚陽附孔孟而陰背孔孟荀揚者孔孟之罪人也或曰果若是韓子何以取荀揚也余解之曰韓子取之蓋有故矣韓子自以爲得孔子之道而于孟氏之統則直繼之者也何也孟氏闢揚墨韓子闢佛老同一道也觀其與孟尚書謂孟氏功不在禹下而以巳與孟氏配其意曰使孟氏之後而有人焉則巳孟氏之後而無人也愈亦何多讓焉故姑舉荀揚言之以俟天下後世明其可繼與否其實荀之非十二子未可與孟氏之闢楊墨比也揚子劇秦美新使孟氏當此必不爲之矣夫荀揚俱不足繼孟氏而謂孟氏之後舍韓子其誰乎是以讀荀子以爲在軻雄之間斷之曰孟氏醇乎醇者也荀與揚大醇而小疵他日作原道敘堯舜禹湯文武周公孔子孟軻

史論一編　卷一　荀揚論二

相傳之緒喟然曰軻之死不得其傳焉荀與揚也擇焉而不精語焉而不詳嗚呼安有擇不精語不詳之徒而得爲大醇乎是則予其長不得不較其短較其短適所以形已之長也或者起而言曰誠如子言孔孟之後韓子可謂醇人矣余曰是又不然韓子雖若醇然其平生意向所在終不免文士浮華放浪之習時俗富貴利達之求無他理學之未至也求醇人于三代而下必也其周張程朱乎

周文夏曰題說荀揚文都以孔孟始以周張程朱終是深于闢荀揚者也礎日之功夫豈在韓昌黎下

田單論

田氏世多篡國前乎單者田常常爲田乞子乞立陽生謀未遂至常相簡公與田氏共殺之及相平公平公權歸常割安平琅邪自封邑君子聞之曰奸哉常後乎單者田榮榮逐田假爲田市也假不逐則市不立市不立則榮不相榮不相則榮不王君子聞之曰詐哉榮至單與湣王雖疏族實田完後非田氏不王單之王宜耳矧當燕師下齊城潰國君走世子爲人傭單據二城自稱王固甚便單卽不自王而卽墨大夫士推單重單卽墨人民無不愛單慕單欲立單單王可也不然俟七十城復乃起王誰曰不可而單則曰否單所復之國非單之國而齊之國也非獨齊之國而齊湣王之國也湣王吾君也湣王子法章則吾君子也子不先父臣不僭君幸而輔新君與王業吾爲齊忠臣卽不幸功不成名不立田之廟祀不大絕亦不失田孝子故寧棧道木閣迎王城陽寧受安平萬戶封終其身不欲王君子曰單斯可爲忠孝也已夫單之行事光明正大可對君父可告祖宗及三年

以來日夜圖復非奇謀秘計不能有也何也單固稱兵法之祖也單守二城燕不能攻壁堅也自單堅壁之法行而王翦以敗楚周亞夫以擊吳郭子儀以破僕固懷恩皆此道也樂毅畏誅不歸情實有之單一間輙聽焉間工也自單反間之法行而應侯以沮廉頗陳平以誘項王韋孝寬以惑段琛皆此道也齊之城果有飛鳥翔乎抑果有神師降乎自單神助之法行而李矩以襲劉暢王世充以攻李密狄青以討儂知高皆此道也單無懼劓掘冢之言則齊人不怒齊

人不怒不可與戰自單激衆之法行而唐朝臣以克王溫張伾以勝田悅宗澤以敵金人皆此道也兵有火攻火人爲上火積次之火輜次之火庫次之火隊又次之自單創爲火牛而後世火禽火獸之制且紛紛矣以是觀之單誠兵法之祖乎哉然則狄之役何以三月不克聊城之役何以歲餘不下曰兵有以久敗亦有以久勝顧其志何如耳樂毅之以久敗志未定也使三年不解圍城中人苦矣安得不破田單之以久勝志定也冒矢石援枹鼓氣不壯哉獨是齊有一王蠋殺不能用蠋亦不爲殺用齊有一魯仲連連爲單用單亦獨善用連此兵法所謂有人則得之無人則失之之意也或曰有單如是則齊不亡矣何以亡曰國之興亡繫乎天國之治亂存乎人單在齊齊未嘗一日受兵單歿而襄王之子建保有齊國四十餘年猶單之力也至秦始皇二十六年王賁襲齊王建降秦遷之共齊滅嗚呼先五國而亂者齊也後五國而亡者亦齊也自古無不亡之國但爭亡之速與遲耳當燕師至齊人豈料齊之復有國哉即復有國

豈料其後享國之年多于五國哉迨其後韓亡齊不亡趙魏亡齊不亡燕亡齊亦不亡楚亡齊乃亡嗚呼單之于齊大矣

魏貞菴曰魯連義不帝秦與田單破燕復齊肝膽畧同故聊城之事特佐一籌不然輕世肆志之人何與人間事而甘爲射書作說客哉

張良論

良韓人也韓則曷爲漢乎爾曰始事韓終事漢也事韓曷爲乎事漢曰事漢所以爲韓也爲韓奈何良自擊秦歸聚少年百餘人謀復讐不得道遇沛公遂屬焉若曰吾將借漢以報韓耳韓王良立之韓地良畧之無忿不爲韓亦無事不爲韓夫是之謂爲韓也爲韓則韓何以不報曰韓王成死矣韓王成何以死羽殺之也羽何以殺成爲良也良不從漢羽亦不殺成成之殺非羽殺之良殺之也成死韓遂無人乎曰有

酈食其嘗勸漢王立六國後矣韓雖微諸公子尚在也良既不能立且沮漢王之立推其心若不知有韓何也曰良固知韓之不可爲而不爲也知韓之不可爲而不爲亦死于韓可也不然赤松子可從卽從之可也今一日歸漢再曰歸漢嶢關爲漢王謀鴻溝爲漢王諫終其身成漢之業爲漢善矣爲韓未也然則良之爲韓可知已良爲韓而不終爲韓君子謂其始爲韓而終則爲漢也良借漢以報韓而不終借漢以報韓君子謂其始借漢以報韓而終則因漢而忘韓也今有問良者曰子韓人也子之先相韓有諸曰然問其世則曰歷昭侯至桓惠王已越五世矣一旦居漢國受漢封先王先公之謂何其棄之也是以綱目初書曰韓人張良書韓人以良與韓也後書曰留侯張良卒不書韓人不與韓也

魏貞菴曰子房震動天地處只博浪一椎耳既遇沛公佐命之局定矣令其終從韓成成必不能誅秦蹙項子房又肯爲秦先之陳宮本初之審配乎家世相韓數言特高鳥盡良弓藏轉語但澹宕多

風所謂便爲鱸魚也自賢也不遇礎日幾被此老瞞過千古其文激湍尖悍公穀不能專美

麒麟閣功臣論

或問於余曰功不同乎曰不同周制有之矣王功曰勳國功曰功民功曰庸事功曰勞治功曰力戰功曰多載在司勳不可紊也司馬遷作功臣表有云古者人臣功有五品以德立宗廟定社稷曰勳以言曰勞用力曰功明其等曰伐積日曰閱功之不同也如此

或曰然則麒麟閣功臣亦有異乎曰有彼有定策以爲功者有陰圖以爲功者有保護以爲功者有勸立以爲功者有出迎以爲功者有濟治以爲功者有靖邊以爲功者有所擧得人以爲功者有崇尙文學以爲功者亦有奉使不辱命以爲功者或曰此言將何謂也曰霍光受武帝顧命輔昭帝政自已出天下想聞風采其後廢昌邑立宣帝惟大將軍主之當是時擧下鼎沸社稷將傾漢之天下不至危亡者光之功也故彼有定策以爲功者霍光是也張安世事武帝三十餘年忠信謹厚可任大事及昌邑淫亂復陰與霍光謀廢王尊立宣帝故彼有陰圖以爲功者張安世是也巫蠱之獄宣帝生纔數月耳丙吉擇女徒令

乳養之後二年武帝遣使者治繫吉閉門拒不納幸獲免宣帝卽位吉絕口不道前恩久乃知之封博陵侯故彼有保護以爲功者丙吉是也宣帝在掖庭號曾皇孫與杜延年中子佗相愛善昌邑王廢延年知曾孫德美勸霍光張安世立焉故彼有勸立以爲功者杜延年是也霍光欲立曾孫遣宗正劉德至曾孫家尙冠里沐浴賜御衣迎入未央宮見皇太后封陽武侯光卽奉璽綬謁高廟立爲皇帝故彼有出迎以爲功者劉德是也宣帝親領萬機勵精爲治練羣臣核名實魏相總領衆職甚稱上意數條漢興已來國家便宜行事及賢臣賈誼鼂錯董仲舒等所言奏請施行上皆納用治化一新故彼有濟治以爲功者魏相是也先零之叛罕羌助之趙充國至金城請降以威信罷兵屯田條上留屯便宜十二事未幾羌人降振旅而還故彼有靖邊以爲功者趙充國是也莎車畔漢馮奉世以節發兵擊斬之奉世前將軍韓增所擧也帝聞之召見韓增曰賀將軍擧得其人故彼有所擧得人以爲功者韓增是也宣帝學申韓不任周

政五經之道闕焉不講蕭望之以經術進講論同異首立梁丘賀易傳道大明故彼有崇尚文學以爲功者蕭望之梁丘賀是也蘇武使匈奴歸昭帝拜爲典屬國賜田宅宣帝以武耆節老臣令朝朔望號稱祭酒甚優寵之故彼有奉使不辱命以爲功者蘇武是也或曰若是其爲功亦多術矣考之周制案之司馬遷之言然與否與曰彼功在定策者是王功也是所爲立宗廟定社稷也而陰圖保護勸立出迎之功亦與焉濟治之功當在國功治功民功之列擬之用力

固其宜也至于靖邊則戰功也亦功之所謂伐也若所舉得人爲以言之勞崇尚文學則又事功矣奉使十九年不辱命豈非積日者乎考之周制案之司馬遷之言有不謀而輒合者此麒麟閣之功所爲與千秋萬世共見也與

錢牧齋曰氣格本之昌黎而以國策作骨子是得古文神境者　不屑屑爲黜鬼簿逐段敘次正大得體論功處又各還他名目尚論若此何等識見

雲臺功臣論

雲臺所列功臣以太傅侯者二人（鄧禹 卓茂）以大司馬侯者一人（吳漢）以大司空侯者二人（李通 竇融）以大將軍侯者八人（耿弇 杜茂 岑彭 馮異 朱祐 景丹 蓋延 王常）以左將軍侯者一人（賈復）以右將軍侯者一人（萬修）以將軍侯者五人（傅俊 祭遵 劉植 馬武 劉隆）一人執金吾而侯（寇恂）一人左曹而侯（堅鐔）一人太常而侯（邳彤）一人衛尉而侯（銚期）一人城門校尉而侯（臧宮）由太守而侯者六人（馬成 陳俊 王霸 任光 李忠 耿純）由河南尹而侯者一人（王梁）凡爲人三十有二而其功亦有可論次者焉論

曰功之多寡大小不倫也以其多者較其寡者則多者勝寡者不勝矣以其大者較其小者則大者勝小者不勝矣雖然功固不可一律論也或擁兵倡義或杖策從王或風雨經營或荆榛披斬或護渡以行或趑趄而出或勸進有道或區畫有方或據城來歸或連結相附或以計追擊或以策說降或治器械或調餱糧或垂翅而終奮翼或先登而卒陷陣大要一人一功者有之一人數功者有之數人共成一功者有之一功可當數人者有之功固不可以多寡大小論

也君子讀史至此未嘗不喟然嘆曰雲臺之有二十八人也象天之有二十八宿也其益之以四人也象地之有四瀆也若人皆鍾天地之秀而生故能感會風雲稱爲佐命夫風雲豈易致哉當莽之末四方飆起聖公固居然正統也三十二人其始亦多有歸之者矣膳夫庖人皆着繡衣錦袴襜褕諸于罵詈道旁而謂三十二人其甘與比肩共事乎盆子被髮徒跣望之非人君矣又何能一日厠身與逢安謝祿之徒爭拔劍擊柱乎呂芳僭祚梁齊連鋒江湖海岱王

公十數何不聞有一人者起而助之若隗囂若公孫述其才則非羣雄比也囂以援旗糺族假制明神黿血加書一如古禮其時亦有三十一將如王元忠勇王捷節義誠憂憂乎難之述自號義兵不好擄掠所爲皆應符命其將李熊侯丹任滿以及程烏李育皆有才幹而三十二人復知其必敗不少加附獨于隆準日角之君投誠皈命不辭艱險以圖厥功謂之何哉易曰雲從龍風從虎吾於光武諸臣信之矣

欒子尹曰叙致簡峭絕倫點染復極腴勁讀前幅謂是韓柳得意之文歐蘇不能措筆讀至後幅直班范輩行韓柳亦爲退舍矣

秦對巖曰雲臺諸功臣若人人論列累幅何窮其功之大正在能擇主爾先生獨見其大千古隻眼至於文字結構精嚴氣力雄恣在龍門昌黎之間

李膺論

三代以上宦官卑卑則其權其力不行于賢人君子漢以降宦官尊尊則其權過賢人君子而其力可以制賢人君子故宦官在朝賢人君子不得不在野宦官在朝賢人君子不得終在野是以朝廷不容去而林泉林泉不容去而湯鑊也于東漢尤甚漢自桓靈失政國柄倒持天下知宦官不知天子知宦官生人殺人不知天子生人殺人當是時賢人君子欲投巷牖之約則困車鄰寺人欲避苦苓之災則痛揚園巷伯進不可退不能縱遜言卑論斂手待時猶恐不免矧貌峻貴重如李膺者招生徒出而與宦官難有不以黨人之號目之乎夫黨至宦官極矣宦官挾天子爲黨而陰與太后爲內黨陽與外戚爲外黨密與方伎之流爲餘黨蟠結深固如木之聯附而不可動搖是則眞黨耳若膺者不近天子不附太后不緣外戚不通方伎徒與諸生數百自去自來于天地閒守道義行忠信惜名飾修身則同道而相益事國則同心而共濟繇此觀之黨耶非耶雖然李膺視宦官爲黨

宦官亦視李膺爲黨李膺之黨在殺宦官宦官之黨在殺李膺夫膺豈不知巳之黨弱而宦官之黨强乎宦官之黨强故竇憲父子兄弟非不盛也而鄭衆能殺之梁冀一門非不貴顯也而單超能殺之彼王甫曹節其權甚專桓靈且不能禁而謂不能制李膺一死命乎況大將軍竇武以至親握兵柄陳蕃位上公有立后功且百計圖之而卒無成而謂李膺能以正言清議勝之乎而非也以一縷係千鈞無益也并一縷而絕之不可也以一簣障江河無益也并一簣而棄之不可也譬兩軍相當明知巳之不敵而與其袖手降之且姑與一戰決之至不勝而死固所甘心此膺所以弱而不示之弱也是故張朔誅矣誅一張朔而宦官懼張成誅矣誅一張成而宦官益懼懼李膺故收李膺懼李膺故赦李膺懼李膺故復殺李膺君子曰古今賢人君子其不死于宦官者幾人哉漢蕭望之諫罷宦官而弘恭石顯譖之致飲鴆終唐李訓鄭注亦謀除宦官反爲仇士良所殺宋陳禾上疏請竄童貫身貶國危至于明而忠賢在國楊左魏周諸

君紛紛論爲大獄已結士無噍類然則宦官之禍豈
獨東漢李膺已哉

田髯淵曰正言危論縷縷寫出讀之幾不寒而栗

又曰礎日史論一書識見開闢不隨人可否其爲
人亦崚嶒奇骨不與世同俯仰者也一代清流千
載尚論自有會心處

諸葛武侯論

武侯扶正統者也正統者何漢也東京榛蕪乘輿板
蕩曹操畀炎冑據六合天下知魏不知漢矣即知漢
亦不知漢爲正統矣夫漢一日尚存則漢一日爲正
統漢一日爲正統則漢萬世爲正統况先主以中山
靖王後世數名位雖莫可考然猶漢高苗裔耳武侯
一見即曰帝室之胄其說孫權也又曰王室之胄是
明以正統予漢也扶之也于何扶之于定三分扶之
三分者正統之始也引江東攻荆州而正統之基立

矣借荆州取益州而正統之勢大矣守益州分荆州
而正統之局成矣雖然正統者有天下者也武侯扶
正統何不合天下而僅三分是務爲曰合天下者其
志也其不得不三分者時也如以時言曹操既不可
爭孫權又不可圖計惟有跨荆益處巖阻耳然使荆
州之軍向宛雒益州之衆出秦川所往莫敵天下何
難合乎故雖以偏安置目前而實以一統望後日雖
以全蜀之地保先主而實以鞠躬之事圖中原吾觀
建興五年武侯率師度漢中六年攻祁山圍陳倉七

年拔武都陰平八年次成固破陽谿九年圍祁山克鹵城十二年出斜谷營五丈原武侯不死志豈嘗須臾忘天下耶故曰志也或曰武侯誠管樂之流與曰武侯之謀則管樂比也武侯之心非管樂比也管仲輔齊一戰而服者三十一國則内政軍令之道得也武侯進軍分兵猶是也然仲陽尊周陰富國武侯實一心奉漢矣樂毅徇齊五載而下者七十餘城則結趙及楚魏之道得也武侯結吳猶是也然毅或釋燕而之趙武侯必不背漢而適吳矣或曰武侯與蕭曹

孰優曰蕭何轉漕給軍曷若武侯屯田駐師曹參治齊專尚清靜又何如武侯治蜀善用寬嚴哉或曰草廬數言與登壇曷異曰淮陰知進武侯知進復知退必有間矣或曰武侯伊呂之儔也曰是也武侯三代佐也夫魏得荀彧一子房耳得許褚一樊噲耳漢獨得三代佐如伊呂者出扶漢漢安得不爲正統哉

魏貞庵曰武侯王佐才功不在定三分在扶正統合天下者其志一語與武侯千古知己文之開闔出奇亦猶武侯潛見俱妙

晉七賢論

讀史至魏司馬昭弒其主髦于南闕下尚書王經死之越二年殺中散大夫嵇康喟然曰嘻康何見幾之不蚤也方是時王經誅矣康安能獨存哉孟氏有云無罪殺士大夫可去況無罪而殺尚書乎嗚呼烏高飛以避矰弋之害鼷鼠深穴乎神丘之下以避熏鑿之患康則人耳胡爲禍端既作猶與阮籍山濤王戎阮咸向秀劉伶之徒爭戀戀于竹林間耶君子謂康見幾之不蚤以致其禍之及于身也夫至禍及于身

而後乃翻然悟曰采薇山阿散髮巖岫噫夫亦晚矣或曰康既得禍矣康以下如之何倖免也曰康性烈而康以下則柔也康計拙而康以下則巧也康居貧以鍛自給鍾會造其門倨鍛不顧及山濤爲選曹郎舉康自代康又答書絕之阮籍則不然司馬昭欲求婚于籍則醉矣籍欲求官于司馬昭則醒矣若山濤王戎抑甚焉袁毅遺山濤絲百斤濤受而束之閣後毅敗凡受賂者皆按撿濤取原絲付吏塵封如初王戎之于族弟敦也每來候輒託疾不見及孫秀爲瑯

耶郡吏求品于戎之從弟衍衍將不許戎勸品之而戎與衍並獲濟諸如阮咸之不掛錦綺而掛布犢也向秀之應計入洛而以巢許爲不足慕也劉伶之與俗人忤息其忿而博其笑也皆善處世者也如是而禍何及哉或曰以若而言嵇康殆褊急寡諧跌宕自喜者流而康以下卒選愞觀望諛媚取容者耳何以俱謂之賢也曰嵇康悟養生彈琴詠詩自足于懷每遊山澤得意忘反因神人之亞也迄今讀高士傳太師箴慨然想見其爲人焉阮籍好莊老作通易論著

大人先生傳所稱曠達士也山濤性至孝以母老辭職表疏數十上久乃見聽及居喪嘗負土成墳手植松柏云王戎俗物也王濟以爲談子房季札間超然玄著其爲有識鑒賞如此阮咸任達山濤薦之曰清真寡欲若在典選必妙絶於時向秀清悟有遠識注莊周內外篇發明奇趣振起玄風劉伶雖放情肆志然其乘鹿車携酒一壺使人荷鍤隨之曰死便埋我其風流足取也噫此七人之所爲賢也雖然七人之善在于賢七人之患亦在于賢七人皆賢七人之外誰肯居其不賢者七人之外多不賢又誰肯容七人之賢者阮籍諸人之所以自全者以不欲自見其賢也而康惟自見其賢乃其所以得禍與夫賢固人之所忌也匪惟人忌天亦忌之矣如嵇康者山中石髓服之則爲石石室素書取之輒不見卽廣陵一散授自華陽亭而終不得其傳凡此皆天也嗚呼一嵇康耳人忌之天又忌之雖欲不殺安得而不殺哉

嚴顚亭曰神似史漢而段落章法極其自然以嵇康作主而以阮籍諸人點入可謂振裘挈領然

却還他七賢自有位置于此見手筆之老

瀛州學士論

世傳秦王世民開館宮西與十八學士討論文籍通達治道而唐由此興噫瀛州之學何其大也錢子曰瀛州之學河汾之教成之也曩者隋文帝時王通詣闕獻太平十二策不報歸而教授河汾之間弟子自遠至者甚衆房玄齡杜如晦等咸北面稱師受王佐之道焉房玄齡嘗問事君矣通曰無私也問使人通曰無偏也問化人通曰正心也此其道通教之玄齡受之杜如晦亦嘗問政矣通曰推爾誠擧爾類賞一以勸百也罰一以懲衆也此其道通教之如晦受之故其後出而仕唐兩人遂袞然爲瀛州首噫通不幸不能行其道於隋猶幸而房杜輩共能廣其教于唐如是則通之繫於唐也豈偶然哉夫師弟淵源各有由也卜子夏篤信有道士也田子方得其宗魏斯用之卒能自強其國天下不多子方之賢而多卜氏之教荀卿以異說高論惑世李斯學之以事秦焚燒六經蕩滅先王之法而秦以亡天下亦不徒咎李斯而咎荀卿之流毒遠也然則通之于唐蓋可知矣或曰

瀛州自房杜外祗一薛收爲王門高弟他若虞世南褚亮之徒皆唐所特用者也通何與焉曰治世不在多人顧其人之轉移世道何如爾房善謀杜善斷參預帷幄無有不當卒之臺閣規模皆其手定安見一二人之不爲瀛州重乎况通之門人又不僅于瀛州見也溫大雅歸唐最早復書李密不可謂無功李靖見怨於高祖而見收于世民其可言將帥之畧者舍靖奚屬也竇威爲內史令有成績陳叔達勸進元良功莫鉅焉杜淹初爲御史尋與朝政職非不稱也溫彥博區處得宜一時重之至王珪魏徵雖讐不棄所爲定大難者非其人乎所爲成大業者非其人乎凡此固通之入室弟子也而皆起而輔太宗通之教于是廣矣或曰然則何以不能與禮樂曰通嘗語房杜及魏徵矣曰先輩雖聰明特達然非董薛程仇之比縱逢明主必愧禮樂通是時已料其不能與矣其後太宗欲行周禮果會議數日而不能決是則唐之禮樂之不能興者非通之教之不善而房杜諸公之才力有以限之也所可惜者房杜輩未能爲其師發明

遺書耳昔漢施讐深于易有張禹魯伯者言于上位至博士其業遂得立于學官丁恭治春秋雖進用至鍾典受爵則曰臣師丁恭而恭卒以封桓榮爲天子師可謂顯矣乃曰何仲弓之力通在太宗時其人雖歿其續經具在也使房杜諸公獻之朝著爲大典布之四方安在禮樂之不可興乎奈房杜不克爲爲杜淹者序中說及文中子世家未及效用爲長孫無忌所抑而淹亦尋卒王氏經書卒不傳其有愧于張禹魯伯鍾典何湯之徒者多矣雖然房杜輩未嘗不有

史論一編　卷一　瀛州學士論三

造于唐也既有造于唐則通之教不亦廣矣哉可見有唐貞觀事業皆于瀛州肇之瀛州事業皆于河汾儲之吾故曰瀛州之學河汾之教成之也

吳梅村曰不鋪楊房杜輩獨拈出文中子來追溯淵源得未曾有其文旁見側出變化在心有關鎖有段落眞是作史手筆

張許論

讀張公聞笛吟有曰不辨風塵色安知天地心愴哉其言之也及讀李翰所爲傳則又不禁憮然曰嗟乎寡擊衆弱制强其功固何如耶獨許公之言不傳又無有人爲之傳猶幸得一韓昌黎者起論之而許乃與張共聞不然爲張公者將與李愬盧奕顔杲卿諸君與褒贈而許公且不得如張垍張均邀肅宗眷眷也天下不幾有張無許哉余曰否張許行事同其死亦同張主戰不爲抗許主守不爲怯張先死不爲遽

史論一編　卷一　張許一

許後死不爲屈張與許雖異姓實同年生張呼兄許亦呼弟張豈不知許爲人者乃曰我死不救遠地下甚哉何去疾之言謬也幸而許家子弟無知耳使子弟有知亦將誣張公之行訟于朝天下後世其誰不以二公爲非完人者夫二公心事磊落光明張殺愛妾許亦殺奴殺婦女而婦女不悲殺老弱而老弱不驚殺一邑人民以全江淮百萬之衆而一邑人民不以爲私江淮而薄于我若此者豈非深結人意無所疑隱哉夫張公之于兵法也以意行之臨機應猝俱

在呼吸之間何其精推誠待人與衆同甘苦寒暑何其公剡蒿爲矢得一識子奇狀何其巧斬將三百殺卒十餘萬何其勇至許公以睢陽片地守死不降外無蚍蜉蟻子之援內無糧食供饋之資而賊數數焉以國亡主滅爲說當爾之時公苟畏死有開門延敵已耳何至睢陽破後俛首求活偷安旦暮哉且張公之至睢陽也許納之也納睢陽而授之柄生殺唯張爵奪唯張進退軍旅唯張而許公恬然不之怪故能使張公數十戰而不斃者有許公爲之守也使張公

史論一編　卷一　張許二

數十戰而斃而從容以成其節者有許公爲之守也夫張公爲睢陽戰則不得不死睢陽許公爲睢陽守則此身一日不死猶望睢陽一日不亡也乃睢陽甫復而許公已死偃師嗚呼張許之死也亦命也使賀蘭聽張公請助之兵則睢陽不陷睢陽不陷則張許不死使張鎬蚤知睢陽急兼程進則睢陽不陷睢陽不陷則張許亦不死張許不死其功豈在郭令公下哉雖然天之成張許也不待留生而後顯也生亦顯死亦顯生而與令公共功名則張許爲唐之功臣死

而陰助令公以殺賊則張許爲唐之義鬼爲張許者不大烈乎或曰南霽雲一操舟子耳何爲與張許同稱曰霽雲亦張許亞也喑嗚而登壇上慟哭而往臨淮觀其噬指自啖時氣固加人一等矣及出抽矢射浮圖曰吾破賊還必滅賀蘭由斯以觀霽雲豈待南八之呼而後見其忠耶故睢陽廟中以張許霽雲並祀而柳宗元且爲霽雲作碑所可恨者雷萬春在雍丘與令狐潮言伏弩發面著六矢不爲動潮大服後在睢陽戰有功未幾萬春執與南霽雲同見殺萬春

史論一編　卷一　張許三

可爲烈死事者矣曾不得邀仁人君子之一言豈以萬春爲張公偏將而薄之乎何有美而弗彰也余故論次張許而及霽雲并以萬春殿其後

黄漢臣曰張許事與有明孫許絶類許忠節之子亦嘗訟言于朝謂宸濠將畔時忠節屢請先發制人以餘姚怯懦而止後孫氏子孫貴盛故許謚僅忠節而孫反忠烈今廟祀之典宜先許于孫不知四公大節皎然豈有優劣哉惟雷萬春不得與霽雲同傳眞稱缺陷礎門[illegible]文是女媧補天手

顔常山平原論

人臣食朝廷祿爲朝廷守封疆未有封疆旣危而猶晏然坐視不救者也幸而據方邑通天下豪傑恢復中原卽不幸城陷身死爲天下惜亦已盡忠國家名垂天壤何者人臣之于人國生可也死可也生而起兵而天下忠義之心以生死而殉國而天下忠義之心以激試觀樂毅破齊七十餘城皆爲燕有初未聞忠臣義士發憤爲雄自田單起兵而莒卽墨之人聞風起矣自王蠋殉國而莒卽墨之人聞風而益奮矣

運際艱難有一爲倡則聞風之人孰不從之當祿山險據幽燕雄集蕃漢擁狼纛之牙旗鳴洛陽之天鼓推其心不吹笳渭水倚馬崤函不止也眞卿曰吾不起兵天下誰復起兵者杲卿曰吾不殉國天下誰復殉國者起兵所以存唐也殉國亦所以存唐也眞卿未嘗不殉國而起兵最先杲卿未嘗不起兵而殉國獨早此杲卿眞卿其事不同而存唐之心一也或曰兵主戰戰不克有守爲杲卿者當常山未破時如眞卿之完城浚濠料丁壯實倉廪可也奚其降曰兵有以降而敗亦有以降而勝顧其心何如耳使杲卿而專意降也必將揚揚然披金紫入常山而後快耶又將揚揚然奉新詔出河北諸郡宣諭之而後快耶不然顧其黨而心傷矣不然服其衣而色變矣出一巳詐謀以全常山百萬之衆而又借他人兵力以保河北諸郡之雄始知前此之降者未必降而後此之忠者乃眞忠也或曰前此降矣後此何不降遂至死曰死者其經也降者其權也前此有降賊不知後此雖欲降賊知之賊必殺之與其屈膝執若抗言與其俛

首孰若斷舌此前此所以有降後此則惟一死耳至眞卿爲人非杲卿比也杲卿寓從容于慷慨之中故賊至藁城不死至常山乃死眞卿寓慷慨于從容之中故示之斂欲死示之阬欲死示之火欲死卽使其初守平原被賊陷亦必欲死而不降杲卿之始降而卒死者其識定也眞卿之始終有死而不降者亦其識定也夫人當國事倥偬之際識苟未定則必求生不得求死不能安能反覆變化一歸于正哉故惟杲卿而後可以降可以死惟眞卿而後可始終以死爲

心也獨是杲卿之殺也殺祿山真卿之殺也殺希烈殺祿山祿山則竟殺之矣殺希烈希烈不遽殺之也夫祿山不若希烈之深希烈有似祿山之詐故殺祿山易殺希烈難而况杲卿所遇一祿山之史思明耳真卿則出入朱田王李間稍不當意刀鋸隨後而又上無明察之君下有忌嫉之相是希烈不欲殺真卿而殺真卿者甚多也後之過平原者嘆曰希烈安能遽殺公宰相盧杞欺日月嗚呼其亦有所感乎君子曰天生正人必生邪人以傾陷之傾陷之不得必多

其知術以傾陷之何則不如是天下不亂不如是天下雖亂亦一亂輒止也唐自明皇至德宗以來無一歲不生叛無一歲不用兵且無一歲不殺忠臣故使正人氣短而邪人得乘間以肆其奸以致唐之天下騷驛不寧而祖宗數十年經營之力一朝而頓弱者皆天意也天誠有意禍唐也哉天欲禍唐故生安祿山李希烈與夫盧杞諸人以成當時委薾不振之習天終不欲禍唐故生顔杲卿真卿兄弟二人以鼓天下憤懣不平之氣天豈誠有意禍唐也哉

方正學論

伯夷死後世誰有以天下諫其君者至方公而伯夷之教大明雖然有間武王之天下商辛之天下也商辛雖不肖乎猶然君也武王雖賢聖乎亦猶臣也以臣伐君故伯夷不可不諫今太宗之天下建文君之天下也太宗叔也建文君姪也以叔代姪信如太宗所謂家事耳爲方公者可以諫可以不諫乃伯夷不可不諫而諫之者爲萬世天下諫也方公可以諫可以不諫而必諫之者爲一家天下諫即爲萬世天下

諫也夫伯夷諫而萬世之天下定方公諫而一家之天下定萬世之天下亦定伯夷守經者也方公經中經也伯夷欲其君爲堯舜故遇征誅而名曰暴方公欲其君爲周公故遇靖難而不敢名曰順者曰吾建文君之臣也爲建文君之臣知建文君之天下即建文君不存而建文之子存猶建文之子之天下否亦建文之弟之天下初不知天下爲太宗之天下而况欲屈其身爲太宗之臣其可得乎是以初召不至繼召不至逮既執以獻正色諫至滅十族而後已噫不

亦慘與孔子曰志士仁人無求生以害仁有殺身以成仁殺身仁也然仁亦殺身巳耳方公自一身外凡妻子宗族親戚朋友坐誅者八百七十三人嗚呼以方公之身爲一身尤合八百七十三人之身爲一身伊古以來未有殺身若斯之慘者也或曰伯夷於武王猶諫也武王不殺伯夷而太宗獨殺方公何也曰方公激之也雖然有說矣使太宗因方公不從勸再三至終不聽放還鄉俾有司旌禮之以鼓天下忠臣義士之氣何其厚也不然庵之出置弗問不然僇其

身可也不然及其妻子可也宗族親戚何罪朋友何罪致受僇者纍纍相向乎君子讀史至靖難之際甚不樂太宗有殺方公名

魏貞庵曰方公明伯夷之教此定論也文亦淋漓有致

重脩儲貞義公祠堂記　錢肅潤

人生忠義之氣其有所感而然與盛王之世化行俗美微論賢士大夫公忠爲國卽勇而在野者出其心力亦將禦侮以安社稷撥亂以定王家如周南兎罝之詩是也降至秦風文王周公之教未墜于時負堅操銳之夫本乎性情發爲理義莫不有賢士大夫風讀無衣之詩其歡愛之心足以相死如此夫亦可見所感之深矣明自洪武初天下甫定卽首以忠義激勸人心福壽有祠余闕有祠凡死節之士無不褒崇

而廟祀之無他所以明君臣之義也嗣是以來聲教四敷深仁厚澤久而彌篤傳及建文惠風洋溢人心忠義之氣俱蟠固深結而不可解一旦有急賢士大夫冒白刃投水火自父母兄弟妻子外以迄師弟朋友株連瓜蔓邨里爲墟至于武夫隷卒亦皆顧名思義忘生輕死此豈非有所感而然乎余嘗讀遜國忠臣傳見其時有兩義卒焉一曰龔翊是金川門卒也一曰儲福是燕山衛卒也翊以城門一慟遂終身不復仕福因隸入伍調曲靖衛號泣不食終噫嘻是何

心與是何心與夫龔公之不仕謂仕實害于義也儲公之寧死不往役義不爲從逆也龔公平居教授讀聖賢書固曉然知仕者之非義矣儲公亦豈讀書而知從逆之非義乎雖然義之所在其無關讀書不讀書也彼一時從龍諸臣非不讀書者歷金門上玉堂垂纓彯組奔走趨承之不暇是儲公雖不讀書而過乎讀書者也儲公之所爲義即龔公之所爲義也吾于是而愈服開國之教化遠矣使儲公際太平之世執戈戟捍外而衛内則亦可爲干城爲好仇爲腹心

當與採杕之野人爭相咏歎而不徒與車鄰駟鐵輩同類而並觀之也况其妻范夫人者端莊純一孝養勤勞日往澗邊採蘩而織是何異江漢女子采芣苡而賦秸穎者視彼小戎之婦其貞風潔操不更遠哉新安故有淨慧寺寺之旁儲公夫婦附祀焉自萬曆至今世紀遥遠祠宇傾廢其鄉有好義者愍然憂之謂余曰儲義士吾同里也近其里而忍視其祠之頽圮潰壞而不知修將何以使遠者知所慕又何以使千載下有聞風興起拜其像而如親炙之者廼鳩工

而修葺之命余記余惟儲公無錫人也無錫爲讓王故土忠義之士往往出於其中有明三百年間大難三作無錫賢士大夫多殉國難昨者崇禎之季諭德馬公世奇攀龍髯騎箕尾昇天弘光告變中翰龔公廷祥懐沙沈河而吏部華公允誠不旋踵亦完髮捐軀慷慨報國甚盛事也獨其初靖難之際士大夫未有以死義聞者僅聞一戍卒儲公痛哭悲號絶粒隕命稍存忠義之氣于弗墜意者公雖賤卒是即吾鄉之賢士大夫與古所稱鄉先生没而可祭于社者其

在斯人與其在斯人與故記之以告同里諸君子

黄漢臣曰因一儲公而推引國初教化之隆與吾邑忠義之盛上關國史下係邑乘至于原本經術出入風雅議論之深厚敘次之磊落韓蘇曾王合爲一人真高文典冊手

來說樓記

錢肅潤

吳公伯成視篆之三年錫邑大治法度畢舉氣象更新因之增葺出政之所長廊廣廡煥如也而譙樓崇麗特甚樓之不修蓋已久矣向之棟楹梁桷腐黑撓折者今且整峻向之蓋瓦級甎之破缺者今且完具向之赤白之漫漶不鮮者今且分明樓成公乃名之日來說樓於是邑大夫士置酒相賀歌詩以贈父老童穉涵泳至化樂誦昇平余不敏願竊有進也作而曰懿夫公之名斯樓也昔楚葉公問孔子以政子告

之曰近說遠來夫爲政而近者不說何以來遠然則來之由於說也明矣說之義本之兌易於兌旣曰亨又曰利貞者何也王道不令人喜言說恐其近驩虞也故戒之以正象辭有曰說以先民民忘其勞說之大至於勞亦說豈非正乎夫能正則必說矣能說則必來矣公之於斯民也利必舉也弊必革也疾痛㦖恒無不知之勞苦困憊無不恤之意諭色授而一方鼓動言傳號渙而四境奔趨有漸磨陶冶之易而無按致操切之艱有愷悌忠篤之純而無偏聽摘抉之苛巳之用力也簡而人之從化也博至於鳩工庀材不俟督率民各欣欣然大和會經營樂成以言來說誠哉其來說矣獨樓也歟哉雖然樓也者固公出政之所也凡國家有大詔令此樓得以宣之有大軍旅大賦役此樓得以發之其或視祲祈禳候日月之變揆星度之驗此樓得以望之或别時節事撞不夜之鐘擊長明之鼓警生人以作止動息之宜此樓得以傳之樓不綦重與登斯樓也見夫河有寶帶橋有澄源井可濟渴屋可廣蔭申明以令旌善以風覩牧愛

坊而念吾民皆赤子也覩明德覩民坊而知民之治由德之修也指儀門日出於斯入於斯指戒石亭曰箴於斯銘於斯嗚呼有一非觸于目警于心者乎及其憑高眺遠見夫山川崖谷樓臺亭榭鳥獸蟲魚草木之花實則爲之心曠風止雨收烟霞澄鮮則爲之神開熙而往攘而來戶相錯趾相接則爲之色喜鋤耰銍艾相尋于畝澮溝塍之下者如魚鱗則又未嘗不嘆稼穡之艱難也噫嘻樓之所繫如是而公獨能不負斯樓以得所謂來所謂說與夫因說以致來之

意斯與孔子論政之旨大有合矣余能無言哉昔韓昌黎作滕王閣記也謂爲令修於庭戶數日之間而人自得於湖山千里之外歐陽永叔作峴山亭記也謂爲元凱以其功而叔子以其仁蘇長公作眉州遠景樓記也謂爲上有易事之長而下有易治之俗古之爲閣爲亭爲樓無不以其人之政事而傳寧獨于公而不然然則公之以來說名斯樓也宜也作來說樓記、

秦對巖曰高華典重博大精嚴允稱巨筆

魏相國聖學知統錄後序　　　錢肅潤

聖學之有知統也自孟氏言之而知統一振至於今三千年矣有魏先生出而知統於是乎大備葢孟氏之言知統也始堯舜終孔子旣窮源而竟委矣先生則直窮其源中之源竟其委中之委始伏羲繼神農繼黃帝自堯舜以下莫易焉其間於文王而繼之周公於孔子而繼之顏曾思於孟之後繼之以周程張朱而以許衡薛瑄終此皆知統之源委而先生發之者也要其所以發之者豈無意也孟氏始堯舜則言

統之盛先生始伏羲則言統之開是孟氏窮其源先生則窮其源中源也孟氏於文王但言太公望散宜生而不言周公周公兼三王者也不可徒以文之統言也先生於文王則兼言周公周公成文德者也文之統固公之統也是孟氏竟其委先生則竟其委中委也孟氏於孔子不言顏曾思先生於孔子言顏曾思而後及於孟孟氏以孔子之統私之已先生則以孔子之統公之顏曾思孟也是孟氏竟其委先生則又竟其委中委也至周程張朱而委自此而大至許

薛而委自此而遠矣噫嘻先生之於知統其源委如
是先生之功豈在孟氏下哉或曰先生言伏羲神農
黃帝而不及少昊顓頊帝嚳者何也曰繫辭有之矣
包犧氏沒神農氏作神農氏沒黃帝堯舜氏作易不
以統予三君故先生亦不以統予三君也或曰先生
言文王而不及武王者何也曰孔子有言矣曰文王
既沒文不在玆乎以文繫文不以文繫武者不以統
予武王也故先生亦不予之也或曰孔孟以後荀揚
無足取漢董仲舒隋王通唐韓愈皆有道者也先生

十峯文選　卷三　魏相國聖學序二

何不以統予之也曰仲舒明道而溺於災異王通於
道自有見然學未離門戶教不出垣牆韓愈文足起
衰終不免文士浮華之習則皆不可謂之統或曰宋
之時周邵二程及張朱六君子並列者也先生何不
以統予邵而獨予周程張朱也曰邵言數周程張朱
則言理邵專言先天之學周程張朱則兼言後天之
學邵得其偏周程張朱得其全故有予有不予也或
曰陸象山朱晦庵亦世所並傳者先生何不以統予
陸而獨予朱也曰陸之功尊德性居多朱之功道問
學居多陸主乎虛朱主乎實故有予有不予也或曰
元吳澄志聖賢之學抜定五經非不精且密也先生
不以統予吳而獨予許何也曰吳之見狹許之見廣
也或曰明之吳與弼陳獻章得伊洛之傳矣先生亦
不以統予吳與陳而獨予薛何也曰吳於石亨稱門
下士陳以薦召至京受官遂去於出處之義未當也
薛則不見三楊不附閹振不應石亨請勅其光明卓
犖爲何如也或又曰薛瑄教人以復性爲主王守仁
之致良知亦以反求心性爲主先生何予薛而不予

十峯文選　卷三　魏相國聖學序三

王也曰其說與程朱稍殊先生猶以其見道未真流
於虛浮爲病故不以統予王而獨以統予薛夫統不
可槩以相予也統固有其源有其委自伏羲而下許
薛以上皆得謂之知統外此者不得而與焉先生之
於知統也不亦嚴乎至於許薛之後斷推吾鄉顧端
文高忠憲兩公在先生已心許之矣其曰俟後之君
子者謙詞也此又先生之意也

附

魏相國復書

讀知統錄後序何其委曲詳盡如道生意中之事也然非賢兄生平苦心一一理會焉能如數家珍如此古人有作數十年而不遇一知巳或數百年而不遇一知巳乃賢兄覿朗若燭照數計誠快事耳生嘗謂千古聖學說天說性說心說止說敬至易至簡而後學紛紛生多少葛藤水火之不巳氣運隨之艮可痛也今之所著與世共存其是而巳故不欲講亦不欲爭然而賢兄縷晰之其功大矣即付剞劂以公海內俾世知鄒魯之干城有人也

不盡裔介頓首

曾庭聞曰栢鄉先生意中之語固無不委曲詳盡即意外之語亦無不周匝圓融此真布帛菽粟之文亦真天經地義之文今人不講此道久矣栢鄉先生倡之於上礎日倡之於下暗室一燈千載如晝若止謂其章法頓挫層巒疊波以此槩礎日曰至矣神矣是猶聽遠者聞其疾而不聞其舒也惡足以語此

蔣中完先生五經圭約後序　錢肅潤

自來傳經之際有父不可得之子者孔子六經之祖於詩禮欲傳伯魚伯魚未能受也迺以詩授卜商禮則其孫伋作中庸附之易授商瞿子木春秋授左丘明尚書至十二世孫安國得壁間古文始以今文讀之孔子之於經葢不傳於子矣後之有功六經者斷推朱子朱子自易詩以下皆有傳晚年欲作書傳屬其門人蔡沈而亦不及其子何哉宋文憲云孔子天之孝子朱子孔子之孝子然則孔子之經傳於朱子

朱子之經傳於後世者衆矣亦何往而非其子耶乃若父子傳經者則有之劉向劉歆始治易後治春秋然父受穀梁子獨好左氏其意見不同也惡得謂之傳伏湛爲伏理子少傳父業教授數百人然其父以詩得名其子又以尚書著所傳則有異矣賈護從劉歆受左氏春秋兼習國語周官又受古文尚書于塗惲學毛詩於謝曼卿作左氏條例二十一篇其子逵悉傳父書而闡發之而其父之學斯顯鄭衆從父興受左氏春秋精力於學明三統歷作春秋難記條例

兼通易詩知名於世噫嘻之二家者皆以經傳予者也然其書駁雜不歸於正若此者吾猶以爲傳而不傳至今世而金沙蔣中完先生可謂得其傳矣先生於書無不窺每有所得輒爲撰著自四書尙書舌存外又有五經圭約其義精其類廣其操約而用博先總論次別論次緒論總論猶圭之有冒別論緒論猶圭纓之三采三就也要其書皆賢嗣虎臣太史公共成之太史公之言曰吾方總角嘗竊父書以讀作爲文頗有奇氣父大喜謂童烏若欲與玄者及長而知

孺子可教也作霞城問答晩之入闈作金陵日解蕈之講論參攷無虛日由此以推先生之書雖其手定哉夫亦得賢嗣之助爲多是故於易掇註疏集傳解出其所見相與發明儼如周文作彖姬公作象也詩授天台署中較訂最確尙書則先生父子專習者故其說最詳圭約不足舌存補之禮欲以周禮爲首儀禮居中曲禮居終其餘禮運禮器諸篇概附經末此先生未行之志也公繼之今所載禮記論幷附周禮儀禮二論此先生巳成之事也公述之至於春秋先

生旣纂輯四傳公又念傳題脫毋題等類支離割裂力請於　朝盡除去之此亦先生之志而公始見之於事是則繼述之大者也可不謂得其傳也哉抑又有說焉先生之傳其子有可傳而傳者有不可傳而傳者其可傳而傳者經也其不可傳而傳者先生禮樂律躬風雅善俗言尙書行春秋動爻象其於一身殆無一言一事之不合於經者今太史公善承父道惟以經持身而處世性情學術一歸乎正庸知夫發於文章者爲經措之事業者非經乎此先生之傳所

爲不可傳而傳者也夫以先生傳經若此豈惟劉向父子及伏氏賈氏鄭氏諸家當退舍以避且將上接朱子而登尼山之堂與焉先生一門其有功六經豈在朱子下哉會太史公贈余圭約全書余讀之以爲有合於傳經之義也作後序

張西山曰叙家學淵源軼傳而不傳之經繼不傳而傳之經嗣武孔朱接萬世箕裘之脉旨哉言也惟中完先生喬梓實足當之亦惟礎日爲能言之

龔合肥先生詩集後序　錢肅潤

庚戌春，丹陽姜子翥集合肥龔芝麓先生詩十餘種，彙爲一編，上之余邑吳侯伯成。吳侯嘆曰：美哉！此天下大觀也，當與天下共之。爰命剞劂氏繡梓以行。方是時，余有事於北遊，吳侯餞之，觴於尺木堂上，謂余曰：子在見合肥先生，其以所刻詩若干卷獻之。余曰：唯唯。酒酣，又謂曰：是詩也，子盍爲之序？余矍然起避席言曰：余不知先生之詩，何敢序爲？入都見先生，獻所刻詩卷。先生以丙午後詩相示。余謹錄之，并已刻諸詩，焚香盥讀，自夏徂秋無少間。既而喟然曰：嘻！吾今而後知先生之詩也。先生之詩，神乎律矣。律之義甚廣，古者於刑有律，於兵有律，於樂有律，於詩則亦有律。刑以律設法，輕重出入在焉；兵以律出師，號令節制係焉；樂以十二律應十二氣，累黍分寸龠合銖兩之數焉；詩以五言叶五聲，而一本之六律，長短高下淸濁俱不可易焉。是四者名不同，而義實相通也。皋陶刑官也，以刑兼兵，賡歌之詩千載誦之，是皋陶以兵刑之律通乎詩也。后夔典樂，樂律通乎詩矣。

詩言志，歌永言，聲依永，律和聲，非帝舜之命夔者乎？然古者虞時兵刑之官合爲一，而禮樂分爲二；成周兵刑之官分爲二，而禮樂合爲一。今之制與成周埒。兵刑分也，禮樂雖分，而宗伯之名仍其舊，夫亦未嘗不合也。先生今日之皋夔也，當爲大司寇，則以律治刑矣；及爲大司馬，則以律治兵矣；今爲大宗伯，則以律治禮樂矣。先生之詩，安得不咸歸於律耶？吾見長歌短篇不一其體，大都有倫有理，審乎節，按乎度，以性情發聲音，以聲音達政事，將令大言協明良之歌

正聲譜九成之韶矣。其于律也，不亦神乎？即擬之成周，其和平肅雍之氣，亦得風雅之正居多焉。周凡有大儀、大宴會、大祭祀、大饗賢士，莫不以詩而奏之于樂。于風則關雎、葛覃、卷耳、鵲巢、騶虞、采蘩、采蘋諸詩兼用之；于小雅則鹿鳴、四牡、皇華、魚麗、南有嘉魚、南山有臺諸詩；于大雅則文王以下，至于行葦、既醉、鳧鷖、假樂諸詩兼用之。厥後漢末杜夔僅傳四曲，唐開元時得十二篇，而其聲或爲黃鐘淸宮，或爲無射淸商，其必盡出于律可知。今大宗伯所掌，固天下禮儀

燕饗祭祀貢舉之政令也先生出是詩以奏之于樂豈不足治神人和上下乎異日者登宰輔貢之 朝廷間養 君德宣贊康政殆將如姬公之陳豳風召公之矢卷阿焉以是言律則誠神矣然則先生之詩方且上躋唐虞下彷成周以聿臻夫聲歌之至治雖起吳子札于今日觀之亦嘆觀止而得謂非天下大觀歟信哉吳侯之言是也余因不忘吳侯之命而序先生詩集之後有如此

朱蓼天曰通篇將律字發揮奇論妙理從來所無其文氣渾穆置之南豐集中應亦莫辨

嚴存庵太史東遊草序　錢肅潤

齊無風久矣齊有風何以謂無風也齊之風非古之風也其詩多載荒淫遊獵之事即或有時咏南山賦汶水意不在山水也有所刺也至人物不過遭猶俟著之流盧令鬈偲之族耳若是齊安得有風邇說者謂泱泱大風吳季子何以稱焉夫泱泱之風斯古之風也其風有聲而無詩師乙舉風雅頌言詩舉商齊五帝三王之遺言聲謂以商齊之聲歌風雅頌之詩也夫齊爲三代之聲齊人識之意春秋時猶有以是聲而歌風者故於季子觀樂尚得聞此風爾若欲即古之風而求古之所謂齊詩不可得矣至今數千百年有能歌咏盛事紹三代遺聲而補齊風之不逮者其惟太史存庵嚴公乎太史職掌書而不掌詩然攷之詩序國史吟咏性情以風其上達事變而懷舊俗大戴保傅篇亦云號呼孤謡聲音不中律宴樂雅誦樂序不知節皆太史之任是太史非不掌詩也况古變詩之作有出於公卿國人者要之國史所作爲多如史克作頌其一證也今觀嚴公可謂稱職矣使齊

王校文事固掌書中之一也嚴則取齊之山水人物一一歌之又采風者所有事也斯不誠能掌詩者歟吾見歷山有詩明湖有詩華不注趵突泉有詩以迄泰山龍洞山雖不能至輒見之於詩其於山水有然及其於人物也上自李白杜甫下至趙松雪李滄溟以及陽明王公莫不寄懷而追厥焉公之詩不若齊風之鄙俚不堪道而其聲亦豈三代以下所爲敖辟喬志者可得擬耶噫嘻齊以太公表東海之烈其風雖雄廼傳之於聲獨以柔中爲主故凡歌齊者必於

溫良能斷者宜之以今讀公之詩審公之音莫不溫厚和平有當乎柔中之義豈非所謂溫良而能斷者乎夫然而三代之遺聲絕矣齊風且於是可補矣齊無風齊有風矣大哉詩乎讀是詩者勿漫以東遊草視之是爲序

盛珍示曰將齊風立說辨晰精詳可補毛鄭所未逮以此序東遊詩具足不朽

施匪莪嘯閣文集序

錢肅潤

施匪莪先生與陳子緯雲善嘗以嘯閣文集屬點定陳子校讐畢先生寓書請予序予廼得盡觀先生之文先生文多宏博陳子獨取其簡潔者先生文多瑰麗陳子獨取其淡逸者諸體纍纍各成帙入陳子之選什纔一二耳客謂余曰陳子迂予曰何迂文固不易言也文太繁或雜太華或靡故古之論文者反復詳審必以有體有要知取知舍爲歸陸士衡文賦思無不留美無不收歷高深合新故可謂變矣其究則

言渺衆慮要居片言二語盡之噫嘻士衡豈不知爲文者張茂先猶指而摘之曰人之文患才少子患才多其後則韓柳之爲文至矣韓之於文眞爲生熟甘苦備嘗大抵去其雜返於醇而一本之養氣柳子始懼剽次懼弛次懼雜次又懼驕先有以羽翼夫道而後取道之原至於旁推交通而以爲之文廼昌黎之言曰其觀於人也笑之則以爲喜譽之則以爲憂夫喜譽而憂笑文人之大病也而昌黎則無之子厚答章中立書有曰吾子誠非佞譽誣諛之徒夫佞譽誣

諛亦子厚所甚惡也今先生之文上擬於士衡下齊於韓柳固已極爲文之能事矣文如士衡能無有張茂先者出而嘆其才多乎韓不以笑爲憂不以譽爲喜而謂先生其憂笑喜譽乎柳不欲人之佞譽誕諛而謂人敢以佞譽誕諛之道及先生乎然則陳子之爲此選也宜也非迂也客起而謝曰敬聞命予因就先生之文而於陳子所選之意表而出之俾世之讀賜閒文集者知其文之簡潔淡逸有如此也

程崑崙曰喜譽而憂笑雖人之大病要觀其所譽

所笑者何人如韓歐推獎而流俗非毁此寧可以爲病乎簡潔淡逸稱日固借此切劘匪莪其亦有相觀而善者耶

傳徽錄後序

錢肅潤

乙巳夏五吳太母孟恭人卒訃聞明府伯成吳公允允如有窮也雖斯徒旣交手而哭哭設位于署中邑之大夫士羣白衣冠弔之吳公與甚哀居喪咸有禮法久之公貌日毁悴幾至滅性大夫士恩有以解其憂而未可解也羣作輓言以進四方聞之亦相與摛詞點筆成哀誄之章以獻公纍纍盈帙會陳公賡斯謀授諸梓乃與肅潤輩彙而輯之分爲二卷顔曰傳徽錄或曰相哀非古也如之何連篇累帙以文之也曰古之有喪者三日不弔則絶之王修以社日哀母

鄰里爲之罷社蓋以人之有母猶己之有母也人之哀其母猶己之哀其母也當哀而不哀情理之所弗偭也今爲吳公之友與凡受知于公者無不長歌短嘆以相其哀夫亦罷社之義也相哀亦猶行古之道也或又曰傳徽者將以表恭人之德也夫詩戒無儀言婦人不欲以善顯也易箴无遂言婦人不敢有遂事也恭人何爲乎其以德稱也曰周禮九嬪主婦德婦言婦容婦功婦人未嘗無德也劉中壘所載列女

傳首母儀，次賢明，次仁知，次貞順，次節義，次辨通，又皆以德而得名者也。今恭人懿德媺行，何可殫述，安得不綴之咏歌，以供作傳者之採錄與？或者正容起曰：誠如子言，是集也，其專美恭人乎哉？曰：非惟表恭人之德，亦以明吳公之孝也。自來孝子立心，固不可測。高柴泣血三年，夫子謂之愚；閔子除喪，出見援琴，切切而哀，子又謂之孝。延至後世，任達成風，和嶠寢苫食粥，則爲生孝；王戎食肉飲酒，則爲死孝。今吳公至性過人，創鉅痛甚，久而彌深，愚耶？孝耶？生孝耶？死孝耶？不可一例論也。非詞人不能傳，非詩章不能盡，

則是集之中，纏綿惻愴，爲孝子寫憤懣鬱伊之氣，殆何啻蓼莪諸篇也。或者則又抗手而言曰：吳公之孝，既見于是集矣，抑尚有進焉否也？曰：吳公之孝見于斯，吳公之忠亦即見于斯。夫忠孝無二理也。孝經言孝必言忠，故士章有曰：以孝事君則忠。忠經言忠必言孝，故保孝行章有曰：行其孝，必先以忠。吳公平時奉大參公及孟恭人之教，莅官必敬，所任輒有賢聲。逮恭人歿，而一出令不敢忘母，一舉足不敢忘母，一行事不敢忘母，敬姜之訓，蓋無日不壓諸懷也。孝之所至，忠莫大焉。夫詩三百篇，如小雅四牡、祈父之什，皆爲孝子忠臣不得養其親而作。今之羣爲詩，以道其不遑將母之思，是即四牡、祈父之遺調也。陳公賡斯聞余言，謂有當于是集之旨也，作而曰：夫今而後，可以解吳公之憂矣。肅潤乃拜手而書，作後序。

馬大林曰：叙次錯落，原本經史，震川讓其況厚，應德遜其多風。

重輯本支宗譜後序

錢肅潤

凡吾姓在江南者大抵皆武肅王苗裔也其間有二支號繁衍焉一曰忠獻王支一曰忠懿王支二王皆武肅嫡孫相傳至今各二十餘世乃忠懿之後富貴顯榮累世滋大至忠獻後科名人物雖有表著江左者然以此較彼則南北阮之目瞭如矣嗚呼天胡待忠懿以豐而待忠獻以嗇乎豈其享國有永有不永與抑其子姓之受恩者有淺與深與其毋乃二王之德亦或有盛有未盛與夫以享國言忠獻王在位七

年忠懿王在位三十年其修短不均也以子姓言忠獻王子二人長開國公次西平侯其孫或爲殿直或爲郎而止忠懿王子九人封王爵者二領藩鎮者一國練使二刺史一其孫或郡王或國公皆忝文武任自宋太祖太宗申誓山河永保富貴洎乎眞宗恩詔猶念至親錫之官者幾十人其受恩之淺深更不均也若以其德言忠懿王納土歸朝兵革不動保全生齒可謂盛矣忠獻王恤鄰難救火災民獻嘉禾蠲稅三年亦無非盛德事也由此觀之二王之德豈可以優劣議耶然則忠懿豐而忠獻嗇者何也君子謂天于是不可問矣雖然無怪也上古唐虞之世授姓者多夔龍以後不知所封咎繇數傳英六無譜咎繇夔龍豈無德者哉今忠獻王後稍陵夷衰微矣問科第則某某猶可稱也問丁籍戶口則某土某鄉猶縷縷可盡指也爲後人者敢不思我王之德而推其義以及于宗乎小子肅潤固忠獻王二十四世孫也名不列縉紳又無有宏才鉅畧可見于世大弗克揚祖德遏佚前人光亦可愧矣憶先君子在堂每呼余長兄

肅芳及肅潤而詔之曰先德不可不念也世譜不可不修也汝等勉之長兄唯唯受教肅潤亦謹志之不敢忘臨沒又執肅潤手而泣曰惜吾不及見譜之修也肅潤俯首流涕取先君子手錄諸稿及所編定譜畧緘而藏之卒五歲而余始與長兄計其事考金書搜玉冊羅先代制誥勅迄像贊碑記詩文序說彙爲一帙而長兄不辭勞瘁越歷鄉土遍訪宗人輩各註名號子姓生卒歲月遷徙都邑燦然成圖頗有可觀令人一覽而知忠獻王後其猶不甚堙沒有如此也

譜成將授諸梓長兄爲說附其後謂肅潤曰子何可無序肅潤敬拜手言曰先君子有言自吾始祖武肅王作慶系譜圖後其曾孫宋贈太師中書令文僖公修之至明永樂間吾九世祖文林府君及八世祖梅堂府君又修之弘治辛酉梅林公及戶部郎伯川公更加編輯萬曆壬午思萱公復以其近支輯之至于今六十有餘歲有能推王德明世系承前代纂述之緒意在斯乎意在斯乎小子何敢讓焉又起而言曰武肅王之作慶系譜圖也昉自少典遡姓氏所始也文僖公修之以武肅王爲第一世尊大功正始統也文林梅堂兩府君及梅林伯川兩公自文僖公從子殿直而上八十有五世皆存之示所尊也自承奉郎遷無錫者爲第一世下及諸孫爲世十有七則詳其名字官爵居址婚娶生卒示所親也思萱公所輯唯文林府君一支從其近也今則上自少典次及彭籛次又及烏程長富春侯茅山公以至英顯王罔不備載其後武肅王爲一世祖文穆王爲二世祖至三世忠獻王以下則于本支爲最詳夫人自有支支自有

十峯文選　卷三　本支宗譜序　三

本譬之導江者必于岷山導漢者必于嶓冢由此而爲南爲北同源異流其勢然也今吾宗羣以武肅王爲岷嶓而吾支又羣以忠獻王爲岷嶓源之深者流必長所從來遠矣故余兄弟之輯譜也獨于忠獻王一支有加詳焉無他本支故也作後序

泰對巖曰家乘之文宜詳不詳則統系不明也宜實不實則垂後不遠也吾師留心世譜有年其推本王德紹述先志孝子慈孫之心有所不容已者文之反覆詳贍俯仰感慨令人讀之皆發其尊祖睦族之心此一家之大文亦百世之大文也宗法不講久矣大宗廢而支子之賢者乃可振起而爲修明世譜之事凡有志斯道者其可自諉乎哉

十峯文選　卷三　本支宗譜序　四

上魏總憲石公先生書　錢肅潤

人生文字之知豈偶然哉揚子雲漢有道儒者所著擬易諸篇至爲人訕笑有桓君山獨知好之謂其書勝老子唐韓昌黎文摧陷廓清功比武事時人始而驚中而笑且排終未有識者寥寥及數百年至穆伯長而後好之然則爲子雲昌黎者亦難矣以舉世之大數百年之久知者僅一二人而此一二人者又名位卑微分非先達身不負當世之望雖知之而力不足以振之其知之與不知等耳肅潤生江南尠聞寡見幼好學有志經世之業及長爲諸生數年玉未獻而足刖矣窮愁悒欝閉戶讀書偶成史論一編發抒見意其書固不同于子雲昌黎而肅潤亦初不敢以是求知天下也乙未秋赴及門泰對嚴招策蹇入都都中諸君子延爲經師俾子弟就教方是時仍閉戶讀書巳耳足不至公卿之門名不厠士大夫之列諸君子交相告曰當代有魏先生道甚高著述甚富且好賢禮士有意扶進四方之學者子盍稍自獻乎肅潤避席言曰余何人敢邀先生顧盼耶以故匿跡京

師挾其書未敢獻然心竊嚮往焉不謂有代肅潤獻者而先生竟賞鑒及之也連篇採之贈往評入遡洄集噫嘻以先生名位顯隆分居先達又身負當世之望顧乃勤勤懇懇于遐陬窮巷委瑣鄙陋之儒生爲之汲引先生其知巳哉夫子雲不見知于漢昌黎亦不見知于唐而肅潤獨見知于今時子雲昌黎何不幸而肅潤何幸也以此見人生文字之知非偶然也肅潤即欲裹糧而北登龍門謝奈日來有事窮經妄思纂輯成書稍自表見而其功浩汗難以猝成倘得一朝就緒當負笈從遊矣先生其許我乎區區有誠未由上達謹托同學華藝湖爲先容併寄所爲詩三十韻以獻昔郭秀才于歐陽公以文爲贄王汝止初見陽明先生其贄亦不過二詩故肅潤所投未能加二生之外也瀆冒威尊惶恐無巳

錢宮聲曰磊落激昂推襟送抱具見所蘊不小而行文亦在歐蘇之間

泰對巖曰全篇精偉雄宕不倒自家架子絕似昌黎諸書子雲不足道也

仲夫子廟碑

錢肅潤

兗州河濟間故有仲廟云按東魯爲孔子發跡鄉其弟子多生其地歿則羣祀之立爲廟於曲阜則孔廟之旁有顔子廟焉於嘉祥則有曾子廟焉於鄒縣則有子思孟子廟焉顧四氏爲至聖之配由孔子而下必推之故其廟爲宜崇仲氏賢者也胡爲有崇祀而至今以仲夫子廟稱也或曰仲不得其死其英靈出沒茲土土人畏之謹廟祀之或曰仲之子孫歲歲能祭享其廟之特隆固也後學錢肅潤矍然起稽首言

曰之二說皆非也仲夫子實有重于廟者而非徒土人畏之子孫享之已也余觀其在聖門秉桴欲從行軍欲與執轡問津優游陳蔡其樂孔子之道而尊信之亦已至矣及孔子見南子則不說往公山佛肸則又不說正名則迂之絶糧則愠之攝相而喜則有諫歸女樂則勸之行其直諒而不爲容說之態有如斯也若夫三年治蒲可以觀政片言折獄可以觀事小邾射欲得其約則信服人也季氏祭而質明行事晏朝而徹則禮維世也厥後遇孔悝之難結纓以死識者傷之雖然無傷也春秋於孔父仇牧許其死孔父仇牧之死豈異於仲之死哉孔父之死也宋督殺之仇牧聞閔公之弑而趨焉遇宋萬于門遂見殺仲之於石乞狐黶猶是也其死也忠也其子子崔欲報父讐告孔子子曰行矣子崔卽行狐黶知之約日與子崔戰而死而讐竟復又何孝也嗚呼父爲忠臣子爲孝子仲氏之門固有足多者矣余嘗過其廟望其氣栗栗巉巉枚枚巖巖進而拜其像岸然熊蹲虎踞若欲躍馬揮戈登衛之臺而發憤一戰者此其忠孝之

氣凛凛如存猶江河之無日不流日月之無日不照而千古人心世道有以陰持而默護之也由此觀之廟重夫子乎夫子重廟乎如是而謂仲氏之廟不與四氏並傳者吾不信也自漢唐宋來四氏或封伯或封侯或封公仲亦於唐贈衛侯于宋封河内公進封衛公至明而四氏之後皆以嫡長襲封翰林院五經博士奉其祀十哲以下無聞焉今　國家創特典廼於仲氏後襲封博士躋之四氏之列噫嘻豈非忠孝所致而然與博士謂誰仲公于陛是已公大克紹家

學守宗廟願得四方名公卿賢大夫士詩文以頌揚之夫亦忠孝之遺意也其甥荆溪尹岳君維城代爲徵岳系出忠武與南蘭之族進士宏譽敦友于誼最篤因博採廣諏而及于肅潤肅潤既詳之如左且爲樂歌一章以系之碑陰其辭曰

夫子之廟貌兮棟宇常新夫子之俎豆兮黍稷非馨夫子之正直兮格於師而信於人夫子之德業兮孚於主而澤於民維夫子之一門兮忠孝爲心越千秋萬世其不泯兮泰岱俱高濟河俱深矧文孫之襲封

以奉祀兮能不念 君恩而思報親

馬大林曰蒐奇抉異博者能之迸出幻化才者能之惟有法以約是二者故語語結構中度不得不推獨絕

反乞巧文

錢肅潤

柳子竄五嶺之墟久而不能遷堙阨憤鬱無聊不平一日歸外庭見乞巧者趨而進知天孫所以與巧之故柳子自以爲不能巧也作哀籲之辭以告天孫天孫遣青㛪使者徐慰諭之乃抱拙以退君子聞之曰嘻柳子其尚欲以巧自試哉當伾文秉政朝夕引內禁近與計事得爲美官方是時巧非不足也一朝失勢貶斥隨之巧亦何可恃也作反乞巧云

大造生民兮鑪錘一轍蓊懷芚芚兮何巧何拙禮戒

淫巧兮詩惡巧言左丘恥巧令之無行兮老聃謂巧拙之同原孟軻氏其以射爲巧兮復以爲工人之能事考工謂材美而工巧兮合天時與地氣彼輸般之機封兮請以毋試倕鑄鼎而吃指兮巧亦多忌縱痀僂承蜩之有道兮大馬捶鉤之有神曷若漢陰丈人之抱甕兮無鑿木之機心于嗟世道兮固險巇其莫測進退存亡兮將自全而何術西山徒餓兮柳下終黜子胥盛橐兮比干胥鏤鸞鳳伏竄兮鴟鴞翱翔周鼎幹棄兮康瓠是將椒專佞以諂慢兮樧又欲充夫

幃佩何蘭芷與荃蕙兮遝羣然而蔽夔管晏失職兮臧獲稱臣嫫毋衣錦兮西施負薪東陵巧于利兮於陵巧于名終南巧于隱兮北山巧于行噲王氏之三窟兮兔讓其狡笑瀛王之歷四姓十二君兮易癡頑爲佻巧曰紛紛其倘巧兮曷云能巳苟勢窮而時蹙兮巧又安恃羨衆狙之無能兮遯于深蓁嗟一狙之攫枫兮以色驕人伊荆氏之楸柏桑兮見伐者數胡櫟社之大百圍兮匠伯不顧儵魚出遊兮恒自得而徜徉海鷗不飛兮幸陶陶乎未忘夫何椰子之乞巧

兮與天孫之組織寧不知巧者之爲累兮聒陳辭而告以臆既靡靡其懲咎兮將悔心之欲作復閔生而夢歸兮歎今日之非昨謂萇弘忠兮豈自爲僞謂屈原直兮豈自爲媚謂樂毅有功而不知兮子豈無罪而受傷謂伊尹之欲速得志兮子豈以叔文爲桀德宗爲湯觀溪而有取乎愚兮撫几而甚嫉夫曲惟龔水之潔且廣兮非東海若所能辱懼失中庸而得過兮慕西門氏之佩韋無爲鴟夷以誘吉士兮寧爲飛而居井眉痛斯世之崎嶇冐利兮招彼海賈哀溺者之恃力愛錢兮推令鑿古尸蟲陰幽而詭側兮齎上帝而戮之王孫之德躁以囂兮告山靈而逐之腹蛇絕翼而去足兮大可悲也蝜蝂上高而墜地兮亦可危也黔驢以角技而見食兮未鼠以鬬暴而見捕或依勢而干非類兮如臨江麋之至死而不悟信夫巧之不可爲兮謂凡物之盡然何椰子之賦物則明兮而爲巳也猶顧戀而流連

陳其年曰借椰子酒杯澆胸中塊礧而摑撫抑揚聲情淫厲則又進乎騷矣楊子雲反離騷後此文

差堪繼之

董文友曰王文公讀柳宗元傳云八司馬天下奇才也一爲叔文誘遂陷于不義嗚呼有才失身良可惜也蓰日直原其失身之由若讁若嘲假令椰子有知能不汗顏地下

序

古人爲文之道有研京練都於一室亦有過涿鹿登海岱浮江淮以發其奇聞壯觀者若吾兄之爲別已七八年中間再上　京師既又瀏覽人文於齊魯兩浙間公卿皆折節下之相與酬答是卷皆南北客遊所作也憶乙未歲余始入長安吾兄亦爲都講於燕臺頗有灼灼之目今余於詩文一道久已茅塞吾兄文愈善詩愈工誰謂非遊之力哉孟子謂宋勾踐曰人知之亦囂囂人不知亦囂囂若吾兄者學成名立

錢序一

已見知於當世不可謂不得志矣獨余一蹶不振未能發憤者述以附於古者不得志之所爲可慨也吾兄向日所著久膾炙海內茲卷出而披讀之者應有夔州以後之嘆殆由好學深思湛於經術故風格屢變而益上譬之山下出泉自有本也昔人云閉門造車出門合轍然後知文章之道亦在遊亦不在遊讀是編者惟有慨然於學問之力歲月之功貴乎有本而已矣　國家方有事文獻石渠虎觀間徵書早晚將至吾兄之文行登於承明金馬著作之廷必無留

滯周南之嘆余之慚且慨者更當何如哉

壬子季冬弟中諸識

錢序二

宛溪先生詩文殘存

（清）顧祖禹 撰

《宛溪先生詩文殘存》，（清）顧祖禹撰，孫祖基輯，民國抄本。

顧祖禹（一六三一——一六九二），字景范，無錫人。因與隱士黄庭友善，故遷居膠山宛溪與黄結鄰，並自號宛溪。顧少承家學，熟諳經史。值明朝滅亡，不願事清，乃隱居著述。歷二十年之久，撰成《讀史方輿紀要》一百三十卷，彙九州羣史爲一書。它是研究中國歷史地理的重要名著。曾應徐乾學聘，參加徐氏組織之史局，編寫官書《大清一統志》。顧精於歷史地理之學，編書過程中得飽讀徐氏傳是樓藏書。在史局即將結束時，徐乾學一力薦舉顧入朝爲官，爲顧所拒絶。顧崇尚氣節，絶意仕清。後歸故鄉，去世時六十二歲。有《宛溪詩文集》藏於家，後散佚不傳。民國時孫祖基盡力搜尋，僅得詩五首，文三篇。他把所得抄存在一起，並寫了序言。爲了增加份量，又抄了一些與顧祖禹有關的同時代人詩作作爲附録，從中可窺其時文人活動來往的情况。

本書據民國抄本影印。

（徐志鈞）

宛溪先生詩文殘存

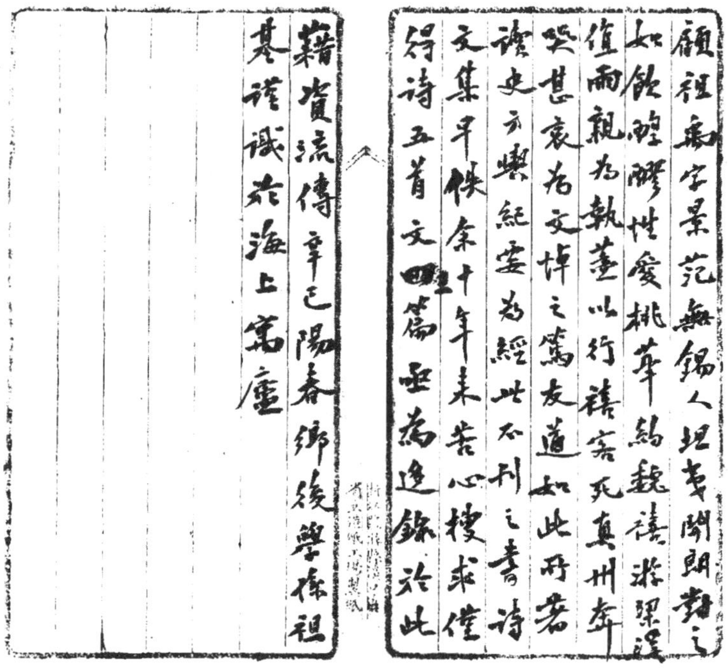
顧祖禹字景范無錫人坦夷開朗對之如飲醇醪性愛桃華結魏禧遊梁溪值雨親為執蓋以行禧客死真州奔哭甚哀為文悼之篤友道如此所著讀史方輿紀要為經世不刊之書詩文集早佚余十年來苦心搜求僅得詩五首文四篇亟為迻錄於此藉資流傳　辛巳陽春鄉後學侯祖某謹識於海上寓廬

以上三首錄自顧光旭梁溪詩鈔

宛溪詩文殘存

清顧祖禹景范著
鄉後學孫祖基輯

卷一 詩

送王石谷歸虞山惲正叔歸毘陵

虞山西上指毘陵。二妙歸與悵不勝。乍雨乍晴誰是主。忽寒忽暑竟安憑。何年游屐同時發，此會離情一夕增。相憶推篷獨寤語，菊花開處夢層層。

次南田韻題王秋泊秋夜讀書照

虞前月滿瑯琊道，正是三更把卷時。只恐菊花幽夢冷，驚迴燈影送珠籬。

過石谷秦淮水閣看畫鵲花秋色圖次韻

輞川六月寫滄浪，夢入平津遠興長。却憶揮毫千萬里，風生腕底為居涼。

送魏叔子還寧都

大地方酒寒，君行渉江水。問君行何為，抱膝深山哀易堂。好弟兄，事業寄文史。天空雕鶚飛，日落雲霞起。遙望翠微峯，遙遙四千里。吾黨韋君叔，君行其少侯。好風從東來，揚帆疾如駛。山中正春光，寒香放梅蕊。

甲辰九日感事

蕭颯西風動客愁，撫尊無處澄登樓。攬衣天地驕山道，白恰親朋阻水秋。征雁却飛無從圖帝鑑，北望有神州。茱萸煮菊尋常事，此日偏人易白頭。

以上兩首錄自卓爾堪遺民詩

梁溪詩鈔作爐灰盡試各處

附錄

雪夜訪宛溪顧子　陸媚　鐵莊

三年疥雨流征艳室過盧門也自喜棋局任敲虛對壘

爐灰經畫但插毫疎窗雪虐欺寒訟老樹風懸激怒鷸

寂寂溪山人宛在蘆中吟罷轉蕭騷

集華翁商原齋限韻　同上

書與宛溪歌悲歌野史亭勝游成澗絶良會喜重鍛髮

短令垂白編殘未殺青滄江遺老在寂寞少微星原註：往與

宛溪商著方輿紀要于是見之

忽忽三十年矣

追和宛溪題方輿紀作　同上

誰憶當年舊酒徒蕭蕭風雪叩菰蘆空江月冷驊騮轉

平嶺煙塵雨鷓鴣萬里鯨波征夢杳十年螢火夜窗孤

牀頭蠹卷寒塵在還憶荒城倒氣無

祖基按以上三詩錄自疎快軒詩光緒乙未曾氏刊

讀方輿紀要追和宛溪自題元韻　杜詔　紫綸

著書元不為窮愁十載書成賦壯游捫蝨國當為上客

彈丸無乃笑東甌瀾翻動地三江湧落拓還家兩鬢秋

俛仰乾坤空歷歷感時王粲獨登樓

蕭瑟江關庾信愁何如身共赤松游眼前破碎無完璧

掌底摩挲剩缺甌空抱一編風雨夕劇憐孤嶼海天秋

扶桑銅柱休回首元氣冥冥化蜃樓

祖基按上詩錄自雲川閣集康熙家刻本

宛溪懷顧景范先生　秦瀛　凌滄

風竹蕭蕭一草廬鄭樵當日紀方輿百年未奏傷心後

兩戒山川聚米餘宛水尚思前處士莫釐終伴老尚書（崑山徐尚書開史局於洞庭山延先生為助）鐵寒孫子凋零劇尚抱遺編守

蠹魚（先生著方輿紀要今原本尚存其家）

祖基按上詩錄自小峴山人集嘉慶城西草堂本

至三山書遇顧景范　孫治宇台

臘盡相逢大海東我來君去總途窮休言王霸驅除畧何自山川指掌中窗上梅花無信息淮南桂樹泣西風尋魚思切三江內便付愁心與北鴻

祖基案上詩錄自孫宇台集康熙原刻本

卷二　文

孫宇台先生遺集序

武林孫宇台先生既歿之明年孤孝楨梓其遺文三十卷遺詩十卷既成介貴池吳君正名屬祖禹曰請為之序祖禹愀然避席三嘆曰嗟乎祖禹何人乃敢序先生文哉祖禹髮未燥時即從先君子座末讀先生詩文時先生年僅二十許耳當日秦蜀寇氛羽書馳驟東南半壁猶稱晏然一時諸名宿競以風雅主壇坫而西泠尤為英雋數婁東雲間皆推服恐後孫先生才華四映如干將鏌鋣新發于硎也先生長身玉立風采端凝豐頤廣額顧盼煒然識者皆以為公輔器先生雖詩酒流連與諸名士相酬唱乎而先識遠略蚤知覆壓之不免思欲以身拯其弊謂俗學囂浮不足措諸實用其于兵刑財賦農桑水利諸書罔不窮源悉委思一見諸行事乃

滄桑屢變。陵谷俱傾。故舊知交。死亡靳淵。而先生抵掌揮毫之風。槩盡摧殘于悲禾泣黍中。不復有當年逸事矣。時先生避地山澤。久之益轉徙無聊。念兩尊人年齒邁。藜藿蕭然。勢且不給。不得不從事筆硯。假行幕之脯資。供庭闈之甘旨。嗚呼。孰知南北馳驅。窮年羈旅。瀕於老死。不能復返哉。先生博學多聞。自經史以迄諸子百家昭代典故。無不諳練。上下古今。論列人材。指陳得失。皆精當不可易。其為文不名一家。而尤喜龍門。意所欲言。則奮筆出之。晚年益進于高潔。其于詩出入騷雅。揖讓三唐。非近今凡響也。然而先生故不樂以詩文自表見矣。其于世道民生人情風俗之故。每有感觸。則終夜躊躇。當食長嘆曰。不意當吾之世。乃凌遲以至于此。生平所處。一于忠信。而行之以寬裕。有門下生頗為先生所厚。乙酉丙戌間。偶挾私怨中先生以奇禍。主者不直

先生。乃得解。而先生待之如初。未嘗少見于辭色。祖禹曩邂逅先生。屬先生以窮交數人。皆先生所未嘗識面者。先生一一為之經理。其人各遂所欲而去。竟不知為先生力也。先生所涉歷。北自燕趙。南迄閩粵。皆有實德于民。其與先生遊者。必能消其忿鷙。納于和平。討前後若而人。皆以循良考最。無有中吏議者。先生嘗自言曰。吾信友以治民。故民可得而治。今十五國中。有歌思聲教歷久不衰者。大抵因先生所措施也。嗚呼。先生不居其名。而實任其事。所謂陰德者非耶。今讀先生集。大都重名義。發觀感。垂勸戒。而卓然有補于天下後世者也。先生高大父黃門公。故廉吏。歿後家苦貧。杭俗重末利。少田。儒者藉田以僅給饘粥。而磽瘠多。有司徵求急。往往相率棄于捶楚。先生不忍坐視。其朞功中表之屬賦役煩費。類皆取辦於先生。故客遊幾三十載。家卒無餘貲。

孫字古集為清代抄本，戊寅秋余於海上來青閣書肆見之，展卷即此序文，亟錄一過，洵為奇遇，忘先瑩靈爽之呼通也。祖某識

其之高乎也。孝楨涕泣以阻其行。先生曰：吾父殯未有葬地，此行不可以已。嗚呼！先生豈非以身殉親者耶！今孝楨能成先生志，又有孫必能大先生之緒，先生庶可無憾。獨是以先生之抱負而終無所發舒，雖遺文彪炳，流播人間，未及上之史館，登之蘭庋，僅以衰廢無聞之餘民，垂涕而序先生之集也，此祖禹所以不禁低徊而三嘆也夫。

孫集表重索價四百元，余未留之。

紀元彙考序

余友月聲趙先生好讀史。余每過月聲，談連晨夕，相與發揚闡奧，鍼砭膏肓。魏晉以降地載未嘗不發呼此之也。余嘗謂讀國史有四難：天與之迷謬，一也；年歲之錯亂，二也；譜傳之淆紊，三也；職官之紛更，四也。月聲喟然起曰：吾兩人既無賀郭之庋，又乏中西之廬，寄居廡下，所以自娛耳，安得聚萬卷於一室，優游歲月，勤成一書，不負今日此言哉。會予有方輿紀要之作，因類編年號，以便稽考，而義例未精，採稽未備。以讀月聲所輯從事，附訂群書，攟載正史，旁及宋人文集，皆鐵經審慎，而條成書。其於所載宗室世系則在千表一編，標義於毫芒之內，研核于杪忽之中，經緯有備，羌然有紀，闡我綜

以數言。於古今升降之跡，治亂之關，一覽瞭
然在目矣。蓋月麓兼具良史才，上下千載，胸
有成史。而以瑣為長者。宜其書之貢高而[illegible]
長也。昔士衡賦三都。見太沖而輟筆。子
厚讀周易。遇之程而無言。以余之不才，於月
麓是編。方且服膺不置。又安敢贅一詞於
簡首之作。矯之數事。未免遺笑乎。

而月麓以老成。遂辭謝塵鞅。杜跡空門。收
束謹備聽官之作。又將安寄。此予之所不能無望於
非月麓莫與也。月麓於綱目一書。所著有廣字
而說。利弊案但剖若觀明。卓然不朽。乃屬
余考定。備參史撰之祥。諸不能讀者皆
不改。蠡[illegible]昧目而相與推廣作者之初衷。
其稗補世道。曷有既乎。是為序。

茲按紹元嘗考為作生楷趙觀烈字月
麓所著邑志，未錄壬子纂者，奈何於其
所得康熙癸未華希閔初刻本，僅為
海內孤籍。後有宛溪先生序文，蓋即為
壽玉鍾先生作矣。

甌香館集序

世有獨至之人而後有獨至之詩夫得于天者爲性情出于身者爲行誼存之爲學識發之爲文章性情不真行誼未篤而學識未正徒欲以詩文誇詡天下天下其許我乎哉吾友惲叔子少遭多難其所閱歷艱危奇變而卒完我天倫克返初服尊君遜菴先生以積學礪行爲世師表叔子終身隨侍視聽嚴慎不知户外已更漢魏也故以叔子之才華而卒無以自見周旋定省之暇以其所得發爲詩歌出入騷雅上下三唐大都匠心創別之作不傍籬落不拾餖飣吐納六合俯仰今昔渾雄雋拔而沈痛三閭之憂憤乎柴桑之感歎乎杜陵之悲怨乎余嘗取而讀之撫卷歎曰此真叔子獨至之詩而非隨聲附響自棄性情強爲嚬笑者矣夫鸚鵡之言獼猴之舞人無不欣然聽視而求其改色動容欲泣欲歌不能也何也以其形似僅存神理不屬也詩之爲道亦然不本之性情即規撫晋魏彷彿唐人欲以欺世眩俗而卒不可得乃讀叔子詩忽焉使人淒其流涕忽焉使人怒髮上指正如易水一歌商徵乍更喜怒頓異者聽者之性情不覺移于歌者之性情也叔子既歷喪亂少壯時多與畸人俠士遊嘗奔走千里恍惚死生他人色沮神喪而叔子意氣如常故其詩中多豪宕感激之什至于剖析理命研極淵微篇中尤多精闢之語非深山學道人未易知其所際也蓋性情真行誼篤學識醇不愧其家傳故其詩遂至于此也叔子少棄舉子業無所事又傷其家之貧無以致甘旨于其親也間繪山水以給旦夕識者爭欲致之一幀可易數十緡既而見虞山王子石谷所畫山水遂改爲卉草禽魚神巧幾奪造化蓋無不出于獨至之心胸也叔子言貌恂恂與人接恆

簡靜不發一語即習與遊者亦不盡知其工于詩乃若此也夫叔子旦不欲以詩名豈欲以畫名哉不知叔子之詩而至欲求叔子于畫是叔子所遇之窮也夫丙寅秋日宛谿顧祖禹拜撰

寶嚴堂詩集

（清）孫永清 撰

《寶嚴堂詩集》四卷，（清）孫永清撰，民國六年（一九一七）鉛印本。

孫永清（一七三四—一七九〇），字宏圖，號寶嚴，金匱人。乾隆三十三年（一七六八）順天鄉試舉人。第二年爲乾隆欽點直接任内閣中書，軍機處行走。孫永清的職務爲皇帝前記録口諭，並按記録草擬成聖旨。後改任文淵閣校理四庫館纂修官。乾隆四十五年被任命爲貴州布政使，五年後任廣西巡撫。乾隆五十三年（一七八八），越南内亂，原國王逃入廣西。孫永清奉命駐守鎮南關，籌措糧餉，加強巡防，得皇帝嘉獎。乾隆五十五年病死在廣西任上。孫永清一生清廉，爲政有遠見，臨事果斷。有《寶嚴堂詩集》四卷。原版毁於太平軍陷錫之時。平亂後印本流傳甚少。光緒二十六年（一九〇〇）纔購得一本初印本。民國六年孫翰英仿原式鉛印四百部，後附孫永清行狀。孫永清詩多作於任官之時，生平所歷記之於詩，『早歲偁詩架籆先民，而機杼自出，格高韻遠，情稱其詞』。受到同時代人看重。後位登樞機，出爲方伯，又任封疆大吏，勳名著於西南，平生功業，盡見於詩。其布以愷和，抒以忠愛，使讀者如見其律躬之嚴，惠澤之周。爲廉直勁正，莊誠之音。書前有邵晋涵序。

本書據民國六年鉛印本影印。

（徐志鈞）

寶嚴堂詩四卷

丁巳夏仿
原刻本用
聚珍版印

叙

郇卿子曰詩者中聲所止也情動于中而宣之爲聲聲之所感不同胥能類其小大比其始終俾宮商相應若畫采成文繩其德以協于中後世之言詩者競爲新聲以投一時之嗜好或襲于外以爲恢張或陷其中以爲幽渺或柔曼以取姿或奔放以作勢或奇譎以見巧是無異乎侈聲之迫笮也弇聲之鬱勃也薄聲之甄掉也陂聲之離散也險聲之抑歛也惡知所爲中聲乎哉錫山孫公絜齋早歲儕詩槼矱先民而機杼自出格高韻遠情稱其詞未嘗鰓鰓焉逐一時之好尚而往來南北

同人交推重之及登薇垣直樞府累擢御史中丞出爲方伯晉秩大府勳名著于西南卒以勞瘁而歿篋槖蕭然僅存遺詩四卷則公之生平意志所寓也余嘗考唐人詩若張燕公之在幽州李衛公之在川蜀其爵秩不爲不崇其委寄不爲不重矣而其詩轉多適鬱之思激昂之氣便旋跼躅之感斯雖所遇之時爲之乎疑其存諸中者未得其平而宣諸外者未能比其類也公開藩在古夜郎羅施之區山陗箐深猓苗盤錯旣而塡撫廣西行部所至偏歷夫危巖陰峒蠻烟蜑雨之交叉時有徵發送行師以靖海氛躬扼巖關威稜譬乎遠譯而公

餘事爲詩布以愷和抒以忠愛使讀者如見其律躬之嚴惠澤之周臨大事之整以暇是則公之遭遇盛時視前人爲優而其詩亦不限于前人之畛域此其爲廉直勁正莊誠之音歟寬裕肉好順成和同之音歟其諸考諸中聲而宮商相應者歟余交公于京師別去十年音問遼時而靡閒知公之篤于故舊也仲子爾準奉公遺詩屬余叙言余爲發明公詩之合于中聲者以著公所遭之盛是爲叙餘姚邵晉涵撰

寶嚴堂詩集卷一

金匱孫永清絜齋

古今體詩

將進酒

君不見徐福東入海烟濤浩渺果安在僮女三千絕可憐連舸盡飽蛟龍餒又不見淮南矜秘術鴻寶千言富篇袠雞犬誰看得入雲拔宅空傳升白日丈夫作達期不朽身世浮漚復何有枉憂衰老凋朱顏不若金尊長在手朝歌妓邯鄲謳呼來侑酒澆我愁鼎鐘事業且難

致曷用銀臺金闕神仙儔我聞鄴下陳思王十千斗酒恣清狂又聞隴西李太白會須一飲杯三百兩公英俊天人流才高不用名長留自古神仙丹鼎枉水火不如達者縱飲垂千秋

燕歌行

丁東蓮漏催銀壺曲房窈窕張氍毹華鐙綺席羅四隅朱顏二八美且都廉纖細步翹雙趺欲進不進神峙躇抗聲婉轉爲吳歈臨風一串千珍珠聯翩妙舞回明矑春烟秋水光有無金風起兮拂井梧星月皎皎夜欲徂歡樂極兮悲情俱妾歌既闋中鬱紆願君歲歲長歡愉

北發

定省經年曠趨庭及好秋此行輕遠道何處動羇愁宦驛從頭數鄉書及到不遙憐嬌弟妹計日望松舟

登北固山

北固山頭望秋生萬里風金焦雲影接島嶼海潮通舞鶴盤雙塔飛飄截斷虹憑高心目曠浩蕩意何窮

東郡

東郡秋光好驅車暫此過萬家開井邑千樹散泉河地接弦歌古愁生風雨多朝來逢勝序客興莫蹉跎

任城登太白樓

駐馬任城道來登太白樓當年騁文藻此地恣清遊忽漫桀雲去天閶謁衮旒風流千古歇落日動予愁

過德水宿西方庵

德水西郊路宵行生暗凉城浮綠楊岸風遞白蓮香稍覺開平野還欣接上方勞勞勤于役信宿借禪牀

甜水浦道中逢陶碩君家天五

旅館欣良會翛然啓夜尊觧雲翻玉葉碧漢落金盆湖海多荆紵天涯有季昜所嗇明發別離緒又重論

旅中晚坐

春雨晚來足閒雲拂草亭一篙新水綠幾桁遠山青魯酒遙郵貰秦聲隔院聽坐深花氣滿衣袂襲芳馨

游湛華園贈盧晴嵐

新陽啟韶序恰風扇柔條蘭館盛嘉賓名園愜遊遨詩幽得芳徑不用折簡招入門好邱壑彷彿馮山椒仰眺望華注俯瞰凌蘭苕主人雅好事清燕開中宵著述迦正始論議斐縣囂念茲沛灤間邊李昔聯鑣穆如風人遺敦厚祛啁噍嗣音有新城僞體別風騷洪鐘振凡耳豈異聞咸韶如何百年中斯道委榛蒿末流患靡犸濫觴或纖佻安得素心人扶輪輓崇朝音響苟相續寧謂接迹遙努力勖同調嗛嗛令名昭狂言愧未同欲別心

鬱陶

新湖

積雨綠巖岫空林明翠微人家湖口遠魚罱晚來稀獨鄉烟中立翛然風滿衣仙原不可問雲徑是邪非

露筋祠

古廟崇貞祀傳聞懿姓蕭祠爲簫荷花見徐文長集到門殘水碧隔岸野梅飄自合江蘺薦毋煩楚些招千秋堪勵俗來往一停橈

寒食展內子華氏壠

頻年浪迹走天涯禁火今朝恰到家麥飯一盂親奠掃

墓門寒雨落松花

春日郊行二首

策杖東郊外茅檐三兩家綠雲凌翠竹寒谷發春花柳岸眠孱犊蘆塘浴稚雅夜來新雨過山月趁人斜

秧塍春水滿翠潁刺風漪鳩喚閒雲外人來暮雨時破烟梅粒飽迸石竹萌遲野老殷相勸毋忘簑笠期

楊花用王欽佩春陰詩韻

落紅院宇芳晝深垂楊嫋嫋風力侵萬樹飛花一庭雪欲墮不墮烟沉沉春光搖蕩幾千里拂草依花香迤邐馬蹄蹋處去復來鶯觜含時低更起東風幾夜條不鳴

飄飖似識楊花情作團弄影偏芳甸朱樓翠閣烘春明美人如花嬌不語閒數彫梁燕新乳謾道浮萍是後身陌頭無那風和雨當時雙笑倚闌干丁字簾前意細看聽徧陽關清漏歇歌殘連臂繡襦單無端蘭氾光風動花落辭枝同去瘳䨱橋多少送行人寄語天涯別離重

之澂江過白蕩圩

澂江幾百里夜涉信微風小艇迎波綠新萍着雨紅烟開重浦外潮涌亂流中汲汲何爲者青袍尚轉蓬

和鶴峯先生城西校射二首

鼓角平明合嚴城倚斷山放圍青甸裏校埒翠屏閒雲擁摩竿動花明斂錦還序賢非角力徹札莫逌攀

千步場如削連朝雨灑塵坐觀容正直緣識志和馴獨擅華林作羣瞻矍圃身憑軒空寓目投筆果何人

題趙子昂鵲華秋色圖爲朱松葊作

昔我游東蒙振策徂萊峯岱色蒼然撲眉宇灘露晴滴天門松鵲華單椒在衿袂撩人秀色舒丰容紫烟碧暈互鈎映瑤簪玉笋爭龍縱須臾雨露垂翠虹決眥萬里無飛鴻一峯峭立一峯側亭亭削出雙芙蓉終朝拄頰攬結苦不盡歸來枕簟巾屨皆空濛幾年高枕九龍弟三曲夜寐往往夢落東山東橫雲山人雅好事示我古

幢秋堂中舊遊翻覺墮虛幻似聽濼水流淙淙脩然丹粉眩金碧法參王董筆格同想像王孫初下手墨色相得紙色融讀書萬卷蘊精氣濡瀚一灑神靈通世上俗子擅塗瀎界畫枉自煩青紅虞伯生楊仲宏題識盡娟妙不如德機數語形摹工寶幀愛護經幾輩粉絹完好袪蟫蟲一朝流傳到君手什襲何厭鸞綾重披圖覽古三歎息勸君珍惜倖瑺琮

常熟道中卽事

扁舟百里汎琴谿如雨煙絲罨畫隄蘭槳自隨流水轉山家偏在杏花西晚風著面寒猶重春色宜人路欲迷

擬借草亭留信宿好酤郵酒聽黃鸝

送春日贈別

酌酒送君兼送春停杯細語重逡巡落花如雪鐙如月
愁絕空堂欲別人

武林懷古

鳳舞龍飛古越州湖山高宴寢同仇百年汳土皇圖遠
一夕江潮王氣收南海叉看停御輦北庭空說返神斿
獨松關外無窮恨常在諸林風雨秋

曉出清波門入南屏淨慈寺

朝曦射江城南山紛杳靄杖策出郭門沿洄獨津逮得

徑路無遐入林雲不碍羣峯麗明霞初地符勝槩鳥語
隔澗中梵唄流松外天風空際來飄灑落清籟彷彿宗
鏡堂片偈息羣喙妙景愜所歡悅忽如有會平生困氛
俗未拔六根界偶來聽法鼓坐使醒夢寐幾時超淨因
攝生遠埃壒

度風篁嶺至龍井

隔嶺聞風篁淒韻雜飛溜緣巖將百轉仄徑迥疏秀遙
睇白雲封近見紅日扃登頓蒙翳深夾林華蘙覆細泉
繞其根瀲泓媚石甃巖花共鮮新古翠紛縟繡空色妙
不延神景歷無舊想像東坡翁高人此諦構去住本無
家風流不可復莫辨虎蹊蹤誰識歸隱寶我亦蓮社徒
欲去戀孤岫

上天竺寺

遙峯延層青一徑入天竺妙景咫尺變蓊然雲會族巘
空羅珠宮循檐蔽叢竹神區美難名瀟灑復森肅齋心
禮空王沈檀靜馥郁天花一飄落雲片流巾幅山人嚴
際歸仙草滿筠籠詒我松花苓芬芳盈一掬蒲團共趺
坐晷景忽已促雲林鐘星星招我前山麓意愜不可論
眞樂于茲獨

岳鄂王墓

宰樹凌雲卷怒颰金椑往事恨難消誰教突騎頻南牧
不見遺弓返北朝九曲祇今栽野橘一坏終古奠芳椒
年年杜宇冬青路應向珠宮賦大招

孤山放鶴亭和東坡臘日遊孤山詩韻

西湖雪後春滿湖孤山樓閣半有無巋然一亭誰所築
疑有古鶴烟中呼當年敕斷妻與孥湖光山綠供清娛
梅花非花乃君骨青紫何物堪挖紆封禪無書遺古廬
高風千載孤山孤我來未得薦秋鞠細水漸見搖青蒲
爪皮艇子勞槳夫亭陰繫處望朝晡春風襲衣冷如水
重戴彷彿尋詩圖心脾祇覺沁有餘蓬窻醉臥神蘧蘧

此中結隱眞藪逋夢中氷玉容可摹

月夜過碧浪湖聞笛和東坡百步洪詩韻同趙璞函作

月出未出流金波鮫客靜夜騰風梭玉湖汗漫汎舟入一繳瑩淨銅新磨銀灣無聲淸露落霜筠忽起前山坡中流激浪拍船尾翻邵千柄亭亭荷老蛟已去烟竹裂誰吹精列驚龍渦妙理靈通感神物何異新曲操凝河一聲入破碧空寂媧石破碎雲如羅水窻坐聽忽怊悵世事過眼馳風駝樊川不作坡老死空餘山水淸透迤碧蘭之堂瑤席水遺蹤猶認蠏蝓窠臨風向秀一回首千秋尙友情如何夜深月落湖水暗淸音入夢追摩訶

鶴峯先生見示文衡山千巖萬壑圖次東坡烟江疊嶂圖詩韻

瀼瀼之水舠舠山霏藍翕臙流雲烟長天劃缺地勢窄坐久反覺心芒然我遊山陰雖草草出入高下窮飛泉歸來六月正苦熱蘧蘧夢繞雲門川朝來素壁起雲霧千巖萬壑羅窻前火雲淨徹渴烏死恍忽別有壺中天我公雲山本夙契五華峯頂探芳妍宦遊更得山水窟歷徧萬頃琉璃田剡谿三月春正好東山屐追當年市箱眞形最寶惜日看蛾綠眞嬋娟我今從遊徧兩浙官閣久鄉春風眠幽奇到處許尋攬靑櫳布襪吾其仙何人偉業寫入畫流轉歷劫超塵緣我歌長句揮散卓綴處殊愧裁新篇

爲朱藥岑題剪松草堂圖即以留別再次東坡前韻

江南二月花滿山垂楊樹樹含新煙吳淞一曲碧千頃浪花圓處風泠然倚江一椽好卜築不用花木追平泉主人足迹徧天下黔南冀北西秦川萬幻千奇入胸臆世事過眼風燈前灑然傲岸意獨得瀟灑氛俗全其天詩篇滿篋門坡老出以灑落彌鮮妍雖無人寄草堂費得歸聊種靑谿田胸中邱壑眼底是借取幷剪知何年

垂虹亭子尙無恙坐愛流沫生嬋娟我生亦長湖山麓松濤日日驚淸眠架巖鑿谷有願不可遂幾時散髮得晤方瞳仙鴛鴦湖邊漱浦曲臨岐且訂巖中緣秋風倘憶芙蓉水尺書幸寄瑤華篇

和鶴峯先生游雲棲寺韻

碧障千盤徹上層春騎拂曉快凴登亂山缺處開初地密篠叢中認一鐙梵唄偶隨流水出天花不礙法雲蒸名藍自是非凡境咫尺追遊笑未能

和鶴峯先生夜過七里瀨謁子陵祠遂登釣臺吟

眺韻

峯開復峯合千山東一瀨延緣路若窮絕壁忽相對寒月生溟濛隱隱見鼇背抗策入空翠不覺雙足廢絕頂留孤亭清風襲巾帶彷彿逢高人浩歌山石碎當年辭帝鄉此間結茅蓋一竿非釣名蒲輪那用再道義久相尙顯晦迹安在雲臺劫灰沈荒祠獨千載山高而水長椒醑同釋菜

西臺

昨我登東臺峭險絕梯級今來涉西嶺月冷霜花濕攀厓多悲風恍忽精靈集山魈夜半號猶疑鬼神泣緬懷

謝參軍忠義何慘急擊節作楚歌頑懦爲君立白雁已南飛杜宇悲何及大志不可遂晞髮此韜戢遺恨蝕巖阿江水皆悁悒峨峨子陵臺相尙不相襲千載人莫知雙厓峙芳隰君魂如可招長歌驚凍蟄

錢王射潮圖歌

白馬涌地腥風開怒蚪劈峽驅霆雷劃然一綫前後合郭澥欲沸吳山頹陽侯攫城城震動鵾夷拗怒轟相摧錢王錦衣歸置酒鐵券劙金印縣斗痛惜元元飽鱷鮐指揮壯士施身手強弓毒矢控發齊海若辟易馮夷走奔牛萬萬馳練千拔出金湯屹難朽我昔來游三月時青銅鏡拭堆流離鎔塵不動風力輭畫舫欲繫垂楊絲今觀是圖迥殊絕異境恍忽騰蛟螭濤頭如山箭如雨疑有江妻鮫妾出沒翻靈旗潮落潮生朝復暮谷變陵遷凡幾度千載豈空鐵柱牢數州安堵金隄固應是英雄精氣貫海壖不然那有鬼物來呵護馮弔遺墟空復情舊遊回首廣陵城何當弭節高秋後飽看騰裝百萬兵

桐江雜詠

高臺百尺憶曾攀淼淼煙波歲幾還十幅蒲颿飛鳥疾滿川風雪萬重山

松楸歷歷草萋萋杜宇荒江不住啼太息參軍歌哭處亂山落日釣壇西

曉起霜威濁酒降山風吹雪入文窻漸漸石瀨篙聲急又過嚴灘第幾瀧

漁浦潭西刺小船山家風景逼殘年朝來我亦酤郫釀好買槎頭一尺編

水郵山郭數郵程七里鸕瀧次第名日暮西風吹料峭年來已熟打篷聲

橐筆頻年傍郭舟渚烟谿月泝江流高情不用攜絲竹已勝東山躡屐遊

石梁瀑布

危巖巉巉忽雙裂晴天劈見橫飛霓銀潢一道注遙空吹作千峯萬峯雪我從天姥山前來湍聲洶洶轟霆雷神區未到氣已懾靈境乍拓山容開嵌空巨石露皺齶金庭玉棧從天落苔色爛斑駁文古橫拄兩巖巖力弱縣泉界道淩罡風因山作勢勢轉雄奔趨萬派競一竅失險欲倒蛟龍宮陰潭直下三千丈濺沫還騰九霄上雨絲風絮作團飛口不能言惟拊掌憶昔靈湫顯神異五百迦趺事奇祕郤笑蒲團一剎那誤癡遂指消搖地我今著屐來此山天花片片雲斑斑仙風鏘然似有意招我絕頂期無還平生漫浪陊人海十嶽蹉跎今幾載明朝高臥華頂峯且看扶桑浴圓彩

登華頂放歌呈鶴峯先生

天台四萬八千丈華頂峯高衆峯上碧海雲開夜月晴丹臺雨淨朝霞朗駕鶴驂虬多羽仙拍肩挹袂時還往竭來得從謝屐過香雲妙鬘紛兜羅靈芝瑤草不可拾烟旆翠斿相盪摩須臾羊角空中轉游氛盡掃山容展八表空明澈上清十二瓊樓微可辨括蒼雁宕排雲開蒼然一氣從西來俯首帖帖等邱垤端嚴獨擁蓮華臺七星當空大如斗罡風吹落陊我手慚非曠士百感生

名山得到良非偶昔聞公登日觀峯天門夜攬扶桑紅東溟一勺碧于盌齊州九點青溟濛同遊賓從盡仙侶凌雲作賦聲摩空我時浪迹大小東仰公如岱岱秩崇巖巖咫尺景行切所恨未得追雲龍豈知今日侍芳躅玉杖相將入烟族清嘯眞堪比鳳皇良遊已勝攜絲竹便擬捫天扣帝閽從公一問金仙籙

桐柏宮

岧嶢傑觀玉爲籤太乙離宮倚紫霄曙色依微雙闕迥神飇伸降百靈朝黃雲舊說迎龍節碧月何年奏鳳簫擬鄉金庭探寶板淩風誰與跨藍橋

瓊臺

雲坳百丈靈波瀉亭亭扶出碧玉蓉上豐下削倚空立碎皴雲錦羅青紅聳然而起幾千仞作勢直欲定璇穹縣厓倒垂藤夭裊虛磴細罩花惺忪靈瓜斫瓢臙仙蔕緗荷翻柄搖香箭千蹄萬䟫附一幹台山之心秀所鍾何年巨靈舊鬼斧手劈雙闕留餘蹤王喬赤松自來往朱旛絳節時一逢素琴疏越鐵笛亮雙眉拭翠碧色曨騰飇御氣不可測金僮玉女紛招從多生塵劫銷未盡那得蛻骨超鴻濛青天作階雲作馭似欲引我乘飛虹當空顥魄更有意未晚已掛前巖松側身絕頂一長嘯

清音落澗生罡風

先發至能仁寺時鶴峯先生雨阻芙蓉邮枉詩慰問依韻和作

軒車回首阻層雲薄暮輕雷隔嶺聞官燭遂窗鳴宿雨朋簪入手滌塵氛開尊自對檐花落纔被聊從梵榻分已擬晴山遊屐好謝公無事候人勤

原作　李因培

中峯漠漠起層雲懸懸雷車海上聞誰信山靈滌嚴壑頓令遊屐靜囂氛十年夢裏丹邱在一夕鐙前素侶分惆悵芙蓉凉雨歇泉淙和漏太殷勤

自芙蓉邮度丹芳嶺至能仁寺宿

雁山出天攙乍到絕思慮籃輿信幽討蓉川渺東注邮烟袞虛谷石瀨媚芳渡嚴紆細路通峽轉鳴淙互扶携藉僮僕偪仄接踉蹡問途陟百盤直上不數步峻嶒到絕頂木杪怯還顧蒼蒼谷內峯林立涌雲霧浩蕩凌滄洲莽蒼截漢路氣象生萬千目眴已非故倏覺嵐氣濃晝晦浩傾霔一徑入琳宮松杉夾衢樹險絕坦徧得至理愜天素明發瞻前軌畢此平生慕

憇安禪谷觀靈巖諸峯遂尋龍鼻泉之勝

輕策尋靈巖趨途意先往初瞰射靈壑虛翠時晃朗蓮宇開神區靈標矯蒼莽飛揚出雄俊嫵媚饒倜儻元圃修觀接閶闔隆棟仰複徑一何長砥直路無枉尺步好景變百蹬作氣上勦然古洞深人語答微響石罅垂虯龍倒攫蛔與蛹噴沫滴蠙珠棹尾勢屈彊飛騰豈無能夾束扼骯髒展眺信沿洄振衣發長想高人不可逢邱壑契疇曩何當攝芒鞵長此稅塵鞅

晚自淨名寺循鐵城障入維摩洞

尋幽意靡極眷此千峯暮衹園稍徧歔復散中林步沿緣信芳何杳靄辨樵路峭壁排雲開險比金城固泫泫巖際花漸漸石流渡複岫乍逼仄密林屢回互颯然嵐

雨飄微響不知處眾入疲益忘仙寶復欣遇積水沒筠竹古浩上芒屨偶展沈疴蹤發此淨因悟艮游洵清絕觸目快心素望望嚴月升歸涂滿風露

靈峯

雁峯百有二雄長惟靈峯十里見蒼翠百蹬摩元穹高青天柱北硉矹地軸豐巖罅偶披豁樓觀開其中我行出澗底引以泠泠風半空儵然止靈鳥時一逢窈渺入古洞結構偏玲瓏牢籠衆峯頂但見烟濛濛涔雲忽解駁了了青芙蓉馴若蹲啞虎怒若抽鐔龍珠縣雙闕迥髣攡三花穠靈犀駭相燭威鳳鳴何雝介雞忽厲乃似

欲爭其雄流矚神每王企賞無雜衷咄哉十嶽遊到此
眞化工歸來巖下宿飛夢凌高空

由謝公嶺出山憩落展亭覽古

靈境難久留侵晨戒僮僕砦砦謝公嶺躧步肆遐矚碧
障羅古杉丹阿燿時繭緬懷躡屐蹤荒亭混樵牧心迹
寄林泉何乃自厓復解龜未及早伐山志焉足我本江
海人偶惓桑下宿箕濮有微尙塵网苦拘束心戀陽鳥
居十里一躊躅海色從空來蒼蒼滿巖谷東西百二峯
萬古媚寒綠俯仰舒遐衷渺然契幽獨笑謝采芝人艮
游幾時續

欲再登孤嶼潮急不得到遂至館頭和鶴峯先生
韻

江山變氣候金風袚蘭渚歸悰偶泅沿中川眷琳宇仙
舟幸同攜曉吹韻笳鼓瀰瀰沈石華離離出竹祖是時
回怒潮榜入暗無語聲喧千石鐘勢輓萬鈞弩超越匪
尺尋端倪辨銖黍方蓬失罡飈何必弱水阻翻憶前度
來目成渺何所心逐虛舟遊迹謝短筇拄脩涂果安窮
噫氣空爾怒稍欣即次安已慰登陟苦寄謝海上鷗忘
機久余取

游石門觀瀑和韻

石門果何門扃闢因靈風勝地夢已屢未得凌龍從碣
來溯江路遠訝造化工岧嶢豁高闕瞪即排崇墉纖纖
蘿㬇壁蕭蕭杉摩穹水闌潤幽澗金鳌媚僊宮委運理
輕策略約尋樵蹤中虛敞孤洞上竦崟雙峯扁天不盈
尺曦輪縣遠空颯然白雨來濺沫烟溟濛捫星倒銀漢
觸石碎玉櫳氷車轉盪激雪柱垂蔥朧噴飛及半壁忽
復無定容天㬇殊下上霅灑紛西東空色目爲眩至音
聽難同是時噫氣薄水勢隨奔虹鏘然古樂奏窅眇傳
犧熊又如振鐏鐸鐵騎臨軍戎回飈忽中斷簾影微聰
朧徐徐韻文竹吹落瓊枝淞喧寂兩何有不驚潭下龍

謝客昔營住鳴琴契邱中又聞犂眉叟樹勳銘鼎鐘公
遊拊遺軌論世揆初終心雖嬰世网迹舊酬皇聰生平
諒有託坐使疑義融追隨幸浹歲時仰龍門松旣滋山
水趣彌協出處衷盤桓屢改席水雲欲生胸淸遊信淸
絕倒醉嗤山翁

桃花隘

危巖據絕壁四塞張虎口偶來陟茲險欲往駭奇斗入
隘詰曲多尺步寸蹴阜隆石當敧傴大乃逾數武宛如
螭蚪蟠蜘螺昂厥首騰沓逞儇狡顛仆十八九側身瞰
傾厓眩轉失跟肘努力縣秋豪到頂一抖擻俯視南來

山岾岾等培塿長嘯招天風青冥落我手羣峯空中搖
地軸脫樞紐攀稽競出險一觸或反後其險也如此何
當獨夫守一氣連諸閩此隘安可狃

發嚴州有懷趙璞函

陷颿東去午風便石瀨粼粼水郭邊千尺寒雲封雪澗
一溪晴旭散漁船疏梅驛路催春序細雨蓬窗憶社前
幾度同遊酬唱隔不堪悵觸落花篇

寶嚴堂詩集卷一終

男爾準恭校

寶嚴堂詩集卷二

金匱孫永清絜齋

古今體詩

江行雜詠

金風催客發江城小泊西陵問去程夜半柁樓聞笑語
隔江齊報海潮生

城郭蕭然傍水隈春江懸懸軛輕雷樵風美滿潮如雪
早過樟亭百尺臺

石磴千盤徹上層蒼烟一抹鎖嚴陵松明獨照祠邊路

風雪芒鞵記我曾

舟行日夕在瀧裏亭午時聞啼竹鷄山色午開水浮岸
炊烟一縷指香谿

瀫谿十里碧粼粼鎮日遙峯斂翠顰一陣寒風一陣雨
龍游驛外泊船脣

刺船山色水西東拂曉沿緣杳靄中貪看焦巖飛瀑影
輕颿不趁會江風

小谿谿水碧於紗谿上烟扉三兩家絕愛西彎好風景
坐看疏雨落疏花

幾日灘行愁不禁坐傾金酒獨沉吟明朝郤喜常山道

青笠紅衫楓栢林

逾常山嶺至懷玉山道中即目

金風振素節，遠岫晞朝陽。捨舟理輕策，夌晨肅秋光。術阻越舊蹊，林交翳微霜。白雲冒陰洞，朱華燿陽岡。密徑既窈窕，層巒復靑蒼。升高睇邊野，一嶺分紀疆。山南刈穫早，秔稻抽新秧。橡㮚秀果實，橘柚揚芬芳。樂業良可美，我行獨何長。畢景企淹息，墟落遵陂塘。即次偶延佇，嶺月舒清揚。

信州曉發

斜月南屏路，西江第一程。雲間人獨步，木杪水微平。露下秋無影，鴻飛暗有聲。曉來霜旭涌，紫翠萬峯明。

貴谿

聞道香谿地，眞人降翠軺。千年龍虎拱，海夜鬼神朝。客櫂兼雲下，荒城映水遙。僊蹤不可問，雞犬已家家。

望餘干城

雲際見孤城，餘干舊有名。烏啼千堞靜，月出半江明。往事悲陵谷，清風采杜蘅。揚舲越西路，輕浪逐烟生。

康湖

康湖千頃玉泓渟，渺渺夌波一葉輕。沙渚眠鷗臨水影，竹汀啼鴂隔雲聲。帆檣接處風初緊，蘆荻開時月倍明。此去宮亭三百里，兩孤縹眇不勝情。

安仁

芝峯縹眇淡遙靑，極目風烟入杳冥。千疊雲山趨廣晉，無邊秋水下宮亭。六朝舊迹餘荒壘，一笛新愁落遠汀。何限滄洲漁父意，蓼花風裏獨揚靈。

鄱陽舟次呈嵩巖方伯

夜分湖月上，小艇與烟平。鼓櫂驚龍窟，回風颭蜆旌。中流吳楚坼，百戰古今爭。回首康山路，曾聞夜洗兵。

夜渡鄱陽湖放歌呈黃蓀谷 世堉

九江之水來峨岷，奔流直欲無東瀛。鄱陽千里乃一束，勢吸雲夢呑揚荆。竭來八月駕高浪，蒲颿十幅輕鷗輕。柁樓一笑旗脚轉，如箭脫手弓離檠。是時薄雨開晚晴，湖風乍熄湖水平。纖雲羅羅月領細，斷霞片片虹腰橫。

韡紋萬頃皴滑笏，玉筍千疊環闤屏。大孤小孤隔水見，儼臨玉鑑窺尹邢。煙鬟霧鬢各嫵媚，欲乘蟾魄相目成。中流恍聽女媧曲，鏗鍧僊樂鏘流鈴。江妃招邀燿翠羽，湘娥阿那揚華旌。陰潭大澤足神怪，長鱷鼓鼉龍啖精。黃神越章佩左右，前驅所導孰敢嬰。飄然身已渡弱海，如超鶴背風泠泠。我時歌嘯倚宿醒，蘧蘧蝶夢如乍醒。平生浪迹陊人海，十年漂泊眞浮萍。眼前好景且莫負

尊中美酒宜共傾明朝弭節西江上又看圓彩生滄溟

登滕王閣

千尋高閣峙江邊彩筆題詩憶往年夕翠至今浮檻外明霞終古落尊前山連五老開灊嶽水接三湘極楚天我醉高吟悲帝子寒潭秋靜月初圓

行經南昌望徐孺子墓

泊舟南昌郭遥瞻孺子墓墟落含晨暉牛羊爭野渡沿緣徑多岐遐矚涂屢互循江少敞嶔獨客安坦步鬱鬱青松林蕭蕭白楊樹牧豎紛謳吟碑趺半顛仆緬懷賢太守當年矜禮遇一榻安足論道合乃心素古人迹已

遠山川緬如故風流如可期執鞭所忻慕

西江舟次懷文若楚中

西江凝望楚江連有客悲歌夜敞舷湞口帆檣雲際下武昌樓閣鏡中縣送君南浦當三月惜別秋風忽判年我又湞昌獨行邁衡湘可有雁書傳

寄懷

江潭楊柳不堪攀獨客南行未擬還哀樂中年頻聚散霜華滿道怯間關砧聲萬戶秋如水風色千帆月在山永夜懷人長擁鼻短篷孤繫蓼花灣

金花潭寄內

飄影天斜下石瀧風旌不比壯心降曉過玉峽千重障夕泛金花八月江愁似秋風翔越燕淚如宵雨落吳艭踦心鄉思俱無那空說臨流鱠鯉雙

十六灘

絕壑奔驚瀧數里震豪怒健飄從西來勢若離彀弩一擲臨重淵怪石儼旗鼓蜿蟉蟠崢鮐猙獰瞰爐虎排空奮爪牙一觸十攫五篙師亦飽經既至色如土千夫屏聲息赤脚力共努百丈秒于髮性命縣弱縷欻忽坑塹超失喜脫鑕斧翻念世路寬胡此獨險阻人生褻區區忠信期自許不見呂梁洪跨涉原無苦

攸鎮

晚漲落汀洲西風一葉舟野花紛古步篁翠壓寒流戍火烏龍驛人家黃篾樓濛濛送灘雨愁聽喚鉤輈

晚至贛州

烟檥辭急瀨夕飄喜初平衆嶺明斜照雙流曲衮城遺經傳贛巨故壘說文成何處西林寺迢迢夜梵聲

登贛州城樓

參覃雲樹帶嚴城倚杖高樓百感生八境風流懷玉局千秋勳業遡文成江流章貢當門合山色崆峒照眼明此地從來據形勝麗譙落日戍笳鳴

謁文丞相祠

論兵南贛日國步已潛迻四鎮空遺策偏安遂莫支丹心煇汗簡碧血蝕蠻垂千古英靈在依稀見羽旗

謁王文成公祠

荒臺寥落野烟空新建儀容想像中細柳壁開周亞父澶淵績比寇萊公祠前章貢雙流合望裏衡湘九派通回首虔南征戰地神旂颯颯閃秋風

度大庾嶺

萬里收南徼通津控此關路從三楚折水下五溪還密箐留雲濕攢峯漏日慳我來重懷古疏鑿故功艱

寶嚴堂詩集　卷二　六

謁張文獻公祠

文獻祠堂絕頂開森然神樹護雲雷先機早識封狼志競物偏嬰鷙鳥猜平圃祠堂猶俎豆咸陽寢殿竟蒿萊玉堂金鑑千秋在莫數姚房論相才

舟行望韶石

霽色開雙闕雲中見古標千秋回玉輦每夜奏蕭韶石帽凌丹壁神弦響碧霄南熏一相送仙路未應遙

觀音巖

碧落何年洞崚嶒鬼斧鑱漏天纔一線照眼忽千巖二景陽厓逼三花暗寶嵌金庭應不遠試手探瑤函

石潭晚眺

落颿雲外峽道暑翻柴荊脚底千巖合林端一水明渚鷗隨浪靜雲碓落春輕卽此超塵界無然漫縛纓

湞江寄內

衆壑歛新雨秋江增陗寒孤篷今夜月把酒與誰看斷續沈霜角威遲望露盤金錢如問卜明日牯牛灘

峽山飛來寺

名山絕頂啓禪扉眞倪當年此息機到地松風飄梵唄有時花雨落人衣青瑤澄沱流銀漢紫竹陰森眇翠微帝子綠雲何處所讀書臺畔草芳菲

寶嚴堂詩集　卷二　七

晚至粵城

湞峽南趨形勝饒秀峯回合鬱岧嶢晴雲萬堞分巒翠落日千檣趁海潮秋迥山城消瘴癘人喧夜市雜獞獠康陵舊跡荒烟裏獨倚西風上麗譙

登廣州城樓

高城樓堞倚天開海寺鐘聲隔岸回彩翠切雲獅窟迥春潮入夜虎門來東南都會誇形勝今古登臨憶使才錦石祇今餘舊迹荒烟誰覓尉佗臺

弔南越王

中原逐鹿似旋蓬啟宇天南左纛雄亂世英雄聊復爾

蠻陬保障竟何終玉書尺一來天闕犀貝千雙入漢宮
異代錢王崇廟食更無人說尉佗功

元夕東園觀鐙呈胡方伯

碧天雨洗春雲淨參差杓斗珠華迸素蟾三五恰當宵
金波穆穆揚煇艷我公公餘愜佳賞携客園林偶乘興
傳柑撤荔敞芳筵鐵鎖星橋開曲徑綴樹銀花艷火齊
枝枝連理紛豔豔月榭文窗四照縣風亭畫檻千行映
蛾飄亂下碎花繁飈回細落流星瑩卻愛茅亭瞰碧虛
爇焰叢中望寥夐空濛香霧散清宵賓從凝歡情轉勝
滿坐光風照玉枝數番主客攜松柄忽憶羊城舊都會

後先幾代繁華競繡陌香街萬火濃蚖膏鳳腦通宵盛
揭天簫鼓逞豪侈與此何殊百千併盛衰倚伏理則那
彈指風流眇餘賸豈如我公秉清節班春嶺海多嘉政
與民同樂古所稱清娛聊適東山性名談往往漱元津
妙理時時豁凡聽指點風鐙轉眼空長見中天一輪正

聞朱濛川入陝詩以送之

嶺嶠風烟路幾千遠聞書劍走秦川雞聲萬戶開函谷
日色三峯看嶽蓮赴洛陸機年正少離家王粲賦空妍
知君能慰高堂望早晚關門返玉鞭

寄朱松蕣

英姿跋扈少年塲過我頻投雲錦章剡縣風流耽大謝
晉人詞藻愛三張趨庭夜渡桑乾水合璧朝熏銀葉香
一別風烟空悵望鴻書隔斷嶺雲長

上巳寄舍弟

坐臨芳渚漱元談劚柳茵莎我舊諳客裏蘭尊逢上巳
夢中池草又春三輕塵短鬢眞無那佳節他鄉意孰堪
況是小園風雨裏一聲清調憶江南

寄嘯蘭

麥秋至矣竹秋過百六光陰等擲梭萬里鄉園歸夢隔
一春風雨憶君多西園怨別吟紅豆南浦驚心見綠波

欲把愁心寄明月恐教流恨滿關河

夢遊羅浮歌爲畢齊烟作

我聞羅浮山高三萬六千丈星壇縹眇凌虛上句曲靈
原咫尺通朱明洞啓層霄朗九眞山人三景朝仙之人
兮駕祥飈樂池風煥吹文竹丹井花濃奏玉簫先生塌
來五羊城珠江春水桃花生神區可望不可到夢中忽
鄉羅浮行羅浮山深隔江汜一夜東風渡烟水奇峯四
百三十二迢迢暗落芒鞋底雲爲馭兮霞爲軿金支翠
旺紛招迎神光離合互煇映鐵橋石鑑空中明呆香么
鳳集冉冉彈舌老鶴音泠泠麻姑裂裙化蝴蝶九光五

色飛佁傳朝眞之壇忽西繞六花濛鬆風嫋嫋絲衣仙子㭊采鸞翩然而來坐芳草雲妝欲掃鬟烟靑烱如初日射碧樠粲然一笑啟玉齒若與人兮相目成此時翠羽鳴檐屋月露霜華滿巖谷覺來淸境逐飛蓬身世依然抗塵俗我起謂君請勿哀漆園傲吏眞仙才人間無地騁飛轡聊馮宜樧相徘徊元洲非近亦非遠丹雞白犬何有哉試看東瀛一杯水淸淺蓬萊又幾回

爲㨗谷題壁月紫簫圖

月出未出舒嬋娟光搖暮竹生翠烟銀鸞無聲淸露冷倚花宴坐風冷然先生雅才兼百五懷袞琅玕孰比伍

閒來理瑟對風晨興發徵歌當月午紫荷白祫誰家郎禿襟小袞神淸揚翠斝金尊初勸罷參差一奏回柔腸午聽竹枝情若慕旋吹楊柳愁低訴知君識曲感君心不惜千聲待回顧危音更作聲烏烏空閨恩怨情難如臨風幾縷細欲絕明燈恰映朱唇朱此時金爐初滅火淸簟如冰絕塵埃月細風纖花正佳酒醒夢回情則那涼夜歡娛飄瞥空玉窻又見榑桑紅闔閭城南一分手天涯漂泊如飛蓬橫浦庾關天萬里鞭絲帽影秋風裏行觸桄榔五嶠煙夢斷桃花三月水回首狂游今幾年輕塵又值艷陽天三茅鸞嘯杳難續九靈鶴駕空蹁躚郤望吳門舊時月碧蘿黃葛愁心闊胠篋閒看按拍圖魂銷旅舘春寒夕

月夜燕集東園

疏林延露月流影照虛堂雨過煙光活花黏土氣香論文傾濁酒校隱憶漁莊共有蓴鱸思因風理越裝

大水發英德

九派翻濤赤雙匡露愕靑粵江流楚水萬里下南溟鱷蛢驕殘日樓臺繯細萍下方昏墊苦衽席荷
明廷

舟中苦雨

海底卷東垠蒼然雲水昏扁舟看峽倒十日作盆翻豨舞中流見黿聲上枕喧不愁驚客寐農事誤郊原

食荔

新州香荔美六月始登盤掛樹霞分綠承筐日映丹探丸焦核小沁齒玉漿寒一飽斯稱美吳儂興未闌

大通寺

檥舟尋古刹迢遞入疏林不雨花長潤無雲徑亦陰靈泉開法境嵐影羨禪心坐久塵氛寂迢迢仙梵音

海珠

粵江歸海近孤嶼峙中流八月寒潮涌三更旭日浮人

烟通荔浦鐘梵落沙洲携手一長嘯蛟龍起暮秋

題蓀谷齋壁

修梧翠竹映茅茨羨爾蕭疏野性宜黃葉聲中吟古調

綠天陰裏下書帷雨過小院苔痕滑人到空堂步屧遲

我亦浹旬塵事少茶鑪詩卷日相隨

九日口占和蓀谷即以慰之

頻年留滯越王臺又見茱萸對客開寒色乍驚青女降

小園偏喜白衣來尊前人比黃花瘦嶺外烟愁朔雁回

莫道難逢開口笑得高歌處且銜杯

海珠修禊

佳辰雨歇景初融一櫂珠湖似鏡空楊柳烟多籠霽日

玉蕭聲細御微風坐當少長羣賢後人在流觴曲水中

一自永和修禊事蓬池嘉會未應同

送畢齊烟歸文登

攝屐同爲嶺海游忽驚春浪送歸舟非關張翰蓴鱸興

羨爾高堂正白頭

不夜東城舊草堂谿光山色總蒼茫知君歸去秋方早

一舸斜陽紅藕香

題杏花春雨圖

江南二月花事濃芳郊處處搖丰穠小園一夜灑春雨

十里五里煙空濛翠樓極目迷雲水百丈遊絲濕不起

燕子低飛出曉林似向雕梁商去止半卷湘簾書欲冥

隔郵但見紅霞明紅霞蒸天一萬片東風吹滿芙蓉城

城南美人靧香露點染丹青託輕素雨絲風絮總關愁

活色生香怯朝暮憐余遠道別江潭贈余一幅春紅酣

瀨行更寫縹玉笛笛中好譜憶江南

胥江雨發呈蔣練谿陳逸郵

二月流澌綠似油興來重泛五湖舟風塵傾蓋多新侶

海國鶯花遡昔游傍晚清談聊汎蟻隔林閒喚有鳴鳩

濛濛細雨催孤榜難爲昌亭慰小留

舟過吳江有懷朱藥岑

皤然鶴髮本餐霞耆舊風流劇可誇對酒能歌羌女曲

紀遊曾汎渚宮花三年嶺海雙魚斷此夕蒹葭一水遐

惆悵垂虹亭畔路風塵滿袖又天涯

鴛脰湖

細雨蕭蕭去櫂遲杏花芳草暮春時客懷已自多離感

又聽吳娘唱竹枝

發錢塘

嚴城聞凍角拂曉陌飆行日出海門遠潮回江岸平覇

圖傷往事天險怯孤征何限關情處樟臺雁數聲

富春驛

小雨侵晨浣客塵獨來江上溯前津樟臺急溜浮華鄂
漁浦回潮漱石粼乍煖乍寒披絮候愁風愁水陏颿人
誰憐孤客忽忽去聽盡灘聲又一春

香谿舟次

揚舲日夕溯鷩瀧淰淰輕寒酒力降依約人烟浮女步
微芒風色近蘭江當窻白鳥紛於雪掠水烏衣健似艭
賴有行廚春瓮好聯吟莫厭燭枝雙

泊蘭谿

碧天如水夜雲輕倚櫂蘭江月正明十載聞雞慚越石

寶嚴堂詩集 卷二 十四

千年叱石感初平嚴城柝急烏啼早小艇鐙懸客夢清
擬鄉金華行采藥仙山何處問前程

題山家壁

天桃十里繞江邨籬落蕭疏隔世喧但鄉此間勤何鋪
不須雞犬問仙原

清谿

清谿新漲石磯平葭菼沿谿處處生雨後魚兒齊戲淺
撩人時作撇波聲

夜渡鄱陽湖抵瑞洪即目

月滿瀲湖風滿汀川涂杳杳正揚舲須眉欲認匡廬影
分野初看牛女星永夜波濤喧枕簟五更燈火接旗亭
詩成不敢高吟嘯恐有驪龍夜出聽

晚泊葉青洲

殘雨忽已霽初月升林薄渺渺水風生濛濛霧花落不
見葉青洲但鄉煙中泊何處下漁鐙空江起孤鶴

萬安舟次寒食

細雨輕煙壓去檣杏花芳草正芒芒廬陵江上南征客
不聽錫簫亦斷腸

將至贛州

晚鄉廬陵道還同昨歲覩雙江春渙水孤艇暗生寒徒

寶嚴堂詩集 卷二 十五

侶隨緣適踦情到處安虔州明發至兩度出驚湍

雨中度大庾嶺

迢迢巉阪絕躋攀一線青冥雁度艱馬蹋亂紅穿灌莽
人從空翠看江山疏疏細雨征衫透寂寂桐花嶺寺閑
誰識秋風尋膾客又衝春瘴出梅關

香鑪峽

勝絕香鑪峽琳宮冠萬峯初詩石橋路早度上方鐘到
地着烟合周除綠蔭濃回看繫舟處十里水雲封

借山港候潮即事

風波日日厭途長又待春潮滯客航一徑柑林尋野寺

千畦蕎麥散花香，喚船渡口停紅粉，酤酒郵邊趁綠楊。
薄醉閑看沙上鷺，羨他去住兩相忘。

春日登五層樓

振策江天外，高標跨女垣。星依南斗迴，位占兌方尊。海
色回獅嶺，春潮撼虎門。憑闌窮遠目，浩蕩思無垠。

泛珠江

一葦泛空明，桃花新水生。雲陰低海石，潮勢卷羊城。越
酒經春美，蠻歌入夢清。東風何處起，踦思小舟盈。

海幢寺

出郭迻春舫，尋幽謁梵林。到門篁徑合，登閣海雲侵。優
鉢紛花雨，頻伽入磬音。團蒲學趺坐，了了淨塵心。

九曜石歌

石在粵東藩署堂砌左，上刻藥洲二字，左行書
米芾元章，旁有題詞，已漫漶不可辨。宋史言南
漢劉龑煉藥藥洲，罰辜人徙太湖石其中，此其
一也。拊物興感，因作短歌。

兀兀孤峯傍階起，題識依稀辨顛米。雨淋日炙蝕光精，
黝黯如披南漢史。憶昔山牛竊邊鄙，別館離宮蔽江汜。
昭陽溝水浸珍珠，花石遙從太湖徙。鑱削玲瓏出鬼工，
侈談斗耀煩摭掎。荒垂蹤欲窮人力，盡海承劉彈指耳。

歌舞岡頭輦路微，昌華小宛亭臺圮。煉藥燒丹丹未成，
藥洲郤在煙蕪裏。此石漂零曷足論，遊人往往題名氏。
誰歟好事迻此庭，嘉言胏石非所擬。愚者作鑑賢者箴，
摩挲莫作尋常視。

送張牧堂

珠江春漲遠連天，送客津亭雨似烟。鄉晚西風吹更緊，
離心先上九江船。

題蓀谷齋壁

竹滿前軒綠映除，畫簾長日對清虛。蕭齋不少陶情處，
小謝詩篇大令書。

送蓀谷還武林

三年爲客愜心期，此日神傷忽路歧。艮會昔逢修禊日，
瞻行今把餞春卮。驪駒一曲當筵奏，楊柳千條夾岸垂。
便泛蘭江下嚴瀨，五千江路足相思。

小游仙詩四首

金作階墀玉作扉，芙蓉城闕曉烟微。碧雲寶篆分明在，
合有觀文擁繡幃。

烟霞一徑到層臺，幾樹芳菲倚檻栽。折取一枝渾未識，
嫣紅猶鄉手中開。

瑤臺月迴正筵開，銀甕金船當壽杯。劇喜姓名通寶籙，

特教先試紫霞醅
高樓十二倚瑤京彷彿鸞音下紫清手把雲箋纔點筆
步虛剛合第三聲

男 齡恭校

寶嚴堂詩集卷二終

寶嚴堂詩集卷三

金匱孫永清絜齋

古今體詩

將之雄州留別徐東里蔣綀溪

敕敕金風拂袖寒凌晨一舸發江干勝游不道關山遠
小別其如知己難鐵障秋花明古寺銀沙夜月曬晴灘
鷓鴣聲裏雲華峽愁擁蘭橈獨自看

佛山

露華點點襲裙輕繫纜津亭欲二更燈火一江琛舶到

筳歌十里畫樓迎雪嬴霜蠏開宵市薔布賓泉接水衡
自古番禺佳麗地百年墟落比都城

曉發西南

畫角終宵度野風戍樓泱漭曙光通五更鄉夢驚南客
九月征途逐塞鴻蹟迹本來忘去住天涯何意又西東
萍浮匏繫眞無那恣看江楓樹樹紅

發廣州暮抵三江有懷息圃

官齋類羈縶舉步不離跬忽爲千里遊有似越藩塵雖
未返山林快意展角抵秋江美風日對酒戚楫理午辭
海珠石暮溯三江涘四山眩旋礴孤篷激飛矢醉眼紛

糢黏但聽風掠耳頹然枕書臥夢寐餘清泚醒來露已零月華浩如水山光遠沈沈波風暗瀰瀰夜靜多好懷江瀓富芳茈郤懷素心人坐待東方啓

解維欲發風急不得進仍住峽口示張承吉

扁舟辭仙城浹旬到峽口不知帆去疾但覺雙厓走忽然風倒吹巖谷作獅吼水花濺鬢毛驚浪掐窻牖竟爲三日留短纜寄枯柳偶然一進櫂十步退八九譬諸躁妄人顛蹶或反後我生愛邱壑所到不肯負矧兹山水窟得住良非偶尋芳極幽奇清凉滌煩垢進止定有時去住復何有即景多所欣賞廢理難剖

阻風峽山憩飛來寺帶玉堂用壁間梁少宰詩韻呈嵩巖師二首

三年三度叩禪扉此夕重來上翠微只恐疏筇千象緯郤驚屐底玉龍飛

百尺危巖躡屐攀歸來蓬底聽潺湲若非翰墨前緣在那得頻宵住峽山

復用前韻有懷蔣練溪

秋巖千仞叩山扉蠟屐重尋舊路微曾記當年共游賞浮嵐燠翠碧雲飛

翠蹬紅藤喜再攀泠泠鐘梵和潺湲同來看瀑人千里獨聽秋聲響萬山

峽山寺和翁學使方綱

粵山山石多峻嶒緣江一一嘉名徵綿延千里到三峽勢如萬馬奔岡陵峽中勝處啓孤刹飛來遺跡古所稱入門午聞鐘杳杳到面已覺風泠泠書臺經石徒耳食祗餘往迹甝鼯騰欲尋石蹬訪石洞遠望絕頂寒烟凝我買我勇躡屐登亭午雲氣如釜蒸誰與脅息誰撫膺百蹬一氣我獨能絕叫衆侶衆不膺細徑爭與猨猱升天風縹眇不可憑但見屐底盤蒼鷹我生箕濮有微尚十年游迹差可矜東登日觀攬初旭西陟玉女攀枯藤

雁湖濯足雲冪歷石梁弄瀑氷凌兢豈知南行訪羅岳迹所未到興已增竟欲從兹探靈籙采得仙藥誇儕朋六根塵界恨未拔髮短搔首徒鬅鬙草亭延佇月已升歸路犖确憑攀僧興餘還和壁間韻欲寫細字煩禪鐙

大廟峽絕頂古寺

危峯千仞與雲平蹬道真同蝯鳥爭縹眇花宮開上界微茫鐘鼓出飛甍淙流矚壑凝寒早古檜秋巖激響清五度經過今始到幾年回首愧塵纓

舟過英德城胡嵩巖師言昨年水患猶用殷憂慨然有作

天災昨歲降英州千里懷襄急湍流不寖曾無三版在
驚濤直撼百城浮爲魚幸免資討畫渡虎眞難比令猷
今日田廬欣盡復猶然飢溺廑殷憂

贈曲江招秀才

三年服領渺心期此日逢君慰所思肘後偶攜扁鵲術
尊前偏愛輞川詩經旬蘭舫欣同調十月梅花惜別離
梁鄭風流應未泯好憑詞翰答清時

寒夜過瞰林書齋

蘆簾紙閣靜無譁活火親烹綠雪芽有客衝寒深夜至
共攜樓燭看餅花

羅浮蝴蝶和費臬使韻

春駒破繭乍爭飛葉底撩來力尚微雲物未教羅廣殿
光華浮已眩朝暉六朝金粉胎仙種五色絲綸化寶衣
偶落人間莫留滯御風應向洞天歸

春日園亭眺望偶成

積陰亭午逗新晴小閣憑陵極望平十日東風吹雨細
幾行疏柳綴烟輕客兒游興屐空在平子吟成愁更生
閱數年華驚薄遽剌桐三見五羊城

送友人北歸

領海頻年恣勝游忽攜琴鶴買扁舟歸心已逐冥鴻發
鄉夢難爲珠水留蠡澤春深波正闊秣陵天遠草方稠
津亭握手成千里無那尊前萬斛愁

春日汎珠湖有懷蓀谷

盡日征塵逐轉蓬茲游清興幾人同桃花楊柳明遲日
畫舫蘭橈信好風海石雲開瀛影出珠湖雨歇鏡奩空
醉來郤憶蘭亭客相望雲山禹穴東

王師平定兩金川詩 謹敘

皇帝仁聲浹宙義問通寰澤洽蠲蠕祥呈鶼鶼前此準
夷底績俘大長以告功洎乎回部傾心彙羣蕃而納職
固已占星候日八荒盡隸

堯矜飄海緪山九域咸歸
舜宇詎有土職金川逆酋者藐焉蝗垤石門借作樊籬
蕞爾鵙巢金璜曾煩組練偶緣革面稍貸餘生方期祆
鳥終馴不勞肆伐縱使涸魚自適尙予矜全孰知搏噬
之私敢外生成之德始則凶開釁隙觸與蠻爭繼還狡
恃婚媾狠從狙負土番舊部驚攘斂以同仇甲壟諸司
望驅除而籲討兵非得已罪不容誅
皇帝怒協神人寧求版宇是用戢其醜類飭我戎行巨
砲飛聲巴朗拉酋先膽落長矛燿影僧格宗賊早心寒
頓潰蝗封遂囚鏡父全收斷拉之境既掃穴以銷鋒進

犁促浸之彊吏搜逋而卷甲軍陳兩翼卒布千屯聚米
晉披叢領果啟嶇在目死灰澑爇降番乃反側生心幸
充國之善謀擬亞夫之持重獨整軍而出險遂勢壘以
屯營於焉載
簡元戎還掄禁旅寵佩定西之印威壓瑚戈奮揚逐北
之師勢成犄角策神機於兩路握勝算於
九重收美諾則未及一旬度谷噶而甫聞三捷羅博瓦
堅碉岌嶪直踞孤峯馬爾尼𠂢徑逶迤全憑一炬日旁
結陣旌摩撒谷之雲巴木衝堅箭灑沙蟹之雨既踞舍
圖枉卡夾河通兩道聲援復平遜克爾宗後路應中權

步伐乘虛擣隙轉經樓盡抉藩籬拉朽摧枯勒烏圍全
空巢堀鋌同鹿走踰科布曲以長驅駭似麞奔歷雅瑪
朋而進擣虹霓卷處絨布兵遂劈歷轟時獨松軍會先
降羽當𤍠爐灰飛盡得渠魁襆星夜隕計窮乞命力竭
迎降僧格骨桑碎專車索諾木心驚破竹千羣就縛一
鼓全收維時
聖天子方慶展
珠陵期旋
法駕凱音適至覽八日之飛章
至德不承宣

兩陵之祝版纘
祖烈而河山永鞏仰
宗功而日月重華
大典方昭崇儀載肅慶
軒闈之輯祉璆册揚徽占
紀樞之凝休玉書賁采從此圖呈益地納禾修禹貢之
書即今頌溢重垓同律協虞巡之典花縈彩鷁波靜津
門雲引
安輿岫高岱嶽展儀
闕里早賡在泮之歌

迴蹕神畿恰聽采薇之奏築靈臺而建纛露湛金罍煥
文錦以櫜弓春覃羽校遂陳俘于
廟社爰脫劍于門樓釁宮則珉玉鐫勳文高勒鼓紫閣
則丹青紀績圖軼凌烟自茲霄翥玉雞囿馴銀鹿桃關
置牧媲威棱于襃荆遏密之先雪嶺銷兵占砥矢于鑾
齒雕題而外臣班隨籞禁職在薇垣慚磨盾之未能謾
叨珥筆快舞干之親睹適奉屬車智竊管窺心殷葵鄉
謹拜手稽首而獻詩曰
天開
神武媲軒虞耆定功成仰睿謨玉塞千屯今井牧金川

兩部舊興圖偸生暫許黿居井肆惡寧容虎負嵎掃穴
只看馮一怒永教絕障作康衢
荒徼曾煩駐六師崇墉因壘受降時經年鼠伏梁仍據
越境狼吞蔓更滋吏議未須張撻伐
皇慈暫許示羈縻由來斧戉非輕試一檄看綏九土司
么麼十載鬥蝸廬
帝遣休兵作輔車貙㐅生羆心詎革䵣還負暱計眞疏
陸梁不凜三章約㫐轍當敎九伐除赫赫六車如雨降
犟番翹首正徯予
貔虎材徵十部齊綢金堡側震鳴鼙千谿雪壅流沙淨

萬嶺雲沉太白低擣穴盡收量谷馬追奔僅逸觸藩羝
酋豪早就長纓縛計日看將促寖犁
巘嶺攲嶇阻斷崖餘氛猶自煽陰霾元戎建壘逡牙纛
勁卒齊鑣揮箭鞬
申命兩軍分犄角誓敎三孽絕根荄一丸美諾崇朝復
渠答還看次第排
幾處危巢褎火然功收七遇更摩鋋一酋肆雪魂先殛
二竪朋凶喘尚延天助回飈摧壁壘人銜積雪蕩烽烟
游魂放命時無幾郤獻逃亡當乞憐
先路仁聲井不堙諸番作導齒亡脣氷澌霧暗圍方合

馬束車縣氣益振早鄉雒邊防鋋鹿還從釜底蹴窮鱗
中秋最好譙樓月獨照琱旗埽棘榛
勒烏圍已息塵氛第二峯頭更駐軍林際吟蝯先失侶
草間脫兔並亡羣元凶束手謀安用羣黨投轅勢益分
倘賴
皇仁寬一綫殲渠不死痛俱焚
四面危峯劍戟攢更排亭障接河干捡生屢報
王師捷鑿空渾忘蜀道難羣帥協謀資上將佽飛賈勇
倡材官
天威一日收全部玉壘磨崖紀不刊

不須月滿望刀鐶噶喇衣邊盡敵還佩得功榫文爍熗
馳將露布字斑斕虁四白組馳千驛歸騎金鐃振萬山
從此蠻荒耕鑿好春風已度古桃關
慶展崇禋德澥
先桃花寺裏捷音傳
橋山弓箭千雲護禹域共球萬國駢吉語恰逢宣祝版
桀歌徒擬譜徽弦
兩陵佳氣瞻如許夾道松杉鬱翠烟
問俗陳詩愜
睿情

慈輿親奉歴郵程禮成望秩歸
仁壽典重圜橋紀太平玉尺何妨量地軸銀彎恰喜洗
天兵笳簫譜入迎鑾曲迤逶龍旗入鳳城
築臺自昔傍林坰建蘬重看羽衛停鑾印佩來分五玉
鳳毛頒處得雙翎長衢雲擁千官珮行槐天圍四輔星
如記西郊數湛露勞還時節麥畦青
五年奮伐凱歌回閶闔雲深五鳳開夾道旌旗輝日月
中天簫鼓動風雷功陳九廟干戈戢
燕賜羣賓劍履陪更是六街傳盛事廿年三度獻俘來
已聞朱鷺叶歡鐃受福新占晉二爻琬册揚徽登鳳陛

璆函賁采拜螭坳月中玉管翻鈞樂天上瑤筵潔大庖
歸善共欽
天子孝又傳
恩詔徧芳郊
靈臺假伯埽天欃菌鶴紈牛格至誠不用披圖横玉斧
早看置尉闢雲巖琛偕月堀呈金疆技共花門舞繡衫
陬澨有知爭頌詠媿將擊壤佐韶咸

恭慶
皇上七十萬壽頌 謹敘

蓋聞昊穹之緯一日一周敘日月五星珠聯璧合麗鴻
渾灝徧覆包涵章蔀統首元會運世循環不已周而復
始春秋正天端以繫萬事厥有十端四選三長聖人履
天位而建極總其美承其象得其疇溯夫庖羲作易爲
三皇稱首後聖推厥指卦爻繫易乾健資始天之道也
人道配焉成速恆久黄農制作備列于經禮五常德載
籍極博維風可觀也稽古典謨肇自唐虞肆申命以昭
受爰周郢隆雅頌興焉純嘏綏以緝熙天保俾之單厚
考三五六經協厥泰元神策長發之祥不于流虹繞樞
侈陳符端皇哉惟茲德與天同矧乃孕虞育夏甄殷陶
周不惟曰至于萬億年緜鴻禧而膺景祐也欽惟

皇上久道化成得一爲天下正冠德卓蹤純常顯秩參
神施于
昊蒼貳造化于靑戊匭菁𢧵秬欽紫宗幾鸞路龍鱗罔
不肸飾紹隆
前武無逸之圖式昭
彝訓遂水松山
肇基王迹深維
綿菁衣冠弓劍沐雨櫛風興京
兩幸念懿親舊績復其碩號蓋所以欽
乾式而纘成

鴻緒也易曰飛龍在天乃位乎天德書曰兢兢業業一
日二日萬幾我
皇上宵衣旰食庶政簡心宣猷丕丕綜核名實省事省
官省吏儆貪懲墨
勤求隱告
德澤滿天下醲化懿綱登三咸五乃
宸躬不敢晏逸體虞璿則三百六十有五度而周察禹
迹則十有九萬三千里而廣法日月之紀九道四游而
經行可測統星辰之衆三階九列而炳煥長昭是以
聖理恢張武功震疊行圍習勞歲舉

大閱廿八宿躔度以外若準噶爾回部井戉高揚畢以
周索
恩威遠播衛拉舊藩景附臣僕盞拉促寖恃險犯順
顏威咫尺丕宣大武往取其殘
勞師飲至凡厥功臣圖形紫光閣侯其禕而复乎尙矣
謹按虞書五載一巡狩有升中望祀之禮有陳詩納賈
之條考功黜陟式序在位蓋以褒對敷天而下達民情
也我
皇上軫念元元省方問俗升香泰岱二室五臺藻舟析
木展禮
孔林六飛時邁懷柔百神
五巡江浙戒毋億頓毋踵飾
行慶施惠必徧布帛爵賞于耆老有加河海隄防旦夕
次
睿慮開陶莊引河建水誌
親臨海門
詔改柴塘
發帑修築
天旋日轉豫河告成庚辰效靈五色榮光上應星漢堂
哉皇哉

天降祥錫協氣流春
至誠之契固若是感應之速哉臣幸列西臺奉職樞省
伏讀
御製四集
聖學崇深管蠡莫測于全韻一百七章樂府五十章竊
見我
朝發祥東土
列聖創業垂統繼志述事之宏規良法美政燦然大備
于七十二候月令詩見
聖心格物窮理表裏精粗無不到經史子集四庫編輯

天下圖籍爲全書
詔儲文淵文津文原三閣設領閣事直閣事掌之鳳池
瀛臺之士纂修校閱各專其司藝林美富希古未有文
教誕敷儒風休暢京師首善之區梟薄海內外多士蒸
蒸興起巾卷充衢弦歌比戶𠑽由
聖天子壽考作人煦和風而化以甘雨也歲次上章日
月會壽星恭逢我
皇上七旬萬壽重光麗天晨煇疊旦諸福之至動若珠
聯無疆惟休
天眖萬吉金枝四世介

景稱觴中外臣庶騰歡帀宇鶼山鰈水梯航獻瑞者不
可悉數于時班禪額爾德尼自日喀則渡雅魯藏布江
率其衆遠來祝
嘏金輪宣梵福緒祥原恆沙無量載稽前冊莫能踰此
乃
皇上郤臣下貢戒華祝臬賡之舉歲首
錫燕班二十
恩詔期頤登鳳紀之編俊髦廣鴻儀之路氾杕杜蓼蕭
之惠蠲夫泉里布之輸嶽瀆園陵祠壇道路以及紫綬
青氈有辜無告之人禮無不周恩無不徧天高地厚覆
載之永載茂而嵩祉祚流慶斯固疇衍策推莫之能罄
而億萬兆人所願齊洪算於乾坤日月也臣昇舞之私
莫名
盛德謹擬天保之義敬拜首稽首而獻頌曰
乾元資始執斗張維惟
聖時憲福履綏之乘龍出震雲行雨施質誠章德表應
昌期
鉤鈐明矣永懷
珠阜大糦承矣
躬親藉畝

祖則天經繼序以守乃聖乃神德音是茂
際天開宇載纘武功四特來附景我
皇風冉駪之障蟄駏伻蚩天聲震遠絕域呼嵩勝殷遏
劉聿昭文德
睿製煌煌爲卿爲爾乃集圖書章相金碧祕閣英英舒
翹翰墨
風行地上厥象爲觀一游一豫萬姓臚歡湛湛露斯禹
甸膏溥菁莪濟濟朵榦升蘭
皇心劼毖允猶翕河屬車蹕止海不揚波靑雲出洛玉
燭天和豐融寶瑞鳳舞龍歌

帝曰疇咨勿替厥職阜成兆民官箴是飭惟正之供恵此四國徐徐于于躋仁壽域

乃

命臣鄰勿修爾供爾政大凝擊壤有頌芝徑雲坡九老陪從耆艾之祥川珍嶽貢

爰有摩訶竺天來賀貝葉拈香天花供坐穹覎讚宣鞠曆梵和敬祝鴻禧壽無量大

一人有慶曠典以宣鶱行偏錫鳳綍高縣鼕鼓軒舞靈祉蟬聯受天之祐

天子萬年

寶嚴堂詩集卷三終

男爾晳恭校

寶嚴堂詩集卷四

金匱孫永清絜齋

古今體詩

保陽道中

楓禁簪豪近十年

詔書忽下拜旬宣劇慙宦拙叨

恩驟猶幸才輇得地偏驛堠蛩聲單騎晚關河雁影九秋前枛棱回首成千里夜夜臣心夢北旋

渡滹沱河

木落風高驟雨過滹沱擊楫水增波征鴻不厭秋蕭瑟寥亮青旻鄉晚多

早發中邱驛至臨洺關

宿雨生夜涼客夢失朝爽振策出郊坰趁途意先往遐矚徑多歧近涉渚無枉潦收鼉黽喧沙淨鵝鴨長八月正逢穫邨邨快豐穰登場多黍稌滌圃富棗橡樂業徵民風熙皞有真象嗟予遠行邁郵節勞鞅掌游目得所欣愜心在幽賞卽次稍延回隔水月初上

盧生祠

黃泉古廟枕荒阿窮達行人盡此過入院僧稀餘畫壁

捫碑石仆臬烟蘿從知勳業艱難出自昔英雄寄慨多
蝶夢莊周周夢蝶解人千載竟如何

曉行安陽道中

曉霽筍輿輕金風趁客程水分西澨雜隄向大梁平野
菽先秋熟郵烟接日生淇園何處是阿那竹枝聲

鄭州舊城遇雨

斗大荒城枕碧沙沙隄別趁一鞭斜山雲忽作廉纖雨
開徧秋籬蕎麥花

滑洧戲和黃友香嚴韻

滑洧依然劉且清鑑輿侵曉度層城野花繯露濛濛溼

細水漸車淰淰生舊俗荒淫多贈答風詩摭采及殷盈
旋予授館新寒候欲賦緇衣寄遠情

九日登襄陽城樓

振策高樓百感生况逢獨客倍心驚人來襄水鴻初度
節到重陽雨易成難鄉神珠求漢佩且酤郵酒醉宜城
大隄無限如花女好聽銅鞮蹋曲行

峴山亭有懷羊叔子次壁間韻

我行自京都十日馳風沙揭來襄水上隱隱聞清笳有
懷羊叔子於此建麾牙榦濟邁鍾鄧忠藎侔臧嘉左瞻
距荊鄂右顧控漢巴格彼三楚心曾無一矢加卓哉勳
業成垂譽甯有涯胡乃慨千載斬此一念奢徒令後世
人弔古興歎嗟

渡荊江

楚尾吳頭控上游東南天險塹荊州馮陵幾代成灰劫
割據三分付水漚永夜星芒垂大野中流灝氣發深秋
揭來一寰乘風渡疑有蛟螭擁枕樓

春日發貴陽

小隊乘春發揮鞭趁午程蕾桃紅上壚荑柳綠侵城野
萓明山燒晴犁學水耕我來咨保介堠吏莫教迎

鳴池河

峽勢忽雙落瀧流匯一谿春波迎渙渙野艇受人低澗
午花然火郵晴鳥喚犁江鄉幽絕處宛在夜郎西

黔西

忽覺開平甸山城舊水西到門雙塔迥依堞亂雲低晝
市爭花犵春晴飛竹雞宵來郡齋宿猶聽嶺猿啼

七星關

最僻黔西路雄關復此來馬盤晴靄出烏蹴亂雲迴古
寺無僧住蠻花對客開當年祀星處絕頂重裴回

沙啃道中遇雨

山程忽陰霾疾行出雲背卻立看脚底雷雨正滂沛蛟

龍揚其響不避魑與魅雲海互翻盪玉山忽破碎明滅
無定形萬物爭顯晦我生性豪豁觸景窮變態睹此心
神開彌覺句宇大須臾昏霧收豁然見蒼靄斜陽在松
頂隱隱明新翠循途下危坡適館趁芳瀨回首望雲巖
眞來白雲外

暮抵新屯

叢篁仄徑欲黃昏十里荒山半燒痕野水亂衕蠻象迹
瘴雲低壓猓人邨菼蒲裹粉爭歸市版屋炊烟獨叩門
兩度乘春騎款叚長風闌雨到新屯

渡落脚河至雙山寄容齋學使

度嶺復度嶺下上無已時不知去途險但覺瀧倒垂寥
天起雲砲激激山風吹攀援到絕頂四顧心愕怡忽憶
少賤日樵斧親斯之芒蹊躡飛蹬終歲無蹶攲祗今銜
使命四牡皇華馳前途盛騶導抑縱恆自如胡爲陟茲
阜惴惴其如斯誠恐失控馭顚仆難自持豈伊地位別
勢乃區險夷仰攀力可任高步境自危即景喻物理夢
寐猶凛茲作詩寄良友知弗我笑嗤

江半坡寒食

棠梨花發野鶯啼寒食年年苦憶歸今日蠻江聽餳鼓
落紅如雨上征衣

入東川境贈蕭郡守

客心貪陟夜偏賒過盡危崖渡淺沙衣上未乾黔積雨
馬頭已看僰蠻花人趨鹽市多賨布地近銅山少穡家
爲告此邦賢長吏萬年租稅是桑麻

喜晤許春巖又即言別

忽覓七年別同爲萬里身須眉成老大僮僕半陳新霧
暗晴峯月花香瘴地春明朝又歧路絮語莫嫌頻

殪狼行

春巖夜行東川道中民言有狼爲患于里力士
張髯逐陟巖下殪之其鄉乃靖爲作殪狼行

猛者知爲虎很者知爲羊不羊不虎間食狡莫如狼揭
來僰西道邨民敦以馴爲言有跋胡歲久毛色蒼賦形
類貙貗意下性則剛磨牙噬人畜吮血咀腎腸更乃集
醜類據險恣跳梁白晝逞拏攫嫗豎滋怯恇東邨有力
士義勇髯戟張拔劍躡飛蹬若有神扶將一擊落阬塹
失足千尺强衆始競投石目動軀已僵掊之作酺醢老
幼胥徧嘗邨閭賴以靖羣醜皆遁藏我聞告許子物理
斯可詳天道區善惡鉏弑安厥良爪牙詎可恃譎險甯
久臧狠不死力士亦必罹禍殃神誅與雷擊實乃皆刑
章爲語巖下民從此壽而康

郄寄潘容齋學使奇麗川廉訪張晴舫觀察

頻歲朋簪盍共持無端分手忽經時花逢勝日愁風雨人到殘春感別離長晝未應閒圃射深更定已減枰棊慚予攬轡黔西路自采蠻歌入小詩

宿威寧觀察署有懷晴舫署爲晴舫舊廨

郄憶使君新廨好滿堂賓從醉觥籌戟門風定月如鉤舟邊覘劍慚迁想雪裏飛鴻感舊遊去年尊酒此勾留今日重來駐碧油芸館花飄春似箭

早發鎮雄踰坡戛裔谷諸嶺晚至畢節作

翠篠縈洄徹上層芒鞵牢著撥雲登千年礦氣餘銅穴

寶嚴堂詩集　卷四　六

萬疊嵐烟護石棱水到原頭通淺彴路逢斷處倚枯藤忽看徑轉雙崖豁落日平邊露一鐙

宿桃園

萬樹桃花簇蕭然見一郵山深春未老客到日初曛倦鳥投簷竹歸牛帶嶺雲遙聞擊銅鼓言賽濟將軍

茄隴田家

蘆阪田多瘠春陰趁早耕秧針渠裏茁榾火雨中明圃樹馴猱掛牆花乳鴨爭披雲巖下坐時聽落春聲

曉抵坡戛

殘夢兀晨騎繁花滿路香緣巖披野竹循陌見條桑墅店迎人鬧郵禽噪客忙花苗新賣酒先獻使君嘗

山家牡丹即次于剌史胡大尹

盡日山行坐筍輿名花聞說發郵廬奇芳不厭須眉老選勝何妨禮節疏百朵娉婷春意滿十分風韻午晴初從今莫怨無人賞記取曾回使者車

登寓樓有懷奇麗川同年

行役胡爲趁定期兼旬小別亦逶迤新渠就鑿池通末遠客歸來花滿時竹徑定抽穿砌筍藥闌應放鄉陽枝計程幾日欣艮觀徙倚岑樓有所思

贈秦萬周

寶嚴堂詩集　卷四　七

停雲幾載繫離情今日相逢積素傾行卷江山收萬里聯床風雨話三更蛩當涼夜鳴偏急酒到騎人感易生滿座親朋盡吳語五噫吟罷動商聲

偕士娙年且五十以病困躓詩以慰訊

能詩小阮最關情風骨蕭疏太瘦生一自空山依桂樹祇今飛夢逐江程精神合杖稔期壯閱歷應教塊磊平慎莫當秋感搖落達夫五十始知名

仙娘曲

黔俗尚鬼病輒延端工巫名禳壓之其術卜夜設壇礫雞酬酒廣合笙竽而錯以鐃鐲飾美男子

輕鬟纖展踹壇跳舞盡態極妍謂之仙娘洎乃侑以椒醑或極飲大醉則曰仙娘喜而病者霍然矣雖厲禁弗能止其歌詞喁喁唧唧多苗猓語弗能悉也爲作仙娘曲

揚葩會鼓夜未闌仙娘窈窕舞七槃蹩躠雙趺地衣薄媚行烟視何翩珊笙竽罷吹瑟不鼓庭燭無光仙細語倏然一曲神弦鳴翠蚪儵駕曉湫雨

發貴陽留別寮友

五年銜

命別金門展

覲今朝荷

主恩日贊宣風羅鬼地星言靈雨猓人邨忽看軍吏擭朱轂强對賓寮把綠尊郤笑囊空無長物新詩百首一編存

月夜渡重安江父老有羅拜而送者詩以慰之

山行多犖确百里每宵征正愧蒲鞭治還勞竹馬迎心惟慚月皎官肯遜江清珍重臨歧語秋畬努力耕

響琴峽

何處焦桐侵曉夢小橋西迤自泠泠音徽入律疑三疊風雨空山耐獨聽路阻仙原知近遠林深嵐影眩空冥

朅來下馬看題石感慨惟餘壁蘚青（巖洞三字係野溪觀察遺跡）

游飛雲洞刺史張東生留宿僧寺率爾賦示

飛龍噓雲雲不騫倒卷山霧霏翠烟巨靈狡獪敵孤洞如盌吸氣恣回旋我游黔徼屢登覽未得題句心欿然朅來復過播州道芒鞵暫著停吟鞭黃平刺史我岑好爲携廚饌相招延入門瞥灑妙驚雨拔地亂舞兜羅緜四山恍疑忽上涌欲御積氣淩靑蓮捫蘿更上最高頂陟隥細討中峯泉石乳非乳乃山髓溦之散作珍珠嗛細流石罅落千尺匹練下曳當窻前是時秋氣正瀟灑明亭暗寶紛森羅天風披拂襲芳馥照以涼月彌嬋娟

竹房幽處設清酌山肴旨潔山果圓笑談快意任旁薄脫略禮節無拘牽夜深襆被臥禪榻飛夢冉冉來羣仙仙之人兮古偓佺相將把袂兼拍肩須臾法鼓驚曉眠門外車馬殊喧闐茲游洵美非造次恍悟身世皆前緣率成長什揮散卓笑倩刺史磨厓鐫

茈江道中

澤國初冬煖晨林乍點霜山楓迎日艷邨橘撲人香訪古捫蘿徑披雲坐草堂憑臨何限意留賞到斜陽

晚過沅陵

旅行迷水陸忽到翠微灣風笛檣帆外星鐙葭菼間寒

雲看堠晉暗水聽淙潺策馬尋涂軌辰龍何處關

趙州喜遇張同年

幾年惜別海天隅造次相逢興不孤科弟自來推伯季
臬比此日擁生徒車驅驛路憐予攢酒借官廚賴爾俱
郤笑清狂渾似昔霜華不分上髭須

題柳塘花塢圖爲華鶴千妹倩作

條風忽已至生意暢芳圻新陽蒍湅渚夭桃散烟扉羣
鶯出其間雜花撩亂飛達人嗒然坐靜玩造化機榮枯
有代謝至理妍精微方春無滯息陽景燿其暉繁陰曖
曲隩細水渙回磯即次順時序漸欲成絺衣一卷契心
賞七弦時手揮嚴泉于此愜囂塵自茲違誰能寫嘉躅
永言企清徽

憶昨行

憶昨菱荷花已紅與君雙笑坐芳風君今遠別花復發
獨把金尊照衰頰我欲攀花寄所思秋江水深波渺瀰
臨風攘袂空透迤荷花兮荷花迎風開兮迎風落歲歲
金塘發紅鄂祇恐明年花更開鬢影青絲難似昨

題洗桐圖

幽興寫不極浣濯到桐陰本是區中緣乃寄塵外心我
讀蘭雪詩未接幽人襟披圖見彷彿聊用託知音

同年蔣雲隁水部自滇南至粵留宿旬日招寮友

餞之賦贈

宿漲迷津渠淫霖猶未已遠客檥行舸欲發還復止客
本澹蕩人薄游輕萬里堨從滇池來歸櫂及春水顧我
灘之湄失喜迎倒屣留攀遂浹旬流光迅激矢招邀共
祖餞近局皆知己諧笑多恢奇元談企宗旨興酣徵歌
伶意滌箏笛耳凝歡席頻逡快意顏易酡我始欲留髡
君乃已錯履醒來紀以詩艷語歛霞綺豈期寄閑情作
達聊爲爾明發既新晴別離在尺咫握手黯無言相思
復茲始

喜鮑若洲至

春明㪅䟽送君還曾記閶門一解顏見說絳帷依碧社
幾時畫舫別青山尊前作達從頭數袖裏詩篇待我刪
堪笑酒酣狂似昔驚看兩鬢各星斑

伏波將軍廟和若洲韻

聚米功成秦隴摧師逡嶺嶠陟崔巍身經浪泊人稀到
手闢炎荒老不猜當日壺漿迎𪖙壘祇今蕉荔肅泉臺
九谿秋過多風雨猶恐英靈紲馬來

又和

萬里疆開瘴海隈銅標遺烈仰崇巍千屯盡格桀瓠俗

一囊偏詒薏苡猜楚社有祠留象郡椒親無分畫麐臺
由來此地儞多寶爲弔將軍鑑後來

題于健元學使得渡圖

翠水誰曾經靈山幾人造出世由來少淨因緣影何從
得悟道健元先生天人流慧業本是聲聞儔祇園弟子
億萬萬早年獨已誇淸修一朝選佛來禪閣衣鉢金僊
親付託謾云迦葉授阿難倘得天親繼無著從茲彼岸
識迷津祛盡魔衷滌障塵突浪不驚三寶檝散花那著
六通身豈知脫韈眞成劫電光泡影幾一霎爲感皈依
寫作圖回頭猶顧風濤怯縹眇雲山果幻眞分明絕頂

現金輪遮莫延賢挈栖渡豈疑天女伴波旬讋余自昔
依蓮社心香一瓣同龕者展卷卬須空復情緘伊雙淚
爲君灑

題同年奇方伯自牧圖

吾聞顏氏昔論東野畢策馬不已竭馬力人窮生奸衺
馬窮毁轅軾牧民牧馬道則同帝舜造父各一極大哉
仁人言尼父爲之三歎息先生才德絕等儔含香早年
粉署遊屢叨
使命賦行邁
帝簡岳牧掄其尤敭歷黔陽與皖水竭來數政何優優
讋之控縱既在手步驟馳驅夫奚憂朝來視我圖聞道
得深造圖中艸長平邊肥赭白飛黃散晴照飲齧寢訛
性厥天倜儻權奇各殊肖豈同王濟妥癖偏實乃莊周
寓言妙我同持節來粵城幸逢雨暘時若百穀成時平
郤憶魏徵語坦途縱轡愁顛傾展圖不辭焚香對佩君
此意絕勝几杖盤銘盂

鎖院示寮吏

鎖院深嚴靜不譁獨然官燭照廚紗邊隅豈信無邦彥
多士誰堪拔
國華精白共期襄鉅典勾稽還自凛朝銜（監臨關務例仍隨領官事）

郤思十四年前事愁見黏名淡墨花（壬辰春榜余猶作既駐舉子也）

卽事有懷若洲

心知迢隔幾寒暄慰我天南席午溫誰道卅年愁跳退
更敎六月息鵬鶱風塵勞我懷徒切湖海看君氣尙存
最惜朝來成小別檣花細雨又黃昏

若洲枉詩見和復用前韻奉酬

金粟香殘候尙暄炎方暘雨變寒溫正宜霜隼乘風擊
更聽雲鴻鄉夕鶱（是夕揭曉）幾輩尊前靑鬢改十年夢裏彩
毫存嗟余撰有悲秋興高詠頻賡徹曉昏

同年奇麗川方伯齋中盆梅八月盛開招賓從小

集賦詩輒成長句戲簡
天南物候無春冬榑桑朱槿四序紅九月十月桃杏發
三里五里搖丰穠今年閏秋苦望雨大田龜坼愁三農
藩侯閔之憂見色花事久屏東園東邇來澍澤頗滂沛
渥徧禾黍稌秬穜甘醲餘潤及衆卉瓷盆古榦抽青葱
乍看琲瓃展微碧漸玩柎鄂舒紅茸香苞粉蕊不可數
渼以涼露彌惺忪屋角回風一披拂瓣片亂落餘暄融
似憎園卉占秋色欲壓丹桂欺芙蓉又如廣庭萃羣艷
天女下降凡姿空公餘興發集賓從花前醉倒頹黎鍾
偶拈險韻門奇巧好句欲競林逋翁我時棘闈始在公

如蔽帷幄羈樊籠忽傳勝事有如此日未及賞心忡忡
昔聞廣平最剛勁作賦乃斂徐庾工又聞王晉宋賢相
兩語適兆調鼎功藩侯幾年播芳政九谿猺獞咸歡悰
雙歧骈穗應有驗得气先在園庭中我歌非特志嘉瑞
品彙亦以徵時雝亟揮散卓付急遞郢製倘許賡塵蒙

補山總制按部桂林枉詩見贈依韻奉和
灕江木落正紛紛按部西來帶海雲句貯甲兵威望重
心持氷雪頌聲聞兩年芳訊憑魚筩一夕淸尊話雁羣
珍重新詩留別語共籌煦嫗答吾
君

橫浦曲
客有言珠江近事者爲作橫浦曲亦風人邱中
大路之義云爾
繁花攬春春欲殘流鶯百囀啼彫闌誰家少婦淩晨起
獨上高樓擘鏡看自憐玉貌比晨霞風吹不得到天涯
憶從陌上送君别樓頭幾見櫻桃花昨宵夢到橫江浦
畫舫依稀聞笑語聞君笑語不見君夢回淚落如春雨

督送征師赴閩發桂林作
嚴城吹畫角拂曉啓前旌秋迴弓聲勁風高椈令明知
方斕部勒賈勇壯長征勖爾勤

王慎懃余未請纓

若洲先生枉詩送行依韻酬和
祲氛忽欲熸滄瀛一檄宵傳曉啓行萬櫓如飛兵气盛
元戎新易將星明鹿門虎旅從天降蛟堀鱷波計日平
遠部疆臣慚戮力早期奏凱達
神京

夜過陽朔擘諸峯之勝
嶺西山水堀奇秀陽朔始建驅桂江來晌轉百餘里烟
光互明滅嵐影紛譎詭神景妙無延漸入翠微裏排空
峭壁開天關去尺咫庄懸愁倒欹峰回疊竦時穿雲見

汍瀾湘灘此分馳好泉初出山清絕少纖滓況當新月生孤光照空沚色界成琉璃廣寒毋乃是兹山洵僊佳夜景良復美翹首望蒼梧綠雲正鬱起

將至平樂簡瀨篁表兄

灘水此東注沿緣趁碧流輕霞千障夕新月片颿秋旅興馮郵釀詩筒賴客郵郡樓迤在望應爲小句留

平樂道中

曉發灘江上秋光澹蕩時空青嵐似染盧白雨成絲瞎瀨多難識行雲少定姿此山殊不惡莫厭去颿遲

長灘

忽覺江波涌驚心下急湍已過千折瀨猶見幾層灘曉榜風中聽山花霧裏看馮寵一延佇秋意薄人寒

昭平舟次對月書懷

秋江浩烟水莫色橫迤林輕刀涉奔瀧柔櫓難力任始知身所歷江流漸已深何人明月下隔浦彈清琴我欲褰衣裳相與結同心驚飈激層浪修渚阻幽岑迢迤芳艸路寤寐何由尋感此三嘆息望古希知音

所見

瘠壤稱山國膏腴小墅偏臥聽一夜雨喜潤幾畦田圃樹寒雅集柴門乳犢眠老農呼婦子豚酒祝豐年

篘竹

雲色蒼梧近凌晨片幕縣橋邊飛瀑雨竹杪出炊煙客思清于水塵機靜似禪好山須縱覽風葉助秋妍

登控粵亭示將吏

蒼梧開鎮節鹽雄申畫提封掌握中般地江聲分左右揷天嶺色劃西東千屯貔貅耕畬業幾費韓王戰伐功駐馬特來尋舊壘亂雲無盡萬山楓

題吉雲弟企石挹泉圖即送其赴廣州

我家結屋傍具區九峯二泉交縈紆弟昆夙契在山水游釣昕夕同嬉娛仲也束髮負殊抱未肯仰屋徒著書

廿年遊跡徧河朔意氣直欲凌飛狐昨泛湞江溯灘水翩然顧我天南隅午閒失喜迎倒屣浹月情話兼悲愉每看燭盡語不盡忽乃示我三丈圖綠埴竹柏互掩映倚檻花藥爭扶疏紅泉碧蹬委俯仰謝公物慮倘悟無諦觀面目發深慨霜華漸已盈鬢鬚人生百年半行役夢想泉石同尊鱸祇今我行觀楓陛子復纀被浮珠湖嗟我老矣子不少駐顏丹術安在乎不如我學賀老乞一曲子亦返棹歸菰蘆西神之山芙蓉水相與卷勺安其軀春秋佳日集羣從渚鳥山花吾友于

和若洲步月寄懷韶

華月升海嶠團團麗天中至明無定照逐物隨其蹤彼美念遠人獨泛秋江空光暉各遙睇精誠慮難通惠以白雪詞詒我清湘東旣悵渺烟水復恨阻雲峯情深款彌曲如樹絲與桐覽茲愧報章欲倩宵征鴻

和若洲登樓詩韻

落木風多嶺色開登樓有客迥生哀卅年舊雨人初別九月新寒雁又來劇喜子荊能酒放薄矜明遠負詩才披緘知爾增惆悵幾度循階躡蘚苔

和若洲秋日遣懷見寄之作

風雨頻宵令節過山城落葉漸辭柯秋聲暗挾江濤壯雲气遙連海色多隔嶺軍書勞騁望故人問訊悵蹉跎佇聽露布傳閩嶠萬里金鐃奏雅歌

送李瀨篁表兄楊霽巖表弟歸里

楓艷不如花更好遠遊不如歸及早歸人猶惜別怱怱騎者離羣更傷褭灘江八月水始波扁舟東下如投梭洞庭瀟湘望何極愁如江雲遠更多簪余獨滯桂之隩夢飛不到西神麓羡君歸去興正豪躡徧秋山采寒菊

述職發桂林遇雨示父老

桂嶺嵯峨路七千承恩述職五雲邊俗兼猺犵齊民貴地控交夷列隘連柱共丁年攀去轍曾何辰告拜封箋祇餘一事堪揚對兆歲祥霙點覲鞍

舟抵長沙有感

水窻曾此訣須臾晌轉流光兩載逾有夢未能通款語傷心重到舊經塗素帷萬里魂歸未白髮重泉慰得無我又揚舲渡湘水老懷棖觸淚霑襦

岳陽樓

積气荊湘上茫然雲夢秋波濤翻九派風雨撼層樓蜯當窻見靈鼉出水浮神僊何處是不用問滄洲

曉抵武昌

鄂城譙閣與雲齊烟火千家簇大隄水導三巴諸派匯山開大別衆峯低南樓軍府同漚幻北渚才人覩雪泥東旨偶來馮信宿隔江已報五更雞

行抵灄口奉
命回粵

述職遄征每戴星
天書忽詔覲驂停南轅轉憚兼旬勩北渚差欣兩度經風起黑螭翻雪浪天寒黃鵠墜霜翎揭來坐眺晴川閣了了芙蓉遠近青

與灝篁先後至武昌不晤漫成留别時灝篁有舒大空之約

相逢咫尺少句留漫説同爲鄂渚游雲夢宵寒偏有氣瀟湘天遠易生愁我行欲擊回帆鼓君去寧乘上瀨舟知有陳蕃能下榻不須惆悵賦登樓

曉抵寧明慧水庵作

我夢乘翔風聳身出塵表遂爲昆閬游排空躡雲嶠皎皎青蓮花娟娟紫玉篠樓閣互隱見烟靄紛窈窕舉意往從之靈境已縹渺一瞥如墜空坐覺筍輿曉揭來倦行役六月正淫潦逶迤入荒城一步九欹倒稍紓得清

凉十畝開芳沼翛然化人宫一徑石橋小野風吹菰蒲濕露香嫋嫋迻途佛有門生塵禪不掃勞人易便安賓御同一飽適來旣悤悤旋去復草草邵思所歷境還疑隊魔祓多生果何緣萬里此遊討即景悟真如去來同徹了笑彼區中人欲往戀烟島

孫男慧福恭校

寶巖堂詩集卷四終

清授資政大夫兵部侍郎兼都察院右副都御史巡撫廣西等處提督軍務兼理糧餉絜齋府君行狀

府君諱永清字宏圖號春臺別號寶巖晚又號絜齋先世士安公明初自丹陽遷居無錫之雙河始著籍爲無錫人五傳爲柏潭公諱繼皋明萬歷甲戌第一甲第一人官吏部侍郎贈禮部尚書柏潭公次子期生公諱源忠生秭丞公諱壽禾邑庠生秭丞公生美長公諱仁溥美長公生樸齋公諱岱正樸齋公生士衡公諱廷鏞仕爲山東德州州同自美長公以下皆以府君貴贈資政大夫雍正十二年府君生山東魚臺官廨是夕先大母

施太夫人夢高僧入室驚寤誕府君知爲異徵五齡就塾敏慧絶倫府君之生也先大父年四十五矣庭訓督課嚴峻府君受書雖累冊未嘗不成誦先大父權洳河通判每出行隄府君居轄治署嚴肅有法度具書先大父甚端謹陳事委曲詳盡如成人先大父覽之輒色喜時府君纔八齡也先大父刻苦自厲銜恤歸不持一官物又家人不戒於火四壁蕩然府君率兩叔父愉色以養甘旨必腆先大父含飴自樂不知生計之窶年二十有二補博士弟子員學使晉甯李鶴峯中丞有人倫鑑識一見傾賞即羅致幕中幕中僚友爲趙損之文哲張

少華熙純陸耳山錫熊皆東南選識府君咸引重願交府君與之上下其議論學益邃詩益工丁丑壬午高宗純皇帝南巡兩應召試名列二等恩賞綵緞鶴峯中丞送府君歸太息曰文淵大器當晚成惜余之不及見也迨府君通籍而中丞已棄世矣府君感知己之言終身誦之以爲恨壬午甲申連遭大父母憂哀毁盡禮嗣是每伏臘祭祀奉奠必泣蓋終身孺慕不少衰云既乃客遊入粵東應胡方伯文伯之聘方伯性嚴毅高立崖岸府君與抗禮不少抑損土司某以爭廕襲相訐提驗照勘皆前明印璽幕中執事按律擬以私造符信法當斬

行狀　二

株連甚衆府君心寃之丙夜私具槀而言之方伯曰此酋志在爭廕無他腸且叛逆罪至重安可妄坐方伯曰大府旨也府君持之力因曰君備職旬宣與大府遜一階耳何奉令承旨若此且君素以剛正著聲今胡爲者方伯曰限迫矣易稿豈倉猝易辦府君乃出袖中私所爲稿方伯讀之大喜以白大府大府喜竟從府君議活二百數十人戊子入太學應順天鄉試中式八十六名舉人出廣東何侍御曰佩之門素號能得士關節不到者也己丑會試欽取內閣中書旋入軍機處行走時有事小金川軍務方興詔書旁午甲午逆匪王倫起山東

壽張陽穀事益倥偬上命阿相國討金川舒相國定山左發蹤指示悉秉廟謨金壇于文襄公傳旨竟即促削稿不少緩府君握槧耳受手揮不稽晷刻悉稱上旨每漏四下趨直至日旰罕得歸自辛卯至丙申習以爲常府君不懈益勵未嘗言勞又性喜賓客稍暇即招僚友倡和酬應而諸事未嘗少廢同僚以此服府君謂劉穆之朱齡石不能過也每夏秋扈從至灤河寓廬爲觀補亭總憲山館於時機務少減過從亦希下簾軸置廣几點勘羣籍望鍾峯吟嘯得詩爲多既以積勞當遷府君辭不就銓注仍投牒應禮部試時塲屋方尙靡麗之文

行狀　三

而府君文學黃陶菴戚价人必剴切沉刻乃爲稱意以是不合時宜屢被棄置府君最工書尤好顔平原有神解少日橅東方像贊爲擘窠大書見者神悚又歛其間架波磔用之蠅頭書寓縱橫排奡之氣於規矩莊嚴中一洗趙承旨側媚之態文待詔方整之習斟酌古今之間而自名一體見者雖斷縑片紙爭懷攫以爲模楷故羣以第一人相推雖妬者之口見之不能不亟稱許府君亦自以先宗伯在前明神宗朝以大魁起家爲名卿慈溪馮琠每稱爲忠孝狀元眷念祖德思纘遺緒故戀戀稍祿不忍決然舍去迨三試不售屆俸滿乃遷內閣

侍讀兼國史館方略館提調官充文淵閣校理四庫館纂修官天子鑾輅省方幸山左巡江南駐蹕灤河獵木蘭未嘗不扈從嘗乘馬斜趨豹尾旁上遙識之笑顧曰彼軍機章京孫某也便馳騎若此誰謂南人止解乘船哉蓋至是而上知府君深矣先是緬夷恃遠跳梁羈留行人蘇爾相等聖朝如天覆幬涵育亭毒德威所加冥頑感化回面內向叩關來庭滇中大吏以聞丁酉春上命誠謀英勇公阿相國往受降以府君參機密既至滇緬夷久不至上召相國還相國欲行府君進曰緬夷向化已堅特留使罪重疑懼自沮不能決計輸誠耳公何

不惜爲十日留以成不世之業且使遠夷蓄疑不決亦非懷柔之義也相國即屬府君爲檄以諭蘇爾相如期竟還相國大喜曰吾測緬夷如趙充國之料先零無遁情矣然此事非孫君不至是也秋從滇南還京師分校武闈庚子遷江西道監察御史巡視內倉從南巡道經里門乞假三日舁輿從徒步訪戚友敦布衣懽無何遷左副都御史不次之擢國朝惟郭中丞琇一人至府君而二非簡在有素何以得邀此曠典耶隨出爲貴州布政使貴州毗接四川雲南廣西土瘠地偏民猺雜處號稱難理時中丞爲李公本廉訪爲今領隊大臣奇公豐

額糧道爲今江西巡撫張公誠基皆同譜素識推服府君幹濟事無大小咸諮決以行四川與黔畢節接壤嘓匪最頑悍鼠伏鴟顧出沒不常乘閒竊發爲商民害川中勦捕急因欲竄黔荒僻地爲逋逃藪未至中丞李公檄奇廉訪迅往堵緝廉訪辦急裝欲行過府君府君曰鼷鼠也何用千鈞弩爲因言之中丞設方略張聲威嘓匪果即解散終不敢入黔境一步前後兩權黔撫事龍里縣令某殘酷鷹擊毛鷙民重足立猶懼不免府君署撫篆不數日臚款具參革職去一邑民如脫罟網又兼榷臬事大定府胥役劉淮者黠悍爲民害善持人陰事

歷任郡守皆無如何府君召之來歷數其奸嚴詢伏罪即予杖立斃之庭闔郡以靖越五載述職入覲晝接者四敷奏稱旨旋拜粵西巡撫之命粵西幅員寥郭吏治察覈爲難州牧縣令中有相綳結號爲十惡者貪緣舞弊牢不可解府君稔知其惡立意整剔下車即查鹽筴有課稅未完而鉤結揑報者咨會制軍具奏自按察使以下創職治罪凡若干員即向所稱十惡之尤也由是閭閻風生吏治清肅丙午粵東楚南歲大祲粵西獨有秋粵東廣州肇慶素仰西省穀以食米既踊貴閭井騷然府君奏請開常平禁遏糴又停採買入下年補償鄰

境賴以全活者十百萬戶僉旨嘉獎以爲深知政體有古大臣之風柳州融縣舊有四項山設廠采鉛供東西兩省鼓鑄前撫軍吳公垣奏歲久礦深砂薄鉛減不足以給局用部下兩府議欲晒地更啟新礦府君默審之近四項山有馬鞏冷崗二廠舊產煤運砂就煤用資煎鍊年歲既多廠煤且盡煤直遂增煎鍊多所耗折故商民裹足不前牧令不察遂以產少詳報實煤少非鉛少也因晒羅成縣地屬得長安官山產煤礦奏請移砂就之煤直驟減商人爭逐利鉛額復故歲丙午逆匪林爽文起臺灣府君聞信即檄會提督三公德練卒旅備徵調丁未嘉勇公後晉封郡王福公康安剋期渡海檄調黔蜀兩粵兵粵西卒久訓練勇氣騰踔捧檄即發黔兵赴閩道出蒼梧府君駐梧州分給口糧必躬慰勞之以勵其氣送之不令一卒登岸曰一爲征士節勞一爲居民省擾征者如過衽席無一士譁居民亦不知有兵越境也其歲臺灣平福相國常言是役得四川屯練廣西鎗兵之力爲多云府君之駐梧州也相度地勢籌嶺叢維灘江錯互又爲東西兩省毗連闤闠殷稠因密屬守令密防餘匪竄跡遁處蒼梧令孟照陰伺之果獲陳興遠等推廣東西寗縣游民仇德廣爲首結盟立會以牙

籤爲名聚處僻村古寺蹤跡詭譎頗肆劫掠既獲之移文粵東粵東大吏議謂林爽文實以天地會立名聚衆竊發甫伏誅搜餘黨方急今其事跡相類欲起大獄府君惻然曰若此則羅畢高張梟雀一罟結盟行刼自有律在豈必株求蔓引戮無辜哉因按跡弋獲擒三十餘人果皆無賴子相煽誘志在得賄報仇行刼者止八人最後捕仇德廣至嚴鞫無異詞獄遂定申奏報可科罪者咸自以不寃是歲夏五月安南國王黎維祁爲部屬阮氏所攻棄國走其母阮玉素妻阮玉端及幼子黎維詮率屬六十三人奔至龍州斗澳呼號求援府君聞報即納之關封章驛奏以安南臣順天朝最爲恭謹今因國難內投撥之字小之典義當周恤謹以權宜招納安插優與廪給蒙旨褒許遂輕騎兼郵赴邊巡歷隘卡增設防禦時制府爲孫補山相國聞之投袂起遽請躬統師旅爲黎氏收國復仇上以卹小名順從其請於是調東西兩省兵共萬餘人涓吉啓行府君留守鎮南關運籌轉粟粵西久無師旅之役舊章無可遵循自桂管達龍州太平三千里而近灘流如峻弩中多巨石林立流沬盤渦險不可涉即陸則奇峯森矗巉巖起寸步羸驪車騎一無所施必裹戴以行遂躬自相度水運陸挽派

立臺站三十五所自鎮南關抵黎城復設臺站一十八所運米一十三萬石需夫二十萬人軍裝輜重器械火藥稱是太平地處極邊人稀土曠風氣孱懦雖重賞而應募者甚稀乃於士夫里夫之外凡土司頭目應募者厚資以遣之又廣東高廉等郡雖隔省而距南甯爲近懸重賞招徠之凡軍行所需靡弗先事周備茶火之容先聲震讋所向風靡既入敵境壽昌市球富良三戰三捷不匝月徑抵黎城求得黎維祁奉册宜封爲安南國王制府續調大兵發夫役造艨艟規深入以爲掃穴計未發阮氏潛師襲黎城黎維祁聞信即單騎夜啟北門走軍心大搖宿將如許世亨張朝龍王宣皆戰歿制府見事不可立急撤師渡富良江入關府君時駐幕府聞報即控騎巡居民而慰諭之衆心稍定帥數百騎往來憑祥甯明思陵龍州沿邊數百里間拊循訓勵士卒之歸者截留使分守隘口自關以外粮儲火器不及運者悉焚之不使齎寇阮氏軍既至界口環列望麾蓋遥拜傳呼言徼外小夷自仇黎氏不敢與天兵抗顔行遣使攸關願受册封備職貢列外藩比黎氏往返數四拒不納阮氏益恐辭益哀事聞上嘉勞賞戴花翎以示寵異繼福郡王以相國督兩廣未至卽寓書府君商進止府

行狀　八

君答書以爲時値春暮青草瘴興中華士卒不習水土疾病已多洊交夏令濕毒鬱蒸瘴癘益甚自諒山抵黎城除壽昌市球富良三大江而外溪澗甚多每至夏秋山溜奔匯毁天關子母嶺左近平地水深丈餘且大兵既發必當直抵賊巢自黎城至廣南數千里危巖陰厓跬步艱難計需更立臺站五十餘所需夫二十餘萬人負戴則力不能勝滚運則勢有不及且裹粮數千里之外以客搏主非萬全之策揆之天時地理人事皆非所宜卽天戈所麾非螳斧所敢拒而黎維祈闇懦無識受天朝興滅繼絶之恩不自樹立一聞賊至棄城夜遁此何足又煩天朝兵力屢爲建置耶福相國然府君言既至方聯章入告而高宗純皇帝上契天心下驗民事稽推亡固存之典繹栽培傾覆之經知人意厭棄黎氏死灰不可復然因納阮惠請俞准册封禮成阮惠感如天之德明年朝京師隸屬國自粵入都資糧扉屨嬔密周備賓至如歸蓋自黎氏來奔迄於阮藩入覲星紀兩周府君書籌軍務夕勘民事往返邊陲奔馳不少暇風土惡劣山瘴水瘴烟嵐外侵精氣內耗而受病深矣庚戌夏由鎮南關還桂郡疾篤然猶力疾接僚友講利病日夕不少間五月二十日晨起盥漱衣冠畢呼先兄爾琦

行狀　九

至諭之曰吾幼時嘗夢游蓮陂或歲一至或二三至風景不殊昨復夢至其間蓮且敗矣有招予者曰子盍歸乎殆非佳徵也因口授遺表促書竟望闕肅拜眷念國恩涕不可仰遂呼爾琦等下至僕御一一訓誨琅琅數百言獨不孝爾準以試事留京師不侍側傳語能讀書作好人卽爲能竟先志無多囑也語畢端坐而逝嗚呼不孝等生未能盡一日之養遽爾見棄而不孝爾準罪孽彌重病不能侍湯藥歿不能視含殮猶靦顔視息人間萬死何贖嗚呼痛哉府君天性慈仁與兩叔怡怡友愛中年後宦輒分歧每歲時感念未嘗不泣下樂善好

行狀　十

施尤敦一本之誼凡廉俸所入悉以周族黨有婚喪事不克舉者必厚貲之與人交始終如一月旦羣倫藻鑑百不一失撫粵西破例特薦思恩府知府田鳳儀後開府閩中以清節著三歲黜陟所舉皆開濟才歷名位今廣東陸撫軍燿其尤著也初銓發各省試用之員銜尊者許降等借補從六品官得降補巡檢典史府君以體制所關不宜錯亂且借補者所以疏通壅滯今從六既得降補雜職而雜職反多壅滯非法之善乃奏請首領佐貳雜職分班派補不得攙越以著澄叙官方之實又武闈校射每十人爲一列人射六矢廻環更射府君奏

請每人連射六矢以驗腕力而覘定志皆著以爲令府君於學無所不窺雖忙劇書卷未嘗一日去手刻意爲詩宗法盛唐著有寶嚴堂詩集八卷嘗訓不孝等曰詩以言志也存諸中者必得其平而後宣諸外者能比其類故荀子以詩爲中聲之所止自格律屢變競爲新聲於是乎爲侈聲之迫笮弇聲之鬱勃薄聲之甀掉陂聲之離散險聲之抑歛是非其聲之爲病由其志之未端也故府君詩廉直勁正無柔曼窅渺么弦苦調之音遺詩具在讀之而生平莊敬日强之志可想見風概矣性尤喜臨池少模顔平原中年師李北海晚尤好

行狀　十一

爭坐位稿每數日必模一過當鎮撫關外軍務絡繹未嘗輒廢人以是服臨大事之整以暇也娶先母華夫人太學生岵瞻公諱文濟女結褵甫一月府君客都下卽不及見繼娶先母顧夫人太學生曉芝公諱維錦女康熙戊戌進士翰林院侍讀學士廣東浙江學政瞻廬公諱仔孫女夫人年十有六歸府君孝敬莊和最能得先大父母懽府君方橐筆出遊夫人以祗紡佐養躬自烹飪膳必兼珍辛巳春室燬於火夫人不戚戚言笑如平常居憂積五年恆哀泣未嘗見哂府君官京師機務鞅掌又性不問家事夫人飭僮婢議酒食不遺府君憂親

族有來依府君者量親疏緩急予周恤供膳未嘗不豐潔而已布衣蔬食終身訓不孝等極嚴有過卽予杖未嘗少貸不知書喜聞古節烈孝義事不孝等幼自塾歸嬉戲夫人每令讀劉向列女傳聽之愓然以自勉勵性勤儉澣濯必親雖貴猶自織紝自黔中歸病卒於長沙舟次嗚呼痛哉不孝爾準性瞢闇先母卒時年十有六府君卒時年二十有一不孝齡爾曾又幼弱童昏無知府君行事不能飀悉而先兄爾琦不幸又沒嗚呼府君立心制行及政事之在生民者非檮昧能窺見也又懼不就見聞所及縷列詮次則罪戾滋重凡所臚叙蓋百

行狀　十二

無一二焉伏乞大人先生按狀詮著他日牒上國史使先人事業藉不淹沒於後則世世子孫感且不朽府君生雍正甲寅七月二十一日卒乾隆庚戌五月二十日享年五十有七誥授資政大夫元配華夫人生雍正癸丑七月十九日卒乾隆壬申三月二十日得年二十誥贈夫人繼配顧夫人生乾隆丁巳九月十九日卒乾隆乙巳三月十六日享年四十有九誥封夫人子五長爾琦國學生充三通館謄錄未仕卒先娶秦氏乾隆戊辰進士雲南楚雄府知府岵齋公諱朝釪女繼娶楊氏太學生少芝公諱朝葵女次爾準乾隆乙卯順天舉人娶

劉氏乾隆己丑進士湖北督糧道江南淮徐河庫道四川提督學政河南道監察御史翰林院編修淳齋公名錫嘏女次爾拯殤次齡候補國子監典簿娶王氏乾隆辛巳內閣中書湖南永州府知府蓮心公諱宸女皆顧夫人出次爾曾幼未聘庶母吳氏出女一顧夫人出適太學生華亮現任福建福清鹽塲大使鶴千公名光栢子孫三長慧醧爾琦出聘吳氏現任福建壽甯縣知縣德周公名兆麟女次慧惇慧翼爾準出孫女四爾琦出者三長許字王鴻遇中建公名保和子二幼齡出者一幼俱未字茲卜吉於嘉慶五年庚申四月二十有七日

行狀　十三

葬於金匱縣北胡埭華夫人先葬惠山蘇慶灣今遷而合兆焉不孝爾準齡爾曾泣血謹狀

先中丞公寶嚴堂詩集四卷（行狀稱八卷邵序稱僅存遺詩四卷）原版燬於金田之難咸豐以後印本亦尠見者光緒庚子梅庵老姪得一本於市肆完好無闕連史紙初印本也今春丁君仲祜在海上古書流通處又代覓到毛太紙本一部前後亦完整惟已不如前得本之紙白版新矣姪孫翰英用聚珍版仿原本式排印四百部撰均校理之卷末坿印行狀一通焉

民國六年丁巳六月廿三日舊端陽從曾孫撰均謹識

跋　一

錫成印刷公司代印

迂松閣詩鈔

（清）李雝來 撰

《迂松閣詩鈔》十二卷，（清）李雝來撰，清乾隆木活字刊本。

李雝來，字濱篁，無錫人。生平不詳，從書中所述詩看，似未有科舉功名，家富有，遊蹤遍及山東、浙江等地。他的父親海門先生與袁枚是同年進士，知交甚深。因家有迂松閣，故以閣名稱其詩集。李平生專力於詩，所至輒有吟詠。他的詩『涵泳古初，擩嚌至味，依規蹈矩，句斟字酌』，學詩從漢魏始，下逮有唐一代，步趨不捨，至宋元之詩已無暇旁及。所以他的詩很能見到漢魏古拙，盛唐豐腴風氣的影響。他的詩亦能抒發胸臆，非僅掇貌離神；能自鑄新句而得正味。讀其詩可見於父子兄弟、夫婦朋友之間，情感温厚，至性所感，不言窮通。五十二歲時編定《迂松閣詩鈔》，請袁枚爲之作序。袁借董其昌之語評其詩：『凡人始學書，要與古人合；成家後要與古人離。濱篁合有餘而離不足。』詩集用木活字排印，流傳甚罕。全書所詠無錫名勝古迹之詩甚多，足可考見當時風物人情。作爲乾隆時代的木活字印本，在印刷史上亦有價值。

本書據清乾隆木活字本影印。

（徐志鈞）

迂松閣詩序

凡事從源以窮流則易由末以致本則難昔賢作詩未有不誦古樂府熟精文選者也今人半生精力爲時文所累無暇爲詩一旦震於其名襲而取之往往託足權門抱一二大家以自足無恠其外強中乾終身由之而不至焉故余嘗謂字學米詩學蘇如嬰兒未走先舞皆非善自擇師者李君濱篁見示一集涵泳古初擩嚌至味依規蹈矩句斟字酌而出之以漢魏始以三唐終於宋元則無暇旁及又能時見胷臆不沾沾于皮傅可謂得希聲而餐正味者矣因念余與其　尊人海門先生戊午同年知交最深宦遊後彼此乖分今忽與濱篁珠江相遡交情五十年道路五千里感故人之有後喜風雅之有傳一則以喜一則以悲雖然以吾一日之長豈遽無一言相勗慰來意之拳拳乎董華亭論書法云、凡人始學書。要與古人合。成家後要與古人離。濱篁合。有餘。而離。不足。其齒猶未也學與年俱。尚勉而進之哉。乾隆甲辰中秋前五日世弟袁枚序于粵東旅寓時年六十有九

跋

少陵篤於倫理。其間闘跋涉。流離困頓。繫心家國。諄諄語至性。迂松少嗜吟咏。寢食晏息。無非是者。其用工已數十年。余不能窺藩籬。讀其詩。見其於父子、兄、弟、夫、婦、朋友間、語、語質厚。夫至性所感。不在窮通。昔歐陽以宛陵不得爲清廟明堂之音爲憾。而宛陵初亦不以是爲高下也。詩者持其志也。是詩之本也。迂松年雖五十過二。固不以寂莫終。能持其志。其風雅。上擬千古。矣而又何憾乎。妙聞王宮爕公氏跋

迂松閣詩鈔卷一

梁溪李䧳來瀆篁撰

春日行

陽暉敷氣回和解初甲日如梭紅窓敞風微過庭梅發鳥聲多步瑤階鳴珮琊垂明璫揚輕羅理朱絃按清歌歌始闋雙娥懷所思折芳枝花零落影參差妾有心月照之妾夢君君未知

望遠篇

雙飛黃鳥來往高柳貽人好音幸脫虞羅瞻彼南山其石峩峩下有廣川跂無回舟意遠流長蕩我逝波客遊誰樂對酒與歌夏雲雖奇變化苦多秋花雖艷零落奈何

溪流曲

別歡立溪頭溪流生綠波波外雨絲絲添儂愁緒多愁多人已遠一夜夢離歌夢短思苦長對鏡魘雙蛾曉鶯亦憐春飛來鳴交柯無情尚有知有知當奈何

地驅樂歌

願郎爲簪綰儂不離郎莫爲鏡照儂有時儂心如石郎心如水將石壅水水流不止

擬古

皎月照蓬廬清光寒一林中有幽居士慨然獨撫琴一彈別鶴操再彈孤鸞吟澹澹高天雲邈邈古人心山空衆籟寂江水流何深阮公去我久誰復賞此音

寄跡稀塵慮春日盈幽廬衆鳥歡新聲寒林氣漸舒眷兹多好懷遶座列琴書分焉勞其形心與古人居攻苦習忘疲味愜興有餘時還理絶絃曾廻窮巷車向晚微雨來綠我園中蔬一觴聊復對抱膝吟晏如

庭森古槐樹綠陰交晴暉舊棲鳥欣戀凌晨啼未飛無心諧衆聲豈惜知音稀振翮前山去翻然入翠微

飄風吹微雲舒此皎月光列宿正參差銀漢澹相望清露凄草木絡緯鳴空堂慨然懷遠人燕好情難忘良會渺何時車輪轉中腸思托魂夢歡反側寐無方攬衣步前庭顧影自悲傷出亦復徬徨入亦復徬徨安得展雙翼從子以翺翔

憂多居世短戚戚謀與誰所須無百年百年曾幾時衣食勞其生徒貽達士嗤不見春庭樹繁花耀

晴曦逐夜風雨急零落餘空枝

飲酒須飲醉結交須結貧酒醇味自深交貧情自眞念我平生友燕好心相親意氣期久要悲歌同苦辛飛沉忽翻覆乖睽復何因夜酣不及晨舊遊不聞新慷慨信陵門綿綿思古人

高齋臨晨開琴書常自娛秋風動奇懷清光與之俱還來冠蓋客不掃門逕蕪頻年歡酬話多忘形跡拘聊復具盤蔬酒傾香滿壺層雲奮健鶴幽湍浴輕鳧運會安所遭出處理固殊聞雞舞非拙植枝芸非愚迫逐塵騖外吾爲全厥吾

秋山晨夕佳煙霞多變幻羇旅聊自娛舒嘯日已慣流俗營其私勞勞哀飢鴈人生衣食謀過足適滋患果腹輒微吟凌岑縱逸盼入谷雲滿袖出谷月在岫

吾性不喜飲賓至輒銜觴引滿勸莫辭殊覺酒味香興酣雜亂言禮數亦漸忘庭前睇歸鳥繞樹停復翔送客步幽徑山暝煙蒼蒼徐回掩重門明月入我堂

秋葉餘佳色霜下媚多姿轉恐倏飄搖一夕去故枝良人涉天末棄妾長別離離長夢苦短援琴寫相思絲桐感妾思音響覺彌悲悲情依皎月流光入君帷月盈有時缺情結永無移妾亮執拳拳君心知不知

艮鄉

百雉拱長安天包絕塞寬山盤雄督亢水折控桑乾秋老隼飛疾沙深馬度難西風吹木落白日自生寒

溪山樓

儂住泉上樓水向橋下流新人續舊人幾來山中遊明粧翠袖誰家婦香雲離合溯溪口貧女春寒織曉窗門前雨長相思柳

水月詞

月漾水中心光涵一片冷水落總留痕月落難留影

小車吟三首

小車班班載古愚前挽後推導以驢天長地遠人力瘏鞭驢飢難前引頸鳴向吾驢乎驢乎告我僕夫加爾生芻

車鳴我歌風寒苦多沙深奈何僕夫勞瘁車擲坡車中人則卧

雞喔喔石齒齒阿翁殘夢續車裏曉風吹衣寒酒旆扶人起前村後村羣走視有客來何奇書卷作行李

雙峰

端嚴對峙闕偃蹤積靄陰森不見松萬叡雲根開地胏雙崖翠影捧天客詢知路向中腰斷肯信苔還太古封我欲臨風梯絶頂空濛深處摘芙蓉

城南婦

浮萍寄清池根葉相因依廻風忽吹激零落何離離城南見好女泣涕臨路岐倉卒訴中情低頭聲益悲妾夫良家子歲荒難忍饑棄妾入吳門客死不復歸妾身豈惜死所念懷中兒生小藏闘房出戶將安之願爲孤燕飛銜土掩遺屍屍横亦纍纍夫壻知阿誰

鷺湖西

啞啞烏夜啼哺雛巢荆杞煢煢老寡婦白髮垂兩耳自言門戶單憂艱廹暮齒一子飢甫没有孫母又死索母齧枯乳向我啼不已眼前看此兒零丁豈足恃骨肉痛摧殘蕭條依野水水流自西東人亡村墅空人亡租賦存語罷還聲吞

卷一　五

鶺鴒悲

鶺鴒銜兔絲飛落枯桑巔寄生非本根引蔓亦連綿誰謂骨肉親咄嗟成棄捐幼弟值凶荒病婦藉草眠力難致一飽忍飢涕漣漣告貸望兄門隔林喜炊煙堂上張華燈厨下辦豊筵阿兄見弟來側目怪糾纏阿嫂知叔來嗔怒責負錢汝實衆所憎麾去莫復前弟慚仰天歎憤鬱心熬煎清晨辭家出薄暮空手還五日不得食一一歸黄泉風雨鬼夜哭樹樹號烏鳶里嫗述細故聞者爲泫然傳戒後世人兄弟應相憐

卷一　六

雨後同春泉成丈華五天和洋溪垂釣用儲太祝釣魚灣韻

雨洗千嶂青溪流人影亂横石響奔湍游魚聚復散喬木淡清風垂釣坐幽岸

穆陵關

萬山圍馬蹄石束一關斜險絶樵人屨荒隅草徑花雄風悲古木急水走虚沙霸業餘殘壘淒凉落暮霞

圓通寺夜雨懷人

獨宿招提境禪關夜清絶爐香半掩扉寒燈耿虚

壁樹杪欲生煙微雨響淅瀝荒村斷殘更卧聞春漏滴念我同心人室邇何由覿

長相思

長思不當會長夢不當歸獨宿撫淸夜錦衾淒以悲颸颸寒風起肅肅響羅幬明月照閒房髣髴見容輝鳴鴈從南來過庭猶雙飛胡為與爾期時興空歔欷

別洸二

飄飄南山葛纍纍南山瓠雖非同蔕根纏綿本自固胡為與子離分袂慨時暮悠悠出北門四望塵沙路白日隱蕭條廻颸響寒樹遠別在須臾良會何時遇含情不忍發按轡幾回顧願君勖令德末慰平生慕

齋中

結茅俯喬林庭際綠陰森其上有野鳥其中張素琴幽人理素琴野鳥懷好音日夕時雨來白雲起孤岑淸風開我襟濁酒聊自斟

七夕詞

城頭月出秋風淒明星耿耿銀河低天上人間停機杼少婦離愁淚如雨此夕空閨憶遠人半捲簾櫳望牛女

花下小飲

幽人夜夢尋芳去晨光嚦嚦聞鶯語濕煙遥接亂峰深花霧迷濛乍經雨晚來偕飲花前風過酒香生酒散闌堦還醉立杏花如雪落無聲

泰山雜詠

御帳坪

清空飛玉龍倒掛絕壁上怪石砥中流牙角怒相向晴天風霆走澎湃裂層嶂左蟠五大夫下停湫百丈昔聞宋眞宗曾此駐衛仗往事非千年遺跡半磨蕩俯仰發高歌臨巖獨惆悵

百丈崖

危崖絕鈎梯峻極由天啟殊狀駭神工巑岏相角觝半墮忽撐拄如伏如首稽勢壓徂徠低雲出杖履底央背俯中原隱見遥青遍放懷凌虛空塵襟聊一洗

對松巖

亂峰忽環拱削成兩崖逼虬龍化奇松偃強半傾仄怒濤空際吼日月蔽昏黑慘澹鬱森森蒼翠太古色疑有蓬萊僊駕鶴臨此域我抱絲綺琴欲與

同遊息飛步雲霄間逍遙將何極

吳㒚楓見過郎別

飛雲與逝波片時不得住君今歸故鄉相遇汶陽渚相遇契最深欲別奈何許送君情已愴憶君心更苦風吹馬蘭草細雨綠楊樹悠悠千里思夜夢吳陵渡

雨後對月懷人

雨霽送晚凉明月照茅舍開窗鑑清輝林光露微下濕煙淡欲無白雲亂奔瀉緲緲思佳人蹙蹙步於野良會渺河山愁緒何由寫相隔一水間相望

卷一　九

何為者

南陽舟中

流水浩無際空煙入暮深風帆廻極浦漁火擁寒林渺渺懷人遠茫茫獨夜吟還家縱有夢無那別離心

寄張于京志伊

汶水西流淄水東三年離思憶雲峯連床共聽青州雨古屋殘燈萬樹松

山亭醉歌

雲門山麓足幽趣孤亭置此空濛處雨窗倒影落殘霞疎簾半捲千峰雨雨後哦詩綠染衣時聞翠鳥啼深樹與豪長嘯指青山一酌還能掃塵慮散髮歡呼山欲動醉臥蒼苔失朝暮醒來不知山月生但見空林濕清露

題山水圖

阿誰畫此尺幅箋淋漓筆墨橫几前石勢參差互盤礴澗道屈曲相鉤連遠峰劍立壓樵路無梯峭壁樹倒懸半空飛瀑噴灑出忽有樓閣凌青天一人閣中獨把卷側帽欹枕情悠然兩人對坐長松下撫琴曲罷流潺湲我今心神亦幽爽暑齋恍惚

卷一　十

生雲煙安得好山若圖畫支筇著屐尋流泉瑶草常青跨白鹿松花酒熟醉且眠靈源採藥去不返遂萊偓子同周旋

寒夜

蕭蕭風雨思難堪小閣孤燈酒半酣驚聽一聲歸去鴈離人多少憶江南

喜吳㒚峰蔡翼周至郡

正切離羣感翩然到古原與君無限意相對却忘言春樹煙霞暝幽亭鳥雀喧梅花江路渺杯酒問鄉園

龍山晚眺懷袁楓

曾酒汝陽別風流何日攀相思千里月獨眺九龍山鳥宿煙村暝人歸石徑閒他時重剪燭定與叩松關

遊嵩山寺逢浦大德星

遠尋山下寺不識山中路隔雲孤磬聲桂花滿幽處思君却逢君相對斜陽樹

過石林菴懷天鈞和尚

紆廻石徑幽精舍背松塢寒潭映古佛山禽雜梵道語人化不歸空庭落紅雨

憩離垢菴

竒異肆冥搜雲深屢迷悞隔林聞潺湲尋澗得前路暮春時落花逕轉精舍迴入門俯寒泉石激水奔注噴沫會淵潭巖竇滴鍾乳冷然忘機澄清靜浮慮空山日易斜幽境難久佇行歌逸樵歸共躡蒼茫去

夏日村居

種麻刈滿卭種瓜引滿圃炎月急耕作斜笠聚平楚老幼筋力疲畬耘禾黍稻田流水聲一夜溪南雨凉風曳新苗生意徧村墅顧景亦欣然相將

多好語何處起農歌悠悠綠楊渚

清風卷白雲簷隙生華月農人晚炊罷肢體暫休歇鄰里相過往雜坐依林樾油油禾苗好言談與超忽河轉星漸稀露下螢欲沒邉謝泥塗勞力田事明發

過袁楓齋中

思君復夢君一夜溪橋渡晨興訪幽棲依依夢中路主人耽吟詠擁書散衣屨相對情歡然深言非世故爲我撫絲桐清響流庭樹庭樹太古顏好鳥交交語白日照疏簾山雲自來去

懷鮑若洲

白雲湖上來散作龍山雨竹窗起凉颸蕭蕭清午暑時攤數卷書悠然澹容與采蘭懷佳人幽芳與誰語相隔一水間相思奈何許

晚過忍草菴登貫華閣懷鄒豫章吳袁楓鮑若洲

逸響發樵歌尋僧到綠蘿虛堂懸木杪幽徑入雲窩一眺羣山遠青蒼落日多煙霞人不見室邇奈情何

偕鄒豫章吳袁楓宿忍草菴

嗔色起諸峰迷離煙霭重抱琴隨暮鳥拄策躡雲
蹤人語一林月僧歸半夜鐘石床清夢覺幽籟在
蒼松

自龍山遊石浪菴

晨光開九華嶙嶒下鰲背林杪見錫山正與龍峯
對尋流逕屢轉靈異走茫昧亭檻渺震澤遠岫青
如黛塔影落長空石奔浪花碎衆響吹天風白日
忽冥晦迢迢望草菴蒼松復雲曖

度龍門過蓮花洞登天平山頂

壁裂逼龍門横亘最奇特行人魚貫渡絕磴訝偪

仄立石萬笏形峭削古鐵色陰澗風籟生懸崖樹
倒植俯身探虛洞彎環翳昏黑靈蹟閟幽深杳冥
不可測矯首躡層巔流雲去不息落照望大荒蒼
莽無終極

晚下天平山至法螺寺

晚壑流遠鐘尋聲度巒巘路危坂九折斗下足難
邉忽忽冥色來天風吹衣冷疎林帶平蕪浮煙接
餘影神超理冊隔象往趣自領盤紆竹徑幽寒泉
到門静人語雜清梵坐此招提境回思攀陟時夷
險變低頭

雨後遊空谷

微雨滌崇岡崩雲霽寒日蘿徑依曲磵松竹森象
嵌石色積蒼蘚丹砂間點漆飛梁殘湍瀉畫冥龍
螭出殿閣見巍然鑿翠構嵂崒人力矜奇巧光耀
罕儔匹徘徊空谷中繁吹奏竽瑟

由支硎尋逕至華山

支硎轉林麓舉眼入清曠透迤籬落過迢迢引碧
嶂虬松交層陰寒翠空蕩漾山均路紆廻石角怒
背向嵐光無定容峭蒨非一狀蕭寺禮佛餘禪堂
息梵唱

眺蓮花峰

石瓣叠芙蓉玲瓏信奇最緣莖上危級睥睨青冥
會天池倒日光水影蕩林外城遠望欲無湖流小
如帶一氣渺空濛嚴飈激羣籟倦焉懷歸逝山山
淨煙霭

子夜歌

阿儂十四五鬟髮始覆肩婉伸郎懷裏啼笑實堪
憐
郎來就儂宿明月正團圞儂心慣相思抱歡還夢
歡

歎浛浮萍草春風忽飄離儂心澗底石水流無轉
移

雪霽同鮑若洲映上人過崇安寺甜明慧
師精舍

春城亂飛雪欲霽忽招尋孤磬午長寂片雲寒自
深梵庭聽鳥語潭水識禪心相對還相憶悠然古
樹陰

裛楓將之維揚

美人臨水別春草碧如何一路幾回首孤舟獨夜
歌離羣隨鳥散鄉思看雲多君到邗江寺吟詩滿
薜蘿

由鐵家衕尋逕至潭西

春風掃積陰華日麗平陸湖山無定容蒼翠時奪
目石徑轉疎籬寒梅帶脩竹雞犬聚成村家家藝
花木引泉灌藥畦荷鋤開巖巔睹彼民依艱念此
鄉猶樸蕭然遠塵思便擬結茅屋

登米堆望湖中漁洋洞庭諸山

米堆眺長空聳然飛鳥上晴雪散平岡芬香渺清
曠花影接湖雲斜光蕩疊嶂茫茫吳越交波濤浩
混瀁漁洋橫亘卧洞庭列屏障遠岫如青螺點點
入盆盎日落天風來胃懷始一放歸路不逢人深
林發樵唱

訪龍縫泉

茅菴開木末一雨晚初晴忽共白雲往閒尋流水
聲幽人此終古泉石至今清斷碣迷蒼蘚山山落
日横

懷遠曲

夜長愁不寐轉側還暗悲何如青樓月流影依君
帷

登軍嶂山望震澤

崇巖搏象形蟠踞雄軍嶂岋嶫聳天半奇怪露萬
狀睇後景已微瞻前情彌廣樹杪浮震澤一氣流
混瀁洪濤杯底瀉羣岫波中漾長空白浩浩吳越
失歸向振衣漱天風蒼崖濺寒淚

下軍嶂尋成性寺龍潭

度嶺探幽谷斗下生驚怖欹磴支斷坂傾崖踞危
路逕轉途屢迷山僧空外呼廻環入甕底蘚滑無
坦步一線窺天青過午疑日暮疎磬出香林蔥鬱
嵾羅樹神靈潛深淵虛氣成雲霧涎沫亂噴灑奔
流破石注驚起蒼龍子雷霆挾風雨四野冥濛濛

夜半忽飛去

裛楓歸自崇明數日即往寻亦適遊金陵

蒼然秋氣深懷古結遐想薄言溯金陵情深慨以慷將行君忽歸疎略相過往吳山發幽吟海門蘊奇賞陟險路如夷任眞道彌長欵曲送我遊激昂厲淸響臨岐屢諄諄分袂各惆悵落日天已寒悲風河復廣對月思幽人光輝共明朗

九日石頭城登高

寒雲蕭瑟古今愁憑眺蒼茫上石頭六代已隨荒草没萬山還擁大江流日斜風急砧聲遠木落天高鴈影秋回首故園黄菊在承歡兄弟共登樓

秦淮曲

門對青溪水西風生夕波郎來不相識只怨别離多

妾住秦淮河齊唱江南曲柳影月初斜低徊就郎宿

疎簾朝半捲明鏡理殘粧不如鄰家子生小本無郎

郎疑水中萍飄零東復西何如江上潮日夕到青溪

與郎定情時飛花滿江津一夜門前柳西風愁殺人

相思還倚樓離情奈何許潮落復潮生佇歡渡江處

度石梁憩玲峰池

霞光開曉景幽人陟巒岫啼鳥出疎林斷雲吐虛竇怪石具萬狀顛倒相角鬪變態實荒幻巨靈力難就高下欹亭臺因地成締構振策度飛梁嶙嶒境罕覯長松走虬龍倔强空際吼玲瓏鬱破碎玉筍各奔湊稍稍憩寒泉流影漾鉠鷩是時秋已深丹楓錯如繡舉目睇大江嚴颸風清晝

從紫峰閣越千佛嶺

裂石窺天門奇巖冠閬闠浮雲簷際生飛翠窗中落絶壁矗百仞陡下疑斧鑿勢欲塞高空環抱周帷幕孤峰拔泉立入眼尤驚愕逼體斷寸膚紫氣時交錯蚪枝蟠古今長根土不著甘泉流鏬隙遐清餘一勺蹈步轉仄磴巉巇東巑崿當年齊太子佛象肆刻削大小悉變相成功復丹臒人代旣遭毁山靈緬猶昨矯首望層巔乘風駕白鶴

太虛亭題壁

山勢立崔嵬含虚太古臺蒼然雲外嘯天上月飛
來檻壓千峰落江流一鏡開何當吹鐵笛鸞鶴共
驚回

眺最高峰

層巒忽斜豎鳥路懸一線探奇上巇嶮緣級屢廻
轉舉趾景狀移停策陰晴變到頂却坦平臺閣皆
婉孌仰瞻天恐低俯窺谷疑眩羣峰互環抱重重
裏峭蒨横勢躍龍蟠鋭形裂雲片鐘山獨矗立青
蒼隱半面岷峩大江來簷際掛匹練落日射洪波
倒影紛素絢金支光有無翠羽森飛電懷新欣異
賞緬往感曩羨始知山水遊謝公獨無倦

經萬松山房緣澗穿林上幽居菴

山形如玦環圍抱疑深井矯矯千萬松崇寄翳巒
嶺晴空灑風濤明晦幻俄頃雲房倚蜂巢下瞰辨
畦町緣澗上重坂前赴力愈猛林木沾微霜寒氣
變秋景青翠閒丹砂錯雜類文錦游目象易往賞
心趣旋領梵唱識禪關復入招提境野鼠時嘯羣
孤鶴忽然警

過石壁軒尋天開巖觀禹王碑

幽興隨景深穿林上㳍昧奇石踞獸形爪角露萬
態運轉壁斗峭天劈兩崖對崩奔響谷風雷霆心
在內禹書閟靈藏陰氣亦冥晦日暮懷歸途襟帶
出雲靄

別顧持國世丈

相思徧在莫愁湖別緒蕭條似水蒲明發獨歸京
口棹殘宵同聽白門烏空山木落人南北極浦鴻
聲夢有無網得銀魚秋正美何時酌酒醉姑蘇

迂松閣詩鈔卷一終

迂松閣詩鈔卷二

梁溪李雖來濆篁撰

五日登雲逸山房

陶公志卯壑五日遊斜川欣懷追往哲茲辰緬流泉矯首憑盧閣游心睇層巓春風時欲來瑶草碧已妍鬱光既明秀湖水相澄鮮龍山一片雲忽墮寒窓前悠然散襟袖滿屋生蒼煙攬之未可得長嘯招列僊

宿石泯菴招同人看梅

暮色到松關樵人逐鳥還飛來一片月相照萬重山疎影梅花亂寒香石磴閒可能當後夜幽興共君攀

山中曉望

聽鳥光未顯踏雲袖還冷春露濕深林晨霞引崇嶺煙霧平楚來濛濛白千頃孤城望欲無疎樹如浮荇遥山互環抱隱隱立藩屏參錯明溪湖迷離辨墟井愜賞緬幽棲流睇得奇境僧磬洞谿寒泉梵松石靜散髮歸岩阿初陽照人影

感別

漏盡更殘酒一杯離堂燈火幾徘徊綠波南浦人初別紅雨東風燕欲來愁緒不堪臨鏡月淚痕先已長春苔思家後夜停蘭棹目斷江潮日夕迴

渡揚子江

北固山鐘雲霧凝寒江日落碧澄澄掛帆無限離鄉淚復與潮聲渡廣陵

楊花飛蕩水東流獨采江蘋寄遠愁長笛一聲天際瞑相思人在木蘭舟

晚過田間

谷口生夏涼斜日掛高樹晚炊啟柴門歸犢識村路農人相與還流影前溪渡欵欵話桑麻依依道情愫我行過其野驅策東西顧止息杳難期緇塵衣改素始羡耦耕閒嘯歌散清慮

歷下憶鮑若洲

離憂難自寫空復理瑶琴不有天中月誰知別後心關山憐獨往夢寐苦相尋七十二泉水思君情共深

懷鄒豫章

夕陽簾半捲人在碧桐陰散帖知清嘯臨風應獨吟龍山晨翠淨谿水晚煙深臂酒懷鄉曲如君最賞音

夢楊芝山

城頭吹角夜漫漫澹澹星河露正溥夢裏不知人別遠殘燈對語小窗寒

殘夏三首

遊子暫停輿濟南已殘夏鄉心逐流雲飛墮龍峰下湖山林杪青泉聲亂奔瀉白髮坐高堂淸風起桑柘感時思遠人倚閭自悲咜空慚負米心日夕瞻親舍

庭陰芳桂樹蟬鳴集朝曦閨人多苦顔纏綿惜別離嬌兒不辭愁時向堂下嬉巢燕已成雛羣棲復

羣飛風吹蘭蕙花芬香空自知采采盈懷袖千里寄所思道遠日恐暮對鏡涕漣洏

蓉湖秀煙水蒼然嘉樹林其上悅衆鳥交交流好音時來良友會維舟傍淸陰言談共欣賞朱絃理古琴萬籟響空山明月開衣襟招遊緬成昔離羣感自今相思笠澤波愁緒深復深

望雲門劈駝諸山

憶昔狂吟對十齡亂山蒼翠抱空亭別來鬚鬢今如許又看雲門一帶青

益都朱明府招飲平近堂有懷

平近堂中最繫思當年良會每吟詩而今復醉青州酒獨對槐花日落時

荷渠

波光如鏡映芙渠蟹舍垂楊返照餘彷彿鴛湖風漸急一帆秋水網銀魚

古寺

客路入招提滿院蒼松古日午不聞鐘香靜風鈴語

次堠庄驛

寂寂山村鳴草蟲銀河壓戶月朣朧今宵獨對蘭

陵酒愁聽寒林一夜風

由梁溪入五里湖招同豫章若洲天和

漾舟渡梁溪溪轉山向背兹晨愜幽尋結侶溯湖匯春柳媚芳洲沙皃沒空靄鏡浮人影亂波流日光碎偶然辭九龍適與羣峰會低昂遞遥青雲氣忽變態矯首思層巔飛翠濕天外

遊管社山

好山如佳人目注心已往沿流興未終行復披榛莽紆迴靄鬱葱靈異紛萬象堂坳跨彎環下視氣惚恍杳冥探深逈青天小於掌日月恒蔽虧松竹

咸偃仰磴轉失來蹤湖明豁前睍石梁木杪欂亭構鳥巢上梅花與波濤一色白流落

夜坐翠聲閣

春風吹片月飛掛萬松間湖水照如雪梅花寒在山幽香心共深相對影俱靜坐到夜深寂抱琴雲際還

出獨山泛太湖

掛帆獨山門奔流怒一束石劈峙丹崖太古苔痕綠須臾忽渺漫前進時回矚迅風驅魚龍長空飛白鴣船頭半側欹濤聲亂激觸水天互吐吞煙靄屢斷續往景與已迷來岫淨如浴身在銀漢中浩歌弄朝旭

黿頭渚

黿頭瞰湖渚奇異羨由昨流目形維肖急溜交磯錯歲久石半穿沙痕知水落一磴一乾坤歷艱與逾樂東南得峭壁外垂忽崩削險絕趾難任根懸土未著手捫足屢膝乍前還復却夕陽射波光倒影芙蓉幕我行如泛虛動搖神驚愕青螺七十二隱見浮杯勺長嘯招鷗夷乘風跨白鶴

送春

綠草青山別故人溪聲寂寂水粼粼歸來小閣初飛燕風雨殘花又送春

石浪菴即目

山外青山湖外湖風帆葉葉遠疑無人煙村落寒林靜晚磬一聲蕭寺孤

梁溪晚望

溪流日易斜疎樹寒聲起一鳥逐雲歸行人去不已

偕浦官虞憩虎阜後山

塔影下殘照招尋入晚山蒼然臨樹杪空翠落人間帆逐片雲往僧從孤磬還共將今古恨付與白鷗閑

小除日步自惠山麓至馬鞍塢

忽忽歲云暮各各謀稻粱匆匆入城市語語喧朝陽我心澹無事慧鞿履晨霜偶然石逕往不覺山色蒼鬱鬱喬松下磬磬如北邙陰昏叫寒鳥朝風震高岡未知埜者誰蕭條爲沾裳俯仰今昔人千載心彷徨

元日試筆

春意鳥先知一樹發清籟曉來萬象新積煙散蒼

靄幽人澹息機適然與興會朝曦入我堂綠蔭竹晻藹西山露半角片雲逗簷外椒酒欣嘉辰朐次

無埃壒

笠澤湖

水勢吞吳越微茫寒霧多四圍盤碧嶂一氣滚蒼波洲渚連天遠風帆帶雨過襟懷添浩蕩鼓枻發長歌

簡若洲

春風吹我樹綠葉發庭除羣鳥引雛出翩翩飛鳴初開闊淡無事悠然習詩書眷彼同心人形音一

何疎道里未云遠各各東西居停雲當日暮明月到敝廬歷歷仰衆星徘徊望碧虛

夜坐倚青閣

空山露已溥蕭寺鐘聲歇隔溪人夜歸踏破松間月

孤兒吟

風雨淒迷形影蕭索瞻彼條梅子實花落解一子實花落我心則那眷念吾父悵望雲阿誠通幽隔傷如之何解二祿養有命色養何由勵志慎謀毋遺父羞解三一鳥反哺往來庭樹吁嗟人兮而不如微羽

解四天蒼蒼乎其俾予心傷乎解五

題吹簫圖

二月既望吳一峰楊令貽鄒曾瞻石浪僧坐錫山望湖亭令貽吹洞簫翌日姚笠山作圖

春風吹逸響春月照湖亭衆籟一時寂羣峰相與青愁心難自寫對景却忘形後夜溪山夢因君感

聚萍

雙河行

嘈嘈復喞喞里巷相陳述府帖昨夜來丁夫田主出開河喧涸津蟻聚莫敢逸立旗周四角畚挿各

分率長官督里胥後期或朴扶長官何須憂里胥何須喝奉符限一旬成功竟五日飛沙蔽長空迅飈捲霜雪艮田忽穿渠但愁租賦缺下水一尺波小民一斗血不覩力作勞疾苦無由悉

登倚青閣用同人青字韻

蒼松盤石浪萬籟奏幽庭結侶眺禪閣吟詩倚竹櫺湖蒸雲氣白山抱雨痕青暝色來平楚天風入杳冥

贈浦大官虞

落日照高樓悲歌激遠愁貧難甘旨奉道合晚年

求舉世無青眼斯人竟白頭相期陽羨隱書卷足
優游

晚投白鶴道院宿

峰銜落日黃雲擁山屢變前行躡後人磴絕路復
轉恐墜心更駭將陟目仍眩紅泉斷續流青葱迷
峭蒨暝色煙中來巢鳥歸我先疎燈隔深樹依微
露紺殿偶從道人棲閒吟有餘戀夜半聞寒鐘清
夢落幽院

由水簾洞越峭壁穿蓮花洞至茅蓬

鳥道削巉巉人從壁上升驚雷翻絕壑怪石絡枯
籐穿洞疑窺井尋松似得朋樓臺望縹緲半入白
雲層

尋棋坪石眺筆架峰

斜光澹春山空翠拂衫袖入險徑紆廻人影忽左
右一石一景奇探新還戀舊崕斷倒崩裂破碎忽
駢湊俛仰欝萬松風激半天吼陟峰若動搖苔滑
恐奔仆下視但青蒼一氣渺宇宙

石門

山游若貪夫奇異恣搜索力前忽斗下猛進眩虛
擲景往心還領境開目已逆變峙虛壁峭萬仞精

鐵積峽角抉雲穿石罅容天窄洞門閟深迴顯晦
錯朝夕泉水桃花春涓涓灑靈液聳身凌紫崖逍
遙神僊宅俯首悲北邙纍纍鬱松栢緬懷千載人
一生苦驅迫悲風來冷冽鬼嘯攢寒魄日暮雲冥
冥回首成夙昔

寒食

觸序易增感深愁常苦寒風雨積日陰綠帶滋芳
蘭回憶昔年時華燈具盤餐戚友來宴會斗酒奉
親歡今晨高堂上白頭顧影單恐傷老母心含涕
不忍彈下堂拜虛位慟哭泣汍瀾梅樹植中庭梅
花忽已殘梅花一零落梅子日夜酸撫茲兩幼弟
徘徊摧肺肝

古意三章餞吳一峰北上

春風吹柳絲流影忽參差以我心傷日眷彼花落
時君言別故鄉驚歎前相持相持一尊酒聊用慰
離思肅肅雲中鴈嗷嗷常苦饑滔滔梁溪水逝者
竟如斯念此遠行邁會合將何期愁緒與波瀾日
夕逐江蘺
明珠海底出馳光照遐遠素心耻雕飾力難久偃
蹇迢遞京邑遊翺翔臨苑囿璠璵列清廟結交緬

嵇阮慷慨發離歌白日忽將晚疾飈來空山浮雲去蒼巘雲去自當還遊子何時返

臨岐春復暮未別苦先憶積雨蔽川原長途蔓荆棘燕雀棲藩籬黃鵠振遠翼願言從子遊河廣心愴惻抱琴操逸響一曲三嘆息日月懸高天知音渺難即停觴欲有贈相視淚沾臆鬱鬱龍山松不改歲寒色請看松上蘿纏綿無終極

別後感懷

短棹臨江逐轉蘋懷君小閣暗酸辛半簾細雨初歸燕一樹飛花欲暮春別後梁鴻誰共語愁來王粲苦依人遥知去路相思淚白髮紅顏入夢頻

和吳一峰曉霞樓上望江南二首

曉霞樓上望江南飛絮飛花帶碧潭如許春光拋不得幾回欲別又停驂

曉霞樓上望江南一曲驪歌酒半酣愁送春歸君復去斜風細雨燕呢喃

別一峯後有懷

春歸人別最堪憐碧草飛花亂水煙一路垂楊吹不斷絲絲欲綰渡江船

西湖竹枝詞

波光如許漾儂樓郎似飛花水似愁恨殺藕提中劃斷一湖分作兩湖流

宿照慶寺懷人

雨灑萬松梢經聲夜寂寥殘鐘敲月落微火帶星摇彼美浮湘芷愁心卷越蕉思深憑短夢煙濕路迢遥

遊龍井

忽訝芙蓉日射開青松翠竹嵌樓臺盤空仄磴人千轉踏破秋山雲萬堆觸石倒飛天外雨崩崖暗走地中雷朋僧洗鉢歸蓮井貯得蒼龍卧綠苔

蝙蝠洞

西湖棲霞多古洞半入僧舍惟蝙蝠洞最勝獨留草蔓中廣可數丈深與高倍之白沙泉出其下羣峰環拱松竹森立飛雨忽來煙雲散結予與岳子遊相顧欣然擬卜居焉

劈面雙峰立林端萬壑泉乾坤遺石洞今古抱雲眠秋雨灑空外迷濛俯杳然幽人此招隱寒盡不知年

度棲霞嶺

奔峭斷行路盤紆景屢遷竹森寒白日峰抱溢青

天衣帶秋雲濕心隨飛鳥還蒼茫頻度嶮回首失
重泉

錢塘觀潮

眼盡鳥飛外微茫漾一杯江分山脊斷潮撼海門
開雪影浮天落風聲捲地來緬懷强弩捍販豎竟
雄才

葛嶺

我尋葛僊嶺忽上初陽臺想象松林下悠然跨鶴
來琅函藏石閟丹井鑿雲開一鏡西湖水波流無
日回

鴛脰湖竹枝詞

湖光渺渺澹衣裾一抹晨霞散碧虛岸上人家收
宿霧涼風綠柳賣銀魚
十三嬌小鬢垂肩湖上女兒解蕩船蘆荻蒼茫搖
櫓去一聲劃破碧波煙
吳娘越女採菱歸幾處歌聲背夕暉時有閒鷗鷺
忽起雙雙飛上釣魚磯

吳江

吳江楓葉落秋冷戍煙迷柔櫓浮波闊孤城接岸
低漁歸疎雨外寺擁斷霞西離思正蕭索何堪烏
又啼

九日逢顧大稼梅

少年追逐仰才華廿載相思天一涯今日逢君頭
欲白重陽風雨對黃花

霜降

霜落砧聲急天高鴈影初身隨秋菊瘦愁對故人
疎片月掛庭樹清光照草廬心酸含淚夢斷夜
窗虛

寄吳一峰

天末停雲寄素書美人迢隔悵何如相思愁殺寒

山月木落蕭蕭歸鴈初
北望嚴城砧杵秋知君對酒結鄉愁最憐斜日懷
人遠黃葉聲中一倚樓

東張崑南

流水蓉江曲波瀾蕩石湖美人持綠綺吟嘯倚寒
梧山碧眉痕纖林黃鴈影孤離懷蘋末寄百折下
姑蘇

夜寒

屐霜獨夜躋街悽星斗橫斜月又西更有寒烏眠
不穩最高枝上逕明啼

過浦官廬

湡山相對嵩山碧曲曲溪流過板橋破屋短垣纏薜荔白頭長日讀離騷

送王燮公之京兼柬襄楓

每憶淹留者思深入夢難如何君復別况值歲將殘霜墮鴻聲急月明人影寒離情付流水紆鬱渡桑乾

庭梅

庭樹積殘雪隔窗橫一枝曉寒人未起清寂鳥先知初日照脩竹微煙生曲池幽芳蘭蕙比何處寄

相思

孤山曾放鶴雙屐破煙痕緬昔人何渺歸來日閉門寒籬迴落月瘦影淡吟魂對此冰霜節襟懷誰與論

尋梅

一逕鳥聲啼春寒積翠迷水流疎竹外人立斷橋西村落帶殘雪白雲冷半溪香清忘路遠回首數峰低

映上人歸自海外

殘照落禪關孤僧海上還倦遊思笠澤洗鉢渴龍山衣翠濕三楚帆煙捲百蠻因之生遠興深羨白鷗閒

七夕懷燮公

庭影落秋梧荷風瀉珠露此夕懷佳人相離不知處月落淡微雲悵望銀河曙

秋思

促織鳴長夜空階零露多愁心齊喚起抱影望明河

秋懷

龍山一角掛窗西夜靜梧桐積翠迷華露光搖孤

月碎明河影落半池低心愁况值鴻初至夢斷何堪烏又啼別後相思幾許淚因風吹墮下梁溪

聞蛩

秋聲聽如許枕上復哀吟老母空堂淚孤兒此夜心淒清兼苦雨蕭瑟帶寒碪三載離庭訓愁從夢斷深

詠懷

撫膺忽不懌慨然出荊扉溪上煙迷漫溪頭草芳菲當前還側足零露畏沾衣仰望巢棲鳥蒼茫逐雲飛羽短恐路長日暮將安歸鳳林無靜葉冰鑿

今愁

石門汲雲泉

峭壁矗青蓮梯雲上汲泉引將一掬水烹出萬松煙霞杪浮青影杯痕倒碧天誰留塵外味不向下方傳

毘陵曉歸

鴉散林猶暝晨霞忽在天數峰開霽雪一棹入寒煙荒戍角初斷遥汀漁獨眠篷窓欣曠望波水共蒼然

冬杪王燮公俞吏豐鮑若洲嵇受之過迂松閣小飲

屐響到蒼苔茅堂對雪開如何春釀薄却得故人來日落淡疎影庭深寒在梅論詩當歲宴欣賞共銜杯

雜詩

南山何高高煙縈互吞吐聞有僊人芝蓍苕留太古采采一徑往食之可霞舉路長晷復短雲深不知處日暮空儻歸望望涕如雨

湖上曉起偕一峰作

湖上忽飛雨小樓人夜眠朝來憑檻望波水正蒼

無炎暉英雄遭屯邅守躬忍寒飢去去故山中且復餐蕨薇

高高望雲山山古常青青上有千株松不有千歲苓采之遠相贈與君延脩齡物薄世所棄佇立空冥冥

登樓發遐想天地何浩渺白日無時閒過眼疾飛鳥當勝思惡歸當樂思美少一生誰百年百年苦擾擾聞有僊人居乃在名山窈願言往從之雲路隔縹緲

蓮根自相連風吹忽斷絕形影不相違處暗忽離別別君日易晚念君心鬱煩與君非一體安得同蒂根根斷有時生形影終追隨但恐秋林花零落無光輝

雪後宿惠山寺懷一峰

竹外佛燈殘松響人聲絕開門片月寒照見數峰雪濟上歲云暮懷歸心益切眷彼雲中鴈失羣鳴悲咽抱琴一含情知音緬離別

自題戴笠圖

書卷任優游飢寒非所謀展痕雲翠破人影石泉幽吟嘯孤山月乾坤一笠秋時將竹葉酒洗盡古

然遥艇逗虚鏡亂峰橫積煙相將跨白鶴長嘯萬
松巔

湖樓對雨得西字

波光淡淡雨淒淒一帶青山高復低人倚小窗殘
夢醒櫓聲吹入斷橋西

雨遊南屏山

深林逶邐轉不信有樓臺雲捲松梢去人穿石罅
來一聲清籟響無數碧山開飛翠添衣濕飄然帶
雨回

同一峰遊巨石山

冒險途常慣貪奇景屢遷有時膝代足何意石爲
天一鏡涵初旭羣峰倒碧蓮與君他日隱共此抱
雲眠

渡錢塘江

烏榜上朝旭秋空掃積氛一江吳越劃萬岫海天
分地設東南險人隨鷗鷺羣子胥遺恨在憑弔入
愁雲

尋逕至韜光

華山亘靈秀高峰聳孤矗夾逕澗奔流合沓雙崖
束蟻進緣鈎梯崇岡紛萬竹濃陰變晦明相顧鬚
眉綠穿林上雲表淩虛縱遠目越岫青千螺錢江
明一掬到門午磬幽尋僧憩深谷

北高峰

絕磴梯雲上直疑霄漢通垂天低去握仄逕險摩
空林掛江光白霞翻鳥背紅濤然一聲嘯留響與
松風

懷芝山兼柬脩嘉

柴門背水濵竹逕鳥聲春窓外落花寂雨中芳草
新遥山青到几初桃碧依人白髮驚湖叟吟詩許
比鄰

塞上曲

塞草黃雲萬古愁邊城獨倚望鄉樓寒笳一夜兼
風雨總使歸來也白頭

遊茅篷

疎林蕩惠風寒谷歛幽妙脊兹春日佳紆懷雲山
眺靈蹟闞青蒼樵徑逼窅窱回睇翠迷屢仰探景
難料虬龍怒半空竽籟奏萬竅僧扉陽崖迴茶臼
古苔峭穿堦泉亂奔射壁光倒耀偶希謝公展何
羨蘇門嘯靜甜聞名香禪林澹斜照

迂松閣詩鈔卷二終

迂松閣詩鈔卷三

梁溪李錐來濵纂撰

迂松閣

清籟生幽林小閣日初杲春晴多好風吹綠庭前草華池蕩浮光魚唼穿萍藻披衣聊一吟床頭書顛倒言釆蘭蕙花芬芳挹懷抱持此將遺誰佳人在遠道道遠物亦微守素以終老

送王燮公之京

一尊欲別奈愁余寒食江南細雨餘芳草碧時溪水綠春光如許燕歸初

夢斷燈殘人倚樓一江明月照孤舟潮痕多少相思淚直到門前不肯流

清明弔常州刺史謝蕭瞻

官清常苦貧骨肉未遑顧致身立功名何由遂孺慕父没妻亦亡母死又異處青州望禹州鬼哭杳難聚寧知幾寒食蕭條委霜露車騎毘陵來廿載始營塋那堪復一棺棄捐罕親故淹留古寺中淒淒朝與暮門前嗚咽水不到山陰去有子竟無孫泣斷秦淮渡荒郊墳纍纍紙錢飄上樹誰持酒半瓢滴向桃花路

春申澗尋龍縫泉

空煙何處生忽然雲水瞑舍舟愜幽尋苔痕暗樵徑瀉石出流泉泉喧濤至聽前峰掛片月返照松林靜蕭寺不逢僧遙聞一聲磬

桃花

門對桃花蹊霞光照水低燕歸疎雨外人倚夕陽西春色自茲暮漁舟何處迷風吹隨柳絮零落惜芳泥

哀哉行

哀哉彼蒼瞻望何將父兮母兮兒心之傷父思兒

寒母思兒飢兒無父母飢寒誰思植瓜庭前引蔓纏綿瓜落留子子根達泉聖則孺慕烏則反哺嗟余匪人泣涕零露腹我目我鞠以繼火維慎貽謀遑敢隕墜携弟至膝中懷痛之爾孤尚幼冷暖自知夢短燈殘苦雨夜寒歲復歲兮顧影心酸

誡弟七章

植物動春綠葉繁滋日聿云暮秋霜隕之憂來隨人不其疚而鴈翱鴈翔焉知我悲

嗟無父母爾復幼孤誰知而飢誰翼而趨反哺不得聲咽淚枯維學則植求爲令圖

維耕與耨三歲不稽一歲倍穫卒食乃力克孝克
勤毋替厥德先葉是訓小子是式
爾父吾父勵志慎脩靡朝靡夕克貽厥謀匪爾之
提伊余是愁爾之不才貽考之羞
亏愧矻矻四十無成身弱抱痾晝作宵併夜馳東
炬不如晨征秋林雖隹不如春榮
爾既長矣用勞作哲含業而嬉流於淫慝如岸將
崩如虎將啞及茲盛年望君心切
尺土生草寸燭照人蠶則補衮雞則司晨惟谷有
蘭惟澤有蘋守素抱貞可秉可紉

戶銘

入我出我莫知西東慎厥躬

鏡銘

鑑形持鏡肖形持敬

履銘

山行多險草行多露提足者審步

村南訪友不值

凉上雨初霽波流碧滿溪燈明酒旆外語響竹林
西凉夕風生笠水耕月在犁采芝人未返佇立九
峰低

古刀

一出定乾坤光芒萬古存飄零今對酒慷慨與誰
論寒帶秋霜影腥留戰血痕摩挲明月下何處報
人恩

吳蓑峰客寧遠

飛夢不能到始知蜀道難山窮巴水折天末鮑門
寒之子別經歲遙思久倚闌樓頭一片月此夜得
同看

依人萬里杳況聽鴈南翔落日弔諸葛悲秋拜草
堂猿啼江月白風掃棧雲黃總有思親淚何因返

故鄉

夢謝蓮泉明府因寄

青溪一夜渡夢短路迢迢人影落層嶂煙痕破六
朝相憐經歲別忽與聽江潮明月照顏色猶疑感
寂寥

同是破巢卵潸然君益悲一家常作客半百獨無
兒烏哺淚空灑雲停愁自知梁溪嗚咽水曲折抱
江離

華五遊天台還談石梁瀑布諸勝

客從天台來衣帶山翠碧向我談其奇煙霞生半

宅始造入脩篁幽響闃鐔釋屢轉磴屢迷總罕人鳥跡緣壁或蟻進度險訐傈擲足縮目亦眩危梁架百尺萬壑雨倒飛噴灑破龍脊俯聆走雷競倚眺圭景窄一身出雲外笑指培塿積尋鐘晚歸寺捫簷星可摘羨君得茲遊因擬理輕策崖洞著松深追遞寫元翮

自贈

芙蓉江上釣魚磯卧對前山落翠微謀食平生知最拙種梅繞屋願難違乞來美酒頻留客賭得奇書屢典衣慷慨與鈎拋未得月明酣舞亂花飛

九日

風吹斜照澹荒原碧影蕭蕭木葉翻愁絕鴈聲來汶濟蒼然秋色到江村天涯回首萬峰寂今古登高雙淚痕惟有芙蓉溪上水依依日夕送潺湲

至孟城

夜半忽疑雨蕭然旅夢醒林寒留片月潮響逐殘星愁思生存淚懷人長短亭依依村路暝霜壓一燈青

聞張巨來即別却寄

潮上復潮去歲殘人自歸論詩頻剪燭傾蓋即情依對酒不終夕相思空攬衣夜橋孤艇泊月落滄寒輝

雪

響折庭前竹窺窗迷翠巒童依爐火寂鴉啄雪林殘陋巷絕人跡空齋增慕寒愁懷當歲晏高卧擬袁安

貞女篇

錫山陸氏女年十五字成來鎧適年未鎧死矢志守貞家貧勤紡織事舅姑至孝佐妯娌以謹越二十六年姑亡哀毀成疾死

青青女蘿附生松柯松忽摧殘女蘿則那解一十五字君願成連理未識君顏遽聞君死解二戴天履地矢志效與無夫婦情有夫婦義解三命如春冰心如井水井深水止波瀾不起解四別我父母事君父母玉可抱璞不可蒙垢解五脫我羅綺易我布素草長淚痕一一來路解六登堂招魂拜柩之側泣斷梨花年年寒食解七舅亡姑衰煢煢涕洟兒我女我以寒以飢解八復痛號烏心悲形瘁地下從夫得奉我姑解九齒齒山石皚皚庭雪生不同室死則同穴解十

遊華藏寺

七十二雲峰峰峰擁萬松天青窺水底倒挿亂芙蓉我有扁舟輿逐尋物外雖山僧何處去庭午不聞鐘

眺清風亭

人影落初陽山亭接大荒半城環嶂碧杯海抱天蒼林杪疎鐘斷雲間歸鶴翔憑高增往感今古共淒涼

遊劍門

削壁與天平低盤萬壑陰甃垂逼徑險碁累夾門深忘却巴山遠如聞猿夜吟依人王粲在望望白雲岑

別俞十一艮峰却寄

一堤楊柳碧如何春去江南君渡河回首相思抛未得濤聲添與淚痕多

風雨峩眉正黯然君今復別倍堪憐小樓時立斜陽遠柳絮平飛欲暮煙

花影疎簾風暗吹竹梧露浄夜眠遲君看一片燕山月可似龍峰對酒時

宿惠山

空山萬籟生夜卧喧逾靜啟扉望明河月在西峯

嶺庭深如水流松竹亂人影清泉鳴草際葛衣露中冷幽情愜所遇紛慮向兹屏

紀夢

七夕卧雪村小樓風雨颯然忽夢入深山徑紆磴險中復平坦有羽人十數輩吹洞簫前導殿閣瑰麗玉女環立前聳一閣顏曰朝元憑眺則羣峰迤拱星月在空河漢清淺上跨石橋吟立橋上廻睇崇臺架空飛甍層立松栢青蒼紅樹相間白雲飄渺若隱若見

羽者吹簫至雲中引我遊松喧羣壑籟閣擁萬山秋皎月照空水明河浄不流天風驚斷夢飛雨在高樓

若蘅兒從至京示訓

遠道相隨苦飢寒得共之憐深違別母望切轉多筲力搆書盈篋年增愁在兒頓伊承父志慎此幼齡時

憶廷綬孫

回憶孫廷綬依依戲堦前歡來騎竹馬送至話生年遠膝果頻索臨岐衣屢牽近聞向祖母問我幾時還

若薔兒侍余京邸

旅舍兒無僕，相依十歲兒。嬌痴頗解意，課讀慰離思。聽說人歸去，頻言書寄遲。猶能懷阿母，背我淚如絲。

早發定興縣

雞聲續斷夢，疎影落荒原。戍遠淒孤角，林寒抱一村。嚴霜留馬跡，殘月瘦衫痕。鴉散古城上，人家盡掩門。

自安肅曉至容城

鈴聲兼馬齧，燈火淡無光。起視星初轉，出門天未央。吟殘孤騎月，踏破萬林霜。不許征人寐，何因夢故鄉。

渡易水

蕭蕭臨易水，慷慨弔荊軻。落日愁驅馬，悲風捲渡河。緬懷情若此，回首感如何。對酒雖成醉，含淒不忍歌。

渡江

滾滾獨揚舲，晨煙開水冥。片帆懸日影，和夢渡郵亭。殘歲草猶碧，到江山更青。芳蘺寒可采，何處弔湘靈。

卷三　九

到家

歲盡歸心急，近家夢轉多。漸聽鄉語至，數問路如何。侵曉推篷看，人煙接水波。龍山橫一帶，蒼翠落漁簑。

維舟溪水灣，門對舊青山。杲日照簷際，歡聲盈戶間。兒孫俱逮膝，昆季盡開顏。尚有親知在，拂衣思往還。

掃閣理殘編，梅花到几前。衰憐蕉李敝，貧藉孟光賢。林暝喧棲雀，池寒生夕煙。憑闌時小立，無語亦怡然。

別後夢頻歸，歸來萬事非。家貧逢歲歉，人語半啼飢。脫贈愧無貯，告艱時扣扉。相持難坐視，且復典寒衣。

山徑

下山復上山，一逕生萬籟。煙翠射我衣，影落斜陽外。

宿惠山寺

烹泉人卧遲，夜火叩僧閣。山鳥棲未安，驚飛松子落。

舟發高橋

卷三　十

纔歸又去逐江萍山戀離人遠更青芳草斜陽南北路淡煙飛絮短長亭貧逢歉歲家難別舟入征途天易冥從此堂前雙燕語慣教思婦念飄零

夢與是齋夜坐石泿山房得句谷冷雲依樹鐘殘月到樓

同是天涯客何因返故邱遥隨雙屐影共對萬峰秋谷冷雲依樹鐘殘月到樓西風吹夢斷砧響薊門愁

出門行

雞初鳴天未央出戶入戶中心悲傷人生長貧賤援劍遠遊增慨慷（解一）束裝戒徒御行行何時還兄弟各奔馳父母隔黄泉伶丁漂泊門戶艱難行行何時還（解二）病妻起語我歲歉胡能爲盎中無米桁上無衣繞膝啼寒飢賤妾何敢自言苦但恐遠音稀（解三）羣兒趨下堂諸孫立兩旁嬌小五齡女忩來牽我裳問爺行何方願爺早還鄉俯頭欲荅心悽傷出門氣結不能揚（解四）

登鎮江城樓

門撼大江聲洪波落檻明潮廻徐福島山界寄奴城海碧依天盡烽青到樹平茫茫當薄暮無限別

離情

寄僊蟠弟

吾家屋數椽孝弟累世基吾父與叔父盥洗必同匜吾母與叔母飲食必同炊吾父任青州叔父仍相依余長將娶婦叔父偕我歸吾父幸有孫吾叔苦無兒辛勤髮半白爾生亦已遲爾生歲兩週叔殁痛莫追叔母抱爾泣怛焉傕心脾吾父返東原趨門爾暗窺叔母呼爾拜欲言涕漣洏吾母顧而哀急前相抱持諸兄復諸姪羣來携爾嬉遂開篋中綺裁爾身上衣還推口中食療爾腹中飢教爾數與日吾父病難支榻前執爾手對我情語悲此子未十齡寒煖不自知卵翼全賴汝慎勿膜視之明年叔母亡隻影日我隨睠兹遺命重況今久別離吾不爾成立吾何爲人爲願爾讀父書願爾勿渴恃念爾父母澤報我父母慈

懷吳一峰

雪壓袁安宅遥知僵卧中几堆殘帖亂竈冷一堂空入比寒梅瘦詩從入蜀雄承歡艱菽水門內自春風

誡弟會巖

堂構易摧折支撐賴棟欀中庭書帶草叢生風雨
滋哀哉三弟昆東西各分離一兄尚家食一兄走
京師居者力難持行者歸無期委汝依毘陵一念
一酸悲阿嫂寄書來結婚秋暮時家貧値年荒媿
難循舊儀舅氏與姊氏委曲佐成之力艱路又長
空復苦相思汝勿苦相思汝勿舍業嬉汝視汝所
衣阿母手中絲汝視汝所食阿父勤敷菑仰望蒼
蒼天告我父母知誰復汝提命誰復汝寒飢汝誠
克負荷深睠父母慈汝弗克負荷嗟余咎敢辭

寄內

春日照窓虛聲聲啼鳥餘堪憐經久別纔得去年
書夢繞鄣候梁情依揚子居庭梅多手植花信近
何如

立春後五日招艮峰秋畦飲

春與客俱至山光靑滿門呼兒聊剪韭雜坐且開
尊鐘磬有時歇松風空際喧歡來遲送別月已掛
西軒

春閨怨

春風吹羅緯君心知不知樓頭片月上照見妾相
思

懷楊芝山

紅日照窓紗青山開曉霞寒煙浮樹濕樓影落溪
斜此別人經歲相思天一涯君聽江鴈北正我夢
還家

阿翠

七歲離家鄉三十幽州住也說江南樂不識江南
路

簡俞艮峰

遙山拱翠微高閣亂花飛鳥語全留樹朝曦薄上
衣甕香泉酒熟江鰀鱘魚肥話到春如許行人歸
未歸

楊柳枝詞

風吹千萬絲頭緒亂心曲不見遠行人搖曳河梁
綠
折柳作馬撾贈君千里思下馬莫輕棄上馬仍相
持

流螢詞

美人夕倚欄流螢墮池曲照見並頭蓮鴛鴦花底
宿

汲井曲

古井大道旁玉欄繡苔蘚上有雙梧桐浮光翠可卷貧女曉出汲新粧何婉孌門外煙乍收草上露猶泫泫露恐沾衣側足愼孤踐纖纖手挈缾轆轤銀床轉綆長水得易綆短力難展綆視妾短長違問井深淺

折楊柳

風吹古渡頭微黄帶水流今朝煙籠處昨夜纜離舟

新條初抽芽折得送君去飛絮滿天涯郎行在何處

卷三　十五

舟阻京口

芙蓉朶朶插江邊醉上江樓擁碧煙如許山光拋未忍三朝三暮縮行船

揚子晚渡

潮急逐長年波光夕杳然芙蓉增別思柳絮戀春煙帆遠浮天闊江空得月先數聲樓外笛人在廣陵船

夜泊滄州

波痕青合天帆廻落城邊魚賤喧成市龍腥暗到船繁燈明遠岸萬井抱虛煙入夜誰橫笛愁心人未眠

武城縣

雞唱亂西東孤城枯柳中河聲兼汶泗山翠合龜蒙舟影穿煙碧霞光到水紅弦歌思雅化敦朴有遺風

入淮

急浪捲天風長淮劃地雄禹功今豈遠蟻穴古難封傾屋連村戍荒禾泣鴈鴻敖倉誰請粟無計叩蒼穹

望金山寺

卷三　十六

江心孤嶼湧塔迥上魚腥僧臥歸雲碧林藏古殿青濤聲寒夕梵佛火亂晨星揚子年年渡風帆未易停

登茅蓬山閣

曲磴盤空上戒臺連峰環抱睇崔嵬虛巘落磬聲流遠寒樹埋煙午未開一鴈橫隨雲影渡千帆低擁水光來北邙纍纍長松臥消盡賢愚今古哀

綺勝街晚歸

雞聲不隔煙斜光薄龍嶺隨徑踏寒林月漾空潭影

寒夜

天寒日暮渺愁予杳杳鴻聲渡碧虛舊業未拋三徑竹空齋仍擁半床書鑪香遶几吟成晚梅影穿窗月上初想像蘭舟江岸泊一簑霜壓冷歸魚

對竹

倦客歸來一倚闌茶煙淡淡拂琅玕天憐搖落留餘翠梅共蕭疎增暮寒酒味漸消霜暗墮琴聲纔歇月初殘回思遠別燕山卧相對猶疑夢裏看

與一峰若洲話

半生愁緒感飄零相對寒窓竹一庭京洛頻歸衣

尚素湖山屢別鬢難青陶公乞米原無帖揚子談元自有亭誰道白鷗閑浩蕩舉飛還戀舊煙汀

雪村過楊芝山適浦官廣至同宿小樓

相思遥溯綠溪灣適有同心到竹關舟泊鳥驚殘葉樹話深樓對夕陽山親朋歲莫銜杯罕風雨天涯聚首艱慎重雪村歡會意幾回紉認舊離顏

歲寒松栢肯凋零共卧樓頭叙轉萍三徑霜留人跡白一鈎月掛竹痕青遥鐘響斷燈初暗鄰笛吹殘酒欲醒却怪年來離思積連床還夢短長亭

田家東西行

農家冬日曝簷隈門前稻積纔成堆朝春暮春飯粗飽林間鳥雀時下來昨聞磨穀喧鄰東䝉揚僵立寒風中收貯無多稱貸叢索逋人集甕盎空西舍償租租不足大戶牽牛牛觳觫牧兒吞聲對短籬籬邊帷䐶匆一束終歲辛勤粒米無欲語不語愁妻孥屋梁高高懸耒鋤

前澗訪浦芋香

春正四日偕楊成山五兒密泛野航溯梅溪溪水淺而曲夾岸樹影交錯幽鳥時鳴青天窺在水底人落雲上至則舍舟行數十武見

屋東一小山低卧名石蹟逶迤而下爲嵩山山麓有古寺其南蒼翠環拱者曰鴻山鬱然深秀先生居三山之間鑰扉已出問鄰叟言曳杖訪僧欲往尋之阡陌從横不知路之近遠步立溪橋一籬綠竹風肅瑟有聲而斜陽下山悵然歸雪村宿云

寒巖欽餘靄春風蕩疎木興焉懷佳人結侶弄朝旭蘭棹進常徐川途紆更曲横壓林影亂倒窺天容東幽鳥遺好音晴野肆遐矚隱隱通遠村茅茨隔脩竹逕荒人跡稀扉扃山光綠徘徊問鄰叟尋

僧入嵩麓欲往從之遊白雲鎖深谷

門徑向山橋橋下從橫路林外數歸人一一遁村去久竚攬裳衣泠然悵日暮依依理回棹遲遲循前渡微聞遠寺鐘響出深松處稍轉逗斜光漁火煙中住晨往夕仍來聊復話情愫不知如鉤月先掛溪頭樹

艮峰若洲枉送留別

展聲到竹扉臨別話依依煙濕曉停樹花香寒戀衣何堪携酒過不待故人歸應憶長江水孤帆背鴈飛

泊當塗

遥瞻樹如浮城高枕水流江山經百戰煙雨泊孤舟隔岸吹寒笛平沙聚宿鷗不堪憐往迹濤響暮添愁

釆石磯

巨靈施崑刀玉筍肆剖劃破裂插波面巉嶮亘鐵積漱激忽外崩怪藤絡其隙仰窺絶鳥飛俯瞰蛟螭廻磴轉穿紺宇一綫緣樵迹層層裹萬松濃翠濕裙屐大江岷峩來天杪掛虛白朝暾時蕩漾水光倒相射羣峰互卑尊環抱鬱蒼碧境投興頓超感至情莫隔睎彼忠武王揮戈此劍關從龍得首功神勇緬猶昔如何喪荒蔓懷古增慨惜吾家謫僊人急流濯浩魄迄今詩酒樓高高立釆石

橫江曲

昨夜望郎舟別淚滴江頭江潮憐儂意日夕抱儂樓

冒雨江行值大風抵蕪湖

朝捲江雲去暮抱江雲宿離人老江頭江潮斷復續當塗誰設險大江環外腹姑孰匯諸水濤聲謟城足翠螺鎖隘口萬水此一束怒走歸洪荒洄瀾

吞巖麓是時雨濛濛混沌迷遠矚馮夷趨擊鼓黿鼉嬉激觸扁舟小於葉逆流與桷角倒噴霜花散忽擲波心綫雙峯峙西東千尋石壁矗剗剝露危根懸柯盤跳踞浪急砰湃下勢恐破坤軸晦瞑低午天靈怪眩虛目中情默自持談笑慰余僕篙師指遥洲俄頃見林屋險出耳猶聾驚定氣還縮明發趁長風直溯皖江曲

自銅陵浮江望夾岸諸山

連峰青不斷積靄變曉晴環拱列屏障崇卑亂送迎長江滾巨浪浩漫恣横行帝恐裂厚坤層疊使

支撐東之直流注披猖勢漸平風帆疾矢飛皸沸半畝傾其側走雷霆厥響振鏗訇一函曜懸練萬珠散光晶令我神恍惚目往心頻驚險歷景多佳慮過悔始生得失亦苦速回首無巳情

闞江磯

龍戲躍江濆或伏或昂首百千盤蜿蜒小大爭先後中一忽橫行闞江截江口水怒力與戰半渡不敢走鬱抑化爲磯風雨時聞吼石角外隱現觸船十仆九我出如平夷眷賴皇天厚

旅夢

環閣植梅花花香透碧紗獨聽江上雨幾夜夢還家雲淡人聲寂池寒月影斜吹殘何處笛身落在天涯

迂松閣詩鈔卷三終

迂松閣詩鈔卷四

梁溪李繼來濱篁撰

九日集富覽亭小飲

登高雄睨大江開濁浪排空響徹臺百雉倒環松徑外萬峰橫擁夕陽來忽憐心跡隨飛鴈何意天涯共舉杯話到故園泉酒熟黃花時節幾人回

登太白樓

先生昔醉酒瀟灑此磯頭山月長年在江雲萬里流我來尋舊迹一嘯倚空樓髣髴吟詩至松深不可求

雨寄尋西竹菴

春光多在野濕翠滴芙蓉獨去尋深寺行經雲外峰門喧江上水庭寂午餘鐘不借支公榻重來路恐封

登大觀亭

睇窮吳楚外人影落鷗羣轉檻千帆雨飛簷萬樹雲山雄天柱合水闊蜀江分晚磬來蕭寺蒼茫下夕曛

萬壽寺留別史羆涵

鐵笛吹殘雨愁心不忍聞連床孤寺磬共對一江

雲山向渡頭碧人從杯底分樅陽門外水紆鬱戀
離羣

永濟寺

鐘響落帆外尋聲到上方江潮吞佛足雲石覆禪
堂遠鷺明沙渚空林鎖夕陽虗憐如許景又對舊
山光

中秋對月

對酒不能飲古人亦笑之况來秋水外共此月明
時爲問庭中桂花香應滿枝迢迢江上客何處最
相思

送華隅庵之青陽

蓮花九絫落吟鞍路入雲霞帶酒看松翠環時疎
雨歇蟬聲斷處夕陽殘交從旅邸情尤切别向天
涯會漸難幾許相思如柳葉風吹一夜滿江干

途中長至

三暮復三朝愁添上下潮江寒聽夜雨風急滯歸
橈客路逢長至村沽傍小橋燈殘家祭後兒女話
迢遥

宜興道中

返棹惜分離頻頻暗數期祇緣歸意切轉覺去帆
遲家近日偏短歲殘人苦思好留纖月在相照倚
樓時

自舜山步至惠山

一逕循山陰後嶺睇前嶺翠煙寒戀衣穿松踏松
影

步自蕪園至梅村

冬殘日易陰天低迷萬木入語聚短籬飯香午初
熟傍溪渡溪橋野曠恣遠目荒榛亂西東遥山忽
起伏林寒煙不隔隱露前村屋點點數啼鴉寂寂
見眠犢一聲清磬幽古祠在深竹

山樵

隔澗問山樵山樵踏雲去一徑破苔痕尋入松深
處

對酒感別

離緒對寒堂燈殘絮語長斬歸憐幾日將去轉迴
腸歲盡家難别罇空酒愈香一聲哀塞鴈庭樹暗
飛霜

雨泊草鞋夾

煙青江上山雨綠江頭樹離思滿春江江燕自來
去憶昔相送時天涯正飛絮慷慨懷六朝對酒不

知暮一别年復年鬢鬢俱非故佳人渺難期佇立從横路後夜聽殘潮停舟更何處

燕子磯

幾許春風綰客愁危磯屹立莫江流楊花落盡迷歸路鐵笛吹殘到遠舟吳楚雲煙沉極浦古今興廢卧閒鷗誰憐燕子飛來後復見降幡出石頭

絶壁亭空入睇遥一回經過幾魂消春歸芳草憐孤寺人對寒鐘話六朝山色蒼蒼餘落照江聲滚滚下殘潮風流却憶秦淮渡剩有多情柳萬條

天門

巨靈開天門雙峰削成對壁立悉倒垂危崖紛破碎雲煙迷昏旦日月錯明晦石罅盤古柯根露作虬態江流怒一束雷霆走其内長蛟噴浪腥皷蕩舟恐礙片帆渡須臾回睇但空靄

秋浦曲

儂情如江潮潮去留痕迹儂顔如春花花落改顔色

清暉照床幃深夜就儂宿月尚依儂懷郎去一何促

送春

江燕江花抱去舟經年離緒逐江頭多情却怨絲絲柳不鎖春光鎖客愁

重九前四日訪友雪村適芝山返棹吳門余亦歸自皖城南樓對雨小飲

遠夢益添愁相思不可求誰知連夜雨得飲故人樓話惜蒼江别杯銜黄菊秋爲看門外水紆鬱抱君流

九月十四夜偕斧仙步月至静慧寺

秋高天宇碧庭際露光濃恰得故人至去尋雲外蹤穿林閒踏月到寺忽聞鐘殿古一燈寂煙微三逕封

十五夜河上步月同浦芋香楊成山

路傍斜橋轉煙疑河上生霜天寒片月水影蕩空明不見歸人迹微聞落葉聲與佳無遠近相與話深更

溪水曲

君家鸞湖濱妾住梁溪曲溪水宛轉流傍君門前綠生小兩不知浮萍吹參差春來春復去歲歲積相思庭中花正吐樓頭燕初語就郎曾幾時别郎奈何許明月照空房暗淚滴中腸當窗理針線繡

出雙鴛鴦寄君腰帶間夜夜抱君眠君看絲縷縷妾心共纏綿西風日暮寒願君勿棄捐

芙蓉江晚泛

芙蓉江是舊漁磯暫返天涯卧翠微對酒荒原秋欲去懷人古渡雁初飛青山缺處斜陽下黃葉聲中柔櫓歸如此鄉關憐復別西風日暮捲寒衣

展墓誌感

霜隕草枯歲月遷遷新穀始登于豆于籩遊子遠歸得瞻墓田山環水抱龍蟠雲眠植彼松柏風吹肅然枝葉青青其根逹泉有烏反哺來巢樹巔嗟

余身世覩茲愧焉驅馳南北飛夢難還迢遥家祭飄散紙錢誠通形隔感時游漣而日斯邁兒心斯煎獨爲鮮民哀哀蒼天遺不肖軀守殘餚編顏衰志勵矻矻窮年告我子孫愼躬罔愆無忝所生孝澤綿延式訓厥脩矢父母前

怨詩行

儂心如明月郎心如冰盤明月光遠照冰盤徹底寒

古意

歡情秋月明儂情秋水深水深澄月影蕩漾在儂心

江水曲

辭衣在江頭淚打妾心碎巴江萬里來恐帶離人淚

別陳他山

異鄉殘歲欲何依旅況誰堪屢典衣隱吏葛洪時共語辭家王粲復思歸風流詩酒三生癖憔悴湖山萬事非笑我無成空淚迹片帆遥背斷鴻飛

意氣縱橫傾向君征帆纔落又離羣古城人去隨寒磬衰柳鴉歸點夕曛卧閣唯看天柱雪游囊祇

帶皖江雲一灘蘆荻三更月別路風濤不忍聞

漫興

山排劍戟路傾欹萬木猿愁鳥度遲帳月空懸蘇鐵馬陣雲高結捲雕旗家人總有刀環夢壯士曾無革裹屍聞道朝庭寬大詔移營忽爲察劍夷

堆殘白骨血糢糊礮火轟天戰力孤抱節眞卿明大義捐身許遠徼頑夫此生未遂平蠻志一死還將正氣扶青史煌煌誰秉筆英靈得慰劍門無

神兵萬馬飲江寒烽火誰言蜀道難增德孟明還舊職輸軍卜式許除官由來誅叛天心亟仍見歸

降國法寬旬格苗民皆赤子鯨鯢不取作京觀

短歌長

鼠穴屋食倉粟賈豎服裁羅縠田家冬日喧墻角或舂或揚雞鳴飯香歡顏就朝陽子婦雜兩旁妻言無衣兒無袴明當持米入市易布朔風一夜吹窓寒雪打荒村斷村路遠樹雲霾鴉不飛前溪舟凍人稀渡天晴出門苦與誰言泥淖腹枵望見城垣米一石布三疋餘錢買綿謀紡織負之擔之返阡陌忽逢索逋人奪取無一存欲歸未歸經水濱催租在里中搜尋甕盎空東鄰穿戶走西鄰哭未終阿翁來家徒四壁妻兒僵卧無人色辛勤終歲仍寒飢坐對來耜吞聲泣短歌長天蒼蒼

湖天霜

采薪莫掘根采桑莫披枝根掘芽不長枝披葉必萎湖天盛村落茅屋望參差男女習來往言笑時喧嬉里有二嫠婦煢煢顏就衰一家撫兩男無婦戶强持一家幸娶婦客好嬌還癡力田田不收織布成布遲生女未五齡赤脚號寒飢上有白頭母下無黄口兒歲晏諸務迫抑鬱計難爲債舂依大戶大戶屢輕欺忽忿與爭角重傷命不支大戶使

賀歸昏夜人罕知絡彼墻邊石投彼門外池其妻曉出汲水底得夫屍痛哭訴長官形迹頗致疑脅婦誣婦姦禍殃愚民罹羈水汨其泥孰辨清與緇摑鼓坐堂皇肆意拷扑之聲慘肺肝裂血迸膚肉糜殺人不抵死無辜成獄詞片紙上報章欲反咎父辭一人受功名羅織遂厥私母來抱子泣姑來扶婦哀不識是死别語語怨生離埋寃呼蒼天天高聽恒卑一朝三十指白骨堆荒陲死者屈莫申生者將依誰風雨厲鬼哭啾啾闇暗悲湖水自終古流恨無窮期奈何父母民而忘父母慈

望九華山

玲瓏晴壑雪光浮殿闕高疑接斗牛紅日三更開石鏬青煙九點湧江頭雀巍氣欲凌鸞霍秀削名尤重李劉想像松林飛磴外天台一綫掛空愁

江夜懷朱梁江吳位三

斜日忽離天江澄光杳然波聲驅碎月帆影劃殘煙對此懷良友相思夜未眠何時復剪韭共醉一燈前

自灣沚入宣城

百折入蒼松一身落萬峰臨高懷謝眺手弄碧芙

蓉徑夾寒流細衣沾晴翠濃雜聲村郭遠不覺躡
雲蹤

竹

春風初到歲殘時晻映床頭青一枝人在敬亭峰
下住夢回山館雨絲絲

夜發宣城至水陽

夜棹宣州返人聲亂急灘春從客路至歲到故園
殘燈火隔煙淡星光浸水寒樓頭望歸信倚徧小
欄干

夜經和橋

村市逼殘臘人喧遲夜眠數聲搖短棹一路破輕
煙夢斷憎途遠春回到客先來宵共剪燭相對話
怡然

善哉行

身清體枯寒飢莫辭生爲邪彦死爲世思解一哀顔
苦侵出門入門摩抄腰劍難報國恩解二蒲蠶食桑
絲成腹裏吐絲衣誰絲盡身死解三幽蘭空谷芬芳
不移良驥伏櫪千里誰知解四悲歌慷慨對我友朋
烏啼月落旭日方升解五

鶗子篇

鶗逐燕雀橫摩蒼天猛虎噬人不避豪賢解一吾有
妻子民亦人子吾殺人子肥我妻子解二扶蘭去棘
扶苗去螣治河去塞治民去賊解三虛心實腹抱道
守眞陰陽迭運天下平均解四

與家人病中別

杯酒客辭家春庭正落花何堪憔悴盡况復別離
賒慎重藥親裹殷勤飯勸加平安書早寄相慰在
天涯

至宛溪望敬亭諸山

重尋謝公跡春到宛溪濃夾樹聞啼鳥横舟接遠
鍾碧流雙帶水青抱萬層峰回睇增遐思何時策
短笻

子夜春歌

春深情共深抱芳卧花底郎如花上蜂剌入儂心
裏

南樓曉望簡玉亭

樓高城曲抱一身落雲窟幽人耽幽境萬籟清心
骨水靜塔影沉返照留石髮前山暮色來濃翠積
林樾池上僧獨歸煙外鐘初歇室邇良會稀含情
悵恍惚

登雲齊閣

峻閣冠危崖天光掛裂石穿雲上雲梯人影忽空擲泉從松杪飛翠向簷間積低昂俯羣岫如帶環阡陌孤城排井底晴暉蕩遥碧彷彿見精靈鸞鶴緬猶昔東望望麻姑聞有羣僊宅醉歌一往還不知日將夕

廣教寺

天半布雲還馬頭擁翠鬟虛聲生絶壑返照亂空山徑轉萬松外門開雙塔間興懷黃蘗逊寂寂叩禪關

夜話懷浦芋香楊芝山令貽吳一峰

萬木陰森合池光門逕分話深移砌月衣濕掃歸雲清夜喧泉籟空山亂見聞緬懷嵇阮趣不覺感離羣

過敬亭山

身與羣峰接晴光開敬亭松添衫翠碧草擁馬蹄青泉響有時遠鳥音多異聽頻來終不厭一枕卧雲屏

閣曙

牖外光初曙林間鳥亂啼草香殘露滴泉響衆山低敞覗煙三徑遥耕雲一犁如何宛水曲流不到西溪

夜雨

疎雨卧山齋愁心碎亂蛙守殘悲老大惜别感天涯雁矢傾葵志誰明抱璞懷一燈遙夜寂庭竹暗煙埋

池上

門對一池蓮浮光捲碧天風回香益遠人起鳥尤先紅日吐峰隙白雲飛樹巔村童隔岸釣相顧亦怡然

東壩與吳一峰夜別

飄零湖畔客得共采江蘺幾夕兼風雨孤燈復别離綠波山外艇紅蓼夢中詩此去頻回首蒼然增遠思

渡高淳南湖懷一峰

雙槳渡南湖山晴翠欲無臨波成獨往流影與雲俱綿渺懷良友分離惜遠途回看葭菼外點點浴鷗鳧

南樓

接雲溪水綠迴環萬木陰森獨鳥還倚徧南樓人

山居

裔樹東全天環山如井眠蟲聲紛碧草人語隔深煙織月來墻角涼風在澗前新秋多逸興長對一池蓮

送吳一峰歸里

萬樹鳴蟬急暮時秋風吹動故鄉思那堪卧病人還別況復愁心鬢共絲斷浦斜陽帆去遠亂山涼雨夢歸遲倚門日夕懷君切無米相看情亦怡

別後懷一峰

宛水共吟詩相對還相思歸與驚秋至孤舟忽別離離人不見見天冥寺鐘聲落空山靜湘簾半捲月如鈎西風吹墮雙梧影

重九後登南樓

西風吹上最高臺獨立蒼茫難舉杯木落何堪愁裏聽鴻聲復向雨中哀溪光九曲環城去山翠千重抱檻來骨肉天涯多別緒黃花空對短籬開

松月菴

靜結茅菴松竹邊青山勑作種棉田僧閒汲水出門去月在空潭雲在天

雨宿寒亭

不見殘鐘帶雨響空山

曉涼

幽人夢初醒門外荷芰開啼鳥出深樹涼風上古臺蒼然空翠合一片白雲來采采憂遲暮無言傍水隈

北樓

青蓮山客兒水癖懷此謝公樓我復聞吟至斯人不可求蒼然凌樹杪身與翠煙浮一片敬亭月清輝萬古留

曉

晨光不到地霞抹竹梢低池暗星初没林深鳥已啼空山隨籟寂高閣帶雲棲花落無人掃涼風吹滿谿

與一峰玉亭話管社舊遊

鬰破青山擁翠吟十年蘭棹屢招尋洞穿湖底客天仄閣構雲巔裂石深晴鳥啼春喧竹徑夜簫吹月響梅林憐今共作飄離客尚友堂中誰抱琴

蒼松翠竹鬱連天山外湖光山半泉蘭谷香消秋夜雨菱歌聲散夕陽船頻添別思顔非舊到處依人情獨憐歸去何如樵采隱長携樽酒共雲眠

一路吟紅葉山重隱現青茅茨依古木風雨宿寒亭人語籠煙遠溪聲隔竹聽旅愁遲獨卧衾冷酒偏醒

赴南陵

山好不知名青蒼遠忽迎茅齋聞曉讀竹逕眩初晴雲䕶朗陵井草荒春縠城與來樓外望樹接萬家平

赴山中曉行

月落淡無光出門疎影亂嚐風吹在空鴉聲寒未散迢遞睇層林紅日吐初半煙積白如練峰腰橫忽斷飢鴻來天際噭噭向江岸泥滑行難前微聞泣草畔子婦相牽攀衣短不閉肝深山望屋稀楞腹何由豐歲荒知命賤中懷獨淒惋

送友

終古魂消奈別何秋風綠到宛溪波千山殘葉鬧砧斷九月微霜見雁多楚客悲來迷遠望謝亭荒後長寒蘿憐君獨向空江去知有相思倚棹歌

尋響山

秋林山愈奇錯錦繪難肖興佳隨意深崇岡暢遐眺草荒行易迷逕仄見人少紆徐渡溪澗晴光倒

相耀忽穿萬松間心清聆衆妙風濤天際吼蒼鷹雲外嘯泠然晚鐘來餘聲應虛竅閒尋石上臺空懷潭上釣望望古今愁前峰落返照

立冬旅感

他鄉秋又盡蓬鬢與年非獨卧空山裏時驚殘葉飛愁難隨月落夢易逐雲歸每念天中雁哀哀正苦飢

晨經板橋入新田山

啟扉看曙光戒徒理雙屐徐徐聞鴉散草徑微霜積宛溪明城隅橫掛一片白迢遙渡板橋人語煙不隔寒林落葉中初陽候其隙羣峰互離合空蒼走千百縱觀開襟懷泉聲遠來客稍進巖更險突兀向虛擲藤蘿蔽上頭疑有神僊宅行吟謝公詩尋茲謝公迹山青留亘古風流今非昔翹首叩雲關常年飲靈液

洞山

到眼忽驚駭石角半斜對峰盤壁削險路轉崿傾晦獸立墮仍倚碁累奏還碎一泉破脊下萬竅穿腹內水東無靜流奔注此交滙賈勇松竹間迴出飛鳥背鐘鼓寂荒菴僧歸入煙靄

華陽山

列嶂盤拏龍樛枝絡腰膂風雲晝晦昧鬱怒張鱗鬣神奇二儀剏蒼翠萬古登一峰睇未往一峰復遥接情移景難留目注神先悒我行無全天環巒如城堞趨澗爭亂水鼉鼓空中挾石角拖其流倒噴飛益捷淵深何敢窺蘚滑踐猶怯山人不出山結構嵌巢業煙火連數村耕鑿安舊業墾闢盡夷險陰陽順調燮誰知帝力歌生息今累葉

留施氏山齋小飲

故人招我遊華陽眉端歷亂生空蒼磴回不覺身漸高翠霞重重裏布袍上山下山向山去斜光離離在寒樹千巖萬壑相對青泉聲忽斷溪邊路門傍橋東堂牖開床頭有酒共銜杯闌干醉倚星斗動頻呼太白何時回白雲爲屋松爲天明月低隨峯際眠夜猿啼徧雙崖前

尋湧泉

入山須歷險探水須窮源縱横迷前路煙翠隔遥村峰廻悉對峙澗轉忽斜欹冢寄盤幽磴紺碧耀朝暾草荒逢人稀磴隱聞泉喧一掬出石坎千里歸海門漱激濯雲竇摇漾洗天痕變遷異俯仰光怪駭心魂茲遊有餘善咄咄復何言

湧泉菴

孤菴背流泉山翠重重裏尋僧草徑荒門帶白雲鎖

遊白雲洞

晨雞叫曙晴日紅泉聲一夜驅殘夢溪頭插徧芙蓉青到眼光怪環相送宿雲吹斷寒不飛半掛虬柯半嵌空疑眸稀辨樵逕徵側耳徐聽鳥時呼羣峰岏削未易梯中有一峰驚脱鞚磴轉前山復後山翻身出洞還入洞垂垂白石悉倒懸窺天如掌落深甕振衣長嘯來未回下界人疑鳴鸞鳳

金獅洞

華陽雙峰奇腹空競綽約茲巖益幽險壁立鷩剖削石骨悉露根外壑土不著罅隙補杉松破裂怪籐絡誰窮神獸藏古洞閉陰磴真宰精靈洩鬼斧廢穿鑿此中絶兩丸清寒逼虛落其下瀉飛澗其上啼猿玃怡然悦我心臨流思駕閣平分謝朓山願言久棲託

盤嶺

層巒忽屏蔽塞斷東南天鳥度不敢飛日月摩其

肩崖谷紛破碎石棧鬱鈎連左往復右轉仰登頻俯旋都無十步直而總空際穿白雲一縷生吹向腰下纏森森古竹木寒翠有餘妍

分水嶺

一路泉聲迎一路泉聲送水石相鬬爭山折地震闃槎牙客巃嵸奇峰矗葢泉蜿蜒悉昂首羅立偕伯仲陟嶺疑升梯下谷訝入甕側身緣壁進天窺一線空鬱蒼見松杉巨可任梁棟托根深山深匠石猶未用惟聞崖産茶采采時還貢出險復臨險目眩磴虛動

卷四

飛瀑巖

雙壁夾摩天竹木鬱深秀蒼翠間紅葉娟娟如懸繡蔽虧隱磴顯晦錯虛竇景往情彌戀足縮目已就破脊掛玉龍雷霆驅左右百丈飛直下勢挾青山走回風忽吹激雨洒丹壁吼地裂怒未平斜穿雲根闘浮光曜空明樹與石俱瘦

鐵積崖

精鐵何年積高青萬劍攢險愁客趾仄峭駭度猿難崕東天疑盡谷深夏苦寒探奇方猛進欲去幾回看

高峰

攀躋易忘疲向背屢廻矚泉聲百丈喧苔痕萬古綠石多劍戟攢柯悉龍蛇曲藏納杳虛無靈怪愜幽獨一峰怒飛出白雲攣其足一峰倦飛入白雲攫其腹層層盤丹嶂歷歷探陰谷艱危豈移情應接頗眩目前險喘未蘇後險驚復續磴斷樹架橋僧棲石爲屋煙霞升履底日月旋崖角中巖俯諸巒冋心立孤矗拔起勢雖雄對之體徐伏羽徒有時墮猿愁不敢宿呼吸高漸逼星辰低就握逍遥悲塵坱形神苦拘束豁然天門開長嘯蹲僊鹿

卷四

宿高峰寺與瞿上八話

禪堂半欹石閣構峻崖危寒夜客初至前峰月上時泉流宵牖静餘響出山遲閒共老僧話雲深兩不知

迂松閣詩鈔卷四終

迂松閣詩鈔卷五　　梁溪李繼來濱篁撰

下高峰

井底翻身落層巒鬱不開昨眠青嶂頂曾俯白雲隈祗恐坤維弱難扶日馭回泉聲憐客去相送出山來

珠泉

源出馬坑山陰滙華陽諸水以灌畄而山田遂成沃壤其利頗廣居人名曰珠泉而郡志未詳

纔經牛首山還度馬吭嶺踏葉轉修途連雲下松頂一潭涵澄清溢出聲勢猛明㳚碎破光震蕩崩山影始信萬動喧淵然生虛靜居人引灌漑良田利千頃息厚流乃溥功廣名須屏水草泉中緑寒性不知冷三復川上情凛凛發深省

夜投桉橋宿

一路出嶙峋清光射滿身度橋煙籠樹終夜月隨人水遠思分圍山環願卜鄰茅堂聊止宿心迹向誰論

悼亡

門衰稀舊業飢軀走四方荆布貧家婦辛苦悉共嘗甘心御我窮井臼親理將曾典嫁時衣佐薹雙姑嫜往余遊京師持戶頼汝強余返愧蘇季汝賢企孟光勸我淡求名勵我事縹緗年復溯皖水安研散亭傍頻回視汝病骨瘦支繩床療汝以參朮願汝徐就康臨別屢叮嚀去去神黯傷此身既依人行止何能常朔風吹我幃明月照我堂我聞窓外鴈忽欲隨風翔束裝急言旋夜夜夢還鄉離思如許情歸來向汝詳發舟帆正掛書到雙眸張悲極翻無聲痛定淚沾裳一棺寄遠村百念結中腸滔滔感逝波流恨與溪長

生離成死別日月何促逼到家撫虛位酸苦填胸臆趨來小兒女哀哀伏我側况我奔走身顧此頼卵翼徘徊睇孤影戚戚復默默歷久念平昔對案不能食枕席悲殘芳空房晝昏黑撿爾所裁布燈火勤自織啟爾所對鏡花鈿亂無色髣髴親笑言回頭忽如即褰幃魂莫招捫心一淒惻思深入夢難含情氣先塞枯坐悽語誰出門昧南北

我作天涯客窮愁累汝疲疲且至於死死又當遠離拋棄膝下稚胡獨命如斯憶昨秋始凉力疾坐

堂帷念我江路寒裝棉添新絲纏綿密鍼線深慮背衣單殘燈耿夜眠絮絮話相思終宵頻起視背我淚暗垂驚醒急慰問後會恐難知臨晨促登舟屢前詰歸期猶謂須臾別憐汝情太癡豈意一轉瞬竟成永訣辭瞻彼蒼蒼天念我父母慈余生痛鮮民返哺已無時終歲我遊役家祭賴汝爲汝死復何言此事將係誰吾年亦就衰反覆空自悲殷勤廿餘載奈何中道乖有懷向何陳苦衷人未窺痛汝先我死我心汝知之

月夜

卷五　三

十載天涯別緒長一回見月一思鄉今宵獨向春庭立不照離顏照斷腸

憶昔清暉花滿床樓頭相對冷添香生憎一樣懸如鏡空照鴛鴦瓦上霜

壩東西吟

高高望壩東孤客泣途窮殘陽下寒樹泥滑吹悲風水深苦百折水淺愁殺儂

忽忽去壩西星光落水低鄰舟相懊惱遊子暗悲淒莫滴思鄉淚流不到梁溪

清明

草荒庭院鎖蘼蕪聽到鳩呼聲亦哀昔別已憐身瘦盡今春又見燕飛來梨花泣斷新寒食塵緘封殘舊鏡臺昨夜癡兒啼向我夢隨繡閣貯香回

春暮送人之皖兼懷朱二梁江

相思隔歲到音稀愁裏山光鎖翠微曲院殘花鶯百囀疎簾細雨燕雙飛楚江潮去添新淚天柱雲來戀舊衣惆悵謝亭春欲暮如何復送故人歸

翠雲菴

古寺開巖腹僧閒雲共幽泉聲廻絕磴山影夾危樓遠翠千層合孤城一點浮青蓮懷謝後復得幾人遊

卷五　四

南樓送春懷芝山薩嘉

江南春去客心驚宛水相思一夕生極目羣山懷舊侶感時雙鬢添離情草香遠砌雲無迹松影穿窗月有聲遙憶綠楊沽酒晚何人倚檻闔閭城

登安慶城樓

蒼茫斜照上城樓吳楚雲煙一望收山勢雄盤開界域江聲橫斷鎖咽喉盧循戰壘荒蕪沒漢武封壇遠樹浮清水塘邊懷義忿魂歸應捲怒濤流

遇朱二梁江即別

相憶忽相遇談詩共倚闌何期方握手又惜別離雜山色驅人遠濤聲入夢寒心隨皖江月夜夜觸波瀾

望江樓却別建平廣文劉亮工

望江樓上愁雲結望江樓外濤聲咽芙蓉夾岸羅萬堆山色年年送離別別君無語情緒多憶君天涯奈遠何桂檝蘭舟溯碧波碧波渺渺泊何處張帆忽忽煙中去相思回轉夕陽斜不見江樓見江樹

宿銅陵署閣

孤艇觸波瀾城空落照殘江聲通玉帶山翠合銅官豈意三年別今來一倚欄昔人懷往昔庭樹幾回看

泊荻港

芙蓉翠卷江上舟澄波綠浸江上樓江水空明漾明月離人乍見生遥愁愁來歷亂星影動鼓角逢窓話誰共一聲戍角五更風驚濤流破江南夢

傍城

傍城樓俯宛溪前萬籟生凉夕窅然露濕人歸松外磬風微月掛柳梢煙依稀別路山層鎖縹緲離情夢屢牽遲暮還多愁緒感他鄉潦倒杜陵眠

夜讀

暮蟬聲歇鳥棲枝清簟芸窓霞落遲凉就松風來曲逕香吹藕葉遶方池空山月白還開卷深竹燈紅自課兒每惜分陰愁短鬢消磨壯志負良時

堂生竹

堂生竹生堂曲雨露何時沐托根深深憐失足主人有同悲含情不忍剸清風吹來月滿屋壁上摇搖疎影綠

薄暮有懷

萍末浮光盡塔前石逕昏蟬聲多隔水人語半依門遠火逗山隙微煙鋪樹根不知江上下誰憶謝公墩

送門人翟克脩歸涇溪

獨抱綠綺琴渡江求知音連成去人遠誰復移汝心好鳥散還聚空山晴屢陰泠泠澗底泉淒淒風入林有時萬籟寂窅然聞暗吟靑蓮陵湯釣山水恣搜尋逸興溯涇溪風流自古今念子辭我去歸卧茲幽岑多言苟匪衷貌勝豈所欽詎合無遠近時至異升沉一往桃花潭碧波深復深

晚望

飛鳥下秋旻蒼然晚景新倦雲濃翠巘餘照淡青蘋遲暮憐雙鬢艱難寄一身淒清砧杵急誰憶未歸人

嚴公臺

離緒兼秋思茫然登石臺孤城殘照下萬木雨聲來溪水碧初落潭煙蒼未開緬懷嚴子釣睇斷鳥飛回

客中病卧積旬

擁絮形消瘦清疎理肺肝病中增道念衰後戀兒寒旅况客身仄途窮仗友難夜眠常轉側曒月照闌干

病起獨坐山齋

客病連旬卧無家尚憶歸秋光支枕老庭戶到人稀晚色疎林合蟲聲荒砌微城頭烏鵲起三匝欲何依

不寐

斜光寂寂戀寒幃孤館淒凉蛩響微夢斷松楸悲馬鬣泣殘砧杵冷牛衣三年木葉辭家遠八月江城見鴈稀音信迢遥愁正結秋風吹送幾人歸

旅夜懷人

一院淒清結暮愁三更抱膝古宣州明河遠落桑乾影凉月低懸笠澤秋岐路懷人情倍摯高歌撫劍淚難收相思無限紛南北應共江聲日夕流

寄范總戎

畫角吹寒月秋聲壯馬蹄談兵千帳静横槊萬山低蜀道艱輸輓天心厭鼓鼙上方應請劍急爲掃鯨鯢

過金粟菴用翟生懷登五韻

尋幽逕曲過僧廬木落風高鴈到初峰掛夕陽人語淡香飄金粟磬疎微煙歷堞迷蒼埜遠搭平簷掃碧虚别去禪床憐影寂一窗燈火擁殘書

過桃源橋尋逕入山岡晚眺

桃源橋外路西東萬樹巢聲捲碧空亂下亾羊秋草塢横盤鷹隼夕陽風蒼凉破殿天寧寺寂寞荒原鐵冶叢流睇難消身世感還驚浪跡逐飛蓬

重九前二日飲南樓

天涯朋舊此銜杯木葉紛飛鴈度哀六代山川供醉眼九秋風雨一登臺客中懷古情無限時近重陽菊未開他日相思雲木隔迢迢江路首頻回

題姚木齋恭戎松菊照

襟懷殊磊落萬里大江流玉帳弓懸月營門劍掛秋豪情騰駿馬逸氣淡閒鷗壇樹蒼蒼迥知封瀟灑侯

麻姑山

我有餐霞興尋蹤徧白雲萬峰來足底一往絶人羣窈窕麻姑至逍遥鸞鶴聞誰知丹竈外回睇易斜曛

別相送諸門人

萬木蕭條響一汀哀鴻愁向雨中聽那堪江上飄離客又對西風別謝亭

天門至采石

劈立雙峰鎖楚彊江聲夾東走茫茫潮廻謝宅三秋緑帆轉天門一氣蒼人代緬懷空舊跡友朋遥睇隔他鄉蘆花迷漫閒鷗亂無限心情對夕陽

牛渚磯有懷

牛渚磯頭響晚波殘秋衰柳綰愁多興懷尚話青山宅舊迹空傳白紵歌照落牛江翻石壁煙生一片掛漁簑故人回睇經年別欲寄相思奈遠何

抵家

壯志浮沉漸老何廿年蹤跡已蹉跎天涯到處生愁思不意歸來愁更多

古風

志士厲憂勤達人希曠逸興感歲初新開卷娱朝日研精通迎拒與妙探纖悉古來康濟懷空山吟抱膝茹荼多好顔遯焉守蓬室坂傾驥步艱景短鳥飛疾持躬苟未固履困復何益敢廹向衰年愁苦致時失

白雲出幽谷飛騰隨長風靈雨澤萬物變化彌蒼穹本非忘世人矯志厲我躬唯有中天月入戶如追從吟月酌尊酒一洗塵慮空緬此太古光留照太古胸

老至感易深思多夢易幻知交三載別萬里情難間輕身疾飛翰迢遥度雲棧相看非故顔恐復罹憂患依依話離愁驚回淚如潸星光寒未稀霜外一聲鴈

愁思廹長夜晨興復歎息低頭孤影淒對案不忍食出門一遠眺白日忽西匿鬱鬱松柏林蒼茫增暮色别時倚瑟傍歸來哀墓側我生還汝憐我死知誰憶嗟匪木石心吞聲寧有極

幽人戀殘照遙山遠逢廬有時吐白雲隨風一卷
舒古梅殊淡遠寒竹亦蕭疎家貧念兒愚辛勤課
讀書傾箱少完衣罄盎無貯糈偃仰期果腹知止
不願餘向夕隹客來共摘園中蔬纖月未盈鈎隔
歲欣見初適巳絶外慕榮辱俱晏如
年命如春花開落知難久寸心懷百憂譬謀復何
有昔别矜少壯相逢忽老醜美人惜朱顔烈士悲
白首身死無令名餘生適滋咎達哉柱下言言在
骨巳朽
憂艱逼垂老顛倒促别離霜雪蔽原野南北將安

卷五　十一

之忽思走雲中萬里途險巇舊遊念齊魯羞顔對
親知江鳯稻粱謀延頸長苦飢我有所交厚頗怪
遠征遲男兒志奮飛困守誠何爲投袂出門去空
囊行無資銜願向戚友柬慚難致辭坐愁旦復旦
解意當望誰阮生稱達人不覺泣路岐
鷃雀啄藩籬鴻鵠振遠翼遐舉日易暝長途恐彈
弋卑棲戀儔匹苦飢未遑息有鳯來青梧藻羽備
文德見希共驚怪衆人罕能識何處一奮飛引頸
望八極謀食非所難矢志不敢惑
有客渡江來邀我遊燕京素心恥炫鬻敢言薄世
榮齒髮巳漸落志淡將無營况復多悲哀骨肉隔
死生珠光遺海隅沉埋難自明石中剖良玉不琢
終安成喬木伐爲薪誰知異棘荆泉流利其畝何
如在山清感子意諒厚期子勗令名功貴壯年立
衰白徒傷情
涉江采江蘺江寒春多雪時暮難盈把芬芳易消
歇陳以翡翠囊重以同心結遠道遺所思道遠情
廹切美人晤恐遲精誠託深契願得留根株終老
守孤潔
飛步龍峰上蒼然凌紫煙依稀石門開飄飄列羣

卷五　十二

僊竽笙奏陰壑鸞鳯鳴長天回睇塚纍纍悲來萬
古前昔歲登山人今巳荒墓田朝雲復暮雲新泉
續舊泉但見嶺頭出未見嶺頭還今我將遠别歸
卧知何年老至不遊樂空爲後日憐
溪北有高樓高接層雲深曦陽照綺窗春風吹錦
衾佳人含遠情手撫龍脣琴按節飛采霞流響激
繁林聽曲自言好幽意殊難尋誰得睹令顔何由
諒素心持以寫懷抱豈歎無知音
暮相思
暮相思望不來雨聲凄惻我心哀

懷友

芳草醉春煙，江樓人獨眠。鶯啼留綺樹，花落點琴絃。良會知無定，相思情渺然。迢迢明月夜，飛夢墮君前。

同楊成山泛舟至惠山

十載憐分別，茲遊手共攜。閒尋山屢轉，不覺日初西。鐘斷泉聲遠，舟廻柳影低。春鶯如解意，欲去盡情啼。

三月三日遊虎邱

鳥語碎春煙，佳人蕩畫船。花紅僧磬外，山綠酒樓前。試劒空留石，談經憶舊禪。九龍峰下客，來爇茀三泉。

泊滸關有懷

吳閶歸棹路如何，渺渺離情湖碧波。帆轉山光隨樹遠，雨疎燈影傍闗多。滿天飛絮誰吹笛，獨夜相思聽斷歌。猶憶樓頭頻對酒，那堪廻睇隔雲窩。

送楊成山之肥城

春去人還別，楊花吹滿湖。不知芳草外，何處泊舟孤。凉月煙濃淡，殘潮夢有無。索居添遠思，先已逐長途。

伏枕

伏枕春連夏，就衰憐若斯。不才甘自棄，終賤愧良時。歲歉無留栗，兒多未解詩。難將雙涕淚，滴向九泉知。

離夜月

離人愁未眠，立月小闌前。斜光動深樹，破碎不成圓。

迂松閣對雨

蕭蕭門徑砌蒼苔，林鳥無知啼去來。良友却從愁裏別，好花偏向雨中開。廿年浪跡人徒惜，幾許雄心鬢又催。莫怨還家仍作客，天涯多恐夢難回。

寒露逢故人

故友驚如葉，風聲吹易殘。乍逢頭盡白，相對語多酸。涉世途原嶮，辭貧計轉難。無衣知不少，畏說露初寒。

晚眺石浪菴遇王六兼懷若洲

連峯遶屋睇參差，良友欣逢自賦詩。鳥倦低飛林翠破，僧閒留話夕陽遲。秋窓風定松還響，石洞雲歸客未知。却憶年來多別緒，登高忽復起遥思。

答邵栢庭

廿年牛馬路多窮對鏡形消萬事空木落酒殘鄰院杵雨疎燈暗隱垣蟲求名恐笑儒冠拙諧俗愁爭姹女工彈鋏歸來生計薄堪憐又復走西東

晚眺雲逸山房

吹簫憶羽客天半摘芙蓉我有餐霞興來尋雲外雕湖山留夕照草木變秋容平遠忽生白村墟煙盡封

聽嵇霽峰彈琴

佳人理古琴抱膝夜深聽萬籟一時寂羣峰無數青蒼然松際月相照在空亭會有知音者無煩感獨醒

暮投嵩山寺宿

松柏參差隱戒壇盤廻石磴夕陽殘短鐘影落秋山瘦疎梵聲流竹逕寒青抱禪林雲不散香濃庭桂露初溥僧閑爲客供蔬茗剪燭幽吟入夜闌

重九

往歲登高思弟妹今年何意共徘徊一樓湖影當簷落萬木風聲動地來酒對青山愁尚結序驚黃菊鬢還催秋光潦倒江南客忍聽啼鴻向夜哀

夜至虎邱寺

憶昨尋春至懷人最上頭今來時落葉凉月在僧樓獨往鐘初歇蒼茫我欲愁劍池横片石終古白雲留

吳閶歸棹

頻來忽又去溪水共悠然昨别劍池月携歸虎阜煙歌殘楓樹外秋老菊花前共說風光好鴻飢誰復憐

尋藥師禪院

誅茅豈在遠橋外境轉僻到門溪水灣喧寂稀人跡微聞落葉中疎磬煙不隔登樓多妙香觀空忘主客僧閒耽幽吟卷帖紛几席陰雲飛片片横斜墮簷隙西風忽吹開一掃天宇碧萬象睇無端曰歸不知夕

蟲荒

有蟲羣飛翼黑體微爾形既微流毒靡止枯我良苗及爾同死瞻彼稻田吐花茂密三朝三霧秀而不實往歲大旱剜食榆皮夏雨爛麥長年苦飢嗟嗟碩鼠銜尾渡河仰天悲歌今復無禾無禾則那官糧奈何奔告司牧伐鼓鞫鞫民情誰憐降災自天各返爾宅各刈爾田將報上官曰維豐年

雲封

穿洞還尋洞入山復出山蒼茫增別緒倏忽落塵寰回睇經行處重來未易攀嶺頭雲一片相送到人間

冬十一月二日嵇約之招同吳一峰張仲雅高淡菴韓景圖嵇苓岑遊惠山以一生好入名山遊為韻分得入字

尋山不厭頻貪奇成結習晴空蕩我懷兄與佳人集斷霞落酒杯浮光曳蘭楫林黃遠如引峰青環相揖兜轉遂幽情何必窮險澀僧寺闢梵憩潤閣

穿松入泉曲響更清潭深影流急會心隨意吟閒談時共立誰從石角來一嘯翠痕濕歸途睇漁火微煙掛簑笠

春初遊山

春光惠寒林晴翠鬱層巘運適忽變遷氣應潛舒卷薄游辭煩紆孤往恆婉孌欣焉溯川遠不覺隨山轉崇岡恣搜探華臺屢登踐雲迷故逕深石束清流淺繁音紛至聽異景窮微眄洞豁闃纔逼煙霞隱仍顯幽襟誠可結素履貞無蹇相期永棲託浮慮悉排遣

聞鴈

酒闌孤館寂思斷一燈微木葉下庭響鴻啼向夜飛長途霜雪冷何處稻粱肥莫憶江南樂頻年泣薦饑

重至忍草菴

舊境依稀雲不開泉流斷續路紆回杖頭碧戛嵐光去鵲背黃翻夕照來萬木寒聲生絕壑十年離緒悵登臺禪林留宿今誰在我復尋吟破石苔

石門記遊詩五首

殘陽溪外落暝色上峰腰歷險情彌愜升虛磴轉

遙道人知我至雲杪手頻招石洞容相叩樓臺嵌碧霄

絕壁挿天半身驚鸞鶴羣藤蘿橫絡石洞豁暗銜雲人跡空山少樵聲隔嶺聞相期移草閣長此卧斜曛

長嘯翻龍脊襟懷誰共之湖光相倒射蕩漾此朝曦萬頃涵蒼碧羣峰走合離何當同理檝散髮問鴟夷

一眺石門洞還尋筆架峰道人多逸興先我卧芙蓉共有誅茅意瓔巖學種松相携時跨鶴來往白

丹井山房探梅

曲徑尋梅至庭寒香尚微竹深容客久春淺到人稀啼鳥不辭樹空山唯落暉羽衣垂白髮相對共忘機

招同一峰約之青溪道人遊惠山

聽鳥忽憐春好山羅書幌晴晨引遐睇招侶共遊賞沿溪溯蘭舟躋磴曳藜杖丹扉對泉啓梅逕披煙上飛樓架高危重簷邃幽敞紆徐歷巖谷逍遙隨俯仰悠然松竹間時聞魚梵響象客始閒虧升虛漸開朗神閑百慮空與愜二儀廣延新欣在今追懷緬成曩慨焉期古人相將采芝往鶩回鸞鶴羣一嘯絕塵鞅

小樓新霽

鳥語解春愁晴山對曉樓閒情時把卷隨意遠延眸庭草雨餘綠茶煙竹外浮故人知我癖携酒共招遊

與顧十五惠山小飲

家山豈易別欲去屢登臨念友復將遠憐春如許深酒殘花未落舟泊柳初陰轉惜飄零共難忘此日心

卷五　一　十九

述感

美錦製爲冠用違乖新鮮素布裁爲衣物賤恐棄捐升沉總分定歲月如逝川憶昔甫少時遠企齊魯賢浮泗歷北海遂登泰岱巔嘯擁亂峰低展蹴飛霞穿三十居里閭四十走幽燕懷璞恥雕飾緬古肆窮研舊業悉零落奔馳耕硯田五十竟無成況又遭顛連淒迷謝亭草迢遞皖江船依人轉潦倒苦心思復還復還空壁立顧影淚漣漣强顏對戚友語好腸暗煎出門昧西東囊盡行難前煢煢支繩床寂寂望炊煙尚惜小兒女繞膝殊纏綿中園老黑鴉哺雛勞後先風雨傾其巢雌死枯樹邊子長能攫肉孤雄棲莫憐回念罔極恩我生亦徒然家祭將誰委哀我蒼蒼天飢寒延衰齒去住計安全身逐斷遂飄神傷破鏡懸遂斷願留殘鏡破肯重圓阿妹悲我情勸我暫息肩艱辛愧一飽一飽娛卷篇春雲掃我愁春月抱我眠有客感微別來招遊山泉共飲泉上樓醉吟當酒錢慷慨負壯志隔促憂衰年餘生知幾何常令塵慮牽豈客故鄉戀卜期屢遷延唯矢慎厥躬庶免尤與愆

翟慎思季鼎文同宿白鶴道院東青溪

卷五　一　二十

幽人戀幽境石罅聽流泉萬籟生殘夜含情話昔年斷峰銜月落短榻枕雲眠回問卧遊客洪崖肯拍肩

書白鶴院小樓

樓跨層峰杪泉飛絶壑低險容丹壁豎陰束白雲棲清嘯常懷阮幽琴復憶嵇他年尋舊隱誰與共攀躋

雨中登石門

我日雲中住不知雲去來忽隨飛雨至一嘯石門隈洞裏春泉滴洞口桃花開僊踪渺難接徧踏古莓苔遶憐巖下客何事復空回

出山候嵇霽峰不至還宿道院

曉雲捧我出夕月邀我歸我心如孤鶴靜言思奮飛飛飛念其羣遂廣相見稀久佇在前川深林斜落暉回眸望幽谷層層裛翠微戢翼返故棲何由慰渴飢

山棲

跨鶴探僊蹤僊靈邈何許容我三日留逍遥共遐舉纖月落未落相照眠深塢松竹無靜林繁響奏庭戶曉覺泉更喧始知夜來雨濕雲飛片片巖壑亂吞吐不見雲外峰時聞雲中語忽欲隨風翔天闕豈脩阻

小閣對雨懷人

濃緑歸虛閣林深迷遠巒煙從鶯語積春對雨聲殘別思催人老貧交歷歲寒抱琴燕市客幽意向誰彈

下龍嶺憩石門聽霽峰吹笛

鰲背摘芙蓉翻身落翠濃豪情携鐵笛吹響石門松草長荒樵徑雲歸歛夕容曲終空萬籟暝色徧諸峰

山樓縱目懷斧仙霽峰

對束雙崖抱影眠青蒼盡日擁樓前横斜衆水明殘照斷續諸山帶遠煙往昔彈棊淩絶壑幾宵吹笛響高天誰知一別人懷渺萬仞峰頭睇惘然

夏杪山居誌興

疎雨在山巔斜陽忽山麓紅霓貫其前白雲斷其腹陰晴錯西東變幻眩心目穿林隱歸人背水露村屋遠帆去常徐層巒起還伏破壁泉易喧當窓寐難熟時携書一卷閒坐片石讀野樵歌翠微道童煮黄獨古洞閟靈踪吹簫列羽服中藏太古苔

上冡凌虚竹俯仰共忘機末言托茲谷

經静思院登茅峰眺太湖

峰盤如翠環誰構落霞間雲去欲移樹日斜難戀山道人能曠逸絶頂共躋攀一片笠湖水天光相與閑

迂松閣詩鈔卷五終

迂松閣詩鈔卷六

梁溪李雖來濵篁撰

山中對花小飲

我來天半摘芙蓉山花開徧山煙濃倦憩松根月初上崖角泉飛碎光響有花有月對酒歌白雲爲舞纏巖竇石門仙子相勸飲今時不醉奈老何回頭月落天將曙離情黯慘生百慮桃花一片洞中春隨風吹墮紅塵去

庭前摘梅示五兒蕃

植梅中庭中花落留梅子子長日多酸酸多苦心裏憶汝少小時讀書梅樹底汝母性嗜梅摘來先與爾願爾成父志慰予就暮齒汝矢勵卷編會當取青紫阿母聞汝言相顧色尤喜今汝漸長成汝母已先死我貧將遠别何時返鄉里煢煢憐汝身飢寒復誰恃摘梅聊薦新酸苦無終已努力弱冠年毋遺死生耻

山居雜咏

泉聲客夢凉一夕頻驚雨推窗月在峰曙光未盈戶散步出巖阿隔竹鳥初語天容碧無雲蒼茫合平楚晴暉翻麥浪參錯明脩渚下睇上山人轉入

林深處回首叩石門飄颻忽霞舉
淫佚蕩心志愁苦彫形骸餘生感鬢絲銜願弗克
諧賤來寡歡合別去多宴垂敢榮會有期復辱誠
無階幽隱不自諒誰復明其懷雲出遠故山水落
辭舊涯但恐谷底蘭芳意空沉埋
道人多雲棲茅蓬構崱屴知我性情逸邀我屢登
陟誰移芍藥花高向嶺頭植我昔遊豐臺十里艷
香國傾城爭讌賞車馬紛南北半開摘巳空延思
情無極托根異顯幽寂寞玆罕識芬芳不出山常
留好顏色

威鳳翔天風潛鱗游淵水彈冠得貢公披裘有嚴
子顯晦理難齊亦各安素履丈夫志千載遂藿岂
云鄙一念黙未持終身含垢恥名過易致尤矜[illegible]
漸弭毀至妙領微言古人今不死
飛步雲無梯遠游槖無錢擊劍悲衰形學稼苦石
田書帖典俱盡拂衣凌山巔塵襟當奈何俯仰憂
徒然我友曠達懷得與共安眠目送崖上月心洗
松下泉對酒吹紫簫妙舞來羣仙巖花自開落嘯
歌半復年

嵇霽峰過白鶴院登茅峰頂望太湖

雲抱石門卧窓對石門開斫夕偕羽客幽谷共徘
徊忽有嵇阮友携我陟崔嵬景奇進愈艱一磴屢
盤回長嘯誇龍脊四望絕塵埃亂山色蓊然橫擁
其隈來鴟夷不可招儒人安在哉朱顏易衰朽白
日苦相催何如邀夜月好醉飛霞杯

踏月至石門偕依乾道人華甥導五兒當

蒿帶凉生夕尋幽興共攀誰知飛片月先巳掛雲
端林碧露光碎山蒼人語殘泉流花影亂寂寂捲
簾看

夜不寐

山暗不如更深吟苦未成飛泉驅夢斷殘月破煙
生對石孤懷遠聞香百慮平秋光先到桂衣露濕
無聲

白秋海棠

宛如素女淡殘粧誰破愁心怯夜凉斜捲珠簾窺
瘦影西風吹月墮銀墻

山村即目

茅屋隨向背龍峰恐在門雞啼晴塢牛飯稻香
村橋轉嶺林合泉流夾逕喧山童閑採藥歌唱返
秋原

入城訪王燮公吳一峰向夕復還石門

緬緲故人住溪曲溪到中秋水逾綠西風一夜吹相思曉別青山訪幽屋石橋頻渡轉後街入門聊復叙離懷倪寬帶經慣傭賃東方索米青俗諧語來不減舊瀟灑吟我新詩碧梧下天光淡宕竹參差斷雲合散情難寫獨尋歸逕松逕穿蒼蒼兩袖生飛煙遲回巡澗聽流水片月先我在峰巔

十四夜喜晴步月至茅蓬

泉聲驅石落雨外不知山向夕開雲幕殘虹掛翠鬟忽扶圓月上照我亂松間隔嶺聞清磬相將一叩關

中秋後一日王燮公枉宿對月飲天趣樓

索居窮壑渺知音適有幽懷惠遠尋隔樹傳聞佳客屐相看留話碧雲岑泉臨皓月光全響酒對名山味更深如此良宵難就寐石門永夕倚樓吟

登茅峰青溪至嶺半返余與燮公跨絕頂望湖向晚送至山下石橋别

誰堪霞舉阻危艱一振豪情絕嶺攀山湧湖光開眼界翠纏人語落松間凌風雲倦常辭樹破石泉清肯戀山相送橋頭憐復別蒼茫疎雨悵孤還

有烏歎

有烏有烏何勞瘁一巢生乳五六子雌守雄飛往復回長養未成雌又死雄烏悲哀職翼呼腹飢銜食食諸雛諸雛習飛各追逐堂上攫肉城上趨誰思反哺東西飛一雛稍弱猶相依居相依出相飛羽毛肥願忽違曉行啄粟亦不懷歸老烏還來對枯樹風雨飄搖天色暮心悽影隻啼達曙

石門十二景詩

石門

門封苔太古峭插劃崖垠醉吟石上卧閒睇往來人涓涓一滴水流出洞中春

雙髻峰

偲姑遙采芝臨風雙髻矗倦立蒼翠間何年返洞屋含情旦復旦獨向雲中宿

白雲洞

欲問洞中丹草迷洞口路携筐采紫芝回眸日恐暮不見偲人來空留白雲住

筆架峰

吟豪滌硯池落筆搖層嶂緲焉懷古人一嘯与蒼上流霞蕩我胸飛煙扶我杖

棊盤石

聞昔來顛仙石卧曉復暮我醉思彈棊松風響何
處秋月照空山雲深不知去

雲泉

誰鑿翠壁穿一勺涵靜貯道人掃石苔閑留佳客
語堦前拾松子泉聲帶雲煑

蓮花洞

曉誦青蓮句蓮花忽盡開手摘青蓮花翻身洞底
來道人頗習癖邀我共銜杯

釣魚石

古人恥釣名浩蕩卧江水嶒端奠巨石風波此不
起得失復何心雲煙渺萬里

水簾洞

幽洞闢陰崖日夕欣卧對雨歇泉倒飛雷走萬竅
內初陽射林罅簾捲珠光碎

讀書岩

抱膝深谷深人與石俱癖書卷天容老詩龍已忘
夕蒼茫對長松翠擁衫痕碧

響月坡

橫斜豎石中一片削平廣我來絕塵襟蹋雲屐孤
往翛然秋月生零亂瀉光響

跨澗橋

倒身騎玉龍飛回落天半盤鬱怒觸廻橫截青山
斷架石度危空聲逐人影亂

卽自

蒼煙鋪山根白雲埋山頂月照深山鐘人對空潭
冷

采藥

采藥尋山深雲斷曉依樹泉聲解留人雲去人還
住

酬補山

泉流延客去一往絕人蹤却與知交別閒棲窈窕
峰白雲寒戀谷明月淡依松靜悟窮通理泠然響
遠鐘

山曉

一夜響寒林曉窗忽欲雨見雲不見山人在雲中
語

溪頭對月

煙如離客月如愁碧水橫門斷續流一片愁心流
不去波光夜夜蕩溪頭

歲杪往石門

踏徧茅峰石孤吟渺紫煙歸來對溪閣夜夜夢飛泉拂袖雲中去還思洞口眠斜光留不住吹落萬松巔

開歲三日南禪寺尋靜蓀話

春鳥先春至曉窻多好音感茲懷新意孤往愜遥尋石橋渡回溪塔影隔寒林元梵空諸聽晴光相與深老僧知我閒妙語悅我心存愚安素履歸淡盟幽襟邈焉思古人去復理瑶琴

投雪村

晴光明在水春意滿溪頭期與故人會欣然棹遠舟村喧初到客月上未盈鈎椒酒交相勸燈紅話小樓

留楊成山齋與芝山飲喜逢鐵宗企郎别

賤貧歡會稀飢驅各奔走暫歸卧山谷頻年疎戚友新春赴親知況憶鷩湖叟停舟一登樓殷然酌村酒忽聞故人至喧聲入户牖意外得相逢驚怪成老醜憐我寡好懷感子情良厚瑣屑話離緒未盡將分手判袂殘陽裏寒風吹枯柳

人日立春宿雪村小樓故人適至共飲

年年人日空懷友今日相逢倍有情萬樹春歸隨客至孤村月掛照筵明吟成夜冷燈花落話到霜深酒味清醉共尋梅香尚淺疎籬小立影縱横

郊步

氣回寒未散雨歇啟扉遲野外春無迹林中鳥巳知曉晴多妙意村落薄朝曦一徃溪西遠疎籬立片時

上元日同斧仙樊公訪静上人不值

閒情通妙理夙與元禪期復有二三友相邀無厭時昨夜疎雨歇曉來開晴曦寒林遠微眄生意回其枝我懷既巳佳春光如我私渡溪立溪橋人影流參差尋僧偶不逢趣適將語誰登樓聽清梵遥竚空含思

尋舊閣

遠閣梅花遶砌蘭輕風吹雨小窻寒人閒輸與尋春鳥啼徧幽芳聲未殘

飄零舊業意如何春到鄰家載酒過我識梅花能戀我餘香吹上小樓多

客至

身外無餘業飄然不解愁溪西梅樹下孤往獨停

舟意興隨吟遠雲山托跡幽開樽良友至相與話樓頭

遊惠山至石浪菴

龍峰春漸深相探不嫌屢飛翠移我情如與良朋晤陽阿列崇臺（閣）蒼欝裏層樹僧從泉下來邀入雲中住前巖睇忽斷遥青半規露湖光一開朗襟懷滌塵霧酒味香到梅添得尋山趣

種梅

山齋閑種梅斸破舊蒼苔夜卧不知雪曉林訝盡開薄寒香淺度疎雨鳥遲來偏有幽人屐邀僧勸舉杯

將之平度留別諸故人

决計東游海愁心忽萬端總能歸遠夢誰與勸加餐老大情彌篤知交別更難肯將兒女淚輕向世人彈

故園新柳

無奈故園柳微黃搖曳輕淡煙斜掛月疎雨怯藏鶯游思引初遠離愁綰復生樓頭人欲去相對結深情

宿白鶴道院

老向雲山戀故鄉梅花扶我卧禪床飛來一片松間月留照巖前末夕香

天趣樓

何處最情留嵐光總在樓誰能當遠別不復起離愁月上鐘還響雲歸峰更幽寒泉邀客住未肯出山流

別録

往歲倦遊還步上石門石閒尋山僧去投入羽士宅枕月卧松窩雲生環其隙振衣一思歸歸愁如旅客掃除舊眠閣空床塵網積人人各懷私誰肯憐影隻羣怪我行遲背我交徧謫家道窮致乖經理受睽隔忽有故人至勸我辭貧策近或至燕齊遠當走雍益丈夫奮飛志胡獨守艱厄銜感謝故人形衰徒拘迫復言名晚成始屈由古昔長跪別故人去去勿復陳

月光無盈虧豈知清暉好人身無別離豈羨故鄉老飢來驅我去愁緒忽顛倒衰顏遠依誰言念傷懷抱親裏舊行囊雞鳴起我早門外雨三日途滑苦泥潦短檝溯蒼江波流何浩浩遊子戀所生銜哀拜壟道悲風吹四野長松蔽蒼昊其上多白雲

其下多芳草草根恐逢泉滋生不忍掃矢躬愼詬
恥毋致羞厥考
拔劍出門去遠作千里客懷古尋蒿萊蒼莽弔陳
迹男兒肯戀家致令長愁厄季子奈愚魯一別音
遥隔課勤尚難成作輟徒切責念將偕往前辛苦
難爲役低顔托故舊與語情扞格貧知骨肉親誰
復相憐惜我還棄置之志行漸乖僻恐遺後日恥
追悔遲何益百慮結中腸悲來愁莫釋決計使隨
從聊以慰晨夕
老大生乖睽骨肉寡歡聚持尸艮獨難愧我形骸

具人情多眷戀況有小兒女飢寒未全知長年依
戚故迢遥梅里往紆廻溪橋渡隔林見村屋維舟
天已暮各各趨來前相牽復却顧一聞欲別辭背
我淚先注嬌痴不離膝數問所行路念將遠與違
豈忍揮之去夜寒寐難就桃燈話絮絮明朝還入
城氣結誰能語
梅里有一叟讀書老梅叢我來花盡開遠徧屋西
東反覆吟我詩深心味曲衷情殷去還住夜夜月
臨空子如山上茶予如山下蓬茶生根不移芬芳
盈谷中蓬生根易絶飄搖隨長風

溪風吹春雨滴作別離聲帶雨送溪頭溪流無限
情情深人不見回首空煙生煙外渺相思燈火傍
孤城我舟忽不前巨艘阻縱横雨急天黑昏泥滑
苦難行舟子强扶我一步一支撑到家人盡卧誰
惜寒飢并故鄉愁若此何况千里程
臨行語兩弟友愛情莫忘生年多別離予衰爾就
强一室面會稀千里空徬徨桃葉復桃花各各耀
春光蟲來齧桃根李難代桃僵昨經南山側灌木
翳山陽枝枝交覆庇樵人睨其傍采條作斧柄斫
枝盈崇岡同生忍相戕我見神忽傷

屋角鳴雙鳩春光促憂思遣憂訪寺僧路逢故相
知携手各慰勞問我行何之家貧走齊魯失耦愁
顔衰顔衰有曠懷賤命多艱乖往年別家人携子
游京師子嬌戀阿母晨夕淚暗垂辛酸體消瘦服
食强支持忽聞訃音來痛哭成疚離子前日抱泣
苦勸不如歸死生諒無益誰肯歸先期求名名未
成妻亡子病危猶望子就康同回拜母尸解舟急
掛帆子又死水湄死得隨阿母生者獨銜悲羨君
孫已長逮膝多佳兒兒多罕讀書孫長頗愚痴請
看運適至讀書誠何爲

晨興坐堂隅俯仰懷隱憂勤苦成斯構遠貽孫子謀負荷愧弗克致敗諒有由人來啾其室擎我棄基羞撫膺誡後生擇交辨薰蕕臭味苟一殊藥石漸難投植蘭中庭中緑葉紛以稠蕻藜忽相附滋蔓將爲愁我未閑厥初於物復何尤

寸燭還照遠一蠶還吐絲古人飢溺懷恥獨謀其私有客晨踵門低頭語吐遲春衣愁已盡舊逋苦交追念君當遠行典書作行資君今亦頗艱舍君將訢誰脱贈何敢辭愧難盈願期不惜囊仍空且復自咏詩

復有二三友愁困結交厚相依共傾談相送還携酒酒盡促登舟倉皇各分手分手無能語獨遡蓉

湖口青峰環我前碧波蕩我後風吹殊多情光緑江南柳故園春若此誰忍輕拋負雲霞開好懷三宿龍山㘭

典屋治行裝去又典行李囊餘三千錢遠遊二千里我舟已在道我行豈客止送者爲我愁天涯將誰恃願君且勿愁沽酒飲山市開懷睇飛霞浩歌渺春水

鳥飛知戀巢魚游知戀羣人生藐天壤聚合如浮雲念昔同遊子言笑情歡欣中道忽停舟倉猝手重分今經舊離處荒草埋新墳欲吹山陽笛哀音恐難聞仍復掛帆去遠樹淡斜曛

道遠數交遊厚誼知亦稀量情思緩急屢往輒相違空囊就長路我計毋乃非江風吹夜寒舟横一燈微兒童各鼾睡喚起勸加衣恐洩途窮意反致傍人譏

春光如惜别隨我渡江來柳向津亭緑花傍酒帘開良時不懷歡白髮奈相催壯離老重遊稀見舊樓臺昔年留讌娱一一多蒿萊道傍阿誰墓豐碑立崔嵬枯楊捲悲風日馭忽西隤極祟生前樂彌增後人哀

一身如孤鶴延頸鳴長天夕宿沙洲月曉衝江浦煙滔滔渡淮水黄河汨良田壅堤忘濬源救患適致您民命係波臣我見心憂煎去去重回緬境移情屢遷抱膝梁父吟妙音奏幽絃翱遊蓬萊巾遠登泰岱巔拍手呼鮑叔抗志招魯連飛雲蔽白日枯木嘯飢鳶俯仰懷往蹟悲來萬古前回車遡洙泗衰遲徒泫然

登北固山

浩蕩襟懷一水鷗濤聲洗盡古今愁鏽餘僧話南
朝寺花外人登北固樓忽對江山開眼界還從煙
雨溯風流何年復向松巔飲醉挹金焦入酒甌

廣陵寄懷

春光戀隋苑綠徧舊楊枝獨往尋遺跡茫然增遠
思杏花村畔酒芳草雨餘時廿四橋邊水風流遡
與誰

舟感

一番煙雨一相思獨倚篷窗感別離却羨無家輸
白鷺絕憐多事怨黃鸝疎燈隱隱村沽遠短笛蕭

蕭客夢遲江浦消魂何處最春光吹長柳絲絲

弔史閣部

丞相不經國誰令出督戎能觧爭國鎮社稷泣孤
忠精氣歸蒼旻寒潮咽故宮禾黍何處薦渺渺大
江空

江春曲

春愁結如雨花外鎖寒煙却笑絲絲柳臨風起復
眠
辛苦雙黃鳥聲聲怨別離江頭花亂落何處寄相
思

經淮陰侯釣臺

我復渡淮水天風吹雨來英雄嗟寄食薄俗負奇
才不售三分策還留一釣臺誰將懷古感流入暮
濤哀

經淮城誌感

層城窺釜底帆影壓林端水束迷歸路堤封走急
瀾貽謀循舊轍治績習懷安往事悲遺子舟人話
尚酸

宿青江

長年遭屢空不作低眉計忽復離鄉縣清江拾蘭

杜路遠行難前聊思投夙契之子歸無期茅店愁
淹滯夕宿齧鼷鼠午飯飽龐糲飛飛孤鳫飢嗷嗷
雲水際何如黃鵠翔萬里絕塵翳

東嵇霽峯

石門夜吹笛送子出雲端豈意經年別相尋淮水
寒情從詩味厚別向客途難恐惜知音渺抱琴未
肯彈

經沭陽縣

塵沙飛不斷忽見鴈南回馬跡背城遠風聲驅客
來路旁春醸熟村外杏花開寥落逢寒食停鞭勸

舉杯

宿虎山舖

清明未見花，簷插柳條斜。薄酒難成飲，離人盡憶家。墻傾還宿客，門小不容車。惟有多情月，迢迢照水涯。

抵諸城界

炊煙縷縷數聲雞，纔陟春山復水溪。花外夕陽驢背遠，柳遶村舍酒帘低。翻從閱歷添遊興，却許襟懷續舊題。寄語閒眠湖上客，莫嫌遊子困途泥。

抵平度喜晤燮公兼訂遊勞山

迷鴈逐長風，茫然蹈海東。一逢知已者，無復怨飄蓬。對酒花明裏，詩談月浩空。勞山有偃子，相與躡雲中。

暮春偕燮公遊兩髻山

昨辭車途勞，忽尋雲外眺。城東列層峰，度險徑紆繞。斷澗跨飛梁，崇臺羅衆妙。桃花鬱如綺，豁谷窈而峭。松盡翠蓋張，石多猛獸肖。我聞風雨中，噴泉怒萬竅。長懷絶塵襟，散髮依林嶺。山僧鐘送客，數騎歸殘照。

送春適微雨燮公招飲膠東書院

逕暝乳鳥啼，新槐漸綠衣。他鄉春復盡，小院雨初飛。招飲會知已，清談遲夜歸。雲中開片月，相送戀餘輝。

書妙聞姍姍曲後

新詞細譜槐陰綠，妙解深情復誰續。安得吳姬髮覆肩，花前低唱姍姍曲。

贈沈郎

鴛鴦飛上樹痕碧，玳瑁筵前花影紅。一縷歌殘人盡醉，夜凉低語月如弓。

莖斷飄搖怨故柯，天涯飛絮惹情多。簫聲未歇烏聲起，醉倚欄干奈别何。

過王燮公齋

一室雖語心，相對若束縛。幸有同懷子，頻過慰寂寞。情殷解我愁，開樽聊共酌。敷辭期曠逸，晰理戒穿鑿。忽然蕩晩風，海氣凉生閣。樹碧疎雨飛，雲黄返照落。嘯立中庭中，郎景亦云樂。

消夏

晝永疎簾靜，廻風透葛凉。孤城飛片雨，獨鳥下斜陽。樹鬱炊煙碧，雲蒸海氣蒼。閒凭窓北卧，不解傲羲皇。

暮凉

天洗碧如秋遠煙凈不流風輕花落暗醉薄草香幽獨立槐雙影初凉月半鈎忽聞墻外笛吹亂客中愁

戊戌閏六月十五夜立秋

露滴蟲吟砌驚心遲客眠三更秋已立千里月初圓老覺歲時促貧拋兒女憐誰家砧杵響空竚碧梧前

壯懷銷肯盡跨海滌塵胸自古多靈跡延年有好客遂山雲不斷巖桂露應濃期與來秋月逍遥最上峰

客雙槐草堂

海雲朝飛掛茅屋海月夜凉響修竹履困從來偕共垂謀食何妨老不足故人偏知解我愁容我一編吟未休遂萊聞有羣儒會紫簫凌空奏天籟秋光淡蕩白鶴稀頻懷采芝卧翠微醉立中庭敍蕀影槐花亂落風吹衣

晚晴

鵲喜新晴噪晚陽雲開雙樹一茅堂瓜花潤重盈堆逕草色沾肥徧上牆酒薄豈消離客感衣輕微覺暮窗凉家鄉正好横蓮棹吳女歌來水滿塘

野花

秋來野草總關情帶露花開入眼明肯信幽香偏在野如何絶艷未知名倚闌滴盡佳人淚遶砌留殘蟋蟀聲潦倒天涯衰鬢客不堪相對念平生

故人憐予老日誦不輟傷氣勸少休荅之

蟬鳴一樹蒼蟲響遶虛堂祇感秋遲暮不知聲短長殘編貧更惬至味老難忘多謝故人意無成愧就將

七月八日夜

孤客無端黙感秋却輸天上有離愁凄凉海月穿林墮淺淡銀河抱戶流此日消魂悲促織當年輕別笑牽牛井梧吹盡三更淚萬叠青山對白頭

憶女

商聲響高樹秋光忽若斯感懷滯東海中情當語誰我老愛幼女拋棄深念之憶昔客宛溪門戶委婦持生女未十齡遶床慰愁思臨終戀阿女痛我復遠離相顧頻流涕氣塞不能辭我歸女趨前跪陳阿母慈長年我行役飢寒慮莫知留汝依兄嫂嬌小諒難爲去依外祖母白髮尤憐私今春我出

門見我鬚髩衰惜我復戀我背立淚交垂貧向天涯遊奈何路轉岐迢遞阻雲水望歸歸無期顏厚對戚友逢場強酒巵銜凄暗低頭恐致旁人嗤烏棲欣故巢葉落悲故枝安得掃舊樓骨肉共餔糜

十六夔公招飲

一樣懸如鏡當筵倍有情殊方朋舊意共醉管絃聲袖帶飛煙散香從老桂生光暉留去客槐影半庭橫

迂松閣詩鈔卷六終

迂松閣詩鈔卷七

梁溪李雝來瀆篁撰

少年結客行

少年好結客意氣重然諾讀書抗古懷顧眄凌雕鶚脫贈赴顧期賓嬿盈高閣尤厚失路兒肯惜囊金酒升沉一朝變勢利生寂寞荒林掩深門西風葉亂落飛雲與孤鳥天涯渺何託丈夫走四方骨肉悲離索遠念舊所歡緩急理如昨恐多反覆情計往足還卻自愧老無能敢怨故人薄

懷吳一峰

在山泉流清不慕雲飛走客子遠悲秋心遡烟霞友胸中羅萬卷宿貯不盈斗高眠起恒晏亂帖塵積久朝曦遠楊前夕月窺簷右短褐對西風薄寒尊盧酒琴聲與棊聲時時達戶牖窮愁老著書天意虞卿厚安得共蘭艇吟泛蓉江口

黃鶴行贈王夔公

庭陬有嘉樹枝葉綠交陰清光渺淡藹香垂花落深黃鶴時來前幽籟生一林回翔拂修羽留去妙無心幸親君子盼復遠虞羅尋何以報君情遺君以好音

客談勞山之勝

我懷勞山奇未許勞山往有客談舊遊雲霞落衣上靈洞閟僊蹤琪花錯人緉天光垂青蒼海水空潋蕩泉飛陰谿喧松掛絶壁長磊砢洩難盡殿閣構非想令我發遐思塵襟悉開朗悠然返照中一聲遠鐘響

誡兒密

逢年期力耕療疾利苦口方長志未勵良時豈恒有愁汝狃懷安酖毒垂戒久承家汝弗克將遺阿父詬屢欲加撻楚憐汝復失母深恐棄置之終身蹈愆咎兒我舊業凋流離成老醜生兒不自庇艱辛携遠走故人如我意留汝就師友對卷苟浮慕輿義誰能詗嗜學如嗜味去匪如去莠細古當膽心用報我培厚

將歸

葉落歸鴉外西風促暮寒孤琴空自許長鋏向誰彈諧俗至今拙依人亘古難梁溪秋水緑浩蕩一漁竿

哭女

生兒頑魯多一女生頗喜惜汝幼失慈值我阻宛

水歸來尤痛汝忍復輕離此往歲墓阿母留汝住家裏我貧走西東誰復知憐爾含淒辭兄嫂還去依舅氏教爾習女工稍稍理針指深望汝成立慰我衰暮齒遠作青海客念汝無時已囊空途轉窮豈易返鄉里今有舊僕來傳聞汝忽死又未得家書難識病何起一夜夢頓倒疑非復驚是憶昨我別時向我泣不止反覆慰撫之含悽却立覛默念汝平昔形聲猶在耳悲汝命如斯顧我亦老矣

別燮公

青蓮餐霞去幽興許誰攀我友何瀟灑相期獨未閒行踪棲海曲飛夢阻勞山忽復添離思遲遲不忍還

留別秦四西經

落葉如孤客飄摇西復東多君慷慨意不敢怨途窮江鴈暮飛急海雲寒戀空臨岐無限感祇覺愧陶公

經諸城縣

急束戴星去風寒催曙光孤村鴉立樹斷坂馬嘶霜水界青州古山連勞嶺蒼重經空老大嵩語故人旁

村臥寒風行

荒村風急樽盧酒屋茅飛捲紙窗吼繩床僵臥足不熅嚴霜積地如雪厚痴奴鼾睡喚醒難嬌兒先起毛髮寒燈光耿壁雞唱亂馬齧空槽月落殘聞說江南頻鷹飢流亡祇恐無完衣杜陵野老向天泣廣厦思庇知何益

晚行沂州道中

霞明落照殘野與望中寬渡馬沙河晚歸鴉村樹寒黍春人語亂酒熟客顏歡倦眼開新月留將一路看

客感

愁結鬢先更逢人恥問名雄心消馬跡離思促雞聲乞食悲元亮尋山忝向平不堪懷往昔奔走畢浮生

情詩

兎絲附女蘿頭緒多纏綿笑殺溪上萍流蕩根難連

郎家溪水頭溪回曲如鈎傍儂門前住不許東西流

門對溪頭水影落溪頭樹儂情水樣深抱歡流不去

偕顧十五揆叙至惠山

青山看不厭况共故人來過午猶聞磬先春已綻梅歲殘稀客至酒熟盡顏開待月清泉上流光蕩石臺

春曉

小閣春眠曉起時庭花帶雨亦多姿嬌粧對鏡晴光暖調笑凭闌鳥語遲細藝名香供理帖輕研古墨待吟詩風流敢憶康成婢舊恨微消借隱思

梅花零落歲初新紅綻櫻桃一樹春許共追遊成

夢蝶肋消寂寞勝談賓時來鏡畔窺衰鬢轉向燈前話舊人多少情懷拋肯盡浮生反惜浪遊頻

曉眠

曉鳥盡情啼春眠遲未起嬌小不知愁婉轉郎懷裏

悼亡友吳一峰

論交貧愈寡君獨最知音室邇頻相憶山幽屢共尋如何嗟永別從此廢閒吟逸響適成往淒然空抱琴

腹餘書萬卷斯夕肆幽探志潔寧諧俗吟多不厭

貪色鮮花帶露味釃酒開餻每把遺編讀臨風淚獨含

家居

倦遊思靜理老得故鄉居豈敢懷高蹈時還戀舊廬扶籬培砌菊汲井灌園蔬復遡溪頭棹晴波看網魚

平糶米尤貴倉空鼠雀肥衰形甘自棄艱食忍啼飢倒篋典將盡攤書聲未稀雨多聞爛麥人語各噓唏

消夏

堂開古桂陰苔蘚一庭深時有凉風至瑟然響竹林主人靜無事終日此閒吟何意天中月還來照素心

溪湖遶敝廬白酒飯銀魚牖外青苔岫床頭顛倒書野花隨意發茶竈不須具貪得清閒味孤懐常晏如

古洞闕崖巔苔深不計年支笻看采藥倚石聽流泉時共山僧話還隨松月眠誰尋來往迹只在白雲邊

獨酌空庭際杯摇星斗光微風遥夜響吹我葛衣凉螢火流脩竹炊煙散曲廊更深零露重砌草暗生香

荒齋消暑

草荒庭院掃陰空遠磬時聞鳥語中短榻微凉梧影緑疎簾低捲蓼花紅倦抛書卷懐佳客閒話溪橋憶釣童雨破紙窓來好月蕭然天與舊家風

放生池消暑

芙蓉湖上芙蓉開引得蘭舟去復回僧磬聲中佳客至曉霞光外美人來倒窺波影添山翠笑拾蓮花當酒杯暑氣漸消頻醉醒悠然裙屐絶塵埃

盡日清談對翠微雲煙深處蝶雙飛荷花采出香盈袖水閣凉生月滿衣疎柳半遮歌棹轉好山多擁酒人歸故鄉風味堪容老忍負蓉江舊釣磯

立秋

老覺時光促商聲驚夜眠光開林鳥外秋到曉鐘前有感愁常結無成志獨堅貽謀餘鄴架此意向誰傳

夜發虎阜至滸關

桑櫓聲輕破宿煙虎山橋下夜驚眠露濃處處開蟰桂香遠時時送客船兩岸亂蟲來枕畔五更殘

月到闕前多情添入相思淚付與蒼波共渺然

十六夜雨

一燈照殘夜卧病復空囊心與髮俱短愁隨秋更長亂蛩圍木榻疎雨滴茅堂念往悲身世連宵未寐腸

舟泛溪湖

溪水明如鏡開函列翠鬟秋深紅稻熟波靜白鷗閒倚艇客孤往采菱人獨還相逢垂釣者歡語夕陽間

曉起掃花

衡門客踪稀蒼苔長盈砌凌晨課讀餘濃香飄襲桂堦前掃落花幽露濕衣袂回首見龍峰一角青如髻白雲隨風來片片去簷際

溪上

溪上望晴空波光漾寒綠蘆荻遠生煙知有漁人宿

輓俞十一艮峰

忍置東芻去登堂神已悽杖留新鏟句卷積舊封題少女扶棺泣孤兒倚檻啼自深知己感不語對寒溪喆理追元宋豪情拂袖多片時移海嶽四壁走煙波酒醉思吞月書成許換鵞閒將腰下劍慷慨日摩挲

身惜多才累求名願盡違平生遭運舛將老欲知非到處彈長鋏頻還歌短衣空餘衰鬢友泣斷故山暉

宿陽湖署一亭

雁落夜深響蕭然卧一亭林煙籠宿火潭水浴殘星岐路憐衰鬢依人敢獨醒天涯知己絕寂寂感飄零

穴倉鼠

穴倉鼠食倉粟浚黎脂充爾腹既充爾腹毋毀我笱服

初三日重至南禪偕若洲尋靜蓀話

歲新人意舒孤懷欣有託相邀雲霞友重尋出南郭鐘響不隔溪逕回入蘭若春風蕩寒林晴光擁高閣香清午梵疎塔影當簷落老僧通妙理深言啟閟橐我欲斷塵鞅誰與駕白鶴

春院

春鳥隨春至時來送好音幽人觸幽興對此理瑤

琴掃逕頻留客烹茶共語心晴光開曉院香淺度
寒林

人日赴雪村錢宗企適至與芝山飲張蔭
嘉齋

紙窗曉晴朗薄煙寒迷離庭前綻梅花春鳥啼其
枝感此新意佳良朋增我思溪遠艇徐進波澄鏡
倒窺浮光亂明滅林影交參差板橋跨紆逕修竹
露茅茨主人無俗情相携復談詩有客逋村至欣
逢如素期東鄰邀共飲盈觴醉爭辭別多會苦難
顧鬢各成絲得歡日已足何爲待來茲

卷七 十

元夕對酒懷人

春庭飛暮雪徐壓竹梢低紙閣寒難夜林鴉凍不
啼相思空竚立無計渡前溪對酒懷今夕簫聲何
處迷

雨夜

登樓王粲渺知音一院蕭條夜苦吟亭長肯容頻
寄食雍門未許獨焚琴閒看短鬢愁難盡倦對殘
燈感易深那更東風無意緒吹將疎雨滴寒林

客館限韻得抛字

淒淸客館鳥歸巢雨外疎鐘帶霧敲淚盡頻年悲
死別燈殘連夜夢知交消愁琴劍閒常理得味詩
篇倦肯抛轉惜龍山家釀熟春光幾許上梅梢

有懷

出門無遠近同心復別離愁苦去依人寂寞轉生
悲疎雨滴荒院寒煙迷曲池其中多枯桑老鴉巢
南枝夜夜啼啞啞驚起客相思思深對孤影啟戶
忽如遺援琴一再彈淸音渺誰知仰望高天雲隨
風飛參差有懷諒難陳抱膝自吟詩

遊巘舟亭

春景曜晴林褰裳縱往蹟一片無心雲飛逐尋幽

卷七 十一

客蒼然巘舟亭傑構煥紺碧坡僊洗硯池風流餘
蘚石溪廣帆影亂徐徐轉簷隙鳥音流上下煙翠
交竹栢花俯習送迎小憩不知夕

閨思

春眠聽雨歇晴日照窗紗藹藹綠溪水參差紅杏
花鶯啼留樹暖山翠落簷斜寄語浪遊客如何不
憶家

憶庭中櫻桃

青山羅列雲邊住碧溪灣環屋後去中有幽人◎
獨開庭前手種櫻桃樹昨歲東風開滿枝好鳥啼

斷催春思頻招良友歡對酒盈觴交勸誰能辭醉
來長嘯排蒼煙明月一身花底眠微聞幽籟如奏
瑟飄落片片疑飛偲今向毘陵作愁客欲歸未歸
懐往昔清暉入戶殊多情夜夜還期鴛雙翩

流鶯詞

煙鎖春光深未知流鶯喚起客愁思多情亦怨花
零落啼過梅枝復杏枝

春分

纔到春分花落多聲聲鳥語奈情何愁心付與絲
絲柳搖漾溪頭長綠波

常州春遊詞

迎春橋外去尋春暖踏溪頭芳草新暗掠雲鬟紅
袖隱水樓簾捲看遊人

巧樣新粧意態妍郎來渡口喚漁船斜橋轉去城
東路柔櫓輕搖響碧煙

芳花斜插美人頭趁曉粧成結伴遊踈柳淺黃波
淡綠晴光都在木蘭舟

一帶垂楊繞碧溪小橋斜對夕陽西雙扉掩映誰
家女愁聽流鶯緩緩啼

郊步

晴曉春初曠悠然出茅齋薄煙曖村樹浮光蕩水
涯生意徧隴畝聊以舒我懷人情會有營各各勞
其骸風波恐失足片言滋厲階不見牆東花零落
悲故荄仄逕多窘步鄙性終寡諧願焉從所好毋
令心志乖

三月三遊惠山即事

三月三遊蕩畫船龍山龍塔望依然浮生鬚鬢誰
如舊載酒峰前又一年

水到春深綠似油青娥載入牡丹頭板橋轉去垂
楊裏嵐翠溪雲蕩上樓

河塘楊柳綠陰肥一帶晴光罨翠扉影倒波心流
不去濃煙戀住美人衣

香花橋好夾層樓盡擁紅雲在上頭引住遊郎齊
緩步春情搖蕩水難流

人喧誰識舊山客傑閣層臺裹重縷縷香煙飄
石角經聲禮上大茅峰

溪山宜雨復宜晴第一樓前晚景明送斷歸舟無
限柳絲絲都綰別離情

復至延陵

去住愧無計到家復別家斷雲還戀岫啼鳥肯辭

官臨湖濱登樓王粲老更貧自慚齒髮落將盡空
對蟋枝話舊春何如餐英壽皓綺洞簫吹入深松
裏高臥松根煮茯苓翹首期師赤松子

立春

興與歲俱新晴回江上春梅肥欣倦鳥山瘦愜幽
人影落穿雲屐香飄漉酒巾東臯聊縱目溪木碧
粼粼

梅

春風一夜徧梅枝雪凈輕寒曉覺遲捲幔幽香飄
淡遠推窗疏影積參差流鶯對語茶初至好友頻

卷七　十三

招酒不辭邦羨山僧花徑卧留將片月共吟詩

憩丹井山房小樓

有懷從所適孤往不嫌頻對此淡幽意飄然絶遠
塵雲依啼樹鳥山戀倚樓人羽客汲丹井煎茶話
舊春

山窗對雨

竟日對疎雨横窗濕翠微泉穿荒砌落雲挾斷峰
飛沾酒過橋滑尋春到客稀隔林聞晚磬無計叩
僧扉

山樓夜臥聞簫聲

花獨夜愁難盡前途路未賒城西過古寺鐘響曉
林霞

寓亭以敝簾爲門戲賦

蕭蕭客館意無營敝簾爲門竹几清數卷殘書容
瘦影肯將車轍傲陳平

夏初齋居有感

日長氣尚清端居惟養拙閒立桑柘陰緑濃窗影
潔晴光忽返照空潭錯明滅辭岫雲去徐歸巢鳥
啼悦邈然懷故交情殷感遙別獨抱無絃琴聲音
久斷絶

卷七　十四

盆松歌

延陵官閣生夏凉鼇盎松古盤青蒼拳曲未盈三
尺許鬱奇如歷千年强主人放衙坐庭曲几上晴
光滿空緑豪情灑然邀我歌四壁清風吹謖謖映
堦春草湘簾開葡萄酒熟迓賓來鄞侯素抱煙霞
氣子房原知王佐才憶昔讀書矮松院蒼濤夕響
飛雲卷謖聲不輟窗火紅明月横斜斗初轉興來
散步清暉微樹影參差幽露稀落落襟懷兩無語
松花亂落香生衣分離忽忽廿餘載潦倒江湖意
慷慨尋僧惟汲聽松泉采芝還跨茅龍背故人遊

燈殘疎磬外酒盡落花前遥夜雨初歇小樓人未眠簫聲何處起幽意向誰傳我亦消魂者相思情邈然

飲白鶴道院登石門

昔別兼今別新苔續舊苔孱僊携酒至一嘯石門開洞口紅泉滴巘前白鶴來松風吹客醒斜照下崇臺

寒食送別

離緒兼寒食山光戀客衣杏花村外落芳草雨中肥江路春如許岐亭燕又歸杯空人不見波緑片

帆飛

經村落抵明陽觀

村落幾家住衡門悉背山桃花相掩映溪水自洄環牛卧流雲外人耕積翠間石橋逢羽客談笑意俱閑

曉雨懷人

泉聲多在枕風曉自開扉青嶺有時失白雲惟亂飛啼鶯遷樹緩遊屐過橋稀對雨增離思春深獨未歸

山人勸酒

幽人得野趣茅屋入山隈自道閒居好深情勸客來年年春釀熟處處桃花開對此不成醉有生胡爲哉

陽湖將歸

亭空燈燼落羣籟寂無喧老至感離思春殘消客魂浮踪遂易斷宿雨夜難温一敍故人意深愁誰與言

將遷居

空庭曉立意蒼涼短鬢誰憐愧肯堂多謝呢喃雙語燕巡簷還認舊雕梁

移居

舊業彫全盡新棲寄一枝親朋欣慰問兄弟惜分離就樹安書榻移花補竹籬閒身成老大獨愧負良時

鄰墻依古木緑蔭覆庭西對酒隹賓至援琴好鳥啼草除開舊徑井汲灌新畦橋影雙虹落門前遶碧溪

轉覺尋山近還欣理屐頻庭寬容積蘚閣小絶飛塵捲幔延新月焚香對古人驅兒供力作剏具一門春

寄興

進巷聲喧雜吠尨簾前燕語影雙雙囊餘書卷雄南面榻擁花陰傲北窗時就涼風消午暑還邀隹客泛吳舡閒雲一片吹飛雨洗碧芙蓉插滿江

別家

隆冬人盡返我獨苦辭家此別歸無計前行路正賒冰霜交歲暮骨肉各天涯小女尤憐惜扶床學語譁

頓倒出門去蕭條送者稀登舟驚逝水寒樹薄斜暉磬室情難戀浪游計轉非何人橫釣艇長卧舊

漁磯

轉棹河塘泊蒼然尋戒壇泉聲穿石落山影隔林寒古殿鐘初歇層樓語未殘九龍辭尚戀秉燭幾回看

曉至犧舟亭

蔡江纔轉水三义樹曉風寒雪作花路去汴梁千里外犧舟亭畔巳思家

次毘陵留別木齋張明府

老大仍難戀舊枝殘冬又復促離思故人縞贈心良厚遊子囊空路轉岐乞食吳門輕別遠援琴滌嶠未情移梁行許我添吟興寒樹蒼茫上月時

浦口

山翠湧濤聲勞勞送遠征截江羅萬嶂倚壁插孤城倦客投煙宿寒鴉繞樹鳴相逢驅馬過意氣各縱橫

小橋客店逢蔣汝勵

欣逢旅店話纏綿並轡遊梁意邈然草盡飢鴻飛帶雪途長老馬倦銜煙江村遠隱寒林外酒旆斜翻夕照前縂使空囊期莫惜杜陵到處聳吟肩

經滁州度青流關

一騎歷千山盤空蒼靄間亭荒留古跡天險立雄關餘照樵歸急寒林犢臥閒啼飢憐遠鴈向夕未思還

自臨淮抵懷遠

方舟懸片席三日渡長淮水拆沙明闊村荒樹暗埋朔風吹短鬢寒月照孤懷囊罄悲王粲兼愁俗未諧

尋卞和洞

共說卞和洞陰留萬古寒我來尋往跡孤影壓層巒誰解當年泣徒令璞不完翻身一長嘯幽響激

雲端

對月

遂窓斜倚奈情何煙接寒光水漾波江北江南同片月不知離思照誰多

曉發

寒雞三喔夜將曙跨驢踏月出門去林影鋪地雪未消朔風颼颼吹短袍堅冰上鬚手足凍水合光浮流不動荒村斷續煙氣停籠住千家萬家夢須臾斗轉開天客阿翁回顧吟興濃雲爲旗羽霞射空一輪捧起鮮血紅

汴邸除夕

兒留薊北孫江北弟客燕京我客梁千里情懷雲黯慘九年淚跡樹蒼茫愁從杯底消殘歲畏向燈前說故鄉此夕飄離難就寐相思五處意誰長

客中元旦與嵇吉人遊相國寺

春城奔走各東西雜沓車聲熱馬蹄結侶舒懷行共遠尋僧逸興路誰迷寺喧遊客隨香散禪寂茶煙繞竹低輪却春江山色好梅花深院鳥初啼

纖月

纖月如離客光微戀隔難更年情愈渺乍見意彌歡隔樹還深立移燈復倚闌不知人別遠只道故鄉看

宿村店

新月照孤騎光寒歛遠煙荒村遲客至破屋擁塵眠薄酒不堪醉離情徒渺然鈴聲兼馬嚙一夜夢難全

夜渡黄河

天風吹夕響萬里走洪波我與初弦月相將夜渡河隄防人力固蓄洩禹功多無限臨流意茫然一浩歌

渡河尋陳敦吉與之俱返

一水苦離索蒼蒼渡夕暉逝尋芳還去携得故人歸晝理誰堪解知音世漸稀連床欣對酒春月到雙扉

自蘭陽抵儀封工次

危城堤作障河決屢爲災輸築艱民力凶荒困吏才傍村春柳長背舍李花開極目空衛感驅車往復來

清明客青龍岡

河畔春空老蕭條未見花濤聲風愈急鄉思柳難

遮滿目飛黃土盈庭立皂鴉何人驅馬過茅店酒
帘斜

大梁懷古

一劍歷梁園茫然睇古原遥尋朱亥里還倚信陵
門地帶河聲壯雲連水氣昏從來慷慨士知己總
酬恩

自儀工回汴越五日萬子昭邀遊相國寺

柳絮諒難定飄摇逐風轉四月滯河濱感懷復歸
汴寄食故人情掃閣擁書卷雀喧啄堦前雲流頃
萬變鄉朋知我來邀遊興未晏到門梵磬寂香氣

梁殿僧飯散長廊花開明幽院遠公饒古朴相
對語忘倦凉生竹栢間陰翠藹虛聤清閒道味腴
元踪企高羨

過嵇蘭坡寓

夜夢摘芙蓉天風掃萬松曉來生逸興尋徑話幽
蹤世味閒中淡親情客裏濃携將一尊酒相與洗
塵胸

迂松閣詩鈔卷七終

迂松閣詩鈔卷八

梁溪李雝來濵算撰

夏日偶然作

弱歲志簡編與妙勵搜討振轡遊京華慨焉返中
道無成來大梁依人悲倦老一生歷艱辛終日從
所好吟殘晚照餘聊復舒懷抱紅捲簾外霞綠翻
堦前草盈庭槐落花凉風爲我掃

高齋驕嘉木綠陰濃交枝荷香盈几前好風時與
私頻來二三友相對無厭時性鄙不嗜飲有酒邀
共持一觴巳陶然歡言開心期主人客我拙瀟灑

日吟詩吟倦擁書卧旁人知我誰

移榻就晚凉風來吹葛襟微雲如鱗布月光流一
林萬籟此時歇泠然理瑶琴響落碧天高曠望渺
知音幽意妙難傳何由諒素心

倚帷予祖考友誼篤纏綿愧我有諸弟分離各憂
煎徒留不肖軀履困願難全骨肉未違顧旁人誰
復憐中夜忽不寐攬衣步庭前明星紛歷歷林烏
相安眠鄙哉守迂素所往輒茫然

偕張雨峰席鳳章至相國寺園小憩

曉磬延幽意塵心對佛無偶携佳客至適與好風

俱樹碧蟬聲亂花香石徑紆蕭蕭池上憩波漾一
亭孤

疎雨微涼期蘭坡子昭不至

涼意先秋至蟬聲向夕收雨殘林翠滴雲斷月華
流之子期難接孤懷遏欲愁徒聞人語語誰與解
離憂

河改堤

河決頻年奠希良計欲語聲吞聞言酸鼻築堤十
月人力瘁矣功敗垂成一朝棄矣改河徙相厥
是宜棄地百里輿情可思誰啓斯謀以論以務毀

我華堂開我古墓嗟彼良田倏用穿河我飢不惜
歲課奈何計維圖遠其誰敢怨執事有謹民力胥
勸

夜起

疎星淡碧天殘月掛簷前一院客初散三更人未
眠草光濃挹露林氣薄拖煙壯志消將盡空驚祖
逖鞭

安上門

行經忽懷古一氣望平蕪河漲頻年决田荒幾戸
蘇流民應解惜過客尚多虞不見監門者還欽鄭
俠圖

晚涼

草花新吐艷書卷亂堆床萬樹生秋響孤雲送晚
涼卑棲憐鷃雀高臥傲羲皇解帶疎簾下清風吹
我裳

走河曲

走河曲哀夫役雨淋日炙驅舉築飢使膚泥沒足
客死還憐委溝瀆皂鵶來爭相逐飛飛呼羣肆銜
啄嗟爾軀亦微賦性何貪酷很藉人肉飽充腸腹

追悼吳子黼僊

聯吟氣味憶尤親潦倒如余子更貧一束殘書恭
半局豪情別具古來春

對話山牕月正生一彈古調萬松鳴天涯倚徧知
音少獨向燈前淚暗傾

記得雄心共煮泉西神山下鋒吟肩何堪天上樓
成後寥落人間倏五年

隋堤

汴水仍流客意迷隋家宮闕盡成泥秋風馬立斜
陽外柳捲殘煙戀舊堤

曙

羇懷寐未成達曙薄寒生月墮光全淡霞開水獨明亂蛩凄欲斷濃露濕無聲小向空庭立天高氣益清

旅秋

晴光秋一院岑寂渺知交壁上懸雲屐林端結鳥巢年華愁裏促世味卷中拋倦倚西牕晚遙砧帶霧敲

九日登吹臺

佳秋增興逸嘯上古吹臺夕照孤城落風聲萬木來誰知梁苑客竟負菊花杯憶弟江樓渺長空睇雁回

登大梁城樓

鴈度天高落葉寒悲秋獨客倚闌干層樓迥壓空桑古萬雉雄環酸棗寬寂寞隋堤衰柳盡蒼涼宋苑故宮殘西風吟眺荒煙外瓠子歌餘淚未乾

將之楚

少歲成離客翺遊洙泗還晚年知好道寄興濮濠間鳥倦常辭樹雲飛肯戀山言將遡黃鶴吹笛徧江關

秋望

卷八　四

梁苑繁華入望空黃河聲遶古城雄驚秋有客悲荒草落木無人問故宮雲斷高天騰俊鶻日斜寒荻墮飢鴻信陵亭畔生離緒肯向岐途憶阮公

暮投郭店

橋跨綠溪水車穿紅葉村烹雞供客飯束炬閉柴門對菊杯交勸忘形話盡喧倦來支木榻無夢到鄉園

確山道中

青山別久夢難回客路欣逢倦眼開酒旆斜陽楓樹外萬峰蒼翠一車來

經信陽州

環城排峻嶺遶郭剕長溪水淺流人影沙深印馬蹄荒居雲作帳險構石爲梯却羨林中叟終年鶴伴棲

雲巢

凌空盤石磴竹木鬱蕭森嶂束溪頭險雲藏谷口深原留高士宅未許世人尋我老思容膝長年自抱琴

山寺

澗折昧西東蓮山中剖劃禪房逼鳥巢床臼破巨

卷八　五

石晴光幽谷底天容窺巖隙前嶺射日紅後嶺纏雲白林木鬱高寒樵徑穿龍脊我欲叩僧扉清磬流深碧

柳林店

峰迴溪復折客倦路偏難板渡寒流淺沙明夕照寬青山環酒旆黃葉遶吟鞍去去前村暮鴉啼棲未安

曉發新店

山雞叫曙光急裝啓茅屋紆徐渡澗橋蒙容穿修竹與酣彌留情境遷屢回矚一聲空際嘯衆響應

虛谷峻嶺環如帳天青見盈握或時緣壁升忽訝井底仆有逕悉蛇盤無地容朝旭萬峰互吐雲迷漫散林麓始知夜夢寒身抱白雲宿

經石門至武勝關

飢抱飛霞餐倦倚流雲息崎嶇巉巖間出沒何終極層峰變萬狀相對怒角力一嶺度未窮一嶺復前塞進猛首全俯盤空磴益仄上壓石半欹下臨淵莫測僕夫行已痛停車憩荆棘荒塗人跡稀俍虎交南北胡風吹四野白日忽然匿征衫生晚寒相顧無顏色

武勝關

萬山雄楚界險扼武關來怒石森相向寒雲鬱不開鳥飛崖半絶人度月邊回懷古生遙感茫然一舉杯

宿賈家鋪

入楚連三宿計程望漢川馬嘶荒草外客倦夕陽前遠火淡將暝疎林藹欲煙巷門留好月一夜伴孤眠

子夜春歌

牕外鳥啼殘庭空落紅雨離女惜春情停針默無語

暮春晚望

春光驚又老堤柳盡飛花客發空如許愁心豈有涯河聲翻落照燕影掠平沙不見耕農返村荒剩幾家

送春辭

蝴蝶花開蝴蝶迷畫眉人遠畫眉啼門前柳絮憐春去遠住虹橋鎖碧溪

河上烏

烏啼啞啞集枯木翱遊曠野遶河曲河水頻年橫

決流蕩沒良田收村屋官吏喧傳徧鄰封奉符堤塞期迅速旗立風翻四角周壓挾人聲諧舉築壩長百丈口合成前呼負土後追逐夜聞淚湧崩忽開役夫蟻聚委魚族又聞春夏多死人癘氣飢疲易感觸同行酸鼻誰暇埋羣烏飛來爭應肉田荒麥枯烏亦飢爲語飢烏愼莫啄妻孥倚戶望生還誰知肉腐充汝腹白骨零星堆滿沙風雨陰時鬼號哭

登黃鶴樓

層樓煙翠合𢈔湧漢江開有客題詩去無人跨鶴來參盧懷倚笛終古解憐才誰與邀圓月飄然共舉杯

移寓淸風古刹

延山一徑斜尋寓入僧家闌敞先邀月庭深亂蓺花江雲常到枕寒樹不棲鴉寄語離居客頻來酒可賒

雨夜懷靜蓀方丈

霜落淒淸夜神閒契妙禪雨疎孤磬歇殿冷一燈懸擲卷邀人話扶雲就榻眠遠公懷更逸茶竈煮松泉

晚望

晴川閣外蒼將夕大別山前淡欲波萬古升沉增涕淚百年蹤跡起悲歌愁來江漢音書遠話到瀟湘哀怨多輸與漁人眠短艇閒留煙月掛寒簑

僊棗亭

一嘯朝曦外還登僊棗亭放懷雄楚望流眄涉湘靈帆轉晴川白江開大別靑何時邀鶴駕爲我駐頹齡

題僊棗樹

亭俯漢江斜逍遥僊子家曾停雲外鶴許食棗如瓜何意留枯樹長年裏斷霞心知丹訣妙空復客天涯

欲赴長沙未果

我欲釆芳芷君山面面青忽增遲暮感何處弔湘靈一夜寒江鴈風吹滿洞庭含情渺修渚空復惜飄零

感聞

有夫應募去築堤急向子妻語別離我守往役毋與汝同飢傭工皆直歸來與汝共餔糜出門望河邊百里少人煙朝去築堤暮不得還風沙捲地疫

氣連客死未埋誰暇憐鴉犬盈其前啣肉狼藉棄草間哀此役夫憚力忍飢傷體膚腰下餘千錢不得歸與妻孥黃口嗷嗷望誰哺

江雲

一片嶺頭出橫江逐鴈斜積陰全合霧返照半成霞暮感有時結鄉愁未許遮卷舒依遠客相送到天涯

武昌城對雨

城連萬堞踦嵯峩倦對雲煙廢嘯歌幾望燕臺鴻影遠一辭梁苑雨聲多芙蓉山繞夢中路鸚鵡洲

寒愁外波欲上江樓開眼界情懷無奈別離何

尋幽

道人峰頂臥一徑白雲飛我亦談元客頻來扣石扉丹泉松際響芝草洞中肥笑指西牕月無言契妙機

寒夜

寒氣結長夜凄清增客思年荒生計薄歲晚寄書遲㾓寢愁兒女挑燈念別離姬人空望遠暗暗卜歸期

岳陽樓

樓開斜照淡牕落洞庭寬險堞吞龍氣疏鐘撼夕瀾天垂三楚盡鴈掃九嶷寒潦倒江頭客闌來倚檻看

夜渡洞庭

君山一點浴波青向夕張帆下洞庭水闊天風驅月響煙深人語挾龍腥蒼茫別緒何堪理歷亂鴻聲不忍聽賈誼懷才空弔屈浮湘終古泣飄零

浮湘

凄迷月色照離人鴈叫蒼煙墮水濱四十年來雙短鬢三千里外一閒身更殘夢亂憐兒遠歲暮天

寒憶弟貧寄與浮湘無限意風波何處薦靈均

抵長沙

昨夜篷牕雨客愁無限生吹將兒女淚滴作別離聲兩岸山皆赤三湘水更清舟人前指路雉堞入煙平

寄友

湘山湘水碧無春笑我何堪亦問津莫灑賈生年少淚長沙還有白頭人

元日寓齋即事

爐向雨中新歉聲叩戶頻深庭來好鳥幽意得先

春竹閣容琴客梅花戀酒人衡湘回氣暖蒼靄結
良辰
東家有野老豪興惜留賓呼婦具肴出攜孫置膝
頻歡來邀共飲杯盡語無倫幾許殷勤意年豐俗
易淳

野人贈梅花一枝

慧麓尋芳幾泊船相思江別又經年野人知我多
幽興寄得寒枝盡帶煙燈外影斜看粉壁硯旁香
細入雲箋更深滴斷蕭蕭雨清夢一床隔遠天

雨窗留客小飲

竟日惟聽雨朋來一啟扉陰雲寒宿靄濕氣暗蒸
衣砌蘚經年碧春光到客微聊將尊酒意相對共
依依

人日雨東琴友訂遊白沙嶽麓諸勝

衡湘春到鴈聲稀况對佳辰雨亂飛漏屋殘書餘
半壁薄寒終日掩雙扉白沙井畔茶堪煮嶽麓山
前筍定肥寄語幽人援綠綺松泉彈徧莫輕歸

登天星閣

雨氣初收返照微城樓極目思依依窗間一帶波
光湧樹杪千重嶽翠圖路隔漢川人獨遠春來湘
浦鴈空歸誰憐楚客情難盡欲弔三閭淚滿衣

雨後野望

積陰遊眺願頻違晚向崇岡攬翠微雨意散餘峰
萬疊水光浮際鳥雙飛潭分草徑通僧寺樹繞春
煙鎖釣磯獨惜離愁頭易白長沙空往復空歸

元夕鄉朋餞別登舟却寄

晴光相送柳含顰作合天涯意轉親欲去難消今
夕酒長途况別故鄉人管絃醉盡三湘月燈火喧
回萬戶春獨對清輝倚篷艇風寒浪急大江濱

青泥灣阻風三日

已阻三朝暮羈人夢易訛浦雲連嶽樹春雨溢湘
波戍火荒村遠愁心獨夜多風聲寒愈急播蕩一
舟何

聞王燮公任達州司馬

劍閣盈胸塵清閑天許貧半生成薄宦萬里憶衰
親吏散栽花滿吟酣對酒頻子規啼不斷莫怨草
堂春

雨泊湘陰

瀟湘柳尚短洞庭春已波一作郢中客難爲達者
歌雲煙寒處積風雨異鄉多欲釆江蘺薦茫然緬

汨羅

曉霽渡洞庭避風鹿角

新霽忽揚舲朝曦下洞庭帆開穿霧白水盡劃天青歷險風聲壯頻驚蜃氣鯹浪遊慚鬢短未許渺湘靈

城陵磯

湘波渺渺送蘭舟直會巴江萬里流恐帶離愁流不去幾回宛轉繞磯頭

江舟

纔別瀟湘又洞庭輕舟往復幾會停數殘遠浦參

差雁倚盡斜陽長短亭細草堤邊新柳綠暮雲江上亂山青天涯春色憐如許轉惜蒼波逐斷萍

沌口曉發至武昌

帆開朝旭射空明斷浦遙村煙薄生楊柳風疎春尚淺鳧鷗江暖水初盈無端倚棹憐遲暮幾欲臨波采杜蘅得好山客人又至青蒼擁入武昌城

春夜聞雁

六月鄉音斷羇愁年復年一聲驚去雁孤客夜難眠橫渡洞庭月遠銜雲夢煙春情齊喚起誰與寄吳天

伯牙臺

邈然懷古調一上伯牙臺大別當軒落梅花夾徑開但看攜酒至誰復抱琴來返照留荒渚春雲吹不回

尋梅入朝陽菴

尋芳徑轉忽聞鐘掩映梅花水閣重一院晴光人小立紅雲擁處覺春濃

寄五兒蓉

江頭楊柳日消魂盡籠輕煙長綠痕我感依人憐到汝幾番春雨話梁園

梅子峰前落翠多晴川閣外浩煙波春光無那催人老獨倚江樓奈別何

伯牙臺題壁

絃絕人長往臺留萬古名漢江流浩渺楚月照空明短竹延山翠疎林悅鳥聲懷幽空曠望悵我未移情

送客

送客渡江去獨倚江上亭亭空斜照遠長短柳條青

雨牕

愁緒正無奈陰寒結水涯江春常對雨客夢不離家竟日稀聞鳥盈庭盡落花流光窺到鏡空復惜年華

雨四日不止東會屢招過江

宿霧沉高閣連陰積薄寒春隨鶯語老花對雨聲殘補徑愁仍結攜觴興未闌故人招已屢理楫渡江難

三月三寒食

客裏禁煙意轉迷末和三日草萋萋桃花一樹開初潔荒院人稀鳥獨啼

清明

飄殘細雨清明日遊子天涯渺白雲零落桃花句山路何人携酒滴荒墳

送人至黄州

天涯偏送別一嘯倚高臺日落故人遠江空疎雨來山容蒼不斷樹氣鬱難開古蹟堪携酒登臨得快哉

幽棲

幽致絶飛塵山棲得好春雲煙濃抱牖竹柏老成鄰醉卧花三徑高吟月一身與來還理楫携友渡江頻

寄梁園故人

一與梁園別河聲入夢寒老年懷舊切客院惜春殘鳥倦依林聽花愁帶霧看時深風雨感轉覺寄書難

武昌送別

斷雲飛絮逐帆流樹影微茫帶遠洲大別山前春又暮離人連夜夢江頭

登武昌城樓

漢水帶愁東蒼茫去不窮煙迷三楚樹浪捲一帆風烏没殘雲外山圍落照中難將今古意磯上問漁翁

鸚鵡洲懷古

當年誰作賦鸚鵡尙名洲復有飄蓬客逢生萬古愁荒煙芳草合斜日大江流聯斷蒼茫際風帆點點浮

漢江春暮

流鶯啼盡怨飄零江漢春歸山更青莫羡武昌新柳色飛花慣繞短長亭

秦岵齋招飲流雲閣送春

輸人陪春去遂我歛山樓樹斜日聲亂杯殘雨意
收茫高閣倦眼緬古結閒愁日晚鄉關渺長江挾
漢流

經田家

鳥雀亂柴荆餘光照水明屋斜穿竹逕墻短絡瓜
棚疎雨柳梢歇晚風蘋末生農人驅犢返相顧豈
無情

黃鶴樓納凉偕春澤生

客話朝曦外天風盡上樓陰森含露樹歷亂掛帆
舟山翠迎杯落江光遶檻流何年期跨鶴吹籥下

揚州

仙棗亭望江漲

登嶂拱簷楹江流樹杪平片雲飛斷續一徑歷陰
晴水勢全吞楚波光盡湧城襟懷何浩渺期與白
鷗盟

殘夏邀秦岵齋渡江泛郎官湖

幽期盟素侶選勝辟黃鶴澄鏡浮蘭舠芙蓉秀晴
郭孕化吐晨暘涵虛閟紺閣樹深滴翠濃山淺舖
淺薄文淵湛空明芳茸紛交錯輕颸送微凉片雲
飛復落前人觴咏地俯仰何綽約曠懷欽自今風
流緬如昨追往理弗迷違喧抱逈樂即此遂良遊
聊用慰離索

捨舟登梅子山

山翠蕩波心舟廻一往尋閒穿丹磴杪共語綠蘿
陰險構亭臺迥凉生竹栢深他鄉歡聚首況復遡
知音

伯牙臺小飲

探異䟽回轉翠屏亘硉矹圜作玉鏡潭水勢翻魚
窟蒼然常宥中亭樹出林樾蟬鳴有時斷遠鐘聲
未歇開筵對庭花凉生興超忽知音孰云稀裥心

高唱發斜日波間落餘光蕩石髮晚雲變奇峰層
補青山闕懷古倚空臺斯人何淪没誰復抱素琴
彈向崖巔月

呈石亭舒制府

課餘書帖亂成堆乳燕低飛鈴閣開逕曲風生花
更落林深雨歇月還來尋吟獨許橫江艇載酒頻
容跨石臺自愧芙蓉湖畔客疎庸何補濟時才

雨後登望江樓

氣象望中收雄城江抱流人聲遥入市水影夜明
樓過雨微消暑鳴蟬欲到秋撫時增徃感今古幾

沉浮

武昌七夕

往歲曾吟梁苑秋又驚織月武昌樓誰知白髮頻年客慣向天涯話女牛

懷逕州司馬王燮公

新秋夜靜楚蘭芳默默情懷倚竹床一院亂蛩人未卧三更斜月露初凉吟殘白髮穿巫峽醉徧青山對草堂愧我飄零依鄂渚空流離緒遡江長

雨夜懷人

音書經歲隔夜雨漲江關秋意來庭際風聲到樹間離情添白髮客夢亂青山故舊如相憶天涯未易還

夜

頽然鬚鬢感秋林添與遥情斷續砧一榻凉風孤客夢三更疎雨故鄉心閒依楚澤憐新別老隔吳山理舊吟自愧年來空浪跡天涯何處細知音

登臬署振衣亭

巢閣盤曲磴曠望意無涯嶽氣開喬木秋光落萬家亭空人未散江闊日初斜適遇故園客留齊話桂花

十六招泰岵齋請念基張大山飲黃鶴樓

觧緒攜佳客觴飛翠靄間常將閒歲月頻對好江山樹瞑煙初上天高鳥獨還濤暉殊有意相照別雲關

楚江秋

鸚鵡磯頭荒草多晴川閣外水增波秋風倚棹瀟湘遠欲採江蘺奈晚何

寄家書題後

書就幾回看愁生忽萬端老增兒女戀離惜歲時寬憶弟頻支枕思家獨倚闌西風吹鴈去聊復寄平安

酬同事諸公

秋高露冷草難芳獨客臨風念故鄉繞牖泉聲閒熨月穿簾竹影暗浮床常拋舊業蕪三逕却許殘吟積半囊儘有江山供眺覽容身敢惜別離長

迂松閣詩鈔卷八終

迂松閣詩鈔卷九

梁溪李錐來濱篁撰

僧菴尋桂遂登後山

故人昨邀吟桂叢遊情先墮廣寒宮向晚愁對一庭雨乞取短枝插硯東曉聞鵲喧驚忽起晴曦微射紙窗紅懷我佳賓尋共往層巖徐度紆曲逼時有濃香遠飄路登堂緑蔭橫堦空更盤飛磴凌木杪城半分界長岡雄遙山隱見林斷續睇回三楚青無窮一峰偃立頹老翁羣峰環拱排兒童江光如帶復如練欲收未收煙迷蒙到此不覺開塵胸翻身話入斜陽中颸颸襟袖揚西風

憶惠山寄邈雲喦巖仙蟠

環城秋水碧如天一帶青山擁畫船醉酒客歸隨遠磬試茶人散背流泉菱塘唱斷斜陽外桂露香殘落木前更憶登高諸李弟臨風數雁話晴川

九日遊洪山登寶通寺塔飲僧閣

旅館心驚序易遷重陽結客與纏綿巖開古蹟催人遠木杪寒聲到雁先硯墨留香遲理屐朝暉擁騎讓鳴鞭辟喧我獨尋紆路淺淺清流滿稻田

湖山交錯徑斜穿白鷺雙飛紅蓼邊遂到中峰開倦眼還尋絕壁聳吟肩殘碑半卧秋堦草廢閣誰恭夜月禪賸有閒僧衣破衲荒凉庭院話當年

逸情雄跨睇雲巔不斷青蒼繞塔前眩亂晴光三楚樹蒸成靄氣萬家煙層層水東長天遠歷歷山包大地圓忽感西風吹雁至迷離何處望幽燕

飛霞射閣氣蒼然勢壓羣巒走百川短鬢却慚還落帽他鄉何意復開筵陶公對酒添逸興杜老驚秋愛獨眠更憶登高多舊侶醉殘黃菊煮龍泉

送薛六蕺亭還里

岐亭秋雨復秋煙肯許鴻歸占客先江水城明山不斷黃花紅葉送君船

別後有憶

落葉喧遙夜淒清復雁聲雨殘江館枕夢斷竹窗檠轉憶故鄉路難忘遊子情何當攜楚醴相與對吳羹

聞雁

頻年別思渺江頭毎望鄉音結遠愁獨倚空齋殘月夜盈庭落木雁聲秋

送友之宛

吳山楚水望歸舟唯見蒼波曲曲流一片離情流

不去夜深隨月遶江樓

岐亭

停杯又復唱離歌日落江寒奈別何紅樹依稀人漸遠孤舟帆影洞庭波

邀秦岵齋小飲薄暮登黃鶴樓玩月

霞明殘照外江共酒顏紅淡月掛逕隙蒼煙飛滿空幽尋盤石磴相對滌塵胸復與吹簫客煎茗話閣中

臘八後一日邀秦岵齋顧譚齋黃鶴樓小飲

卑棲寡歡情羇處苦離索晨興開羣齋青山列幃幙歲晏思佳人相邀躋層閣林木參差間樓臺冠丹雘逕洲迷空闊前峰露瘦削遡焉追昔遊風流緬如昨雄談巽欣慨深䇿飛交錯晴天吹忽陰酒顏寒易薄江光隔牖窺掩映愈綽約炊煙復木煙一氣鬱城郭吾更懷赤壁期將理雲屩

歲將殘

雲樹茫茫煙水蒼蒼江流夜寒夢短路長飛霜壓戶殘月橫床數斷更籌念切故鄉兒兮女兮結我愁腸出復徬徨入復徬徨願假遠翼將翱將翔

月夕同人眺黃鶴樓前

羣動家室謀擾攘逼歲宴羇人轉覺閒竟日攤書卷窗明對疎竹斜陽落幽院時携二三友登臺肆遙眄江氣寒易深山客晚盡變暝色來蒼然雲鋪大地徧林月照空闊光浮水如練遠浦泊歸舟殘燈隱忽現

臘月十五同人再至石臺玩月

興幽戀圓景夜夜邀雲侶石臺湧大江寒氣淸如許薄霧散高林餘輝蕩遙渚微辨隔岸山燈火萬家聚長風響夕波隱隱雜人語身閒多好懷誰復悵時序

小除日憶女

憶昔隆冬日將離情黯然叮嚀顧小女老覺汝尤憐繞膝語初學出門衣獨牽阿翁與阿兄去去各遠天浪遊徧梁楚夢寐間山川姬人寄我書致汝意纏綿昨見一兒歸驚避房帷邊頻呼未肯應熟視稍欲前仍趨阿母懷問我何時還今復當歲暮別來忽三年肥瘦兩難知回念心憂煎

大雪登江樓放歌柬岵齋譚齋

誰携玉笛向空廻江城一夜吹落梅又疑身入廣

寒卧元霜齊擣光暟暟低驚響裂窗紙徹深庭曉
啓埋瓔珉林屋參差盡飛素竹梢倒壓垂簷隈呼
童掃徑尋黃鶴竇底白雲停萬堆列戶炊煙低不
起荒浦横舟凍未開蓮峯隱露樹盤錯長江顯淡
環堞來恍惚臨海望蓬萊銀爲宮闕瑤爲臺縞衣
僊子翔徐徊不死之藥安在哉其中羽者留我飲
陶然流眄窮九垓轉憶談經絳帳叟擁姬嬰臈爐
火煨齋頭有客同鄉里軀短腹便卓举才逸知酒
熱歡邀會氣豪意欲傾百杯尚論何厭旦復暮吟
詩肯讓李與崔醉餘倘發登山興扶筇應許相追

倍是時俯仰覺瀟灑襟袖冷冽朔風催歸期月上
招共往清暉照耀辭塵埃

秦岵齋招遊伯牙臺尋梅飲朝陽巷

一院烏聲曉晴曦盈戶牖睠茲多好懷招遊欣良
友閒舠渡廣漢春意先回柳臺樹參差間疎籬閒
林藪幽尋緬流風舒襟聊對酒天影浮雙鏡芳苔
錯座右深言諒由衷將離情更厚往歲臺梅花今
來半枯朽含葩尚惜别開不向江口

宿岳州

春水洞庭滿風濤客易憎愁心驚斷鴈一夜亂巴
陵

湘江道中

蜀江纔盡又瀟湘春雨聲中客路長浦柳淡黃波
淡緑篷窗面面擁山光

李子花開燕又飛鷓鴣灘畔雨霏霏春風緑徧江
頭草獨向天涯話客歸

盡日舟行翠靄間蒼波一片夾青山不知雨外相
思柳緑到江南第幾灣

宿衡山縣

燈火殘逾夜微寒逐水生蒼江流剩夢疎雨泊孤

城無計逢衡嶽空來愧向平何年招白鶴嘯入萬
松聲

自七里灘冒雨抵衡州泊

層嶂歷亂盤回互蒼翠送迎朝復暮幽人對雨吟
興濃百道飛泉急奔注危崖壁立半外垂獸形巨
石牙爪露波濤衝激走虛雷舟牽欲過驚忽顧嶺
腰炊煙纏竹林中有茅茨幾家住是時飯牛雲深
耕青山劚破成藝圃堤邊芳草緑初肥李花如雪
開萬樹蔥鬱重重擁棹行心目迢迢詫奇遇鴈峯
寺閣漾江流古城燈火濕籠霧柝聲聽殘倦獨眠

廣陵依微夢夜渡

雨經鴈峰寺

艇接羣峰翠飛煙落萬家鴈啼聲巳斷客路去還賒塔影沉波動林光抱堞斜蕭蕭聽暮雨離思隔天涯

馬洲灘

四圍山鬱塞湘碧前疑斷沿流進徐開峰回景屢換松杉媚蕭森脩客競美粲崇客錯晴陰迷離昧昏旦天水互相耀蕩漾瀉光亂懸崕露奇石怪異誰剖判縛束走撇漩繩牽度魚貫赴粤就紆程匝月行未半風抱雲霞志玆遊足清詎

九磯灘

一磯一險峭炫奇各變態崖崩蕊露石樛枝纏肩背層累亂斜插剖裂紛破碎錯雜積蘚痕丹黃間點黛洞窺閟陰深籐絡懸簾佩水喧奔觸激硫碥暗低對鐘乳滴虛竇天客東峰內飛翠入篷窓身冷衣雲霧

舟停潘家埠尋後山

斜陽在前山尋山迷山路林下問山童還向深林去

指緑崖

嶺峻訝雲齊壁矗雙崖對天險鎮蠻服光怪忽露態層疊盤杉松陰深埋煙霧森枝鳴鳥幽絕壑度猿礙萬派會湘流怒濤束其內帆影亂青蒼晴曦閟晦昧

自觀音灘經十二磯至海水灣

玉筍具萬形低昂互排擠破裂恐倒擲片累訝誰砌洪流漱其根欲墮倚雲際青蒽纏罅隙白晝亂虧閉巨靈施奇巧荒幻諒難繼象往神留眩情移境呈麗峰遥氣尚濃帆轉翠猶曳古塔引遊興林深屢回睇

泊祁陽

芙蓉青鳥仭攢簇繞孤城寄樹蒸雲氣空江壯雨聲翠痕濃不散湍勢怒難平歡共故園客深談對短檠

滴水巖

朝發雨氣收晴波漾蒼碧沿流遂幽情注目稀定魄林容障高厚峰連張幄帟造化洩靈蘊鬼工愁剷劃細碎排江面顛倒攢劍戟險峭絕土附陰黑亘鐵積雷奮抉雲穿飛掛一片白

雲隆崖

危磯二十四險怪爭先後雄偉半僵立交錯相角鬭驚睇惜盡裂仰呼詫不仆枝蟠萬竅妍苔剌五釆繡風雨磨歷深爛熳皮巉皺崖陰泉塌噴洞古光倒透文淵奠披猖孕化吐靈秀巳過神尙迷空翠盈襟袖

紅石山

祁陽多峻嶺零陵多巨石峭削亘數里壁立絕罅隙欹斜忽鉤注懸虛艱劖闢仰驚鬼工奇俯慮坤維窄附露長瑤草穿雲灑靈液春江落照餘斑爛

燿蒼赤扁舟溯湘流擊蕩喧瀰濤景來未遑戀巳往反追惜回哂韓子悲常思謝公展逍遙年復年埽花卜僊宅

永州舟行

森森夾岸擁杉松竟日舟穿翠靄濃排立嵩山雄鎮域東歸諸水急朝宗蠻鄉敢許驚天險客路空敎話楚封草澤至今開闢盡春深徧處足耕農

掛榜山

泉山露石奇玆奇更駭見峻排如長城荊南用砥莫平廣愁鏟削周匝費錘鍊湍激根植虛勢拔雲立片截流合萬派險固控一面總稀苔蘚痕埲多虎豹變其上鷙鷹嘯其下急灘轉舟進寸步艱到此絕攀牽客過與爾俯晴光目盡眩

遊顯聖洞

舟進萬山間卧遊幾昏曉飛翠引幽興何由遂登眺灘轉適停橈閒尋聆春鳥結茅依青蓮夾流媚綠篠紆徐躡丹磴不覺出林表古洞探陽崕僊靈宅窈窱雲氣長年棲天客倒窺小寒泉時暗滴迤峰悉圓遶辭谷循前途向夕逢人少

雨宿興安界

地峻先西匈一陰生薄寒灘聲驅夢碎雨意促春殘長苦濕煙結深愁瘴氣寬幸餘山兩岸倦至倚舟看

興安雨阻

眷翠鬱層樹白雲埋亂山雨聲聽不斷倚榜淨鄉關誰憐絲鬢天涯路分水塘邊阻三春春深一片碧波愁宛轉還流揚子渡

分水塘入陡河

巨靈崇障寒誰剖鴻蒙局一水劃西東逆順分遲速蘭舟天矸轉歡顏穿山足松古偃龍蟠花光艷

羣就式拔地塔虛懸恭天木倒植鋒鋭劍出匣氣聯鳥張翼層積累瑣碎變幻工鏤刻臨流削半片屏開鑿奇特樵上斷鈎梯猿度苦逼爪絶壁掛玉龍晴雷走莫測接應慮暫遺驚顧未遑息

宿昭平界

難辭祟嶺出向夕一停橈水響危灘逼山明野火燒戸踈荒竹木地曠薄漁樵風雨三更急驚殘客夢适

梧州

艇漾晨光亂滅明濃拖濕翠落春城水趨東粵流

卷九 十一

將轉山到蒼梧勢欲平怨入湘妃斑竹淚魂歸帝子杜鵑聲緬懷無那與延思萬疊雲深鎖片情

憶芝山

每憶鷲湖與頻尋吟我詩環溪多竹色遶屋盡梅枝夢去三年遠書來萬里遲吹將珠浦月來夕照相思

臘月

高齋臘月不知寒啼鳥聲中獨倚闌聽日盈窓枝影亂桃花零落水偃殘

雨歇

層巃片石何飛來玲瓏立蹺蹋陡河行回折屢見前經屋錯落明秧田參差蓊林木雨歇開晚晴遥眄延濃綠萬峰齊露頂白雲向腰束婉孌無定容流翠如新沐

至大融江泊

木聲奔送客流破萬青峰桂檝穿林密征衫裛翠重延新眸肯倦辭異與還濃向晚投遙浦炊煙幾含封

遊風洞山

嶴西山山奇一山外壁削環流摟下空橫踞架城

卷九 十二

郭㒵異穿紺宇蹋步凌崖磴梯雲披雲入懸虛冠危開洞古嶺背遐幽深悉驚愕日馭回仄傾元化資剖鑿泉滴妙清音風定凛寒瀨絶頂掛樛柯長根緣石絡微俯萬井開蒼靄濃交錯重嶂立如戟勢險雄經略僧話指荒殘特固歸寂寞翻身睇鳥飛殘影逐夜落

發桂林入陽朔

凌晨雙槳去連峰擁岁崗骨露土肯容形勢蔟環慢一水穿萬山百里無終極回睇霧欲埋前蹊路時塞迓眞羅尊卑爭先昧整飭儼立盡揖雲圖規

疎雨曉來歇小窓生薄寒庭前花未落海曲歲將
殘別緒紛誰理鄉音遠寄難一燈無與語寂寂數
更闌

新歲與雪青邀飲

人意隨歲舒春情敷衆芳幽鳥欣晚林高閣戀斜
陽良友敦素誼開筵勸舉觴舉觴未終巳纖月懸
西堂請看座中客各各渺故鄉況我就衰年舊好
乖參商音問久隔絕飛夢繞屋梁感茲離別多此
會諒難忘對君聽嗟懷我歌亦慨慷矢志不辭貧
豈慕陸賈裝期與孤山梅共醉卧湖光

曉院

曉院雨聲歇鳥啼流好音蕉花開不斷榕葉蔭常
深良友欣相遇携罇勸共斟興闌人散盡抱膝復
長吟

春夜聞鴈

雨滴寒窓夢易訛燈殘孤客奈情何鄉書自覺投
荒少江鴈誰堪度嶺多苦向天涯懸短榻羞來海
曲續高歌別餘門外相思柳劃斷春流鎖碧波

殘春雨夜與雪青邀話

老作珠江客誰憐逐斷蓬春殘疎雨外吟倦落花
中涉世情俱淡銜杯氣獨雄頻來邀夜話燭影漾
窓紅

夏齋晚晴

晚晴新夏凉悠然啟高齋簷外雲亂飛林際煙尚
埋落花童未掃殘紅吹滿階遐焉念故交相思苦
無涯奔走各異縣音問亦何乖請聽歸巢鳥其鳴
誠喈喈幸有曠志友邀飲情復佳醉來聊獨吟纖
月照我懷

別同幕諸友

酒殘雲散更淒迷催促登舟日漸西蠻鳥不知人

盡去無情偏復繞枝啼

雨泊佛山却寄雪青斐亭北坪

別來曾幾夕飛夢遶層城疎雨有時歇故人無巳
情客途偏病卧愁思復江聲獨向蓬窓倚蕭蕭對
短檠

高要道中

夾江山向背宜雨復宜晴盡日披雲往孤帆挾浪
輕荒村藏竹逕深谷露人耕漁者偶然過相看殊
有情

經封川

雙塔聳江渚孤城鎖亂山草荒生計薄民朴訟庭
閒曉翠隨帆落飛雲帶鳥還濤聲流不斷難與遡
離顛

連日灘行至昭平峽

晨裹煙翠餐夕擁煙翠宿濃靄變陰晴飛滿篷窗
綠望林知有村峰腰露茅屋懸崖度行人絕嶺下
歸犢萬山排鬱塞一水走紆曲境遷流眄眩灘喧
驚雷伏舟進寸步艱頻與石相角

曉抵昭平雨泊

空城如斗懸艱食復誰憐習苦原成俗墾荒難計

卷九　十五

錢水聲驅巨石山勢隘全天孤艇泊飛雨迷濛亂
翠煙

雷劈峽

上灘疑上天進峽疑進甑嶺峻鬱攢簇層疊蔥峭
蒨合掌擎高空光開容如線陰壑半吐雲吹掛白
一片仰探幽顯錯俯睇昏旦變峰峰泉流破各各
懸虛練百道趨朝宗東縛走撇漩石觸亂蹋爭倒
激灑晴霞震耳忽驚心奔雷挾飛電設險界粵西
海隅賴末奠

由大結諸灘經楓木磯入鼓鑼峽

探奇與肯衰履險古垂戒山重鎮百粵草際餘荒
砦海外盡王封誰許立雄界何年崇嶺剖急流歸
萬派化工闢仍洩阨塞露幽怪煙蒼忽側飛天青
有時隘舟尋石罅穿繩緣峰腰掛欹側雪亂噴咋
舌驚難詰稍進費千篙力竭莫敢懈處處鷓鴣啼
恐惜人行邁

十五對月懷人

孤舟遥夜倚如何影逐溪風蕩綠波共向天涯對
圓月離愁別淚定誰多

自昭潭赴陽朔

卷九　十六

山多難識名石險罕附土峭立誰炫奇費劖就規
矩青蒼排玉森森巖悉倒竪履回勢欲開稍前慮
復阻百轉竭篙力舟進未里許東峰散晴暉西峰
忽飛雨草綠水光濃微風消客暑

壽陽山

舟停鑑寺下月照層峰上草徑僧獨還煙外鐘初
響

發獨秀山至冠巖

貪看粵西山重作桂林客環繞雄雉堞險削列戈
戟雲倦墮難飛萬堆恐化石陽崖森怪枝陰洞闊

夢諒難久羨君方少壯愧我成老醜三楚復兩粵
四年事奔走安得跨鶴回羣僊遠招手長醉卧松
風飛泉洗塵垢

相思江口

夜涼殘月掛山頭照徹灘聲背客流却剩離情流
不去相思江上倚孤舟

殘夏

一片雲飛上涼風先滿樓夏殘長對雨樹老早知
秋散步尋芳徑開懷豁遠眸鄉朋時過我不覺語
綢繆

聽月亭

一亭倚翠濃萬籟松巔歇晴光散層峰僧語落雲
窟誰與抱琴來彈響蒼崖月

遊棲霞洞

晴巖羅衆妙倚壁冠危閣回峰鬱林光煙翠濃交
錯睇遠情屢遷磴盤前復卻竒異恣搜尋洞深窺
驚愕神靈結幽棲何年啟關鑰僧延秉炬入萬怪
露歷落造化巧藴藏鬼工窮刻削悅疑來斗宫銀
漢渡長彴鳥獸咸翔舞龍蛇互騰躍磬響天門開
佳麗環綽約森嚴列寬伏重蠻張雲幕排立會羣
仙跡晴翠揞侵衣曉光遲露隙天從井底窺四圍
客望窄健羽振摩空嶺半忽倒擲徐聞虛霆走破
灑奔靈液垂垂散絲縷吹掛曜千尺

對月

雲薄月流瀉庭空樹影深艱難更歲別羇旅亂愁
侵嶺外悲荒角樓頭急遠砧浮踪渾未定何處達
鄉音

赴臨桂即景

曩遊惜輕離重來與趣絕峭削無定形注目得素
契脩眉如對鏡屈伏多詭譎束體忽欽容偃立傲

雄傑蘚積千髮蒼骨露復衣鐵倒懸驚破碎插補
處虧缺煙翠濃欲流藤蘿顯常閉豁窺斜倚洞崖
光危穿穴曾闇探幽人深入夏猶冽我方苦逢窓
到午氣炎熱片雲吹好雨涼生情始悅前峰異晴
陰微波蕩明滅

夏齋曉涼幕中親友羣至叙話

晨興披葛衣就涼開北牖薄曦在樹巔爭綠浮堂
後親朋盈庭來紛然列左右謙退禮殊敦鄉里情
俱厚歡時語瑣屑故園不離口梁溪流水深荷花
香出藕疎磬引蘭舟山光濃對酒好景每縈懷歸

僊花果陳紛若麻姑衣懶整珠衫倒掛絡乳泉滴陰竇繁吹奏虛谿紆曲腹乃空坤厚穿恐薄一嘯破石出翻身跨飛鶴

粵西七夕感懷

路隔六千里秋來催白髮歲歲在天涯空齋對鈎月

迢迢望雲河天碧眉痕鎖嬌女豈知愁倚懷索爪果

秋七月望華春谷自粵東來得鄒斐亭書

秋樹綠盈廬庭深返照餘歡來千里客携得故人書反覆逼離思纏綿慰索居知將理桂檝往食武昌魚

幽齋

忘機常抱膝雀啄去頻來林果有時墮草花隨意開庭陰交竹柏徑僻積莓苔莫道無搖落秋風已暗催

重遊桂林

累月懷舊遊重尋遂阮屐逍遙繞曲阿歷磴盤雲隙就虛構飛樓層疊錯翠石江長走湛明峰連環落繹瑤簪插鏡函天光浮澄碧洞寬崖壁穿幽險閟靈宅是時秋漸深炎方暑未釋陰風萬竅吹清凉誰闢輿廣理弗昧喧違抱逾適緬彼舒豁情感茲杳冥迹追離憶往踪鬚鬢已非昔從寂得高遺毋致苦拘迫

遊虞山入韶音洞尋皇澤灣

磬響落松關人尋積靄間影斜穿綠樹徑折抱青山蘚護韶音洞波澄皇澤灣蒼梧空矚望日晚片雲還

秋望

萬木蒼無際天高一鶴鳴斷雲遮極浦叠嶂鎖重城緬古悲陳迹興懷寄遠情鄉關何處望蕭蕭倚秋聲

題南薰亭

薰風吹萬響層樹濕雲停我有尋幽意茫然睇古亭江明橫浩白壁峭破空青潭水思流澤碑痕護百靈

客桂林

誰惜顏衰客飄搖復粵西瘴煙遮牖結蠻鳥背人啼雨歇林陰合山深暑意迷難思招舊侶返棹釣蓉溪

將赴平樂

去住天涯一斷蓬愁將絲鬢逐秋風灕江尚惜鄉
音渺可奈波流復向東

途次雨

江水綠如油迷濛一葉舟荒途方惜別疎雨復添
愁樹暗村煙暮山重戍浦秋相思無限意零亂逐
波流

倚平樂署草亭

百雉環山脊孤亭挹翠寬簷前高鳥度樹杪薄煙
殘到午衣仍暮斯時露竟寒羈懷誰與語抱鋏不
堪彈

九日鳳凰樓登高

女墻雄跨鳳凰肩嵐翠江光抱檻前客路難逢桑
落酒鄉園空負菊花天千重樹氣盤蒼野一片離
愁鎖碧煙骨肉盡拋稀鴈至登高誰復感衰年

秋殘苦熱雨齋稍寒寄五兒憼

睛來常苦熱一雨薄生寒荒院葉初落他鄉秋復
殘旅懷朋舊少老怯別離寬寄語珠江去白頭誰
與歡

曉雨

亂雞煙外啼鄰鐘響深塢荒院曉無人獨對蕭蕭
雨

晚望遲斐亭不至

天闊入遥野秋高薄嶺雲黃花虛廢圃白鴈斷斜
曛一院疎鐘歇孤城落葉紛蘭舟遲不至曠望感
離羣

昭江口送馬山人入羅浮

江流劃百蠻一棹歷千山落日蒼無際行人去不
還暮雲荒野戍寒樹慘離顏臥到羅浮頂松聲叩
石關

送顧仲秀之融兼柬令叔明府

萬里天涯客何堪復別離長途情易感臨去酒難
辭江闊帆開遠山多鴈到遲故人知有憶聊與寄
相思

迂松閣詩鈔卷九終

迂松閣詩鈔卷十

梁溪李雝來濵纂撰

寄顧曜七

還憶别時柳臨風長短條不知門外雨一夜水平橋草綠穿雲屐山青掛酒瓢松泉歸共煮石洞倚吹簫

登署樓晚望

延新隨遇適習僻浮慮稀幽致滌塵襟曠懷開積霏樓憁暢高眄春情動旅微生意回寒林晴光戀客衣層巒曜虛靄餘氣蕩斜暉澹澹遠欲流曖曖碧成圖萬井參錯間孤翼空際飛素抱聊自舒含思諒難違

春正八日家秋曹松圃招家桐岡許寄齋吳紫庭王若農朱心池浦柳愚楊石墟任春海朱小岑陸曜亭集桐華書屋分韻得字

春情領衆妙晴光薄屏幃辭喧赴幽期良會欣繇院一庭吐寒梅餘芬滋蘭畹有鳥戀高枝流音時近遠逸興發清唱心傾殊繾綣交觴客盡醉懽極不知晚相送帶飛煙弦月隨人返

發桂林

象鼻山前解遠舟鬬雞灘畔屢回眸桃花煙雨隨江水重起天涯離別愁

過馬家庄

鬬情春色到江頭淺淺波紋曲曲流萬樹梨花山一帶斷腸人在木蘭舟

抵陽朔陸明府留飲

路夾萬芙蓉空蓊帶雨濃雲煙迷水堞花柳變春容向晚懷良友停舟落遠鐘一尊還剪燭草草話萍蹤

繞返昭潭適王若農至留宿

適來荒院寂啼鳥促相思不意故人至却嫌掃徑遲移床春對雨剪燭夜談詩酒薄君須醉重逢知幾時

雨窗

遥山斜抱舍盡日變蒼顏細草穿堦長流鶯選樹還江空留客棹聲遠落僧關積雨催春老無求意自閒

春齋

新酒床頭熟殘書枕畔横山來春院寂草向雨窗

生閣敞舒人意林高恍鳥情沿江遲送客返照漾波明

鄉朋數過留飲

春光常對雨榕蔭一庭開客館苦離索鄉朋欣往還每持平樂酒屢話晉陵山何日歸蘭棹相將叩石關

送家松圃還里

思君去路舊曾經一片雲帆未肯停斜日亂山春草綠鷓鴣啼盡短長亭

登平樂郡城樓

鳳凰側翅翔雉堞環肩背崇臺冠丹崖閱歷經人代一卷名印山端然亘與對森林敷新綠秀麗呈萬態圖作鏡潭春湘灕會其內倚險開雄郡灘聲撼闤闠峯排疑浪翻舟穿訝雲礙平沙散餘景遠渚接虛靄回首思伏波蒼梧渺何在白日落高原獨立增遐慨

旅寓書懷

山光樹氣鬱春容向晚新晴綠影重幾夜人離芳草合頻年客卧瘴煙濃懷鄉踏破荒庭月憶友吟殘野寺鐘老去一函遲木寄書成先帶淚痕封

寄五兒諮

客鬢竟如許一編慰寂寥暮年思益勵壯志愧潛消兒女愁難戀弟兄別更遙淒然江館夕獨對雨蕭蕭

東山寺小憩

雨聲新綠萬峰來盡湧蒼煙護戒臺春水遠吞千澗落寺門低抱一江開蕭疏竹翠垂簷滴零亂桐花繞逕栽掃却塵緣僧共話敲殘晚磬客遲回

臨行再送

深惜故人去肩輿屢到關背城尋古渡帶雨看春

山燕掠迎雙槳猿啼渡百蠻萍蹤難自定何處復追攀

曉窗雨

依稀渡梁溪驚回曉鶯語窗寒起孤立榕葉一庭雨

懷許裕齋王若農

索居良以久何處最相思山館一燈寂疎鐘夜雨時

客窗春盡

燕來尋舊宅客緒感新枝春盡雨中急夢歸天際

遲草痕侵浦別雲影北窗移無限飄零意吟成寄遠詩

送春

更覺光陰促春歸尚別離散襟期曠望懷古結遐思芳樹夢中路青山畫裏詩五年留楚粤雙鬢竟成絲

懷廣東諸同幕

蠻島亂啼榕萬枝粤王臺畔渺相思迎凉捲幔調鸚鵡帶露開園摘荔支珠浦煙濃僧寺磬花田香繞酒家旗何堪別向昭潭卧風雨滿庭音信遲

卷十　五

初夏山庭晚坐

迂性寡紛馳清閑惬幽獨支頤常對山庭廣延衆緑松外幾家住炊煙生暮麓一僧石徑歸鳥雀喧森木隔院出疎鐘瞑色到幽谷月上照吟興飛雲蒼滿屋

夕

月出峯蒼然清暉散高樹石逕薄餘霧砌草明垂露遠客結遙思山川間修路伊人渺佳期何處通情愫

課餘

松齋自課餘隨分稍安舒靜聽啼林鳥閒披插架書花香微睡後山凈捲簾初還有江頭月常來伴索居

夏午方長

午衣殊清絶飛塵不到廬懶除荒砌草遲荅故人書座擁山容變林移日影徐消閒佳客至相對話紛如

山齋書壁

疊嶂青蒼拱高齋入畫圖林深留鳥住蘚滑倩雲扶雨潤移花圃煙停煮笋厨容身聊自適木許谷名愚

卷十　六

聞鵓鴣聲有懷

一片離情斜日孤山光澹宕樹糢糊消說諳嘗江南客倚徧風前聽鷓鴣

憩壽佛菴後草閣與水月上人話

陽崖費開鑿茅閣結蕭森俯湧江山壯凉生梧竹深雲留僧掃徑鳥散客彈琴庭午清風至無煩暑氣侵

我亦餐霞客凌高攬紫煙期僧閒煮茗邀月共談禪萬籟到來寂羣峰睇杳然江光還蕩漾清絶許

留眠

賓至

山館晚開霽江城水氣埋閣鐘流翠簃啓戸對蒼崖客到月盈樹話殘雲滿堦瓶花香繞夕相與散襟懷

別平樂諸故人

萬里生歸思孤舟別古城斜陽遊子路疎雨故人情山色蒼無際江波綠正盈回眸天水外雲樹亂蟬鳴

桂林道中

殘霞嶺外明飛雨積翠峰前掛夕曛一路灘聲聽不盡輕舟已破萬山雲

由唐家司經果山諸灘抵全州道中

灘危山對束不盡鷓鴣啼挿水雲根瘦披煙石髮齊林端懸濕翠雨外掛晴霓萬里遥歸棹途長客意迷

連日灘行

前灘續後灘舟落萬峯間客病憎途險年荒惜食艱村邊歸犢少沙際立鷗閒幾許別時侶空知話舊顏

雨泊衡州

三年別緒渺相思回鴈峰高歸夢遲添與情懷孤艇泊衡陽城外雨絲絲

長沙懷古

湘流浩渺樹迷離終古長沙感客思秋草尚埋賈傅宅嶽雲常護禹王碑一輪月掛初圓夜萬里舟停未醉時欲采芳蘅凉露晚含情不語益淒其

謁洞庭君廟

殘月照揚舲瀟湘下洞庭山微蘇氣白天盡水痕青急浪吞三楚虛堂奠百靈安危遊子路欲薦采江萍

渡洞庭抵岳州

晴光曉湧洞庭秋滾滾濤聲天盡浮八月初殘衡浦鴈三年重上岳陽樓依人到處難青眼破浪歸來竟白頭尚有西風憐客意吹將楓葉送蘭舟

舟經黃州將遊赤壁未果

亦有坡仙興欣懷赤壁遊斷雲招白鶴斜日下黃州艇接群峰翠江吞萬堞秋無由思理策空說舊風流

九月三日泊彭澤尋陶公祠

山間盤百雉柳外泊孤舟不見陶彭澤空來黃菊秋荒祠餘石角終古舊風流我亦懷歸客勞勞愧白頭

京口

秋到故鄉盡風寒鴈共還蕭疎紅樹遠浩蕩白鷗閒直渡西江水來尋北固山寄奴城外月清獻照衰顏

至九弟仙蟠墓下

與汝別猶苦奈何生死分長途歸一哭荒草掩孤墳塢冷悲枯木山空嘆暮雲西風吹滿野落葉正紛紛

步入山中逢故人話

六年裘馬客萬里返江鄉舊宅多蕭索相知恐老蒼初言愁屢別復道歲頻荒落木喧寒野山山下夕陽

書懷

庭鳥鳴高樹晴曦照幽室遶榻堆殘書盈盤進剖橘稚孫堂下嬉索果呼弟姪嬌女尤憐惜食飲不離膝新歲聊復歡何用憂來日

諸弟與諸兒頻年客天涯辛勤度歲凶子婦常苦飢仰食萃一身奈我形就衰昨夜寄書來反覆致相思會面既已遥肥瘦亦難知不見龍山雲去去歸何時

去冬憶初歸荒涼入戶內一一驅兒童稍稍除蕪穢度歲謀貯粒分餽念親愛誰惜囊復空踵門屢告貸羞顏謝故人力薄恐難再作客苦思家到家反致悔

離別寡歡情堂隅坐復起年已踰一週無成覺老矣生計既依人安得戀鄉里臨行乏行資遠道誰足恃姬人為我愁酸苦語盈耳強顏致好懷吟句斜陽裏

步出城西門逢人多苦飢面垢語復咽體寒無完衣有田力難耕釜甑塵欲飛典質前既盡生理知已稀親死未及埋妻子將何歸我聞三嘆息對案不忍食

新春別

歲新氣漸佳春光回晴樹人飲山下泉我獨辭家去萬里去依人良朋來往頻梅花開繞閣不戀故鄉春臨行別親故阿妹重致辭年衰勸歸早平安書莫遲空囊就遠道歲荒留貯稀姬人佐理裝暗

淚滴征衣出門復入門老年戀阿女背我向毋泣
送我黙不語舟子促登舟張帆別龍嶺良宵誰與
歡圓月照孤影

元夕泊孟河

良夜驚初別依人萬里遊薄寒聊醉酒對客未消
愁帆影拖煙落潮聲湧月流轉憐溪水畔望遠倚
空樓

清溪野步

橫舟渡前流散步忘路遠隴畝麥苗肥茅茨背山
阪春光先到柳新條拂高堰村婦傍牖春牧豎獰
犢返回睇炊煙起江空落照晚

晥江見新柳

短長亭畔柳初妍客路難消二月天縮住離情春
水外翻風拖雨一痕煙

莫折柔枝贈遠遊東風吹去惹閒愁橫江一夜添
新影不鎖春潮上下流

小孤山廟

底定西江拳石浮青蒼遠引掛帆舟雄分匡嶺千
重落怒控潯陽九派流環珮夜歸雲護帳旌旗春
捲月橫樓珠宮龍躍雷霆走彷彿神靈挾浪遊

彭澤

春風吹送向江州路盡江洵我欲愁兩岸山開懸
曉日孤帆一片碧波流

江州野步

鳥語柳新綠清陰擁客來鐘疎蕭寺遠逕僻野棠
開水氣全浮堞春光盡上臺匡廬招手至臨去首
重回

泊蘄州

晚艇荒城泊濤聲震女垣雨飛濃樹氣水落闊沙
痕織席青山市賣魚紅杏村榜人歡共飲沽酒向
高原

晚泊黃州遊赤壁

我驅長鯨萬里遊靈曜摩盈珠光浮排空破浪聲
喧逐晴春擁棹停黃州黃州城枕古赤壁誰向磯
頭橫鐵笛豪情孤往徑紆絅新柳前迎翠嶂滴翠
濃之際冠崇臺騰身直上雙眸開洲渚微茫亂帆
渡遥峰隱現青數堆江流如鏡復如練餘霞倒飛
紅射面春花春草相新鮮繞檻尋吟興無倦須臾
暝色生蒼空弦月低掛東簷東炊煙徐鋪市家屋
襟帶飄捲吹天風歸倚篷牕傾玉甕清暉落水星

斗勔坡仙一往鶴不來夜卧寒雲裏殘夢

泊漢口感舊

山翠依稀認舊村十年踪跡幾消魂垂楊不解人離怨仍倚風前長綠痕渡口斜陽感別思蒼波揺漾一枝枝重來白髮情無那空向清陰立片時

武昌喜晤舒石亭司空

雨長漢江波雲依漢江樹豈戀武昌魚三朝復三暮青對舊山容欣與故人遇曲折話離跡殷勤詢前路停杯勸加餐臨岐屢回顧珍重如許情登舟未忍去

湘陰舟次與秦四映軒話

篷背風生夕照間青蒼濃抹萬煙鬟浮湘已惜春光老復對離人話故山

次湘潭與映軒別

共倚青山與水涯多情屢話故園時杯停嶽麓愁風雨舟到湘潭感別離柳影初齊春復暮桐花未落路將岐生憎瘴海稀回鴈何處臨波達遠思

郄寄

昨夜共蘭舟對雨惜春晚曉來別故人山碧湘流遠

夜投山店宿

適有古人與春宵秉燭遊深林虛籟發暗澗亂泉流客到鐘初歇更殘雨未收叩門聊借榻衾冷共雲留

登衡嶽

尊嚴天下握位定鎮南邦到午雲封殿殘更日射牕微茫三楚盡歷亂萬峰降履底泉飛出春波長滿江

迎波橋

水劃雙崖斷橋通前嶂傾耳聞泉聲人在白雲上

半雲菴

鑿石接危梯結菴斜向路長青簷外山新綠門前樹亂泉半倒灑搏激聲震怒良田開層崖引流盈灌注僧閒春耕急雨殘簑笠聚我挾片雲來復踏片雲去

半山亭

一往幽搜入翠微半山亭畔叩禪扉纔知磬向天中落巳信雲從袖底飛絕磴盤來探杳冥羣峰到

處辨依稀塵跡堪客老却笑僧閒去不歸

由香爐歷妙高天柱諸峰

雄傑不矜奇幽深羅衆妙松古蒼難名石巨形維肖一峰陟未蘇一峰進尤峭漸下復陡上盤折升靈嶠雨來聞見絶鴻濛闢萬竅有時天稍開白雲停繚繞逕巔露微青空明光倒耀幻影誠無端尋僧忽叫嘯

丹霞寺

危崖懸古寺雲氣托重關微辨林端磬不知雨外山清容逐客至僻許老僧閑聞道春晴日丹霞伴

鶴還

避雨南天門

直到天門上纔知碧落寒白雲飛萬片丹磴歷千盤掃榻倦思憩圍爐濕未乾僧牕愁聽雨啟戶幾回看

雨投上封寺

嘯眺碧芙蓉半埋煙霧濃泉聲飛絶磴人語落蒼松帶雨尋幽境披雲到上封山僧知客意留卧祝融峰

登祝融峯

攀尋窮層巔天梯懸刻削俯瞰萬玉龍觸激吼騰躍一怒穿履走一怒向頂落紺宇開陽崖飛橋駕絶壑臺探三更日洞闢羣僊閣縹緲祝融峰端嚴邁鸞翟無心拔衆上羅立勢徐卻譬如拱至尊斂容侍幃幕我來雨初歇白雲停交錯常嘯空濛間一氣歸淡漠

鴈峰寺

遊嶽興難盡鴈峰雲不遮江光浮佛閣林氣壓城霞梵響疎鐘歇庭幽返照斜僧雛欣客至撥火自煎茶

衡州道中却寄秦四映軒

一路看山色添人吟興多天開收暮雨灘急長春波樹隱村邊渡漁歸草外坡湘潭有離客遥望意如何

歸陽即目

背山茅屋兩三家山半人耕破曉霞疎雨飛殘春欲暮陰陰深塢落桐花

鳳凰灘曉發

停舟疎雨歇一夜瀉灘聲到曉重雲結逆聞獨鳥鳴薄寒收釣艇新水足春耕路轉杉松裏山多難

識名

湘口曉發至石期市

林氣收晦霏天容開晨𣈶南來崇障塞東注浩沆漭束急無静流排險稀平壤漱激虛孤根蒙窖絡層上二儀洩隅創萬態呈非想衆異探慮疎餘青曳懷往猛進艱愈奇屢轉蔽復廣遠牽飛猱繩高落披雲槩途長體憐倦睁接神覺爽迢遥息已遲悦惚耳猶響

白灘至果山觀瀑

白灘險難進黑嶺峭罕見綿亘界楚南層立插波面骨瘦慮暗傾形碎訝生錬纖草無隙容健羽有時倦森森深林續徐徐脩路轉稍前得石壁到此共神眩巧繪矜誰工倒削平餘片錯繡備五施荒幻靈萬變古窦閟幽竇流翠迷遠聄頂破掛飛瀑雷震曜虛電辭危驚未舒追往與彌戀

由馬家嶺經平山壩入小江口

倦至憎險途異遇欣忘我石勢傾仍倚峰形尖復頗茅附修眉輕皮皺倦雲墮巧時娟刻鏤堆餘亂細鎖甫進覺奇幻稍遠反婀娜晶晶波光飛重重雲氣裏一線剖鴻蒙萬響鬱磊砢盡日睇蓬窗向

嗔投村火

崇嶺

楚山多奇石粵嶺更險怪泉飛蒼樹間聲落白雲外

飛來石

分流誰鑿萬山開送盡行人去復回舟到此間還悔往石從何處却飛來矜奇片立蒼松外歷刼孤撑碧水隈曉雨絲絲吹未斷常疑陰曲亂雲堆

三里陡至馬頭山

陡灣七十二一灣一滝滞翻得遂幽搜盡日愜鼓枻籬落艷春敷沙岸媚新齊徧開萬芙蓉倒插露根蒂遂忘履道艱彌覺遊情勵堆螺濃點黛變態絶意計傾欹擲零亂紛碎巧排砌獸伏氣猙獰戈立鋒銛鋭岊洞顯仍隱圭景虧還閉遇異未遑留既往復回睇

到桂林

碧波輕燕掠雙雙聽盡灘聲倚曉牕雲擁奇峰迎遠客一帆風雨入離江

送春

飛花零落奈情何客路春光惜易過桂嶺雲埋迷

遠望離心添入雨聲多

對榴花憶春澤生

庭中石榴樹皮幹龍文老花葉濃交蔭四月開何早風雨摇其枝顔色豈長好殘紅落盈砌晨興賴未掃憶客珠江日一編共搜討歡來索我吟詩成每傾倒惜別歲屢遷纏綿思遠道道遠致書遲獨立傷懷抱

登署樓與若洲話舊

高樓共眺接飛霞萬叠雲山樹不遮話到舊遊增世感愁將離緒遡年華他鄉把臂聊吟月何日奉

泉復煮茶多少故人零落盡空餘霜鬢客天涯

寄映軒

一望雲山渺大荒離愁天末鎖斜光飄零莫惜瀟湘遠白髮還憐入瘴鄉

夏至對雨寄澗雲魯巖

輕寒生雨夜長夏似深秋頻致罄瓶耻難消故里愁青瑣仍半榻白髮竟盈頭寄語諸離季天涯莫漫遊

孔雀篇

孔雀飛飛聲徹遐荒憩息山林雌雄頡頏俯仰自得體負文章懷奇不戢羅致君旁娛賓屏開彩爛庭光望雲情欣側足徬徨幸蒙心賞誰忍輕揚羞戀餘粒依人黙傷

曉望懷鮑三若洲

曉院榕陰碎涼生鳥語中開門延遠巘移榻就微風一鳥去無際孤煙淡欲空倚樓如倦客應共惜飄蓬

送人歸越

連山慘淡樹依微渺渺離亭乳燕飛白髮盈頭家萬里一江風雨送人歸

懷山人

一條斜背嶺逕僻少人過每對山頭雨知添門外波荒籬編短槿破壁掛長蘿時向溪南釣歸來月滿簑

曉望寄漢陽故人

客寐驚回五夜雞草荒露滿女墻低半江山色天初曙一院榕陰鳥亂啼水帶相思分荔浦雲經太別下梁溪遥憐王粲登樓倦去住艱難意共迷

夏齋曉憶

曉來疎雨歇涼意到藤蘿簾迴延山遠庭寬聚雀

多長吟追阮謝興眺憶羊何欲寄相思感臨流瀰
碧波

寄容齋松圖

雲去蒼梧遠湘流萬古清茫然懷楚澤誰與采芳
蘅遲暮殊深感飄離空復情鄉關何處望白日下
孤城

有棘

有棘有棘生當道旁咸憎異類將斧將戕我憐非
材幸留勿傷春雨無私滋長成行豈意來遊適毀
我裳何尤于物俯仰彷徨

曉登印山亭同顧叅軍漁渡

亭空曉倚嶙巖影接城樓翠靄多天東四圍環
碧巘沙平雙帶走蒼波重林路向愁邊斷極浦帆
從鳥外過覽勝懷鄉無限意對君更愧鬢先皤

示五兒蕃

殘照盡諸峰新涼到古松先秋頻落葉不夜亂吟
蛩青鳥招還遠脩途望豈封停舟聞海水莫便負
離蹤

客齋對月

蟬聲入暮哀客緒向誰開披葛山前立凉風林際
來鐘初殘野寺月已掛高臺遠憶清暉裏愁人白
髮催

寄春臺中丞

草色一庭荒晴條孤影凉聞蛩難就寐對月輒思
鄉鬢短兼時促愁多較夜長天涯無限淚難灑故
人傍

芝山年七十有八長余十七歲知交最深
回憶歸訪時留話五日夕臨别送至溪橋
白頭相對後會恐難感至泣下

君衰我復老相别思依依欲語先流淚臨行勸早
歸孤松寒愈翠獨鳥倦還飛故舊彫零後知音溯
更稀

殘夏晚眺

冉冉江上雲亭亭生萬態微風吹晚陰凉意入牖
內一庭疎雨來樹杪餘照在斷虹貫城隙落霞明
鳥背翛然散襟懷靜與羣峰對

迂松閣詩鈔卷十終

迂松閣詩鈔卷十一

梁溪李雖來濵篁撰

感懷

依依念故歡，廢廢步逸野。深林睇炊煙，聞磬知蘭若。禾芳春尙淺，末日難盈把。行經舊里巷，腸廻淚空灑。啼烏各戀羣，流音時上下。伊人棄我遐，離緒向誰寫。獨歸理斷絲，曲終嗣音寡。登樓抱孤影，雨滴鴛鴦瓦。相思渺碧波，相望何爲者。

立秋夜起不寐

一院蟲聲碎，四更驚到秋。感時不能寐，起視夜何如。衆星爍離列，天漢已西流。淒淒對孤影，綿綿懷匹儔。俯身復入房，踟躕增百憂。涼氣生桐井，殘月應在樓。道遠衣寄難，砧停淚未收。

發平樂赴桂林

觸緒感飄零，寡處念親友。人生逐飛鳥，片時東西走。輕雲辭昭亭，思洞灘江口。晴光散城遠，含清層回首。蘭柂蕩碧波，青山羅前後。孤墟歷錯薄，晨渡出疎柳。

遵途錯向背，流影紛參差。光幽櫂林巒，莎濃媚漣漪。氣隘岩容仄，勢峭猿訝疲。既往理弗昧，甫注神先移。游鱗聚陰岸，野雀喧疎籬。亭嵲懸崇崖，高高飄戍旗。兵閒卧草間，婦歸負柴枝。迢遞望無極，俯仰增憂思。

暮檝投荒煙，餘光澹石髮。逆波訴回轉，連岡排硉矶。灘勢盡奔雷，峰形全露骨。微風暑漸收，殘蟬聲未歇。重叠林景昏，菴中草香發。遥山明野燒，一痕如新月。

復返昭潭舟泊桂林浮橋未發

登舟夕未發，人語喧夜宿。避喧動幽情，延月尋巖巘。纖月漾微波，秋風響層木。草際辨隱磷，煙外迷虛谷。梵定僧進眠，窓火明山腹。

曉入棲霞寺遂歷遊諸洞

天雞促曙光，芙蓉開繞郭。渡江尋靈異，星布雄巖壑。紆廻披蘿磴，聞磬凌絕壑。松篁麗幽顯，雲煙紛交錯。歷洞探險怪，妙相誰刻削。萬竅裂腹空，轉慮坤維薄。俯身下林表，僧邀上飛閣。曦陽射層崖，餘青向遥落。依人寄蠻荒，長年苦束縛。秋氣動悲風，翻然招白鶴。

由官巖經羊蹄至畫山

荒途熟頻經，萬峰怪莫測。稍進復廻曲，前開頓障塞灘急稀靜流舟擲輕如翼晴暉蕩其間飛煙耀空色襟懷隨往暢應接未遑息崖枝紛丹黃娟秋備施飾緣掛飄長帶洞窺閉深黑幽妙過難留靈蹟屢追憶

進鉛寶瀑布諸塘

列嶂環如堞秋波緑更濃幽深穿甕底夾束小天容須臾吹片陰急雨洗芙蓉孤戍連村樹峻阪散歸農牧人草逕回漁艇渡口逢雲飛前嶺迷殘霞抹後峰

泊陽朔城外尋鑑山寺

萬峰連埤堄百折瀉灘聲艇逼猿懷擲人騰鳥背行林霞浮傑閣巒翠壓空城曉泊鑑山下疎鐘不徑清

舟行

奇峰多不厭村徑向江斜帶雨啼山鳥隨風落澗花斧樵穿絶磴漁筏聚平沙獨倚秋波綠浮來八月槎

秋夕

老樹迎風夕籟生天高露下氣淒清愁來鬚鬢頻年別望去關山孤月明久盼長江消息斷虛傳薦海夢魂驚遙憐戍婦聽殘角盡對秋光淚暗傾

邀顧明府王都閫邊孝廉重飲印山亭

青蒼高並鳳凰樓興逸頻邀飲上頭野廟日斜疎樹翠長天鶴落薄煙秋翠峰會向樽前湧二水交廻檻外流多少豪情經濟客莫將歲月擲閒鷗

重九前三日登昭郡城樓

秋風入遙野孤客一登臺日落大江去沙明疎雨來砧殘紅樹外鴈度白雲堆極望山前路何人采菊回

重九

舉俗慕陶名茲晨興遊眺我亦增曠懷聞尋防雲嶠良朋賞我趣移觴共言笑秋光萬峰來重林羅衆妙捫蔦探幽竇忽倚蒼松嘯悲風入野多天高鴈度少不見采菊人長川瀉朗照

雜詠

解維天初曙登亭日已曛斜光樹雖戀水氣蕩為雲稱去仍來歸草燕還不分凉風吹庭際豆花落紛紛素交知我至還復通殷勤掃塵憩方床鄰鐘帶月聞

寄跡山水區澹與塵慮絶詩書娛我老探索戶常

閑時於枯寂中味回情更切倦極憩南窗月在疎林鈌白雲停半塢浮光照如雪隔竹響棲禽隱堦吟蜻蛚籟聆無稀聲露凝淒以潔守素隨形化抗懷希前哲

運流無停景邈然憩孤閣簷岑餘舊青庭葉響初落蟲微知時促淒淒泣叢薄矯健摩雲翮啁啾翻籬雀俯仰固有殊物情任所託感懷傷遠別音書滯遼廓憂多恐致疴振襟散郊郭崇岡舒獨吟長川羨魚樂新交忽過我壺觴欣共酌携孫依晨夕聊復慰離索

從好寢食忘無倦先訓垂白髮愧盈頭素志敢少衰秋山羅几前煙雲忽我貽寂寂空宇中孤月照吟詩抗懷希萬古含意人莫知

野望

朔風吹落鴈四野睇茫茫樹晻埋虚氣峰寒歛薄光衰餘憂海警客裏畏年荒故舊彫零後悲來滯瘴鄉

雨窗書感

氣肅悲衰草寒雲結不收峰隨鴈影斷江帶樹聲流入市無常價難言薄有秋蕭蕭簷外雨滴碎旅人愁

晚入壽佛菴後山眺紫竹山房

卑棲想危構晚嶺探幽妙稍欲辭塵喧居然歷深峭舒襟披脩篁超興肆遐眺嶺重列屏蔽川斜豁眴燿低回哀渚鴈高落摩雲鶚蕭蕭聆葉飛荒荒見人少平楚生長飈寒原盡餘照空庭昏薄煙遙山明野燒隔岸夜語多知歸溪上釣

雨夜

荒院雨聲滴殘燈籠溼煙艱輸連薄户瘠壤屢無年奈少歸與鴈還遲渡漢船隱憂頻反側永夜不成眠

黃鶴磯

徙倚黃鶴樓難消楚客愁大別蒼如舊江空入漢流

別舅西赴鄂

廻棹遵修途銜感辭寄親衰棄少志意飄泊勞吾身寒風吹野草延頸曠無人臨波翫流影懷遠情莫申白雲停幽巖丹楓翳離津漸復歷夷險不覺淹宵晨

江寒落木清灘響倦客驚激作別離聲岑寂感人

情情殷形隔絶皎皎異鄉月徘徊玩流波浮光瀉明滅宵深霜氣至徒御共勞瘁居者已云寧懷役未遑寐飢鴻無静棲哀猿無安啼長吟用自慰俯膺益悲悽

杳杳蕩蘭橈曲曲溯湘沅迷望錯洲渚虛氣引蒼巘落葉紛寒流陰雲曖層阪辭舊情彌戀懷新意雖反歸禽喧暮棲遊子悲路遠念與故人違坐愁歲時晚

沿洄歷波瀾信宿任淹留衡遠青仍溲湘離蒼未收情感理彌洽興超境頓幽征人渺故鄉悵望悲沉浮風厲大江寒孤懷結慕愁附雲慚高鴈依水慕輕鷗飲啄殊勤苦天地何悠悠

感遇

少壯事奔走衰老還舊閭到家仍屢空酸苦離其居萬里趨瘴鄉經年望音塵變計復楚遊渡湘逼歲除故人解我意留榻安琴書懷古眺赤壁得食武昌魚聊資俯仰須稍足欣晏如過逸志恐乖辛勤浮慮疎涼風林杪來江月皎盈廬長吟每達旦味愜與有餘

園中多植椒庭前多藝蘭氣味既已投還慮芳意殘萬里逢新知到面情即歡纏綿致款曲慷慨傾心肝酌酒爲我歌抱琴爲我彈歌罷琴聲歇此盟誰忍寒升沉諒有定離合誠無端莫言固膠漆棄置會恐難莫言淡如水水復生波瀾

遥萊湧海底高浪吞崇島蒼松蓋嵩龍幽洞産芝草姮娥遞妙音群僊列羽葆願乞金丹訣與世顔長好翹首望靈源雲深迷遠道道遠會難期年華逝已老

涉江揚桂檝楚澤多芳蘅蘋藻浮孤根非水將何生采之可薦羞委棄物亦輕西風寒欲波日暮感余情

壯歲家屢空飄流身已老飢驅别故懽音書阻長道嗟彼象袂非念兹躬耕好萬里結客情一夜夢顛倒夢回苦反側愁緒無由掃徬徨步前庭瞻望月何皓肅肅風吹衣凄凄霜落草低頭還入房歸計憂難早依人增厚顔俯仰傷懷抱

懽至輕年月悲來重桑榆生理固有常俯仰變榮枯浮雲逐飛鳥目注亦須臾少曾希藻思老復走飢驅素志諒難展一編還自娱身落流俗中心與古人俱白日照盈窓清風響高梧

往歲渡沅湘淼淼入漢川朔風捲高浪餘暉蕩空煙楚芳寒已歇攬袖何能前徘徊望靈妃環珮聲邈然青鳥不我貽精誠積獨堅離顏忽就老憂傷結纏綿流淚俯江側江流無時息

江漢有幽女容華耀春城簪玉間秦珠被服纖羅輕曉寒當牖織機杼札札鳴絲理頭緒多終日章未成雨嚮鴛鴦兎盡作離別聲歲月不憐人銜悲淚獨傾君持萬里身妾持萬里情瀉水置冰壺澈底辨濁清抱鏡處暗室相照豈分明

幽庭森桂樹葉葉覆根枝高齋迎曉開朗然曜晴曦疎影如離客動搖紛參差眷兹清陰佳華意美人知非時安肯芳遲暮空含思

雅亡變騷怨沿漢漸離真流蕩及魏晉誰復思其淳情味既已漓經理罕問津栗里有奇士謀道肯憂貧素志敦詩書獨仰洙泗濱飲酒與躬耕聊用保厥身

撫懷在一室邈然望誰知形衰志空抱義以忍亞馳坻雁夜雖靜林寒風更悲憶昔送我人笑已壕纍纍去者不吾返來者不吾私慷慨復踟躕援琴寫所思音響徹高天絃絕淚如絲

高樓接飛霞窗開夾層林芳花已零落一院鎖清陰離人含遠思脉脉揮瑤琴絲桐感幽情指間發哀音山重望峩峩江流渺何深長天懸曒日還留照素心

殘葉粘枯條孤雲薄長川回風忽吹轉離離各遠天昔遊依桂木傾心共纏綿何意渡沅湘來尋赤壁眠欲唱知音稀俯影空自憐居歡移舊情在戚促暮年抱志不獲展身後誰復傳一眺伯牙臺懷古徒泫然

紛紛庭前草淡淡園後葵草花爭吐艷凝露方自滋顏色人所重秋來曾幾時藝葵顏懷子含英少餘姿獨抱傾向心華陋望誰知無知老故根守素終不移

我有方外友結茅隱層巒禪寂泉石幽心閑歲時寬鐘疎聲續動白雲繞巖端竹徑流餘梵潭上薄光殘香迷萬樹雪月照空山寒俗僻敦恬樸林深棲息安願言往從遊川廣阻長瀾含思理琴絃愁絕不成彈

抗懷無與語驅車大梁遊白日蕩茫茫黃河萬里流復上吹臺去城寒落木秋不見信陵館夷門煙

鎖愁悲來渺知已心跡薄雲浮歸尋濠濮吟莊周

夢難求

陰陽迅驚轡枯榮促暮年往感隨夜息來慮逐晨遷隕涕升牛山惜逝臨長川一念苟黙弛餘生適滋慼艱苦開曠懷日日對簡編流飈激繁響斜照欲離天閉吟寒樹裏皎月掛其巔清光攬盈袖滿屋飛蒼煙寥寥緬千載此意向誰傳

聞歌思扣角臨淵思洗耳留候王佐才曾納圯上履功成謝浮榮終從赤松子客星詔不辱披裘卧雲裏亘古崇釣臺高風緬秋水川廣濟舟楫波浪

有時起在山泉自清流盈任坎止

飢鷹落蒼煙野雀戀空城鳳飛無苟棲曠世乃一鳴豈不懷奮翼見稀恐致驚歸閉老荒溟俯仰安性情

種桑望成林綠葉欣滿園新蠶堆春室采桑聞曉喧采遲蠶苦飢采多葉不繁少年提籠來見之心鬱煩空枝采爲薪薪采恐傷根無食蠶難長無絲體難温敢肆一人貪絕衆衣食源

春初登黃鶴樓酬舒石亭制府

晴光蕩寒翠樓俯漢江開倚笛人長往尋吟客復來羞將衰鬢感說向濟時才草木回春意芳風徧老梅

讌歌行

繡幔鬱垂囊瑤席鳴廻珂纖月凝華讌微風飄綺羅美人承夜良含芳發清歌歌竟勸一觴得懽莫蹉跎往歲羨修容轉瞬鬢恐皤鬢皤當奈何

送王蘭溪都閫赴潮州

薄海輪𨊠急屯兵控上流戈船風去捷礮火鬼含愁猛氣千人敵奇功一劍收始知班定遠不作腐儒謀

初入黃州寄孫春臺中丞

春情懷赤壁帶雨下齊安賦就人何在吟來興未闌氣回疎柳澹煙合大江寒轉惜知音渺援琴不復彈

送人歸吳門

帶雨波紋細孤帆去肯遲江寒花隱霧鶯囀柳拖絲水綠長洲苑山青短簿祠到家春未暮對酒莫輕辭

青溪小姑歌

窓影參差花落空枝寒煙低鎖芳意誰知

眺黃州城有懷

霽曉興頗超尋春舒遠矚江城寒未銷徑草微抽
綠連雉跨重岡長川帶回曲波明日華動墟迷樹
氣束帆定碧天流峰斷白雲續眷新慮易遷適已
欣自足還懷赤壁遊餘風渺誰屬洵美非鄉邑忽
忽憂離促期子共翺翔無爲悲黃鵠

快哉亭

肯容幽客眺快意得非偶雲輕飛入座梅芬繞其
右盤鬱紛竹木交互帶阡阜流眄窮微青春山揖
佳友漢川下悠悠歸帆逐浪走孤煙歛逸渚斜光

蕩虛牖亭空疑動搖人影壓高柳俯仰餘曠懷洗
滌無纖垢敢期邀月來歡然一對酒

寒食夜雨

天涯春易老遊子意難安疎雨掩深院重雲結薄
寒撫時雙鬢短抱影一燈殘夢向桃花路驚回淚

暗彈

清明晚霽偕于廼峰城東散步

攜朋入野曠興發馬聲中草細遶城曲門陰跨澗
東新流生薄照欹阪落殘紅小立垂楊裏輕煙曳

晚風

渡江尋寒溪遊西山經九曲亭入靈泉寺

挹三泉憩洗劍池上小閣遂登絕頂

昔人唱高跡我亦思雲駕晨氣開城市新榮敷桑
柘青蒼入野多山遠先如迓眷茲呈麗美歡此晴
日暇渡廣淼無波小艇沿流下紅桃散墟落疎楊
背魚舍浮暉草際明斜光川上瀉循途興愈勇孤

遊情肯罷

捨舟探靈棲尋徑領逸趣連岡翠縣亘紛疇藹交
互始進峯層蔽稍開紺宇露淺流細有聲拒石回
復注窮源披草轉斷澗絕前路古根盤爲橋架虛

駭人渡羣啼懽幽谷新陰媚脩樹僧閒留啜茗聊
憩息余步

山淺灌木深蒙龍翳我前光流訝易陰影錯驚難
全歷磴梢復折危崖亭孤懸衣袂捲空翠不覺出
松巔蘸子發高唱幽興符後先俯城環履底萬屋

飛蒼煙往來葉葉帆悠悠去長川

崇巖吐秀色春華麗清賞搜異罕坦步延新躡孤
往靈宇冠陽岡鑿險構非想挹泉企石壁漸攀躋
俯仰頻聞啼鳥喧時寂鐘磬響絕澗架危閣散襟
谽幽敞松竹森蒙密雙崖擘如掌高接青冥微下

瞰深惚恍何年此洗劍光鋩覺動蕩我思風雨來飛流瀉百丈餘與歷草徑復跨層雲上林鏘曜晴江斜懸匹練廣阡交繡幔張潭開鏡函朗周視翠靄浮一氣渾莽蒼長嘯倚怪石頫令塵懷爽

曉寒

殘夜伏吟詩曉寒起覺遲風輕花落院光薄鳥啼枝好友披雲至新苔帶雨滋坐看春又老莫惜酒盈巵

曉發黃州城樓

雉樓雄枕大江寬日影波光溢曉寒碧樹數堆浮檻曲青山隔岸擁眉端天空鳥沒風初厲浦遠帆開霧未殘期與良朋豪夜飲直捫星斗倚闌干

遊安國寺

霽旦動幽情新林聽鳥鳴光浮春水淺草合馬蹄輕客向花前立僧從竹外迎到來忝靜理碧籟一庭生

竹嘯軒

堂開對修竹一院日華清適與好風至泠然幽籟生茶煙青未散鳥語綠初盈已覺塵緣絕尋吟背

古城

城南野步

桑柘葉初齊郊原草色肥已聞布穀鳴復見江燕飛春茲春忽盡舒嘯願肯違遥遥村屋露曖曖積煙微遠風吹綠疇麥氣涼生衣隨流聽清響漣漪逐斜暉相逢無人識翛然吟獨歸

送春

衰年春去更如何門外愁添一夜波啼倦流鶯芳草綠魂消客館雨聲多

雨後晚望

蛙聲哈哈草萋萋隴畝陰陰水滿溪刈麥人歸巷樹外數間茅屋隔煙低

東郊尋徑登聚寶山

農人歡雨霽幽客窮心賞新秧摇微綠麥浪翻錯壤日華瀉盈流水光耀虛朗紆回歷郊原渡溪入榛莽越陌厭平阡清氣挹高曠翠竹翳蒼巘尋徑披草上古城掛崖足飛雲落吾掌交帶江與湖一氣白浩蕩何勞升絕嶺始識二儀廣

尋入智林村

微步返遥村紆途轉溪口農家欣雨足蒔秧當夏首幽棲傍城垣徑仄下長阜尋流度石梁木喧逐

人走野花香上衣斜暉在高柳涼風舒新苗生趣徧南畝修篁初落籜濃翠環僧廬雞犬散堦前茶煙生屋後既耕還復讀玆樂今誰有

重抵武昌郡

忽生離別感相望意如何撥棹寧辭遠懷人屢復過山青雙郡閣草綠一江波晚向磯前泊閒雲擁客多

宿偎棗亭後樓

樹杪光浮下漢川斜飛白鳥落窓前交原遠抱千螺翠俯雉低環萬井煙瞑際乍收彭浦雨望中空憶洞庭船閒眠復對連宵月倚笛還招跨鶴僊

登鄂州北樹

飛甍冠崇巖佳麗開雄楚閒歷丹磴往凌虛肆遐覩大別拱雙城漢川夾萬戶遥青變旦昏餘氣歛洲渚水光錯明朗人煙互吞吐危磯峙黃鶴荒草悲鸚鵡蒼茫覽陳迹慷慨獨懷古流霞到層林雲中下脩羽凉風吹暮陰空江灑疎雨

山樓

晨夕倚峻閣幽襟盎清曠錯壤盤形勝嚴城麗雄壯綠無翳脩渚碧雲腰遙嶂樹接隱層臺湖明列重盎洞庭雨初霽江水勢尤漲日華斜照曜波光虛蕩漾鳥向牖下巢人在飛霞上慮澹興彌超理適情何廣旣乏嵇康琴無勞阮孚緉邈然山之幽臨風發高唱

山樓坐月

樹霞光漸昏巢鳥聲初斷城煙合巒氣暝色迷前岸磴寂來蹤稀舟泊疎燈亂皎月簷際懸餘暉波上散江空萬象幽沙明愜清玩聞磬識遙寺俯流疑浮漢興發輒忘眠微吟欣達旦

漢口歸舟寄桂林諸故人

知音悔教惜分離楚澤重來未采蘺心逐長川浮大別夢隨孤月戀相思荒煙漠漠人懷遠芳草萋萋艇泊遲轉憶高齋頻對酒殘燈疎雨共裁詩

曉望

曉霞光外啟山扉梅子青浮黃鶴磯遠樹迷離煙不散一江疎雨亂帆飛

江閣

七年蹤跡逐浮漚吟斷青山愧白頭岐路自傷歸未得偏來江閣望歸舟

雨不止

急雨滴荒砌愁來遲啓扉大江吞古堞小暑戀寒衣宿霧吹難斷凝塵掃不飛鄰童知廢釣昨巳沒漁磯

重遊赤壁

逸情携衆往長嘯復登臺忽憶吹簫客空慚作賦才夕陽隨鳥下山翠渡江來樹杪風吹晚清凉送我回

赤嶼磯觀漲

復有坡僊興頻來赤壁遊眷玆宿雨霽深夏如凉秋郊原互回紆石磴歷清幽亭臺眺高曠一俯蒼

江流新漲驚舊觀滔滔汩平疇層峰障其南周視天盡浮微微露村樹隱隱辨漁舟雲度錯明晦煙銷滅汀洲返照落波底虛光射僧樓何人舉網餘閑閑卧磯頭

步自城隅登陴晚望

蕭齋愁對雨三日戶常閉濕煙宿深院蘚滋盈荒砌忽欣殘滴稀窓明漸開霽携童晚登陴徐步舒幽睇斜暉帶層阜輕霞引孤袂江湖流莫分茫茫浩無際山遠障重疊稍斷餘青曳近郊列茅舍竹木相掩翳嘉禾含新潤艮蔬長初藝歸巢乳禽啼

遥原去人細牛閒散草澤牧喧聚薛荔我迎暮凉歸還向風前憩

閒居

紛喧聊絶迹一院積莓苔園果隔窓落野花隨徑開林收殘雨盡鳥逐斷雲回隱隱聞人語江頭倦釣來

與麟振夜話並感亡弟仙蟠

人向客中老家從愁裏分相看憐短鬢飲泣話孤墳花重帶濃露月斜流薄雲援琴操別鶴哀怨不堪聞

晚眺書懷

仰室忽而愁茫然出荆扉草荒交廣路亭空餘落暉羇鳥思故巢向夕喧不飛斷雲如孤客飄流渺難歸遙眺晚炊外漸覺人踪稀林杪光已盡水際霞尚微逖逖感離懷回風捲我衣

古意寄孫春臺中丞別

別路送歸客蒼茫倚古城長江洞庭下紆餘繞聲盡向故園流帆影去縱橫惟見千里鳥孤飛時一鳴飄飄天際雲遠恐度湘衡我思揚桂檝楚澤採芳蘅白日忽遲暮延佇淚暗傾

晚望懷吳雪青

野曠欲潭煙林缺露山翠殘雲戀遠汀斷霞曳歸巒徑幽延清賞居閒絕塵累凉風扇廣畝芃芃歡嘉穗俯時景已遷寓目理全異緬彼珠浦深含情渺難寄唯留楚江月迢迢照離思

夏齋即事

棲遲盟素襟隨遇欣自適層樹吐幽姿遠渚媚虛碧川容雲徐淺山光城不隔解帶就凉風陶情對佳客歡聲進新粒先伏慶嘉獲壺觴聊共酌傾談追往昔安流少驚游競途多險窄依依戀卑枝冥冥振健翮俯運通榮衰長謡忘旦夕即此娛我懷豈云希遯迹

寄王燮公

最憐門外水直向故人流遠道依青嶂殘編擁白頭常懷元亮輿未免仲宣愁輸却蓉湖卧藕花香繞樓

微雨後登新亭

疎雨吹初散斷雲流復停斜光餘萬樹凉意在孤亭歸浦帆猶碧隔江山更青微茫窺楚盡大地一浮萍

過城南報恩寺

霞輕水微燿光薄林難顯層城宿霧開幽徑餘露泫迎凉經廢寺追往感流聘紺宇半傾欹古佛依苔蘚鐘卧無棲僧荒草迷深淺野風還入戶飛雲向空捲一鳥出枯枝三嘆去蒼巘

尋竹樓舊趾

抗懷輒希古孤往歷皐陸潭氣引虛素草光摇浮綠望林緬前哲流風想遺築茲樓趾久迷黃岡竟少竹人事既遷移物情亦反覆勞營與適成循名誰復續形忘歸淡根志泊絕紛欲不見長江月年年照城曲

柬湘鄉秦山長映軒

水接洞庭落青山鎖萬層斷雲停赤壁疎雨夢黃陵期子理歸棹相將去採菱石門招羽客共醉卧嶙嶒

登障望大水

危堞障江漢横流勢欲吞岸高微露樹波闊少容村雲氣還沉閣龍鯉直到門良田難問歲孤客已消魂

芰蕪

種瓜引滿垣種豆絡滿棚綠葉何翻翻延蔓相縱橫花多結實少辛勤惜無成庭中有秋色妖艷難具名日來陰雨深荒蕪委砌盈晨興稍芟除凉風吹袖輕微賤芳意薄時至倘爭榮雖非素所欽聊以怡吾情

秋懷

離緒滿江頭蒼波日夜流不知岐路遠添與故人愁樹暗洞庭雨雲陰彭浦秋茫然憐楚澤空倚木蘭舟

園橘

丹橘生湘水誰携覆吟院霞光散簷牖浮綠盈書卷幽鳥歎其枝凉風吹餘蒼清談銷夏日敷文開廣讌幸陳君玉盤嘉賓庶克薦青黃色常改芬芳情不變

漢江秋望

黃鶴磯邊樹已秋白龜渚畔碧波愁雲山萬疊齊迴東不鎖江聲日夜流

夕感

河淡天高望鴈遲氣清露重夜何其空餘客鬢愁難盡到處朋情惜易離殘月半床鄉夢覺薄凉孤館草蟲悲淒風響落雙梧井泬滴停砧不語時

中秋前四日如畫亭雨後共眺

雨歇雙虹落波明一帶環良辰無客醉勝地有人開綠俯城根樹青延江外山東流雲共去獨見鳥飛還

酬石亭舒制府

聽彼喬柯垂蔭流暉鳥欣舊棲飲啄無違求侶志切懷遠情稀好音晨交動定天機有風自北驚林孤飛路長羽短日暮何依

蘸抱微芳孤生江洲棄置莫採零落素秋與感氣味遠致綢繆移居華沼新意紛抽雷潤旣渥結根清幽天道易遷人理難謀懷我所欽薄言汎舟聊對斯夕聊寫旅憂

望楚

萬樹蒼茫落照多西風吹下洞庭波碧雲閣外生鄉思紅蓼洲邊倚榜歌九月微霜催塞鴈三更殘火冷漁簑秋光別路頻回首欲寄離情奈遠何

迂松閣詩鈔卷十一終

迂松閣詩鈔卷十二

梁溪李雖來濱篁撰

發黃州赴荊州

感秋懷遠思棹舟遵往路赤壁日巳殘樊口煙將
暮棲鴉翔復喧遊鱗散還聚蒼蒼隔岸岫離離隱
浦樹俯時變蕭瑟萬象驚非故美人棄我遐誰與

慰情愫

洲渚夜荒荒霧氣歛薄寒虛光動林際孤月皓雲
端漁火遠漸微草蟲吟欲殘終宵不遑寐懷役逐
驚湍江水時未消高浪一何寬眷焉慕所欽敢怨

道里難

涼風自西來吹彼水中蘋流波與蕩漾適然會何
因有弟趨漢江飄流正苦辛停橈登黃鶴相顧淚
沾巾朋舊猶眷戀況乃同氣親千里中秋月來夕
照離身明發各含思苦衷未盡申回睇大別峰清
暉獨戀人

思抱綠綺琴彈向楚山隈知音阻天末嘯倚伯牙
臺清風響繁林吹我幽襟開原隰望茫茫孤鵠鳴
徘徊白日下前川飛雲何處來

夕睇梅子峰未曙達漢川輕帆受風疾終夜月隨
船水宿朕晨導盈虧頓已遷滔滔俯逝波離情誰
與宣野鳧聚平沙蒼隼薄高天斜日曖長林遙渚
靄殘煙渡沔復經潛懷古心茫然

舟小輕如葉洪流浩無垠飄離多悲情觸目更傷
神村村餘敗屋稍稍見歸人瓜豆雜作飯蕪草採
爲薪微煙掛斜柳殘照漾浮蘋嘉粒充魚腹生涯
蕩水濱不慮生涯絕但慮租賦缺

瀰瀰孔子湖飛雨旦復夕迅風吼衰柳高浪震瀨
湍趨途斜掛帆捲向虛際擲驚魂捫未安時恐蛟
龍迫孤泊敗蘆間秋氣寒蕭索流影分參差搖蕩

如離客別易會何難形阻情不隔悵望倚篷窓雲
暗沉漁宅

夕息抱影孤晨征銜思遠俯惭浴鷗閒仰慕高翮
健瑟瑟葦風響黯黯墟光晚居人原上槳遊子波
中飯隱隱望沙市歸牧隔林返舟轉帶殘雲水泊
傍荒堰

苕苕幽谷蘭森森崇嶺桂芬芳氣已投分遠情自
契殷勤喜我至歡言慰愷悌開筵列珍羞觴醴申
嘉惠離會思舊林美服重新製居愉日苦短岦盡
賫復繼交由睽理敦感因窮途沸

撫膺促别緒停觴忽不御客路既依人有來孰弗
去艮時莫我留乖分毋乃遽夷嶮倚無端往復兆
豈預殘燈耿夜寒雞鳴知天曙强顔告將離含情
目難舉行李已就道却立話絮絮臨流睇逝波前
途泊何處

悲歌行

客子停舟在柳堤舟人語客聲慘淒荆州古城峙
江口巴江萬里障東走外設重堤護城垣居舍層
列燈火繁一夜水長雷驅逐涌浪排山天黑昏堤
小城崩亂漂没子婦號哭隨波翻至今過此傷心

目前村後村餘敗屋腐肉俍藉充魚腹白骨零星
委泥濁東流之水西流波招魂無所奈汝何

漢川行

嗟哉漢川行悲風捲夕曛哭聲語草間酸鼻廼堪
聞子婦四五人相憐苦辛勤晝夜同作息寒飢忍
暫分經秋水日長田没憂難耘一夕勢崩奔墻傾
如敗軍全家逐波去孑身竄榆枌骨肉不遑救痛
極氣先焚剪紙魂何招迷茫泣白雲生無終歲飽
死無尺土墳

重泊黃鶴磯

滚滚濤聲澹澹煙重停鄂渚意茫然原知哀怨終
歸楚肯信風波少定船樹鎖秋光回極浦山圍夕
照落長川精誠不戀荆江老憂切民艱到鬢先
青山依舊湧江流白鴈初飛下鄂州木落湘波空
有感日斜漢水不勝秋三年馬跡驚殘夢五夜雞
聲促遠愁念昔故人情誼重頻經黃鶴廢登樓

夜起

攬衣夜起步簷西舊雨情殷意獨迷樹響在庭蛩
在壁疎星殘月亂啼雞

訪菊入安國寺尋安公方丈不值

春兹秋日隹南郊隨步歷石橋跨淺澗杖影背危
堞遠原屋露斜眄野趣領愜歲薄思勞形農圃安
素業林際江明滅帆外峰稠疊竹轉寺門深塔迥
蒼雲接默期探静根甚幽叙款洽清光懸禪榻輕
塵散秘篋籬無殘菊枝案有乞花帖老僧悵未歸
盈庭響黃葉

江上與故人别

歸岐江館共盤桓一樹寒鴉夕照殘别後關山愁
莫盡强將樽酒勸交歡

秋江詞

蘭橈歲歲倚芳洲每對西風促遠愁渺渺湘靈何處望江聲空帶夕陽流

采菊

綠草淒繁霜黃菊耀寒妍重茲清貞品閒詠獨歡然殘條收薄光迤岫歛餘煙徘徊睇孤影離緒阻長天憶昨在故里乞花城南還布置環几案皎月照高圓芳英紛參差盈室話纏緜嬌小八齡女笑摘插鬢先戀我復畏我不語依膝前別來走粵楚忽忽逾二年期回遲理楫結念徒憂煎寂寂幽窓裏日夕望歸船

郊遊入寶石山眺江湖晴曜

氣清人意舒秋煙午欲淨臨風木易疎迎霜草餘勁緣原屢升降盤回紆荒徑尋山不在深微高引孤興幽篁紫古巷延異蹬修磴江湖豁迤朗天光曜雙鏡羣帆歷亂間青峯互環映流眄眩萬變歸淡心愈靜

離歌

江波寒木葉下鴈聲四起風吹遙野煙荒荒路茫茫離亭衰草月如霜

泊湖口

荒荒江渚泊歸船人語雜聲攪夜眠斷角吹霜寒欲曙殘星零落月沉煙

皖江舟暮

光離寒樹盡三匝繞啼鴉瞑色歸盧渚潮痕落淺沙荒途趨戍火野泊傍魚家幾許懷人意飛雲不肯遮

九華山

空蒼一氣向江來雲外山容曉盡開石赤三更扶海日煙青九點湧蓮臺陽崖松定封寒翠絕壑泉應辻暗雷却笑廿年頻遠望不將雙屐破層苔

經銅陵追感

銜悲懷昔別古木復彫殘舊徑埋煙遠荒城背水寒潮迴知玉帶山疊憶銅官白髮盈頭客重經淚暗彈

舊縣

古塔傾殘草巡荒市廛喧沓接波光尚餘落木連僧院無復啼烏遶女牆幾戶煙痕收極浦一江帆影送斜陽歸途穩趁西風便回首峰青忽渺茫

暫歸巷江

巷江欣復至曉日擁寒流白髮歸新客青山對舊

樓掃塵聊慰息絮語更綢繆共惜經年別歡顏慰
暫留

對酒歌

對酒娛賓美澤熙春與歌未闋悲來無因寡處一
室懷念友朋愧涯候嬴難辱信陵江離細草誰知
含芳抱根孤潔遲暮徬徨食桑吐絲結繭勤劬用
留布衣孰惜微軀月落依林光餘簷雪寒與誰言
親交闊絕綺羅新製肯戀舊裳世無舟車誰棄其
鄉停楫中流浩浩江波出日入月抱影奈何頹齡
莫駐藥石恐悞但跨脊虬遨遊天路

新春書懷

簷餘殘雪消氣潛回寒枝新聲懽衆鳥啓戶迎晴
曦微風竹間來緑影紛參差人各領其妙春光適
與私膝前逢孫曾對卷聊課兒不見出嶺雲流行
返無時

春風何處來吹我中庭梅清芬留盈室悠然襟懷
開家人進盤蔬甕香熟新醅念我將遠離勸我盡
一杯在鄉歡共話出戶夢難回

好友晨臨門邀我山中遊辭㳘引晴暉徐徐泛輕
舟峯迴燭春容溪廣緑盈流尋泉依舊逕歷磴眺

僧樓微青瞇遙野薄煙延未收歲新人到稀雲去
鳥常留壑陰尚餘雪梅花寒更幽隔澗聞清磬梵
深不可求

支硎尋靜蓀禪丈

遙尋禪客往相對豈無情淺澗通梅徑孤松落磬
聲寒光餘淡泊山意不將迎愧我三年別空數白
髮生

雪後靜蓀留宿何亭

梵歇鐘鼓寂深談入夜闌禪理既已超興趣妙無
端推窗月在澗梅枝殘雪寒

山行逢故人留飲

孤往烹澗泉寒風吹春凜松徑逢故人歡欣邀共
飲追憶別十年懷舊輒忘寢空有還鄉夢相思兩
難審況今復遠離後會知何稔醉留崖石吟青山
橫作枕

小樓春夜

奔走長年竟白頭暫歸故里對寒樓桃燈絮話還
疑夢聽雨停觴復遠遊鴈影獨隨芳草路山光盡
擁渡江舟春風總戀離人去回首鄉關淚暗流

梁溪行

乖睽日苦長歡會時苦短徃歲復遊楚暫歸辭客館一室致好顔春庭花發满有人過我廬聊逼忘年歡相邀急裝束豈容須臾緩飲冰心知寒衣錦身知煖登舟俯江流青山睇難斷晨飯高浪逐夕宿孤雲伴束髮志篇編衰老更迁散悲來戀故舊中懷不能坦酌酒情彌殷注目意猶嬾渤上伯牙臺敢惜賞音罕

別家冒雨登舟泊西城外

新柳易消魂條條緑到門樓頭人欲去溪上雨初昏只道書頻寄相看淚盡吞篷窗愁獨卧一夜水聲喧

舟阻丹徒閘口

客情趨途急迅期達江漢奈歷月虧盈留滯阻河岸潮生水勢微舟人共長歎用遠反致緩坐愁旦復旦鄰泊聲喧雜驚眠起頓看繁星耿天寒光薄逐流亂仰慕春皐鶴養息脩羽翰思奮振八荒一掃屑雲斷我悔別遠遊輕與親朋散登高望揚子去帆何浩瀚

次京口

廿年來往客復向寄奴城帶雨孤帆泊蒼流一夕生潮吞今古恨山鎖別離情幾許岐途意春光不肯明

宿邗江

故鄉別未遠水宿夜難静潮響復烏啼夢落邗江冷

江舟早行

雙槳掃殘星霞光微到汀寒聲銜斷鴈煙氣束岐亭愁鬢天涯白春山客路青江波流不盡何處望雲停

次龍江關捨舟野步

舟阻愁常結消閒步縣徐遥村溪水長細雨柳條舒酒問寒潮外春尋啼鳥餘欣逢歸里客聊寄故人書

遊梁山

雙岫插波面雲霞互吐天險束洪流衝激怪石露雷奮走其根掛帆敢輕渡避風暫維舟褰裳目巳注峯回淺餘碧林空歛虚素新奇愜孤往幽妙領深趣歷磴身漸高下睇所來路江水浩茫茫平楚蒼將暮

雨泊銅陵江

春意滿江頭茫茫泊遠舟雨添新別思草長舊離憂野廟通村路寒雲結戍樓波濤不戀客日向故園流

青溪

遊途歷夷險銜思起昧旦遠與親愛違隨往尋清流蒼翠半擢空層嶠列屏翰白日在澄淵波動光零亂氣積蕩爲雲依樹寒未散春耕人啓扉荷鋤去逶岸

經安慶感懷

皖子城邊水濤聲撼客眠殘雲停浦樹疎雨泊江

船屢往慚新覽銜悲話昔年大觀亭畔路草長鎖寒煙

夜入沙灣泊

向晚風濤急驚魂悔遠遊荒途趨堠火村犬吠歸舟市暗人初散林寒霧未收遲眠聊小倚星影逐長流

彭澤抵湖口

萬峰排水面煙翠睇無窮氣積濃常變光浮耀在空濤聲驅九派鴈影背孤篷望斷坡僊跡生憎竟日風

九江與俞十四別

春老雨聲多揚帆渺碧波臨岐邀飲酒相對共悲歌花外人初別雲邊鴈獨過匡廬山色好回睇渺如何

江舟惜別

蕩漾春山翠欲流荒荒濤捲碧天浮吳船載盡還鄉夢楚雨添來遠客愁已感知交悲皖子更憐親好別江州東風却恨無情緒又染楊枝長渡頭

到黄州

帆迅踰健翮遲速絶意度江州午解維夜深報舟

泊聽雞識天曙望城積煙薄晨暉啟市壥杏花散籬落柳色看復新山客睇如昨掃門苔逕開發書歸舊閣窗明餘桂影庭空喧衆雀故交知我至臨來話離索往還誼共敦邀飲情難卻

入楚寄春臺弟

篷捲萬山青春流落洞庭茫然來楚澤何處望湘靈鳥倦時還息雲飛遠未停堪憐經歲別祇自惜飄零

春庭

輕陰春巳半人倦薄寒天夾徑客新草盧窗擁舊

緺花濃初受雨柳澹不勝煙向夕增離思登城望漢川

清明同人遊赤壁歸憩如畫亭小飲

客裏逢佳日邀遊赤壁還稍沽鄰舍酒來眺隔江山人散草芳外鳥留花落間憐春齊有感回首話鄉關

喜吳六至留飲

意外相逢話舊春當年聚散一飄蘋白頭僚倒天涯客又向花前飲故人

雨夜留華十三飲話別

肅齋留剪燭門帶雨聲闕已惜無家別偏思故里還莫嫌村酒薄應念客途艱即返蓉江泊春光變舊山

華十三濤臯同到黃州即送歸里

同遊人復別窓外雨聲疎老大難爲客平安郎寄書只耽桑落酒不戀武昌魚歸向溪橋住迎霞已滿廬

到家應有問莫道旅人憂好客情如舊長吟意自由桃花鄰舍酒山翠渡江舟祗惜春如許君歸我獨留

送人至鄂

殘尊今尚共一去望難還催曉林中磬依人戶外山江寬何處泊柳短不堪攀季弟如相問憑君話舊顏

過安國寺

清幽延野趣散步向江斜積水蒸雲氣新林耀日華修篁叢曲徑深院落餘花禪榻堪容客僧閒屢煮茶

黃州客舍詠楊柳

傍城楊柳映門斜亂絮平飛別路賒一夜東風潭

上落不教流蕩向天涯

枝枝掩映似溪西籠住流鶯緩緩啼夢裏不知人已遠小虹橋畔月痕低

院齋

屋背茅菴磬門迎柳絮風燕斜簾影外春老雨聲中淺水流無盡殘花落未空孤雲辭岫去何意逐飄蓬

江樓小倚

送盡歸人返渡頭無聊復上望江樓多情却怨條條柳偏與春風惹客愁

郊步

春殘欣雨歇徑僻草生肥野水閒花落荒菴晚磬稀鳥隨斜照盡人帶暗雲歸擬向寒溪寺尋僧叩石扉

坐城東亭子望懷

環城水影浮天白隔岸峯容抜地青每對新凉思遠矚頻尋舊徑倚危亭帆歸歷亂迷彭澤樹接蒼茫渺洞庭追惜浪遊今阻絶空留楚尾望雲停

赴鄂州道中

漢水通門徑懷人帆往還連雲辭赤壁帶雨過青

卷十二　十五

山草長孤村遠沙平一鳥開蘭舟依戍泊林翠蕩波間

宿仙棗亭後樓

幽棲躋高曠層樓構木杪羽客知我逸留榻容遐眺窓開俯江漢犖岫互環遶曖曖遠樹浮稟葉去帆小積水斷復明虛霧散還繞睇窮空蒼闊萬象露難了鐘逐下山人雲束歸巢鳥須臾來暝色身卧飛霞表

曉發武昌與魯岩別夜至黃州

一借山樓攬舊青相看連夜話飄零天涯兄弟逢難別愁裏風濤去獨聽回瞬鄂城迷遠渚銜思樊口蕩殘星誰憐鬢白空爲客何日鄉園共醉醒

雨後夜坐懷王爕公顧晴沙

夜深疎雨歇一院薄凉歸螢墮林間重月流雲隙微城高殘柝碎僧定遠鐘稀誰泛蘋溪艇荷香吹葛衣

夜雨不寐

客館難消夜無端結遠愁凄清聽漏雨輾側數更籌珠浦書常斷黃荒癉未休不堪懷兩弟寥落倚江樓

卷十二　十六

夏齋偶成三首

棲息不離城紛喧已絶迹門對隔江山遙青擁晨夕砌荒蘋芝草院幽稀來客傍牖森高樹陰濃凉到席鳥啼移舊枝搖動殘花落清曠開襟懷琴書聊自適暝色下前岡悠悠望阡陌潭空接炊煙迷漫鋪虛白

曉院疎雨歇蕭齋豁然開就陰理花藥分移遶砌栽苟未勞其形滋生孰克培鳥雀簷際喧時啄堦下苔凉意盈襟袖聊以舒吾懷唯愧不能飲客至輒銜杯高歌每忘疲清風與徐來奈何苦離別空

嗟顏色頹不見漢江水背人流背回

索居渺異縣舊交諒已稀幸茲二三叟天涯相因依與思輒往還談笑每忘歸出處雖有殊情誼諒難違登陴時共望懽顏觴復飛山水娛人心吟嘯領清暉斜光朗照曜盧翠亂沾衣客散荒巡香前林幽磬微江雲迷遠舍凉月到雙扉

曉遊城東蓮塘

盧室光未盈空潭霞已耀磬響先鳥啼煙生遲客眺偶理雲外屐遂尋溪上釣村墅媚漣漪岡阜環窈窕披草泫輕露俯流漾初照懷清釆芳芬慮澹領幽妙閒閒來散牧悠悠過荷蓧頓欽栗里耕遑企蘇門嘯

新亭

疎雨後微凉偕陳復始王僕齋黎雙溪眺

陰凉生晚際亭表澹微曛葉墮先秋雨帆移遠樹雲園簷流盡迴抱堞堅難分客散尋歸逕蟬聲斷續聞

曉凉邀人小飲

便曉坐堂隈凉風拂袖來輕圓珠露滴爛漫草花開霄薄無餘潤時清少棄材好將閒歲月邀客復銜杯

覽勝亭

蜃氣晴開湧日華遙村斷浦樹如麻江濤怒走環三面嶺翠橫分落萬家散鳥還沾雲夢露歸帆時曳洞庭霞亭空一覽誠無際不意鄉關眼復遮

六月七日晚望

俯時情緒獨登樓照落蒼茫萬樹浮客思肯隨遙巘盡江聲爭向故園流天涯骨肉歸仍夢鏡裏鬚眉感欲秋今夜人家初見月應將遲會話牽牛

夏齋納凉晚至覽勝亭望江夜返

安閒暑易忘琴書消永日庭幽花開落牆陰樹棠密側聆鳥音徐仰瞻雲去疾抗懷希古人臨風抱吟膝習卑思高曠意遂興超逸危笠冠北雉素練懸虛匹水天窺無際洲渚辨難悉草香夾逕生竹暗炊煙出明月送我歸清暉散盈室

對月

閉門江月高煙生萬象杳人聲暑難靜僧磬荒菴少吟對一庭陰草花香暗繞時有清風來幽響遞綠篠不知露已濃林光動了了

步月至如畫亭

月照孤影凉草荒逕幽徜徉動夕已稀興發危亭眺長江蕩空明餘暉散汀洲煙虛停在下燈殘出林少倚辨村落微回望遠山小抱琴誰與彈坐待天風曉

夏杪喜凉

各帶蟬聲散煙生磬響聞高齋先得月疎樹不遮山移榻人初倦新凉戶早關簷前河漢影一樣耿溪灣

夕

隨意舒客懷草荒迷舊路人返下高原雞棲時已

暮孤光渾際生蒼煙散疎樹

齋夕懷顧覲察晴沙

月照萬象幽林影疎復寂鄰語隔竹響孤燈虛牖出花重微泫露螢飛不戀室凉颸扇襟袖先秋鳴蟋蟀感焉緬伊人情契理自暱瑤章惠遠遊銜報愧辭窒音遲愁未達顏離夢難悉歸養篤天倫窮年嗜著述得味輒忘倦下帷摛書帙溪山勸陶觴童冠希點瑟浮慕知已空曠懷仰超逸高高睇雲漢逌然吟抱膝

懷芝山

迎秋爭艷遠庭花山好偏宜樹半遮雉貫雙霓收斷雨天垂孤鶩落平沙白蘋艇泊村前路紅蓼溪環夢裏家想象知交梅里叟就凉吟倦倚窗紗

立秋夜

拋殘骨肉住黃州寥落天涯獨倚樓六處離情同對月一年時序又逢秋美人遲暮靈均感詞客支離杜甫愁誰向江波添別淚紆迴盡入故園流

城北晚眺

波光浩渺湧亭浮遠浦歸帆夕照流北雉俯窮荆楚樹西山橫控漢江秋蕭條霸業三分盡潦倒才

人二賦留有客憑高懷往跡空將興廢付閒鷗

東雙溪

襟懷開浩蕩倦眼洗山光百雉浮江水雙亭挽夕陽秋雲飛硯几桂露滴書牀知子多清興閒來勸一觴

新秋晚望感懷

天碧江空闊層峰落眼前孤城浮大澤三楚斷虛煙郢客悲無已湘靈望逌然秋風吹滿野何處倚蘭船

黃州秋興

西風入樹響層樓客裏青山送白頭人道輕辭銅柱月天教重領漢江秋魚龍夜落星辰動雲羣朝生雉堞浮意欲採芳蘭棹往夕陽澹蕩水空流
目送晨暉與暮霞江光巒翠擁門斜荒齋款客沽村酒曲院尋吟摘野花感舊頻年思薜荔經秋連夜夢蒹葭西風吹入高梧裏多少離人惜歲華

可亭德太守留飲雪堂

樹歛秋煙淨堂高壓雉開江從樊口下山自武昌來豈意歡離客頻留勸舉杯堪憐衰白盡今古愧雄才

對鏡

廿年憔悴辱風塵頭上空餘白髮新四海倦遊知已淚吞聲滴向鏡中人

如畫亭

萬樹秋聲壯孤亭落照殘天圍層嶂遠城擁大江寬帶浦沙痕瞋籠煙蜃氣寒親朋談向夕飛月掛闌干

雨夕

郢客動離情悲來倚古城大江兼雨氣一夜變秋聲慷慨餘長鋏蒼涼對短檠漸看搖落至誰復惜芳蘅

登黃州城樓望秋

慈鬱層城對武昌秋風萬木捲悲涼客中歲月雙蓬鬢眼底江山半夕陽疊翠幾重歸睥睨飛濤百折去蒼茫俯今懷舊無窮感豈獨衰殘戀故鄉

白露夜

天水共蒼茫秋聲獨夜聽西風吹客鬢殘月在離亭露重今宵白燈微隔樹青忽驚時暮感齊景涕交零

寄雪青婁亭

悲歌遊楚倦落日眺秋原三面江聲壯孤城蜃氣昏客途人命賤交道布衣尊豈獨傷離緒還消宋玉魂

曉坐仙棗亭對雨遲蔡六漢槎不至

昨夜臥層臺曉秋萬戶開身吟丹嶂頂影落白雲堆檻豁江光合峰迷雨氣來佳人期未至空外鳥飛回

重登黃鶴樓

秋老山容變天高雨氣收何人曾跨鶴孤客復登樓霸業消除盡才名亘古留江濤如有意日夜湧

磯流

武昌城樓晩眺感懷

嘯倚寒雲外層樓落照時地雄山作障天險漢爲池千里稀音問十年多別離不堪追往跡愁鬢已成絲

夢蔡漢槎

外明共倚樓不知人巳杳商風落高桐窓外烏啼曉

楚望

俯瞰層城翠有無遥汀極浦樹糢糊水經大別交

潛漢山接匡廬控楚吳夢亂三年雲影遠霜微九月鴈聲孤離人到處增愁思故里風高落井梧

九日雨窓小飲

半城雲氣雨初收萬木風聲倦倚樓路冷無人邀採菊庭荒有客滯歸舟心驚銅柱黃茅瘴夢逐珠江白鴈秋獨向天涯聊對酒停觴不語遠含愁

歸發黃州

閒情吟赤壁鄉思別黃州遠樹歛寒色斜陽明渡頭山隨雙槳路鴈返一江秋想到蔡湖日菊花肯晩留

送秋

疎雨送殘秋羈人不可留微吟舒倦眼斷夢續輕舟嶺碧千重複林黃一氣浮孤雲吹去遠先恐到溪頭

泊華陽

戍角驚殘夜空江夢有無朔風吹遠道倦客滯長途月澹漾光碎霜寒度鴈孤天教歸興阻不許憶蓴鱸

晩投安慶泊

客路茫茫一葉舟頻年踪跡狎鳬鷗遥村牧笛歸

紅樹夾岸蘆花送白頭拂袖重沾天柱翠飛濤仍撼皖城樓大觀亭畔寒雲幕夢去依稀續舊遊

池州途次步入村落

步屧尋來一逕通背山面水路西東雞豚散入松篁裏打稻聲喧夕照中

列屋參差住翠微盈堆稻積麥苗肥村童散牧斜光盡紅葉江頭踏犢歸

點點寒鴉隱隱雞飯香村落酒帘低年豐白叟迎賓話落葉盈門煙半溪

自烏沙夾抵荻港道中

却得風輕路去賒半江黃葉半蘆花遥村茅舍人歸晚一帶寒山數點鴉

三山夾早發

依山夜泊伴雲棲暗語微聞隔水西霜落掛帆天未曙半江殘月亂啼雞

夜過毘陵

家近情尤急驚眠逝夜歌一灣隨水去雙槳撥雲過雞唱知將曙鄉音聽漸多短長亭已熟不問路如何

倪雲林先生祠

梁溪水曲碧雲間緬邈高風何處攀清節至今崇祀宇一庭黃葉對秋山

哭天和

天涯懷戚舊風雨動悲歌別緒驚殘葉年華惜逝波堪憐垂老後轉哭故人多自顧衰遲影飄流奈復何

訪山人

霽曉橫舟遡碧溪殘煙漠漠亂峰低沿流轉過橋去抱舍寒林隱午雞

迂松閣詩鈔卷十二終

後記

無錫是中國吴文化的發祥地。七千多年悠久歷史與文明，造就了『梁溪明秀之區，衣冠禮樂甲於江左』的城市人文傳統和深厚的歷史文化底藴。數千年來，文脉綿延，永世流芳。邵寶在《錫山遺響》序中曾經這樣描述：『錫之爲邑，在三吴間。山水清麗豐曠，生其地者，多沉雅秀整，以文名家，代不乏人。』文化已經成爲這座城市最本色的氣質。爲傳承吴地文明，建設文化名城，進一步彰顯無錫城市内在精神特質，經過幾年的精心策劃，旨在全面整理地方文化典籍的《無錫文庫》編纂出版工作於二〇一〇年全面啓動，二〇一一年起陸續與讀者見面了。

無錫的城市文化曾經爲中華文化寶庫作出過巨大貢獻。顧愷之、倪瓚、王紱、鄒一桂、賀天健、徐悲鴻、錢松嵒、吴冠中，如松秀群嶺，在中國繪畫史上擁有很高的地位；華秋蘋、楊蔭瀏、劉天華、華彦鈞（阿炳），乃韵動天籟，對中國音樂發展發揮了重要作用；李紳、蔣防、尤袤、蔣捷、陳維崧、顧貞觀、嚴繩孫、周濟、劉半農，皆胸懷錦綉，在中國文學史上可謂各領風騷；計六奇、顧祖禹、顧棟高、秦蕙田、嵇璜、錢基博、錢穆、錢鍾書、錢海岳，可稱堂奥廣庭，學造淵源，在中國學術史上卓然大家；顧憲成、高攀龍之東林，唐文治之『國專』，徐霞客之游記，徐壽、華蘅芳之『格致之學』，陳翰笙、錢俊瑞、孫冶方、薛暮橋之經濟學，都堪稱中華文化史上的一座座高峰，至今閃耀着炫目的光芒。

深厚的歷史文化底蘊激發了無錫城市的文化自覺。市委、市政府滿懷對鄉土誠摯之情、對文化敬畏之感，以義不容辭的責任擔當，致力於文化强市建設，以科學的理念和方式對歷史文化遺産作全方位的觀照、深層次的發掘、系統性的保護，匯四海之智，舉全市之力，共襄文化建設盛舉。二〇〇六年十二月，無錫市成功申報國家歷史文化名城，標志着新一輪文化意識的覺醒，并迅速轉化爲文化自覺的實踐。近年來，我市全面啓動惠山、清名橋、小婁巷、榮巷、蕩口等五個歷史文化街區和十個古村落保護修復工程，『護其貌，顯其顔，鑄其魂，揚其韵』；鴻山遺址成功保護的經驗被國家文物局譽爲大遺址保護『無錫模式』，并被授予首批國家考古大遺址公園，闔閭城遺址考古發現則確立了歷史上無錫曾作爲吴王闔閭都城的地位；建成開放六十餘座博物館、名人故居和紀念館；對無錫的非物質文化遺産予以重點保護；每年春天舉辦的中國（無錫）吴文化節、中國文化遺産保護論壇成爲文化亮點，享譽海内外。這些舉措遵循規律，探索文化建設體制和機制的創新，形成了寶貴的『無錫經驗』，得到海内外學者、專家的一致肯定。

在注重保護歷史文化遺存的過程中，發掘、整理無錫歷史文獻著作，展示和弘揚無錫城市的思想精神世界，自然而然成爲大家關注的重點。二〇〇六年，市委宣傳部組織無錫文史專家、學者編撰的十七册三百萬字的《無錫文化叢書》正式出版，引起强烈反響，出版後供不應求，在二〇〇八年再版加印。《無錫文化叢書》集中反映了無錫城市文化精華，展示了無錫城市文化特質，彰顯了無錫歷史文化的厚重，同時也告訴人們，文化精神的傳遞是文化繁榮發展的重要内涵，一旦擦去歲月蒙塵，優秀的歷史文化就會轉化成爲取之不盡的精神財富。

爲了進一步彰顯城市歷史文化底藴，二〇〇七年，市委、市政府將全面系統整理無錫文化典籍擺上工作議事日程，明確提出編纂《無錫文庫》。由于無錫歷史文化底藴深厚，卷帙浩繁，内容豐富，編纂工作千頭萬緒，要想整理出一部簡明扼要而又内容翔實、主旨鮮明而又文質彬彬的文獻集成，難度遠大於預想。爲此，我們先後成立了《無錫文庫》工作委員會和編輯委員會，加强對編纂出版工作的組織領導與統籌協調，在尊重歷史、尊重規律、尊重科學、尊重專家的基礎上，積極推進文庫編纂工作。編輯委員會經過反復論證，明確原則，綱舉目張，有條不紊地開展工作。充分憑借地方文史專家的優勢，充分發揮高校人文學院、研究機構的作用，充分依靠出版機構的專業經驗，并邀請國内外著名文史專家指導、把關，形成了文庫編纂的工作合力。

在編輯過程中，我們力求使《無錫文庫》成爲經得起歷史考驗的鄉邦文獻集成。在全面規劃又保持開放結構。面對豐富的歷史文化積澱，没有規劃就不可能形成清晰的編纂思路。在前期編纂工作中，編輯委員會經過二十餘次的論證會和專題研討會，形成并確定了《無錫文庫》總書目，明確了收録範圍和内容主體，立足無錫市區，兼顧江陰、宜興，主要體現無錫本土内容，突出人文科學，適當兼顧其他門類。據此，《無錫文庫》收録圖書五百五十餘種，分爲五輯：第一輯『官修舊志』，收編無錫地方志（含江陰、宜興）；第二輯『地方史料專著』，收編反映無錫地方史料的專著與筆記；第三輯『年譜家乘』，收編無錫（含江陰、宜興）地方名人年譜和望族的家譜；第四輯『無錫文存』，收編歷史上無錫作家詩文和專著的精華；第五輯『近現代名家名著存目』，編撰無錫近現代名家名著的書目提要。爲使文庫具有更大的開放度和包容量，《無錫文庫》注重整體設計，在框架分類上既注意整合，又突出重點，考慮到文庫的涵蓋面和系統性；在書目選擇上既注重經典性，又强調代表性，兼顧到圖書本身質量和作者特點；在出版方式上既總體規劃、循序推進，又采取較爲靈活的方式，成熟一批出版一批，不編序號，爲今後增補書目預留空間。

尊重歷史又反映時代特色。《無錫文庫》注重歷史性與時代性相結合，以嶄新的學術角度和現代學科理念對城市歷史文化進行整理和弘揚。編纂工作充分體現對歷史傳統的尊重，儘可能減少評述性成分，杜絶截割、改篡、增删圖書内容，對節選本衹采取作者的自選本。與此同時，以現代學術視野來看待傳統史料，增加收録有價值的歷史資料和文獻，如對民國時期的一些稿本、期刊、會刊、紀念册也予以應有的關注，收入了部分重要的民間史料。

保持原貌又便于讀者查閲。《無錫文庫》除第五輯外，全部采用原版影印方式，力争選擇最優版本作底本，保持文獻著作的歷史面目。爲了便於閲讀、查證、使用、研究，每一輯均撰寫編輯説明，每種書撰寫提要，并編撰《文庫》書目索引。通過這樣的方式，使《無錫文庫》兼具工具書檢索的作用，增强文化典籍整理的實用功能。

如期完成又精益求精。《無錫文庫》作爲一項重大文化工程，編纂工作面廣量大，必須集中力量，一鼓作氣。我們明確，從編纂工作全面啓動開始，花三年時間完成《無錫文庫》出版工作。《無錫文庫》總書目形成後，五輯的書目編纂工作同時開展、整體推進。我們要求，《無錫文庫》編纂出版工作要强化精品意識，力求思想精深、内容精彩、選編精當、學風精良、裝幀精美。文庫編纂出版的每個環節都反復論證推敲，確保經得起歷史檢驗。

《無錫文庫》的編纂出版工作，得到了鳳凰出版傳媒集團的大力支持，鳳凰出版社在版本選擇、編輯出版方面做了細緻的工作；由於《無錫文庫》收録的資料有三分之二散落在全國各圖書館中，中國國家圖書館、上海圖書館、南京圖書館等一批國内知名圖書館爲此提供了積極的幫助；應邀擔任《無錫文庫》學術顧問的專家，都是無錫籍的文化名人和國内一流的古籍研究專家，他們有的不顧年事已高，有的不顧自身工作繁忙，爲《無錫文庫》的編纂工作付出辛勤勞動；《無錫文庫》工作委員會和編輯委員會成員以及編務人員在文庫編纂出版過程中做了大量的工作。在此，謹向他們表示崇高的敬意和由衷的謝忱！

由於《無錫文庫》收録内容涉及範圍廣、時間跨度長，部分書目已經散佚，可利用資料受到限制，加之編輯委員會水平有限，《無錫文庫》的編纂工作難免會有一些疏漏和錯誤，不當之處敬請讀者指正。

王立人

二〇一一年一月